ÚNICO

Serie Josep Fuentes. Vol.3

Para los que aman la ciencia

y la naturaleza

Sara Ferro

Primera edición: abril 2016

Publicado por Amazon.

Todos los derechos de autor reservados.
ISBN 978-84-606-9617-9
Mail: saraferrodelafuente@hotmail.com

Ilustración de la cubierta: David Güell

Para mis hermanos: José Manuel, Toni e Isa

ÍNDICE

PRÓLOGO..Pg. 11

TURISTAS Y CLEANERS............................Pg. 13

LA HUIDA...Pg. 55

LA TRIBU...Pg. 99

LA INICIACIÓN......................................Pg. 143

LOS NUEVOS..Pg. 183

LOS EXTRAÑOS.....................................Pg. 241

NÉBULA..Pg. 287

ARTIMAÑAS...Pg. 325

TERRICOLAS Y ESPACIALES......................Pg. 355

EL ATAQUE...Pg. 397

SIRIO..Pg. 441

EXPLORADORES ESPACIALES....................Pg. 489

NOTA DE LA AUTORA..............................Pg. 541

Agradecimientos...................................Pg. 547

¡Tierra, estrellas, tinieblas vivas!
¡Seres espaciales poderosos!
Rindo mi voluntad cautiva
a este lugar único y hermoso.

PRÓLOGO

La humanidad se adentraba en el frio océano espacial con tiento, introduciendo apenas los dedos de un temeroso pie. Habíamos dilapidado el primer cuarto del siglo XXI en construir y mantener naves ancladas, sin permiso para salir a mar abierto. Los avances tecnológicos recientes nos brindaban la oportunidad de expandir las perspectivas y, sin embargo, preferíamos mantenernos en órbitas cercanas.

Los nuevos combustibles habían abaratado los transportes y las oportunidades de negocio se habían diversificado. Agencias turísticas espaciales promovían temerarias atracciones: vuelos parabólicos, donde podía sentirse la ingravidez durante unos minutos; vuelos suborbitales, en los que podía disfrutarse de una vista espectacular de la Tierra desde los cien kilómetros de altura, y viajes orbitales con destino a la vieja Estación Espacial Internacional, que permitían meterse en la piel de un astronauta. El precio de estos últimos no estaba aún al alcance de todos los bolsillos. Los viajeros que ascendían esos cuatrocientos kilómetros eran gente acomodada o personas cuyo pasaje era costeado por empresas que las usaban como reclamos publicitarios.

Las lanzaderas despegaban hacia la Estación con periodicidad quincenal. Iban cargadas con suministros y una pareja de turistas espaciales. Terrícolas desarraigados pasaban una semana envueltos en estrellas, contemplando el planeta díscolo del cosmos que daba cobijo a una desafiante vida. Pocas veces extendían la vista para admirar el universo. El Sistema Solar se encontraba al alcance de la mano, y seguíamos dándole la espalda. Propósitos que en el siglo XX ocultaban vívidos anhelos de aventura, tales como la exploración de Marte o la construcción de bases en la Luna, se habían aparcado tras sopesar sus costos. Los fondos se destinaban a otros deberes ineludibles: la tupida red de satélites requería una cuidada atención y el cúmulo de basura espacial obligaba a mantener una vigilancia constante.

En contraste con esa parálisis, se había iniciado una revolución cibernética. Los robots se hallaban introducidos en todos los ámbitos y se les apreciaba por su fiabilidad. Amables androides, más o menos logrados, se usaban como un atractivo añadido en todo tipo de eventos. Era usual verlos ejercer de recepcionistas o guías informativos en hoteles, centros comerciales y espacios culturales. Esas máquinas móviles parlantes empezaban a mostrar capacidades de interlocución más cálidas. Dotarlas de un cerebro emocional, sensible a nuestras necesidades afectivas, seguía siendo un reto. Se trabajaba con ahínco en esa dirección y se estaban consiguiendo avances lentos, pero prometedores. Los expertos entreveían que esos seres artificiales llegarían a ser de inestimable ayuda. Desprovistos del instinto de supervivencia y de la congoja por la muerte que atenazaba la conducta humana, su unión con hombres y mujeres valientes podría convertir en realidad cualquier sueño.

La historia humana discurre a saltos, y en muchas ocasiones, se precisan pocas personas para darle un empuje que desplace su horizonte. Este es el relato de un grupo de ellas.

TURISTAS Y CLEANERS

La piel de la esfera terrestre resplandecía con una fosforescencia verdosa. Nos aproximábamos al polo norte y la aurora boreal salía a recibirnos envuelta en vaporosas sedas. Me encontraba en el mirador de la Estación Espacial Internacional, una cúpula construida con cristales reforzados que sobresalía de uno de sus módulos centrales. Hacía seis días que había llegado y la mayor parte de mi tiempo libre lo pasaba tras aquellas ventanas. Admiraba el peculiar trabajo de los astronautas, aunque no había comprendido ni la mitad de las explicaciones que me habían brindado, y flotar en microgravedad me proporcionaba una diversión que no tenía fin; pero admirar la Tierra desde aquella atalaya constituía para mí, la esencia de aquel viaje.

Se veía enorme y hermosa, y también, distante y solitaria. Era el Abu Simbel del universo, una belleza aislada por una barrera de mortal vacío. Cuando nosotros, seres terrenales, decidimos desarraigarnos, fuimos muy audaces. Osamos cruzar una frontera que incluso las deidades temen. Los dioses nórdicos tendieron el puente Bifröst para poder cruzar el espacio; un puente de arcoíris entre el mundo de los hombres y Asgard, su reino. El jardín del Edén se escondía en el planeta, agazapado en una tierra fértil y acunado por las bondades de una atmósfera. Los dioses griegos, de carácter más abierto y cercano, ofrecieron sus señas al detalle: se instalaron cómodamente en el Monte Olimpo, una montaña rodeada de bosques tenaces, muy cerca del mar Egeo. Así que Zeus, Afrodita, Apolo y el resto de las divinidades podían acercarse, en un santiamén, a uno de los pueblecitos cercanos y degustar una musaka regada con vinito resinado. No comprendía qué necesidad teníamos los humanos de ascender a estratos cada vez más livianos, incapaces de mantener el calor y el aliento.

Acerqué mi mano de gigante a una ventana y acaricié aquella gema azul turquesa. Las nubes acreditaban la viveza del planeta y desvelaban sus cambios de humor. Cuando el mundo estaba sosegado, eran algodonosas o se disolvían en velos casi transparentes. Si se encontraba bien despierto, formaban densos copos de nieve, y en sus momentos de furor, se removían y apiñaban hasta engendrar temibles embudos que giraban en torno a un ojo huracanado: una boca etérea capaz de succionar a sus indefensos habitantes.

Me encontraba tan lejos que sus rabietas me parecían chiquilladas. Desde aquel mirador, el agua se aupaba como la excelsa protagonista y la orografía del planeta parecía poco escabrosa. La altura a la que me hallaba sometía el relieve. Debajo de las nubes, se asentaban extensos océanos domados, tierras llanas y pliegues insignificantes tras los que se escondían colosales cordilleras.

Los astronautas habían pretendido ampliar mi atención a otras joyas del universo y me habían mostrado imágenes de nebulosas efervescentes captadas por el telescopio espacial: remolinos de gas donde se gestaban astros. El paisaje vecino, el que podía alcanzar con mi limitada vista, poseía la virtud de la modestia y no me atraía.

Observé el refulgir frio de las estrellas. Los amantes de la astronomía las admiraban mejor desde esa plataforma; pero, vistas desde la Tierra, se percibían más afectuosas; tachonaban un cercano cielo y emitían un saludo amistoso en forma de señal temblorosa. En el espacio, no centelleaban; sin atmósfera perturbadora, su luz se mantenía fija. Sobre la intensa negrura espacial, imponían su presencia majestuosa con un persistente fulgor que no admitía diálogo alguno. Los humanos éramos invisibles para aquellas reinas lejanas y despreciativas. Incrustado en la inmensidad cósmica, me sentía pequeño y vulnerable.

Confieso que tenía ganas de volver. No era un millonario caprichoso ni uno de esos astronautas o científicos abnegados que aceptaban enclaustrarse seis meses en una casa estanca. Era un tipo de la calle de lo más normal, un padre de familia que trabajaba como vendedor en una cadena de tiendas de ropa. De la noche a la mañana, los directivos de "That's", mi empresa, me habían convertido en un turista espacial, en el protagonista de una llamativa promoción con la que se darían a conocer en todo el planeta. Estaban apostando por comercios especializados en el mundo deportivo y habían creado una agencia de viajes de aventura como apoyo a esa vertiente. Mi vuelo a la Estación Internacional probaba el audaz alcance de sus pretensiones. Para llevarlo a cabo, habían tenido que colaborar con una agencia espacial especializada en esa clase de turismo arriesgado.

El primer seleccionado había sido un cliente *vip* voluntario; presumieron que poner en órbita a un cliente les daría una publicidad fenomenal, de las que tardan en olvidarse. Lo entrenaron durante meses, pero se accidentó en el último momento, y como el lanzamiento había sido anunciado a bombo y platillo, les urgió encontrar un sustituto y me escogieron a mí. Acababa de hacer un curso de formación en la agencia de viajes —aunque no para desempeñar trabajos tan expuestos— y consideraron que estaba bien preparado física y mentalmente.

Reconozco que, cuando me lo pidieron de urgencia, no me hizo ninguna gracia. Para convencerme, me presentaron primero los supuestos beneficios y, después, debido a mis persistentes reticencias, me enfrentaron a un abanico de perjuicios. Acabó por inclinar la balanza el hecho de que siempre subía una pareja de turistas y el afortunado que me iba a acompañar era un amigo deseoso de vivir esa experiencia. Mi renuncia lo hubiera dejado en tierra; así que volví a sopesar la propuesta y acabé minusvalorando los riesgos y ciñéndome al indudable atractivo de la aventura. Podía considerarlo un regalo muy caro, y así lo haría en cuanto volviera a tocar un suelo de verdad, uno estable y firme.

Miré mis flotantes pies, ávidos de sentir el peso de mi cuerpo. La microgravedad me había ocasionado efectos indeseados. Como les ocurría a más de la tercera parte de los astronautas, padecí mareo espacial. Me habían medicado y ya me encontraba bien, aunque aún sentía un malestar griposo. La falta de gravedad alteraba la distribución de los fluidos del cuerpo de modo que la sangre subía y congestionaba la cabeza. La sobrecarga en la parte superior adelgazaba las piernas, hinchaba la cara y, como consecuencia, achinaba los ojos. El hipotálamo se confundía y, creyendo que el cuerpo cargaba con demasiado líquido, daba la orden de evacuar. Tal conjunto de ataques físicos me dificultó presentar una estampa solemne cuando hice de Superman delante de la cámara, como había prometido a mis hijos. Por el contrario, mi figura mostraba una cara regordeta y jocosa, patas de cigüeña endeble y algún retorcimiento brusco causado por unas inoportunas ganas de ir al lavabo. Al menos, la postura la clavé.

Lo cierto era que disfrutaba de mi nueva aptitud de volar a pelo. Todos los días recorría la Estación de cabo a rabo, desde el módulo *Zvezda* hasta el *Harmony*. Debo admitir que muchos de esos paseos no los hacía por diversión. Los astronautas me habían encomendado que pasara el aspirador por la nave durante un par de horas diarias.

Mientras observaba el planeta, pensé en mis hijos y en Nadia, mi mujer. En Barcelona eran las once de la noche, así que estarían acostados. Silvia, mi hija mayor, de catorce años, habría terminado sus deberes escolares para el día siguiente e, incluso, habría adelantado los que ya le hubieran mandado para el resto de la semana. Joan, el pequeño, de once años, habría asegurado que ese día no le habían puesto ningún trabajo ni tenía nada que estudiar. Mi mujer lo creería en mayor o menor medida, según lo dura que hubiera sido su jornada laboral. Bióloga de profesión, en los últimos meses estaba investigando la forma de defender las abejas europeas de los agresivos avispones asiáticos. Alegaba que, entre esa amenaza y los plaguicidas, pronto nos quedaríamos sin esos laboriosos insectos que polinizaban la tercera parte de nuestros alimentos y el noventa por ciento de las plantas silvestres. Si Nadia hubiese estado en mi lugar, observando nuestro bello hogar desde aquel enfoque esclarecedor, aún comprendería menos que no se tratara con mimo un mundo que nos ofrecía tantos ayudantes.

Me decía, para animarme, que pronto vería a mi familia. Estaría de vuelta en menos de dos días. Llegaría antes de Navidad, y todos querrían escuchar el relato de mi viaje y ver las fotos que había hecho de mis anfitriones, la nave y nuestro planeta.

Una voz interrumpió mis pensamientos.

—Josep, es hora de cenar —anunció Helios.

Mi amigo acababa de entrar en el módulo y ni me había dado cuenta. En el espacio, mi natural despiste se había acrecentado. Eso de no saber nunca dónde estaba el suelo y si el que estaba cabeza abajo era yo o el tripulante que acababa de encontrarme me mantenía en un estado de confusa desorientación. Aunque se me estaban pasando todos mis males espaciales físicos, el ser incapaz de determinar mi posición me molestaba y era uno de los inconvenientes por los que deseaba volver.

Oriol Helios, el otro turista, era físico especializado en robótica y un entusiasta de su profesión. Prefería que lo llamasen por su apellido, y así me dirigía a él. Tenía treinta y cinco años, uno menos que yo; pero parecía más joven, quizá porque siempre andaba bien despierto, buscando descubrir algo, como los niños. De estatura mediana, delgado y de piel blanquecina, su rasgo físico preeminente eran sus ojos saltones, un poco rasgados también desde que habíamos llegado. Una melena de rizos ocres y su frente abombada le otorgaban un aire intelectual muy merecido. Sin el auxilio de la gravedad, su cabello flotaba como si quisiera escaparse de su cabeza.

Se puso a mi lado a observar la panorámica.

—Sabía que te encontraría en este módulo de la ISS, marcando en tu memoria esta imagen tan magnífica.

Para abreviar, llamábamos ISS a la Estación, su acrónimo inglés.

—Es bellísima, sí —dije.

—Nos queda poco tiempo para disfrutar de todo esto. ¡Cuánto lo echaremos de menos!

Se volvió y su brazo trazó un arco para incluir toda la Estación dentro de esa futura sensación de pérdida. Su alegría por encontrarse en el lugar de sus sueños le dificultaba percibir mi opuesto sentimiento; contemplar desde allí la materna Tierra y las constelaciones estelares había sido su mayor deseo.

Me miró de reojo y, tras una pequeña pausa, añadió en un tono más grave:

—No has hecho tu turno entero de bicicleta. Una semana de microgravedad es tiempo suficiente para que nuestros huesos se resientan.

Era verdad, pero quería evitarme reproches, y también me fastidió un poco su seguridad en mi falta pues él andaba a lo suyo; así que le discutí la firmeza de esa acusación.

—¿Por qué crees que me he escaqueado de hacer ejercicio?

—Te tocaba de seis y media a siete y media, y ahora son las siete y cuarto.

—He empezado antes —mentí.

—La bicicleta ha estado ocupada toda la tarde. Los turnos se fijan porque siempre está muy solicitada.

—También he utilizado la cinta —declaré, en otro intento de eludir su pequeña bronca.

—Un chivato me ha contado que una de las gomas para hacer presión se ha roto y no se puede hacer servir hasta que no la cambien.

Cuando Helios fijaba su mente en algo, no se le escapaba nada. En cambio, si estaba concentrado en algún problema, podías pasar por delante de él y no ser visto. En aquel momento, su atención estaba dirigida hacia mi persona y sería casi imposible zafarse.

Intenté defenderme proclamando la eficacia de los nuevos medicamentos, los llamados densificadores; pero me replicó que esos fármacos no lograban impedir la pérdida de calcio en los huesos, que solo la frenaban. Acabé rindiéndome.

—Está bien, confieso que he acortado mi tiempo de ejercicio. Si estuviese a prueba, no me aceptarían como astronauta. Por el contrario, a ti te otorgarían un excelente. Te has amoldado a esta vida con pasmosa rapidez. Los científicos te han dejado, incluso, que manipulases uno de los monos.

Se rio y me pidió que no llamase de ese modo a los brazos robóticos exteriores. Esos robots tenían unas pinzas a modo de manos para poder aferrarse a los asideros diseminados por el casco. Su forma de moverse por la superficie de la Estación me recordaba a la de un mono yendo de rama en rama. Era todo un espectáculo verlos en acción. Los usaban sobre todo para atrapar vehículos de carga no tripulados. A Helios le habían permitido usar esa herramienta porque había hecho un curso sobre su manejo en el Centro Europeo de Astronautas.

Continué con la broma y, aparentando que estaba molesto, reprobé el trato diferencial que nos habían dispensado.

—Mientras que a ti te han explicado, al detalle, las prestaciones de un traje espacial, a mí me han instruido en el manejo del aspirador.

—No se puede conseguir todo, Josep —repuso—. A mí me gustaría hacer un EVA antes de volver.

¡Un EVA, una actividad extravehicular! ¡Salir al espacio! Desde luego, mi amigo poseía la mayor cualidad de un astronauta: un optimismo valeroso sostenido por una inagotable curiosidad juguetona.

Negué con la cabeza esa pavorosa posibilidad al tiempo que golpeaba con los nudillos una de las paredes.

—Ya me parece arriesgado guarecer nuestras vidas aquí dentro. No he llegado a convencerme de que el grosor de esta nave nos cobije lo suficiente —comenté—. Nunca afinaría más mi coraza y me enfrentaría al vacío ataviado solo con un traje espacial. No quiero ni pensar en los riesgos que estamos corriendo. Un pequeño orificio en este escudo y todo el aire se perdería en la inmensidad cósmica.

Hizo un rápido vaivén con una mano, mostrando que le disgustaba pensar en esa posibilidad, y admitió que no lo contaríamos. Al disminuir la presión, el aire que llenaba las cavidades internas de nuestro cuerpo se expandiría y las células se romperían. Si bien, matizó, antes hervirían nuestros líquidos: saliva, sangre, jugos gástricos…

—Maravilloso, cocido en mi propio jugo —ironicé.

—Esos son peligros demasiado improbables como para que nos quiten el sueño, Josep —opinó—. No quieras hacerme creer que te atemoriza plantearte nuevos retos; no eres una persona anclada a tus costumbres. Tus pensamientos siempre van más allá; tu mente navega como esta nave.

Lo dijo como si aquello fuese una cualidad cuando, en verdad, mis divagaciones solían meterme en problemas y abrir alternativas que otros ni se planteaban porque solían caracterizarse por su extravagancia. Era un barco incapaz de seguir las rutas marcadas; pero no por ansias de aventura, sino por falta de maña. Me gustaba llevar una vida variada, ciertamente, y aceptaba correr riesgos siempre y cuando la preocupación por mi supervivencia no llegase a deslucir, de manera significativa, la sensación de triunfo que acompañaba a la consecución de todo reto. Había alcanzado ese límite con el viajecito en el cohete y la estancia allí lo estaba rebasando. Tentar más el peligro con un EVA sería jugársela demasiado.

—No lograría vivir cinco o seis meses en este lugar sin angustiarme —comenté—. Envidio tu capacidad de asumir cambios tan profundos.

—Somos capaces de adaptarnos a las condiciones más adversas.

—Solo si nuestra voluntad se mantiene firme —murmuré, al tiempo que volvía a mirar el planeta y confesaba, para mí, que carecía de razones emotivas o intelectuales que pudiesen suscitar una determinación semejante.

Helios también desvió su mirada hacia el exterior. Una luna llena estaba emergiendo del horizonte terrestre.

—Podrías pintar también este panorama —sugirió—. Tu dibujo de la Tierra envuelta en la aurora boreal te quedó espectacular.

Había estudiado Bellas Artes y me consideraba un buen pintor; sin embargo, no había podido ganarme la vida con ese oficio. Los trabajos relacionados que había podido conseguir habían sido temporales y mal pagados. Vender ropa no era lo mío, pero me ofrecía un sueldo estable. Tenía la esperanza de volver a usar mis conocimientos universitarios gracias al nuevo rumbo iniciado por "That's". Dado que sus directivos se habían embarcado en una agencia de viajes, había decidido que, cuando regresase, solicitaría un cambio de puesto. Podría ejercer como guía en museos; mostrar catedrales y palacios, barrios góticos y modernistas…

Mi suspiro esperanzado confundió de nuevo a Helios.

—Sí, dentro de poco volveremos a ser unos terrícolas amarrados a la gravedad —lamentó.

—Una ligadura a un mundo exultante de belleza —objeté, y por no menguar la ilusión de mi amigo, agregué—: Aunque es cierto que el espacio nos ha aportado diversiones. Será inevitable añorar lo bueno de este lugar: volar; observar el planeta, la abundancia de estrellas y la Luna. Bueno, la Luna…

La imagen sin gracia de nuestro satélite me hizo arrugar la nariz. Mi amigo lo advirtió y me preguntó qué ocurría.

—Mírala: es bonita —respondí—, pero sin nubes que la camuflen, sin los cambios de color que la atmósfera le causa, pierde mucho misterio. ¡Pobre musa sería si la viéramos así desde la Tierra!

Helios alegó que tenía funciones más importantes; entre otras, que nos hacía de pantalla protectora de meteoritos. Haciendo honor a su faceta de enseñante, explicó que teníamos el satélite mayor del Sistema Solar en proporción al tamaño de nuestro planeta.

—Plutón también tiene un satélite muy grande: Caronte —agregó.

—Los astrónomos escogen buenos nombres —aprecié.

Helios se transformó en un trovador de mirada lejana al narrar:

—Caronte, el barquero que conduce las almas al reino de Plutón, más conocido por Hades. Caronte, hijo de Nix, la noche, y Érebo, dios de la oscuridad, el que lanza sus sombras desde los confines del universo y ciñe los mundos.

Helios sabía muchos mitos relacionados con estrellas. Cuando los relataba, a veces hacía protagonista a alguno de sus oyentes. Se volvió a mí con sus ojos penetrantes y supe que iba a seguir ese camino.

—Debo avisarte: Caronte es un viejo barbudo y de mal carácter que solo lleva a los muertos que pueden pagarle. Si no llevas tu óbolo, una moneda bajo la lengua, no te permitirá subir a la barca y no podrás cruzar el Aqueronte, el rio de la pena. Cien años vagarás por su ribera hasta que Caronte acceda a llevarte; cien años esperando junto a otros tan pobres como tú, preocupado por si irás al Tártaro o a los Campos Elíseos cuando seas juzgado…

Mi amigo, como buen cuentacuentos, narraba realidades: futuros irremediables y pasados ciertos. Eran los únicos momentos en los que dejaba de ser una de las personas más racionales y lógicas que conocía (el primer puesto lo ocupaba mi mujer).

—… Tu única y cruel certeza es que nunca podrás salir de aquel infierno —dijo, con la expresión de quien ha estado alguna vez en el inframundo y lo conoce bien—. Cerbero, el perro de tres cabezas, guarda la puerta y no permite entrar a los vivos ni salir a los muertos.

—Creía que Hércules se había llevado a Cerbero.

—Se cuenta que solo lo tomó prestado y que lo devolvió enseguida.

—Hay gente demasiado comedida.

Helios siguió por ese nuevo derrotero; la desinhibida digresión en sus discursos era una de sus más divertidas particularidades. Contó que el gran Hércules, hijo de Zeus y una bella mortal, había logrado entrar y salir del reino de Hades engañando a Caronte. Al parecer, las burlas eran muy comunes entre los dioses. Zeus embaucó a Hera, su mujer, para que amamantara a Hércules cuando era un bebé, y cuando la diosa se dio cuenta de que no era uno de sus hijos, apartó al niño de sí con tanta rabia que un chorro de leche cruzó el cielo. De esa manera, se formó la Vía Láctea.

—Pero volvamos a tu problema con Caronte…—prosiguió.

—No tendré ningún problema. ¿No ves qué mudado voy?

Señalé mi vestimenta con orgullo. Me habían prestado un mono blanco y tenía el aspecto de un auténtico astronauta. Aquella noche tenía otra retransmisión y quería estar más presentable, pues en las anteriores conexiones había aparecido en pantalón corto.

—Vas a ser la estrella de tu empresa —opinó mi amigo.

—Nunca quise serlo. Sabes que le tocaba a otro subir y ser el protagonista de esta publicidad. No, no me quejo —añadí, pues la cabeza ladeada de Helios me llamaba desagradecido—. He obtenido una semana con todos los gastos pagados en el mejor mirador del universo.

Helios deslizó su mirada por encima del planeta.

—No sé si es el mejor —comentó.

—¿La estación espacial china? —apunté.

—También me gustaría ver ese complejo, pero me refería a otro sitio…

Se quedó pensativo unos segundos y, después, meneó la cabeza en señal de resignación.

—Es una lástima que mi campo de trabajo no tenga relación con lo que aquí interesa. Me quedaría con gusto una temporada.

Los robots que construía Helios no eran de los que ruedan por Marte; los suyos eran asistenciales. Había diseñado modelos muy diversos, desde ayudantes de cirujanos hasta pequeños artefactos voladores que, desparramados por los bosques, detectaban humo y alertaban de posibles incendios.

Helios se rendía a sus creaciones robóticas; las adoraba con el mismo benevolente amor que yo otorgaba a mis cuadros. Tenía una sólida fe en sus capacidades y tanta confianza en su buen hacer que dejaba que uno de sus robots asistentes cuidara de su padre. El hombre tenía la movilidad reducida y la tozudez de no admitirlo; pero aceptó que lo acompañase aquel enfermero cibernético y acabó por reconocer que le servía de gran ayuda.

La patente de sus programas asistenciales había reportado a mi amigo unos buenos ingresos; aunque no habían sido suficientes para costearse el pasaje. Estaba de invitado, como yo; en su caso, por la agencia espacial que había gestionado nuestro lanzamiento. Los dueños de esa agencia habían sido determinantes en nuestra selección, así que, en cierta manera, se sentían responsables de nuestro bienestar. Bel era uno de los tres socios que la gobernaba. Había ejercido de director de vuelo y era uno de los controladores terrestres con los que manteníamos comunicación. Solía meter baza en nuestras conversaciones, por lo que me extrañó que no se hubiese inmiscuido todavía.

—Vamos a cenar. Nos estarán esperando —insistió Helios.

Una voz surgió entonces de los altavoces:

—Me dicen los compañeros que me he perdido algo interesante durante los pocos minutos que he tardado en ir a tomar un refresco.

—Te estábamos echando en falta, Bel —dije.

—Aseguran que conversabais sobre el infierno —continuó—; pero no me lo he creído. Es imposible que los habitantes del cielo se acuerden de su existencia; su felicidad no podría ser plena sabiendo que otros se abrasan eternamente. Aunque si la desgracia ajena es leve y la dicha propia no la agrava, no sería inteligente dejar de disfrutar de una buena vida. Reconozco que no siento remordimientos por darme una larga ducha todos los días, aunque haya algunos por ahí que no puedan saborearla.

Bel bromeaba con ese tema desde que se me había ocurrido manifestar una ligera queja por tener que limpiarme con toallitas todas las mañanas. Prosiguió:

—Esta noche me relajaré un poco en el jacuzzi que hay en el gimnasio de este complejo. Pensaré en ti, Josep, mientras me sumerjo en su calidez.

—Pronto podré acompañarte —repliqué.

Helios era muy amigo de Bel y no le molestaban sus intromisiones, pero no podía vencer la tentación de frenarlo y le dijo:

—Igual que transmitió uno de los astronautas del Apolo IX al iniciar el vuelo, puedo asegurar que aquí todo el mundo está muy contento. Todo va bien.

—Me alegro, porque hoy estoy bastante cansado y me retiraré antes —repuso Bel.

Helios y yo nos quedamos en silencio mientras el planeta se adentraba en la noche terrestre y empezaba a cubrirse de sombras. Orbitábamos alrededor de la Tierra a una velocidad de veintiocho mil ochocientos km/hora. La Estación Espacial tardaba noventa minutos en dar una vuelta completa, así que los amaneceres y atardeceres se sucedían cada cuarenta y cinco minutos. Cuando la noche caía sobre algún océano y no había luces de ciudades que manifestasen la presencia de nuestro hogar, su desaparición resultaba perturbadora. Llegaba a invadirme una sensación de orfandad. Mi cerebro era incapaz de asimilar que la ruta de la nave era la culpable de aquella oscuridad que se comía vorazmente el planeta. A mi parecer, nos lo estaban robando. Un poderoso ser asía la brillante esfera y la arrastraba hacia lejanos parajes cósmicos. Pronto, en el museo del universo, solo un tenebroso hueco evidenciaría el lugar ocupado por su obra de arte más esplendida.

El altavoz volvió a la vida con la voz de Bel. Creí que se había marchado, por lo que me sorprendí.

—El planeta no era un espejismo. Seguimos aquí, amigos —advirtió, intuyendo con acierto mis pensamientos—. Aunque yo no tardaré en irme; reconozco que me está venciendo el sueño. Os informo que la tripulación se está reuniendo para la cena. La retransmisión está prevista para dentro de veinte minutos, así que, si no queréis salir con la boca llena, como ayer, será mejor que os apresuréis. Josep, cuando termine todo, debes hacer media hora de bicicleta antes de irte a dormir. Solo llevas cinco días en el espacio y ya estás dejando de cumplir con tus escasas obligaciones.

—Eres el único controlador que me trata con rudeza —le reproché con fingido disgusto.

—Los otros tienen instrucciones de hablaros como si fuerais de cristal fino. Es un paternalismo exagerado que debería incomodaros. Los controladores que hacen el horario nocturno, en especial, son de un protector muy fastidioso.

Sabíamos que se había enzarzado en una discusión acalorada con esos controladores la noche anterior. Lo habían despertado a las cuatro de la madrugada para notificarle un fallo en la orientación de uno de los paneles solares. La Estación estaba tan automatizada que la mayoría de los problemas podían solventarse desde el centro terrestre; sin embargo, esa vez no lograban salirse airosos. Bel ordenó que avisaran a la tripulación y les sugirieran efectuar una revisión manual de ciertos elementos técnicos; pero los controladores valoraron que los astronautas no les serían de utilidad y se negaron a molestarlos. Como no pudo vencer su reticencia, tuvo que personarse en el centro y despertar él mismo a la comandante de la Estación. Gracias al trabajo conjunto, no se tardó mucho en dar con la avería y resolverla. Los astronautas agradecieron que hubiesen contado con ellos y les instaron a que siguieran confiando en sus habilidades. Bel opinaba que era muy recomendable que los tripulantes refrescasen sus conocimientos.

Terminaron cerca de las siete de la mañana, y Bel había empalmado con su jornada laboral, por lo que era comprensible que se estuviera despidiendo de nosotros y que, a diferencia de los días anteriores, no quisiera acompañarnos hasta el fin de la transmisión televisiva.

Mientras nos dirigíamos al módulo donde solíamos cenar, volvió al tema de mi huida del entrenamiento. Bel había estado poco atento esa tarde, pero alguien le había advertido de ello.

—Por lo que he observado, este relajo suele ocurrirles a todos los turistas hacia el cuarto o quinto día —comentó—. Cuando se les pasa la indisposición causada por la microgravedad, no son capaces de desprenderse de todo el abotagamiento que les ocasionó. Aunque tengo otra teoría, y para cimentarla apelo a tu franqueza, Josep. Creo que, después de las primeras jornadas, en las que todo es novedad, empiezan a aburrirse y, cuando vuelven, no se atreven a reconocer que la semana se les ha hecho larga. El viaje les ha costado demasiado dinero como para minusvalorarlo de cualquier manera.

Helios rechazó que aquella conjetura albergase, ni siquiera, un ápice de verdad.

—Llevas muchas horas levantado, Bel, e impregnas de desgana tus pensamientos. Aquí es imposible aburrirse.

—En los asuntos que me competen, nunca me encontrarás falto de interés. Creí que me conocías mejor.

Mi amigo se echó a reír.

—No te sulfures. Sé que remueves a todo el personal del centro de mando cada vez que diriges un vuelo.

—Porque están adormecidos. Si pudiese, lo pondría todo patas arriba. Estamos enviando, en relevos semestrales, a expertos sobresalientes en materias científicas e ingenieras para que se ocupen de arreglar pequeños desperfectos, repetir experimentos innecesariamente y producir futuras patentes comercializables en el planeta. ¿Acaso no aspiramos a nada más?

Era cierto que, cuando los científicos nos explicaron algunos de los estudios que estaban efectuando, observé que la mayoría tenían un objetivo muy terrenal. Me había parecido bien que nuestro estimado hogar fuera el principal beneficiario, pero me asombró. Había imaginado que las investigaciones estaban dirigidas a mejorar la supervivencia en el espacio, con el fin de efectuar viajes interplanetarios; sin embargo, solo los estudios sobre la paliación de los dañinos efectos de la microgravedad y los rayos cósmicos parecían destinados a favorecer la exploración del universo, y no se incidía mucho en ellos.

Bel proseguía:

—… La ausencia de objetivos de calado, la falta de empuje, la desorganización del programa espacial y la asfixiante tutela que imponemos a nuestros astronautas nos aboca a una situación de penosa apatía. Vegetamos, amigos, vegetamos. Pero a ti, Josep, te voy a dar algún aliciente para que no te aburras.

—Te aseguro que estoy distraído —me apresuré a responder, pues su vehemencia auguraba complicaciones—. No es necesario que me busques ninguna tarea nueva.

—Podrías participar en un experimento médico. Nada sanguinario, no temas; sería un estudio psicológico. Eres de los pocos turistas espaciales que no pertenecen a la clase alta; así que tu comportamiento se rige por parámetros comunes. Helios no me sirve; es un científico imprudente que siempre ha dejado que su cerebro vagase por las estrellas.

—No sé si considerar tu descripción como un halago o como un menosprecio —contesté.

—Es la realidad sin más. La mayoría de tus predecesores gozaban de una posición desahogada y no pudieron valorar, en su justa medida, este viaje. Son personas que tienen tantos momentos de diversión en su vida cotidiana que no pueden saborearlos con calma. Viven muy cerca del cielo que les ofrecimos y su capacidad de emocionarse está saturada. Fuerzan su entusiasmo, dado que eso es lo que se espera de cualquier turista, pero enseguida se desinflan. Eso es lo que he percibido en todos, y también he creído que te estaba ocurriendo a ti al notarte hoy un poco apático.

Le aseguré que seguía deleitándome con los placeres espaciales y me dejó en paz. No quise revelarle que mi ligera indolencia se debía a que me sentía algo preocupado. Al enterarme, esa mañana, del contratiempo ocurrido con los paneles solares, mis temores se habían despertado de golpe y sin remolonear, pues tenían el sueño ligero desde que estábamos sumergidos en un medio tan peligroso.

El altavoz volvió a vibrar.

—Bien, ya que todo el mundo está muy contento y todo va bien —expresó Bel, mencionando la frase que había dicho Helios—, me voy a dormir. No voy a esperar el cambio de turno y así, de paso, me evito tener que saludar a los controladores nocturnos: esos bisoños que nunca han estado en el espacio y no saben trataros como adultos.

Le deseamos buenas noches y nos dirigimos hacia el módulo donde solíamos comer. Los astronautas no empezarían sin nosotros, los turistas.

. . .

La tripulación estaba compuesta por cuatro científicos y dos pilotos, y había paridad entre ambos sexos. Los pilotos se ocupaban del mantenimiento de la nave y participaban en experimentos, actuando en muchas ocasiones como sujetos de exploraciones médicas. Todos tenían un carácter afable y abierto, cualidades muy recomendables para una buena convivencia en el encierro espacial. Dado que era muy costoso subirlos y mantenerlos, dedicaban muchas horas a su trabajo. Laboraban seis meses a todo gas y luego disfrutaban de amplias vacaciones y buenas ganancias.

Para que los turistas no nos sintiéramos solos ni nos agobiásemos por andar desocupados, Mauni, la piloto con la que habíamos subido y actual comandante, se ocupaba de nosotros y nos asignaba trabajos.

Mauni rondaría mi edad. Era una mujer fornida, de piel cobriza. Su cuello recio sostenía un rostro atractivo de boca ancha, nariz de muñeca y ojos oscuros un poco rasgados. Se recogía su abundante pelo ensortijado en una ancha y larga trenza que llevaba enroscada en un moño. Por su carácter alegre y, en apariencia, despreocupado, resultaba una acompañante idónea para los algo temerosos turistas. Como era también su primer vuelo a la Estación y no conocía el lugar más que por el simulador con el que se había entrenado en la Tierra, el otro piloto la había ayudado a mostrarnos todos los módulos. El nombramiento de comandante que había recibido nada más llegar se asemejaba más bien a un pase de relevo; la experiencia merecedora de ese título la alcanzaría durante los próximos seis meses. Debía de ser el único trabajo en el que se ascendía por méritos futuros.

Los ciento diez metros aproximados de largo de la ISS se recorrían con rapidez. Mauni había hecho hincapié en la localización de las dos naves salvavidas: una en cada extremo de aquel inmenso mecano, y habíamos repetido el simulacro de evacuación desde puntos diferentes: un protocolo obligatorio con el que disfrutamos mucho. Era divertido volar a toda velocidad por el interior de ese duro gusano.

De todos los recovecos de la ISS, mi preferido era el mirador, donde me había encontrado Helios. Después de la cena y la conexión televisiva, y tras haber pedaleado media hora en la bicicleta, regresé a esa cúpula. Se me había hecho un poco tarde y supuse que, en cualquier momento, los controladores terrestres me recomendarían que me retirara a dormir. Nos trataban con mimo, y no porque fuéramos turistas. También eran muy atentos y complacientes con los astronautas. Precisamente, y a raíz de lo comentado con Bel, habíamos vuelto a hablar de esa cuestión durante la cena. Mauni había comentado al respecto que los trabajadores espaciales precisaban que sus enlaces con el mundo los ayudaran a sosegar el ánimo. Se pasaban seis meses confinados en una nave, abrumados por un medio hostil. La visión del planeta les recordaba lo lejos que se encontraban. Distraer la mente y apartarla de suposiciones alarmantes era vital. El apretado programa diario ayudaba a ello, y la cortesía del centro terrestre templaba sus nervios.

No llegaba a imaginar lo que representaría pasar seis meses allí. Me había fijado que los que llevaban más tiempo apenas le echaban un ojo a nuestro mundo. No obstante, comprendían que me gustara tanto contemplarlo, lo que indicaba que también habían pasado por esa etapa.

Suspiré y seguí observando el exterior a través de una de las ventanas de aquel mirador. La entrada de un meteorito en la atmósfera de la Tierra quedó revelada por una fina saeta de fuego. Esa estrecha capa de aire ejercía de escudo protector y permitía acoger una abundante diversidad de vida, la más exuberante conocida hasta el momento. No deberíamos destruir lo que, desde aquella altura, se me antojaba patrimonio universal. Encerrado en aquella nave, me había dado cuenta de lo frágiles que éramos los humanos cuando se nos arrancaba de nuestro planeta. No había cerca ningún otro lugar semejante. El espacio era duro, temible. Sin una guarida adecuada, no podríamos sobrevivir. Un fallo en el suministro de oxígeno, un defecto en el reciclaje de aire o de agua y deberíamos abandonar la Estación con rapidez. Y había otros peligros cuyo ataque sería tan fulminante que no daría tiempo a ninguna reacción. El choque de un pequeño escombro que pasara inadvertido para los controladores podría desintegrar nuestra nave. Había toneladas de basura por ahí fuera.

Separé la vista de nuestro mundo y la tendí hacia el espacio infinito. Millones de estrellas seguían una trayectoria expansiva eterna y nos relegaban a un lugar en el cosmos cada vez más solitario.

Me pareció que una de aquellas estrellas se estaba haciendo más grande. Esa bengala no tardó mucho en cobrar forma de punta de flecha y, como si me hubiese alcanzado, sentí una punzada de alegría al creer que habían adelantado el envío del cohete que venía a recogernos.

Un controlador avisó:

—Atención, por favor. Les informamos de la aproximación de una nave cleaner.

En menos de dos minutos, toda la tripulación se encontraba arremolinada en el mirador, junto a mí. Mauni exclamó:

—¡Una nave de los basureros espaciales! ¡Qué ganas tenía de ver una!

No me había acordado de aquellos curiosos vecinos, los basureros, los cleaners. La brigada de limpieza se creó a raíz de un accidente. Un pequeño satélite obsoleto quedó fuera de control, cayó y destrozó la mansión que un magnate se había construido en una solitaria isla del pacífico. Se dijo que había sido de una mala suerte increíble que acertara a dar con tierra en aquel cuadrante; pero sí que hubo algo de fortuna porque la casa estaba vacía en aquel momento y no mató a nadie. No era la primera vez que caían cosas del cielo, pero aquel influyente ricachón promovió una estridente alarma y el Consorcio Espacial, integrado por los países más veteranos en la conquista del espacio, acabó destinando un elevado presupuesto para fundar una base en el espacio cuya misión sería proteger el planeta.

—El Consorcio Espacial puso en funcionamiento la brigada de limpieza hace cuatro años —apuntó Mauni—. La privatizaron enseguida, apenas un año después, y desde ese momento, los cleaners se volvieron invisibles. Al principio se hablaba mucho de ellos, salían por televisión, les hacían entrevistas y se mantenían abiertos canales de diálogo a través de las redes sociales. Pero, de pronto, se esfumaron.

—Es cierto, nada se comenta acerca de estos trabajadores que laboran tan lejos de casa —dije.

—Ese desinterés también lo sufrió el programa Apolo —dijo Mauni—. Después de que el Apolo XI alunizara, el resto de los lanzamientos pasaron casi desapercibidos. Solo los dos últimos consiguieron captar de nuevo la atención de los medios de comunicación, quizá porque se sabía que los viajes no iban a continuar.

Helios, pegado a una ventana como una mosca, asintió.

—Siempre he envidiado a aquellos astronautas de los dos últimos viajes que se pasearon ocho, nueve y hasta diez horas por la superficie lunar y recogieron kilos y kilos de rocas —dijo—. Por no hablar de lo que disfrutaron conduciendo los Rover. Los famosos Armstrong, Collins y Aldrin fueron los primeros en alunizar; sin embargo, solo estuvieron dos horas y media y luego se fueron.

Las gestas que destacaban no siempre eran las más sustanciales. Apenas sabía nada de las andanzas por nuestro satélite que comentaba mi amigo. Recordaba el transbordador espacial, que décadas más tarde había logrado ocupar de nuevo las portadas de los periódicos. Pero los miembros de las tripulaciones me eran casi todos desconocidos. El aumento de las misiones espaciales diluyó el protagonismo de los astronautas.

—Caímos en el anonimato —lamentó Mauni— y no volvimos a protagonizar titulares de prensa, con nuestro nombre y apellidos, hasta que aparecieron los cleaners.

—No he llegado a comprender por qué duró tan poco la atención mediática sobre ese magnífico proyecto —comentó Helios—. Adiestraron un buen número de astronautas, diseñaron robots especializados en recoger basura, aplicaron una tecnología muy avanzada en la construcción de naves hidrosolares y establecieron una estación espacial que llamaron Ciudad Estelar, y todo eso ha quedado en el olvido.

—Las naves eran blancas, deslumbrantes, muy bellas —calificó Mauni—. Tenían unas formas aerodinámicas innecesarias en este lugar. Semejaban a aquellos animales marinos: las rayas o, más bien, dada su envergadura, las mantas. Su diseño parecía adecuarse al imaginario de la ciencia ficción para hacerlas más atractivas al público.

—Naves adecuadas para los héroes que iban a alejar todo el enjambre de amenazantes meteoritos artificiales —apunté.

—Tal vez hubo algo de parafernalia de película para que los contribuyentes aceptaran cubrir el coste —reflexionó Helios—. El proyecto fue sufragado con los impuestos de los países que forman parte del Consorcio Espacial. Es disculpable que se colocaran los componentes de esas "mantas" espaciales de modo que exhibiesen una estampa atractiva. Pero hay que ser justos: son altamente funcionales. En lo que sería la boca se encuentra el cono de acoplamiento al puerto. La estructura de las aletas es flexible y está recubierta de células fotovoltaicas fabricadas con polímeros plásticos. Pueden moverlas para optimizar la absorción de energía solar, o eso dicen. —Helios se volvió a la tripulación—. No sé si alguno de vosotros ha visto de cerca esas naves. Sus aletas fueron ensambladas al cuerpo central en el espacio y solo llegaron filmaciones de su montaje. Dicen que su vuelo recuerda la elegante forma de nadar de esos animales.

—Es cierto —respondió uno de los científicos—. A veces toman un rumbo próximo a la Estación y hemos podido admirarlas. Son fabulosas y, como habéis dicho, parece que naden por un océano imaginario.

—¿La cola tiene alguna función o es de adorno? —pregunté.

—En esa parte guardan las baterías donde almacenan la energía solar y los motores propulsores atómicos que les permiten maniobrar o alcanzar mayor velocidad —explicó Helios—. No conozco todos los detalles de esas naves, pero creo recordar que llevan acoplados en la panza los dispositivos que capturan la basura. Esos pilotos que se acercan podrán ofrecernos una extensa disertación.

Los astronautas desinflaron las expectativas de mi amigo. Era casi seguro que no se detendrían, dijeron. Durante toda su existencia, la brigada cleaner solo había contactado con la ISS un par de veces. Fueron visitas de cortesía al inicio de su actividad; pero, desde que se habían convertido en trabajadores de una empresa privada, no estaban para saludos ni demostraciones afectuosas de buena vecindad.

La nave se fue aproximando y, tal como había descrito Mauni, era hermosa, de un blanco refulgente y con forma de manta marina. Sus aletas se mecían con delicadeza, como si pudieran notar la resistencia de un medio acuático.

El controlador de tierra anunció que estaban desacelerando. Todo apuntaba a que tenían la intención de atracar en uno de nuestros puertos.

Los astronautas se miraron boquiabiertos. Helios se giró a mí con sus prominentes ojos abiertos de par en par. Estaba pletórico.

—¡Qué me dices, Josep! Esto sí que es un viaje bien aprovechado. ¡Somos los primeros turistas espaciales que ven volar una nave cleaner y van a conocer a sus tripulantes!

—Es como viajar a la selva india y encontrarte a Mowgli —consideré.

Se rieron e, imitándome, ofrecieron otras casualidades impro-bables o imposibles, como encontrarse al Yeti en el Himalaya.

—Mi metáfora va más allá —maticé—. Hace mucho tiempo que los cleaners salieron de nuestros poblados para internarse en la selva espacial. Nada sabemos de ellos.

—¿Quieres decir que se habrán vuelto salvajes? —se mofó Mauni.

Más carcajadas.

—Ferales, calificativo que proviene de fieras —concreté con pedantería. También a mí se me estaba escapando la risa—. Estad atentos a las señales que los identifican: no saben hablar, no pueden caminar erguidos y hace mucho tiempo que no se afeitan ni se cortan el pelo.

—Comen con las manos y gruñen —dijo una de las científicas.

—Sí, sí, tomáoslo a guasa —continué—, pero ninguno de vosotros conoce la identidad de esos basureros.

Mauni se puso seria de golpe y preguntó a sus compañeros dónde estaba la cámara en aquel módulo (aún no se había aprendido sus localizaciones). Se lo indicaron y habló hacia ella.

—Controlador, ¿quiénes son los tripulantes de la nave cleaner?

—No hemos podido establecer comunicación con ellos.

Todos miramos hacia la cámara con expresión de tonta sorpresa.

—¿Por qué? ¿Cuál es el problema? —inquirió Mauni.

—Parecen tener un sistema de comunicación cifrado. El técnico que está de guardia capta ruido en una onda determinada de radiofrecuencia, como si estuviesen emitiendo mensajes protegidos por algún código que ignoramos.

—¿Pueden oírnos?

—No estamos del todo seguros.

Como acababa de augurar en broma, habían perdido el habla y la capacidad de entenderse con el resto de la humanidad. No dije nada más; las expresiones de mis compañeros se habían tornado graves. Mauni, con aire preocupado, preguntó:

—¿De qué manera van a realizar el acoplamiento si no pueden recibir indicaciones?

—El atraque en sí no debería revestir ningún problema si lo efectúan de manera automática. Les estamos indicando el puerto libre de forma ininterrumpida y, por su trayectoria, creemos que captan nuestras instrucciones. Han variado su rumbo en la dirección adecuada, aunque...

Hubo un silencio que no quisimos alargar.

—Aunque qué, controlador —le instó Mauni.

—Hay por aquí opiniones diferentes. Una minoría sostiene que deberían haber moderado su velocidad mucho más. Otros calculamos que les queda tiempo suficiente para frenar; estas naves poseen una maniobrabilidad excelente.

—¡Cómo no se nos ha prevenido de este fallo en la transmisión de forma inmediata! —estalló Mauni—. ¿Y si esa nave está averiada y no pueden gobernarla?

—Las naves cleaner se pasean a menudo por esta zona y nunca se ponen en contacto con nosotros. No hemos advertido su intención de unirse a la ISS hasta el momento en que les hemos informado. Además…

Preocupante pausa.

—¡Además qué! —reclamó Mauni.

—Esperábamos que se desviasen en el último momento. No creemos que pueda haber ningún peligro, comandante; pero debería hacer un resumen del protocolo principal de evacuación a todos los tripulantes y proceder con el mismo en cuatro minutos a lo sumo.

Nos volvimos hacia las ventanas. La nave se acercaba de manera resuelta, exhibiendo un talante más cercano a la embestida que a la unión. Aquel controlador llevaba hasta un extremo ridículo el comedimiento; su tono tranquilo no podía atenuar la gravedad de los hechos.

El rostro enfurecido de Mauni se encaró a la cámara.

—¿Cuándo pensaba avisarme de ello? Supongo que ha llamado a Bel.

—Al director de vuelo solo puede molestársele ante una emergencia.

La comandante perdió los nervios.

—¡Una posible colisión es una emergencia! —gritó.

—En todo caso, no le daría tiempo a acudir —contestó el controlador con voz neutra.

Dejamos escapar gemidos nerviosos mientras veíamos, con temible claridad, cómo se abalanzaba sobre nosotros ese monstruo marino de dimensiones monumentales. Aquella astronave lograba tener una rara belleza animal, y su manera de moverse consolidaba la apariencia de bestia autónoma. Si me hubiesen dicho que nadie la tripulaba, me lo hubiese creído.

La voz sin alma del controlador dijo:

—Me informan de que la nave cleaner ha moderado de modo conveniente su velocidad. Prevemos una unión suave al adaptador de acoplamiento número tres del *Unity*. Seguir el protocolo es una simple formalidad, comandante.

—Después hablaremos del modo en que ha llevado este tema —censuró Mauni, y sin esperar respuesta, se volvió a nosotros—. Está bien, por si algo fallase, vamos a repartirnos en dos grupos.

Unos irán a la nave salvavidas que está unida al *Zvevda* y otros, a la anclada en el *Harmony*. Helios, Josep, vosotros iréis conmigo. ¡En marcha!

Me pareció que, para no haber ningún peligro, la comandante organizaba la evacuación con extrema rapidez.

Mientras volaba detrás de ella, me vino a la memoria una de mis salidas de buceo en la que había podido interaccionar con un banco de rayas amistosas. Una decena de aquellos peces aplanados me rodearon y abrieron sus bocas dentadas de aire enojado muy cerca de mí. Sin embargo, no me asusté; estaba excitado porque aquellos animales salvajes me permitían compartir un rato su vida y su mundo. El gusanillo del peligro asumido me hacía cosquillas en el estómago.

Sin embargo, en aquel momento, el gusanillo estaba excavando dolorosas trincheras en mis intestinos. O bien, me había vuelto más miedica con el transcurso de los años, o bien, más cabal.

Unos rayos de luz solar se reflejaron en aquella nave brillante y entraron como una fría advertencia a través de los ojos de buey de nuestra frágil coraza.

. . .

El vehículo cleaner amarró sin problemas en el *Unity*, situado en la parte central de la Estación, muy cerca del mirador. En cuanto el controlador de tierra nos aseguró que todo había ido bien, nos desplazamos desde los botes salvavidas hacia allí con rapidez.

La escotilla de la nave estaba abierta y dos personas flotaban en su entrada. Una chica muy joven se agarraba al quicio de la compuerta con una mano y, con la otra, sujetaba del brazo a un hombre con aspecto de náufrago. Cuando nos vieron, aquel astronauta enjuto hizo el gesto de adelantarse. De pronto, arrugó su rostro y gruñó. Creo que fui el más sorprendido de toda la tripulación.

—Os saludamos en nombre de todos los cleaners —dijo la chica—. Necesitamos ayuda.

Su compañero, que parecía haber sido recogido de algún asteroide, se presentó:

—Me llamo Toliman, soy piloto e ingeniero de Ciudad Estelar. Creo que me he fracturado unas cuantas costillas.

Mauni y Helios, los que se encontraban más cerca, lo ayudaron a entrar al módulo de la Estación. De existir en aquel lugar la fuerza de gravedad terrestre, las piernas de aquel hombre tan flaco hubiesen fallado; esa fue mi impresión. Pero no era su delgadez lo que desmarcaba a ese individuo de la imagen habitual de un astronauta. Por comodidad e higiene, los hombres iban bien rasurados y solían llevar el pelo muy corto. Toliman, en cambio, ocultaba sus huesudas facciones tras una corta barba rala y llevaba su cabello pajizo bastante largo. Los efectos de la microgravedad mantenían su pelo tieso por encima de su cabeza, como si acabara de levantarse de la cama. En medio de ese desaliño, se abrían paso unos limpios ojos almendrados de color miel. El buen color de su tez morena no conseguía hacer más lozana su estampa, sino que afianzaba su aspecto de robinsón maleado por el clima de una isla tropical. Un ser civilizado convertido en salvaje: la transformación que yo había figurado que podían sufrir aquellos trabajadores alejados del planeta.

La joven, por el contrario, ofrecía una imagen de lo más saludable, incluso estaba un poco rellenita. Un rostro ovalado, muy bello, recogía unos labios finos de un rojo subido, una nariz pequeña y unos ojos profundamente oscuros. Su cabello era brillante, liso y tan negro que despedía reflejos azules. También lo llevaba largo, pero lo mantenía recogido en una coleta alta. Aunque tenía la piel muy blanca, sus mejillas sonrosadas proclamaban su vitalidad. Se presentó, también, con su nombre de pila: Carina, y añadió que era piloto.

Mauni les dio la bienvenida en nombre de toda la tripulación de la ISS.

—Vuestra llegada ha sido una verdadera sorpresa —comentó—. Nuestros controladores del centro terrestre no han recibido ningún aviso, ni tampoco han podido comunicarse con vuestra nave.

—Tenemos muchos problemas —respondió Toliman—. El cifrado de nuestras comunicaciones por parte de Cleanspace, nuestra empresa, es el más grave y el motivo principal por el que estamos aquí. Conocíamos la localización de vuestros puertos y hemos usado uno de los que teníais libre.

—Creí que la razón de vuestra visita era otra; has dicho que tienes las costillas rotas —observó Mauni.

—Ese es uno de nuestros motivos, sí —dijo Carina—. Os rogamos que nos proporcionéis densificadores para poder soldar las fracturas con más rapidez. A nosotros se nos han agotado las existencias.

Mauni accedió enseguida y ambos cleaners nos dieron unas sentidas gracias, como si no esperasen recibir nuestra ayuda de forma tan pronta y fácil.

—Nos encontramos en una situación muy precaria y no podemos ponerle remedio —agregó Carina—. Estamos atrapados en el espacio.

El controlador de Tierra intervino:

—Bienvenidos, cleaners. Estamos intentando contactar con la sede central de Cleanspace, en Liechtenstein, para comunicarles su llegada. Allí son las tres y media de la mañana y, al parecer, carecen ustedes de vigilancia nocturna. Les advertimos que no podremos atender ninguna de sus peticiones hasta que no dispongamos del visto bueno de uno de sus superiores.

La brusquedad del controlador nos asombró, más si cabe porque, hasta el momento, el trato del personal de Tierra se había asemejado al de unos padres amorosos. A Mauni le disgustó ese cambio tan áspero y se dirigió al controlador con voz seca.

—Habla la comandante. Vamos a hacer una ecografía a Toliman y les enviaremos las imágenes. Al no haber ningún médico a bordo, precisaremos del apoyo terrestre.

—Como sabe, comandante, en la sala de control nos acoplamos a sus horarios. Hemos empezado el turno de noche, así que estamos de guardia un grupo reducido de empleados. Al personal sanitario solo se le avisa ante una urgencia grave. Les sugerimos que primero revisen al cleaner.

—Puedo esperar —aseguró Toliman—. Es más importante que nos escuchéis. No tenemos botes salvavidas. El último partió hace dos meses, cuando un compañero enfermó y hubo que repatriarlo con rapidez.

—¿Solo disponíais de una nave de escape? —preguntó Mauni con tono de incredulidad—. Creíamos que erais un grupo numeroso. ¿Cómo es posible que no os hayan enviado otra enseguida?

—En Ciudad Estelar vivimos ocho personas —concretó Carina.

Los astronautas profirieron exclamaciones de asombro: ya era grave proveerles de una sola nave, pues no bastaría para evacuar a toda la tripulación en caso de emergencia, pero dejarlos a merced de su suerte en el océano espacial era inaudito.

Alguien preguntó si tampoco recibían las naves de carga que les llevaban los suministros. Esas naves, nos explicaron, no estaban preparadas para trasladar seres humanos. Venían cada vez con menor frecuencia y no transportaban todo lo que necesitaban.

—Hace veinte días llegó un carguero —dijo Toliman—. Traía, en su mayor parte, pilas de combustible, aire y recambios para proseguir con el retiro de la basura espacial y la reparación de los satélites. Hemos calculado que los alimentos nos durarán setenta días, si no hacemos ninguna comida extra. No había medicamentos y los suministros anteriores fueron escasos. Los densificadores se nos terminaron hace siete semanas y la osteoporosis está haciendo mella en nuestro esqueleto; los huesos se nos vuelven frágiles y se rompen con facilidad.

No fue la única tropelía que nos contaron. Tenían las comunicaciones con el exterior restringidas al centro de mando de la empresa. Todos los mensajes o archivos de salida pasaban por un proceso de cifrado; por tanto, no podían establecer contacto con el mundo para denunciar su situación. Su único canal abierto eran las llamadas a sus casas: breves contactos telefónicos durante los domingos. Pero ni siquiera, entonces, eran libres de expresarse. La censura cortaba de modo brusco la línea cuando surgía cualquier mínima queja o crítica. Esa mordaza había sido la gota que había colmado el vaso: se habían declarado en huelga hacía una semana.

—Las negociaciones con la empresa no avanzan —explicó Carina—. Cleanspace se ha cerrado en banda y nosotros estamos en una posición muy débil. Somos prisioneros aislados.

—Hace dos días que nuestra base terrestre no contesta —prosiguió Toliman—. Buscan intimidarnos, hacernos ver que estamos indefensos. Por eso, decidimos venir y pediros ayuda. Os solicitamos que nos permitáis difundir un mensaje televisado.

Los tripulantes de la ISS estaban anonadados ante la exposición de esa sarta de arbitrariedades que, intuí, no nos estaban ofreciendo en toda su cruel extensión. Me dio la impresión de que se estaban ciñendo a lo relevante. Y, en efecto, agregaron que les infligían otras medidas coercitivas, pero, por su gravedad, nos resistiríamos a darlas por ciertas.

No podía imaginar a qué otra clase de abusos les estaban sometiendo; pero me admiraba su serenidad, esa flema británica con la que nos estaban contando unas barbaridades que hubieran llevado a la desesperación a cualquier otro, incluidos los astronautas que habitaban en la Estación, cuyos semblantes exteriorizaban su desasosiego.

El controlador volvió a inmiscuirse:

—Las desavenencias de los basureros espaciales con su empresa no son de nuestra incumbencia. Pedimos a los cleaners que se mantengan en silencio hasta que consigamos hablar con alguno de sus jefes. En cuanto a su solicitud de densificadores, debemos responderles que no estamos autorizados para expenderles medicamentos.

Mauni apretó los puños con rabia y preguntó al grupo dónde estaba la cámara. Una de las científicas se la señaló. Se acercó entonces bastante al objetivo y dijo:

—¿Puede verme, controlador?

—Naturalmente, puedo verlos a todos —afirmó.

—Bien, podrá comprobar entonces el interés que expresan nuestras caras —continuó y, de pronto, alzó la voz—. ¡Claro que nos incumbe el que haya astronautas abandonados en el espacio, sin naves de salvamento ni los suministros precisos para una correcta supervivencia! ¿Acaso puede auxiliarlos alguien más? ¡No pueden comunicarse con el planeta!

—Comandante, reflexione: los cleaners han calculado bien el momento de su llegada para que no pudiésemos encontrar a nadie en la sede central de Cleanspace.

—Es cierto —admitió Carina con sinceridad—. Temíamos que nuestra base interfiriera y no nos permitiesen hablaros.

—Es un temor más que excusable —observó Mauni—, ¿no le parece, controlador? Es inadmisible que no haya nadie de guardia en Cleanspace, velando por la seguridad de su personal. Reflexione usted también sobre ello. Nos preguntamos cuál es el motivo por el que no está dejando expresarse a estas personas.

—Cualquier contacto con estos trabajadores espaciales debe establecerse bajo la supervisión de los superiores respectivos; tenemos órdenes tajantes acerca de ello. Comandante, los cleaners han amarrado en uno de nuestros puertos sin permiso, con nocturnidad y…

—Y alevosía —ironizó Mauni.

—Y premeditación, en todo caso. Hemos preferido avisar primero a Cleanspace antes de alertar a nuestros responsables. Solo estamos intentando encontrar al interlocutor adecuado.

—Pues mientras lo buscan, absténganse de interrumpirnos —zanjó Mauni, y volviéndose a los cleaners, resolvió—: Vamos al módulo que contiene los equipamientos médicos.

. . .

Toliman, ayudado por Carina, se desnudó el torso y dejó al descubierto un cuerpo muy delgado que, no obstante, aún mantenía las huellas de una musculatura apretada, como la de un corredor de maratón. Un colgante ovalado quedó flotando al quitarse la camiseta. Tenía unos cuatro centímetros de largo y era de color gris perla. Filigranas abultadas describían un curioso e hipnótico dibujo. El cleaner acortó la cuerda que lo ligaba de modo que quedase pegado a su cuello y no molestara.

Carina dejó ir la camiseta de su compañero y, para ayudar en algo, la recogí al vuelo. El tacto de aquella prenda endeble me llamó la atención; tal parecía que había sido lavada cien veces. Podría haber hecho pedazos aquella gualdrapa con un ligero tirón. Observé mejor la vestimenta de los cleaners y, en la tela, descubrí clareos, desgarrones y pequeños agujeros. Su empresa no debía de proporcionarles ropa de recambio.

Carina y Mauni sujetaron a Toliman a una camilla mediante unas correas. Una de las científicas le puso gel en el pecho y deslizó con cuidado la sonda del ecógrafo. El cleaner tenía poca carne, y Mauni le aconsejó que se alimentara mejor.

—En Ciudad llevamos una dieta restrictiva —respondió—. La comida no es abundante ni apetecible.

Enseguida observamos que tenía rotas las dos costillas flotantes y que parecía haber fisuras en cuatro más. La científica opinó que sería preferible que Toliman fuera trasladado al planeta; los huesos tardarían en soldarse el doble o el triple de tiempo en el espacio. Mauni pidió al controlador que avisara al médico para que evaluase esa ecografía. Iba a enviar de inmediato las imágenes al centro de mando.

Dimos dos pastillas de densificadores al cleaner y lo ayudamos a vestirse. El gemido que se le escapó al levantar los brazos para volver a ponerse la camiseta sacó a relucir nuestra indignación. ¡Era incomprensible que estuviesen pasando tantos apuros! Todos recordábamos la presentación fastuosa de la primera brigada de limpieza espacial. No se escatimaron gastos para cuidar a aquellos hombres y mujeres que iban a jugarse el pellejo para eliminar los escombros acumulados en el espacio orbital de la Tierra. Se les proporcionaron seis naves hidrosolares rápidas y eficientes, un hábitat acondicionado para pasar largas temporadas e, incluso, se construyó para ellos una centrifugadora individual que simularía la gravedad terrestre. Gracias a esa máquina y a los densificadores, el sistema óseo muscular se mantendría en buenas condiciones. Se solventaba, de ese modo, uno de los mayores problemas de la microgravedad. Lo habían planificado todo muy bien. ¿Por qué motivo se había descarriado un proyecto tan magnífico?

—Todo empezó a torcerse hace tres años, cuando se nos vendió a una empresa tecnológica de la que nadie había oído hablar: Cleanspace —manifestó Toliman.

—Tras la privatización, los cambios no tardaron en aparecer —añadió Carina—. Aunque la brigada barría antes todas las órbitas, se trabajaba más en las bajas y en las circumpolares, donde el acumulo de basura es mayor. Las incursiones a las órbitas exteriores eran excepcionales.

—Pero, ahora, los esfuerzos y la mayor parte de efectivos se destinan al cuidado de la red de satélites —siguió Toliman—. Los pilotos nos ocupamos de despejar órbitas con el fin de habilitarlas para acoger nuevos aparatos. Abarcamos un área enorme; llegamos a desplazarnos hasta las lejanas órbitas geoestacionarias, a más de treinta y cinco mil kilómetros de altitud sobre el ecuador terrestre. También recogemos satélites averiados y los reparamos; han contratado a técnicos especializados en ese trabajo.

—Debe de ser un buen negocio —supuso Mauni.

—Cleanspace cobra bien caro estos servicios, desde luego —corroboró—. No solo tienen como clientes a empresas y a centros de investigación, sino también a los gobiernos que construyeron Ciudad Estelar y todos sus componentes con los impuestos de sus ciudadanos. Ahora esos países deben volver a pagar si necesitan colocar un satélite con garantías o arreglar alguno de los que ya tienen en el espacio.

—Pero cuando despejáis una zona alta, la limpiáis también de proyectiles potencialmente peligrosos para el planeta y para la ISS —consideró uno de los científicos.

—Nos limitamos a dragar el sector del lecho espacial que ocupará el nuevo satélite —repuso—. Nuestra labor no es de interés público, sino privado. Los directivos de Cleanspace tienen como objetivo conseguir el máximo beneficio para ellos y sus accionistas. Su codicia los ha llevado a reducir personal y medios a unos niveles absurdos y peligrosos para nosotros. Se nos exige una productividad que es imposible de alcanzar con los recursos suministrados.

—Desde que cifraron nuestras emisiones —añadió Carina—, ni siquiera podemos contar con el asesoramiento de la Agencia Espacial de Seguridad. Ese organismo nos brindaba las coordenadas exactas de los satélites y nos avisaba de cualquier anomalía en el vuelo de la chatarra en órbita.

Mauni meneó la cabeza en señal dubitativa.

—Decís que esta falta de comunicación es reciente. Pero lo cierto es que apenas sabemos nada de vosotros desde la privatización —apuntó.

Nos recordaron la forma en que se había manipulado a la opinión pública para que aceptara ceder un bien que tanto había costado. Se orquestó una campaña informativa en contra de conservar la empresa pública de limpieza espacial. Sus costes de mantenimiento se exageraron, y no se mencionó que el desembolso mayor ya se había llevado a cabo. Tras construir un palacio, lo vendieron a precio de saldo con la excusa de que el recibo de la luz y los salarios de los cuidadores salían caros. Arguyeron que los emolumentos de los basureros eran muy superiores a los de los otros astronautas y que se beneficiaban de una estabilidad laboral inusual en ese sector.

—Nunca quisimos ser héroes —afirmó Toliman—; pero es duro pasar de ser admirado por tu labor y empuje a ser señalado como un trabajador privilegiado. Nuestras retribuciones se consideraron altas; nuestros descansos, extensos. No se habló de nuestras capacidades, obtenidas tras muchos años de estudio y prácticas, ni se mencionó el riesgo que supone esta clase de profesión. Tampoco se apreció que efectuásemos un servicio público en beneficio de todos. Prácticamente, se nos regaló a Cleanspace. Quedó así zanjado el supuesto problema y, de la noche a la mañana, dejamos de ser noticia.

—Nuestros nuevos jefes despidieron a la mitad de la plantilla —continuó Carina—. A los que sobrevivimos a la escabechina, nos bajaron los sueldos y nos endurecieron las condiciones laborales. Una de sus primeras determinaciones fue cancelar los relevos semestrales. Nos pagan las vacaciones más una prima si aguantamos en el espacio el tiempo máximo que la Agencia de Salud Espacial permite: dos años.

Me horroricé. ¡Qué locura! ¡Dos interminables años dentro de un gusano acorazado, sin contacto con tus familiares y amigos, sin el ánimo vivificador de la naturaleza y el enriquecimiento cultural que puede brindar la sociedad!

—Las personas que trabajamos en la actualidad para Cleanspace hemos firmado un contrato por cuatro años con un intermedio de dos meses de descanso —concretó Toliman.

¡Cuatro años! Su situación era peor que la de un presidiario. Su pena se alargaba hasta un límite despiadado. Los miembros de la tripulación de la ISS también se echaban las manos a la cabeza; eran muy conscientes de la merma de salud que comportaba aquella larga estancia.

—Es comprensible que, en ocasiones, flaqueemos y deseemos que nos repatríen —dijo Carina.

¿Acaso esa joven creía que debía excusarse?, me pregunté. Surgieron comentarios que demostraban nuestra profunda empatía y la perplejidad que nos estaban provocando sus revelaciones. La puntualización que efectuó seguidamente Toliman nos acabó de hundir en el pozo del estupor.

—Pero únicamente se permiten cambios si el astronauta cae enfermo.

Era tan mayúsculo ese atropello que hubo quien manifestó sus dudas sobre tanto despropósito; pero Carina ratificó lo que había dicho su compañero.

—Solo podemos regresar a la Tierra antes del descanso que nos corresponde, o del vencimiento del contrato, en caso de sufrir una dolencia grave —aseveró—. Si no respetamos esa premisa, nos pueden sancionar.

Aquellos astronautas nos estaban contando, con sorprendente tranquilidad, que habían aceptado trabajar bajo un régimen de semiesclavitud. Algo no cuadraba, pensé; debían de estar exagerando.

—En el espacio, un fuerte resfriado podría considerarse una enfermedad grave —aventuré.

Mauni, a mi lado, murmuró: "¿Más que unas costillas rotas?"

—¿Un resfriado? —dijo Toliman, y exhaló una amarga risa—. Cleanspace ni siquiera nos proporciona los medicamentos que prescribe la OMS para los trabajadores espaciales. Los suministros de antioxidantes celulares y de protectores oculares son cada vez más escasos. Reducen gastos en todas las partidas. El motor de la centrifugadora se averió hace cinco meses y todavía no hemos recibido el repuesto necesario para arreglarlo. Nuestra salud se está deteriorando por momentos. Os invitamos a visitar Ciudad Estelar para que podáis comprobar la veracidad de todo lo que os estamos contando.

—Pedimos trabajar con garantías de seguridad y con los suministros farmacológicos necesarios —agregó su compañera.

Toliman miró a su compañera de reojo y luego se dirigió a nosotros con determinación.

—En este momento, tenemos una urgencia —informó—. Carina necesita volver a la Tierra. La empresa conoce su situación y no acepta su retorno. Es una autentica atrocidad.

La joven se giró hacia él con cara de sorpresa.

—Toliman, por favor, eres tú el que debe marcharse. Puedo esperar la llegada de nuestro bote salvavidas.

—No, no puedes. Ya lo hemos discutido antes. Las radiaciones solares y cósmicas lo están dañando —afirmó, y seguidamente sacó un papel de su bolsillo, lo desplegó y se lo pasó a Mauni.

—Este es un documento firmado por los todos los cleaners, a excepción de Carina, por el que nos comprometemos a sufragar el pasaje de vuelta de nuestra compañera.

El altavoz volvió a la vida y el controlador se atrevió a intervenir de nuevo.

—Pese a estar tan incomunicados, les ha llegado información acerca de nuestros planes. En efecto, dentro de treinta horas los turistas regresarán a la Tierra. Sepan que no nos es posible admitir un nuevo pasajero; no queda ningún sitio disponible. Tanto los dos científicos como el piloto que los va a acompañar han cumplido su periodo de seis meses a bordo. No querrán para ellos lo que no desean para ustedes. Nosotros relevamos a nuestra tripulación. Lamentamos no poder ayudarlos.

Toliman insistió mientras Mauni, con ojos como platos, leía el escrito firmado por la tripulación de Ciudad Estelar.

—Carina lleva dieciséis meses en el espacio; pero les estamos pidiendo que la auxilien por otro motivo —señaló el cleaner—. Su estado requiere que se aleje lo antes posible de las partículas cargadas de alta energía provenientes del espacio.

—Si no estoy entendiendo mal… —dijo Mauni.

Carina se dio ánimos mediante una profunda inspiración y anunció:

—Estoy embarazada.

La consternación ahogó todas nuestras palabras. Boquiabiertos, la repasamos de arriba abajo con la mirada, intentando descubrir algún abultamiento o señal que acreditara tamaña afirmación.

—Desconocía lo que habían acordado mis compañeros —aseguró la joven, y miró a Toliman con afecto—. Se lo agradezco mucho.

—Te cedo mi asiento —intervino Helios ágilmente—. No es generosidad: deseo quedarme aquí un poco más.

Por decencia, tuve que sumarme.

—El mío también está a tu disposición —afirmé—. No voy a decir que me encanta este lugar; sin embargo, soy muy consciente de que aquí no puedes continuar.

Los otros compañeros de viaje también le ofrecieron su sitio. El controlador se mantuvo callado; la noticia le había dejado sin habla.

—¿De cuantos meses estás? —inquirió Mauni.

—Creo que de cuatro —respondió—. Supongo que os estaréis preguntando por qué no me marche hace dos meses en la Soyuz, la nave salvavidas en la que bajó el compañero enfermo. —Hizo una mueca de tristeza; le apenaba haber perdido aquella oportunidad—. Me encontraba muy bien —se justificó—. No tenía ningún síntoma que pudiese haberme alertado. La falta de gravedad afecta mi regularidad y puedo pasar más de dos meses sin tener el periodo.

—Sus ojos se desviaron entonces al ecógrafo—. Nosotros no tenemos aparatos de exploración médica. ¿Sería posible…? ¿Podría hacerlo servir? —rogó.

—¡Controlador! —gritó Mauni— ¿Dónde está ese médico que solicité hace diez minutos?

—De camino, comandante.

Ayudamos a Carina a sujetarse a la camilla. Se abrió el mono, y la misma científica que había atendido a su compañero le puso gel en la barriga y le colocó la sonda. Todos miramos el monitor en silencio. Un cuadro loco de formas grises en movimiento no permitía concretar nada.

Me acordé de la primera vez que vi a mi hija, la primogénita. Mi mujer estaba echada como Carina y miraba la pantalla de ese transmisor mágico. La doctora aplicó la sonda por debajo del ombligo y…

—Estará más abajo —indiqué a la científica.

Lo descubrimos varios a la vez: una cabeza ovalada y unas manos desapareciendo. Chillamos: "¡Ahí está, ahí está!". "¡Mirad, las piernas, los brazos!". "Se ha girado". "Esa es la columna". "¡Ahora nos mira!". "¿No podemos escuchar su corazón?". "¿No tiene sonido este aparato?".

Ahí estaba, una deforme miniatura de un ser humano, cabezudo, inquieto, moviendo sin cesar todas las partes de su inesperado cuerpo. Carina estaba muy emocionada; se le había acelerado la respiración y sus ojos brillaban. La científica tocó algunas teclas y un ruido sordo inundó el módulo; un latido veloz emergió al estéril espacio: la vida se abría paso en todas partes.

La voz del controlador interrumpió aquel mágico momento.

—Presten atención, por favor. Tenemos conexión telefónica con el señor Unfield, director ejecutivo de la empresa de limpieza. Quiere hablar con todos ustedes.

—Adelante, estamos deseando oírlo —dijo Mauni.

Unos segundos más tarde, una voz de presentador de un programa de entretenimiento surgió de los altavoces.

—Buenas noches, tripulantes de la espléndida Estación Espacial Internacional. Al habla Unfield, jefe de operaciones de Cleanspace. Me han comunicado que habéis recibido la visita de dos de nuestros trabajadores.

Toliman, urgido por la concluyente comparecencia de aquel pequeño corazón, se adelantó a la respuesta de la comandante de la ISS.

—Acabamos de confirmar, mediante un ecógrafo, que Carina está embarazada. Solicitamos…

—¡Maravilloso! —le cortó Unfield—. En nombre de la empresa, te felicito, Carina. No puedo verte, pero estoy seguro de que estás bella y en plena forma, como siempre.

La muchacha se colocó bien la ropa, como si dudase de que su jefe no pudiera vislumbrarla de alguna manera. La científica la ayudó a desatarse.

—Al habla Mauni, la comandante. Los cleaners nos han solicitado que llevemos a Carina de vuelta a casa. Alegan que carecen de naves salvavidas ¿Es eso cierto?

—Se trata de una situación temporal, comandante. Un conjunto de complicaciones ha retrasado su envío. Estamos haciendo todo lo posible para que el lanzamiento se produzca en pocos días. Comprendemos que nuestros empleados se hayan inquietado; pero de ningún modo es necesario que Carina ocupe uno de los asientos de su nave. Tanto ella como Toliman pueden regresar a Ciudad Estelar; el bote salvavidas no tardará en llegar.

—Carina no volverá —anunció Toliman—. No podemos arriesgar más su salud y la del niño. Pagaremos su pasaje.

—Como acabo de decir…

Toliman detuvo la objeción de su jefe y le reconvino:

—En Ciudad estamos aislados y no podemos pedir ayuda. ¿Por qué mantienen la radio cerrada? Llevamos cuarenta y ocho horas intentando ponernos en contacto con nuestra base. Les exigimos que restablezcan las comunicaciones.

—Estamos estudiando los problemas que padece el sistema de transmisión —respondió con voz más tensa—. Se están produciendo fallos inexplicables. Nuestros técnicos en tierra están procurando averiguar dónde se encuentra la avería. Es posible que el problema resida en Ciudad.

—Nuestra radio funciona a la perfección. Nos están bloqueando desde control terrestre —afirmó Toliman.

—Esa acusación es grave; sin embargo, no la tendré en cuenta. Debe de ser duro trabajar tan lejos de casa. Volved a Ciudad y calmaos. No os hemos desasistido.

Carina habló al fin.

—No voy a regresar —declaró—; mi hijo necesita bajar al planeta lo antes posible.

—Es lógico que estés aturdida por la emoción —repuso Unfield con voz meliflua—. Mi mujer lloró cuando vio a nuestro pequeño Jimmy por primera vez; no obstante, no dejó de trabajar; se mantuvo en su puesto hasta el mismo día del parto. Carina, eres una profesional excelente y la empresa te necesita. Te consideramos un puntal clave del grupo de los cleaners. Enviaremos vitaminas y lo que haga falta para que puedas llevar el embarazo como lo harías en la Tierra. Las chicas de hoy en día no dejan su trabajo por ese motivo. Son fuertes, y sé que tú también lo eres.

Un rostro arrebolado intervino con vehemencia.

—¡Habla de nuevo la comandante Mauni! ¡Señor Unfield, la situación de Carina y la de una trabajadora terrestre no son comparables! En el espacio estamos expuestos a radiaciones potencialmente cancerígenas, vivimos en microgravedad y tenemos el hospital más cercano a cuatrocientos kilómetros ¡en vertical! Esta joven tiene que regresar de inmediato a la Tierra, y si usted no puede fijar una fecha concreta del envió de su nave, deberemos bajarla nosotros.

—Comandante, disculpe —se entrometió el controlador—; no tiene autoridad para tomar esa decisión.

—Tiene razón —concedió Mauni, e hizo un ademán de disgusto—. La seriedad de este asunto nos sobrepasa a todos. Avise a Bel de inmediato.

—Solo podemos despertar al director de vuelo en caso de que se produzca una emergencia —reiteró.

—¡¿Y esto no es una emergencia?! —estalló Mauni elevando la voz—. ¡Como comandante puedo exigir la presencia de un médico, del director de vuelo o de mi buena madre si así lo considero necesario! ¡Llame a Bel ahora mismo!

—Pero, comandante...

—¡De inmediato! —repitió Mauni—. Si no acata mi orden, se meterá en un grave aprieto, se lo advierto.

—Es su responsabilidad sacarle de la cama a estas horas.

—Mía es —aceptó—. En lo que se refiere a usted, señor Unfield —prosiguió—, sepa que daremos a conocer su ineficacia. Si estuviese en su pellejo, hablaría con quien tuviese que hablar para que esas naves salvavidas despegasen cuanto antes. Le sugiero que las carguen de alimentos, agua y todos los medicamentos necesarios. Su empresa ha convertido Ciudad Estelar en una prisión. ¡El cifrado de las comunicaciones es inadmisible! Y en cuanto a ese supuesto fallo total por el que los mantienen totalmente incomunicados desde hace dos días, no me cabe ninguna duda de que sus técnicos podrán arreglarlo enseguida, porque si no hablan con los cleaners, no podrán solucionar su conflicto.

—Comandante Mauni —contestó Unfield, masticando las palabras como si le estuviera costando mantener la calma—, agradezco su preocupación por nuestros trabajadores. Le aseguro que no existe ningún desacuerdo importante. Precisamente, el no poder conectar es lo que nos ha imposibilitado continuar con nuestro fluido diálogo y ha llevado a error nuestra postura. Los cleaners tienen suministros suficientes para tres meses.

—¿Y los medicamentos? —incidió Toliman.

—Por un error imperdonable, se quedaron en tierra en el último envío. Os pedimos disculpas por ello —se excusó, y su tono se endureció—. Sabiendo eso, Toliman, no debierais haber jugado a esa especie de rugby. ¿No les has contado cómo te rompiste las costillas?

—¡Eso qué importa! —se revolvió el cleaner, e hizo un gesto brusco que le provocó dolor. Carina lo abrazó por los hombros y le pidió que no se alterase.

—Vuestra misión es limpiar el espacio cercano de basura espacial y proteger el mundo. No podéis perder el tiempo en juegos peligrosos —replicó Unfield con dureza—. Sois empleados costosos y es vuestro deber cuidaros. Tenéis una gran responsabilidad. No estáis en Hawái.

—Por su culpa, tenemos los huesos de un viejo de ochenta años —gruñó Toliman.

—Seguiré hablando contigo en otro momento —zanjó Unfield—. Carina, me dirijo a ti de nuevo. Sabes que no puedes abandonar. A otro piloto se lo podría permitir, pero tú eres del grupo de los seis. Te bajaremos quince días antes de la fecha prevista para el parto. Te comprometiste, Carina. Eres la más eficaz. Tu responsabilidad es mayor que la de los otros.

Mauni estaba muy sofocada cuando volvió a intervenir.

—¿Y no le parece irresponsable pedirle a una embarazada que ponga en peligro a su hijo? ¿Y qué me dice del recorte en las provisiones de densificadores, protectores oculares y antioxidantes? ¡No estamos en Hawái!

Eso Mauni lo sabía muy bien, puesto que procedía de ese archipiélago.

Antes de contestar, Unfield resopló, y lo hizo tan cerca del micro que sonó como si nos hubiese escupido.

—Comandante Mauni, nuestros empleados nos son muy preciados. Carina está ahora nerviosa; es natural. Es preferible que vuelva a Ciudad y reflexione acerca de su futuro durante los pocos días que tardará en llegar la nave salvavidas. Podrá usarla para marcharse si esa es su decisión final. Pero, Carina, escucha, sabes que has faltado a uno de los preceptos de tu contrato; a dos, si sigues ocultando quién es el responsable, ya hemos hablado de esto. Si renuncias, se te aplicarán las cláusulas por incumplimiento de contrato. Piénsalo. Ahora más que nunca, necesitarás recursos para criar a un hijo sin padre.

—Cometí un error —admitió Carina—; pero mi bebé no debe pagarlo.

Toliman miró a su compañera mostrando sorpresa.

—¿Por qué dices eso? ¡No te dejes culpabilizar!

—Carina sabe a qué me refiero —prosiguió Unfield.

—Los demás no tenemos ni idea, señor Unfield —dijo Mauni en tono tétrico—, y nos gustaría enterarnos.

—Es un tema contractual que atañe solo a la empresa y a sus trabajadores —advirtió Unfield—. Pido a Carina y a Toliman que vuelvan a Ciudad y reanudemos con calma la negociación.

Toliman se dirigió a nosotros y explicó:

—En nuestro contrato existen una serie de mandatos de obligado cumplimiento. No nos fijamos mucho en ellos, pues se encontraban al final de la última hoja, en un párrafo en cursiva que semejaba, más bien, una proclama de la filosofía de la empresa o el añadido de una cita religiosa como colofón. Fue al comunicar al centro de control nuestras dudas sobre el estado de Carina cuando nos enteramos de su importancia. Se nos exige pureza de cuerpo y alma, frugalidad, humildad, transparencia y respeto absoluto a nuestros superiores.

Alguien dijo no entender lo que quería decir. Toliman aclaró:

—Al firmar aquello, hicimos votos de castidad, comedimiento y obediencia.

Las risas de la tripulación se detuvieron al ver el semblante serio de los cleaners.

—Nos pueden sancionar con una multa superior al doble de nuestro sueldo anual —apuntó Carina.

—Después de un año y cuatro meses trabajando sin parar, Carina aún tendría que pagarles —lamentó Toliman.

Los cleaners no se encontraban en una cárcel, sino en un monasterio de clausura regido por un duro prior de mente cerrada.

La voz de Mauni congelaba cuando se dirigió a Unfield.

—Cuéntenos usted lo demás, porque seguro que hay algo más.

—Cuanto más importante es una labor, mayor respaldo precisa —justificó Unfield—. Hombres y mujeres juntos, encerrados durante muchos meses en un espacio pequeño, sin un superior cercano que los guíe y controle, alejados de las civilizadas convenciones de la sociedad, ¿cómo se puede impedir que flaqueen? ¿Qué hicieron nuestros antepasados para conquistar inhóspitos territorios? ¿Cómo lograron no desfallecer ni echarse atrás? Necesitaron apuntalarse con unos valores que los sobrepasaban y que los impulsaban a crecer, a magnificarse…

—No permiten que nos llevemos anticonceptivos ni preservativos —apuntó Toliman.

—En Ciudad Estelar no hay matrimonios —repuso Unfield con aspereza—. Comandante Mauni, llevamos tres años dirigiendo grupos de cleaners y no hemos tenido ningún problema hasta ahora. Carina es la más joven del grupo, la más inocente. Será sancionada en su justa medida siempre que nos diga quién la sedujo. El culpable supone un peligro para la estabilidad del grupo y, por ende, para la consecución de nuestros proyectos. Con los dos hombres que marcharon en la Soyuz, más los tres del anterior relevo y los que quedan en Ciudad, tenemos diez posibles culpables. No sería difícil averiguar su identidad mediante interrogatorios individuales. Estamos dando a Carina la oportunidad de mostrar su arrepentimiento.

—Eres un enfermo —repuso con desprecio Toliman.

Su jefe lo intentó amedrentar.

—Nuestro dedo te señala a ti por el momento. Pareces muy preocupado por ayudar a tu compañera.

Carina negó con la cabeza y abrió la boca para expresar en palabras su gesto. Mauni le puso un dedo sobre los labios y volvió a enfrentarse a Unfield.

—Así que, resumamos, encierran a un conjunto de personas jóvenes, les racionan los alimentos, según usted para fortalecerlos; no les proporcionan profilácticos, les exigen la sumisión de un religioso arcaico…

—Comandante Mauni… ¿Puedo llamarte Mauni y tutearte?

—No tenemos confianza para ello —contestó secamente.

—Muy bien, comandante. Las formas no se pueden perder. Esa es la grandeza de los hombres y las mujeres que no tienen temor a ocupar un puesto en la historia…

—Basta, estamos cansados —le atajó Mauni—. Hace rato que deberíamos estar durmiendo. No podemos llegar a ningún acuerdo; ni siquiera tenemos aquí al director de vuelo. Hemos de esperar al cambio de turno, así que los cleaners pasarán la noche con nosotros —sentenció, y luego alzó la voz sin más necesidad que la del desahogo—. ¡Controlador! ¿Sigue ahí?

—Naturalmente, y también los veo —respondió.

—Vuelva a avisar a Bel. Dígale que no hace falta que venga hasta mañana a primera hora porque nos vamos a descansar. No veo que podamos sacar nada más en claro.

—Oiga, comandante —protestó Unfield—, no he dejado mi cama a estas horas intempestivas para nada. Quiero hablar con Carina a solas.

Entonces fue Toliman el que negó con la cabeza. A Mauni se le oscureció la voz cuando contestó:

—Señor Unfield, para nosotros ha sido de mucha utilidad hablar con usted. Si en vez de escucharlo con nuestros propios oídos, nos lo hubiesen contado, no hubiéramos podido creer que existiese en el siglo XXI un espécimen tan retrógrado. Le sugiero que acelere su contador evolutivo interno y mañana se presente con propuestas a la altura de los tiempos.

—Mi tiempo es el real—replicó—; el suyo es un ingenuo espejismo.

—Controlador, corte la llamada. Nos sentimos mareados.

El controlador empezó a objetar:

—El señor Unfield me indica que necesita hablar con…

—¡Controlador! —chilló Mauni.

Se giró a la tripulación y preguntó de nuevo dónde se encontraba la cámara en aquel módulo. Cuando se la señalaron, voló hasta ella, se situó para ofrecer un primer plano e hizo el gesto de degüello.

—Conexión interrumpida, comandante —informó el controlador.

Nos quedamos en silencio. Aquella noche no había nada más que decir; al menos, nada soportable. Mauni recomendó que nos fuéramos a dormir. Ofreció a los cleaners dos sacos en uno de los módulos de la ISS; pero aquella pareja declinó amablemente su invitación. Explicaron que, cuando operaban en órbitas alejadas de Ciudad Estelar, tardaban muchos días en regresar. Su nave estaba bien equipada y disponían de lo necesario para poder descansar en ella.

Ese comentario sobre la nave iluminó el interés aparcado de la tripulación. Los astronautas sentían mucha curiosidad y solicitaron echarle un vistazo. Para nosotros, los turistas, entrar allí equivalía a descubrir un monumento vedado. Los cleaners, esbozando una orgullosa sonrisa, aceptaron, y el ambiente se tornó alegre de pronto, quizá azuzado también por el deseo de quitarnos el mal sabor de boca que nos había dejado el diálogo con el señor Unfield.

Mientras volábamos hacia allí, Helios me susurró:

—Mauni ejerce con fuerza su cargo de comandante. Bel me comentó que era una piloto de pruebas amante del riesgo.

Me reí por lo bajo.

—No creo que el señor Unfield conozca ese dato —observé.

Toliman, al que Helios estaba ayudando a desplazarse, entró en la conversación.

—¿Estáis hablando de Bel, Ekue Bel, el negro? —preguntó.

—El mismo —respondió Helios.

Me sorprendió que lo conociese cuando yo ni siquiera lo había podido saludar en persona. Tan solo lo había visto un instante antes del despegue, a través de un monitor del cohete que nos mostraba la sala de control. Bel era un hombre joven, de raza negra y cara risueña.

Toliman explicó:

—Fui uno de sus profesores en la facultad de ingeniería aeronáutica. Era un tío envidiablemente loco.

—La verdad es que a mí me parecéis todos un poco desequilibrados —revelé.

Toliman lanzó una carcajada y me dio la razón. Mauni, que nos precedía, se volvió y dijo:

—¿De qué os reis por ahí atrás? Turistas y cleaners…, me da en la nariz que formaríais una pandilla bastante rebelde.

LA HUIDA

Los cleaners nos pidieron que entrásemos en la nave por turnos. Quise formar parte del primer grupo; pero los miembros de la tripulación se abrieron paso con acalorado empuje y me quedé relegado, junto con Helios y Mauni, a la segunda tanda; no hubo amables concesiones para los turistas. Cuando, al fin, nos tocó, penetramos en el interior de la nave a través de un conducto tubular estrecho que asocié al esófago de la bestia. Después nos dijeron que podía hacerse servir de esclusa para salir al vacío espacial. Al final de este tubo, nos esperaban Toliman y Carina.

—Denominamos rayas a estas naves —comentó Toliman—. El por qué, creo que salta a la vista. Luego cada uno bautiza a la suya con el nombre particular que desee.

—Esta es mi nave, mi fabulosa Águila de mar —proclamó Carina, y añadió enseguida—: Mauni, muchas gracias por tu ayuda y comprensión. Gracias también a vosotros por cederme vuestro asiento —nos dijo a Helios y a mí—. Espero que Unfield pueda concretar mañana la fecha de llegada de nuestro bote salvavidas y no necesite ocupar la plaza de nadie. ¿Cuáles son vuestros nombres?

Nos presentamos y, al oír el nombre de mi amigo, se sorprendieron. Toliman comentó que encajaría muy bien en

Ciudad Estelar. Como nuestras caras mostraban incomprensión, Carina explicó:

—Mi nombre verdadero y estelar coinciden. Fui el acicate para que los otros adoptasen nombres de estrellas.

Helios captó entonces a qué se referían y me explicó que Carina era una constelación austral que contenía la segunda estrella más brillante del firmamento, y Toliman o Alfa Centauri, una estrella binaria del sistema estelar más cercano a la Tierra.

Los cleaners sonrieron y elogiaron los conocimientos astronómicos de mi amigo.

—Empezó siendo un juego, pero estos apodos elevan nuestra moral —comentó Toliman—. Nos los hicimos nuestros y solo respondemos a ellos. Nuestros jefes no han tenido más remedio que respetar esta decisión; ya habéis oído que Unfield se dirige a nosotros de esta forma. A veces creo que se ha olvidado de nuestros nombres reales.

—Ese hombre se olvida de demasiadas cosas —masculló Mauni.

Ese comentario mordaz hizo reír a los cleaners.

Pasamos a un módulo cilíndrico donde, como era común en la arquitectura espacial, el color blanco imperaba; aunque en la modesta iluminación reinante, el gris invadía todos los recovecos. Me quedé anonadado ante su amplitud; tendría unos cinco metros de ancho por ocho de largo. Unas hileras de cuerdas, dispuestas del techo al suelo, permitían moverse en aquel recinto. Nos dijeron que era la bodega. Manojos de tubos, recogidos con anchas cintas, se alineaban a lo largo de la mitad superior de la pared. Otra serie de cilindros mayores, anclados mediante abrazaderas, se distribuían por la parte inferior. Un par de engendros, parecidos a cangrejos gigantes metálicos, se posaban sobre ellos sin atadura visible. Entremedio de aquel desbarajuste, se abrían paso unos brazos acabados en pinzas. Carina nos explicaba:

—Los tubos pequeños contienen ahuyentadores de dos tipos: minicohetes y cables de lastre. Los llamamos pirañas. Se acoplan a la chatarra mediana y la alejan hacia las órbitas deseadas. Según la situación y la peligrosidad de la basura, los cohetes la impulsan, o bien hacia las órbitas exteriores, o bien hacia el planeta con el fin de que se destruya por incineración al entrar en la atmósfera. Los cables largos de acero hacen de lastre y acercan la basura hacia órbitas bajas hasta que, por rozamiento, acaban también quemándose. Cuando los queremos disparar, mandamos a los brazos robóticos que los carguen en los cañones a través de esas aberturas que podéis ver en la proa, justo por encima de la esclusa —dijo, y nos indicó su posición—. Salen por lo que parecen las branquias —añadió, empleando el símil animal.

—Por ahí no caben los cilindros grandes —observó Mauni—. ¿Qué son?

—Son mariposas —respondió la joven, y una sonrisa afloró a sus labios—. Se cargan en los compartimentos ventrales, los que están adosados a la panza de la raya como si fuesen rémoras; ya sabéis, esos peces pequeños que se adhieren a otros mayores para desplazarse. Las mariposas se usan mucho. Siempre llevamos una carga preparada y más recambios en la bodega. Cuando las dejamos ir, despliegan sus alas y atrapan los escombros más pequeños.

—Desenrollan unas extensas láminas impregnadas de un gel adhesivo —apuntó Toliman de modo más realista y comprensible.

—Rayas, pirañas, rémoras, mariposas —desgrané— ¿Qué hacen los cangrejos? —inquirí, y señalé aquellos monstruos de acero. Su lustroso cuerpo tenía una anchura de unos sesenta centímetros. Los ojos cuadrados que sobresalían de su aplanada cabeza les daban el aspecto de estar siempre vigilantes.

Carina sonrió.

—Es verdad que parecen cangrejos por su forma; pero los llamamos rapaces.

El caso es que, allí, animales no faltaban. Aquellos navegantes solitarios, que surcaban un mar destructor de cualquier forma de vida, necesitaban dotar de alma a sus objetos y rodearse de mascotas que los acompañaran. Esa fue mi impresión, y pude imaginarme haciendo lo mismo si estuviese en su lugar.

Carina continuaba:

—Las rapaces son hábiles robots que entran y salen por la esclusa que acabáis de dejar atrás. Se aferran a los satélites inoperativos y los programan para que tomen rumbo a órbitas cementerio. Si las empresas propietarias requieren que intentemos arreglarlos, los traen hasta nuestras naves y los sujetan a la panza de la raya, detrás de las rémoras, con la ayuda de un par de brazos robóticos exteriores. De ese modo, los transportamos hasta Ciudad.

¡Robots! Estábamos en el paraíso deseado por Helios. Mi amigo ya lo había captado desde el principio y se había quedado embobado. Se acercó a una de las rapaces con veneración. Mauni, curiosa, se unió a él.

—¿Cómo es que no están atados? —pregunté guardando las distancias, pues desconfiaba de esos seres artificiales—. ¿No se golpean cuando la nave está en movimiento?

—Saben agarrarse —indicó Carina—. ¿Quieres verlos en acción, Josep? Ven conmigo.

Carina se dio impulso en uno de los racimos de cilindros y se situó en el fondo de aquella sala tan espaciosa. Me supo mal declinar su amable oferta y la seguí. Cuando llegué a su lado, levantó un brazo hacia una de aquellas rapaces y silbó.

Con enorme sorpresa, vi que el bicho venía hacia nosotros con el estilo de un halcón que obedeciera a su cetrero. Tenía cuatro garras metálicas algo apabullantes, pero efectuó el vuelo con una elegancia impropia de una máquina, extendiendo dos de sus patas como si fueran alas y pasando con habilidad entre las hileras de cuerdas. Llegó hasta nosotros y se posó con suavidad sobre el antebrazo de Carina. Visto de cerca, le faltaba belleza animal y le sobraban patas.

Toliman se acercó con cuidado, dándose impulso con los pies y abrazándose las costillas.

—Solo Carina puede conseguir eso —comentó—. Tengo la intención de modificar la cubierta de algunos de estos robots. Quisiera estilizarlos para que se asemejaran más a los pájaros. El día que volvamos a tener acceso a Internet, grabaré sus vuelos y los mostraré al mundo.

Helios y Mauni también se habían quedado estupefactos ante ese increíble dominio. La muchacha cleaner, con la cabeza echada hacia atrás, sonreía al robot como si estuviese admirando una altiva y esplendida águila.

Mi amigo se desplazó hasta nosotros.

—¡Por Einstein! ¿Cómo lo has conducido, Carina? —se interesó, al tiempo que acariciaba aquel aparato como si tuviese delicadas plumas

—Pensando —contestó en un tono agudo, lo cual dotaba a su respuesta de un aire juguetón—. Todos mis animales son muy dóciles —añadió, siguiendo con su pequeña broma.

Elevó un poco el brazo y la rapaz alzó el vuelo y volvió a su sitio. Mi amigo no se quedó conforme e insistió con la pregunta. Pero la explicación tuvo que esperar porque un zumbido grave e intenso nos interrumpió.

—Es la señal de aviso de la radio —informó Toliman—. Nuestros compañeros quieren hablar con nosotros. Vayamos al puente.

Carina ayudó a su compañero a subir hacia una amplia abertura situada en el techo de aquel cilindro. El cuerpo de aquella raya espacial tenía un segundo piso. Supuse que sería de dimensiones más reducidas. Los cleaners atravesaron ese agujero y desaparecieron de nuestra vista.

Los seguimos y nos adentramos en un corredor alargado de metro y medio de ancho por dos de alto, iluminado también con luces muy tenues. Desde la abertura hacia la popa se abrían, enfrentadas, un par de puertas. Luego supimos que albergaban el lavabo y la cocina; esta última era un habitáculo minúsculo que constaba de dos simples dispensadores de agua caliente. A continuación, hasta el final ciego del pasillo, se sucedían unos armarios empotrados donde guardaban víveres y enseres personales. De camino a la proa, se hallaban los camarotes: dos concavidades con sendos sacos de dormir tipo momia colgados. Me fijé que tenían un par de cinturones de seguridad, uno a la altura del pecho y otro al nivel de los muslos.

El corredor acababa en una sala semicircular bien iluminada de cinco metros de anchura. Se trataba del puente de mando, un auténtico puente de mando a imitación de las naves que había admirado en muchas películas de ciencia ficción. No me hubiese sorprendido encontrarme allí al capitán Kirk y a Spock, su impertérrito compañero.

En la curva parte frontal, sobre un panel, se situaban los controles y una sucesión de monitores. Por encima, una ristra de ventanas permitía tener una visión panorámica de los alrededores. Mientras lo observábamos todo con cara de boba alegría, nos explicaron que los cristales se oscurecían según la intensidad de la luz. Los rayos solares directos, no obstante, activaban de forma automática el cierre de las persianas exteriores, como si se tratasen de sensibles párpados.

Las dos sillas de los pilotos estaban asidas al panel. Me llamaron la atención porque, además de los cinturones habituales, tenían una horquilla acolchada con la que el astronauta podía reforzar su unión al asiento. Partían de la parte superior del respaldo y, en aquel momento, se encontraban alzadas. Me recordaron a las que se ponen como seguridad en las montañas rusas. Aquella doble sujeción sugería que esas naves efectuaban cambios bruscos de velocidad y dirección.

Al volverme, descubrí dos colchonetas de forma anatómica, dispuestas en vertical y provistas de un casco en su parte superior. Estaban adosadas a la pared que hacía de tabique con los camarotes y tenían también cinturones de seguridad superiores e inferiores, a la altura del pecho y de las piernas. Por lo demás, la sala del puente estaba despejada, salvo en la esquina izquierda, donde había un montón de sacos de agua recogidos mediante una red y sujetos al tabique con un par de cintas.

Carina se aproximó a un micro situado en medio del panel y habló:

—Aquí Carina desde Águila de mar. Adelante, espaciopuerto.

—Aquí Sadalmelik desde Ciudad. ¿Cómo os ha ido? ¿Habéis conseguido que nos permitan dirigirnos a los medios de comunicación? Toliman, ¿les has hablado de nuestra propuesta? Informad, por favor.

—Todo está yendo bien —respondió Carina—. La tripulación nos ha dispensado una buena acogida. Apoyarán nuestra petición de leer un comunicado al mundo.

Gritos de triunfo se filtraron por la radio. Toliman pidió a su compañera que le dejase el micro.

—Al habla Toliman. Como acordamos, les he ofrecido cubrir el coste del retorno de Carina. Los astronautas de la ISS comparten nuestra opinión y creen que es necesario que vuelva lo antes posible. —Hubo más exclamaciones jubilosas—. Tanto los científicos que iban a partir como los dos turistas han ofrecido su plaza. Por cierto, tenemos a los turistas aquí, con nosotros, y también a la comandante Mauni. Les estamos enseñando la nave.

Ciertos ruidos y frases indicaban que se estaba produciendo un cambio de interlocutor en Ciudad Estelar. Surgió una nueva voz.

—¡Saludos cordiales a todos! Habla Sadalsuud en nombre de los cleaners que estamos en Ciudad. Queremos dar las gracias a los tripulantes de la Estación por haber recibido tan bien a nuestros compañeros. Agradecemos su respaldo y apreciamos en todo lo que vale la generosidad mostrada con Carina. Sabemos que la persona que le ceda su sitio deberá permanecer en el espacio un mes más. No olvidaremos su sacrificio. Estaremos en deuda con ella y con todos ustedes.

Helios me murmuró al oído que Sadalsuud y Sadalmelik eran dos estrellas gigantes de la constelación de Acuario.

Mauni se acercó al micro y expresó el deseo de ayudarlos en todo lo que fuera posible. Todavía no habíamos podido darles paso a los medios de comunicación terrestre, les dijo, pues nos encontrábamos en horario nocturno y las personas responsables que podían tomar esa decisión no se encontraban en el centro de mando, pero estaba segura de que a la mañana siguiente su petición sería atendida.

Sadalsuud reiteró los agradecimientos. Su textura de voz era muy agradable.

Carina volvió a situarse frente al micro.

—Amigos, gracias por vuestro valioso regalo. Lo tomo como un préstamo. Os lo devolveré. —Hizo una pausa y, cuando volvió a hablar, su voz temblaba ligeramente—. Lo he visto. Me han hecho una ecografía y he visto a mi bebé, y también he escuchado su corazón. Late con fuerza, con vigor.

Se escuchó otra vez una algarabía. La potente voz de Sadalmelik sobresalió con la esperada pregunta acerca del sexo de la criatura.

—No lo hemos podido discernir —respondió la joven.

Toliman se acercó al micro.

—Quiero informaros de que su centro de mando avisó a Cleanspace de nuestra llegada y Unfield habló con nosotros. Nos ordenó que volviésemos, primero de buenas maneras y luego con las que suele usar. La comandante Mauni se sumó a nuestra demanda de un compromiso concreto que solucione nuestros problemas. En cuanto recibáis noticias, avisadnos. Carina y yo intentaremos dormir un poco.

Sadalsuud empezó a despedirse, pero Sadalmelik se coló para informar:

—Después de intentar amilanaros, Unfield se comunicó con Ciudad y declamó un discurso plagado de meteoritos y rayos cósmicos. Está que arde.

—Me admira la rapidez con la que han arreglado el fallo en vuestro sistema de transmisión —comentó Mauni con sarcasmo.

Carina quiso saber el contenido del discurso. Oímos un rifirrafe por el dominio de la radio y, a los pocos segundos, escuchamos:

—Sadalsuud al habla. Compañeros, vamos por buen camino. No se esperaban esta reacción. Al no poder establecer contacto con la ISS, creían que no nos atreveríamos a atracar sin su expresa autorización. Sus palabras exaltadas reflejan el pavor que sienten al ver que los pájaros han abierto la puerta de la jaula.

Esa percepción no coincidía con la de otros compañeros: se oía una discusión lejana. La voz de Sadalsuud se perdió en medio de otras voces excitadas. Carina y Toliman pusieron caras de preocupación. La joven miraba hacia el altavoz, por donde intentaban filtrarse las palabras enconadas, y su compañero la observaba a ella.

—Los habrá amenazado hasta ponerlos nerviosos —opinó Toliman—. Llevamos toda la noche en vela. Olvidemos a Unfield e intentemos descansar. Nuestros anfitriones también tienen que irse a dormir.

Carina alzó la voz y reclamó la atención de sus compañeros.

—Ciudad Estelar, si mi decisión puede perjudicaros, quiero saberlo.

La discusión arreció. Algunas palabras consiguieron viajar hasta nosotros. Las más significativas fueron: ultimátum, delación, maltrato y sanciones. De pronto, se hizo el silencio: habían cortado la comunicación. Carina miró fijamente el panel y un piloto rojo se puso a parpadear. Toliman la apartó con suavidad.

—Deja de activar la radio; la han cerrado —dijo—. Dales tiempo para calmarse. Sabes que Unfield puede ser exasperante.

Carina se volvió a él.

—No quiero ocasionaros problemas. Hemos venido a pedir ayuda para todos, en especial para ti. Tus huesos tardarán una eternidad en soldarse si permaneces en el espacio. Os agradezco vuestro gesto. Que hayáis colaborado todos me ha llegado muy adentro. Pero es una locura. Si marcho…

—Debes irte —subrayó Toliman—. Si deseas mi sincera opinión, no creo que mañana nos ofrezcan nada en concreto. Además, ¿por qué tendríamos que fiarnos de sus promesas? Aunque nos dijesen que en una semana iba a llegar el bote salvavidas, ¿qué garantías nos podrían aportar? Cuando salgamos de la Estación Espacial, nos volverán a tener en sus manos, y puede que presionen al centro de mando de la ISS para que no permitan un nuevo contacto.

Los rasgos de Carina se tensaron.

—Si el presidente de Cleanspace me da mañana su palabra, volveré a Ciudad —resolvió—. Regresaré a cambio de que te permitan marchar, Toliman.

Mauni intervino:

—Eso no me parece sensato. Creo que urge repatriarte. La vida de tu hijo está en juego.

La joven frunció un obstinado ceño y no respondió. Toliman se mesó la enredada melena hacia atrás y volvió a la carga.

—Vine hasta aquí para dejarte. La negociación se centra en la apertura de comunicaciones y en el envío de los botes. Tú no eres tema de discusión; tú te vas.

—No puedo aceptar que paguéis mi pasaje —objetó Carina—. No sé cuánto tiempo tardaría en saldar esa deuda. Si la empresa me sanciona, me quedaré sin nada. Es preferible que vuelva a Ciudad. Los responsables del centro de mando de la ISS conocen ahora mi estado y apremiarán a Cleanspace para que me evacúen lo antes posible. Los directivos de nuestra empresa no desearán que los tachen de inhumanos.

Toliman se impacientó.

—¿No has escuchado a Unfield? Su mujer trabajó hasta el último día. ¡Casi da a luz en su puesto! Quieren que te quedes hasta mediados de tu noveno mes. No sabemos si el Consorcio Espacial, encargado de la ISS, podrá o querrá convencerlos de lo contrario. Me temo que vamos a tener por delante semanas de arduas negociaciones hasta conseguir el envío de las naves y los medicamentos. Ambas necesidades son urgentes, pero no tan perentorias como la protección de tu hijo. —Inspiró con fuerza y agregó—: Estoy decidido. Después de transmitir nuestro mensaje a las agencias periodísticas, regresaré a Ciudad sin ti.

Carina se le enfrentó.

—Esta es mi nave, Toliman —dijo—. Aquí soy la capitana.

La tozudez de la joven me desconcertaba. Aquella muchacha no evaluaba con rigor los riesgos. Se había armado con un escudo de invulnerabilidad y no era consciente de que el cosmos podía arrebatárselo con un leve zarpazo.

Helios se entrometió en la discusión.

—¿Por qué se resisten a bajarte a la Tierra? ¿No pueden sustituirte?

—Nadie es imprescindible. En Ciudad hay cinco pilotos más —respondió Toliman, sin destensar el hilo de lucha tendido entre sus ojos y los de su compañera.

Carina ladeó la cabeza en señal de desaprobación, lo que indujo a Toliman a hacer una precisión y a seguir argumentando.

—Está bien, uno de los pilotos se marchó en la Soyuz y ahora quedamos cuatro. Pero los técnicos están aprendiendo a buen ritmo.

—Así que el tripulante que enfermó fue uno de los pilotos —supuse.

Mi comentario cortó el hilo. Ambos nos miraron, y advertí que sus rostros reflejaban cierta incomodidad. Carina respondió:

—No, en realidad..., solo debía bajar el compañero que se encontraba mal, uno de los técnicos de mantenimiento. El piloto y una de las ingenieras se introdujeron en la nave sin permiso.

—Los primeros polizones espaciales —observé.

—Se escaparon —juzgó Mauni—. Huyeron de unas condiciones laborales pésimas.

—Esa fuga os ha perjudicado, ¿no es cierto? —conjeturó Helios—. No quieren enviaros más naves para evitar deserciones.

Mauni y yo no pudimos creer que aquello pudiese ser cierto: Cleanspace no podía erigir un penal en el espacio por ese motivo. Esperábamos que los cleaners echaran abajo esa inmisericorde suposición; sin embargo, su grave semblante ratificaba la hipótesis de mi amigo.

—No lo han expresado de esa manera tan directa —apuntó Toliman—; pero coincidimos contigo en esa percepción. Ya antes de ese episodio, nos escatimaban plazas salvavidas. Nunca hemos dispuesto de más de un bote, y de los pequeños, solo para un caso de urgencia. Tuvimos que usarlo hace un año, también por un problema de salud de una compañera. En esa ocasión, nos lo repusieron en tres días. Esta tardanza de ahora no tiene más sentido que enviarnos una intimidatoria advertencia. Discutimos a menudo con nuestra base terrestre, sobre todo con Unfield. No tiene mucho aguante y, como habéis podido observar, se le escapan comentarios que delatan sus verdaderas intenciones. Dedujimos lo mismo que Helios cuando, en una de esas pérdidas de control, nos espetó que no se podían permitir más abandonos y que debían cumplir con los compromisos que habían asumido con sus clientes.

Mauni, con los ojos llameantes por la indignación, se dirigió a Carina.

—No hay duda, entonces, de que debes volver a la Tierra con los turistas.

—Tienen motivos para no fiarse de nosotros —opinó la joven.

—¿Acaso podemos nosotros confiar en ellos? —se soliviantó Toliman—. ¡No seas tan condescendiente! Dime, ¿por qué tuvo el técnico ese ataque de riñón? —Se volvió hacia nosotros y explicó—: Sin medicación y sin tiempo suficiente para hacer ejercicio, nuestros huesos pierden calcio y parte de él se acumula en los riñones y forma piedras. ¡El pobre tenía unos dolores terribles y tardaron cinco días en otorgarle el permiso de retorno! En cuanto a Alamak, el piloto, estaba exhausto; llevaba un ritmo de trabajo desenfrenado y se sentía intranquilo. Hacía tiempo que no dormía bien.

—Y partió junto con su novia sin despedirse siquiera—agregó Carina, cruzándose de brazos con enojo—. Tú fuiste uno de los que más te enfadaste por su traición, Toliman. No los defiendas ahora.

—¡Pero no porque se marcharan, sino porque no contaron con los demás! —concretó. Suspiró y continuó en un tono más tranquilo—. Todos deseábamos salir de Ciudad. Todos soñábamos que robábamos la Soyuz y nos largábamos —confesó—. Unos cuantos solicitamos volver, y se nos denegó de forma rotunda. La empresa alegó que tenía muchos encargos y no podía prescindir de más personal: un mensaje reiterativo. Lo consideramos un abuso y llegamos a sopesar la idea de colarnos. Posiblemente, no se hubieran enterado de nuestra presencia hasta que hubiésemos aterrizado. Aquella Soyuz estaba muy vieja; la debieron de comprar a precio de saldo. La cámara interna no funcionaba, y muchos de sus sensores, tampoco. Pero el temor de que pudiese haber represalias nos echó atrás. Alamak y su novia aceptaron la decisión aprobada por la mayoría; pero después se fueron, aun sabiendo que podían perjudicarnos gravemente.

Su visión de los hechos estaba desvirtuada. Mauni intentó hacerles ver que no estaban juzgando el asunto con objetividad.

—El estar viviendo siempre bajo tanta presión os dificulta ver las cosas con claridad —incidió—. Que un par de vosotros se marchasen sin el consentimiento de vuestros superiores no justifica, de ningún modo, que no os proporcionen más naves. En especial tú, Carina, parece que estés sufriendo el síndrome de Estocolmo.

La radio volvió a emitir:

—Aquí Sadalsuud desde Ciudad Estelar. Perdonad la interrupción.

Carina quiso saber por qué habían discutido.

—No discutíamos —aseguró el cleaner—. Todos querían hablaros, de ahí el cúmulo de voces.

—¿Puedes pasarle la radio a Sadalmelik? —solicitó la muchacha. Estaba claro que no se había creído esa excusa y que buscaba sonsacarle la verdad a otro.

—Estoy solo —repuso—; los demás se han ido a dormir. Buen viaje, Carina. No te rindas, Toliman, y negocia bien. Os deseo buenas noches y me retiro también.

Toliman respondió antes de que su compañera pusiese alguna objeción.

—Buenos noches, Sadalsuud. Avisadnos de cualquier novedad —dijo, y enseguida cerró la radio—. Será mejor que durmamos todo lo posible. Preveo que mañana va a ser un día complicado.

—Sin duda, lo será —consideró Mauni—. Perdonad que os hayamos molestado tanto. Nos hemos olvidado de lo tarde que es para vosotros.

Nos hizo un gesto a Helios y a mí para que la siguiéramos hacia la salida; pero mi amigo la detuvo con una mano en alto.

—Un momento, por favor. Es muy probable que mañana no tenga la oportunidad de hablar con Carina y me gustaría conocer el modo en que se ha comunicado con los robots y ha activado la radio sin tocar nada.

—Lleva un implante cerebral —aclaró Toliman—. Todos los pilotos lo llevamos.

Sin duda, los cleaners eran una caja de sorpresas. Los seis pilotos se habían prestado de forma voluntaria a someterse a una intervención en su cerebro. El experimento venía de lejos, de los inicios de la construcción de las naves. Además del control manual, las rayas podían ser dirigidas mediante señales transmitidas desde los chips cerebrales; procesadores minúsculos que traducían la actividad eléctrica de las células nerviosas, de manera que constituían una eficiente interfaz entre la mente y la computadora central de la raya.

Los primeros pilotos no necesitaron mucho tiempo de aprendizaje para controlar ese sistema de mando. Toliman había formado parte de ese grupo inicial de astronautas. Si no hubiese sido por su barba y melena, lo habríamos reconocido; pues los integrantes de la primera expedición habían sido fotografiados y filmados decenas de veces.

—Al principio, solo tres pilotos nos avinimos a ello —explicaba Toliman—. Acabáis de escuchar a los otros dos: los Sadal. Cuando nos lo propusieron, tuvimos nuestras reservas; la cirugía cerebral no es ninguna banalidad. Sin embargo, conocíamos el prestigio de los expertos en robótica biomédica que iban a responsabilizarse del proyecto, y las reuniones que tuvimos con ellos nos acabaron de convencer. El peligro era minúsculo, y el poder que nos conferiría sobre una enorme nave, muy atrayente. Hicimos unos previos tanteos, usando una red de electrodos adheridos al cuero cabelludo. Con aquella extravagante gorra, conseguíamos dominar un simulador de vuelo con bastante precisión solo con el pensamiento. Fue espectacular. ¿Cómo no íbamos a apostar por aquel sistema más propio de dioses que de humanos? ¿Hasta dónde podríamos llegar si conectábamos esos electrodos directamente a nuestras neuronas? Puedo deciros ahora que lo que previmos se quedó corto. Nuestras nuevas habilidades nos llenan de satisfacción.

A Toliman le chispeaban los ojos. Los astronautas estaban hechos de una pasta especial, tan dúctil ante el peligro que podían moldearla a su loca conveniencia.

—Os envidio —declaró Helios.

Otro que tal.

—La operación fue bien —continuó Toliman—. El postoperatorio no tuvo mayores molestias que unos leves mareos los primeros días. En cuanto me lo permitieron y pude probar de nuevo el simulador, advertí que su manejo a través del implante era mucho más ágil que con el control manual. Fue un logro mayúsculo que quise ensayar enseguida en una nave real. Nos entrenamos primero con un computador idéntico al de las naves cleaner. Después construyeron un artefacto volador similar a una avioneta, con un sistema de control de vuelo parejo al de las futuras rayas. El asiento del piloto era eyectable, y llevábamos el paracaídas por si acaso se nos descontrolaba. Esas naves no podían despegar, así que un helicóptero nos subía hasta un par de kilómetros de altura y luego nos dejaba ir. Aún recuerdo mi primera vez....

Toliman se quedó pensativo, perdido en las nubes por las que manejó su avioneta.

—¿Y? —preguntó Helios, animándole a continuar.

—Me sentí un dios.

—No digas eso —le recriminó Carina.

—Perdona, un semidiós —corrigió Toliman—; la diosa eres tú. —Carina arrugó la nariz de forma graciosa—. Los dos Sadal y yo no hemos alcanzado tu maestría. Ni tampoco los otros dos pilotos, aunque carguen con lo mismo que tú.

Me tenía intrigado el hecho de que sus compañeros hubiesen escogido unas estrellas con nombres tan parecidos; no habría sido por falta de material...

Carina satisfizo mi curiosidad.

—Son muy buenos amigos, casi inseparables —explicó—. Salen juntos de Ciudad a trabajar y regresan juntos. Siempre dicen, en broma, que el día que le pase algo a uno de ellos, el otro tampoco volverá.

Mauni, al igual que Helios, quiso saber más detalles acerca de esos implantes.

Carina había formado parte del segundo grupo de experimentación. Los biomédicos responsables, alentados por el triunfo obtenido con Toliman y los Sadal, desarrollaron unos procesadores que permitían comunicar órdenes más precisas. El punto de dificultad residía en que debían insertarse a un nivel cerebral más profundo.

—El riesgo era mayor —admitió Carina—, pero también lo era el premio. Ampliaron los programas de modo que facilitaran el dominio de los robots ayudantes: las rapaces que os acabamos de mostrar y las mariposas.

—Buscaron a pilotos veinteañeros y los convencieron —recalcó Toliman—. La juventud se siente vigorosa y nada la asusta.

—Todo salió bien —replicó Carina.

—Carina es la más diestra —alabó Toliman—. Puede controlar a la vez todas las mariposas que lleva esta nave y es capaz de domar a las rapaces para que ejecuten funciones no cazadoras, como ese vuelo que habéis visto. Es la mejor de todos, por eso no quieren dejarla ir.

Ese control remoto a discreción sobre los robots no lo había escuchado nunca. Lo más parecido que conocía eran las prótesis mioeléctricas. Las conectaban a chips insertados en el área cerebral que se ocupaba del movimiento voluntario y, tras un tiempo de entrenamiento, la persona podía moverlas como si formasen parte del propio cuerpo. Sin embargo, Carina no precisaba el contacto físico. Le habían otorgado la habilidad de la telequinesis sobre robots.

—Unfield mencionó que Carina formaba parte del grupo de seis —recordó Mauni—. ¿Se refería entonces a los pilotos que lleváis implantes?

—Sí, a los seis locos —confirmó Toliman—. Nuestras facultades nos hacen ser muy productivos. De entre nosotros, resaltan los tres últimos implantados porque, además de pilotar naves mediante órdenes cerebrales, también pueden gobernar robots. Alamak pertenecía a ese grupo especial. Su fuga en la Soyuz debió de caer como agua helada sobre los ardorosos proyectos de Cleanspace. Ahora no quieren perder a otro.

—Cuando pasamos a manos de Cleanspace, una de sus primeras medidas de ahorro fue desmantelar el departamento de investigación —añadió Carina—. No se han vuelto a hacer más implantes.

—Los técnicos que hay en Ciudad pueden pilotar estas naves de forma manual —expuso Toliman—. Los he estado adiestrando y todos dan la talla. Necesitamos disponer de compañeros que cubran bajas por accidente o enfermedad, y también que nos puedan sustituir durante nuestros descansos, que deberían ser más frecuentes para poder recuperarnos de las agresiones del espacio.

Por desgracia, tuve que detener los entrenamientos cuando me fracturé los huesos.

—Si no es mucha indiscreción —dijo Mauni—, tengo mucha curiosidad por saber cómo es posible romperse tantas costillas viviendo en microgravedad. Unfield te llamó irresponsable.

Toliman bajó la vista, esbozó una leve sonrisa e hizo una negación sutil con la cabeza, como si a él también le costara creer que hubiese podido quebrarse de esa manera.

—Pues veréis, los domingos nos reunimos en la sala común y organizamos un partido...

Me quedé pasmado: ¿tan enorme era esa estancia? El nombre de Ciudad podría provenir de su buen tamaño y de su diversidad de ambientes. La Estación podría considerarse, entonces, un pueblito.

—¿Un partido de fútbol? —pregunté.

Carina bufó, meneó la cabeza y, de rebote, la coleta.

—Se han inventado un juego salvaje —dijo en tono agrio—. Le llaman el rugbasket.

Toliman no le hizo caso y explicó con viva expresión:

—La sala es cilíndrica y bastante grande. Hemos colocado una canasta en cada extremo. Los puntos se consiguen encestando la pelota; pero como botarla sería complicado, el avance es libre y se permiten hacer placajes, como en rugby. En fin, me lesioné durante el último partido.

—Aquello es el "todo vale" —matizó Carina—. Se agarran como fieras, se estrujan. Hace mucho tiempo que dejé de participar, desde que me dieron tal golpe que no me hizo falta acercarme a una ventana para ver las estrellas. Son muy burros —siguió matizando—, tanto los hombres como las mujeres.

—Estábamos en la semifinal y puede que imprimiéramos al juego demasiada potencia —justificó Toliman—. Pero si hubiese tenido los huesos en buenas condiciones, no se me hubieran roto. La falta de densificadores merma nuestra fortaleza ósea. ¡Si al menos hubiéramos podido arreglar la centrifugadora!

Helios volvió a intervenir.

—Perdonad que vuelva sobre el tema de los implantes —dijo—, pero es que me asaltan bastantes cuestiones. Desconozco las dificultades que pueden presentarse en una navegación espacial. Aunque imagino que son menores que en un vuelo terrestre, el manejo de estas naves debe de implicar instrucciones complejas.

Esos chips que os han insertado deberían poder traducir un conjunto de órdenes casi inmediatas, ¿me equivoco?

No se equivocaba. De la exposición de los cleaners, entendí que la conexión hombre-máquina había tenido más éxito de lo esperado y que no existían problemas de comprensión. Pero tenía algunas dudas. Las máquinas funcionaban de forma digital; sin embargo, en nuestra mente analógica, los pensamientos volaban a gran velocidad, y solo una persona que meditase con frecuencia podía serenarlos durante un tiempo. Sin el límite físico de un tecleo o un manejo manual, el chorro de ideas, preocupaciones y mandatos provenientes de un ser humano, sobre todo de sexo femenino, colapsaría cualquier ordenador. Y el problema mayor de aquel empalme entre neuronas y circuitos no sería la avalancha, sino la variedad de materiales que pudiese arrastrar. En tal diversidad, también las mujeres nos aventajaban. ¿Cómo separaban esos chips el grano de la paja, el: "Nave, sigue recto y a la misma velocidad", del: "En el trabajo, debo empezar a…, revisar el…, acabar un… ¿Se habrá llevado la chaqueta mi hijo?... No le he dicho a mi marido que… Tengo que pasar a buscar la… En cuanto llegue voy a… Sobre todo, no puedo olvidarme de… Llamaré a mi madre y…". ¿Cómo no se fundían esos chips? ¿Cómo no se les cruzaban las aletas a esas rayas?

—La explicación es sencilla, Josep —me respondió Toliman cuando le presenté esa cuestión. Los otros asintieron como si supiesen la respuesta—. El procesador admite órdenes claras, definidas y que tengan su entrada correspondiente. Para que me entiendas, si tu mandato no lleva un módulo de acoplamiento que encaje con un puerto del chip, no puede conectar. Los pensamientos ajenos a la navegación son rebotados.

Mauni supuso que los problemas podrían derivarse de esas órdenes que llegaban al procesador. No podían permitirse tener un despiste.

Carina repuso, con lógica, que debían conducir con la mente despejada, como cualquier piloto en la Tierra.

—Puede que aquí lo tengáis un poco más fácil —comenté—. Hay menos cosas contra las que estrellarse. Ni siquiera hay suelo.

No lo dije para que se rieran, sino para desechar como motivo de preocupación un fenómeno tan poco probable; pero los cleaners me señalaron que su trabajo consistía en recoger basura. Debían aproximarse a objetos que viajaban a altas velocidades y se desplazaban por órbitas inestables. Era vital que estuviesen bien descansados, y con el cerebro libre de preocupaciones, para poder emplear toda la fuerza de la mente y actuar con la máxima escrupulosidad, más si cabe cuando su implante era sensible a la intensidad del pensamiento y lo traducía en rapidez de movimientos, precisión y potencia. Ese último dato azuzó al sabueso científico que Helios llevaba dentro. Mi amigo inició un interrogatorio marcado por una exigencia que solo su desinhibida pasión excusaba. La conversación derivó hacia explicaciones demasiado técnicas para mí. Preguntó sobre electrodos, algoritmos y otros términos semejantes. Eran cuestiones cuya respuesta detallada quedaba, en muchas ocasiones, alejada de los conocimientos de los cleaners; unas limitaciones que no frenaban el ansia de saber de mi amigo. Cuando Mauni advirtió que su entusiasmo no se desinflaba, lo agarró del brazo y lo arrastró fuera de la nave. Toliman y Carina se rieron y nos acompañaron hasta la escotilla de salida.

—¡Mañana seguiremos hablando! —dijo Helios.

Los cleaners alzaron las manos en un último saludo y volvieron a introducirse en la raya. Supuse que irían directos a introducirse en los sacos de dormir. Nosotros los imitaríamos enseguida.

Reconocí que Helios tenía razón: aquel viaje estaba resultando muy completo. Tendría muchas cosas que contar a mi vuelta.

. . .

Helios y Mauni parloteaban sin cesar mientras atravesábamos el módulo *Unity*, en dirección a nuestros sacos. Los seguí en silencio, inmerso en la emoción infantil de haber estado en una nave espacial de película, pero sin dejar de reflexionar en lo que suponía ser su piloto. Los cleaners vagaban por un medio pernicioso que los engulliría al menor error. Intuí que la unión con su nave, además de incrementar la cualidad del pilotaje, tenía otra utilidad. Su maestría les obsequiaba con un autoengaño de fortaleza que les era imprescindible para sobrevivir y soportar una estancia de cuatro años. Habían llegado a la ISS y puesto sobre la mesa muchas quejas y peticiones, pero ninguna perseguía acortar el tiempo de vida en el espacio; únicamente habían solicitado incrementar los descansos. No podía entenderlo, pero también me chocaba que la especie humana no hubiese huido de los paisajes áridos que asolaban ciertas áreas de la Tierra. Criado en una región de clima suave, bosques fragantes, inviernos efímeros y un mar poco temperamental en la costa, rechazaba sufrir contrariedades a causa de la latitud o altitud donde me encontrara. Aun cuando Ciudad Estelar fuera un excelente cobijo donde atrincherarse, los alrededores no eran nada complacientes y los peligros no dejaban de acechar.

Una explosión nos heló la sangre y nos detuvo en seco. Un rugido sordo empezó a inundar la ISS.

El controlador terrestre gritó a través de los altavoces:

—¡Algo ha impactado en el módulo *Destiny*! ¡Está perdiendo aire! ¡Busquen refugio en las naves salvavidas!

Acabábamos de entrar en ese módulo. Sentí que me estallaban los oídos, como si ascendiese con rapidez en un avión. El espacio estaba succionando con fruición nuestro aire. Mauni dio la vuelta y nos empujó hacia atrás a la vez que chillaba instrucciones al centro de mando y a nosotros:

—¡Selle el *Destiny* a mi orden, controlador! ¡Retroceded! ¡Fuera de aquí!

La escotilla se abría a escasos tres metros de nosotros. Giré, puse ambos pies en una pared y me impulsé con toda mi alma. Me situé el primero y salí del módulo seguido por mis compañeros.

—¡Controlador, estamos todos fuera, en el *Unity*! —avisó Mauni—. Cierre las compuertas del módulo afectado. ¡Aíslelo!

La escotilla se cerró enseguida.

—Insuflamos aire al *Unity* para restablecer la presión atmosférica. Diríjanse al puerto del *Zvezda* —indicó el controlador, sin poder dominar la voz lo suficiente como para que no advirtiéramos que el nerviosismo se había apoderado del centro terrestre.

Volamos hacia allí. Me quedé el último del grupo, pues me había quedado aturdido unos instantes. Sin dejar de avanzar, Mauni preguntó si estábamos bien. Asentimos con la cabeza, sin decir palabra; en mi caso porque la facultad de hablar se había perdido entre acelerados latidos y entrecortadas respiraciones. Todavía estaba asimilando lo que acababa de ocurrir.

Al atravesar el conducto que unía el *Unity* con el puerto donde estaba anclada la nave cleaner, tanto Mauni como Helios echaron una rápida mirada hacia allí mientras seguían camino hacia el *Zarya*, el módulo siguiente. Detrás de ellos, hice el mismo gesto al llegar a ese punto. La compuerta de la nave cleaner estaba cerrada y me pregunté cómo podríamos avisarlos.

—¿Dónde se encuentra el resto de la tripulación? —preguntó Mauni.

El controlador dijo que cuatro personas, entre ellas el otro piloto, se encontraban ya en el interior de la nave de salvamento unida al *Harmony*. El científico que faltaba estaba durmiendo en el *Zarya* cuando se había producido el choque. Se había refugiado en la nave anclada al *Zvezda* y nos estaba esperando.

Pensé que no hubiéramos cabido en la primera nave, que hubiera sido necesario, de todos modos, atravesar la Estación hasta el otro extremo. Mi sangre circulaba a toda velocidad y mis músculos, si hubiera podido hacer pie, hubieran conseguido hacerme correr como un atleta. Intenté alejar de mi mente el terrible hecho de que algo había atravesado uno de los módulos.

El controlador avisó:

—Cuando lleguen a la nave salvavidas, permanezcan allí hasta nueva orden.

—Será preciso salir al exterior para comprobar los daños —comentaba Mauni—. En cuanto restablezcan por completo la presión, nos pondremos a ello. Hemos de advertir a los cleaners…

Una segunda explosión nos detuvo a mitad del módulo *Zarya*. El dolor en los oídos retornó con rabioso brío y se hizo enseguida insoportable. Instintivamente, nos tapamos las orejas con las manos. Notamos una corriente de aire: se había producido otro agujero en la coraza. La escotilla que teníamos enfrente empezó a cerrarse.

—Controlador, ¿qué está ocurriendo? ¡Informe! —gritó Mauni.

—¡Otro impacto en el *Zvezda*! ¡La estructura de la Estación se está desestabilizando! ¡Evacuación inmediata! ¡Comandante, deben retroceder! Vayan hacia el otro…

La comunicación se cortó y las luces se apagaron. Hubiese gritado de pánico si mis fuertes jadeos no hubieran estrangulado mis cuerdas vocales. Relacioné aquella escalofriante oscuridad con una ausencia de aire y empecé a tener dificultades para respirar. Oí a Helios llamarme y a Mauni decirle que me buscara por el interior de aquel oscuro habitáculo. Me había alejado de mis compañeros en el último segundo mediante un aterrado impulso de huida. Ni con los brazos estirados conseguía tocar nada, así que debía de hallarme en medio del módulo. Me daba la sensación de estar cayendo por un enorme agujero negro, vacío y sin fondo.

Pataleé, intentando llegar a una pared, hasta que unas manos me agarraron.

—¡Aquí está! ¡Lo tengo! —gritó Helios.

Mauni se acercó a nosotros; noté su aliento muy cerca de mi cara.

—Josep, reacciona, por favor. Los módulos que han sufrido daños han sido sellados. Acabo de revisar la compuerta y está cerrada por completo. Cálmate y respira con tranquilidad o tú mismo te intoxicarás con el dióxido de carbono que estás exhalando. Ten en cuenta que los ventiladores no funcionan y que, por consiguiente, el aire no circula.

Saber que el aire estaba pegado a mí, tal cual tuviese la cabeza metida en una bolsa de plástico, consiguió angustiarme aún más.

Helios intervino con voz algo trémula.

—Recuerda los protocolos de evacuación que ensayamos juntos tantas veces. Éramos invencibles. No me falles, amigo, no me falles.

Los protocolos, los protocolos… Nunca imaginé que necesitaría seguirlos para salvar mi vida. Si en su momento me había faltado valor para tomarme en serio esa fatídica posibilidad, desconocía de dónde iba a sacar el coraje suficiente para afrontar un peligro real.

Me dije que debía empezar por el primer punto: mantener la cabeza fría y, si era posible, el estómago en su sitio. Inspiré con fuerza y, sin ánimo para sostener una voz entera, murmuré:

—¿Qué podemos hacer?

—Volvamos —propuso Mauni.

¿Volver?, ¿adónde? Las naves de salvamento habrían partido sin nosotros, puesto que no podíamos llegar hasta ellas. La Estación se estaba resquebrajando. El fallo en el sistema eléctrico y en la radio no indicaba nada bueno. Todo apuntaba a que íbamos a morir asfixiados en esos módulos centrales.

Me quedé paralizado, perlado de sudor. La voz del miedo me hablaba y decía que el letal espacio invadiría nuestro refugio y que nadie podría salvarnos. ¿Dónde estaba mi mundo? Me había quedado ciego y no podía verlo. Busqué con desespero algún atisbo de claridad.

Y algo brilló. Las estrellas habían entrado en nuestra casa: unas luces se acercaban con rapidez.

—¿Qué es eso? —preguntó Mauni.

Helios dijo que parecían linternas, pero a mí me parecieron fuegos fatuos que, por esos lares, provendrían de otros espíritus perdidos en el espacio.

Cuando llegaron hasta nosotros, me di cuenta de que los haces de luz surgían de unos pequeños focos adosados a la parte delantera de las rapaces. Enfocaron hacia nuestro grupo y pude ver de nuevo las caras de mis compañeros de infortunio.

—Sus ojos son cámaras —apuntó Helios—. Sus dueños nos están viendo.

Era asombroso. Aunque estuviésemos metidos en un terrible aprieto, Helios no dejaba de cavilar en el funcionamiento de las cosas. Esa manera de ser ofrecía argumentos de peso a la parte de mi mente que necesitaba serenarse: no podía estar ocurriendo nada demasiado trágico cuando mi sabio amigo se dedicaba a esclarecer la utilidad de los elementos anatómicos de aquellos cangrejos con alma de pájaros.

Las luces se movieron a nuestro alrededor. Una de ellas separó a Mauni y a Helios de mí y desapareció por el túnel en el que se había convertido la Estación. La otra se me aproximó. Unas pinzas agarraron uno de mis brazos con delicada firmeza y enseguida me sentí transportado a una buena velocidad. En pocos segundos, atravesamos el trecho que nos separaba de la nave cleaner. La escotilla se cerró en cuanto estuvimos dentro. Su luz interior, aunque tenue, consiguió hinchar de nuevo mis pulmones.

Las rapaces salvadoras no nos soltaron todavía. Fuimos arrastrados al piso superior, a través de la abertura del techo de la bodega, y conducidos hasta la proa. Los cleaners nos estaban esperando.

Carina me situó en una de las colchonetas sujetas al tabique y me puso el casco. Me abrochó los cinturones, ajustándomelos al máximo, y como me dejó los brazos bajo la correa que me cruzaba el pecho, quedé inmovilizado como una momia. Giré mi cabeza hacia la derecha, lo poco que me permitía aquel casco unido al mullido, y pude ver que Helios se hallaba empotrado en la otra colchoneta. Toliman estaba asegurándolo de la misma forma.

Carina se impulsó hacia Mauni. La comandante flotaba cerca de mí, con la mirada vuelta a las ventanas, perdida en el universo, abstraída en un instante de perplejidad.

Un vaivén me indicó que la nave se había desacoplado. Carina lo había ordenado sin tocar nada.

—Me ocupo de Mauni. No conduzcas a ciegas —dijo Toliman a su compañera.

La joven piloto fue hacia el panel de control y se sentó en una de las sillas.

—Águila de mar a Ciudad, tenemos problemas —avisó, hablando hacia el micro mientras bajaba la horquilla del asiento y se sujetaba firmemente.

La raya empezó a moverse con suavidad. Toliman desató unos cuantos de los sacos de agua que se amontonaban a mi izquierda y los lanzó al aire. Los robots rapaces los atraparon al vuelo con las garras, como si fuesen halcones cazando palomas, y se marcharon volando hacia la bodega. A continuación, Toliman sentó a Mauni encima del resto de los sacos y la sujetó con las cintas que los habían mantenido en su lugar. Aquellos fardos constituían un mullido asiento. Una de las rapaces volvió portando un casco y el cleaner lo recogió y se lo colocó a Mauni. La comandante se dejaba hacer mientras lamentaba:

—¡Cómo es posible que no se hayan dado cuenta! ¡Qué ha fallado para que no detectaran esos meteoritos!

Toliman se impulsó hacia su puesto de piloto con un gesto de dolor. Aquel ajetreo no era nada adecuado para sus costillas fracturadas; sin embargo, no se quejó e intentó animarnos mostrando un inconsciente optimismo.

—¡Tranquilos, saldremos de esta! ¡Estamos con la mejor!

—Águila de mar a Ciudad, contesten —repetía Carina—. Alerta uno: basura descontrolada.

Ciudad Estelar no respondía. Miré de reojo a Helios y le pedí su opinión mediante la expresión abierta de mi rostro, dado que, con mi cobarde voz, no podía contar. Mi amigo estaba atento a los acontecimientos y no se percató de mi silencioso requerimiento de atención. Su pecho se inflaba y desinflaba como un fuelle y tenía los ojos más sobresalidos que nunca. En su mirada, no obstante, competía el brillo del temor con el de la aventura. En cambio, en mi sudor, solo se bañaba el puro miedo.

Me giré lo que pude hacia Mauni. Un rictus de grave preocupación le arrugaba una frente valerosa, humedecida apenas por la transpiración ácida que a mí me tenía empapado. Toliman confiaba en su temple de astronauta y no le había sujetado los brazos. Nosotros, simples turistas, podríamos perder los nervios y soltar amarras.

Uno de los paneles solares de la Estación se desplazó aceleradamente por la parte derecha hasta que, de pronto, desapareció: la nave tomaba mayor velocidad. Mi cuerpo se inclinó hacia un lado con intensa fuerza y las correas de sujeción me estrujaron vivo. Carina estaba dando la vuelta.

—¡Vamos a limpiar un poco todo esto! —propuso la muchacha con irreflexivo empuje—. ¿No os parece? —añadió de forma retórica, pues era evidente que no esperaba ninguna respuesta.

Negué en silencio mientras movía los labios sin obtener ningún resultado; en algún momento, me había quedado mudo. Si esos meteoritos habían podido atravesar el casco de la Estación, ¡qué no harían con el de esa nave, mucho más liviano!

Volví a echarle un ojo a mi amigo. Parecía que iba a iniciar una protesta en toda regla porque tenía la boca entreabierta; pero la acabó cerrando sin pronunciar tampoco sonido alguno. Mauni sí que gritó un "¡¿cómo?!", impregnado de asombro y temor.

Toliman captó nuestra preocupación y se giró un poco hacia nosotros. Nos brindó una amplia sonrisa, que no venía a cuento, y proclamó:

—¡Tranquilos, tenemos un escudo de rayos iónicos!

¡Un qué!, chillé en mi interior. Pero ¡con qué clase de locos nos habíamos embarcado! ¿Se creían dueños de otra Enterprise, la nave de Star Trek?

Entré en pánico y me retorcí con la necia intención de largarme de allí. Mauni les gritó:

—¡Alejémonos! ¡La tripulación se ha puesto a salvo! ¡La ISS tiene como mínimo dos grietas y se está despresurizando! ¡Ya no tiene salvación!

—Esos proyectiles miden menos de diez centímetros —justificó Toliman—. Si fueran más grandes, vuestros controladores los hubiesen detectado. ¡Podremos con ellos!

Empecé a tragar saliva para recuperar la funcionalidad de mis cuerdas vocales y expulsar el aullido que se estaba inflando en mi garganta. Bajé los párpados y eludí aquel panorama exterior que, sin misericordia, se colaba por las numerosas ventanas que abrazaban el puente de mando. Pero la ceguera aumentaba la incerteza, alimento de la ansiedad; así que abrí los ojos de nuevo.

La Estación se elevaba ante nosotros. No parecía que hubiese sufrido ningún desperfecto; los boquetes debían de ser muy pequeños. Unos diminutos orificios habían bastado para hacerla inhabitable. Cuatro cilindros se desplazaban hacia su parte central. Las cámaras exteriores de la raya los seguían. Los podíamos ver, con mayor nitidez, a través de los monitores que surgían de aquel panel de control cuyo teclado nadie usaba.

—Carina ha liberado unas cuantas mariposas —explicó Toliman.

—Voy a cargar otras cuatro —informó su compañera.

—Me ocupo de eso. Concéntrate en la limpieza —repuso su compañero mientras, al fin, tecleaba instrucciones.

Enseguida surgieron de la barriga de nuestra nave cuatro cilindros más. Las mariposas de la primera remesa habían extendido las alas y fregaban las paredes de la Estación. Permanecimos quietos y en silencio. Carina se había petrificado también. Guiaba a esos robots alados con el cuerpo en tensión, ajena a sí misma.

El segundo grupo desplegó sus pantallas rectangulares y se unió a la avanzadilla. Formaban una bandada que parecía haber sido dibujada por un niño. Su trazado geométrico simple y su suave revoloteo ofrecían una estampa de increíble bucolismo. Me sumergí en una irreal sensación de placidez.

El espejismo duró poco: una de las mariposas que lamía la parte superior dio un bandazo brusco.

—El radar no ha dado aviso. Son meteoritos pequeños y veloces —advirtió Toliman.

—La mariposa lo ha frenado y desviado —agregó Carina—. Las agruparé todas en el lateral que está recibiendo los impactos.

Me preguntaba si no deberíamos alejarnos más. La Tierra no estaba exenta de peligros, pero hasta en la selva más ponzoñosa, en los témpanos estériles, en los desiertos cegadores y los barrios sin ley, un ser humano disponía de una oportunidad o, al menos, podía tener la esperanza de contar con un poco de suerte. Allá arriba, no había tiempo para buscar soluciones. En la Estación, nos habíamos salvado por muy poco. Seguir tentando a la suerte no era juicioso.

Las mariposas se deslizaban a lo largo de los módulos y construían un oscilante escudo. Sus pantallas vibraban como si el espacio se hubiera llenado de aire y fuesen movidas por una suave brisa.

—¡Es metralla! —puntualizó Toliman con un tonillo de suficiencia—. Una nube de insignificantes…

El estallido de una de las mariposas lo interrumpió. Una parte grande de esa escoria había chocado con el cuerpo central de aquel robot alado y lo había pulverizado. Las alas huérfanas y perdidas flotaron sin rumbo. Advertí que la situación se estaba complicando porque Carina alzó la voz.

—¡Activo escoba láser! ¿Cómo es posible que nuestro radar no haya detectado nada? El tamaño de ese meteorito era, por fuerza, superior a diez centímetros —dijo, e insistió con la radio—. Aquí Águila de mar a Ciudad. Necesitamos ayuda. Alerta uno: basura descontrolada.

—¡Salgamos de aquí! —rogó Mauni—. ¡No pongáis nuestras vidas en peligro!

—Disponemos de energía para barrer con el láser un enorme frente. Podremos resistir cuatro minutos más —se empecinó Carina—. Necesito obtener todos los datos posibles acerca de esos proyectiles para poder organizar una defensa: tamaño, velocidad, trayectoria… Un balazo contra la ISS como el que ha aniquilado a nuestra mariposa podría darle el golpe de gracia.

¡Habíamos salido de la sartén para caer en las brasas! Aquellos trabajadores espaciales estaban acostumbrados a vivir situaciones tan arriesgadas que tenían adormecido su instinto de supervivencia. La decisión de salir huyendo, que todos los demás habíamos tomado hacía rato, todavía no había emergido a su conciencia.

Una de las pantallas emitió un ligero pitido.

—¡Carina, observa el radar! —instó Toliman.

—¿Qué pasa? —preguntó Mauni, con el tono estridente del que espera una mala noticia.

Carina ladeó la nave con tal ímpetu que creí que las colchonetas a las que Helios y yo estábamos sujetos se despegarían de la pared.

Mauni quedó aplastada contra los sacos de agua. La nuca de Toliman nos gritó la explicación de esa ruda maniobra.

—¡Esos proyectiles han conseguido fracturar uno de los brazos robóticos! Se ha desprendido un segmento y está dando tumbos sin control. Debemos alejarlo de la estructura de la Estación.

Lo vimos a través de las ventanas. Ahí estaba, un mono alocado girando como un poseso y… aproximándose a nosotros. Carina había colocado la raya escudando la ISS.

—¡Es demasiado grande! —chilló Mauni—. ¡Apartémonos!

Carina respondió con átona y hundida voz.

—Sí, es un enorme escombro.

Toliman, también con lúgubre inexpresividad, añadió:

—Y nosotros sabemos cómo manejar la chatarra.

La cara de alarma de Mauni señalaba nuestro infausto destino. Nuestras cenizas se esparcirían pronto por el universo —un caro servicio de decesos en la Tierra que no nos podríamos haber permitido—. Nuestros seres queridos nos recordarían cuando alzaran la vista al cielo, por donde pulularíamos eternamente sin necesidad de haber sido sometidos a ningún juicio final.

—Cohetes preparados —comunicó Carina.

Ambos pilotos se llevaron una mano a la parte superior del pecho, y pude discernir que Toliman aferraba su extraño colgante igual que un devoto religioso lo haría con un crucifijo o la medallita de un santo.

El mono se nos echaba encima. La nave levantó un poco el morro con sutil arrogancia. Oí una última súplica de Mauni que rogaba por un alejamiento inmediato. Toliman, sin dejar de mirar hacia el exterior, se volvió de perfil hacia nosotros y puso un dedo índice sobre sus labios: Carina necesitaba silencio.

Mauni nos miró a Helios y a mí, y en sus ojos leí una disculpa que me encogió el alma. Busqué en Helios una de sus sonrisas tranquilizadoras, pero su boca menguaba en un picudo morro. Me observó un instante y luego efectuó un parpadeo lento. No supe si me estaba aconsejando que me calmase o si me decía adiós de esa forma porque no podía hacerlo de otra.

La raya tembló cuando Carina disparó las andanadas. Toliman levantó una mano hacia nosotros. "Esperad y cruzad los dedos", decía ese gesto.

El brazo desmembrado se precipitaba sobre el puente de mando. ¿Por qué indeseables motivos no nos retirábamos?, me pregunté.

Dos dilatados segundos después, el mono se agitó en vivas convulsiones y modificó su trayectoria.

—¡Se desvía! Le has dado, Carina. ¡Qué buena eres! —exclamó el cleaner.

Se me escapó un sollozo, y Mauni y Helios dejaron ir también un gemido agudo. Toliman se giró con expresión de triunfo.

—Ha conseguido acoplarle los cohetes y cambiar su rumbo. Ya no hay riesgo de que choque con la Estación.

—Vigilaremos un poco más —previno la joven—; no sea que sobrevengan otras sorpresas.

Viró la nave y la ISS apareció de nuevo. Las mariposas seguían acariciándola, sumiéndola en un placentero e indolente solaz.

—Por favor, os ruego que nos pongáis a salvo —dijo Mauni—. Han pasado los cuatro minutos. ¿Qué defensas tenemos?

Carina estudió los monitores unos segundos y luego accedió.

—Está bien, nos vamos. La lluvia de proyectiles ha cesado.

La Estación descendió velozmente y desapareció de nuestra vista. Nos deslizamos otra vez muy cerca de los grandes paneles solares. El sol los hacía brillar, y sus apresurados destellos intermitentes originaban una sensación vertiginosa. Flases dorados alumbraban las figuras tranquilas de aquellos astronautas que acababan de detener una avalancha de basura.

La negrura del infinito ocupó de súbito todo el panorama. Nuestro precioso planeta vino a saludarnos un momento y enseguida las estrellas volvieron a tomar el relevo. Dejábamos atrás la boca dentada del peligro.

. . .

La nave no tardó en estabilizarse y el vuelo se tornó suave, así que intenté sosegar mi asmática respiración. Toliman se desató y se desplazó hacia nosotros.

—Os voy a soltar y así podréis relajar mejor esa tensión muscular que os ha impedido, incluso, parpadear —dijo—. Josep, responde, ¿estás bien?

Exhalé un globo de aire retenido por el estrangulamiento nervioso y luego pude difundir un murmullo ronco.

—¿Puedes darme un poco de agua? —rogué; tenía la garganta seca.

—Enseguida, enseguida —contestó mientras me aflojaba los cinturones de seguridad, como si se dirigiera a un niño que se ha caído y se ha hecho una rozadura—. ¿Cómo vas, Helios? —dijo a la escultura en medio relieve que tenía a mi derecha.

Mi amigo se había consumido y apenas sobresalía de la colchoneta. Le habían conseguido acobardar. Tenía el rostro forzadamente alargado: cejas alzadas, párpados tan replegados que empujaban hacia fuera sus globos oculares, pómulos planos y labios formando el hueco para un cigarrillo.

—Aquí todo el mundo está muy contento. Todo va bien —susurró.

Mauni se liberó y se acercó a nosotros.

—¿Lleváis calmantes? —preguntó a Toliman—. Los turistas necesitan una ayudita para recuperarse.

Llevaban, y aunque habían caducado hacía un mes, Mauni nos dio una pastilla a cada uno, pese a que mi amigo repitió, con boca pequeña, que estaba bien y contento.

—Ha pasado el peligro —aseguró Mauni, y nos aferró de los hombros con calidez.

Carina, que había dejado su puesto y nos había proporcionado unas botellas de agua, dijo:

—Desde luego, y la Estación ha resistido.

—No sé si podremos recuperarla —prosiguió Mauni, al tiempo que se volvía hacia la muchacha con severa expresión—; pero vuestra intervención la ha salvado de ser destruida por completo, y así lo comunicaré. Recibiríais agradecimientos por ello, estoy convencida, pero no llegaréis a oírlos porque os voy a despellejar en cuanto amarremos.

—Va a ser un placer tenerla en Ciudad Estelar, comandante —replicó Toliman.

Carina le ofreció un botellín, en señal de paz, y Mauni se lo bebió de un solo trago y luego continuó recriminando a los cleaners su actuación.

—Vuestra pericia y temple es admirable, pero en el juego con la muerte no se debe involucrar a nadie —aseveró.

Mientras los pilotos alegaban que habían tenido controlada la situación en todo momento e iniciaban una aproximación amistosa hacia la indignada comandante, me acerqué a las ventanas del frontal de la nave. Nuestro planeta nos acompañaba. Las nubes jugueteaban con el viento y sus habitantes organizaban su vida ajenos al drama que acababa de ocurrir más allá de su cielo azul.

La armonía volvió a reinar en el puente de mando. Era lo más sensato, pues aún nos quedaba un buen trecho. Ciudad se hallaba situada en una órbita similar a la de la Estación, pero en una posición muy alejada, de modo que tardaríamos una hora en llegar. Los cleaners tenían la estación espacial china mucho más cerca; sin embargo, no congeniaban bien con sus vecinos y estaban convencidos de que no les hubieran abierto las comunicaciones con el planeta, por eso habían acudido a la ISS.

Durante el trayecto, hubo tiempo para preguntas y lamentos, también para explicaciones sobre el escudo iónico. Aquellas naves podían lanzar chorros de iones con el fin de transmitir un empuje a los residuos y alejarlos. Esos disparos también podían usarse como método de propulsión. Así pues, no había sido una locura inventada por nuestros pilotos, como había creído.

Mauni deploraba lo ocurrido. Consideraba que semejante catástrofe, por fuerza, comportaría una nueva llamada de atención hacia el problema de las basuras. Los cleaners eran muy pocos para limpiar tanta chatarra. En las órbitas bajas, donde se movían las tres estaciones espaciales, había unos ciento ochenta mil escombros de entre uno y diez centímetros. Eran muy difíciles de detectar por su pequeño tamaño y porque seguían órbitas estrambóticas. Los que habían acribillado la ISS habían pasado inadvertidos para todos los sistemas de vigilancia.

—Lo que no llego a comprender es que nuestros radares no detectaran las escorias de tamaño más relevante —señaló Mauni—, como las que han hecho estallar una de las mariposas.

—Hemos tenido la mala suerte de tropezar con *furtivos*, esa es la única explicación que se me ocurre —apuntó Toliman.

—La más verosímil —se sumó Carina.

—¿Furtivos? ¿A qué os referís? —preguntó Helios.

—Son fragmentos cuyas formas angulosas pueden hacerlos invisibles para un radar —explicó Toliman—. Si uno de los grandes hubiera colisionado con la Estación, la hubiese hecho pedazos y sus restos hubieran provocado una sucesión de colisiones con otros desechos. No sé si hubiéramos llegado al famoso punto de no retorno: el escenario del síndrome de Kessler.

—¡El síndrome de Kessler! —se alarmó Mauni— ¡Un espacio rebosante de escombros!

—Un lodazal que impediría el tránsito de cualquier nave —añadió Carina—. Adiós a las misiones espaciales, adiós a los satélites.

Mauni hizo un vaivén enérgico con la mano, como si quisiera espantar ese mal augurio.

—El Consorcio Espacial reclamará soluciones a la Confederación y se tomarán medidas efectivas —afirmó.

El Consorcio estaba formado por los países con más antigüedad en el dominio espacial. Contribuían al desarrollo y mantenimiento de la Estación Internacional y poseían amplios territorios orbitales ocupados por sus satélites. La Confederación integraba el Consorcio y el resto de los países con intereses en el espacio.

—Se necesitan más cleaners, más naves —insistía Mauni—, y redirigir vuestra actividad hacia la limpieza exhaustiva de las órbitas bajas. Si Cleanspace quiere dedicarse al negocio de retirada y reparación de satélites, que deje paso a otras empresas que asuman esa tarea. —Chasqueó la lengua con disgusto y agregó—: Espero que la Estación siga bajo el control de nuestro centro de mando y puedan desplazarla si aparece más basura. Los meteoritos que hayan escapado a las alas adhesivas de las mariposas describirán su órbita y regresarán.

—Vuestros controladores ordenaron un cambio de altitud en el último momento —informó Carina—; aún estábamos acoplados y nuestra nave lo detectó. Le dimos un impulso en el mismo sentido con toda la potencia de nuestros motores. Creo que la inercia evasiva, aunque lenta, modificará la posición de la ISS lo suficiente como para que su estructura se zafe del inevitable regreso de la chatarra que no hemos podido capturar. De todas formas, las mariposas seguirán barriendo el entorno.

Nos hubiéramos conseguido tranquilizar del todo si Ciudad Estelar hubiera respondido a nuestras periódicas llamadas. Después de uno de esos intentos, Toliman intentó quitarle hierro al asunto.

—Esa pandilla está durmiendo a pierna suelta —sostuvo, y luego cambió de tema—. ¡Cómo ha cambiado la situación! Ahora seréis vosotros nuestros huéspedes. Os podemos ofrecer un amplio dormitorio y proporcionaros una muda; solo una, porque todo escasea en Ciudad.

Bromeando, dije:

—Sí, veo que os habéis quedado sin tijeras ni maquinillas de afeitar.

Toliman me observó unos segundos, buscando descifrar si mi crítica era seria; pero descubrió mi incipiente sonrisa y se carcajeó. Carina también se rio y dijo:

—Se ha dejado crecer la barba para fastidiar a Unfield. Es como un adolescente rebelde que quiere hacer gruñir a su severo padre.

—Soy un resistente —replicó Toliman—. De todas maneras, ahora que hemos tapado o desviado todas las cámaras internas de Ciudad, ya no tiene sentido mantener esta imagen tan desastrada. Me arreglaré un poco en honor a nuestros invitados.

—¡Que el cielo lo vea! —exclamó Carina.

El ambiente se distendió y charlamos un poco acerca de nosotros. Toliman había sentido pasión por el espacio desde niño. Se sacó el título de piloto con facilidad y entró en la escuela de astronautas de la Agencia Espacial Europea. Posteriormente, fue instructor de astronautas y profesor en la universidad. Había subido tres veces a la ISS; la última, hacía diez años. Se había presentado a la primera convocatoria de empleo para la brigada de limpieza espacial y, pese a su edad, lo habían seleccionado. Con cuarenta años, era el mayor de todos los cleaners. Había firmado con Cleanspace desde el principio, por lo que llevaba trabajado un turno de dos años e iba por la mitad del segundo. Era viudo y no había tenido hijos.

Carina había empezado muy joven su instrucción. Perdió a su madre cuando tenía diez años y quedó al cuidado de su padre, piloto militar de profesión. Se formó en academias militares, y antes de cumplir los diecinueve años, ya manejaba aviones de caza. Le resultó difícil someterse a la disciplina castrense, así que, cuando pasó las pruebas de la segunda convocatoria para basurero espacial, optó por dejar el ejército. Su padre, al principio, no estuvo de acuerdo; pero acabó aceptando esa decisión y enorgulleciéndose de que estuviera tan bien considerada en su nueva labor. La privatización la había pillado en órbita. Acabó su semestre laboral en el espacio bajo las órdenes de Cleanspace y, tras un descanso, subió un año entero. Después de otro intermedio, había firmado también un contrato por cuatro años y se encontraba en su primer turno. Era la más joven. Había cumplido veinticuatro años hacía un mes.

Mauni tenía un currículum parecido, aunque su itinerario para llegar a ser astronauta no había sido tan directo. Había pilotado aviones comerciales, avionetas, aviones cisterna, helicópteros de vigilancia costera y de rescate en alta montaña. Se había ganado la vida un tiempo haciendo exhibiciones de vuelos acrobáticos y luego había pasado a ser piloto de pruebas, un arriesgado oficio que le había abierto las puertas del espacio.

Al escuchar, anonadado, las peripecias de aquel conjunto de excelentes pilotos y darme cuenta de que me encontraba con gente tan preparada, mi miedo se difuminó por completo; aunque puede que la química del calmante tuviese algo que ver en mi extraña relajación.

Nos estaba contando Mauni algunas de las barbaridades que se había atrevido a hacer, cuando Toliman señaló al exterior.

—Estamos llegando. Ahí está Ciudad Estelar.

A lo lejos apareció una magnolia gigantesca de un blanco deslumbrante. Solo un pintor surrealista se hubiera atrevido a dibujar aquella delirante flor que flotaba en la noche espacial, con su corola, cáliz, tallo y bulbo final. Hasta me pareció vislumbrar que colgaban raíces de aquella hinchazón terminal. Recordé que había pintado un cuadro de un jarrón repleto de rosas marfileñas no hacía muchas semanas. Decidí que, en cuanto volviera, cambiaría la pared verdosa que hacía de fondo por un firmamento oscuro y realzaría así el color del motivo principal.

El siguiente comentario de Mauni fue un clarísimo ejemplo de lo determinante que puede llegar a ser nuestra experiencia vital en la interpretación de nuestras percepciones.

—Tiene la forma de un avión de hélice de alas cortas —comentó.

Ella veía aspas y alas donde yo veía pétalos y sépalos.

—El ala de estribor es un rosario de talleres rematados por un almacén —explicó Toliman—. La de babor es una unión de almacenes y depósitos.

—¡Magnífica —babeó Helios—, glaseada y tan brillante como si la hubiesen embadurnado con almíbar! —Mi amigo era muy goloso—. ¿Acaso está revestida también de células fotovoltaicas?

En efecto, lo estaba, y además poseía un alargado panel solar que no veíamos porque, desde nuestra perspectiva, quedaba oculto por la propia Ciudad.

Carina intentó comunicarse otra vez.

—Aquí Carina, ¿me escucháis?... Aquí Carina desde Águila de mar…

¿Por qué se mantenían sus moradores en silencio?, me inquieté. ¿Habrían recibido también la alevosa visita de escombros acelerados? Si nos habíamos quedado sin ningún sitio donde amarrar, ¿qué haríamos?

—En caso de necesidad —indagué—, ¿esta nave podría llevarnos de vuelta a la Tierra?

—Me temo que no, Josep —contestó Carina—. No está preparada para entrar en la atmósfera; ni siquiera tiene escudo térmico.

—De ser posible la huida, ya no quedaría nadie en Ciudad Estelar —se carcajeó Toliman.

Miré a Helios y a Mauni, esperando que hubiesen discurrido alguna alternativa y pudiesen ofrecérmela; pero el primero me sonrió e hizo un gesto de ánimo poco creíble, y la segunda mantuvo la vista en las ventanas bajo un ceño preocupante.

—Una nave ha desamarrado —señaló Carina.

Un pétalo se había desprendido de aquella flor descomunal. En pocos segundos, cobró forma de raya y sus aletas empezaron a batir.

—Por su manera de pilotar solo puede ser…—dijo Toliman.

La radio lo interrumpió.

—Aquí Rigel desde Torpedo. He despegado para tranquilizaros. Todo está bien. Ciudad no puede comunicarse con vosotros en este momento; Unfield nos ha dejado otra vez a oscuras y sin radio.

—Aquí Carina. La ISS ha sufrido varios impactos y…

—Sabemos lo ocurrido —la cortó Rigel. Aquel cleaner hablaba deprisa y con voz intensa—; Unfield nos lo ha contado. El centro de mando de la Estación quería explicárnoslo directamente, pero Cleanspace no se lo ha permitido; no quieren interferencias. Han manifestado que este asunto será llevado a su manera. Sadalsuud ha visto la oportunidad de disponer de una vía de comunicación abierta con la Tierra y ha pedido que les dieran paso; pero Unfield no ha cedido y ha exigido, además, que le abriéramos la radio de vuestra nave. Como le hemos contestado que debía dejarnos conectar primero con el centro de la ISS, se ha irritado y, como era de esperar, ha cortado el suministro eléctrico. Las cosas van de mal en peor.

—Rigel, no te acerques tan deprisa —le advirtió Toliman.

Se podía decir que aquella raya nadaba en el espacio: su proa se bamboleaba arriba y abajo, y sus aletas se movían al compás en sentido contrario, como si equilibrasen de ese modo el vaivén de la nave. Se dirigía hacia nosotros con mucha decisión, de la misma forma en que un monstruo depredador cazaría una vez que hubiera seleccionado a su presa. Su firme aproximación resultaba tan inquietante como su nombre: Torpedo.

Apenas sabíamos nada de los cleaners. Eran personas encerradas durante meses y meses, tratadas con dureza y expuestas a altos riesgos. Era lógico que empezaran a desvariar. La chica se había quedado embarazada en aquel medio tan malsano, y su compañero se había dejado tanto que semejaba un pordiosero. Nos habían confesado que todos se habían cambiado los nombres: una señal más de desvinculación con la Tierra. Ese tal Rigel podría cometer cualquier locura.

—Rigel, ya hemos tenido hoy suficientes sobresaltos —le avisó de nuevo Toliman.

—¿Qué está pasando? —preguntó Mauni con inquietud—. ¿Quién es ese?

—El otro piloto implantado en profundidad —respondió Toliman—. Debéis perdonarlo; le gusta llamar la atención.

Carina se hallaba concentrada en la trayectoria de Torpedo y no decía nada. Esa nave estaba muy cerca y se agitaba como si se hubiese desbocado y su piloto no pudiese recuperar las riendas.

Estábamos todos desatados, y aunque ningún cinturón de seguridad podría mantener unidas las moléculas de nuestro cuerpo ante un choque frontal, me aferré por instinto al respaldo de la silla de Carina. Mis nudillos formaron montañas picudas y nevadas.

Una risa brotó de la radio al tiempo que la nave desaparecía como una exhalación por debajo de nosotros. Toliman exhaló un bufido y comentó a Carina:

—Rigel no tiene cabeza. Ha querido lucirse delante de estas personas que han estado a punto de morir reventadas en el espacio.

Me pregunté si hacía falta ser tan crudo.

—Domina su nave como si la llevara pegada a su cuerpo —le excusó Carina.

—Claro, y tiene que fanfarronear de ello —replicó Toliman—. Y esa forma de sacudirla, ¿a qué ha venido? Parecía que no podía controlarla. A veces se propasa con sus bromas.

Carina suspiró y se mantuvo en silencio, sin querer sumarse a su crítica, aunque pude notar que la bravuconada de aquel piloto también le había disgustado.

—Tienes mala cara —le dijo Toliman—. Estás agotada. Libera el mando de la nave y me ocuparé de acoplarla al puerto.

Su compañera negó con la cabeza y susurró:

—Estoy bien, estoy bien.

—Eres demasiado posesiva con Águila de mar.

Carina exhaló otro suspiro, y no creí que fuese causado por el cansancio. Era similar a los que dejaba ir mi mujer ante mi poca perspicacia para comprender una situación.

Percibí que, en Ciudad Estelar, no todo iba a ser tan transparente como en la ISS. Las circunstancias eran tan aberrantes que los instintos individualistas de supervivencia andarían hostigados. Estábamos a salvo, pero no íbamos a un balneario a descansar mientras llegaba el cohete que nos repatriaría. Habíamos perdido los privilegios de un turista. Éramos refugiados cuya suerte se había unido a la de unas personas que, por fuerza, se habrían endurecido.

Torpedo apareció de nuevo a nuestro lado. Seguía ondulando sus aletas como si con ello se impulsara por el vasto espacio.

Helios me comentó:

—Rigel es una estrella binaria situada en la constelación de Orión, ya sabes, el cazador. Se encuentra en su pie izquierdo.

Me provocó una sonrisa. Mi amigo consideraba que tenía que conocer ese dato. Era más importante que especular sobre si tendríamos que vérnoslas con chiflados.

Una voz surgió de nuevo por la radio, y no era la de Rigel.

—Aquí Sadalsuud desde Ciudad. Nuestro problema eléctrico está solucionado. Perdonad por el silencio. Según el escaso informe que nos ha ofrecido Unfield, la ISS ha tropezado con basura y, como consecuencia, ha resultado gravemente afectada y han tenido que evacuar por completo a su tripulación. Estamos desconcertados por el giro que ha dado el tema: la preciada Estación Espacial Internacional, reventada, y nosotros, aislados otra vez. El azar está de parte de Cleanspace. Nos han dicho que el siniestro ha ocurrido hace ochenta minutos. Habéis tardado en regresar. ¿Os habéis quedado a limpiar?

—¡Por todos los cuerpos celestes, ni siquiera saben que llevamos invitados! —exclamó Toliman.

Carina habló a la radio.

—Traemos a tres tripulantes de la ISS: la comandante Mauni y los dos turistas. Los módulos dañados se despresurizaban y tuvieron que cerrar sus compuertas. Estas personas quedaron atrapadas en la parte central de la Estación, sin posibilidad de acceder a sus naves salvavidas. Estábamos anclados en esa zona y pudimos rescatarlos.

Toliman se acercó al micro:

—Compañeros, vuestra tranquilidad roza la desidia. Nos habéis dejado sin apoyo, luchando solos contra un cúmulo de basura desmandada que casi destruye por completo la Estación. Hemos tenido que arrojar mariposas y pirañas, traemos el escudo iónico bajo mínimos y la escoba láser descargada por completo. Deberíais haber salido con las naves en nuestra ayuda. Para colmo, cuando nos habéis visto venir, nos habéis enviado al descerebrado de Rigel, que lo único que ha hecho ha sido asustar más a nuestros huéspedes…

—Desagradecido —replicó Rigel—. La próxima vez, me quedaré durmiendo en mi saco. Y no te pongas tan dramático, Toliman; todos los días nos enfrentamos a chatarra indisciplinada. Eres un llorica. Ruego a los tripulantes de la Estación que perdonen mi efusiva bienvenida; no sabía que se encontraban en Águila de mar.

—Aquí Sadalsuud desde Ciudad. Nos hemos quedado atónitos. Creíamos que la evacuación se había efectuado sin problemas y que…

Se oyeron voces excitadas y a Sadalsuud, por en medio, que contestaba: "Espera, ya se lo digo yo". Tras unos segundos más de inflamados murmullos, surgió otra voz:

—Aquí Sadalmelik. Mil disculpas, amigos. Estamos avergonzados. Nos hemos apoltronado en nuestra inmensa confianza en vuestras habilidades y ni se nos ha pasado por la imaginación que pudierais estar en un aprieto.

Rigel se inmiscuyó de nuevo.

—Sadalmelik ha roncado en su apoltronamiento —dijo.

—Para una vez que no puedes conciliar el sueño y subes a darte un garbeo por la torre de control...—le recriminó el aludido.

—Si no hubiera sido por mí, aún estaríais en fase NREM.

—Sí, eso es cierto —admitió Sadalmelik con compungida voz—. Decidimos cerrar las estaciones de comunicación y así impedir que Unfield siguiera molestándonos. Bajamos también el volumen del pitido de alarma al mínimo; sabéis que nuestra base lo usa sin motivo. No nos hemos enterado de nada hasta que Rigel, al veros, nos ha despertado hace pocos minutos. Hemos subido todos a la torre, y cuando hemos abierto la radio, ha irrumpido Unfield como una fiera. Hemos discutido y nos ha dejado sin luz. Rigel ha salido entonces a buscaros.

Carina les recordó que tenían que mantener el protocolo de vigilancia siempre que hubiese una nave fuera.

Se oyó una especie de gemido de desconsuelo y hubo otra vez un cambio de interlocutor.

—Aquí Sadalsuud. Tienes razón, Carina; pero ahora estáis en Ciudad y no es necesario que soportemos a Unfield. El tonillo que ha usado para anunciar vuestro inmediato retorno escocía más que el roce de una ortiga. Aunque han restablecido el suministro, no hemos abierto la línea con la base terrestre. No dejan de molestarnos con el silbato de emergencia para que la conectemos. Lo más probable es que quieran seguir regodeándose y restregándonos por la cara nuestro fracaso. En cuanto amarréis, nos meteremos de nuevo en nuestros sacos y mañana nos replantearemos otra vez la negociación.

Mauni intervino entonces.

—¡Un momento! Nuestro centro terrestre no puede comunicar con la ISS. Las naves salvavidas han partido sin nosotros. ¡No saben que estamos aquí, a salvo!

Entendí enseguida lo que quería decir y me alarmé.

—Si creen que nos hemos quedado atrapados allí dentro, podrían estar dándonos por muertos —supuse—. ¡Nuestras familias estarán muy preocupadas!

—Esa es la razón de la llamada de emergencia —dedujo Helios—. Su base, muy presionada por el centro de mando de la ISS, quiere averiguar nuestra situación. Dado que la nave cleaner despegó en último lugar, esperarán que sus pilotos puedan ofrecerles buenas noticias; esperarán escuchar la palabra "rescate". Creo que todavía no se habrán atrevido a informar a nuestros familiares.

—Los bramidos de Bel estarán reventándole los tímpanos a Unfield —comentó Mauni.

Toliman alzó la voz hacia el micrófono.

—¡Sadalsuud, cacho mula! ¿Estás ahí?

—Aquí Sadalsuud pidiendo a Toliman un poco más de respeto. Hacemos acto de contrición por lo sucedido y…

Toliman le interrumpió.

—¡Abre la radio con la base y comunica que la comandante Mauni y los turistas están con nosotros! ¿No te das cuenta de que pueden estar pensando que todavía se encuentran en la Estación, aterrados y aspirando las últimas moléculas de oxígeno?...

Me pregunté si hacía falta ser tan explícito.

—… ¿Por qué crees que insisten tanto con la señal de emergencia? ¡Por todas las estrellas de la galaxia! —continuó increpando Toliman.

Sadalsuud se extrañó.

—¿Os habéis largado sin notificar que os llevabais a parte de su tripulación?

—A ver si os van a acusar de rapto —dijo Rigel en tono guasón.

Carina dejó escapar otro suspiro de impaciencia y explicó:

—El segundo impacto en la Estación provocó un fallo energético y el corte de las comunicaciones. No fue posible avisar de la salida de la comandante y los turistas.

—¡Que abran la radio e informen! —insistió Mauni.

—¡Sadal, comunícate con Unfield! —exigió Toliman.

Accedió, y no tardamos ni un minuto en oír una voz conocida a través de los altavoces del transmisor de radio.

—Centro de mando de la Estación Espacial a la nave cleaner. Les habla Ekue Bel, director de vuelo. Espero que podáis escucharme bien.

—Aquí Carina desde la nave cleaner. Le oímos perfectamente, director de vuelo. La comandante Mauni y los turistas se encuentran con nosotros. No han sufrido ningún daño.

Se oyó una brusca exhalación de aire. A Bel se le notaba emocionado cuando continuó:

—Gracias, muchas gracias por salvar a nuestros compañeros. No sé si os llegan los gritos de júbilo del personal que se encuentra en este centro. Nos temíamos lo peor. Durante esta última hora y media, hemos envejecido varios años. Nos gustaría hablar con ellos, por favor.

Mauni ya se encontraba abocada al micro.

—Al habla la comandante. Es un placer escucharte, Bel. Estamos bien gracias a los amigos cleaners. Nos quedamos atrapados en los módulos centrales de la ISS, a oscuras y sin comunicación con vosotros. Nos vinieron a buscar y nos evacuaron. A continuación, protegieron la Estación con todos sus recursos técnicos. Un brazo robótico se desgajó y hubiera podido destruirla por completo. Lo alejaron con rapidez y eficiencia. Detallaré su valiente actuación en un informe que redactaré mañana. Te paso ahora a Josep y a Helios.

Le hice un gesto a Helios con la cabeza conforme le dejaba hablar en primer lugar. Su semblante expresaba un entusiasmo impaciente.

—Aquí Helios desde esta maravillosa nave cleaner. Confirmo lo que ha explicado Mauni. Estos pilotos no se acobardan ante nada. Enviaron los robots con aspecto de mariposa a escudar la ISS. Después dispararon cohetes contra el brazo desmembrado y lo desviaron. ¡Ha sido increíble! Llevan unos implantes cerebrales que traducen…

Bel lo frenó.

—Helios, amigo, estás en plena forma. Los estímulos intelectuales impiden que te invada el miedo. Pásame a Josep, por favor. No sé durante cuánto tiempo me permitirán hablar con vosotros.

Helios se apartó y me dejó libre el micro. Carraspeé para aclararme la garganta. Había estado muy cerca de la muerte y los nervios pasados me habían dejado exhausto; pero quise ocultar, mediante el humor, lo debilitado que tenía el ánimo.

—Aquí estoy, Bel. Cuando el primer meteorito nos traspasó, se me ocurrió pensar que ese era el aliciente que habías buscado para sacarme de mi sopor. —Le hice reír—. Dile a mi mujer que me encuentro bien —continué—y, por favor, bájanos de aquí lo antes posible. El espacio es un lugar terriblemente peligroso. Deseo tener mi horizonte terrestre a pocos kilómetros de mí; un horizonte que pueda alcanzar caminando.

—Josep, no sabes cuánto lamento lo que ha ocurrido. Te metí en esto y prometo sacarte. También a ti, Helios. Os compensaré a ambos con cuanto esté en mi mano.

—Tan solo, bájanos de aquí —insistí.

Mauni me pidió el micro y se interesó sobre el estado de la ISS. La voz firme de Bel sonó apagada cuando respondió:

—Una nube de meteoroides de un tamaño pequeño, de entre cinco y diez centímetros, ha irrumpido en la órbita de la Estación. Dos de ellos han logrado atravesar la cubierta de los módulos *Zvezda* y *Destiny*. En estos segmentos se ha perdido la atmósfera interna. Han sido aislados y, por el momento, la estructura ha aguantado; no obstante, persiste el fallo general de los ordenadores y no recibimos ninguna información. Desconocemos si los sistemas vitales siguen funcionando. Esta es la penosa situación, comandante. Amigos cleaners, ahora me dirijo a vosotros. Nuestros compañeros no pueden volver. Deben permanecer en Ciudad Estelar hasta que enviemos una nave a buscarlos. El resto de la tripulación está de camino al planeta. Una de las naves transporta a una sola persona, por lo que habíamos estudiado enviarla a Ciudad si se confirmaba el rescate; sin embargo, su tripulante es un científico sin ninguna experiencia como piloto. Podríamos haberla conducido desde la Tierra, pero nos hubiera sido imposible anclarla, y también nos preocupaba que pudiese toparse con más basura. Por todo ello, se ha decidido hacerla regresar. Seguiremos en contacto con Cleanspace y coordinaremos juntos las nuevas circunstancias. Esperamos recibir pronto el código de acceso a vuestras transmisiones para poder entendernos. Necesitamos tener una comunicación abierta de forma continua, y así se lo hemos hecho saber a vuestros superiores. Por el momento, nos han canalizado esta llamada telefónica en cuanto habéis abierto la radio.

Pregunté si habían hablado con nuestras familias. Bel lo negó y añadió:

—Se les informará enseguida de que estáis bien. Mauni, confío en ti para que cuides de Josep y de Helios. Sigues siendo la comandante de la Estación.

Mauni murmuró: "Comandante de una ruina". Bel proseguía:

—Amigos cleaners, me han informado de que os hacéis llamar Carina y Toliman, igual que dos de las estrellas más luminosas de nuestro firmamento. Vuestros nombres os hacen justicia. Según han comentado Mauni y Helios, sois unos pilotos brillantes. Vuestra valentía y generosidad será premiada.

Toliman le reveló su identidad, y Bel lo saludó efusivamente. "Mi paciente profesor", lo llamó, y dijo que le apenaba no haber mantenido vivo un contacto tan valioso. Bel estuvo hablando con él un par de escasos minutos. En cuanto el cleaner sacó a relucir los problemas que padecían en Ciudad, la comunicación se cortó; o bien había transcurrido el tiempo concedido, o bien había actuado la tijera de la censura.

La radio volvió a emitir enseguida.

—Aquí Sadalsuud desde la torre de control. Carina, ¿cuántas vueltas vas a dar alrededor de Ciudad? Rigel ya ha atracado. Tienes libre el acceso a tu puerto. Adelante.

Carina había adoptado una órbita estable en torno a Ciudad Estelar durante nuestro diálogo con Bel. Nos indicó que, antes de empezar a desacelerar, debíamos acomodarnos en nuestros sitios y sujetarnos con las correas de seguridad.

Mientras nos atábamos, Sadalsuud comentó:

—Hemos escuchado la conversación. Extraeremos las imágenes de las cámaras exteriores de Águila de mar y se las enviaremos al centro de mando de la ISS en cuanto tengamos la vía abierta con ellos. El Consorcio Espacial nos agradecerá este servicio y nos ayudará. Carina, Toliman, nos habéis devuelto la esperanza. Unfield quería hablar con vosotros ahora, pero no se lo hemos permitido como protesta por haber restringido tanto el tiempo de comunicación con el director de vuelo. Como vuestra llegada es inminente, no creemos que vuelva a dejarnos a oscuras.

Demasiados gorilas golpeándose el pecho en una selva enmarañada y peligrosa. Mauni enjuiciaba la situación del mismo modo.

—¡Es terrible! —exclamó—. Esto no puede seguir así. ¿No os dais cuenta? Han desconectado vuestra radio cortando el suministro de energía. Os han dejado a oscuras y sin ventilación.

—No es la primera vez que usan este método disciplinario tan drástico —comentó Toliman de manera despreocupada—. Es un método de intimidación poco efectivo. Sabemos que deben restablecer la energía en menos de tres horas o el sistema de revitalización del aire podría colapsarse al entrar de nuevo en funcionamiento. Les gusta marcarse ese farol.

Me admiraba la tranquilidad con la que Toliman explicaba ese sabotaje tan brutal. Mauni y Helios también se habían quedado estupefactos. Los cleaners estaban a merced de unas personas que no dudaban en ponerlos en peligro.

Carina estaba concentrada en el amarre y asintió a ese comentario en silencio, con el rostro sereno. Toliman prosiguió:

—Es un fastidio relativo, ya que nuestras naves son autónomas y no les afecta el apagón. Si prevemos que el enfado de Unfield va para largo, nos refugiamos en ellas. Es más problemático el asunto del cifrado. Enviaron a un ingeniero hace unos meses para, supuestamente, mejorar nuestro sistema de comunicaciones, y nos introdujo el cifrado con tanto arte que todavía no hemos podido liberarnos de esa mordaza. Regresó a la Tierra enseguida, y nosotros nos quedamos sometidos al arbitrio de Cleanspace. Sin embargo, el mismo ingeniero olvidó quitar la puerta que impide a la base terrestre dirigirse directamente a nuestras naves, quizá debido a la prisa por marcharse antes de que nos diéramos cuenta de su jugarreta. Nuestra torre de control manda ahí.

La radio vibró.

—Aquí Sadalsuud. Preparados para el contacto. Vamos a ir todos a recibiros como os merecéis.

Carina se aproximaba lentamente al anclaje. Habíamos podido observar la complejidad de Ciudad mientras la joven la orbitaba. Aquella larga estructura tubular tenía un ancho y largo panel solar que discurría en paralelo. Módulos de diversos tamaños sobresalían en todas direcciones desde su columna vertebral. Sería interesante explorarla.

Carina amarró con pericia en un hueco situado entre dos naves ancladas. Ella y Toliman se zafaron enseguida de sus cinturones y se levantaron. Observé, en la expresión distendida de ambos, la recompuesta felicidad del trabajador al llegar a su hogar.

—Bienvenidos a Ciudad —dijo Carina—. Nuestra casa es vuestra también.

El estar fijos de nuevo, aunque fuera a un enrevesado mecano flotante, me hizo sentir un gran alivio.

Nos desligamos y seguimos a los cleaners hacia la salida. Bajamos por la abertura del pasillo hacia la bodega, que se veía aún más espaciosa al haberla vaciado de mariposas. Nos introdujimos por el esófago, atravesamos la esclusa y nos detuvimos frente a la escotilla, a la espera de su apertura.

—Vuestros jefes liberarán las comunicaciones —opinó Mauni—. Espero que nuestra llegada sirva para abrir Ciudad al mundo.

—Se os ha mantenido en un anonimato vergonzoso —afirmó Helios—. No se conoce vuestra increíble soltura en la trascripción de las órdenes mentales al lenguaje cibernético. Y estas naves nunca se han filmado en movimiento. ¡Verlas surcar el espacio es fascinante!

—Ciudad Estelar también es fabulosa —proclamó Toliman—. Enseguida conoceréis a nuestro grupo.

La compuerta que comunicaba con el interior de Ciudad empezó a abrirse. Creí posible que, al otro lado, nos encontráramos a un conjunto de barbudos desmelenados. Habíamos dejado atrás la civilización y estábamos en un lugar sometido a los caprichos de déspotas como Unfield. No sería de extrañar que esas personas se hubieran vuelto montaraces a causa de su incierto futuro. Los dioses se habían mudado a la Tierra y allí, en el cielo, se encontraban unos humanos cuya existencia dependía de su compasión. Solo dejando paso a un poco de locura podría no perderse del todo la cordura.

Unos aullidos vikingos fueron los primeros en atravesar el cono de acoplamiento. Habíamos llegado a tierra de bárbaros.

LA TRIBU

—Volveremos tan tarde como ayer, Josep —avisó Mauni.

—No hace falta que nos vengas a despedir todos los días —bromeó Rigel.

—Déjalo, a nosotros nos gusta —afirmó con sorna uno de los Sadal, hablando por los dos.

—Estuve entrenando anoche a mis rapaces. No fallaran, Josep —aseguró Carina.

—¿Lleváis todas las herramientas? —pregunté—. ¿Los trajes llenos de aire? ¿Los focos con las baterías cargadas?

Asintieron a todo.

—Y los bocadillos para el almuerzo, también —se carcajeó Rigel. Se le unieron los Sadal.

—No te dediques a limpiar todo el día —me aconsejó Mauni.

—Sal un poco —se entrometió Sadalsuud.

—Recuerda lo que hablamos anoche —añadió Mauni, e hizo el gesto de correr.

No podía descuidar mis ejercicios. Mauni me había insistido en que tenía que entrenar, como mínimo, una hora por la mañana en la cinta y otra en la bicicleta por la tarde. No debía creer que hacía suficiente ejercicio durante el día porque pasara el aspirador, hiciese la colada, guardara luego la ropa de cada cleaner en su camarote y recogiera cualquier objeto suelto que pululase por la nave. Sin densificadores, el entreno era vital para evitar la pérdida de hueso y, también, la de músculo.

—Tómate un respiro, pero no descuides tus labores —siguió guaseándose Rigel—. Nunca habíamos tenido nuestra casa tan limpia y ordenada.

—Lo conseguiremos más pronto de lo que piensas —concluyó Carina.

Nos encontrábamos en el cáliz, núcleo del espaciopuerto, una cámara esférica desde la que partían los tubos de acoplamiento a las rayas, a modo de radios de una rueda, pero a distintos niveles, de forma que aquellas grandes naves quedaban algo superpuestas.

Los cleaners se dirigieron a los tubos y, a medida que llegaban al que les correspondía, se volvían un instante hacia mí y alzaban la mano a modo de despedida. Les contestaba de la misma manera, igual que lo llevaba haciendo desde que estábamos allí, hacía una semana. Sadalsuud y Mauni fueron los últimos. La comandante se detuvo al inicio del tubo y formó la señal de victoria con dos dedos: un gesto de ánimo para el temeroso turista que no acababa de creerse que su viaje de placer se hubiera torcido tanto. Deseé que pudieran poner en marcha los ordenadores de la ISS; precisábamos hablar con Bel o con cualquier controlador de nuestro centro de mando terrestre. Cleanspace no había permitido ninguna comunicación directa más. Mauni había tenido agrios enfrentamientos con Unfield debido a ese bloqueo.

Nuestra llegada había sido recibida con gritos de alegría y abrazos por parte de la muralla de cleaners que nos recibió. Eran cuatro hombres y dos mujeres que, al contrario que Toliman, presentaban un pulcro aspecto físico. Los hombres iban bien afeitados y con el pelo muy corto, mientras que las mujeres llevaban recogida su melena. Su ropa, sin embargo, estaba tan gastada que se desgarraba en muchas partes. Me parecieron los pobres del espacio, y su escualidez reforzaba esa impresión. Todos estaban muy delgados, excepto Sadalmelik. Ese cleaner era muy robusto, un hombretón de pecho abombado, cara mofletuda muy risueña, nariz respingona y ojillos verdes. Sadalsuud, en cambio, tenía el rostro alargado y huesudo, nariz recta y afilada, ojos de un azul grisáceo y mejillas un poco hundidas; un conjunto de rasgos que, unido a un cuerpo fibroso, le otorgaba una atractiva imagen de audaz explorador. Ambos tenían treinta y cinco años y, si no estaban volando con sus respectivas naves, siempre andaban juntos.

Aquella peculiar pareja había sido la primera en presentarse. Hicimos lo propio y, de nuevo, el nombre de mi amigo había causado asombro. Sadalsuud le había dicho:

—¿Orión Helios? Amigo, venías preparado para quedarte con nosotros.

—Oriol, me llamo Oriol —repuso.

Mi nombre, en cambio, les pareció bastante insípido. Rigel, un joven muy apuesto de ojos pardos y cabello castaño, predijo que acabaría escogiendo el nombre de una estrella. Y Baham, un ingeniero experto en el arreglo de satélites, le dio la razón con una sonrisa deslumbrante que se abrió paso en su tez oscura.

Las mujeres eran muy diferentes físicamente. Nunki era menuda, de rasgos orientales y piel nacarada; Mizar, grandota y de piel curtida: una recia belleza terrenal. La primera me dio un apretón de manos de bienvenida acompañado por una leve flexión de cabeza; la segunda me envolvió en un cálido abrazo. Junto con Baham, formaban el trío de técnicos de Ciudad. Toliman los estaba entrenando para que pudiesen pilotar las rayas y, según nos contaron, Nunki era una alumna aventajada.

Aunque Carina recordó a sus compañeros que no habíamos dormido nada, no consiguió aplacar la excitación. Para aquellos prisioneros espaciales, nuestra presencia constituía un altavoz mediático dirigido hacia la civilización terrícola. Era lógico que pensaran que, gracias a nosotros, dejarían de ser invisibles, que sus penurias indignarían al mundo y que pronto, muy pronto, Cleanspace debería respetar los acuerdos y sus derechos. Por eso, cuando Mauni pidió que nos dejasen hablar con Unfield antes de que nos retiráramos a descansar, los cleaners aceptaron abrir los micros. En aquel momento, nadie previó que nos iba a echar por encima un jarro de agua fría.

No había podido olvidar aún el tenso diálogo que mantuvieron.

—Señor Unfield, habla la comandante Mauni desde Ciudad Estelar. Todos nos encontramos bien. Solicito tener vía libre de comunicación con el centro de mando terrestre de la ISS.

—Mauni, me alegro de volver a hablar contigo. En calidad de responsable de las personas provenientes de la ISS, necesitamos que nos envíes de inmediato un informe detallado de todo lo ocurrido. Carina y Toliman nos entregarán otro de forma independiente, así como las grabaciones de las cámaras exteriores de la nave. No podremos empezar a negociar hasta no haber recibido todos los datos pertinentes al suceso…

—Espere, señor Unfield, naturalmente que voy a redactar una crónica; pero una vez que descansemos unas horas. Le estoy pidiendo que nos conecten con nuestro centro de mando para poder ofrecer un mensaje de tranquilidad a nuestros familiares y amigos.

—No te preocupes, Mauni. Estamos en conexión permanente con vuestro centro y les haremos llegar tu mensaje de inmediato. Deseamos ayudar a la tripulación de la ISS, que tan desgraciado accidente ha sufrido. En cuanto a tu informe, desearíamos que no te demoraras en remitírnoslo. Como te he dicho…

—Sí, lo he oído: lo necesitan para negociar. ¿Negociar, qué? Exijo que me permitan hablar con nuestro director de vuelo de inmediato.

—Tu rango de comandante no es válido en Ciudad Estelar; no puedes exigir nada. No olvides incluir en tu redactado los motivos que te han llevado a introducirte en la nave cleaner junto con los dos turistas. Precisa tu posición jerárquica en el interior de esta y deja constancia de cualquier orden que hayas dado.

—Señor Unfield, considero que este bloqueo es una acción muy grave por parte de Cleanspace. No somos sus prisioneros, sino sus huéspedes.

—Unos huéspedes que no han sido invitados y que deberán amoldarse al ritmo de trabajo de Ciudad. Esto no es un hotel ni un laboratorio de investigación, como la ISS. Nuestros trabajadores no pueden distraerse de sus obligaciones para atenderos. Esta es una empresa privada que se debe a…

Sadalsuud había cortado la comunicación entonces con un gesto brusco y una mueca de hastío; no obstante, sonrió cuando se dirigió a nosotros.

—Bienvenidos de nuevo, comandante y turistas —dijo, supliendo la amabilidad que su jefe no había mostrado—. Seguidnos, por favor, os enseñaremos vuestro camarote. Vamos todos a dormir unas cuantas horas. Para ganar esta guerra, tendremos que luchar en muchas batallas. Mantenernos en silencio es una buena forma de resistencia. Dejemos que sea el Consorcio Espacial quien presione a Cleanspace.

Mauni no tuvo más remedio que resignarse.

Nos condujeron por un pasillo cilíndrico de dos metros de diámetro, lo que mi cerebro de pintor había asociado al tallo de una despampanante flor. Aquel corredor llevaba acoplados módulos en toda su largura casi de forma continua, por lo que parecía más ancho desde el exterior. Los cuatro centrales estaban acondicionados como dormitorios. Nos dejaron uno de aquellos camarotes para nosotros tres, en concreto el que había quedado vacío tras la huida del piloto Alamak y la ingeniera. Dentro de aquel módulo habitable, había cuatro cabinas individuales que podían quedar íntimamente aisladas mediante una cortina rígida de pliegues. Contenían un saco tipo momia, un armario de poco fondo con cajones, un ventilador y una luz de lectura.

Los cleaners nos ofrecieron unas bolsas de comida. En un pequeño almacén, cercano a nuestro camarote, había un surtidor de agua donde podíamos hidratarlas. También nos dejaron unas botellas de agua y nos dieron permiso para usar la ropa de sus antiguos compañeros, que aún se hallaba guardada en los armarios de sus cabinas. Tras dejarnos unas toallitas húmedas para asearnos y mostrarnos dónde se encontraban los servicios y el almacén mencionado, nos desearon buenas noches y nos dejaron solos.

Escogí el compartimento más cercano a la puerta, por si fuera necesario salir huyendo otra vez. Helios se situó en la de enfrente, y Mauni, en la anexa a la mía. Después fisgamos en los cajones. Por la ropa interior que encontramos, supimos que mi cabina había pertenecido a Alamak, y la de Helios, a la ingeniera. El armario de Mauni estaba vacío. Nos repartimos la ropa y nos dimos cuenta de que solo había un par de mudas. Nos limpiamos primero con las toallitas, pues habíamos sudado bastante, y luego nos cambiamos. Mauni se metió enseguida en su saco momia y no quiso probar bocado; aquella noche atroz le estaba pasando factura y ella no se había tomado ningún calmante. Pero yo tenía hambre, y Helios comentó que su estómago vacío estaba rugiendo; así que flotamos hasta el almacén. Hidraté mi bolsa primero y esperé, con educación, a que mi amigo también la preparase. Introdujimos la cañita y sorbimos a la vez.

Su contenido casi me taponó el tubo digestivo. Proferí una gruesa queja. Helios no replicó, o bien estaba muy hambriento, o bien no deseó expresar tan pronto una primera percepción negativa de aquel lugar. Aquella papilla era espesa como el cemento. Para subirla por la cañita había que aplicar una fuerza de succión intensa.

No era posible definir el límite de las adversidades. Unas balas habían atravesado el escudo de la ISS y habíamos creído, entonces, que nada peor podía ocurrir. Sin embargo, luego volamos en una nave de paredes finas e intentamos detener con cohetillos un brazo robótico con aspecto de intimidante garrote. ¿Podía torcerse más nuestro destino? Sí, Ciudad, nuestra nueva residencia, estaba controlada desde la Tierra por unos desalmados. ¿Era posible aún incrementar la fatalidad? Sí, nuestro alimento era una bazofia.

Entendí, en aquel instante, por qué estaban todos tan esqueléticos, y enseguida me vino a la mente la incoherente imagen de Sadalmelik y su ancho tronco. Seleccioné a aquel cleaner como el sujeto con el que tendría mi primera aproximación a la cultura de aquella estación espacial. Me interesaba averiguar la causa de su perseverante corpulencia. Me guardé esa chispa de esperanza y, seguido por Helios, volví al camarote.

Acurrucado en el saco, la puerta cerrada de mi cabina y la cercanía de mis dos compañeros me procuraron una sensación de amparo. Advertí que, si no hubiesen venido los cleaners esa noche a la ISS, habríamos muerto y agradecí esa fortuna en silencio.

Al día siguiente, después de un desayuno frugal a base de otra papilla parecida más azucarada, habíamos conectado de nuevo con Unfield. Mauni le volvió a pedir una conexión directa con nuestros familiares y, esa vez, hubo más sintonía. Al cabo de unas horas, nos concedieron permiso para efectuar una corta llamada personal telefónica. Hablé con mi mujer y la tranquilicé. Helios hizo lo mismo con su padre y le pidió que llamara a su novia. Mauni quiso hablar con Bel, pero le denegaron la conexión argumentando que solo permitían llamadas particulares. Pese a esa última muestra de fuerza por parte de Cleanspace, consideré que habíamos dado un paso hacia delante y que nuestros problemas empezaban a resolverse.

Una semana después, los cimientos de ese juicio inicial se habían agrietado. El arreglo de la Estación iba para largo, las comunicaciones no se habían abierto y nuestro centro de mando todavía no había fijado la fecha de envío de la nave de rescate o, al menos, eso aseguraba Cleanspace.

La ISS había sido una nave monitorizada y controlada desde la Tierra, por lo que, entre otras cuestiones, al interrumpirse el contacto por el fallo general de sus ordenadores, resultaba imposible gestionar su orientación. Eso comportaba varios problemas, entre ellos, que no podía sortear la basura espacial; aunque de lo ocurrido con los ordenadores en marcha, se deducía que no era posible escaparse de todo lo que circulaba por el espacio. Había variado su posición de forma significativa gracias al último mandato del centro terrestre, al que se había sumado la nave de Carina, y no había vuelto a sufrir ningún mal encuentro. Las rayas se habían convertido en intermediarios imprescindibles; siempre había una acoplada a su estructura. El impulso de los propulsores de las naves cleaners también era necesario para resistir la persistente atracción terrestre.

Mauni había efectuado varios paseos por el interior de la Estación, acompañada por uno de los Sadal. El primer día se había adentrado por aquella cueva oscura junto a Sadalsuud. El cleaner llevaba sus rapaces y sus luces los guiaron. Mauni buscó enseguida los focos de los que disponía la Estación. En Ciudad no había; ni tampoco, linternas. Se habían ido rompiendo o perdiendo, y Cleanspace no había repuesto sus existencias. Después de iluminar bien los módulos dañados, filmaron con las cámaras de las rapaces las partes destrozadas por el impacto.

Carina y Rigel se habían dedicado a inspeccionar la cubierta mientras la raya de otro compañero barría la zona con los radares y les protegía las espaldas. Todavía no se había averiguado el origen concreto de los proyectiles causantes del accidente. La hipótesis más plausible era la más simple: basura que había chocado entre sí y, como resultado, su órbita modificada se había cruzado con la de la ISS.

Los ingenieros del centro terrestre trabajaban por turnos las veinticuatro horas del día. Mauni hacía jornadas que no bajaban de las dieciséis horas diarias. Había dormido tres noches en la raya que se quedaba de guardia, atracada en la ISS, junto al piloto cleaner. Visto el panorama, yo no tenía derecho a proferir queja alguna. Debía adaptarme, ser útil en lo que pudiera y buscarme ocupaciones.

No obtuve resultados respecto al asunto de la monotonía de la dieta. Sadalmelik debía su cuerpo bien nutrido al atiborramiento de la papilla cementosa. El rollizo cleaner aseguraba que ese alimento no estaba tan mal. Se comía su ración y la mitad de la de Nunki. Sadalsuud no solía acabársela y también le cedía los restos. En cambio, Mizar, la otra técnica, era una mujer de vida y se tragaba entera la bolsa alimenticia.

Admiraba su capacidad de adaptación. El sabor empalagoso y la consistencia apelmazada de esa comida eran intolerables para mí, y no creía que en un futuro pudiese acostumbrarme. De hecho, aquella mañana de mi séptimo día allí, había ido a despedir a los cleaners en ayunas. Cuando se fueron todos, me quedé unos momentos pensativo hasta que me di cuenta de que, si quería ver el despegue de las naves, debía darme prisa. Aún me quedaban unos minutos para ir a avisar a Helios; así que me impulsé en una de las barras que atravesaban en vertical aquella sala para facilitar los desplazamientos y salí por la abertura que daba al pasillo central.

. . .

La entrada a los módulos de los talleres y almacenes donde debía de encontrarse mi amigo se abría cerca del cáliz. Deseé que no estuviese en el último de aquella serie de cinco habitáculos comunicados. Helios se levantaba muy temprano y, enardecido por la idea de aprender más sobre los robots de los cleaners, ayudaba a los técnicos a revisarlos. También estaba profundizando en los intríngulis de los satélites.

Lo encontré, junto con Baham, en el cuarto taller. Ese módulo era el de mayor tamaño de aquel conjunto: un gran cilindro de cuatro metros de ancho por siete de largo. Le llamaban el *Skylab*, a cuento de la primera estación espacial de Estados Unidos, cuya sección principal tenía una largura de casi quince metros. El *Skylab* de Ciudad —espacioso, pero de dimensiones más modestas—, tenía unos anclajes en la cubierta externa donde los cleaners dejaban amarrados los satélites a reparar. Si la parte averiada del satélite podía extraerse, se la llevaba al interior; pero si no era posible, los técnicos la arreglaban en el espacio; una tarea que entrañaba una mayor dificultad. La esclusa para poder salir se hallaba en el quinto módulo, que se usaba de almacén. En ese momento, ambos estaban trabajando en una pieza tan grande como el motor de un coche, que pertenecía al satélite que se hallaba en el exterior.

Baham llevaba acoplados a los pies una especie de patines, en los que las ruedas habían sido sustituidas por minicohetes que expulsaban chorros de gas nitrógeno. Los ponía en marcha mediante un mando que llevaba asido a la cintura del pantalón. Esos patines le facilitaban la movilidad por aquella unión de estancias y por el amplio *Skylab*. Me habían llamado la atención el primer día y le había pedido unos iguales. Me imaginaba yendo a toda reacción por el pasillo con el aspirador a modo de lanza. Por desgracia, el cleaner no tenía más.

—Buenos días a ambos —dije. Me devolvieron el saludo sin levantar la vista de su trabajo—. Las rayas están a punto de soltarse, ¿no quieres venir a verlas, Helios?

—No puedo, Josep. Estamos colocando unos giroscopios nuevos. El INS ya no es fiable; lleva trece años funcionando y ha perdido precisión.

Pregunté a qué se refería.

—Mediante el INS, o sistema de navegación inercial, el satélite determina su posición y orientación —respondió.

—¿No podríais proporcionarme uno? —solicité, burlándome de mi torpeza en esas destrezas.

Baham se rio. Era un tipo amable, de manos largas y hábiles, que siempre andaba hurgando en artilugios variopintos. En su piel, muy morena, se abrían paso dos limpios ojos y una sonrisa amplia de dientes blancos, perfectos y de buen tamaño. Cumplíamos años el mismo día, pero él solo tenía veintinueve. Tenía una forma de hablar muy empática, pues solía involucrarse en las acciones de su interlocutor mediante el uso de la primera persona del plural.

—Es normal que anduviéramos perdidos los primeros días —me consoló—. Pero, ahora, la brigada de limpieza local ya conoce bien nuestra casa.

—Al único miembro de la brigada le gustaría aprender oficios más estimulantes —repliqué—. He visto que cultiváis pequeñas plantas en el primer laboratorio. Tuve una vez un jardín y un huerto. Al igual que Helios, puedo ser útil en tareas más especializadas.

—¿No estaremos celosos del compañero? —me recriminó con dulzura.

Fruncí los labios y no respondí nada. Ese método de presión hizo efecto; prometió que hablaría con Nunki y con Mizar sobre la posibilidad de que las ayudara. Ellas eran las que se ocupaban del cuidado de las plantaciones.

Helios tenía problemas en sujetar una tuerca y exclamó de pronto.

—¡Se me ha soltado otra vez! ¡Por Einstein y por Vivozs!

—¡Ah, Vivozs, qué inmenso matemático! —elogió Baham—. ¿Leíste su última publicación sobre la antimateria? —le preguntó.

Mi amigo la había leído, por supuesto, y empezó a comentarla con apasionamiento. Los dejé con su charla de alto nivel y me impulsé hacia el pasillo de nuevo. Atravesé el cáliz, salí al pie de la torre de control del espaciopuerto y ascendí por el largo corredor hasta desembocar en la sala.

Toliman se encontraba allí, inspeccionando el despegue de las rayas a través de las ventanas. Por el momento, sus dañadas costillas lo dejaban anclado a Ciudad.

Lo saludé y me coloqué a su lado, dispuesto a contemplar de nuevo el maravilloso contoneo de las rayas desde la cúspide de Ciudad. Mizar estaba aquel día al mando y comenzó a dar los permisos de salida. Uno de los pétalos blancos se desgajó y empezó a alejarse de nosotros como si flotara sostenido por una ligera brisa. Por su suave vuelo, deduje que lo conducía Carina.

—Buena suerte, Águila de mar —murmuró Toliman.

Otro de los pétalos empezó a moverse, se separó con más rapidez y empezó a batir las aletas tal cual estuviese sumergido en aguas profundas. Aquel era Rigel, sin duda. Toliman soltó un comentario quejoso sobre su empeño exhibicionista. A Mizar tampoco le agradó.

—Torre de control a Torpedo —habló—. Rigel, mantén el rumbo indicado sin dar vaivenes hasta estar más alejado de Ciudad.

Dos pétalos más, situados en lados contrarios del espaciopuerto, despegaron a la vez y marcharon juntos. Los dos Sadal dirigían su nave girando levemente el módulo donde se alojaba el motor de la cola, sin apenas mover las aletas. Me habían contado también que, cuando la situación lo requería, se impulsaban bruscamente. Su forma de nadar por el océano espacial semejaba la de un tiburón, de ahí el nombre de sus naves: Angelotes, unos tiburones de cuerpo plano parecidos a las rayas.

—Control espaciopuerto a Angelotes. Os volvemos a recordar que debéis seguir nuestras instrucciones. No están permitidos los despegues múltiples —regañó Mizar—. Angelote-dos, no te había concedido todavía el permiso de salida.

—Mil disculpas, hermosa Mizar. Me confundí —mintió Sadalmelik.

En esos días, había advertido que los pilotos hacían poco caso a los controladores del espaciopuerto. En Ciudad, todos eran amigos y se llevaban bien; pero en cuanto los pilotos se montaban en sus naves, se tornaban indomables.

Mizar resopló y sus labios se volvieron aún más gruesos. Hizo una leve negación con la cabeza, dando entender que no había nada que hacer para corregir a aquella pareja, y luego añadió:

—Tened precaución, Angelotes.

—¡Ah, Mizar, lagos son tus ojos, fresas tus labios —Sadalmelik recitaba esas palabras como si fuesen un poema—, praderas de rosas tus mejillas y un volcán tu gran nariz!

A Mizar se le escapó la risa. La verdad es que era una mujerona espléndida de veintiocho años. Se percibía que su cuerpo reclamaba, con avidez, grasas y proteínas. En cuanto la dieta dejara de ser restrictiva, toda ella se redondearía, estaba seguro. Solía retener su encrespado pelo azabache en dos trenzas gruesas y cortas. Tenía una fuerte mandíbula y, como había dicho su compañero, ojos grandes y nariz y boca generosas.

Una voz distinta resonó.

—Sadalmelik, el de buen dentado, olvídate de la Osa, quédate con tu hermano —clamó Sadalsuud.

Mizar, estrella de la Osa Mayor, volvió a reírse. Toliman intervino y les pidió seriedad. Aquello provocó que Rigel le dedicara la siguiente estrofa.

—Toliman, en la pata del Centauro, doblemente cercano, doblemente pesado.

Helios me había explicado que Toliman era una estrella doble, la más brillante de la constelación del Centauro, observable desde el cielo austral.

El buen humor reinaba entre los cleaners. Al principio me pareció forzado, una estrategia de supervivencia que provenía de la incertidumbre de su situación; sin embargo, pronto advertí que eran personas de trato cálido y amistoso y que tenían facilidad para la broma. Optar por mantener un buen estado de ánimo era inteligente. El miedo y la risa son excluyentes en el espacio y en el tiempo; se dinamitan entre sí.

Pues allá iban esas cuatro grandes naves hacia la Estación Espacial. Ese día tenían la misión de sellar el *Destiny*, uno de los módulos dañados. Las filmaciones efectuadas con las cámaras de las rapaces y las exteriores de las rayas habían aportado los datos necesarios para trazar un primer plan de acción. El destrozo había sido importante: el casco estaba resquebrajado alrededor del boquete y varias conducciones de luz y comunicaciones estaban seccionadas, de ahí el fallo general eléctrico. Los cleaners iban a usar robots para taponarlo; así lo habían decidido de forma conjunta con los ingenieros del centro de mando terrestre.

No sería un trabajo sencillo. Las rapaces de Carina y Rigel colocarían una placa de una aleación metálica especial y la cubrirían con un material aislante. Encima pondrían otra placa y acabarían con una protección a base de mantas térmicas. Mauni, que volaba con Sadalsuud, estaría pendiente por si tenía que salir y unir sus enguantadas manos humanas a las de los robots. También Rigel haría un EVA si hacía falta.

Sadalmelik tenía otras misiones. Se acoplaría al puerto del *Harmony* e impulsaría la Estación con el fin de que mantuviese su órbita. Luego se introduciría en ese módulo y buscaría la reserva de medicamentos. Mauni le había indicado dónde podía encontrarlos. Sería necesario que llevase puesto el traje espacial; aunque en ese segmento se mantenía la presión, al haberse detenido los sistemas vitales de la nave, no había renovación de aire ni control de la temperatura.

Iba a marcharme a limpiar, pero me detuve al ver el espectáculo que habían empezado a ofrecernos esos imprudentes pilotos. Torpedo volaba en círculos alrededor de los dos Angelotes y estos le respondían con el vaivén de sus popas.

Toliman profirió un gruñido de disgusto. Supuse que él conducía del modo precavido con el que había instruido a las técnicas y a Baham.

Mizar y Nunki se habían turnado esa semana para efectuar las guardias de la ISS y la limpieza de su órbita. Nunki había pasado la noche amarrada a la Estación y estaría esperando la llegada de sus compañeros para regresar. Unfield había exigido que barrieran la porquería de los aledaños de la Estación en una semana, a lo que Toliman había contestado que su pretensión corría pareja con intentar barrer con un cepillo de dientes todo el palacio de Versalles en ese tiempo, y se quedaba corto.

Recordé el despegue de Nunki el día anterior. Conducía con aplomo la nave que había pilotado Alamak, a la que había denominado Gaviota. Mantenía las aletas rígidas en un vuelo estable y sin efectuar ninguna filigrana, como un ave que planeara sobre una corriente de aire. Nunki se movía entre nosotros de la misma forma, con delicadeza, brindándonos siempre un trato amable. Era poco habladora, pero certera y sustancial dentro de su concisión. Tenía treinta y ocho años, y la juzgaba como la más seria y recta de todos los cleaners; aunque Sadalsuud me había comentado que era más blanda de lo que parecía. Se la consideraba una buena piloto, la más diestra de los tres técnicos; por lo que solía ser la que escogían en primer lugar para ayudar a los otros. Mizar y Baham se ocupaban, en mayor medida, del mantenimiento de Ciudad.

Mientras observaba cómo se alejaban las rayas, recordé la malévola forma en que Unfield les había puesto a todos en vereda. Al día siguiente de nuestra llegada, había convocado a los cleaners a una reunión urgente para exponerles que los dirigentes del Consorcio Espacial se hacían cruces por lo que había ocurrido. Aún no sabían explicarse por qué los radares de la ISS no habían detectado aquella nube de meteoritos que habían atravesado dos módulos, seccionado el brazo robótico exterior principal y agujereado los paneles solares: una fatalidad impensable, inaudita.

—Y ahora tienen una enorme nave a la deriva que no saben si podrán salvar y que deberéis mantener a flote mientras organizamos la forma de reparar el estropicio —había dicho—. La huelga ha concluido. ¡Quién sabe si esto hubiera pasado si no hubierais dejado de trabajar!

Toliman se le había enfrentado.

—No pretenda echarnos la culpa. Nadie podría haber previsto semejante desgracia. Fue una suerte que Carina y yo estuviésemos allí y pudiéramos…

—Volved de inmediato a vuestras ocupaciones —le había interrumpido Unfield—. Limpiad la órbita de la Estación y las cercanas. El Consorcio Espacial nos ha solicitado imágenes de la superficie que se ha visto afectada. Se os irán dando instrucciones concretas, siempre a través de nosotros. En cuanto se os ordene, deberéis acoplar una raya y propulsar la ISS para que no pierda altura.

La batalla estaba perdida. Enseguida llegaron desde la base de Cleanspace las primeras órdenes. Enviaron las coordenadas de dos satélites a retirar y de un tercero a reparar, y dieron una fecha límite para acabar con el que había en el taller y reponerlo en su hueco. Los cuatro pilotos disponibles debían encargarse de ello. Nunki y Mizar saldrían a proteger la Estación pilotando Manta y Gaviota, las naves de Toliman y Alamak.

Los cleaners se quedaron atónitos. Esperaron a que terminasen de concretar todos los aspectos de las misiones y cerraron los micros sin responder nada. Sadalsuud dio voz al pensamiento común.

—Bien, compañeros, pretenden enredarnos. Nuestra situación no ha variado —razonó—. No vamos a seguir trabajando para Cleanspace hasta que se nos ofrezcan mejoras; pero es cierto que debemos tener cuidado. La tragedia que ha ocurrido habrá levantado ampollas y no tenemos que darles pie a que se nos presente, de ningún modo, como responsables indirectos. No hemos sido negligentes en nuestro trabajo. Vamos a demostrar al Consorcio de lo que somos capaces. Propongo que salgamos ahí fuera a limpiar; ese fue el objetivo de crear la brigada cleaner en su día. Defenderemos la Estación de cualquier indeseable escombro.

—Intentemos reparar la ISS y poner en marcha sus ordenadores —agregó Toliman—. Podremos, así, restablecer la comunicación con el planeta. No dediquemos ningún esfuerzo al cuidado de los satélites.

Mauni, que no había intervenido en la discusión, aplaudió su postura. Las naves partieron a cumplir ese cometido, y Unfield estuvo ladrando todo el día.

—Solo dos naves deben destinarse al cuidado de la Estación —repetía—. No son de vuestra propiedad; no podéis hacer con ellas lo que os plazca. La empresa tiene unos clientes que atender y unos contratos que cumplir. Eso es lo que nos da de comer. El Consorcio nos paga el servicio de dos naves, no más.

—Abran la comunicación directa con nuestro centro de mando —exigía Mauni de manera insistente—. Necesitamos un canal libre si queremos salvar la ISS.

—No eres una interlocutora valida —le contestaba Unfield.

Todas las naves volvieron a partir hacia la Estación a la mañana siguiente. Unfield discutió con Toliman, que se había quedado en Ciudad, y al no poder doblegarlo, cortó el suministro de luz desde la base de Cleanspace. Me pilló en la más completa soledad y en la lavandería, uno de los cuartos sin ventanas. Creí que Ciudad Estelar se había visto afectada por otro meteorito.

Mis gritos pidiendo auxilio atrajeron al cleaner. Cuando llegó a mi lado, me cogió por los hombros e hizo que girásemos juntos, como si quisiera bailar conmigo.

—Cálmate, esto no puede durar mucho —dijo, tras explicarme el motivo del apagón—. Ven, sígueme. Los ventiladores se han detenido y el dióxido de carbono que exhalas se queda pegado a tu nariz. Si te quedas quieto, enseguida te dolerá la cabeza. Ese es el primer síntoma de la asfixia. Debemos movernos. Nos deslizaremos por el pasillo hasta la sala común; su gran ventana te aliviará. Palpa la pared y ve detrás de mí. De vez en cuando, airea tu rostro con las manos, como si fueran un abanico.

Perdí el contacto con el cleaner y me asusté.

—¡Pero si no te veo! ¡No te vayas! ¡Me perderé! ¡No recuerdo dónde están las naves de salvamento!

Toliman se puso a cantar:

—La cucaracha, la cucaracha, ya no puede caminar. Pero lo hará, pero lo hará, porque salvavidas no hallará…

Seguí su voz moviendo de cuando en cuando los brazos como si fueran aspas de un molino. "Que no son molinos, amigo Sancho. Es el tontaina de Josep, que aceptó un pasaje al *supramundo*. Le guía el barbudo Caronte, no sabe si hacia los Campos Elíseos o hacia el Tártaro", me iba recriminando.

No tardamos en llegar a la sala común y, en efecto, respiré al ver la Tierra desde su ventana alargada. Me parecía que allí había más aire, así que dejé de hacer aspavientos.

La recorrimos arriba y abajo, a la espera de que nos conectasen la energía, y Toliman siguió cantando aquella canción simplona, útil para mantener las neuronas alejadas de la infructuosa tarea de generar pesimistas augurios. Al cabo de lo que me pareció una eternidad; pero que, al parecer, fueron veinticinco minutos, la luz volvió, y Toliman advirtió lo sudoroso que estaba. Ladeó la cabeza y, poniendo los brazos en jarras, comentó:

—Ya me parecía que el ambiente se estaba volviendo caribeño. En cuanto el sistema de acondicionamiento del aire filtre toda tu evaporación, creo que tendrás suministro suficiente para una ducha.

Me trajo una botella de agua de la despensa, un módulo situado a la salida de esa sala. La compartimos y después fuimos a ver a Helios, al que el sabotaje le había pillado en el *Skylab*, revisando un robot rapaz con Baham.

Lo encontramos bastante sereno. Se había asustado unos instantes, pero enseguida recordó que Unfield daba rienda suelta a sus rabietas de esa manera. Baham y él habían estado dando vueltas por el taller cogidos del brazo, impulsados por los cohetes que llevaba el cleaner. En ese rato, habían compartido confidencias sobre sus experiencias con modelos… de robots.

Cuando los otros compañeros volvieron y Mauni se enteró de lo sucedido, se exaltó. Gritó a los cuatro vientos, lanzó reproches a los cleaners por su pitorreo frente a situaciones tan duras y berreó a Unfield cuando a este se le ocurrió abrir los micros para saber si su medida de fuerza había surtido efecto. Al final, consiguió que llegaran a un acuerdo: los cleaners acabarían de reparar el satélite que tenían pendiente y, a cambio, la base klingon, como la bautizó, no volvería a dejarnos a oscuras.

No pude evitar sonreírme ante esa ocurrencia de Mauni. En la serie Star Trek, los klingon eran extraterrestres humanoides carentes de compasión. Me pareció que era una buena denomi-nación para los inmisericordes controladores de la base terrestre de Cleanspace.

Cuando Unfield cortó la comunicación, y aprovechando que Mauni se había quedado sin resuello, Toliman apuntó:

—No había para tanto. Josep estuvo bien: me hizo los coros.

Era cierto, había acabado acompañándolo porque, cantando, resultaba más complicado jadear.

—Y Helios y Baham se han hecho muy amigos —añadió Rigel con tono de chanza.

Mi amigo no se había soltado del brazo del cleaner en ningún momento, por miedo a quedar flotando en la vacía amplitud del taller.

—Sois todos unos psicópatas —masculló Mauni—. Espero que nuestra estancia aquí no dure lo suficiente como para que también nosotros perdamos la razón.

. . .

—Adiós, cielo, que tengas un buen día —me dijo Sadalmelik.

—A ver si encuentras la pareja perdida de mis calcetines de felpa —solicitó Sadalsuud.

—No les hagas caso, Josep —instó Mauni.

—Hoy avanzaremos —aseguró Carina—. Mizar nos ayudará con los arreglos internos.

La joven ingeniera llevaba una maleta con herramientas y asintió con firmeza.

—Ojalá yo pudiera serviros de alguna ayuda —lamenté.

—Bueno, podrías ordenarnos un poco el cuarto —sugirió Sadalmelik.

—No encuentro ese calcetín —insistió su colega.

—Me refiero a otro tipo de ayuda. No soy vuestro esclavo —maticé, alzando un poco la voz y siguiéndoles la broma—. Y si se te ha perdido un calcetín —reprendí a Sadalsuud— es porque no lo habrás marcado o porque lo tienes en medio del amasijo de ropa que flota en vuestra leonera…

—¡Huy, vámonos, que se está poniendo muy maternal! —contestó.

Tras dos semanas en Ciudad, una incipiente amistad daba alas a toda clase de confianzas.

Mauni y los cleaners habían desbloqueado parte de los ordenadores de la Estación, con lo que ya podían comunicarse desde la ISS con el centro de mando terrestre. También habían conseguido sellar el *Destiny* y represurizarlo, una hazaña de incalculable valor. Sin embargo, el suministro eléctrico y los ordenadores que gestionaban la orientación seguían fallando. Cuando la ISS perdía la posición, todo se desequilibraba; los deteriorados paneles solares no captaban con eficiencia los rayos solares y no proporcionaban la energía suficiente para mantener los sistemas vitales.

Carina se iba a ocupar aquel día de inspeccionar esos paneles; así se lo habían pedido los ingenieros de tierra. Sadalmelik le daría soporte y patrullaría por la zona. Mauni, Mizar y Sadalsuud trabajarían en el interior de la Estación. Podían entrar ya sin los trajes espaciales, pero tendrían a mano las velas de clorato sódico que había almacenadas en la Estación. No podían fiarse del reciclaje de aire y esas velas liberaban una espléndida cantidad de oxígeno al encenderse. También contaban con cartuchos desechables de hidróxido de litio como depuradores del dióxido de carbono.

El arreglo interior les iba a llevar bastante tiempo. La retirada de los plafones que recubrían las paredes, en busca de los cables eléctricos dañados, había dejado al descubierto una maraña escurridiza. El trabajo se complicaba porque la luz se apagaba cada dos por tres y el desorden, iluminado por los focos, se volvía juguetón. A todo ello se sumaba la presión por parte de los ingenieros de tierra. Exigían informes y filmaciones constantes que permitiesen concretar los repuestos que serían imprescindibles para solucionar, al menos, los problemas mayores. Habían aplazado una semana la partida de la nave de rescate por ese motivo. Bel, como director de vuelo, se enfrentaba continuamente con el centro de mando por ese retraso. Seguíamos contando con su apoyo y, a través de él, Helios y yo recibíamos mensajes de ánimo de familiares y amigos.

También en Ciudad Estelar, aquel día, había que llevar a cabo una tarea importante: un trabajo conjunto en el que Helios podría lucir sus nuevas habilidades. El satélite anclado en el exterior estaba listo para ser restituido, y a mi amigo le habían dejado el honor de desacoplarlo de la cubierta del taller y separarlo de Ciudad mediante uno de los brazos robóticos exteriores. Rigel estaría esperando con Torpedo muy cerca, y cuando Helios se lo cediera, sus rapaces recogerían el satélite. Toliman ejercería de controlador y Baham vigilaría la precisión de Helios.

Mi jornada laboral empezaría después de que concluyera esa maniobra; pero no pensaba dedicarme todo el día a ordenar. Antes de mi llegada, los cleaners sobrevivían dentro de su particular desbarajuste. Se ocupaban de sus respectivos camarotes y se turnaban en la limpieza general. Al donarme como tarea aspirar toda Ciudad, me habían otorgado el papel de chacha mayor del reino. Poco a poco, habían ido ampliando mis labores domésticas. Lo único que no hacía era limpiar los váteres, y porque era de cajón que, después de su uso, había que pasar una toallita desinfectante por el asiento. Los retretes eran simples huecos de forma anatómica donde debíamos insertar el trasero. Nos sujetábamos a esa sencilla taza mediante unos cinturones de seguridad y unos estribos en los pies ayudaban a que nos mantuviésemos en la posición conveniente. Aquellos sanitarios no me gustaban mucho; pero, por lo demás, nuestro nuevo hogar era un hábitat amplio y cómodo donde abundaban los rincones agradables.

Ciudad Estelar era magnífica de proa a popa. En la proa se hallaba la torre de control del espaciopuerto: un trapezoide acristalado que se parecía, en su forma, a la torre de un aeropuerto terrestre. Sus altas ventanas exponían aquella sala al universo con un aparente atrevimiento suicida; pero los cristales eran blindados y unas protecciones invisibles reforzaban su seguridad. Estaba envuelta en un escudo iónico permanente, similar al que cargaban las naves, y un aro construido con un material superconductor la coronaba. Ese peculiar tocado, separado del techo por unos largos soportes, ejercía un efecto de imán sobre las partículas energéticas del cosmos y conseguía alejar una parte de la radiación. Aros similares se distribuían a lo largo de Ciudad hasta la popa. La torre cargaba con sistemas de soporte de vida, de comunicaciones y de procesamiento de datos. Se unía al cáliz mediante un largo pie, un cilindro estrecho de unos treinta metros de largo al que se entraba por un agujero circular abierto en la parte central del suelo. En ese corredor, lo único destacable era un pequeño módulo adosado que contenía una esclusa: una puerta al exterior por si era necesario efectuar algún arreglo en esa zona.

En el cáliz desembocaba, además del pie de la torre y de los tubos conectores de los puertos, el pasillo que constituía el tronco o columna vertebral de Ciudad. Cuando me situaba al inicio de ese pasillo, asido al marco de su compuerta, me parecía que aquel túnel de ciento treinta metros de largo no tenía fin. Sus paredes, de un color blanco hospitalario, estaban limpias. Tan solo discretas cañerías de aire y mimetizados tubos de conexiones eléctricas discurrían por sus cóncavas paredes.

A los diez metros de avanzar por ese pasillo, se hallaban dos compuertas. La de babor daba a una serie de depósitos y solía mantenerse cerrada. La de estribor era la entrada a la sucesión de talleres que ya he descrito.

Al descender más, se descubría, a la izquierda, tres lavabos seguidos y, a la derecha, un pequeño módulo al que llamaban enfermería. Estaba dotado de un pobre equipamiento médico: neveras casi vacías de medicamentos, una camilla y un parco botiquín que solo contenía desinfectantes, gasas y analgésicos.

A continuación, había otro módulo mayor cuya entrada se encontraba en lo que debería ser el suelo. Tenía una anchura de tres metros y guardaba una especie de sarcófago sin tapa: se trataba de la centrifugadora. Aquel ataúd faraónico estaba unido por su centro a un eje y giraba hasta lograr una fuerza igual a la de la gravedad terrestre. Su motor estaba parado a la espera de una pieza estropeada que Cleanspace tenía que reponer. Era fundamental para mantener el bienestar físico de los cleaners; pero, por mi parte, sentía cierto alivio de que estuviese inservible. Mauni me hubiera obligado a usarla y no me atraía lo más mínimo.

Más adelante se encontraban los cuatro camarotes dormitorios, dos a estribor y dos a babor. Después se abrían, a estribor, el almacén de reducidas dimensiones, donde habíamos hidratado la papilla la primera noche, y dos laboratorios que discurrían en paralelo al pasillo, uno de ellos formado por tres módulos conectados. A babor había un puerto central con esclusa que apenas se usaba, según nos contaron, después, la lavandería, equipada con un par de lavadoras que limpiaban la ropa en seco, y cerca de la popa, otro puerto con esclusa. En último lugar, se hallaba la despensa: una estancia que contenía sacos y botellas de agua y neveras grandes que guardaban las papillas.

El pasillo terminaba en lo que me había parecido un bulbo desde el exterior: la sala común, un cilindro espacioso unido en perpendicular. Tenía un diámetro de cinco metros y una largura de diez. Su uso habitual era el de comedor y sala de reuniones. A la hora de comer, bajábamos unas largas mesas que se guardaban plegadas contra la pared. Estaban provistas de unos cajones donde podíamos hidratar y calentar las bolsas de comida, en nuestro caso, de papilla, y llevaban incorporadas unas particulares sillas construidas con un par de tubos de plástico curvados y flexibles que formaban un aro. Los abríamos lo necesario para introducirnos y luego nos los ajustábamos en torno a la cintura; así nos manteníamos en la misma posición mientras comíamos. Cuando acabábamos, todo se recogía. Era la sala más ordenada de Ciudad. Les interesaba que no hubiese nada por en medio porque los domingos por la mañana se convertía en la cancha de rugbasket. Para desplazarse por aquel enorme espacio, se habían dispuesto unas cuerdas que la cruzaban en vertical.

Había sido testigo de uno de aquellos partidos liberadores de adrenalina. Toliman no jugaba, por su lesión, ni tampoco Carina, por su embarazo; pero todos los demás participaban y eran muy combativos. También las mujeres se apasionaban y le metían potencia al juego.

De aquel bulbo pendían dos raíces, y cada una estaba formada por la unión de dos módulos. En la de la izquierda, se organizaba el gimnasio. Había allí seis bicicletas y otras tantas cintas de correr; así que no tenía excusa para no hacer ejercicio. Si me hacía el remolón era porque me resultaba aburrido, por eso siempre buscaba compartir esa hora con alguien.

La otra raíz servía de ampliación del primer laboratorio, donde tenían el huerto, aunque por el momento solo había plantas en su primer módulo.

De los cultivos se ocupaban Nunki y Mizar. Había conseguido que aceptasen mi ayuda y hacía cuatro jornadas que trabajaba de horticultor. Alababan mi entusiasmo y me dejaban libertad para experimentar. Las horas que dedicaba a mis plantas eran las mejores del día. Esa mañana decidí que, en cuanto mi amigo soltase el satélite, marcharía raudo a ocuparme de ellas.

Me encontré a Helios cuando iba en su busca, de camino al *Skylab*. Se dirigía a la torre, a tomar el mando del brazo robótico externo. Me volvió a pedir que contemplara su manejo.

—No perderé detalle —le aseguré.

Al llegar al pasillo central, me detuve un momento en el servicio. Mi amigo estaba impaciente y siguió hacia la torre. Cuando salí, me encontré a Rigel. Flotaba a la entrada del cáliz y dijo que me estaba esperando.

—Vendrás hoy conmigo, Josep —anunció—. Ya es hora de que salgas de estas cuatro paredes y te diviertas un poco.

Me sobresalté.

—¡Contigo! Pero es que tengo que regar y...

Me daba miedo volar con alguien tan osado y empecé a poner excusas. No quería poner en peligro mi vida cuando mi estancia tocaba a su fin. El Consorcio había anunciado que la nave de rescate estaba preparada y llegaría a la Estación en cuatro días. Pero el piloto cleaner apreciaba ese hecho desde un punto de vista totalmente contrario.

—Te vas a marchar pronto, Josep. Aprovecha la oportunidad que te estoy brindando. Muchos querrían volar con el gran Rigel —bromeó—. Piensa en la fortuna que podrás ganar contando a los periodistas que me acompañaste a poner un satélite en su justo huequecito.

—Pero es que le prometí a Nunki que la ayudaría a...

—¡No te preocupes por las chicas; estarán aquí cuando vuelvas! Es lo bueno de este lugar: no pueden escaparse —subrayó.

Lo miré con recelo. Me sonrió con coquetería y, en tono meloso, añadió:

—Vamos, cariño.

Rigel, de treinta años y guapura aceptada sin falsa modestia, se parecía a mí en los rasgos principales: pelo castaño oscuro algo rizado, ojos también castaños y un tono de piel de buen color, como el que tenemos los nacidos en los países mediterráneos. Era un poco más bajo que yo, o eso me parecía cuando lo veía flotar a mi lado; pero estaba más fuerte. Lo noté en el apretón que me dio en los hombros para animarme a salir con él al espacio.

. . .

—¡Cuídame bien a Josep! —exigía Toliman a Rigel desde la torre.

—Que sí, pesado —respondía con cansancio—. Ahora guarda silencio; tengo que guiar a mis rapaces.

Rigel me había introducido en Torpedo, su nave, sin informar a nadie, no fueran a prohibirle que se llevara a un turista. Habíamos despegado y la raya se encontraba frente al taller. Helios, sentado al panel de control de la torre, movía el brazo robótico hacia su objetivo. Mi amigo efectuó la operación con cautela y no falló. Desacopló el satélite a la primera y, con destreza, lo apartó de la estructura de Ciudad y empezó a acercarlo a Torpedo maniobrando con lentitud para evitar errores y daños. De pronto, dos rapaces se abalanzaron sobre el satélite como si se tratara de un sabroso conejo.

—¡Despacio, Rigel! —gritó Toliman.

Las manos de aquel piloto reposaban sobre sus piernas. Cómodamente sentado, guiaba los robots con su mente y solo una leve tensión en sus músculos faciales revelaba su concentración. Aquel "dios" juguetón era tan endiabladamente habilidoso que se podía divertir acobardando a los mortales e, incluso, a semidioses como Toliman. Silbó, y sus rapaces, como si le hubiesen oído, le acercaron la presa hasta la panza de la nave. Las perdí de vista y tuve que seguirlas mediante los monitores del puente de mando de la nave. Guiándose también por las cámaras exteriores, Rigel pinzó el satélite con los brazos robóticos de la raya y sus movimientos fueron entonces muy cuidadosos. Las rapaces, cumplida su misión, se introdujeron otra vez en la nave.

—Aquí Torpedo. El bicho está en mi barriga. Nos vamos.

Rigel conducía sin prisas, balanceando las aletas con delicadeza. Tardaríamos una hora en llegar, me avisó, y media en volver, agregó, esbozando una sonrisa traviesa nada tranquilizadora. No íbamos muy lejos. Nos dirigíamos a una de las constelaciones de satélites de comunicación que se encontraban en las órbitas bajas, a unos mil setecientos kilómetros del planeta. ¡Mil setecientos, se decía pronto! No quise pensar y me dispuse a disfrutar del vuelo.

El cleaner era un excelente anfitrión. Fijó el rumbo y luego comenzó a mostrarme su nave. Era idéntica a la de Carina, si bien tenía un toque propio en el segundo piso que me sorprendió muy gratamente: un minibar.

—Ábrelo y dime qué te apetece tomar —propuso.

Lo hice y descubrí que el Paraíso existía y estaba en el cielo, como muchos creían. En el interior de aquella neverita, había una bolsa con cuatro manzanas y seis zanahorias, también una punta de salchichón y cuatro biberones rellenos de vino.

—Un momento, hay algo más —avisó, y abrió la puerta de un pequeño congelador que estaba encajado en la parte superior.

Al ver lo que contenía, exclamé:

—¡Pan!¡Dios, tienes pan!

—Mi mujer me envía tres barras y también productos frescos y otras alegrías en cada envío de suministros —explicó—. Otros prefieren cartas o ropa; pero a mí los tesoros alimenticios me satisfacen más. No permiten un peso superior a trescientos gramos por persona, pero mi chica hace maravillas. Intento que estos manjares me duren lo máximo posible; me hace casi tanto bien verlos como comerlos.

Observé que tenía el pan cortado en finas rebanadas y deduje que aquel hombre racionaba sus víveres. No podía saquearle la nevera, aunque mi estómago me estuviese amenazando con cerrarse de forma definitiva si la boca no atacaba y empezaba a engullir comida conocida. Debía reprimirme y no pensar en aquella papilla espesa, la única pitanza en Ciudad.

Rigel se dio cuenta de mis dudas y cerró las puertas del Paraíso. Me asusté: ¿ni siquiera iba a permitir que le diese un mordisquito a la manzana?

—Entiendo que no te atrevas a escoger —manifestó con expresión seria—. Dejaremos que nos ayude el camarero.

Levantó una mano y chascó los dedos. Una de las rapaces se aproximó, al parecer atraída por la llamada de su dueño. Llevaba un trapo blanco colgando de la pata. Rigel le pidió a aquel esperpéntico mayordomo que nos trajera lo mejor de la carta.

—Lo dejo a su elección —agregó, hablando al robot—. Sé que les queda poca cosa debido a que los envíos se espacian cada vez más, pero confío en que la calidad de su restaurante podrá compensar la escasez de las raciones.

La rapaz hizo un vaivén de asentimiento y voló hasta un armario. Lo abrió y sacó dos bolas transparentes que semejaban pequeñas peceras, con su abertura protegida por una tapa. Su compañera apareció, también con un pañuelo prendido en una pata, y ambas se dirigieron a continuación al minibar. La que tenía las garras libres, se puso a trajinar en su interior.

Rigel se dirigió al puente de mando, giró la silla del copiloto, de modo que mirase hacia el pasillo, y me convidó a sentarme en ella.

Se quedó controlando los movimientos de sus rapaces unos momentos y luego se sentó a mi lado, con la silla también vuelta.

Los camareros portaron los platos esféricos y dos biberones. En el interior de mi pecera, flotaban una manzana, una zanahoria, dos rebanadas de pan y el cachito de salchichón. Rigel tenía dos zanahorias y dos rebanadas.

Brindamos con los biberones de vino tinto.

—¡Por tu mujer! —dije con alegría, y abrí la tapa y cogí la manzana.

—Por ella —convino Rigel, y se hizo un bocadillo de zanahorias.

Saboreamos los primeros bocados en silencio. Luego me preguntó:

—¿Estás casado, Josep?

Desarrollamos una charla fluida y abierta, animada por las suculentas viandas. Los robots se desvivían por atendernos. De cuando en cuando, se acercaban y nos limpiaban la boca con el trapo. Sabía que los animaba Rigel por control remoto, desde los chips insertados en su cerebro, pero el cleaner lo disimulaba muy bien, sin mirarlos, como si aquellos seres de metal se moviesen por su propia iniciativa. Ese piloto era un tío simpático. Me contó que tenía planes no relacionados con el espacio para cuando terminase el contrato y volviese a la Tierra. Deseaba disfrutar de una vida un poco más relajada. Los padres de su mujer poseían una cadena de hoteles en diversas poblaciones costeras del sur de Europa y le habían ofrecido el puesto de gerente del que más le atrajese. Pensaba escoger el más pequeño y mantener a la persona que lo estuviese gestionando o contratar a otra con experiencia. Se dedicaría después, con mucha calma, a revisar el oleaje o las nubes, según estuviese sentado o estirado encima de la toalla.

—Sueño con ese día —contaba, lentificando el ritmo de salida de sus palabras—. El sol tostará mi piel, la arena acogerá con calidez mi cuerpo, las olas lamerán mis piernas; mis rapaces me traerán un gin-tonic elaborado con una proporción de 1:3, aromatizado con dos gotas de aceite de limón, y me lo servirán en un vaso de boca ancha de donde solo se escaparán las partículas olorosas y las burbujitas de gas carbónico de la tónica.

Dio un suspiro de deleite. Luego miró su biberón y agregó:

—La gravedad terrestre mantendrá el líquido en el interior y me permitirá gozarlo con todos mis sentidos.

Imité la musicalidad de "cuento de la lechera" que había usado y añadí:

—Tu mujer te pedirá que le pongas crema en la espalda. Los niños, cuando los tengas, te mojarán con sus pistolas de agua helada. Toallas extendidas por otros amantes de la playa acecharán tu mínimo espacio vital.

Negó con la cabeza mientras su labio inferior ascendía y formaba un morro guasón junto con el superior.

—No, Josep. En mi sueño, estoy solo en una inmensa y blanca playa. Ni el sol abrasa ni el mar está revuelto. La arena no es pegajosa y el gin-tonic que he comprado en el chiringuito no me ha costado un riñón.

—Luego, pese a que es un lugar solitario, hay un chiringuito —advertí con media sonrisa burlona.

—Aquí, en este lugar, no caben pensamientos sombríos. Si Helios y tú siguierais con nosotros, pronto aprenderíais esa norma básica. Es una lástima que os vayáis; no os ha dado tiempo a sentiros cleaners.

—No lo dirás por mí. Desde que he llegado, no he hecho más que acondicionar la casa. Soy el "cleaner" de Ciudad —respondí.

—Lo haces tan bien… —repuso con guasa—. Pero me refería a que no habéis llegado a percibir lo que comporta la condición de habitante del espacio, tanto en su parte positiva como en la más dificultosa.

Miró hacia el negro exterior y se puso serio. Cuando continuó, me pareció que hablaba más para sí mismo que para mí.

—En este lugar, la libertad y la soledad van de la mano y se embarcan en una relación malsana. Crían livianas fortalezas y miedos fulgurantes. Acortan a un segundo el tránsito entre el flujo confiado con la vida y la caída a un amasijo de malos pensamientos.

Tiró de una cadena que llevaba al cuello y extrajo un colgante de debajo de su camiseta. Pensativo, lo acarició. Era una pieza de metal aplanada y redonda, con una voluta en forma de caracol que sobresalía en el centro.

—Toliman y Carina llevan una joya parecida —comenté.

Se volvió a mí y sonrió.

—No es una joya, sino un amuleto. Lo llevamos todos los cleaners. Son piezas sobrantes de satélites, cohetes: restos de basura, el motivo por el que estamos aquí. Son nuestra seña de identidad y esperamos que nos den suerte.

—Me gustaría llevarme uno de recuerdo. ¿Crees que podré encontrar alguno en el taller de Baham?

Me observó con interés un momento y, después, sin decir nada, volvió a llamar a sus rapaces chascando los dedos, más para mantener la ilusión ante su invitado que porque le fuera necesario. Los robots vinieron dócilmente, recogieron las peceras vacías, les pasaron el trapo por su interior con cierta gracia y luego se las llevaron. Nos quedamos con los biberones, que estaban todavía medio llenos.

Rigel aflojó un poco la horquilla que lo aguantaba junto al respaldo de su silla, echó su cuerpo hacia delante para aproximarse a mí y, en un tono de confidencia, dijo:

—Solo un auténtico cleaner tiene derecho a poseer uno, y solo lo pide el que desea serlo… ¿Comprendes?

Negué con la cabeza. Chocó su biberón contra el mío y sorbió con ganas. Hice lo propio.

—Eso significa que —aclaró—, o bien no te vas a marchar tan pronto como esperas, o bien que, antes de irte, querrás alcanzar la categoría de cleaner y te someterás a nuestra ceremonia de iniciación.

Se volvió a sentar derecho y apretó la horquilla contra su cuerpo. Dijo que estábamos llegando a nuestro destino y que iba a sacar las mariposas y a limpiar aquella sección orbital. Haría también barridos exhaustivos con el radar. No quiso comentar nada más de la mencionada ceremonia. Se disculpó por no poder seguir charlando, dejó las bromas y se puso a trabajar. Sus rapaces me ofrecieron una tableta cargada con libros, películas y videojuegos. Estuve un rato observándolo a él y a su peculiar colgante, cuyo dibujo enroscado transmitía un mensaje promisorio de protección.

. . .

Tras dejar como una patena el espacio donde iba a alojarse el satélite, Rigel lo colocó ayudado por sus rapaces. Desplegó sus paneles solares mediante control por radio y el artefacto se puso enseguida operativo; pero esperó hasta que Toliman pudo asegurarle que sus amos, en la Tierra, lo volvían a tener bajo control desde su centro terrestre. Sin embargo, no pudimos regresar; Unfield llamó y mandó al piloto que fuese a buscar otro satélite que se había estropeado. Esa nueva tarea nos retrasó mucho; así que tuvimos que tragarnos una papilla para acallar las tripas durante el viaje de retorno. Mi amable anfitrión me ofreció otra manzana de postre. La dulzura de la fruta logró compensar la pesadez de aquella larga jornada. Eran cerca de las siete de la tarde cuando avistamos Ciudad.

Al acercarnos al espaciopuerto, advertimos que en la torre había bastante gente, lo cual indicaba que nuestros compañeros ya habían vuelto de la Estación. Rigel tenía ganas de llegar y aceleró. Se introdujo en el hueco del puerto que le correspondía con una maniobra tan vertiginosa que me puso los pelos de punta. Sin dilación, se liberó de las correas y, al ver que las manos me temblaban un poco tras el osado amarre, me ayudó a desatarme. Salimos juntos de la raya.

En la boca del tubo de unión al cáliz, Mauni nos estaba esperando con los brazos cruzados y el semblante grave.

—Josep, te agradecería que no salieses de Ciudad sin comunicármelo antes. Soy responsable de vuestra seguridad —me reconvino.

Me disculpé con sinceridad; aquella mujer ya tenía suficientes problemas. Rigel intervino y se echó la culpa de mi desaparición. Le dijo, con sorna, que aceptaría cualquier castigo que creyese conveniente administrarle. Percibí en la comandante una tímida sonrisa que pugnaba por alegrarle la cara, y no se debía al choteo de Rigel.

—Tengo la impresión de que tienes una buena noticia que darnos —dije, y como dejó aflorar del todo la sonrisa, insistí—. Venga, Mauni, ya me has reprendido. Suéltala.

—Cleanspace ha abierto las líneas telefónicas como premio por la reposición del satélite. Nos permiten hacer una llamada larga a cada uno.

Esperaba que fuera verdad. La vez anterior, solo nos habían permitido hablar medio minuto, y como nos abrieron la línea al mediodía, tuve que llamar a mi mujer al trabajo y no pude saludar a mis hijos, que a esa hora se encontraban en el colegio.

En mi hogar serían las ocho de la noche. A menos que tuviese mala suerte, los encontraría a todos en casa.

La Estación y Ciudad habían acoplado sus horarios para facilitar los trabajos conjuntos, si bien ese cambio no se había efectuado con equidad. La ISS hacía años que seguía la hora del centro de lanzamiento de la Guayana, pues de ahí solían partir las naves de relevo y abastecimiento, mientras que Ciudad seguía el huso horario de Europa central. Pues bien, Cleanspace había atrasado su reloj una hora y la ISS lo había adelantado cuatro. La empresa de limpieza daba prioridad a su trabajo y a sus intereses.

—Helios y algunos cleaners ya han hablado con sus familiares —prosiguió Mauni—. Mizar lo está haciendo en este momento, y los Sadal están esperando turno. Subid y pedid tanda.

Rigel prefirió ir primero a asearse, pero yo volé hacia la torre. En el corredor, me topé con Mizar. La muchacha se iba al camarote a digerir su reciente conversación. Tenía los ojos brillantes y una sonrisa triste en el rostro.

—¿Te encuentras bien? —pregunté.

—Mi hermana pequeña se casa y no podré asistir a su boda, eso es todo. Me apena estar tan lejos de mi familia.

Se alejó con el corazón dolido. De todos los cleaners, Mizar era la que llevaba menos tiempo en el espacio: ocho meses. Sadalmelik opinaba que todavía tenía un pie en el planeta.

Con un vigoroso impulso, me introduje en la sala. En aquel momento, se hallaban allí Toliman y los Sadal. Aquel trío cargaba con tres años de vida espacial en sus cuerpos y, aunque habían disfrutado de un descanso de dos meses al cumplir su segundo año, la vida terrenal se había convertido en un pasado lejano. Al verme, me llamaron y me pasaron los auriculares y el micro asociado: me dejaban colar por cortesía al huésped.

Se lo agradecí y activé la línea, como había hecho la vez anterior. El teléfono sonó y enseguida surgió lo que parecía un contestador automático, aunque la voz me era bien conocida.

—Buenas tardes, habla con el servicio de telefonía espacial. Si quiere hablar con Mercurio, marque 1; con Venus, marque 2; con la Tierra, marque...

Me volví hacia el panel de control, al que había dado la espalda para tener un poco de intimidad, y descubrí que Sadalsuud estaba abocado a uno de los micros que sobresalían del tablero. Lo rodeaban sus dos colegas y todos intentaban sofocar sus risas.

—Tres —dije, masticando la palabra.

Me pasaron, por fin, con la base klingon y pude conectar con mi familia.

—¿Sí, Nadia? Soy yo...

—¿Quién?

—Tu marido. ¿Es que ya no me reconoces?

Me explicó que le habían pasado la llamada directa, a lo bruto, y no esperaba oírme. Me escoció que no distinguiese mi voz al instante. Empezamos a hablar, pero apenas pudimos intercambiar unas frases acerca de nuestra salud y ánimos porque Joan, nuestro hijo, le quitó el teléfono.

—¡Papá, papá, ¿a qué altura estás ahora? —Oí a mi hija, que también reclamaba el aparato, y luego la respuesta de Joan—. Espera, Silvia, lo he cogido yo. Papá, ¿cómo son los cleaners? ¿Te han hecho algo malo?

—Pues claro que no, hijo. Son todos muy amables. Os tengo que contar muchas aventuras. Hemos colocado hoy un satélite en su sitio.

—Papá, ahí arriba no te pongas a ordenar trastos; haz otras cosas. ¿Has aprendido a conducir sus naves? ¿Son tan grandes como dicen? ¿A qué velocidad vuelan?

Escuché un forcejeo y a mi hijo quejarse: "¡Déjame, pesada!". "¡Estate quieta!"

Su hermana consiguió arrebatarle el teléfono.

—Papá, soy Silvia. ¿Cuándo vas a volver? Mamá nos ha enseñado a localizar la ciudad de los cleaners y a distinguirla de las otras estaciones. A veces la vemos por las noches. Brilla mucho, como una estrella grande, y se desplaza bastante rápido. ¿Estás bien?

Oí otra vez unos ruidos provenientes de una disputa y no tardó en producirse otro cambio de interlocutor.

—Soy Joan otra vez, papá. Tengo una duda. ¿Sabes cómo se las arregla una tortuga para darse la vuelta si cae de espaldas? Silvia no lo sabe y yo tampoco lo sé muy bien...

Mis hijos se fueron pasando el auricular. Nadia debía de estar haciendo de moderadora.

—Papá, Joan creía que física era lo mismo que educación física; por eso no comprendía que, durante las clases de esa asignatura, no salieran al patio a hacer deporte y tuviera que aprenderse tantas fórmulas.

—Silvia sacó ayer un siete en matemáticas y se puso triste. ¿Tú lo entiendes? —preguntó Joan—. ¡Ay, casi me olvido! He aprendido a hacer eructos de los fuertes. Mira, verás, ahí va uno… Pero, mamá, ¿por qué no? …Vale. Papá, la abuela me ha dicho que me parezco a ti. ¿Crees que tiene razón? Me piden que me despida. Un beso. Ten cuidado al bajar, que estás muy alto.

Otro cambio.

—Papá, te quiero mucho. Vuelve pronto. Mamá va a hacer bizcocho de chocolate.

Nadia recuperó por fin el teléfono.

—Josep, soy yo…

Quise hacerle una bromita a cuento de su primera respuesta.

—¿Quién?

—Tu mujer. Déjate de cachondeo y dime la verdad. ¿Todo va bien por ahí?

—Como una seda —aseguré.

—Nos han dicho que dentro de una semana estarás de vuelta. Te vamos a preparar una fiesta y…

—¿Podrías hacerme una tortilla de patatas? Y unas gambas, unos boqueroncitos, gazpacho…

—¿Pasas hambre?

—No, no. Lo que pasa es que siempre comemos lo mismo. No te olvides del pan con tomate y de ponerle bastante cebolla a la tortilla.

—Mucho pan con tomate y mucha cebolla, no te preocupes. Tu madre traerá calamares rellenos. Es una sorpresa; no me delates.

Toliman me hizo una seña porque la base le estaba avisando de que mi tiempo se agotaba. Se lo advertí a mi vez a Nadia y se molestó.

—¿Por qué tienes que colgar ya? ¡Esto es indig…! —Se detuvo y añadió con dulzura—: Te quiero, te extraño.

—Yo también te echo de men…

Cortaron de súbito la llamada. Es curioso lo que me dolió que no me hubiesen dejado acabar de despedirme. La frase cariñosa que iba a decirle a mi mujer se me quedó clavada en la garganta, y raspaba como una espina.

. . .

Después de la llamada, fui al camarote, me introduje en el saco y me até para mantenerme en el sitio. Quería despreocuparme de la microgravedad, cerrar los ojos y rescatar de la memoria las palabras de mi familia. Tardé en darme cuenta de que Helios se encontraba haciendo lo mismo en su saco, y eso que lo tenía enfrente y tampoco él había cerrado del todo la cortina.

Le pregunté con quién había hablado.

—He telefoneado a Jessica —respondió—. Estaba nerviosa y apenas me ha dejado hablar. Me ha preguntado de todo y no se ha creído que estuviera a gusto. No lo comprendo, puesto que he sido sincero y mi tono era convincente. Estoy disgustado. Si supone que aquí me encuentro mal, le costará asumir que se retrase nuestra vuelta.

Aquel comentario me sobresaltó.

—¿Por qué debería haber un retraso? ¿Hay alguna noticia nueva que desconozca? —indagué, y con dedos nerviosos empecé a desatarme para salir del saco. Helios hizo lo mismo mientras me calmaba.

—No hay ninguna novedad, te lo aseguro. No me hagas caso; Jessica me ha dejado un poco blando.

—Entonces, ¿a qué venía ese comentario? —insistí.

Mi amigo ya estaba fuera del saco y de su cabina. Había aprendido a moverse por el espacio como pez por el agua.

—A veces me pongo tan pesimista como Leila —dijo.

—¡Ah! ¿Has podido hablar con Leila también?

Había conocido a Helios hacía tres años por su dominio de la cibernética. En aquel tiempo, mi amigo era el responsable de un proyecto conjunto entre mi empresa y su universidad que tenía como fin introducir empleados electrónicos en las tiendas. Había llevado el primer ejemplar al comercio donde me encontraba trabajando: un androide femenino, al que había denominado Leila, que tenía el aspecto de una joven de delicada belleza. Su acabado era tan realista que empecé a tratarla como si fuera una mujer. De hecho, siempre hablaba de ella en femenino: la robot, la androide. En su interior, no obstante, ese ser guardaba una tozuda racionalidad desprovista de tacto, muy propia de su condición. Su relación con los humanos no funcionó bien y el proyecto se anuló. Mi amigo no había vuelto a construir otro androide, pero tampoco había permitido que desconectaran a Leila. Esa robot vivía con él y había seguido evolucionando.

Helios esbozó media sonrisa y se echó los rizos del cabello hacia atrás con una mano.

—No sé si Jessica y Leila llegarán algún día a entenderse —lamentó—. Verás, Jessica se acercó a mi casa para ver cómo estaba mi robot: una cortesía del todo innecesaria. Pues bien, dice que Leila la trató con un desprecio imperdonable.

—Seguro que se ha quejado de su mala educación —supuse. La novia de Helios y su robot estrella nunca habían congeniado.

—Llamó al interfono de la calle y Leila le abrió la puerta de entrada a la portería; pero, cuando llegó al piso, se encontró que uno de mis robots lavadora le obstaculizaba el paso; ya sabes, uno de aquellos grandotes que tienen forma cúbica y un enorme ojo central. Ese robot le comunicó que Leila no podía recibirla y le instó a que se marchara por donde había venido. Como ocupaba todo el umbral, Jessica no encontró resquicio por donde colarse. Me ha contado esto muy indignada.

Por una u otra razón, teníamos sulfuradas a las mujeres.

—Jessica todavía no sabe tratar con robots —concluyó Helios.

—Deberías llamar a Leila el próximo día que nos den línea.

—¿Para qué? No tengo que darle ninguna instrucción.

Era una respuesta juiciosa, pues se trataba de un robot. Helios no estaba de acuerdo con lo que, en varias ocasiones, le había intentado mostrar: la potestad de cambio de su creación. Leila había adquirido un atisbo de aptitudes humanas, un acervo emocional de suficiente importancia como para que se sintiese preocupada por nuestra aventura espacial. Estaba seguro de que estaría vigilando y de que le hubiera gustado hablar con Helios para cerciorarse de que todo andaba bien.

Sonreí al recordar que le llamaba "padre". Los colegas de Helios, para gastarle una broma, habían introducido en sus circuitos ese modo cariñoso de dirigirse a él, y lo habían hecho tan a conciencia que su dueño no pudo modificarlo con posterioridad.

La verdad era que Leila cuidaba de mi amigo como si estuviesen unidos por un vínculo de sangre, aunque solo Jessica y yo nos dábamos cuenta de ello. Para los demás, se trataba de una máquina y, por tanto, su cerebro era totalmente lógico. Pero estaban equivocados. Esa androide disfrutaba de un cerebro artificial de una laxa plasticidad y ordenaba sus neuronas artificiales como mejor le conviniera. Su aprendizaje seguía un rumbo ascendente y sus programas le permitían advertir las emociones de su interlocutor y reaccionar en consecuencia. Según mi parecer, su destreza rebasaba los límites de aquel programa. Helios me había confesado que creía haber cometido algún fallo al diseñarla y, por ese motivo, no había podido reproducirla. Algún día se volvería a descubrir la llave que abría la puerta de la humanidad a los robots. Por el momento, Leila era la culminación de ese acercamiento. A causa de su singularidad, nunca supe a qué atenerme con ella y dejé de confiar a ciegas en los robots por culpa de su conducta imprevisible. Defenderme de los engaños humanos me desgastaba lo suficiente como para tener que cuidarme también de esos seres. Cuando me encontraba con uno, me ponía en guardia hasta que me demostraba su total y estúpida sumisión.

En ese momento, Mauni entró en el camarote.

—Compañeros, ¿no queréis cenar? He hablado con Bel y quiero contaros lo que me ha dicho.

—Ahora vamos —respondió Helios.

—Nos vemos en la sala común —dijo Mauni, pero se detuvo al advertir mis esforzados movimientos. El pie se me había enredado con algo y no lograba desembarazarme del dichoso saco—. ¿Te ayudo, Josep?

—No, no. Ya puedo.

Se fue, y al cabo de unos segundos más, Helios decidió auxiliarme. Dio un tirón al saco y me liberó. Supuse que me había trabado con alguna rotura del tejido y que tendría que buscarla y coserla.

Al salir del camarote, nos encontramos con los Sadal. Descendían también hacia la popa y, cosa rara, lo hacían en silencio y con caras largas. Levantaron una lánguida mano hacia nosotros, a modo de discreto saludo, y siguieron desplazándose.

Nos colocamos a su lado e intercambié con Helios una mirada elocuente: algo les había ocurrido a esos dos. Sadalsuud se dio cuenta y nos ofreció una justificación.

—Las relaciones a distancia son difíciles. El mes pasado me dejó mi novia y hoy…

Hizo un gesto con la cabeza hacia Sadalmelik y no acabó la frase.

Preferimos no hacer comentarios porque el hombre parecía afectado. Llegamos a la despensa y entramos a recoger las bolsas de papillas. Sadalsuud añadió:

—Carina también se ha llevado un buen disgusto con su padre. Llegó al poco de que acabaras tu llamada, Josep, y también la dejamos pasar antes que nosotros. Enseguida advertimos que estaba escuchando palabras rudas. Balbuceaba, se retorcía la coleta y se mordía el labio inferior. Se ha quedado muy apenada. Toliman está con ella, en su camarote, intentando consolarla.

Sadalmelik volvió a la vida con ímpetu. Alzó las manos, que asían sendas bolsas de papilla, y clamó:

—¡Días y días esperando poder hablar con las personas que queremos y luego…! —Dio un bufido y luego cargó contra todos—. ¿Por qué no nos mienten? ¡Ya nos dirán lo poco que les importamos cuando estemos en el planeta! ¡Entonces nos podrán patear el culo, si quieren! Claro que, ahí abajo, les podríamos devolver el golpe. Cobardes.

Le alargué mi papilla.

—¿La quieres? No tengo mucha hambre.

—Gracias, cielo —respondió—. Me la tomaré y luego me tiraré un par de sonoras ventosidades, una en honor de mi exnovia y otra se la dedicaré al padre de Carina.

—¡Bravo por esas salvas! —aprobó Sadalsuud—. Pero métete en una esclusa y a ver hacia dónde apuntas, que la última vez variaste la orientación de Ciudad.

Helios se dirigió a Sadalsuud y expuso una de sus astutas hipótesis.

—El embarazo de Carina ha pasado de ser un hecho privado, circunscrito a su familia y a los responsables de Cleanspace, a ser conocido por el público. De ahí ha venido el conflicto, ¿no es cierto? —sondeó—. ¿Es la difusión de esa noticia lo que ha irritado tanto a su padre?

Sadalmelik embistió de nuevo.

—¡Militar sin medallas, revienta-soldados! Tiene a la pobre niña aplastada bajo su desdeñado ego —manifestó. Cambió su voz a un tono grave y, poniendo cara de malas pulgas, imitó al progenitor de la joven cleaner—: Carina, desde que perdí a mi esposa, he tenido que hacer de padre y de madre. Sacrifiqué mi carrera por ti, rechacé ascensos por cuidarte; hablé con todo aquel que pudiese ayudarnos, aunque me resultase incómodo, para que te admitieran en la escuela militar de pilotos. Llegaste a ser la mejor de tu promoción. Cuando quisiste dejar el ejército, lo acepté. Con veinte años, ya estabas en el espacio. Estaba orgulloso de ti. Pero, ahora, lo has echado todo a perder. Eres una mancha en mi honor; la vergüenza de la familia....

Sadalsuud le metió un fuerte codazo y, de resultas, él mismo salió despedido hacia el otro lado. Sadalmelik apenas se desplazó.

Me acerqué a Sadalsuud y le pregunté si su amigo, empujado por su propia amargura, había exagerado.

—Para nada —respondió—. Y, además, ese canalla le ha cerrado las puertas de su casa. No quiere volver a verla.

—¿Os lo ha explicado ella?

Sadalsuud, visiblemente incómodo, se frotó la nuca. Sadalmelik lo miró de reojo. Helios negó con la cabeza y dijo:

—No me puedo creer que…

—Estábamos preocupados y escuchamos un poquito su conversación —admitió Sadalsuud—. Sabemos que no estuvo bien —añadió al notar mi reprobación—, pero supongo que estáis al tanto de lo sensibles que se vuelven las mujeres cuando están embarazadas. Todo les afecta más. Tenemos que proteger a nuestra compañera.

Opiné que sería mejor que la joven no llamase durante un tiempo a su padre. Los Sadal le habían dado el mismo consejo. "Déjalo sin oírte hasta que bajes a la Tierra y todo se calme, así podrá experimentar lo que supondría perderte", le habían dicho. Pero Carina no era capaz de hacerle ese desprecio.

Sadalmelik volvió a imitarlo:

—Ha salido tu foto en los periódicos. ¡Escucha estos titulares!: "Bebé en peligro a causa de las radiaciones cósmicas". "¡Enorme irresponsabilidad: madre soltera en el espacio!". "¿Embarazada por un extraterrestre?". "¡Sexo en el cielo!", y no sigo porque me da demasiado apuro. Esto no puede seguir así, Carina. Debes delatar al culpable. Que cargue ese bandido con toda esta porquería. Eres muy joven y podríamos darle la vuelta a esto. Ese cerdo te engañó, te emborrachó, te drogó, ¡te violó, Carina! ¿No te das cuenta? No fue culpa tuya; eres una víctima.

Me pareció muy cruel que le hubiese disparado esa arcaica andanada de veneno. Esa muchacha debía de estar sufriendo mucho.

Helios les preguntó por qué creían que la joven no desvelaba el nombre del padre de su hijo.

—Toliman ha intentado hacerla confesar en varias ocasiones, pero siempre contesta que el bebé es solo suyo —explicó Sadalsuud—. Nosotros creemos que eso es un asunto privado y que nadie debería inmiscuirse, aunque también es cierto que, si lo contara, tanto Unfield como su padre la dejarían un poco en paz.

—Ninguno de esos dos tiene entrañas —gruñó Sadalmelik.

—Deberían saber que el ánimo de un prisionero es frágil —comenté.

Entramos en la sala común. Los demás estaban alrededor de la mesa, introducidos dentro de los aros, y todavía no habían empezado a comer. Saludamos y nos colocamos junto a ellos. Los Sadal empezaron a bromear con Nunki y Mizar. Rigel estaba comentando con Baham la puesta en marcha del último satélite y Mauni se mantenía en silencio. Carina y Toliman aparecieron al cabo de un par de minutos. Los percibí más dolidos que tristes. Observé que no habían cogido bolsas de papilla. Se colocaron en los aros libres y, entonces, Mauni cruzó los dedos de sus manos, como si fuera a rezar.

—Bien, ahora que estamos todos, quiero explicaros lo que me ha dicho Bel —dijo.

Rigel la interrumpió. En su rostro asomaba una sonrisa lobuna.

—Siempre hablas con Bel, ¿no estás casada, comandante?

Mauni le devolvió la sonrisita.

—Con Bel he conversado esta mañana, desde la Estación. Aquí he hablado con mi madre, por si te interesa saberlo. Es una mujer con arrestos y me ha aconsejado que os meta en vereda. ¿Quieres saber qué métodos ha sugerido?

Rigel hizo un ademán negativo con la mano. Sadalmelik suspiró y dijo:

—La madre es la única persona que nunca te falla. Las parejas te dejan en la estacada cuando más las necesitas.

Rigel no pudo aguantar la tentación de importunarlo.

—¿Quieres que pase esta noche por tu camarote a consolarte?

—Prefiero a Josep. Es más guapo y adoro su pelo rizado.

—Pero él no se te ha ofrecido —insistió Rigel.

Mauni intentó encauzar la conversación.

—Vale, chicos, escuchadme.

—¿Y tú, Sadalsuud, a quién has llamado? —curioseó Rigel.

Había hablado con su hermana. Nunki, Mizar y Baham, con sus padres, y Toliman había llamado a su suegra, lo cual me sorprendió. Sadalsuud me explicó más tarde que el experimentado piloto había perdido ya a sus padres y que no tenía hermanos. Aquella mujer era, de todos sus familiares, la que más apreciaba. También me dijo que había querido mucho a su mujer y que, tras su muerte, anduvo hundido un tiempo muy largo.

Todos comentamos un poco nuestras conversaciones, excepto Carina, que no dijo nada. Cuando los Sadal se pusieron a enredar otra vez, Mauni intervino.

—Oídme, por favor; es importante —insistió—. Bel me ha confirmado que la nave de rescate llegará el jueves seis de enero. Traerá un piloto y tres ingenieros que nos ayudarán con las reparaciones. En cuanto descarguemos el material que transportará, volverá a la Tierra con Helios, Josep, Carina y el piloto que la conduzca.

Entre los gritos de júbilo, se oyó la voz fina de Carina:

—¿No cabe uno más? Toliman necesita regresar.

Las costillas del cleaner se estaban recuperando bien gracias a los densificadores que Mauni había tomado prestados de la ISS; pero bajar al planeta suponía curarse en menos tiempo. Toliman no se quejaba, aunque a veces se le escapaban muecas fugaces de dolor al hacer algún movimiento.

Helios intervino sin dudar.

—Le cedo mi sitio. Estoy aprendiendo mucho y no me importa seguir aquí un poco más.

—No puedes quedarte, Helios —sentenció Mauni con seriedad, y enseguida alzó la palma de una mano para detener la protesta de mi amigo. Se quedó un segundo paralizada en esa posición y luego sonrió—. Está todo arreglado. Permitirán que Toliman pilote la nave de vuelta. Su veteranía lo avala.

Se reanudaron las alegres exclamaciones. Mauni pidió calma y continuó:

—Nuestros ingenieros elogian las filmaciones de los desperfectos y consideran, también, que los informes que hemos efectuado son exhaustivos y precisos. Nos felicitan efusivamente por el sellado del módulo. Han hecho especial mención a la brillante labor de la piloto Carina. —Mauni se dirigió a ella—. Bel dice que has causado sensación. El video donde se observa cómo tus rapaces bregan con el boquete del casco lo ha visto todo el personal del centro de mando, hasta los que limpian. Me ha pedido que te comunique que tienes un puesto de importancia asegurado dentro del Consorcio si Cleanspace te despide.

Aquellas alabanzas y la estupenda oferta de trabajo que acababa de recibir elevaron el ánimo de Carina y, al mismo tiempo, la dejaron sin el escudo del enfado. A la joven se le empañaron los ojos, y su forma de agradecer ese reconocimiento fue asentir y esbozar una sonrisa trémula. Sus compañeros la felicitaron con calidez. Todos parecían alegrarse de corazón. ¿Cómo era posible que uno de ellos fuera el padre del retoño que esperaba y no lo asumiese, que dejase que cargara sola con ese problema?, me pregunté. Sadalmelik me había comentado al respecto, hacía un par de días, que muchos de ellos sospechaban del ingeniero que había subido, expresamente, a cifrar las comunicaciones. Había querido volar en una nave cleaner, para contemplar Ciudad Estelar desde diversos ángulos, y Carina le había hecho de guía. De eso hacía cuatro meses y medio, por lo que las fechas cuadraban. Sin embargo, había otros candidatos. Baham desconfiaba de Alamak y su precipitada marcha. Tres días antes de que escapara, Carina había explicado que tenía dos faltas y había bromeado sobre la posibilidad de que estuviese embarazada. Cierto que nadie pareció tomarse en serio esa posibilidad, ni siquiera ella misma; pero si Alamak le había hecho el salto a su novia con Carina, recordaría ese día excepcional. Puede que hubiera hecho cuentas y le hubieran salido, lo cual habría añadido otro motivo a favor de la huida. Habría contemplado la muy probable posibilidad de que Ciudad se convirtiera en su prisión de Alcatraz, que la sanción se le llevara todo lo ganado y, en la Tierra, le esperase el despido fulminante. Los directivos de Cleanspace imponían su retrógrada moral, basada en unos férreos principios religiosos anclados en el Antiguo Testamento, y no admitían discusión alguna. Según me habían comentado los cleaners, y aunque me fuera difícil creerlo, Unfield era el rostro más diplomático de los mandamases de la empresa de limpieza.

—Carina, cuando estés dentro del Consorcio, intercede por mí —solicitó Sadalmelik.

—¡Cómo! —exclamó Sadalsuud—. ¿Pero no íbamos a montar juntos una empresa de alquiler de avionetas?

—¿Yo? ¿Contigo? ¡Por favor, pero si ni siquiera te has brindado a compartir mi saco esta noche! Rigel, Josep, esos sí que son buenos amigos, y no quería mencionarlo, pero Helios me ha guiñado antes un ojo. Hasta Baham vendría si le cortejara un poco.

Baham mostró su sonrisa de piano y aseguró:

—Nos propulsaríamos con los cohetes y en pocos segundos estaríamos a tu lado.

Sadalmelik miró a continuación a Nunki y a Mizar. Sus ojillos chispearon con una tácita insinuación. Mizar se rio y no cerró esa posibilidad.

—Si nos ganas el próximo partido de rugbasket, quizá… —dijo.

—Y hay otra buena nueva —anunció Mauni—, aunque no comprendo por qué la base klingon no nos la ha comunicado. Bel dice que Cleanspace lanzará en quince días una nave de carga Boomerang. Sabéis que esas naves no están acondicionadas para transportar personas y, por tanto, no podrá llevarse de vuelta a nadie; pero os traerá medicamentos, provisiones, cartas y obsequios de vuestros familiares.

Los cleaners pusieron caras solemnes, acordes con ese hecho histórico, y brindaron con las botellas de agua. Mauni siguió comentando la charla que había mantenido con Bel.

—Me ha contado que la relación del Consorcio con Cleanspace es tensa. Les están cobrando los servicios a un precio desorbitado y siguen sin aprobar la apertura de una línea de comunicación directa. Al parecer, el desencuentro viene de lejos y no son los únicos enemistados. La arrogancia de Cleanspace lleva tiempo incomodando a todo el mundo. Tienen roces con todos los países de la Confederación Espacial, con las empresas privadas que necesitan sus servicios e, incluso, con los organismos internacionales. La Agencia de Seguridad Espacial expuso una queja formal en la Confederación por el bloqueo de las comunicaciones de Ciudad.

—Nos alegra saber que las quejas se están elevando desde organismos públicos de prestigio —declaró Toliman—. Nosotros nos poníamos siempre en contacto con la Agencia de Seguridad para verificar las coordenadas de los satélites a retirar, dado que las que nos ofrece nuestra base suelen ser bastante inexactas. La consulta nos ahorraba tiempo y trabajo de búsqueda. Este bloqueo comunicativo carece de explicación lógica. Los directivos de Cleanspace actúan movidos por la prepotencia del que no tiene rival y no toleran la más mínima crítica. En mi caso particular, como protesto siempre, me cortan las llamadas antes del tiempo acordado; en ocasiones, a media frase, sin consideración, como me ha pasado hoy.

—También han censurado mi llamada —apuntó Sadalsuud—. En cuanto mi hermana ha empezado a quejarse del trato que recibimos, he dejado de oírla.

—Su tiranía me deja de piedra —masculló Mauni.

—Son gorgonas repugnantes, amigas de las serpientes —dijo Sadalmelik, untando de rabia sus palabras—. Todo aquel que se enfrente a ellas se convierte en piedra.

Helios esbozó una sonrisa soñadora y empezó a hablar de manera pausada.

—Seres poderosos, sí, con alas doradas, garras de plata y miradas letales. Pero hubo un héroe que logró vencer a una de ellas, a la única que era mortal, a Medusa.

Todos lo miraron con extrañeza, pero yo supe, por el súbito aire alelado que adquirió mi amigo, que iba a contarnos un mito.

—Medusa fue una vez una bella joven de cabellos suaves —prosiguió—. Poseidón se encaprichó de ella y la tomó por la fuerza en un templo de Atenea. La diosa hizo pagar a aquella joven lo que consideraba una afrenta y la convirtió en un despreciable monstruo. Transformó sus cabellos en serpientes, alargó sus colmillos y maldijo sus ojos para que convirtiera en piedra a todo aquel que la mirase. Medusa sesgó muchas vidas hasta que intervino Perseo, el semidiós, hijo de Zeus y una hermosa mortal; pero, antes, tuvo dos hijos con Poseidón. Uno de ellos fue Pegaso, el caballo alado…

Se quedó en silencio, con los ojos vueltos hacia el techo, y temí que cayera en una de sus digresiones. ¿Se montaría en Pegaso y saldría volando? Los cleaners y Mauni sonreían con la ocurrencia de Helios. No conocían su faceta de trovador y tampoco estaban advertidos de que era probable que les hiciese protagonistas.

Toliman le hizo quedarse en la historia iniciada al preguntar cómo se las había ingeniado Perseo para acabar con Medusa. Helios alargó una mano hacia él con aire teatral.

—Ven, Perseo, tengo un encargo que hacerte. ¿Me reconoces? Soy Atenea, diosa de la guerra y la sabiduría, virgen eterna. Medusa profanó mi templo. Búscala y mátala. Te ofrezco mi pulido escudo como protección. Será tu muralla y tu espejo. Acecha el reflejo de Medusa y así no acabarás petrificado. Cuídate de sus veloces movimientos sinuosos, de su boca animal y su obscena lengua.

—He decidido invitar a Medusa a mi saco —intervino Sadalmelik—, y también a Helios; es hora de que deje de ser virgen.

Helios se volvió a Sadal con la rapidez de un dios.

—¡Hermes, ayúdalo! —tronó—. Es Zeus quien te lo pide. Protege a mi hijo. Préstale tus sandalias aladas.

—Le quitaré los zapatos-cohete a Baham y se los daré —repuso—. Puedes venir esta noche en calidad de Zeus, por mí no hay problema.

Toliman requirió la atención de Helios. Su expresión era seria, ceremoniosa. Había aceptado su papel de Perseo y su voz sonó tan ampulosa como los doblajes de la época dorada de los Péplums.

—¿Dónde se encuentra Medusa? —preguntó—. Debo obedecer a la diosa Atenea. ¿Dónde puedo hallarla?

Helios asintió con la gravedad de un sabio.

—Las Grayas que viven en el Ocaso lo saben —respondió, y señaló a Sadalsuud, a Rigel y a mí.

Lanzamos leves protestas por la adjudicación discriminatoria de los papeles. ¿Por qué teníamos que representar a esas viejas resecas? No nos hizo caso y continuó dando instrucciones a Perseo.

—Ve a buscarlas. Nacieron ya ancianas de la espuma marina. Alarma, Temor y Horror son sus nombres. Esas brujas comparten un solo ojo y un solo diente. Si consigues quitárselos, las tendrás a tu merced.

Me hizo un suave gesto con la cabeza en busca de mi colaboración. Me había contado esa leyenda hacía poco más de un mes y suponía que la recordaba; y así era, en efecto. Hubiese preferido hacer de dios o de héroe, pero acepté ese rol. Arrugué mi espalda y extendí unas manos suplicantes hacia Toliman.

—¡Oh, buen Perseo, devuélvenos el ojo y el diente, te lo rogamos! —clamé con voz aguda sobre un poso de ronquera. Brotaron risas a mi alrededor—. Ciegas y hambrientas nos dejas. Vulnerables víctimas de Tánatos, la muerte. Nos esconderá los ropajes, se burlará de nuestro caminar patoso, solo podremos comer papilla cleaner, no podremos proteger a nuestras ninfas.

—¿Ninfas? —preguntaron con interés los dos Sadal y Rigel.

—Háblanos de esas ninfas —solicitó Toliman.

—Sí, buen Perseo —respondí, y señalé a las chicas—. Las ninfas guardan preciados tesoros que pueden serte de mucha utilidad: el casco de invisibilidad de Hades, la espada que nunca se dobla, una alforja para guardar la cabeza de medusa, las sandalias aladas de Hermes…

—Las sandalias ya las tengo —me interrumpió Toliman—. ¿Os queréis burlar de mí? Arrojaré vuestro ojo y vuestro diente a los confines del universo.

—No seas cabrito, Perseo. Déjanos al menos el ojo y te conduciremos a las ninfas y a Medusa —dije.

Helios retomó la historia.

—Así lo hicieron, y Perseo voló sobre Medusa, se protegió de su mirada con el escudo de Atenea, le cortó la cabeza y la guardó en la alforja de las ninfas. La imagen de Medusa se quedó fijada para siempre en el escudo y volvió invencible a la diosa en las batallas. Ni siquiera Ares, el dios de la guerra, pudo enfrentarse jamás a Atenea.

—Y del chorro de sangre que brotó de la cabeza decapitada de Medusa —añadí—, nació Pegaso, el caballo alado que cabalga por el cielo.

—Pero si Helios ha dicho que Pegaso era hijo de Medusa y Poseidón —objetó Toliman—. ¿Os queréis burlar de mí? Pues ahora me quedo con el diente.

Helios, hijo de astrónomos, pronunció un emocionado panegírico.

—¡Ah, Perseo, qué hermosa constelación! ¡Estrellas dobles, gigantes naranjas, supergigantes amarillas, estrellas masivas azules, enanas rojas y blancas!

La dulce Carina concluyó:

—Gracias por enviarnos tus Perseidas.

Ahí se inició una discusión jocosa sobre si los meteoritos que se habían abatido sobre la Estación no formarían parte de esa lluvia de estrellas que puede observarse en el hemisferio norte durante el mes de agosto. Perseo lo negó porque estábamos fuera de época. Ese estropicio había sido cosa de Medusa, dijo. Las serpientes que llevaba arremolinadas en la cabeza la llevaban loca y no sabía lo que hacía. Helios aportó un nuevo sospechoso: el causante podría haber sido Zeus. En una ocasión, se había metamorfoseado en lluvia dorada para poder filtrarse en el suelo y alcanzar la cueva donde se encontraba encerrada la bella Dánae, madre de Perseo. Podría haber intentado llegar del mismo modo hasta alguna de las mujeres que habitaban en la Estación.

—Pues nos ha fastidiado —opinó Mauni.

—Sea quien sea el culpable —concluí—, solo espero que dioses y héroes se queden quietecitos a partir de ahora.

LA INICIACIÓN

—Controlador, repita ese comunicado.

—Comandante Mauni, su eficiencia al repasar la ISS ha tenido recompensa. Le transmito las felicitaciones del centro de mando. Gracias a los videos y a sus informes, han podido evaluar el alcance de los estragos que ocasionó la nube de escombros en los paneles solares. Enviarán las bandas de repuesto necesarias; pero, como le he comentado, necesitarán tiempo para proveerse, por lo que han tenido que aplazar el lanzamiento de la nave salvavidas que iba a repatriar a los turistas.

Eran las siete de la mañana y todos los cleaners se estaban poniendo en marcha. Toliman, desde la torre, había abierto las estaciones de comunicación para informar que la comandante de la ISS tenía una llamada. Mauni se encontraba desayunando en la sala común, junto con Helios y conmigo, y la recibió desde allí. Era la primera vez que Cleanspace pasaba una llamada directa desde el centro de mando de la Estación. Quizá habían accedido porque transmitir ese mensaje les hubiera comportado una discusión que no les correspondía.

—¿De cuántos días de retraso estamos hablando? —preguntó Mauni, que estaba abocada al intercomunicador.

—Calculan que tardarán una semana. Mientras tanto, la Estación seguirá precisando ser propulsada por una nave cleaner.

El Consorcio ha alquilado el servicio de tres naves. Una se acoplará a la Estación para llevar a cabo ese cometido, otra seguirá con el barrido del espacio cercano y la última intentará sellar el módulo *Zvezda*. Para esta reparación, han solicitado los servicios de la piloto Carina.

A Mauni se le endureció la expresión del rostro.

—Confírmeme que esta piloto será llevada de vuelta a la Tierra junto con los turistas —exigió.

—No me han comunicado nada al respecto. Comandante Mauni, sigue siendo la responsable de la ISS. Todos los días se le entregará, a primerísima hora, una hoja de ruta donde se le detallarán las acciones que deberán ejecutar cada una de las naves. Se vigilará su cumplimiento estricto. El programa de hoy se mantiene.

—Quiero hablar con Bel.

—Lo siento, comandante; pero el director de vuelo no está presente. Esto es todo lo que tengo que decirle.

Mauni se lo tomó tan mal, que a los demás no nos quedó más remedio que tomárnoslo bien.

—Estar aquí unos días más no nos supone ningún problema —aseguré—. Nos estamos acostumbrando a esta vida. Helios se lo está pasando en grande manejando robots —Mi amigo me dio la razón exhibiendo una sonrisa algo infantil—, y yo estoy a punto de conseguir una buena cosecha de verduras espaciales. Antes de volver, me gustaría obsequiar a los cleaners con una ensalada fresca.

Mauni me estrechó los hombros con afecto y le tendió una mano amistosa a Helios. Agradeció que pusiéramos tanto de nuestra parte y se fue, pues debía prepararse para marchar a la Estación. En cuanto nos dejó, Helios se volvió a mí con el semblante liberado de la máscara de transigencia.

—Me quedé corto en mis malos augurios: esto va para largo —aseveró.

Se me encogió el estómago. La mente de mi amigo era muy analítica, como la de todo buen científico, y sus predicciones surgían de la fría cavilación.

—Una semana, ¿no has oído? —discutí.

Soltó un inquietante: "Ya veremos", y tras desearme que tuviese un buen día, subió hacia los talleres a empezar su jornada laboral.

Me dejó con el cuerpo desentonado. Volé a mi vez hacia los laboratorios e intenté no caer en su pesimismo. ¿Qué podía saber él, que se encontraba aislado en ese lugar, igual que todos? Por si acaso, decidí que seguiría rebajando el tiempo dedicado a la limpieza, como había hecho durante los últimos días. Me implicaría más en el huerto y así soportaría mejor el encierro en aquella jaula de oro. Estar atareado en una labor satisfactoria que no exigía esfuerzos físicos o mentales intensos conseguía disipar el tiempo.

Entré en el primer laboratorio y me puse mi blanco delantal de agricultor espacial. Nunki estaba revisando la lectura de los indicadores de humedad de los invernaderos y me saludó sin apenas mirarme. Allí había mucho que hacer, así que me insuflé ánimos.

—El que espera, desespera —dije en voz alta—. ¡Ea, vamos a movernos! Al fin y al cabo, el tiempo es una magnitud inaprensible.

—Cierto, pero los parterres sí que se pueden sujetar bien.

Mi compañera se expresó con su habitual seriedad exenta de acritud. Se refería a los paneles de suelo blando artificial que se podían adosar a las paredes. Al parecer, uno la había salido a recibir, con osado vuelo, cuando abrió la compuerta de aquel modulo.

—Ahora revisaré los últimos donde trabajé ayer —repuse.

Al cabo de unos segundos cargados de tácita aprobación, Nunki comentó:

—Tengo una sorpresa para ti.

—Es el día de las sorpresas. Espero que esta sea buena.

Su forma tranquila de hablar dejaba sin entonación reveladora sus frases. Aquella noticia tanto podía ser agradable como apocalíptica.

—Baham encontró anoche, en uno de los almacenes, un lote de parterres que se nos había pasado por alto en el último envío.

—¡Vaya, es un valioso hallazgo! ¡Podremos ampliar las tierras de cultivo! —exclamé, y Nunki, sin dejar de trabajar, asintió.

Los cleaners habían empezado a organizar el huerto al poco de inaugurar Ciudad. Se les permitió tenerlo como distracción para sus escasas horas libres. Cuando Cleanspace se quedó con Ciudad, no fue clausurado. Puede que lo consideraran un ocio inofensivo y poco atrayente que no interferiría en la productividad diaria del personal, dado que a pocos trabajadores les quedarían fuerzas para ponerse a cuidar plantas después de sus maratonianas jornadas. Y, en verdad, los pilotos solo entraban de vez en cuando. El huerto lo disfrutaban los técnicos que se quedaban en Ciudad a mantener los sistemas de supervivencia y a efectuar las reparaciones necesarias. Nunki y Mizar eran sus actuales dueñas. Pedían paneles y semillas en todos los envíos, y debía de quedar algún alma caritativa en la base klingon, porque siempre se los mandaban.

Esas mujeres deseaban establecer una provisión continua de verduras frescas. Los laboratorios se les habían quedado pequeños, por lo que habían ampliado el huerto a una de las raíces de la sala común. La habían vaciado y habían instalado focos, y buena parte de sus paredes estaba vestida de ruculita, una planta herbácea de hojitas algo amargas y muy refrescantes. Hacía un mes que los cleaners se habían zampado la última cosecha en una sola noche. Tanto Nunki como Mizar se habían propuesto que la siguiente durara dos noches, y la siguiente, tres, y así hasta que consiguiesen un suministro permanente.

—En cuanto revise los parterres de rabanillos, me pondré a sembrar —dije, alegre por disponer de más suelo.

—Creo que es hora de que tastemos la madurez de esos tubérculos —consideró Nunki, y señaló un panel que tenía a su lado—. Vamos, Josep, arranca uno y cómetelo.

Movido por una intensa emoción, volé hacia ella. La cleaner liberó el panel y me lo ofreció. Cabezas de bulbos bermellones asomaban en medio de una gelatina mantecosa. Busqué el más gordito, levanté un poco la red que lo mantenía sujeto y lo extraje. Le quité con el delantal los restos del sustrato de cultivo y lo observé con veneración. Nunki me hizo un gesto de ánimo.

—Si está en su punto, lo notarás crujiente y dulce como una zanahoria —indicó.

Todas aquellas plantas provenían de una selección de semillas que habían iniciado los botánicos de la Confederación hacía un lustro. Aquel bulbo, que llamábamos rabanillo por su forma y color, era una planta que solo germinaba y se desarrollaba bien en el espacio, en condiciones de microgravedad.

Le hinqué el diente, lo saboreé y mugí de placer. Nunki sonrió.

—El grupo recibirá con agrado esta novedad en su dieta —afirmó—. Recolectaremos el domingo.

Colocó de nuevo el panel en la pared y siguió trabajando. Aquella mujer, delgada y bajita, se escurría con habilidad entre los invernaderos que surgían del techo y del suelo como estalactitas y estalagmitas de una cueva. Tuve una idea y la seguí.

—Nunki, pasado mañana es seis de enero, día festivo en mi tierra. En Ciudad Estelar, no hemos celebrado ni siquiera la Nochevieja. Sé que el año no empieza el mismo día para todas las culturas, y estoy dispuesto a celebrarlo cuando llegue ese acontecimiento para cada uno de vosotros; pero ya pasé la Navidad a base de papillas, ¿me comprendes?

—Aquí no celebramos fiestas religiosas ni nacionales. Tan solo, los cumpleaños y los acontecimientos afortunados particulares —repuso con voz dulce.

—Pero la vida necesita un poco de sal de vez en cuando. La noche del cinco de enero, los Reyes Magos dejan regalos a los niños y, también, unos pocos a los adultos. En Nochevieja, en mi país, se comen doce uvas al ritmo de las campanadas de medianoche y, si se consigue tomarlas todas, se goza de fortuna el año que entra; esa es la creencia popular. ¿Recuerdas que te lo comenté?

—Somos once personas. No teníamos ciento treinta y dos rabanillos maduros —objetó sabiamente. Su agudeza me hizo reír—. Puede que mañana haya tres maduros por persona —agregó.

—Podrían ser nuestro regalo del día de Reyes.

Asintió con una sonrisa sin dejar de inyectar agua a uno de los invernaderos.

—De acuerdo —aceptó.

Le di las gracias y me fui a contarlos.

Nunki era una mujer de tranquilos silencios y una trabajadora infatigable. Los Sadal la llamaban hormiguita de Ciudad Estelar. Dormía solo cinco horas; aseguraba que no necesitaba más, y debía de ser verdad, pues siempre disfrutábamos de su brillante y serena mente. Nada alteraba a Nunki. Se movía con suavidad y hablaba como una profesora de primaria, vocalizando y desgranando las palabras de las frases. Escuchaba, aceptaba la diversidad de opiniones y, si no estaba de acuerdo con alguna orden, la rebatía con un argumento bien razonado que siempre buscaba el bien del grupo. De ese modo, sin blandir méritos personales, había dado un fuerte impulso al proyecto agrícola con la ayuda de la risueña Mizar, la otra cara de la moneda.

Mizar era dormilona, vehemente y buena conversadora. Tenía una bonita voz y removía con sus cantos el silencio del laboratorio. A veces, solo tatareaba; a veces, armaba la canción con una sola estrofa, reteniendo la voz y amansando la sucesión de notas. Sus melodías sonaban como nanas. Lograba adormecerme sin hacerme perder la concentración en el trabajo.

Esas mujeres y el huerto eran mis bálsamos.

—Nunki, tenías razón —dije, una vez que hube examinado todos los paneles—. Podemos ofrecer tres rabanillos a cada cleaner. ¡Verás cuando se lo cuente a Mizar!

—Los paneles nuevos están en aquel rincón —señaló con amabilidad—. Planta más semillas de esa verdura en la mitad y en el resto siembra lo que quieras. Lo dejo en tus manos.

Salió por una abertura lateral que comunicaba con el segundo laboratorio, un conjunto casi ciego de tres módulos conectados que discurrían en paralelo al pasillo central; solo el último módulo tenía una compuerta de acceso a ese corredor. En ese laboratorio se reciclaban los residuos orgánicos de la tripulación en un circuito cerrado. Había enormes compartimentos donde bacterias de todo tipo y condición, ayudadas por hongos, digerían excrementos y basura orgánica. Los productos, digamos, no manufacturados, pasaban por un camino plagado de desvíos y vericuetos hasta que, en la etapa final, se obtenía oxígeno, abono para las plantas y agua. Algas verdeazuladas, que en realidad eran también bacterias, llevaban a cabo la última fase de aquel sistema. Poblaban largos tubos de cristal y su sola visión me tranquilizaba. Las pasaba a ver a menudo y controlaba que no se hubiera fundido ningún foco. Esa era la única tarea que podía hacer. Del resto, se ocupaban las generalistas Nunki y Mizar, que parecían saber de todo.

Cuando veía aquel complejo biológico, me acordaba de mi mujer y la nostalgia me invadía. Ese día no quise entrar allí. El mal augurio de Helios sobrevolaba mi ánimo como un cuervo e intuí que mi aparente fortaleza podría desmenuzarse. Fui a buscar los paneles vírgenes y empecé a esparcir las semillas de forma metódica.

La mañana discurrió sin más sobresaltos. Por la tarde, Unfield conectó con nosotros y dejó instrucciones para que Rigel, al día siguiente, eliminara un satélite y capturara otro que necesitaba una pequeña reparación, de la que se encargaría Baham. También ordenó que Nunki y Mizar revisaran uno de los sistemas Elektron, un aparato que producía oxígeno a partir de nuestra orina. Sufría averías intermitentes y, aunque las algas verdeazuladas proporcionaban una buena cantidad de oxígeno, toda ayuda era preciada y todo aparato debía de estar en perfecto funcionamiento. En aquel lugar, la supervivencia debía quedar bien asegurada.

Unfield estuvo más amable que de costumbre e, incluso, se permitió hacer algún comentario socarrón sobre lo bien que nos habíamos aclimatado los turistas a los aires laboriosos de Ciudad. Dedujimos que su buen humor se debía a la ampliación del contrato con el Consorcio. Estaba tan contento que abrió las líneas telefónicas y nos permitió hacer otra llamada.

El diálogo con mi familia adquirió, esa vez, un carácter más sosegado. Mis hijos me leyeron la lista de regalos que pedían para Reyes. Si hubiera estado a su lado, hubiera recortado sus entusiastas peticiones; pero, desde tan lejos, no quise ser yo quien los frenara.

A Nadia le describí, con dificultad, la maravillosa fábrica de agua, oxígeno y abono que era el segundo laboratorio.

—Me gustaría estar contigo —respondió.

—Disfrutarías viéndolo. Los tubos de algas son espectaculares.

—Me parece muy buena idea trabajar en un huerto espacial. Tienes experiencia en labores hortícolas y te lo pasarás bien. Pero, la verdad, desearía que estuvieras aquí, con nosotros. Te confieso que estas fiestas son aburridas sin ti. Te echamos de menos. Tu madre quiere que te diga que ha aprendido a encontrar Ciudad por la noche. Se maneja bien con los prismáticos que le regalé. Dice que no te desanimes y te envía muchos besos.

—Dale muchos besos de mi parte, también.

—Josep, intenta mantenerte sano y fuerte. Pronto estaremos juntos de nuevo.

—Sí, muy pronto —asentí, y con la intención de impedir que la voz se me quebrara, bromeé—: Os bajaré unos rabanillos.

Nadia se rio y oí que se lo comentaba a los niños. Joan se puso al teléfono.

—Papá, trae mejor una gorra de astronauta firmada por todos los basureros espaciales. La mostraré en el colegio y fardaré mogollón.

. . .

Cuando Mauni volvió de la ISS, le rogué que me consiguiera una gorra y me regaló la suya, de la Agencia Espacial Europea. Un pequeño logotipo en un lado la hacía oficial. Enseguida la tuve casi repleta con los autógrafos de los cleaners. Pensé que la firma de la comandante de la Estación le daría más categoría; así que, después de cenar, se lo pedí a Mauni. Estábamos en el camarote, junto con Helios, a punto de irnos a dormir, y les estaba manifestando mis intenciones de celebrar las pocas fiestas navideñas que quedaban. Mauni observó la gorra y comentó:

—Estos cleaners son la pera. Han firmado con su nombre estelar.

Estampó su firma y me la devolvió con una sonrisa. Se lo agradecí y le pasé la gorra a mi amigo.

—Eres el único que me falta —dije, e insistí con mi propuesta—. Bueno, ¿qué opináis sobre la idea de la fiestecilla de mañana?

—¿Una mezcla de Nochevieja y Reyes? ¿Y quién dará las campanadas? —me preguntó Helios mientras plasmaba un círculo con la letra h en medio. Esa curiosa firma, con tan solo la inicial de su apellido, más bien parecía el símbolo del átomo de hidrógeno.

—No lo había pensado —respondí—. En todo caso, Nunki, Mizar y yo queremos que sea una sorpresa. No se lo digáis a los otros.

—A los tres que quedan sin saberlo, querrás decir —concretó Helios—, porque se lo has dicho a Carina, que se lo ha comunicado a Toliman; y también se lo has cantado a Baham, que me lo ha chivado a mí.

Mauni se echó a reír. Aquella era la primera muestra de contento desahogado que le había visto desde la amarga noticia del aplazamiento de la partida de la nave salvavidas.

Tuve que admitir que era un bocazas. La emoción por hacer una fiesta donde, además, comeríamos alimentos diferentes a la infecta papilla, me había soltado la lengua.

Mauni nos miró con súbita expresión malévola.

—La campanada la daré yo —declaró, y esculpió una apretada sonrisa.

No quiso explicar nada más.

. . .

Hubo sorpresas para todos. A Mauni no le costó convencer a los Sadal para que la ayudaran a cometer el asalto a la Estación, si bien ellos lo denominaron un préstamo a largo plazo. En todo caso, en ese robo excusable, se agenciaron un botín de lo más sabroso y pudimos celebrar una memorable fiesta conjunta de fin de año y reyes. Cenamos sopa de pescado, carne con verduras y gelatina de frutas. Todo regado con unos botellines de mosto y acompañado por ensalada de nuestro huerto. A medianoche, sacamos los rabanillos dentro de unos platos esféricos y los repartimos con gran pompa y alborozo. Una de las rapaces de Carina ambientó el momento golpeando un par de barras de metal doce veces. Tocaba un rabanillo cada cuatro campanadas. Luego Rigel trajo de Torpedo un diminuto equipo digital de música y nos pusimos a bailar. Descubrimos que la microgravedad permitía acrobacias diversas. Del rock and roll más gimnástico fuimos pasando a canciones más sosegadas y la noche empezó a ponerse romántica. Mauni y los Sadal no solo habían traído víveres de la ISS, también habían afanado preservativos. Todos los cleaners participaron en el juego de seducción, a excepción de Toliman y Carina. Helios y yo nos mantuvimos también aparte y nos divertimos viendo que los Sadal les tiraban los tejos a Nunki y a Mizar, y que Rigel se atrevía a insinuarse a Mauni. Baham pululaba de una a otra.

Los mirones nos fuimos antes a dormir. No tardamos en averiguar al día siguiente que Sadalsuud había estado con Nunki, y Sadalmelik, con Mizar. No había cuajado ningún emparejamiento más.

. . .

La nave de rescate ancló en la Estación el trece de enero, como estaba previsto; sin embargo, los planes habían cambiado.

—¡Qué estás diciendo, Mauni! —me crispé.

—¡Carina tiene que bajar cuanto antes! —se sulfuró Toliman—. ¡Ronda los cinco meses!

Mauni había ido a recibir a la nueva tripulación de la ISS y no había vuelto con buenas noticias. Nos había reunido a todos en la sala común para contárnoslas.

—No han venido a buscaros, sino a arreglar la Estación. Han subido tres ingenieros y un piloto, y todos son militares. Traen la nave cargada de repuestos, herramientas y el material para las obras que el centro de mando terrestre ha considerado que son imprescindibles a raíz de nuestros informes.

Se volvió a Helios con expresión abatida y añadió:

—Me habías advertido acerca de esta posibilidad y no quise creerte.

Todos lo miramos con expresión de asombro: ¿cómo había podido imaginar semejante canallada?

Mi amigo hizo una mueca de disgusto.

—No sabéis cuánto lamento haber acertado. Supuse que no nos permitirían partir, que no querrían volver a dejar la ISS sin bote salvavidas. Si hubiesen enviado dos naves, nuestra pronta repatriación hubiera sido más probable.

—Tienen nuestras rayas a su disposición para cualquier emergencia —repuso Toliman—. Díselo, Mauni. Dejaré mi nave anclada en la ISS a cambio de la suya. —Se agarró un mechón de pelo e hizo un vaivén nervioso con la cabeza—. Mañana me presentaré allí y los convenceré.

—Debo ser yo la que hable —intervino Carina—. Cuando me vean, reconsiderarán su decisión.

La barriga de la muchacha abultaba lo suficiente como para evidenciar su estado. Llevaba los monos y pantalones de Mizar porque ya no le servía su ropa.

A Mauni, su rol de mensajera la incomodaba visiblemente. Se removió en el interior de su aro y nos advirtió:

—No quieren hablar con vosotros acerca de vuestros problemas personales, ni admitirán la presencia de personas no autorizadas en la Estación. Ni siquiera han permitido que Sadalsuud saliese de la raya.

Sadalsuud había acompañado a Mauni aquel decepcionante día y confirmó sus palabras.

—Así es, he tenido que permanecer en el interior de mi Angelote por orden de un tal coronel Dleif, un hombre muy rudo. Si hubiera sabido lo que se proponían, no hubiese obedecido de forma tan sumisa. Me hubiese enfrentado.

Me acaloré.

—¡Quiénes son ellos para prohibir nada! —exclamé—. ¡Deben obedecer a su comandante! ¿No es así como funciona esto?

El rostro compungido de Mauni me respondió antes que sus palabras.

—El coronel ha tomado el mando —dijo—. Por lo que se me ha informado, el órgano de gobierno del Consorcio ha pasado el control de la ISS a su facción militar.

Nuestras caras expresaron desaliento. Sadalmelik pegó un golpe enérgico en la mesa con las palmas de las manos y su cuerpo se elevó como reacción. El aro lo frenó y lo devolvió a su lugar.

—Si es debido al "préstamo" de medicamentos y provisiones, me haré responsable de haberlo perpetrado —resolvió.

—Aquí tienen al otro culpable —se sumó Sadalsuud.

Mauni les ofreció una sonrisa cansada.

—Solo se han dado cuenta de la falta de densificadores y, en efecto, no han aprobado que nos los lleváramos y me sancionarán por ello. No importa; era una cuestión de conciencia y volvería a hacerlo. Además, los medicamentos también los tomamos Josep, Helios y yo. De todos modos, ese asunto no ha sido la causa de mi defenestración. Se decidió en la Tierra mucho antes de la llegada de esta nave.

—¿Y qué dice Bel de todo esto? —preguntó Helios—. ¿O es que todavía no has podido hablar con él?

Desde el cuatro de enero, día en que se nos había informado del retraso de la nave, no habíamos sabido nada más de nuestro director de vuelo ni se nos había dado ninguna explicación sobre su larga ausencia.

—Ha sido relevado y expulsado del centro de mando. Alegan que no apoyaba la nueva estrategia —lamentó Mauni.

Helios ahogó un gemido y consiguió alarmarme.

—¡Estamos solos! —deploré.

—Escucha, Josep. Escuchadme todos —solicitó Mauni—. Enviarán la nave de reemplazo pronto, en cuanto arreglemos los paneles solares, dejen de producirse fallos en el suministro de energía y la Estación pueda mantener sin problemas su control ambiental. Sabéis que hay módulos donde las temperaturas rozan los cero grados y debemos tenerlos aislados. Quieren enviar más técnicos y necesitan todo el espacio habitable disponible.

—Esa reparación puede llevarnos bastantes semanas —opinó Mizar.

—Solo les importa la Estación —masculló Sadalsuud.

—Tenemos a una mujer encinta —señaló Baham—. ¿En qué estamos pensando? ¿Somos inteligentes para surcar el espacio y no lo somos para darnos cuenta de que esta situación puede llegar a ser de vida o muerte si se alarga más?

Mauni giró la cara hacia el ventanal de la sala común e hizo una profunda respiración. Helios habló por ella.

—Te han dicho que esta cuestión no les incumbe —dedujo.

—Es Cleanspace quien debe ocuparse de sus trabajadores —confirmó Mauni.

Hubo una aspiración general, pues había que tragar aire para soportar esa nueva puñalada.

—Pero Josep y Helios son su responsabilidad y también se desentienden de ellos —observó Nunki.

Mauni se volvió de nuevo al grupo.

—Regresarán a la ISS en cuanto pongamos en funcionamiento el nuevo sistema de depuración del aire. No tardaré en llevármelos.

—¿Quieres decir que te vas a quedar de forma permanente en la Estación? —preguntó Rigel.

—Allí trabajo, amigos —dijo con triste voz—. Pero iré viniendo a Ciudad; soy su enlace con vosotros.

—¿Y para qué necesitan un enlace? —inquirió Toliman con voz exaltada—. ¿Acaso no te han dicho que rehúsan hablar con nosotros?

Mauni miró a Carina con expresión avergonzada. La joven lo entendió enseguida.

—Me quieren a mí y a mis rapaces. Sus astronautas necesitarían muchos paseos espaciales y tardarían el triple de tiempo en cambiar las bandas deterioradas de los paneles solares, incluso aunque se sirvieran del brazo robótico que queda en la Estación.

No podía creer que fuesen tan cruelmente desconsiderados. Esperé que Mauni rebatiera esa suposición; pero no lo hizo. Bajó la vista y se mantuvo en silencio. Tampoco los cleaners dijeron nada. Con caras entre medio apesadumbradas y medio coléricas, se liberaron de los aros y salieron de la sala.

Cuando nos quedamos a solas, Helios frunció el ceño en un gesto de desagrado y le dijo a Mauni:

—Tus superiores carecen de escrúpulos.

Mauni alzó una mirada apenada y se acercó a nosotros.

—Eso parece —admitió—. No reconozco la nueva cara que nos están mostrando. Este giro hacia una política dura y estratega me ha sorprendido casi tanto como que llegaras a imaginar semejante traición —comentó a Helios.

—Aún albergaba esperanzas de que mi predicción no se cumpliese —repuso—. Pero la Estación ha estado a punto de irse a pique. Se gastarán millones en su reparación. Los radares no funcionaron como era debido y los sistemas de control en la Tierra, tampoco. Los responsables podrían salvar sus puestos si encontraran un culpable mayor; la decapitación de Bel como director de vuelo no es un tributo suficiente. Hay sospechosos cercanos al escenario del crimen. Cleanspace lleva tiempo descuidando su tarea principal, pese a que factura una buena cantidad anual al Consorcio por la limpieza del espacio cercano. Los dirigentes de esa empresa son codiciosos y cada vez dedican más personal al lucrativo negocio de retirar o reparar satélites, unos servicios por los que también cobran muy caro. ¿Recuerdas lo que te comentó Bel? La Confederación está harta de su prepotencia. El Consorcio, que hasta ahora no se había quejado, ha cambiado de opinión. Cleanspace habrá exprimido bien sus arcas por las rayas cedidas para el arreglo y la protección de la ISS y habrá acabado por ponerlo en su contra. Para el Consorcio, debe de ser una cuestión primordial poder prescindir de los cleaners lo antes posible y empezar a compartir las culpas con la empresa de limpieza.

—¿Qué tenemos que ver dos turistas y una joven embarazada en sus embrollos? —pregunté, un poco molesto porque no me hubiera comentado antes sus atinadas reflexiones.

—El Consorcio considera que Cleanspace podría repatriar a Carina esta misma semana si tuviera esa voluntad. La empresa de limpieza tiene recursos de sobra para enviar dos botes salvavidas de inmediato y vaciar por completo Ciudad Estelar. En cuanto a nosotros, hemos pasado a ser un problema menor. Nos bajarán dentro de dos o tres meses. ¿Verdad, Mauni? Sé sincera.

—No lo sé, Helios. Pero es cierto que no os dan importancia. La nave viene llena de material y trae también alimentos, agua, velas de perclorato de litio, etc. Pero los paquetes que os han enviado vuestros familiares, y que constan en el inventario, no están a la vista ni indicados en el croquis de la disposición del flete. Si están muy al fondo, tardaremos semanas en acceder a ellos, y ya me han indicado que la tarea de poner en marcha el sistema de revitalización del aire pasa por delante de cualquier otra. Creo que volveréis a la Estación y aún quedara mucha nave por vaciar… Lo siento.

Para la facción militar del Consorcio que había tomado el mando, la joven embarazada y nosotros, los turistas, éramos insignificantes muñequitos en el inmenso tablero de juego del espacio, por encima del cual se desplazaban su compleja fortaleza medio destartalada y las de los otros poderosos jugadores.

Abrí el aro y floté hasta la ventana panorámica. Contemplé nuestro anhelado planeta, tan bello y de una cercanía aparente insufrible, y lo acaricié en la distancia, haciendo resbalar mis dedos por el cristal. Íbamos a tardar meses en regresar… Dudé de mi capacidad para soportar aquel encierro. Puede que no tuviera más remedio que sumergirme en un engaño y usar los trucos de los prisioneros: soñar despierto y vagar a través de una burbuja de percepciones forjadas por mi libre voluntad. Puede que la rabia que estaba creciendo en mí se superpusiera a mi sentimiento de angustia durante un tiempo.

Las nubes se deslizaban por encima del brillante y extenso Océano Pacífico. La luz del potente sol definía el agua. Me parecía ver olas que rompían en su superficie, y casi podía sentir que salaban mi piel. Una masa de agua entró en mi aturdida mente y la aclaró. Me volví a Mauni y proclamé con firmeza:

—Soy un civil y no tengo por qué someterme a las órdenes de ningún militar. Si tengo que permanecer en el espacio, escojo este sitio como hogar temporal. Me quedaré en Ciudad, y si no les parece bien, que vengan a buscarme; pero adviérteles que tendrán que sacarme a la fuerza. Diles también que solo bajaré a la Tierra si me acompañan Carina y Toliman.

—Me quedo con mi amigo —determinó Helios, y voló a mi lado—. Al fin y al cabo, en la ISS no voy a ser de utilidad. Por supuesto, antes de ocupar mi sitio en el bote de rescate, primero quiero ver sentados allí a mis amigos cleaners.

A Mauni se le dibujó una leve sonrisa que se apresuró a borrar, pero el brillo de orgullo en sus ojos no pudo velarlo. Se aproximó a nosotros con cautela, con el mismo cuidado con el que objetó a continuación:

—Debéis ser conscientes de que vuestra postura no gustará a nadie. Los dejaréis sin motivos para apresurarse e, incluso, podrían atrasar el lanzamiento de la nave de reemplazo. Alegarán que los turistas se encuentran tan a gusto que prefieren quedarse en Ciudad; de lo contrario, hubieran vuelto a la ISS y habrían presionado a su tripulación y al centro de mando terrestre para conseguir que los llevasen de vuelta cuanto antes.

Mauni esperó una reacción por nuestra parte, pero como no dijimos nada, señal de que seguíamos manteniendo nuestra postura, continuó argumentando en contra.

—Si os quedáis aquí, continuaréis estando aislados. ¿Podréis aguantarlo? —preguntó al tiempo que me clavaba su mirada, lo cual hacía suponer que me creía el más débil de los dos—. No debéis tomar una decisión semejante en caliente. No informaré a mis superiores de vuestras intenciones. Tenéis tiempo de pensarlo hasta el momento del traslado.

Volví de nuevo la vista al exterior y me dispuse a esperar la aparición del continente europeo. Anclaría fugazmente mi mirada en su extremo sur, en la Península Ibérica, de donde había salido el domingo doce de diciembre. Aquel día había visto por última vez a los míos.

Helios y Mauni, cada uno por un lado, me dieron un reconfortante apretón en los hombros y se marcharon. A solas, susurré:

—Hoy, una semana después del seis de enero, día de Reyes, vivo mi epifanía particular. Me doy de bruces con la divinidad y se me ensancha el alma. Dios no vive en el cielo, sino en los que queremos, en aquellos que caminan sobre la tierra y elevan su mirada a la noche en busca de la luz de Ciudad Estelar.

. . .

Diario de a bordo de Josep Fuentes, técnico generalista básico.

—14 de enero. Inicio este diario con una buena noticia: Cleanspace ha abierto las comunicaciones con la Estación. Lo ha hecho por motivos operativos, pero es la primera grieta en el muro de la cárcel. Mauni se ha trasladado. Toliman y Carina la transportaron en Águila de mar y hablaron con el coronel Dleif, actual comandante de la ISS. A su regreso, los cleaners nos han explicado que la charla se había desarrollado en tres fases: la primera, diplomática e inútil; la intermedia, salpicada de vagas promesas de apoyo, y la última, tensa y mostrando cada uno sus tesoros de trueque. Lo importante es que han conseguido cerrar un trato y sellarlo con la palabra de todos y un apretón de manos. Ciudad colaborará en todo lo que pidan y, a cambio, la ISS cederá a Carina un asiento en la nave de vuelta, a menos que Cleanspace la baje antes. Toliman no ha podido entrar en ese acuerdo, pero el cleaner está contento y no le ha dado importancia. Cree que sus costillas estarán casi soldadas para entonces.

Dleif también ha mostrado algo de consideración con el estado de la joven y ha aceptado que descanse dos o tres días a la semana. Nuestra compañera debe empezar a cuidarse. Rigel dejará la limpieza orbital y se ocupará de las reparaciones externas de la Estación; sus aptitudes están a la altura de las de la joven piloto. El resto de las rayas seguirá barriendo la zona.

Nos preguntamos si cumplirán con lo acordado cuando ya no necesiten la pericia de los cleaners. Sea como sea, no queda más alternativa que arriesgarse y esperar que el nuevo comandante no carezca de honor.

Hemos vaciado el pequeño almacén cercano al camarote de las chicas. A partir de ahora, ese módulo cilíndrico será la habitación de Carina. Hemos forrado una buena parte del interior con unas placas metálicas que frenan el paso de las partículas dañinas provenientes del exterior. Por desgracia, no contamos con el número suficiente para poder aislarlo por completo. Luego hemos colgado un saco y adosado a la pared una cajonera armada con cajas de cartón de los repuestos que nos envían. He decorado ese mueble con unas filigranas blancas; ese es el color de la única pintura que hay en Ciudad. También, para que le alegren un poco el cuarto, he colocado en las paredes unos parterres de plantas variadas.

—16 de enero, domingo, 10.00 a.m. En este supuesto festivo, no hemos parado. Mauni sigue en la Estación. Carina descansó ayer, pero hoy, junto con Rigel, se está ocupando de sustituir las bandas destrozadas de los paneles solares. Los dos Sadal amparan esa labor. Mizar y Baham se han marchado también, para ayudar en los arreglos internos. Nunki se ha quedado como responsable de Ciudad. Unfield ha vuelto a reclamar que cumplan con las tareas prescritas y les ha recordado que el nuevo contrato firmado con el Consorcio solo incluye la cesión de dos naves. La concisa respuesta negativa de Nunki lo ha puesto fuera de sí y ha cortado el suministro eléctrico. Hemos estado hora y media sin luz. Mis cultivos se resienten. Así se le nuble la vista a Unfield. Según nos acaba de informar Mauni por radio, es muy posible que acaben hoy de instalar el sistema de revitalización del aire. A Helios y a mí nos queda poco tiempo para determinar nuestra situación; el comandante Dleif podría ordenar mañana mismo que nos llevasen de vuelta a la ISS. Por mi parte, no he cambiado de parecer.

18.00 p.m. Helios me ha sorprendido esta tarde al pedirme que nos separemos y que me vaya a la Estación. Opina que estoy aquí, en el espacio, por su culpa, que subí para no dejarlo en tierra. Dice que se aprovechó de mi amistad y que me empujó a acompañarlo incluso después de que Leila, con la aguda lógica de su cerebro cibernético, desaconsejara nuestra partida.

Le he intentado quitar de la cabeza esos remordimientos y le he asegurado que no soy tan blando y que acepté el viaje por mi propio interés. Me he guardado para mí que, en parte, tiene razón: el que pudiese cumplir su sueño fue un punto a favor importante. De todos modos, yo sabía que el viajecito entrañaba peligro.

En cuanto a su propuesta, le he respondido que se vaya él de casa si desea el divorcio. Se le ha escapado una risa, pero luego se ha vuelto a poner serio y ha seguido insistiendo.

No voy a regresar a la Estación. ¿Qué voy a hacer allí? Solo veo como beneficio el poder hacer llamadas periódicas a mi familia: un telefonazo de tres minutos cada dos días, quizá cada cuatro o cinco, según le cuadre al comandante Dleif. No sé qué haría el resto del tiempo. Pero no es el miedo a aburrirme lo que me frena.

Si los turistas nos vamos, nada cambiará para los cleaners. Ciudad continuará siendo una prisión lejana y olvidada. Y no he pecado de soberbia cuando le he señalado a Helios que el turista estrella soy yo. La cadena de ropa "That's" —la empresa para la que trabajo— pretendía extender su mercado de ventas y me costeó el viaje al espacio como reclamo publicitario. Soy el protagonista de sus anuncios y me conocen hasta en Papúa. Helios es otro científico más y que trabaje en la Estación o en Ciudad no deja de ser un hecho anecdótico. Todo eso se lo he dicho sin ánimo de ofender; estaba poniendo en mi boca los pensamientos del público terrestre. Mi amigo no ha podido rebatir este argumento. En definitiva, me quedo.

—17 de enero. Mauni nos ha venido a buscar, pero nos hemos negado a acompañarla y ha tenido que regresar sola. Helios y yo hemos mantenido poco después una agria conversación por radio con el comandante Dleif. No está acostumbrado a que le lleven la contraria y nos ha intentado imponer su disciplina castrense. Sin perder las formas, no hemos cedido. Al final, se ha desentendido de nosotros y de nuestra suerte. Me alegra no tener que convivir con ese tipo tan autoritario.

Las verduras de la nueva siembra se están desarrollando muy bien. He colocado unos parterres en nuestro camarote y, como era de esperar, estimulan la vista. En pocos días, tendremos una buena cosecha de rabanillos. Carina los llama zanahorias rojas. Esa muchacha tiene temple; no emite quejas ni lamentos. Es cariñosa y nos da ánimos a todos. Toliman me contó que, antes de quedarse embarazada, era un alegre torbellino.

—18 de enero. Mauni ha encontrado nuestros paquetes personales en la nave salvavidas y nos los ha traído. Al abrirlos, hemos sufrido una enorme desilusión. No han sido enviados por nuestros familiares, pues nada sabían de las intenciones del Consorcio de atrasar nuestra vuelta. Contienen ropa con el logotipo de la Agencia Espacial Europea; un detallito de última hora para los desafortunados turistas, que no se diga que no se preocupan de nosotros. Me he acordado de la gorra que preparé para mi hijo con los autógrafos de todos los compañeros y me ha invadido una súbita tristeza. Hemos regalado esa ropa a los cleaners; el lavado en seco rompe los tejidos y van muy desaliñados.

Mauni ha traído también mi cámara, que quedó olvidada en uno de los módulos. He estado una hora fotografiándolo todo y a todos, y me he imaginado enseñando las fotos a mi familia. De manera inconsciente, igual que los abocados a una soledad indeseada, me he puesto a hablar en voz alta a los míos como si los tuviese a mi lado. Me encontraba en el huerto y creo que Mizar me ha oído. Se ha puesto a cantar y su dulce voz ha mitigado mi añoranza.

Hemos comido otra ensalada a base de verduras recién recolectadas. Unfield y la maldita base klingon nos han dejado dos horas sin luz durante esta mañana. Así les aplaste a todos ellos un cascote de basura espacial.

—19 de enero. Cleanspace se ha avenido a negociar. La nave Boomerang (una nave de carga de ida y vuelta que no admite pasaje) se encuentra en la rampa de lanzamiento. La salvavidas estará preparada en treinta y cinco días. Los cleaners han aceptado cumplir el acuerdo que la empresa tiene con la ISS. Colaborarán dos rayas: Águila de mar y uno de los Angelotes, y las otras cuatro reanudarán su trabajo normal. No obstante, los dirigentes de la empresa de limpieza no han transigido con los descansos de Carina. Si falta al trabajo, la sancionarán. Hemos protestado con contundencia, y ni siquiera han querido discutir este asunto. Solo quedaba negarse a obedecer, pero la muchacha no quiere tener más problemas y acatará esa orden. Para cuando llegue el rescate, estará de seis meses. Nos preguntamos si el bebé soportará bien el regreso, la siempre azarosa entrada en la atmósfera. Todos estamos preocupados. En la historia de los viajes espaciales, nunca había ocurrido que una astronauta se quedara embarazada durante un vuelo.

Nos han permitido hacer otra llamada personal. Habían pasado quince días desde la última y reconozco que, esta vez, la espera se me ha hecho menos penosa. ¿Me estaré convirtiendo en una especie de inuit espacial, adaptado a un gélido universo?

Los niños no se han peleado por coger el teléfono y me han explicado pocas cosas. Nadia también ha estado rara. Me ha parecido que ocultaba algo; sin embargo, asegura que todos están bien de salud. No comprende por qué me empecino en quedarme en Ciudad y me ha rogado que me traslade a la Estación. He intentado hacerle ver que, mientras los turistas estemos aquí, seguirá hablándose de los cleaners. A esto ha replicado que, en el planeta, podré llevar a cabo una defensa más eficaz de mis actuales compañeros. Allí tendré micros y cámaras en directo a mi disposición; así que considera que debo ingeniármelas para bajar lo antes posible. Me he reafirmado en mi decisión de no abandonar Ciudad y me ha gritado que era un cabezota. Luego se ha cortado la llamada. No sé si me ha colgado mi mujer o si ha actuado la tijera de los mal nacidos de la base klingon; así se les retuerzan las entrañas. El caso es que me he quedado muy intranquilo.

—20 de enero. Mañana Baham cumple treinta años, y yo, treinta y siete. Me veo anciano. Mis piernas parecen patas de gallina, se me marcan las costillas y estoy pálido. Hace una semana que no me afeito. La incipiente barba me hace más interesante y me envejece al mismo tiempo. El cabello me ha crecido tanto que ya puedo atarme una corta coleta. Hace hoy un mes que unos invisibles meteoros impactaron contra la Estación y nos sentenciaron a esta vida tan austera. Meteoroides, les llaman los cleaners, cuerpos celestes del espacio. Solo cuando friegan nuestra atmósfera y se calientan, dejando atrás un vapor brillante, se convierten en meteoros o estrellas fugaces. Anhelo volver a ver meteoros lejanos durante las noches terrestres.

He acabado de empapelar con parterres el primer módulo de la raíz y he cubierto una quinta parte del segundo. He colocado unos cuantos más en diversos puntos de Ciudad. Forman pequeños jardines.

—21 de enero. A la vuelta del trabajo, los compañeros nos han hecho una fiesta a Baham y a mí. Mauni se ha llevado de la Estación, sin que nadie lo advirtiera, unos tubos de gelatina de frutas de la despensa. Han sido nuestro pastel. Como no hay velas, hemos soplado las luces de una de las rapaces de Carina. La joven ha dado la orden de apagarlas desde su mente con certera precisión. Luego todos nos han cantado y, ¡oh, sorpresa!, nos han dado un obsequio. A Baham, una linterna frontal con banda elástica para llevar en la cabeza, un utensilio adquirido por Mauni en la ISS, también de forma gratuita; y a mí, una pistola de gas nitrógeno que han construido Nunki y Baham. Me desplazaré como un cohete por toda Ciudad. El mejor regalo, no obstante, ha sido el permiso de ducha. No tengo palabras para describir el placer que he sentido al poder lavarme con agua.

Después de la fiesta y la ducha, he llamado a mi casa. Unfield me había dado ese misericordioso permiso al saber que era mi aniversario. En Barcelona, eran las once de la noche y, sin embargo, no ha contestado nadie. Al principio, me he preocupado; pero luego he recordado que Nadia me comentó, a principios del remoto diciembre pasado, que el Congreso Internacional Fúngico le impediría estar presente en mi próximo cumpleaños. Me advirtió que duraría tres días y se celebraría en Londres. He supuesto que habría dejado a los niños al cuidado de mis suegros y he querido telefonear a su casa, pero la base klingon no me lo ha permitido; Unfield ya se había marchado y había dado permiso para una única llamada. Así se los trague la tierra a todos y se los coman vivos los gusanos.

—23 de enero, domingo. De perdidos, al río. Helios y yo nos hemos estrenado como jugadores de rugbasket. Nos han molido. Son unos animales. Tengo feas marcas rojas por todo el cuerpo a causa de sus apretujones. Se les ha escapado, también, algún que otro arañazo y pellizco. En una de las últimas jugadas, las dos mujeres me han hecho un placaje bajo brutal y me han dejado plegado unos instantes. La fragilidad de Nunki y la ternura de Mizar son puros espejismos. Las manos delicadas de Baham se han transformado en garras, y Rigel me ha hecho trizas la camiseta. Aunque los Sadal iban conmigo y con Helios, casi me descoyuntan al intentar arrancarme de los abrazos enemigos. Ha sido estupendo.

—24 de enero. Ha llegado la Boomerang. Según el inventario, la mayor parte de la carga es combustible, material, herramientas y recambios destinados a las reparaciones de los satélites. Han enviado un suministro de densificadores que durará unos dos meses, pero se han olvidado de los protectores oculares. De comida, más repugnante papilla. Me asquea tanto que me produce arcadas. Por la noche no me entra y solo ceno verduras del huerto. Por cierto, la nave trae tubos para las algas y más parterres de suelo blando. Mizar me ha confesado que tiene una amiga que trabaja en los almacenes de la base klingon. Voy a sembrar unas semillas ocres tan pequeñas que parecen polvo. Las he encontrado en el interior de una cajita gruesa de metal, olvidada en un cajón de uno de los armarios laterales del primer laboratorio. Están protegidas por una película transparente gelatinosa que se retira con facilidad.

La Estación sigue teniendo problemas con el suministro eléctrico. Los ingenieros están conectando los cables de las nuevas bandas de los paneles solares al sistema eléctrico del interior de los módulos. Carina continúa trabajando en el exterior y los Sadal se turnan para cubrirla. Mauni y el coronel Dleif están acabando de descargar la nave de transporte.

—28 de enero. Llevamos un buen ritmo en el vaciado de la Boomerang. Hemos encontrado hoy los paquetes personales de los cleaners, enviados por sus familiares y amigos. Para nosotros, los turistas, no había ninguno; Cleanspace rechaza nuestra presencia aquí y no ha permitido que nos mandaran nada. Cuando baje voy a ir a expresarles mi agradecimiento: arrasaré su base.

Me ha alegrado ver a los otros tan felices. El paquete de Carina lo ha enviado la suegra de Toliman. Le ha incluido una carta, y los compañeros están seguros de que será más cordial y amena que la que le escribía su padre, y eso que esa señora conoce a la muchacha solo por lo que le cuenta su yerno, pues no se han visto nunca.

Han sido todos muy amables y han compartido con Helios y conmigo unas bolsas de alimento y unas piezas de frutas. Ahora son las diez de la noche y, mientras escribo estas líneas, sé que estarán leyendo y releyendo sus cartas, también Carina.

Estoy perdiendo fuerzas. Incluso seguir con este diario me supone un gran esfuerzo.

—2 de febrero. Falta poco para que terminemos de descargar la Boomerang. Las rapaces de Toliman han ayudado mucho. Sus movimientos son más mecánicos e imprecisos que los que efectúan las rapaces de Carina, pero, aun así, son robots muy prácticos. Los primeros implantados, Toliman y los dos Sadal, no pueden controlar las rapaces con su mente, como hacen Carina y Rigel. Las mueven desde el panel de control de la raya o desde un mando portátil que parece una tableta pequeña. En la pantalla de ese mando, se ve la imagen que captan las cámaras de esos bichos. Toliman nos lo ha mostrado a Helios y a mí y ha querido enseñarnos las instrucciones básicas; pero me ha parecido complicado y le he pedido que lo dejáramos para más adelante. Helios, por el contrario, se ha aplicado a ello con entusiasmo. Mi amigo lleva mejor esta espera. A mí cada día me cuesta más levantarme. Tampoco me encontraba en ese momento de buen humor porque, en una de las cajas que acabábamos de descargar, habíamos encontrado el recambio de la pieza averiada del motor de la centrifugadora. Mizar la cambiará enseguida.

Me cansa escribir este diario. Creo que no voy a continuar.

—4 de febrero. Por segunda vez, me he negado a meterme en ese ataúd giratorio. Me han reprendido todos, hasta Mauni, desde la Estación y a través de la radio. Le he contestado que, como pronto voy a tocar suelo firme, según ella misma afirma cada vez que nos llama, no tengo motivos para padecer una hora de vueltas.

—7 de febrero. El Consorcio nos ha comunicado que la segunda nave salvavidas llegará en quince días. Esa noticia me ha roto. No contaba con tener que soportar dos semanas más de cárcel. Me creía tan duro como los cleaners; pero mi aparente aplomo era una bravuconada de mi ego. He pedido que me dejasen hablar con mi familia y no me lo han permitido. Clausurada la ventana de mi celda, y sin posibilidad de escapar a través del páramo espacial, solo podré mantener cierto equilibrio mental si dedico todas mis energías al trabajo. Enmudeceré mi interior y dejaré bajo mínimos el habla, tentada de proferir comentarios pesarosos que en nada beneficiarían al resto de la tripulación.

No voy a escribir más. Es definitivo.

. . .

—Josep, ¿y si apartamos un poco ese parterre de mi cabina? —solicitó Baham.

Me disculpé y lo desplacé hacia la de Rigel, pero este me detuvo.

—No, ahí tampoco. ¿Nos vas a empapelar todo el camarote?

—Queda mucho sitio en la raíz —apuntó Baham.

—Está bien, los llevaré allí —cedí—. Creí que os haría ilusión tener plantas en vuestro cuarto. Perdonadme.

Mientras descolgaba los paneles en apenado silencio, empezaron a conversar entre ellos como si yo no estuviera presente.

—No podemos seguir así, con tentáculos verdes acechando por todas las paredes de Ciudad —decía Rigel—. Por si fuera poco, tanto Josep como Helios están descuidando mucho su aspecto.

Cuando están en su camarote, que rebosa de parterres, parecen salvajes en una jungla. La incertidumbre que comporta esta vida solo es soportable para un auténtico cleaner. Recuerda lo que comentamos con los Sadal: la liebre hace dos semanas que está en la madriguera y no tardará en salir.

Baham me miró y asintió. Su amplia sonrisa se volvió siniestra; sus ojos brillaron con oscura luz.

—Estamos de acuerdo, Rigel —declaró—. A los turistas les ha llegado la hora.

. . .

—¡Dios, Rigel, espera que me sujete mejor! —supliqué.

Habíamos ido en formación hasta ese momento. Cuatro majestuosas rayas avanzaban hacia su objetivo: la nave de carga china que regresaba a la Tierra. Pero Rigel estaba excitado. Dio un acelerón, se adelantó y la nave dio un brusco vaivén.

—¡Vamos, Josep, demuestra que anhelas ser uno de nosotros: un cleaner! ¡Engrandece Ciudad!

Me apreté la horquilla del asiento contra el cuerpo e intenté no temblar.

—¿Qué quieres que haga? —tartamudeé.

—Estate atento a los monitores y a las ventanas, y avísame en cuanto aparezca la liebre en el campo de visión.

Esas naves de carga eran de un solo uso. A su regreso, se convertían en una bola de fuego al rozar la atmósfera y quedaban destruidas. Los cleaners habían empezado a cazarlas hacía más de un año y no se les había escapado ninguna. La regularidad de los chinos facilitaba el trabajo de aquellos depredadores espaciales: envíos trimestrales y anclaje de quince a veinte días, el tiempo que tardaban en descargarla y volverla a rellenar con basura y desechos. Cuando se desacoplaban de su estación, los cleaners les echaban el lazo, las llevaban a Ciudad y hacían crecer las raíces que colgaban de nuestra sala común, lo cual era posible porque tenían doble acoplamiento.

El afán de reutilización de la brigada cleaner venía de lejos. Los antiguos cargueros europeos, los AVT, podían acoplarse unos a otros, como vagones de un tren, y durante los primeros tiempos, no eran retornables. Los cleaners habían ensamblado cuatro de ellos y los habían unido a Ciudad por sus extremos; así habían construido los dos laboratorios. Nuestros camarotes provenían del reciclaje de naves de carga rusa. Alguno de los almacenes había sido antes la última fase de un cohete, la que se suelta en el espacio. Los cleaners las recogían, las purgaban con ráfagas de nitrógeno y las acondicionaban.

Las naves de abastecimiento china estaban recubiertas de un buen aislante que soportaba el impacto de pequeños meteoritos. Tenían sistemas de regularización térmica y estantes de carga en su interior. Eran muy poco ruidosas y sus motores propulsores podían usarse como remolcadores de Ciudad para mantener la órbita. Dejarlas que se destruyesen en la atmósfera era un tremendo desperdicio. Entonces, ¿por qué no habían conseguido que sus dueños se las cediesen? Debía de haber más de un motivo, pero el que esgrimían tenía que ver con la cápsula eyectable adosada.

Esos cargueros transportaban un pequeño tesoro: una pequeña cápsula recuperable, que se salvaba de la quema final y llevaba, de regreso a la Tierra, los resultados de los experimentos científicos, material diverso, cartas de los taikonautas a sus familias, etc. Se soltaba a unos ciento veinte kilómetros de altitud y descendía con suavidad, ayudada por un paracaídas, mientras su acompañante se incineraba. Las rayas no podían descender tanto, así que los cleaners se las ingeniaban para desacoplar la cápsula antes y, mediante pequeños cohetes, los que llamaban pirañas, la dirigían a su destino. Intentaban respetar su rumbo al máximo, y no se había perdido ninguna hasta el momento; pero la maniobra tenía su dificultad y la cápsula solía desviarse del punto de recogida unos cuantos kilómetros; a veces, bastantes. El organismo espacial chino consideraba ese abordaje un saqueo y había elevado varias quejas a la Confederación. Esta las había remitido a Cleanspace, y la base klingon a sus trabajadores. Los cleaners se hacían los ofendidos y se defendían con vehemencia: su misión era evitar que chatarra de ese tamaño llegara a la atmósfera. Las naves de transporte que llegaban a Ciudad o a la ISS eran reutilizables; no así, las chinas. Sí algo merecían los cleaners eran elogios por su cuidado en salvar la cápsula, aducían con mucha caradura.

Me temía que el método de captura de la nave que estábamos emboscando iba a ser muy arriesgado.

—¡Allí está, a nuestra derecha! —chillé.

Rigel habló por radio.

—Aquí Torpedo. Liebre a dos punto cero polar, cuatro punto tres zenit, uno punto… Va muy rápida. Nos lo quieren poner difícil.

Nunki conducía Manta, la nave de Toliman, y fue la primera en responder.

—Aquí Manta. Me acercaré por babor y lanzaré dos cohetes para desviarla y ganar tiempo.

—Aquí Angelote-uno. Agregaré más a los de Nunki.

—Angelote-dos dirigiéndose a proa. Preparados cables de frenada.

En uno de los monitores, había una red esférica tachonada de números. Un punto blanco en su interior indicaba nuestro objetivo.

Miré hacia el exterior. Aquel cometa de metal ya se vislumbraba muy bien. Se dirigía raudo hacia nuestro planeta. Me pregunté si esa persecución no acabaría alguna vez de forma trágica, si aquella liebre espantada podría alcanzar el suelo terrestre y matar a algunos de sus pobladores.

—¡Cuidado —gritó Sadalsuud—, la están haciendo rodar!

Giraba como una colosal peonza. Se había convertido en una broca de perforación que atravesaría las nubes y se estamparía contra el planeta…

—Con suerte, caerá encima de la base klingon —murmuré.

Rigel masculló una maldición y me llené de inquietud.

Las rayas volaban alrededor del carguero a una velocidad de vértigo. Nunki lo escoltaba por la izquierda. Angelote-uno, la raya de Sadalsuud, semejaba un tiburón blanco que acechara el vientre de un rollizo y plateado atún. El otro Angelote nadaba por encima, y advertí que Sadalmelik lo arrimaba mucho a la presa. Helios, que viajaba con él, tendría las entrañas más prietas que toda la materia del universo antes del Big Bang.

—Torpedo a Angelote-dos. No puedes errar el disparo de los frenadores. Apunta bien. Si se nos escapa cuando esté desviada, rebotará en la atmosfera.

Sadalsuud añadió:

—Como piedra plana que se arroja a cortar la superficie de un lago. Angelote-dos, confiamos en ti. Si rebota, podría colisionar con la Estación y luego tendríamos que pasarnos semanas recogiendo los pedazos resultantes —dijo, y luego se carcajeó.

—Angelote-dos. No os preocupéis. Detendré este caballo desbocado, aunque sea con mi barriga. Y si se me escapa, Helios, aquí, a mi lado, irradiará unos rayos desintegradores desde sus enormes ojos y lo borrará del mapa. Creo que tengo a mi compañero un poco asustado.

—Aquí Manta. Estoy preparada.

—¡Vamos allá! —gritó Rigel.

Aullaron como lobos, como jinetes a la captura de un potro salvaje, como chalados que eran. Rigel colocó Torpedo a estribor muy cerca, demasiado cerca de aquella bestia que, me habían dicho, pesaba unas quince toneladas. Nuestros disparos la encabritarían y podría desviarse hacia nosotros. Sofoqué un gemido.

De los dos cohetes que disparó Nunki, uno se perdió en la oscuridad. Sadalsuud, en cambio, no falló ninguno. La nave hostigada tembló.

—¡Arrojad otra andanada! —ordenó Rigel.

Esa vez se agarraron los cuatro cohetes y la mole empezó a cambiar de rumbo. Nos mantuvimos todos tras ella unos diez minutos, hasta que Rigel ordenó:

—¡Nunki, Sadalsuud, desacoplad todas vuestras pirañas! ¡Sadalmelik, lazos!

Cohetes provenientes de Angelote-dos tachonaron la cubierta de la nave y dejaron ir gruesos y pesados cables de arrastre.

—¡Mía! —proclamó Rigel—. ¡Replegaos!

Las tres hermosas rayas se retiraron hacia atrás unas decenas de metros mientras nosotros continuábamos acosando sin tregua a la presa. Los párpados de Torpedo se abrían y cerraban como si hubiera enloquecido; la raya protegía a sus huéspedes de los rayos solares que incidían sobre las ventanas según sus virajes. Mis párpados también se agitaban, pero por la zozobra.

Cuando el potro empezó a cansarse, Rigel liberó a sus rapaces. Esos robots veloces consiguieron aferrarse enseguida al casco del carguero. Las imágenes que captaban sus cámaras llenaron los monitores. Los minutos pasaron en silencio mientras Rigel los deslizaba por su superficie. Al fin, exclamó:

—¡Ahí está la antena! ¡Ja, ya te tengo! Ahora obedecerás a papá.

Las rapaces unieron a la base de la antena un cubo que una de ellas asía con una de sus garras; un artilugio que silenciaba las órdenes provenientes de la base china.

La cápsula se separó al poco rato. La respiración de Rigel era inaudible; el piloto se había petrificado. Estaba calculando el rumbo que debía fijarle a esa alforja que retornaba a la Tierra. Le disparó un cohete y reanudó sus cálculos cuando ese nuevo propulsor la desvió. Le lanzó otro cohete y acabó de corregir la dirección de su camino. Pronto la cápsula desapareció de nuestra vista y de los monitores. Deseé que llegara bien a su destino y que no se convirtiera en una delicada estrella fugaz.

Rigel se ocupó entonces del carguero y le envió instrucciones de guiado. Durante la media hora siguiente, aquel percherón fue moderando su carrera y estabilizándose: lo habían conseguido domar.

—Torpedo al resto del equipo. Voy a proceder al vaciado. Activad escobas iónicas. Cargad pirañas. Apartaos de la trayectoria de la puerta por si los goznes fallan. No quiero empotrárosla en vuestras narices.

—Angelote-dos a Torpedo. Por favor, no seas tan explícito; Helios está a punto de desmayarse.

—¿Qué vas a hacer? —pregunté a Rigel.

—No vamos a llevarnos el cubo de basura lleno —repuso, esbozando una sonrisa descarada—. Y ahora, silencio. Si no voy con tiento, podría descerrajar, de manera irreversible, la liebre que tanto nos ha costado atrapar. Hay que destriparla con amor.

Las rapaces avanzaron hasta la compuerta de aquella nave. Una aferró sus garras al quicio y la otra se agarró a una rueda central y la hizo girar con mucha lentitud. Observé la expresión absorta de Rigel y admiré su destreza.

—La apertura máxima de dos milímetros se mantiene —informó el piloto—. Relajaos, tenemos para un ratito.

Se volvió a mí y siseó, como haría el aire de un globo al que dejáramos escaparse poco a poco. Eso es lo que estaba ocurriendo en aquel momento en el carguero.

En cuanto los sensores de la rapaz que aguantaba la compuerta detectaron que no quedaba aire, la otra acabó de girar la rueda.

—Vuelco —comunicó Rigel.

La escotilla se abrió y el contenido de la nave china se vertió de inmediato al espacio. Las otras rayas dispararon cohetes contra los grandes bultos. Un cable de lastre bastaba para acercarlos a la atmósfera; arderían al entrar. Sadalsuud echó a volar una mariposa para atrapar los pequeños.

Rigel asentía con satisfacción. Introdujo a una de sus rapaces en el carguero y pudimos ver el interior.

—No ha quedado nada, como era de esperar —comentó, y tras unos segundos, añadió—: ¡Qué extraño! Parece que una de las paredes brilla.

Acercó su rapaz hacia allí y la alejó enseguida. No llegué a ver nada, pero Rigel arrugó el morro, con asco, y exclamó:

—¡Serán cochinos!

—¿Qué pasa?

—Les solivianta que nos apoderemos de sus naves. Nos han dejado un regalito: no han empaquetado todas las heces.

. . .

Baham recogió la nave china con el brazo robótico exterior. El técnico se ocuparía de adosarla a Ciudad con el mimo que requería esa valiosa adquisición. Toliman ocupaba el puesto de controlador del espaciopuerto. Sadalsuud había atracado y Nunki orbitaba Ciudad a la espera de su turno. Angelote-dos tenía permiso de anclaje y estaba iniciando la maniobra. Rigel, impaciente, en cuanto vio hueco, se aproximó al puerto a una velocidad excesiva, acorde con la tónica de la jornada. Sadalmelik no debió de ser más prudente, puesto que la bronca de Toliman lo bañó también.

El amarre conjunto se consumó bien y salimos de nuestras respectivas naves al mismo tiempo. En el cáliz, nos estaban esperando Mizar, Carina y Sadalsuud. Mauni estaba trabajando en la Estación, como era habitual, y nada sabía de nuestra escapada.

Las mujeres nos felicitaron y nos dieron efusivos abrazos. No les importó que estuviésemos sudorosos, ni tampoco demostraron que advertían la diferencia entre el sudor de los pilotos, cargado de atrayentes feromonas de deportistas de élite, y el nuestro, el de los turistas, que olía a miedo.

Helios y yo estábamos muy maltrechos. Hubiésemos podido recuperarnos un poco durante el camino de vuelta si Angelote-dos no se hubiera puesto a simular el juego del apareamiento con Torpedo y las cámaras externas no hubiesen enviado imágenes sumamente alarmantes. Traíamos los rostros transfigurados por esa experiencia. A mi amigo, el meneo y los nervios, con la ayuda de la microgravedad, le habían esculpido una melena afro, un peinado favorecido por el crecimiento descontrolado de sus rizos. A Mizar le hizo gracia. Le revolvió el cabello y exhaló una risa musical. Carina imitó una tijera con los dedos y me señaló a mí también.

—Un masaje relajante nos iría mejor —comenté.

Rigel empezó a referir algunos detalles de la cacería mientras, de fondo, a través de las estaciones de comunicación, oíamos que Toliman daba vía libre al puerto a Nunki. La cleaner no tardó en unirse a nosotros, y Toliman bajó también enseguida de la torre de control.

—¡Buen trabajo, chicos! —alabó—. ¡Menudo ejemplar habéis capturado! Es un bicho bien grande. ¡Excelente módulo de ampliación!

Me hinché de orgullo fingido.

—Hemos ganado otro hueco de luz en el negro aterciopelado del espacio —alardeé en tono pomposo.

Nunki asintió. Su piel pálida translucía también lo vivido: tenía las mejillas arreboladas.

—Lo colocaremos en tu raíz, Josep, y dentro de tres meses uniremos otro —dijo.

—¿En la raíz? —se sorprendió Toliman—. Baham acaba de anclarlo al puerto central.

Mizar se echó las manos a la cabeza.

—¡No se os puede dejar solos! —lamentó, y subió hacia la torre.

Toliman sonrió y, despreocupándose, se encogió de hombros.

—Ya se arreglarán —consideró, y luego se volvió a Helios y a mí—. Hemos acordado daros permiso para que disfrutéis de otra ducha de verdad. Creemos que hoy os la merecéis.

—El cántico de los ángeles debe de sonar parecido —declaré.

—Tenéis que estar presentables para la ceremonia de esta noche —añadió Sadalsuud.

Habíamos demostrado que poseíamos el coraje suficiente para ser admitidos en sus filas. No se nos podía exigir nada más. Íbamos a formar parte de la tribu cleaner.

—Primero la ducha y un descanso largo, por favor —rogó Helios.

Sadalmelik pasó uno de sus enormes brazos por mi espalda y me apretujó contra su recio corpachón.

—Vamos, Josep, os pondremos guapos. No podéis asistir con esos pelos.

—¡Un momento, la prueba no ha acabado! —intervino Rigel—. Los chinos han pintado unos grafitis de muy mal gusto en una de las paredes. La brigada interna de limpieza, junto con la inestimable ayuda de su amigo del alma, debe actuar de inmediato.

—Déjalos, Rigel; están agotados —replicó Toliman.

—Necesitan descansar —opinó también Carina—. ¿Qué es eso de los grafitis?

Nadie respondió a la joven; no fuera a exponer algún reparo y les fastidiara la diversión. Los Sadal nos empujaron a Helios y a mí hacia el pasillo.

—Con unos trapos húmedos, lo dejaréis todo listo enseguida —arguyeron—. Esta será la muestra de valor definitiva.

De camino, Rigel entró en uno de los lavabos y salió enseguida portando unas bayetas. No se las quise coger.

—No pienso limpiar esa marranada —declaré.

Entre carcajadas, nos siguieron arrastrando hasta el puerto situado a mitad del pasillo. Abrieron el módulo conector, que también podía hacerse servir de esclusa, y nos introdujeron dentro a la fuerza. Nos tiraron los trapos y después nos hicieron unas advertencias.

—Primero inyectaremos aire en el carguero desde el tubo de unión. Tardaremos un ratito porque el tubo es pequeño. Cuando se abra la compuerta de enlace al tubo, ya podréis entrar y empezar a trabajar. Limpiad con brío. Pensad en la ducha.

Nuestro intento de salir fue impedido por varias manos que nos empujaron de nuevo hacia el interior del módulo. La escotilla se cerró.

—¡No me lo puedo creer! —lamenté.

—Paciencia, seguro que nos liberarán enseguida —supuso Helios.

—Ya veremos; son muy brutos.

Nos quedamos flotando en aquel cilindro de tres metros de diámetro y cuatro de largo, y estábamos tan cansados que permanecimos callados. En el silencio, pudimos oír con claridad un zumbido. Helios miró, con ojos como dos soles, la compuerta que comunicaba con el tubo de unión. Se dio un fuerte impulso hacia allí en la pared más cercana y empezó a deslizar la mano por el marco.

Me acerqué poco a poco, temeroso por la reacción de mi amigo.

—¿Qué pasa? ¿Qué es ese ruido? —murmuré al llegar a su lado.

No me contestó y empezó a boquear como pez fuera del agua. Sus ojos brillaban como si se hubiera resfriado de repente.

—Helios, me estás asustando.

—Me explicaron que esta esclusa no se usa como puerto desde hace años —contestó al fin con voz temblorosa—. Quedó como una salida de emergencia olvidada. La tienen siempre libre. ¿Cuánto hará que no revisan las juntas de esta compuerta? Creo que....

Se calló y sus jadeos se hicieron más sonoros. Le rogué que continuara.

—Este ruido indica que han abierto la escotilla de la nave de carga —dijo con desgarrada voz—. El vacío de su interior está aspirando aire del tubo de unión y, también, de donde nos encontramos, a través de una fisura de esta junta.

—Pero, entonces…

De los desesperados movimientos de Helios, extraje una negra deducción. Me volví y me abalancé hacia la escotilla de salida, la que daba al pasillo central de Ciudad. La golpeé, grité. Sabía que no me podían oír, pero no quería morir asfixiado. El destino del que habíamos logrado escapar en la Estación se presentaba de nuevo ante nosotros con porfía inmisericorde.

. . .

Rigel, a mi lado, gimió de dolor cuando Nunki le cosió el primer punto. Le eché una fugaz y dura mirada. Ambos estábamos frente al espejo del lavabo más grande, con los pies sujetos a los estribos del suelo. Nunki le estaba curando y Sadalmelik me cortaba el pelo y se reía por lo bajini.

—Menos mal que no me encontraba en primera fila cuando hemos abierto la escotilla —dijo Sadal, y dejó ir una risa más sonora.

—Mañana me vuelvo a la Estación —ladré; estaba muy enfadado—. ¡No me cortes tanto; quiero estar como cuando llegué! —reñí a Sadalmelik.

—Vale, vale. Respetaré tu espesa mata de pelo rizado. ¿Luego me permitirás que te afeite? Lo que sea con tal de obtener tu perdón.

Quité un pie del estribo y me giré con rabia hacia mi barbero guasón. Nunki me cogió del brazo y me retuvo. Se disculpó de nuevo por todos y me pidió calma.

¿Calma? ¿Disculparlos? Aquello no había sido una broma, sino una brutal gamberrada. Los chinos no habían ensuciado su carguero. Los cleaners lo tenían todo planeado desde el principio.

—Hemos abierto enseguida —se justificó Rigel—. Apenas habéis estado tres minutos oyendo el zumbido. Sois unos gallinas.

Levanté hacia él un dedo amenazador y entorné los ojos. Suspiró y agregó:

—La verdad es que no creímos que Helios se dejara engañar. Pensábamos que acercaría la oreja al altavoz, de donde salía en verdad el sonido, antes de ponerse en lo peor.

—¡Y cómo hostia podíamos saber que allí dentro había un altavoz! —reclamé.

—Costaba de ver, cierto —repuso Rigel con orgullo—, y eso que lo hemos montado esta madrugada con bastante prisa. Estaba bien camuflado entre dos conducciones cercanas al marco superior de la compuerta. —Hizo de pronto una mueca de sufrimiento— ¡Ay, ten más cuidado! —Nunki le acababa de dar otro punto.

—Eres un gallina —me burlé con desdén.

La apertura de la escotilla había dejado al descubierto una muralla de sonrisas. Me abalancé sobre la que me pareció más amplia, o quizá Rigel era el que estaba más cerca. Apoyé un pie en el quicio y la adrenalina insufló una potencia de pantera a mi salto. Aplasté al piloto contra la pared frontal del pasillo y se golpeó la cabeza. Se le había abierto una pequeña brecha.

—Creo que se me ha removido el implante cerebral —se afligió—. Me he llevado la peor parte. Los demás habéis huido como ratas.

A Sadalmelik se le volvió a escapar la risa.

—Baham activó sus cohetes —recordó—. Mizar se le colgó al vuelo y desaparecieron pasillo arriba como un avión a reacción. A los demás nos pillaron. Bueno, excepto a Nunki, que se llevó a la inocente Carina al interior de Manta en cuanto os dejamos encerrados. No quisimos ponerla nerviosa y no le contamos nuestras intenciones.

—Algo se olía —comentó Nunki—. Se fue conmigo porque le dije que enseguida os soltarían y porque le rogué que echara un vistazo a uno de los ordenadores del panel de mando que, supuestamente, se había bloqueado.

—Las naves eran el lugar más seguro —reflexionó Rigel—. Debería haberme encerrado en Torpedo hasta que las fieras se hubieran amansado.

—Yo era una persona civilizada —deploré—. ¡Miradme ahora! —Señalé en el espejo mi rostro barbudo y ajado—. Me he vuelto rudo, agreste… Me parezco a Toliman.

—El torpe de Toliman se metió en uno de los camarotes —siguió recordando Sadalmelik entre risas—. Helios lo encontró enseguida y se le tiró encima. Lo sujetó de los pelos y se le acercó hasta tocar nariz con nariz. "¿Estáis tarados? ¿Estáis tarados? ¡Sois unos putos tarados!", dice que le gritaba como un poseso.

Lanzó una carcajada y los demás se le unieron. Mi gruñido los hizo callar. Al poco, Nunki comentó:

—Me ha sorprendido que Helios no advirtiera que era imposible que Baham hubiera anclado la nave china tan rápido. Y también se le debería haber ocurrido que la represurización de un espacio tan voluminoso es más rápida y eficaz llevarla a cabo con velas de clorato de sodio que…

Se calló y me miró de reojo, como quien advierte que tiene al lado al tonto del pueblo y se lo está haciendo ver. Rigel prosiguió sin darse cuenta.

—Lo hemos podido camelar porque la cacería le ha descolocado el cerebro, como a mí —dijo, y se llevó una mano atribulada hacia el chichón.

—Que te lo creas tú, Josep, vale; pero ¿él? —insistió Sadalmelik, demostrando tener muy poco tacto. Al ver mi expresión furibunda, continuó en tono conciliador—. Me ocuparé de rasurarte esa barbita. Te dejaré la piel de un bebé. Luego te haré un masaje en la cara con una crema refrescante de Mizar.

—Serás otra vez un chico guapo —agregó Rigel.

—Con un aspecto pulcro —dijo Nunki con una dulce sonrisa.

Mandé al diablo a Sadalmelik, al infierno a Rigel y al purgatorio a Nunki.

Sadalsuud apareció por la puerta.

—¿Cómo va por aquí? A Carina le está costando rebajarle la melena de león a Helios. Sobre todo, porque está que muerde, ¿o sería más adecuado decir que está encrespado?

Aquella gracia provocó más carcajadas.

—Espero que tú también te frías en el averno —masculé.

—¿Aún te quedan maldiciones que echarnos, Josep? Me zumban los oídos por culpa de todas las lindezas que nos has gritado.

Después de estampar a Rigel contra la pared del pasillo, había ido a por los otros. Baham y Mizar se alejaron como una centella hacia el cáliz, pero como Helios tomó esa dirección, me dirigí pasillo abajo, tras los Sadal, hasta la sala común. Los perseguí por ese amplio módulo mediante impulsos vigorosos, como cuando jugábamos un partido, hasta que decidieron rendirse y se quedaron quietos, flotando en vertical con los ojos cerrados, uno al lado del otro. Los agarré entonces de la camiseta, los zarandeé y les deseé todos los males.

—Toliman se afeitará y se cortará el cabello como muestra de arrepentimiento —me informó Sadalsuud.

—Todos, a las llamas eternas —me reafirmé.

Una blanca y esplendida sonrisa se plantó en el umbral, al lado de Sadalsuud.

—¿Cómo llevamos el acicalamiento de Josep? —se interesó Baham.

—Os sumergirán en lagos de azufre y fuego.

—Vamos, menos genio—reclamó—. Os compensaremos en la ceremonia.

Bufé y les dije que no iba a asistir. Se elevó un coro de ruegos destinado a que cambiase de opinión. Me aseguraron que no habría sorpresas desagradables en ese evento; pero me resultaba difícil creerlos, así que les pedí que me dejasen solo.

—Sé afeitarme sin ayuda, y antes voy a darme esa ducha que me habéis ofrecido. —Me liberé de los estribos, me coloqué al lado de la puerta y les conminé a salir—. Cuando acabe, me meteré en el saco. No me esperéis para cenar; no tengo hambre.

—¿Ni siquiera te tomarás una papillita? —sugirió de manera desafortunada Sadalmelik.

La palabrota que proferí los ahuyentó. Justo antes de pulsar el botón de cierre, apareció Mizar. Me dio un beso y me pasó una crema.

—Es muy hidratante. Puedes gastar la que quieras.

Gruñí y cerré la compuerta.

Me desnudé y me introduje en el tubo, que estaba plegado y sujeto al suelo. Lo estiré y lo fijé al techo. Abrí la botella presurizada y, de la manguera que llevaba acoplada, brotó un chorro a presión de bendita agua caliente. Sentí el inmenso placer de llevar el agua por todo mi cuerpo, de la cabeza a los pies. Los cleaners se duchaban tan solo una vez al mes; el aseo diario se perpetraba a base de toallitas. Había probado la ducha el día de mi cumpleaños y, desde entonces, ardía en deseos de volver a disfrutarla. El agua me hacía recordar, a través de mi piel, mi aplazada condición de terrestre.

Me serené más de lo que hubiese podido suponer hacía tan solo un minuto. El no estar muerto, como me había visto, le había devuelto a mi vida el valor que se merecía, aunque estuviese enclaustrada en aquel lugar. Me marcharía de Ciudad cuando se dignaran enviar la nave de rescate (apoteósico acontecimiento de culminación incierta) y, mientras tanto, intentaría vivir lo mejor posible. Otro asunto muy diferente era el de la ceremonia; no me iba a someter a ninguna otra de sus chanzas.

Salí de la ducha casi feliz, ni siquiera me había importado tener que aspirar el agua que el sistema de desecación no había podido recoger. Me examiné el rostro al espejo y busqué la crema de afeitar.

Después de rasurarme, me contemplé con leve satisfacción. Volvía a ser el de antes, más delgaducho y pálido, pero el Josep de siempre: un hombre que no deseaba romper definitivamente con su planeta por aceptar el muy dudoso honor de convertirse en un cleaner.

Alguien golpeó con suavidad la puerta. No contesté; les había dicho que quería paz el resto de la noche. Se abrió un poco y el rostro armónico de Carina asomó. La joven se tapaba los ojos con una mano.

—¿Estás presentable? Traigo una muda limpia.

—Solo llevo una pequeña toalla cogida a la cintura —advertí.

—Lo soportaré —dijo, y se apartó la mano del rostro. Al verme, se asustó—. ¡Estás esquelético! ¿Te ha visto Mauni? Le pediré que te traiga bolsas de comida de la Estación.

—Tienen la despensa bajo llave desde que se llevó los tubos de gelatina, y si consiguiese sacar algo, debería dártelo a ti. Solo tendrías que velar por tu salud, Carina.

—Como mucha papilla, Josep, y tus verduras me hacen mucho bien: lo noto. Me he dado cuenta de que me das más cantidad que a los otros y de que escoges para mí las hojas más tiernas y las zanahorias rojas más gorditas. Eres un sol y debes cuidarte. Sabía que nuestra papilla no era de tu gusto, pero no tanto como para que dejases de comer. Esto hay que solucionarlo enseguida. Te voy a explicar el truco cleaner.

—No existe encantamiento capaz de hacer tragable esa pasta. Anda, pásame la ropa.

Me la tendió y continuó con la explicación.

—Antes de dormir, durante varias noches, tienes que imaginar que te la comes con placer, que te sienta bien y tu cuerpo se mantiene fuerte gracias a sus nutrientes. Tienes que visualizarte sorbiéndola con buen apetito, necesitándola. No me estoy burlando de ti. Verás que, en pocos días, el cuerpo empieza a aceptarla; aunque no puedo prometer que acabe gustándote; eso solo le ha ocurrido a Sadalmelik.

—Sí, claro, autohipnosis —respondí con ironía, y al ver las piezas de ropa que me había traído la muchacha, exclamé—: ¡Qué es esto, Carina! Pantalón largo blanco, camiseta blanca y calcetines… blancos: el frac de Ciudad. Ya veo por dónde van los tiros. No pienso ir a esa ceremonia y estoy seguro de que Helios tampoco querrá. ¿Qué pretendéis hacernos ahora? —indagué, y alcé la voz—. ¿Nos vais a embuchar tres papillas seguidas? ¿Tendremos que aguantar estoicamente una torta de cada cleaner?

¿Hacer mortales hacia atrás hasta que consideréis que somos dignos de pertenecer a vuestro grupo?

—Para, Josep. No os vamos a pedir nada. Solo queremos daros las gracias de una manera especial por haberos quedado con nosotros.

Me arrepentí al instante de haber perdido los nervios con Carina, la única inocente.

—Perdóname. No mereces mi sarcasmo. Mira, no quiero seguir discutiendo. Estoy cansado y me quiero ir a dormir.

—Helios te está esperando a la entrada de vuestro camarote. Solo irá si tú le acompañas.

—¡Hostia, pues que vaya solo! —exploté otra vez, y al segundo me volvieron a asaltar los remordimientos y me disculpé de nuevo.

La joven recogió el flotante calcetín que se me acababa de escapar y me lo dio.

—Por favor, danos la oportunidad de mostraros nuestro sincero aprecio. Hemos tardado días en escoger tu nombre estelar.

Los otros sabían que enviándome a la dulce Carina conseguirían convencerme, que no me atrevería a contrariarla y hacerle ese feo. Malditos fueran.

—Y con Helios, ¿qué atención tendréis? —pregunté mientras me colocaba el calcetín—. Él ya tiene nombre de estrella.

—Le cambiaremos un poco su nombre de pila.

Así que yo sería el más obsequiado.

En el rostro de la joven se pintó una sonrisa picarona.

—Sabíamos que te haría ilusión —dijo.

—Estoy intrigado por conocer mi nuevo nombre, eso es todo.

—También os vamos a confiar un talismán a cada uno.

—¿De veras?

A veces soy muy blando.

. . .

Toliman.—A partir de este momento, tú serás para nosotros Orión Helios.

Sadalsuud.—Viniste medio preparado, amigo.

Carina.—Habita nuestro Sol en el Brazo de Orión, extenso vivero de estrellas, puente entre dos brazos espirales de la Vía Láctea.

Baham.—¡Qué apropiado para un amante de la astronomía! Nombres míticos para nuestro trovador. Orión, el gigante cazador al que acompañan sus dos perros, las constelaciones Canis Maior y Canis Minor. Helios, dios del Sol, hermano de Selene, la Luna.

Mizar.—Serás feliz rodeado de nebulosas y estrellas jóvenes y dinámicas.

Nunki.—Algunas son muy impetuosas y gastan con rapidez su combustible. Mira cerca de ti: la gigante roja Betelgeuse ya es una anciana y solo tiene diez millones de años.

Rigel.—Extiende la vista hasta Rigel, estrella blanca azulada, superluminosa, con un resplandor cincuenta mil veces mayor que el Sol.

Sadalsuud.—Helios, nuestro Sol, deja de eyectar gases cargados de electricidad desde tu corona.

Sadalmelik.—Después de la rapada que le hemos hecho, le será más difícil.

Toliman.—Nosotros, los cleaners, te honramos con este nombre y te damos las gracias por querer formar parte de nuestra tribu.

Carina.—Nosotros, los cleaners, plasmamos nuestro sincero afecto en este talismán. Llevándolo contigo, nos llevas a todos.

Helios inspiró con fuerza y su mirada torva se suavizó cuando recogió el amuleto que le alargaba Carina.

—Gracias, amigos. Seré un digno cleaner. En cuanto tenga ocasión, os voy a meter en una esclusa sin trajes y la despresurizaré.

Todos los cleaners.—Bienvenido Orión Helios.

Abrazos estrujantes, besos sonoros.

—Vale, ya lo he visto. ¿Puedo evitar pasar por esto? —pregunté.

Me encontraba fuera del círculo que habían formado alrededor de Helios, en la sala común, y por toda respuesta, me empujaron al centro. Helios se desplazó y se colocó entre Baham y Rigel.

Empezaron y adoptaron voces solemnes de nuevo.

Toliman.—A partir de este instante, tú serás para nosotros Enir o Enif.

Sadalsuud.—Son variantes del nombre de tu estrella. Elige la que más te seduzca.

Carina.—Habitas en el hocico de Pegaso, el caballo alado, una constelación extensa que ocupa mil grados cuadrados y toca Andrómeda, la constelación del Cisne, Acuario y Piscis.

Baham.—Un lugar apropiado para los amantes del agua. Vivimos cerca, amigo. Estamos los dos en Pegaso.

Mizar.—Es también una estrella náutica. Sabemos que te gusta contemplar nuestro planeta azul. Serás feliz viéndote en los ojos de los navegantes.

Nunki.—Estrella náutica como Rigel y yo. Naranja y grande como ciento cincuenta soles.

Rigel.—De brillo oscilante a causa de sus violentas erupciones. Estarás con nosotros pocos millones de años más. Pon toda tu carne en el asador hasta tu apoteósico final en forma de deslumbrante supernova.

Sadalmelik.—Es mejor reventar y esparcir tus entrañas al espacio, porque tu otra opción es acabar siendo una enana blanca.

Nunki.—Junto con Sadalmelik y Baham formas la vigesimotercera constelación china: Goei, que significa peligro.

Sadalsuud.—Los dos Sadal te llamaremos hermano, pues nacimos en el mismo nido. También somos supergigantes. Tenemos tu misma luz y estamos a una distancia pareja de ti.

Toliman.—Nosotros, los cleaners, te honramos con este nombre y te damos las gracias por querer formar parte de nuestra tribu.

Carina.—Nosotros, los cleaners, plasmamos nuestro sincero afecto en este talismán. Llevándolo contigo, nos llevas a todos.

Todos los cleaners.—Bienvenido…

Se callaron a la espera de mi elección. Acaricié aquella pieza de metal con serpenteantes dibujos repujados e hice una profunda respiración.

—Enir, llamadme Enir.

LOS NUEVOS

—Vienen a quedarse, ¿no veis que traen una maleta con sus cosas?

—Los envían los chinos, así que deben de ser dos **expertos en** artes marciales. Vienen a darnos una paliza. Están hasta los mismísimos de nosotros.

—No traerían esas enormes maletas; vendrían con las manos desnudas.

—Los han expulsado a una milla de Ciudad. Eran polizones y los han tirado por la borda.

—O bien, no han querido acercarse más por miedo a que salgamos y les robemos su nave.

Risas.

—Encargué unas cosillas por teletienda. Estos deben de ser los transportistas.

Más risas.

Los radares de Ciudad habían alertado de la aproximación de una nave y todos los cleaners habíamos dejado la cena a medias y habíamos volado hacia la torre del espaciopuerto. Era tarde, acabábamos de cenar. Estábamos a veintidós de febrero y todavía no había llegado la nave de rescate. Nos habían comunicado que tardaría una semana más, pero aquel transporte podía significar que habían avanzado el lanzamiento. Mizar fue la primera en llegar a la torre. Se puso al control y enseguida informó que aquella nave procedía de la estación china. Volvimos a perder la fe en la existencia de nuestro bote salvavidas. Carina estaba de seis meses. Sadalmelik tendría que prestarle su ropa muy pronto.

La nave se había detenido a bastante distancia y habíamos observado, con sorpresa, que dejaba ir dos paquetes y luego se marchaba a toda velocidad. Esas dos manchitas blancas empezaron a acercarse y tardaron en cobrar forma humana a causa del voluminoso equipaje que cargaban. Apenas podíamos creer lo que veíamos.

—Mizar, síguelos con las cámaras externas. No los pierdas.

—Ahora se ven mejor. Van atados. El que va detrás no lleva mochila propulsora.

—Mirad, el primero nos saluda y… ¿qué nos quiere decir con ese gesto?

—Está claro: pide que los dejemos entrar.

—Han cambiado el rumbo. Se dirigen hacia la parte media de Ciudad.

—Ahí están de nuevo. Ya tocan la cubierta.

—Están buscando la esclusa central. ¿La abrimos o les soltamos unas pirañas?

Más risas.

—Mirad, vuelve a hacer señas.

—No encuentran la escotilla. Es el momento de liberar las rapaces de Carina para que les hagan de guía.

—A ver si se asustan y dejan ir las maletas. Luego tendríamos que ir a recogérselas.

Mizar avisó por radio a Carina. La joven se encontraba en su raya, preparada para actuar. Se había marchado en cuanto nos dimos cuenta de que aquello que se aproximaba no eran escombros, sino personas. Sin desanclar del puerto, había sacado sus rapaces y las había colocado en la panza de Águila de mar.

—Aquí Carina. Voy a enviarles ayuda —respondió.

Vimos que esos robots volaban hacia nuestros visitantes con rapidez. La muchacha había activado sus focos y cámaras y, desde la nave, enviaba a los monitores de la torre las imágenes que captaban.

Aquellos astronautas llevaban echadas las viseras protectoras solares. En sus escafandras, vimos el reflejo de las rapaces y cómo les tendían sus garras con suavidad. El segundo se cogió a ellas y el primero apagó la mochila antes de agarrarse también: estaban llegando a puerto y se dejaban arrastrar por el práctico.

Cuando estuvieron dentro de la esclusa, Mizar cerró la compuerta e inició la presurización.

—Vamos a ver quiénes son esos errantes —dijo Toliman.

Cuando la cámara estanca acabó de rellenarse de aire y abrimos la escotilla que daba al pasillo, aquellos astronautas todavía no se habían quitado las escafandras y ni siquiera se habían retirado las viseras, así que no se les distinguía las caras. Al vernos, nos alargaron las maletas. Sadalsuud se volvió a Helios y a mí.

—Vosotros sois los últimos reclutas —dijo—. Os toca hacer de botones. Llevad las maletas de los señores a sus habitaciones.

Ni Helios ni yo dudamos en acercarnos; nuestra curiosidad era muy fuerte. El primero me la pasó a mí y Helios se la recogió al segundo. Ambos se abrieron entonces las escafandras.

—Prometí que velaría por vosotros, Josep.

—¿Bel? ¿Eres tú? Pero… ¿Cómo?... ¿De dónde…? ¿Por qué has...?

—Antes era más locuaz —opinó, y me dio un abrazo.

—¿A quién has arrastrado contigo? —pregunté.

El otro astronauta estaba intentando sacarse la escafandra y Helios le estaba ayudando. Por fin quedó al descubierto una hermosa cabeza rubia

—Hola, padre. Estoy contenta de verte, y a ti también, Josep.

Exhalé una alborozada carcajada y me lancé con los brazos abiertos sobre Leila, con un entusiasta impulso que propulsé desde la cercana pared. Como ella no abrió sus brazos para recibirme (siempre tan seca), mi achuchón semejó un placaje de rugbasket.

Helios saludó a su amigo con un fuerte abrazo y un sentido "gracias". Bel hizo un afectuoso asentimiento y luego se fijó en los cleaners, que permanecían en la entrada, expectantes.

—Soy Ekue Bel —se presentó—. Espero que me recuerden; era el director de vuelo cuando la Estación se accidentó.

Toliman le dio una particular bienvenida: mostró un fingido enfado y lo reprendió.

—¿Qué has hecho para que te echen del trabajo? De director de vuelo a astronauta sin nave. ¿Para qué te formé como piloto?

—¡Mi más excéntrico profesor! Tú sí que has llegado bien alto. ¿Puedo abrazarte o aún no se te ha soldado la carcasa? ¡Belcebú, estás hecho un Cristo! Baja a la Tierra y empieza a predicar los evangelios; creo que los tienen bastante olvidados.

—Negro irreverente —le llamó Toliman, y lo abrazó.

Los demás cleaners se aproximaron y lo saludaron. Después se volvieron a la robot.

—¿Quién es tu compañera? —preguntó Toliman a Bel—. No es posible que sea hija de Helios. ¿Acaso este físico ha encontrado el remedio de la eterna juventud y no nos lo ha desvelado?

—Ya os explicará Helios quién es y el motivo por el que le llama padre. Advierte al resto de la tripulación masculina que no la agobien; no conseguirán nada. —Los otros se estaban haciendo los simpáticos con Leila—. ¿Por qué no nos ayudáis a quitarnos los trajes? Solo pude conseguir estos tan anticuados y son muy rígidos. Vamos, amigos, tenemos que hablar.

. . .

Dejamos las maletas y los trajes espaciales en la esclusa y nos desplazamos a la sala común. Bel pidió una botella de agua, pero no quiso comer nada. Deseaba contarnos, sin dilación, el motivo de su venida.

Nos situamos en los aros. Leila estaba preciosa, como siempre. Asida a un brazo de su padre, sonreía con infantil candor. Bel era un tipo atractivo, atlético y de expresión vivaz. Los músculos se le adivinaban bajo su flamante mono blanco, y unas pupilas chispeantes flotaban en sus ojos almendrados. Tenía la nariz recta, los labios un poco gruesos y una piel tersa de color caoba. Esa persona tan lozana, vestida con aquella ropa de tejido firme, contrastaba entre nuestro grupo de mísero aspecto.

Bel empezó explicando que habían logrado que los admitieran como pasajeros en la última lanzadera china, junto con el relevo de los taikonautas. No les habían hablado muy bien de nosotros; es más, no deseaban tener ningún trato con Ciudad, por eso no habían querido amarrar en nuestros puertos, ni siquiera, acercarse; ya habíamos visto dónde les habían dejado. Se las habían tenido que apañar para llegar mediante el propulsor de mochila.

—Antes de explicaros el motivo de nuestra visita —decía Bel—, debemos poneros al tanto de los últimos acontecimientos. Aunque puede que sea mejor que calmemos primero a los controladores de vuestra base. Ese pitido sordo proviene de allí, ¿no es cierto?

—Sí, hemos cortado la radio hace rato —admitió Toliman—. Detectaron vuestra aproximación y se pusieron nerviosos. Nos pedían respuestas que ignorábamos. Las cámaras exteriores de Ciudad les habrán enviado las imágenes de vuestra entrada y ahora están exigiendo, con el sonido dc alarma, que abramos líneas. Hemos bajado el volumen al mínimo; pero ese zumbido no lo podemos evitar.

—Antes de dar paso a Unfield, queremos saber quién os envía —intervino Sadalsuud, y percibí que el tono no era muy amigable.

—Represento la voluntad de diálogo de la mayoría de los países de la Confederación —repuso Bel.

—Una sentencia tan bonita como inconcreta —opinó Baham.

—¿Habéis venido a espiarnos? —inquirió Mizar, también con expresión seria—. Me he dado cuenta de que te has ido fijando en las localizaciones de las cámaras internas.

Bel alzó la vista hacia las que había en aquella sala y las señaló.

—He visto que las tenéis todas tapadas. Me lo habían dicho, pero no me lo acababa de creer y he querido comprobarlo —respondió, y no mostró signo alguno de intranquilidad por el rechazo súbito de los cleaners.

—Ciudad es nuestro hogar, amigo —dijo Sadalmelik—, y no nos gusta tener mirones que fisgoneen en nuestra vida privada. Las únicas cámaras descubiertas se encuentran en un par de talleres, y porque son lugares de trabajo.

Toliman levantó las manos en señal de paz.

—¿Qué os pasa? Este hombre fue mi alumno. Es un buen tipo.

—Hace muchos años que no lo ves —consideró Nunki—. Ahora trabaja para el Consorcio. ¿Qué hace aquí?

—Pongo mi mano en el fuego por Bel —afirmó Helios.

—¿Y por la mujer? —inquirió Sadalsuud.

—Leila es totalmente fiable —aseguró también.

—¿Quién es? —preguntó Rigel, que también parecía estar de malas—. Ha dicho que vive contigo y te ha llamado padre. Nos has explicado que es su forma de dirigirse a ti. La verdad, me parece demasiado serio. Supongo que, en la intimidad, te llamará "papito", porque es tu novia, ¿no es cierto? A los demás nos gustaría también tener aquí a nuestras parejas y…

—Detente, Rigel —lo interrumpí—. Estás metiendo la pata hasta el corvejón.

Cogí de la mano a Leila y la conduje al centro del círculo que habíamos formado. Volvió a sorprenderme la calidez y suavidad de su piel. Helios empezó a protestar, pero Bel lo retuvo y me animó a que continuara con un gesto. Le susurré entonces a Leila que cambiara su apariencia y me separé.

El mono gris que llevaba la robot se transformó en un conjunto deportivo de pantalón corto blanco y camiseta salmón de tirantes. Su cabello se oscureció, desapareció unos segundos tras un velo de vapor y emergió en forma de melena acaracolada.

Leila disponía de un programa que le permitía modificar su atuendo y aspecto. Su vestimenta estaba hecha de un material plástico maleable que admitía cambios de color y forma. Esa clase de tejido artificial se estaba poniendo de moda entre los ricos del mundo y no constituía una señal característica de un robot, pero un humano no podía recomponer su peinado de esa instantánea manera.

—¡Se ha rizado el cabello igual que su padre! —se admiró Mizar.

El semblante de Baham mostraba una absoluta rendición.

—¡Amigo Helios, este es el maravilloso androide del que me has hablado tantas veces!

Las sinceras exclamaciones admirativas de los cleaners se acallaron al irse la luz.

—Este debe de ser el sistema intimidatorio del que tantas veces os habéis quejado —supuso Bel.

Sadalmelik volvió a manifestar su desconfianza.

—Ahora que el ambiente es más íntimo, puede que te animes a exponernos tus intenciones —dijo.

—Dejad ya las suspicacias —terció Toliman—. Este hombre se la ha jugado para llegar hasta aquí. Ha cruzado un buen trecho de espacio sin más escudo que su traje.

Sadalmelik no respondió; era un bonachón metepatas. Volvió la luz en ese momento y pude ver su expresión avergonzada. Baham subió hasta la torre, abrió la radio y una voz severa enturbió el aire.

—Aquí Unfield. Exijo saber de inmediato quiénes son las dos personas que han entrado en Ciudad.

Bel hizo una seña a los cleaners conforme contestaría él mismo.

—Buenas noches, señor Unfield. Espero que pueda disculpar nuestra impulsiva llegada. Le habla Ekue Bel.

—¿Bel? ¡Vaya sorpresa! ¿Por qué ha venido a Ciudad?

—Sigo siendo responsable de la seguridad de los turistas.

—Luego ha venido a buscarlos. Perfecto, pues ya se los puede llevar —dijo, muy complacido—. El Consorcio no nos paga nada por su estancia en Ciudad. Se les ha ordenado muchas veces que abandonen nuestra propiedad, y siempre se han negado. El comandante Dleif tampoco pudo convencerlos. Deberán cubrir los gastos de aire, agua y alimentos de todos estos días… Un momento, ustedes no provienen de la Estación, sino de la base china. ¿Les han dado permiso para trasladarlos allí?

—Antes de que abandonen Ciudad, hay que dejar solucionados algunos problemas —apuntó Bel—. Los turistas tienen razones de peso para permanecer aquí, aislados, y usted sabe cuál es la principal. El traslado al planeta de la piloto Carina debe llevarse a cabo de inmediato.

—Eso no es de su incumbencia. ¿En calidad de qué está aquí, Bel? ¿Qué hay en esas maletas? ¿Quién es su acompañante?

—Su nombre es Leila. Me ayudará a hacerles un chequeo médico a sus trabajadores. En las maletas llevamos un ecógrafo, un minilaboratorio portátil que nos permitirá hacer análisis de sangre y orina; medicamentos, antioxidantes, protectores de la vista...

Me alegré de que, al fin, dispusiéramos de protectores oculares. Las sustancias que resguardaban nuestros ojos eran imprescindibles. Aunque Ciudad tenía una buena cubierta, no podía detener todos los rayos cósmicos, y los que conseguían atravesarla provocaban destellos luminosos en nuestras retinas. Los pilotos estaban aún más expuestos por sus salidas diarias al espacio.

Unfield, sin embargo, minusvaloró esos valiosos presentes.

—¿Trabaja también para la Cruz Roja? —repuso con sorna—. Espero que no crean que les pagaremos esos suministros. Nuestros medicamentos iban a salir en la próxima lanzadera. ¿Cuál es el nombre completo de la enfermera que le acompaña?

—Carece de apellidos —respondió Bel—. Leila es un precioso androide femenino al que se ha instruido para reconfortar a sus trabajadores.

Era una frase abierta a varias interpretaciones. Hubo una pequeña pausa que Bel recibió con una sonrisa maliciosa. Unfield arrastró sus siguientes palabras, conteniendo su furia.

—¿Qué ha querido decir? Quiero ver ese robot. ¡Destapen una de las cámaras y muéstrenmelo!

Bel se regodeó en su confusión.

—No se altere, Unfield —dijo.

Los cleaners se reían por lo bajo, mientras que Helios, por el contrario, estaba bastante molesto; le incomodaba que se usara a Leila para gastar esa clase de bromas.

Sadalmelik quiso aportar la gota que faltaba para colmar el vaso.

—¡Ya era hora de que alguien tuviera en cuenta nuestras necesidades! Gracias, Bel. Es una belleza.

—¡Hijo de Satanás! —explotó Unfield—. ¡Ha metido una prostituta en Ciudad! Es uno de esos androides sexuales que acaban de salir al mercado, ¿no es cierto? Le ha faltado tiempo para ensuciar el espacio con uno de ellos, ¡nuestro espacio! Me extrañaban sus buenas intenciones. Le recuerdo bien, altanero director de vuelo; recuerdo su prepotencia, sus constantes requerimientos. Por eso lo echaron, lo sé de buena tinta, porque también quiso pisar a sus superiores. ¿Ha subido hasta aquí para vengarse? No le gusta que hable de pecado porque usted es el mayor pecador de todos. Ahora sé lo que me llamó antes de despedirse; me lo tradujeron del español. Meapilas, me dijo, santurrón e hipócrita puritano.

—No se sulfure más —intervino Bel—. Leila actuará de enfermera. Carece de los atributos anatómicos necesarios para esa clase de encargos.

Unfield bramó que quería verla. Toliman accedió y voló hasta la cámara más cercana mientras el resto de los cleaners incitaban a la robot a que modificara su vestuario hacia ropa más picante y le susurraban varias opciones: pantalones ajustados de leopardo con top negro, corpiño y minifalda tamaño bufanda, vestidito escotado muy ceñido, etc. Pero Leila hizo caso a su padre y, cuando se mostró ante la cámara, iba vestida con un mono blanco del que solo asomaban sus largas y delicadas manos y unos menudos pies embutidos en pulcros calcetines. Su cabello, de un rubio angelical, se hallaba recogido en un moño, y su tierna voz, al saludar, abanderaba su virtud. El silencio de Unfield le otorgó la inocencia.

—Dejémonos de bromas —dijo Bel, y su voz se hizo potente—. ¿Quiere preocuparse por una mujer? Pues que sea por ésta. —Agarró a Carina con suavidad y la acercó a la cámara—. ¡Observe su dilatada barriga! Este bebé está siendo atravesado por rayos cósmicos muy energéticos. ¡Estamos en el espacio, Unfield! Aquí carecemos del paraguas de nuestra atmósfera.

—Sigue igual de cansino —replicó—. Puede quedarse un par de días en Ciudad y chequear a nuestros trabajadores. Comprobará que, pese a sus quejas, están bien de salud. No han perdido sus reflejos y su rendimiento no ha disminuido. En esos parámetros basamos nuestra atención médica. Después agarre a sus turistas gorrones y márchese de Ciudad. Dentro de una semana, llegará una segunda nave de rescate a la Estación.

Me acerqué a la cámara.

—Al habla Enir. Sigo firme en mi determinación de no marchar de aquí sin Carina.

Helios se acercó y se me sumó. Bel me miró con un ceño que mostraba su extrañeza. "¿Enir?", me susurró.

—Lléveselos, Bel —insistió Unfield—. Están empezando a perder el juicio.

Bel volvió a ocupar el primer plano de la cámara.

—Escuche, Unfield, tardarán entre dos y tres semanas en descargar la nave de rescate. Por si no lo sabe, trae herramientas, repuestos, bandas de paneles solares, agua, alimentos, aire, combustible. Calculo que aún tendremos que permanecer aquí, en Ciudad, un mes. En ese tiempo, espero que, por su bien, lleguen las naves salvavidas, una para Carina y dos de reserva por si se produjera una urgencia.

—Es usted patético —contestó, y untó esa sentencia de un irrespetuoso desprecio—. No es nadie para darnos órdenes ni amenazarnos; no ostenta ninguna autoridad sobre nuestra empresa.

—Me envía la Confederación para que medie entre Cleanspace y sus trabajadores.

—¡Ah! No es un trabajador de la Cruz Roja, sino un enviado de la ONU —ironizó—. Entonces, su labor es inútil. —Su tono de voz se endureció—. No hemos solicitado la ayuda de ningún intermediario. La Confederación no puede meterse en nuestros asuntos.

—Ustedes deben cumplir las leyes internacionales espaciales. No proveer a una tripulación de los suministros médicos necesarios es una falta grave. Mantener a los astronautas en el espacio contra su voluntad y dejarlos sin naves de retorno son faltas muy graves. Hace un mes que Cleanspace recibió los avisos y no han respondido ni han solucionado nada.

—Se encuentra en el interior de una propiedad privada. Salga de Ciudad inmediatamente. Sabemos que ha viajado con una mochila propulsora. Damos permiso a los cleaners para que se la recarguen y le acerquen a la estación china o a la ISS, lo que prefiera. No olvide llevarse su androide.

—No me voy a ir. Les aconsejo que me acepten como mediador. Pretendo que nadie pierda y para ello voy a impulsar la apertura de múltiples canales de diálogo. Ustedes cortaron las conversaciones con la Agencia de Seguridad Espacial, han cerrado la puerta en las narices a los diplomáticos de la Confederación y se han negado a negociar el precio de los servicios que están ofreciendo al Consorcio por la reparación de la ISS. Su prepotencia los está dejando sin ningún aliado. Piénsenlo; me van a necesitar.

—Está muy equivocado si cree que vamos a permitir que la Confederación meta sus narices en nuestro negocio. Ha hecho el viaje en balde. Además, usted no podría servirnos para nada. En el espacio no manda la Confederación, sino el Consorcio, y usted es persona *non grata* para sus dirigentes. Recoja sus maletas y desaparezca o le denunciaremos por allanamiento.

Cuando Unfield colgó, Baham cerró la radio y se reunió con nosotros. Sadalmelik volvió a tapar la cámara.

—Ahora no pueden oírnos ni vernos —indicó Toliman—. ¿Qué está ocurriendo, Bel? Pon las cartas boca arriba.

—Lo haré, mi admirado profesor, no temas; pero mañana. Llevo tres días con la misma ropa y apenas he dormido, y Leila venía avisándome de que necesita recargar sus baterías.

—¿Nos puedes avanzar algo de la mano que llevas?

Bel abrió los brazos y sonrió.

—Ases, reyes y comodines, amigos. Vengo a ayudaros con todos los triunfos que he podido conseguir.

. . .

Leila vino con Helios y conmigo a nuestro camarote. Se enchufó a la toma de corriente de la cabina de Mauni y empezó a detallar cómo se las había ingeniado para acompañar a Bel. El accidente que había sufrido la ISS la había puesto en marcha. No consiguió que le abriesen ninguna puerta importante, ni siquiera cuando se hizo pasar por una sobrina de Helios; así que tomó un camino más indirecto y fue a hablar con los responsables de la agencia espacial que nos había subido a la Estación. Tuvo allí más suerte. La atendieron con amabilidad y, dado que se mantenían en comunicación con Bel, se comprometieron a tenerla informada. De ese modo, se enteró del despido del director de vuelo y de su regreso. Abordó a Bel en cuanto llegó a Barcelona y le ofreció todas sus capacidades sin reservas. Le dijo que todos sus circuitos la instaban a auxiliarnos y que despreciar su ayuda carecería de lógica, y le recriminó que nos hubieran empujado a viajar de una manera precipitada, sin habernos dado antes el entrenamiento adecuado. Poseía pruebas de que habíamos sido seleccionados de una manera muy poco ortodoxa y no dudaría en hacerlas públicas si no contaban con ella, le espetó.

Leila siempre había opinado que nos faltaba preparación psicológica y física para subir al espacio.

—¿Le hiciste chantaje a Bel? —inquirió Helios. Se había quedado pasmado.

—Le parecerías un ser muy divertido —supuse.

—Lo cierto es que se rio —corroboró—, y luego comentó que mi padre tenía unos golpes escondidos muy graciosos. Consintió en tenerme cerca siempre que no estorbara.

Leila relató que Bel disponía de muchos contactos en el mundo de la aeronáutica y que había logrado que la Confederación le nombrara su enlace diplomático. Con ese título bajo el brazo, los chinos aceptaron que viajase hasta su base espacial, aunque no quisieron arriesgarse a trasladarlo hasta Ciudad; el Consorcio era demasiado poderoso y no les interesaba inmiscuirse de una forma tan abierta, y tampoco ocultaron su poco aprecio por los cleaners. Bel acordó que se las arreglaría para llegar por sus propios medios. Solo pidió que le permitiesen llevar un robot.

—Y me metieron desconectada y plegada en la lanzadera —concluyó Leila.

Volví a sentir un profundo cariño por aquella androide, pues sabía que sentía su desconexión como su muerte.

—Me alegra mucho tenerte aquí —dije.

—Espero seros de utilidad.

Leila era una belleza delicada, un modelo de perfección renacentista. Me cautivaban sus ojos húmedos y sus labios carnosos. En la piel tersa, sin defectos, se percibían finas venas. Se trataba de un sistema circulatorio de tubitos que mantenía el engaño de una temperatura corporal y le proporcionaba sostén a su carne postiza. En su pecho, no palpitaba ningún corazón; pero me olvidaba de ello con frecuencia.

A Helios, sin embargo, la cuestión estética apenas le importaba. Su interés estaba enfocado en la capacidad de reflexión y deducción de su robot. En aquel momento, tenía varias preguntas prácticas que hacerle.

—¿Quién se ocupa, en tu lugar, de los ordenadores en línea que dejé trabajando?

—Le pedí a Jessica que se pasara cada tres días —respondió—. Le enseñé a descargar y a copiar la información en memorias externas para liberar las internas. Me aseguré de que lo comprendiera.

—Me asombra que se prestara a ayudarte, Leila —comenté—. Nos contó que te serviste de un robot tipo gorila matón para impedirle el paso cuando fue a visitarte. —Helios torció la boca—. Quise decir un robot grandote —me corregí—. El caso es que la pusiste en tu contra. ¿Cómo la convenciste?

—Le di una copia de las llaves de casa —dijo con sencillez.

Admiraba la vertiente astuta de Leila. Me volví a Helios para elogiar a su robot y comenzar una nueva discusión sobre la capacidad manipuladora del pensamiento racional, pero a su padre le había surgido una duda.

—Supongo, Leila, que diste instrucciones al resto de robots para que no se le echen encima cuando entre.

—Claro, padre.

Su cara forzada de niña buena me hizo sospechar que no decía toda la verdad. Recordaba que Helios tenía un enjambre de robots que parecían mosquitos gigantes. Los había usado, en sus inicios, como vigilantes forestales que patrullaban bosques y detectaban columnas de humo que podían anunciar el inicio de un fuego. Luego mi amigo los había modificado hacia esa forma insectívora y los había convertido en vigilantes de sus laboratorios. Zumbaban como demonios y su maléfico aspecto ahuyentaba a los intrusos. No hacían daño, pero podías llevarte un susto tremendo.

—Dime, Leila, ¿desconectaste los robots mosquito? —pregunté.

Helios era incapaz de pensar mal de su robot y respondió por su creación.

—Naturalmente, Enir. Esos pequeños robots no admiten órdenes de no atacar. Tan solo te dejan en paz si eres un visitante habitual; pero Jessica ha estado una única vez en mi piso.

—¿Lo hiciste, Leila? —insistí.

—Consideré que no podía dejar la casa sin vigilancia —contestó.

—¡Cómo! —chilló Helios.

Se me escapó una carcajada.

—Cuando Jessica la agarre, la va a destornillar.

Su padre se puso a reñirla.

—Hiciste servir mal la lógica. Jessica saldrá corriendo y no se ocupará de mis ordenadores. ¿Cuál fue tu itinerario de razonamiento?

Pregunté a Helios qué tipo de experimentación llevaba a cabo con aquellos ordenadores y, sin mirarme, con el semblante irritado vuelto hacia la robot, me respondió:

—Están sondeando el germen de algunos defectos humanos: la envidia, los celos…

—¡Hostia, Leila; pues a ti te interesaba ese estudio! —comenté entre risas, y añadí, dirigiéndome a Helios—: Vamos, amigo, no te preocupes tanto. Recuerdo que, cuando me presenté en tu laboratorio de la universidad y esos mosquitos se abalanzaron sobre mí, uno de tus robots lavadora les ordenó que se retirasen en cuanto conseguí justificar mi entrada.

Tenía los brazos en jarras y la mirada enojada puesta en Leila.

—Es cierto que siempre dejo un encargado del enjambre, un robot madre que los controla —admitió—, pero no puede detener su "recibimiento". No creo que Jessica atine a construir ninguna excusa.

—La verdad es que yo tampoco. Creo que pondrá pies en polvorosa —dije, y me eché a reír de nuevo.

Helios siguió discutiendo con su robot hasta que lo interrumpió la entrada de Bel en el camarote. El hombre llevaba un paquete bajo cada brazo.

—Bueno, chicos, veo que os lo estáis pasando en grande con Leila. Es un robot muy especial. Hiciste un buen trabajo, Helios.

Mi amigo alzó los brazos con desespero, pero Bel no lo advirtió. Me había tendido uno de los paquetes y estaba disfrutando con mi súbito cambio de expresión.

—Antes de retirarme a descansar, quiero entregaros el correo. Creo que es el primer envío que recibís en el espacio. Lamento no haber podido cargar con cajas de volumen y peso superior —dijo.

A Helios también se le mudó el rostro cuando le entregó el suyo.

—No empecéis a licuaros. Esperad a que me vaya —bromeó Bel—. Habéis elegido a mujeres guerreras y os felicito por ello. En ese halago de fuerza, incluyo también a tu robot, Helios.

No dijo nada más y se marchó al camarote de los Sadal. Le habían ofrecido la cabina que había ocupado Toliman. Ese piloto se había mudado al módulo de Carina hacía dos semanas, tras haber pensado, entre todos, que era mejor que alguien la acompañase por las noches y estuviese pendiente de ella.

Mi amigo y yo nos intercambiamos una sonrisa y luego, buscando una intimidad que permitiera relajar la contención de las emociones, nos encerramos en nuestras cabinas respectivas.

Encendí el ventilador y la lamparita de la cabina y abrí la caja. Un prisma pequeño reposaba, desnudo, encima de un montón de bultos. Lo puse junto a la lámpara y un arcoíris cruzó la cortina que cerraba mi habitáculo. Mi hija, a la que pertenecía aquel revelador del alma blanca de la luz, me enviaba un abanico de colores a ese mundo retro, anclado en el blanco y negro.

Bajé la vista de nuevo al interior de la caja y lo siguiente que descubrí me apretó el nudo que se me había formado en la garganta con el primer regalo. Se trataba de un cubo hueco del tamaño de un puño. Una de las paredes, la frontal, era transparente, y la que hacía de tapa se podía abrir. Provenía del juego de magia de mi hijo. Lo guardaba como uno de sus mayores bienes personales. Inspiré, emocionado, y continué explorando.

Dentro de una bolsa de papel había una manzana y dos fragantes naranjas de Valencia, pura ambrosía. Había otra bolsa mayor que contenía diversos paquetes de alimentos envasados al vacío. Decidí que se los llevaría a Carina y, también, que le daría casi toda la fruta. Me quedaría con una naranja y me la comería poco a poco, deleitándome con cada gajo.

Debajo de la bolsa de fruta, encontré una carta dentro de un sobre sin cerrar. Empecé a leerla, saboreando todas las palabras, paladeándolas: "Cariño, en tres semanas podré estrecharte entre mis brazos. Nos haces falta, me haces falta. Todos estamos bien. En el trabajo, seguimos muy atareados en (…) Los niños volvieron al colegio con pocas ganas después de las fiestas navideñas, pero pronto cogieron otra vez el ritmo y (…). Abrazos y ánimos de mis padres, de los primos, de (…) y de tus amigos del curso. *(Poco antes de viajar al espacio, había hecho un cursillo de formación)*. Tus compañeros, dirigidos por el profesor de cocina espacial, se han esmerado en prepararos a ti y a Helios unas sabrosas recetas. Han comentado que son de las que llevan el alma a besar la Tierra. *(La comida la enviaban los colegas. ¡Qué majetes!)*. Escucha a Bel, por favor, y haz lo que te pida, aunque no estés muy de acuerdo. Te ruego que me hagas caso en esto. *(Ese hombre se había ganado a Nadia)*. Confía también en Leila. Sus competencias están al servicio de su afán por protegeros. *(Nunca pensé que mi mujer encomendaría mi seguridad a un robot)*. Dile a Carina que hemos conseguido recoger, a través de las plataformas de peticiones online, dos millones de firmas que exigen su retorno inmediato. Las hemos remitido a Cleanspace y al Tribunal de Derechos Humanos de Estrasburgo. Es una lástima que no dispongamos de vídeos ni de fotos de ella. Habla con Leila sobre este asunto. *(Nadia estaba un poco enigmática. Al poco había un punto y aparte y la letra cambiaba)*.

Pep, sé que te gusta estar en las nubes *(esa era mi madre)*, pero ahora las has sobrepasado y no puedes volver para irme a buscar el pan. Estás protegiendo a una chica embarazada y eso me enorgullece. Cuando te tenía dentro de mis entrañas, y también a tu hermano, todo parecía más bonito y valioso; pero también dolían más las torpezas de las personas cercanas. No dejes de apoyarla, hijo, y, como sé que regresaréis pronto, invítala a comer a casa. Ese negro tan guapo *(se refería a Bel, claro)* ha prometido traerte de vuelta sano y salvo. Aliméntate lo mejor que puedas y haz tus ejercicios. *(Eso también me lo había rogado Nadia).* Y no hagas el indio, que podrían hacerte fotos y las verían hasta los primos de Asturias. Si alguna tarea te es difícil, piensa que más lo es barrer guisantes, y lo has hecho. *(Me encantaba el humor de mi madre).* Te quiero mucho. Un beso. *(Otro punto y aparte).*

Papá, te regalo mi prisma para que colorees el espacio. *(Esa letra era de Silvia, mi hija mayor).* Donde estás, siempre es de noche. A ti te gusta ver cómo el sol aviva el color de la naturaleza, me lo has dicho muchas veces. Te echo de menos. *(Me estaba conmoviendo mucho. Iba a necesitar un pañuelo).*

Jo, papá, aquí todo el mundo está llorando y me han contagiado un poquito. *(Ese era Joan, el pequeño).* No sabía qué enviarte y se me ha ocurrido que mi cubo mágico te haría ilusión. Nunca te he explicado cómo desaparecen las cosas que meto. Verás, tienes que cogerlo por (…). *(Joan me describía su truco secreto. Aquello era una prueba de amor muy grande).* Y así de fácil, papá. Ya ves que luego puedes recuperar lo que pones ahí. Tú también has desaparecido en el interior de un cohete y también pronto volverás. *(Recordé que en Ciudad no había pañuelos, así que me limpié con la manga).* Tim no te ha podido enviar nada porque… *(Tim, mi perro. Corte brusco y otra letra).*

Papá, ¿sabes lo que Joan quería enviarte de parte de Tim? *(Mi hija otra vez)*, pues esa pelota que siempre le tiras y nunca va a buscar. *(A veces, sí que iba).* Como mamá no le dejó porque ocupaba mucho, recortó una lengua de cartón y la restregó en la del perro. Cuando la tenía bien babeada, la envolvió en papel de plata y casi consigue introducirla en el paquete sin que nadie se diera cuenta. Dijo que estarías echando de menos sus lametones. Nos reímos mucho. Tim también te extraña. Antes de acostarse, coloca la pelota en su cama y luego se echa a dormir a su lado. *(Animalito. Siguiente párrafo).*

Josep, no desfallezcas. *(Mi mujer).* Cuídate mucho. Siempre estamos contigo; siempre pensamos en ti".

Releí la carta y tomé en cuenta una advertencia a la que no había prestado antes mucha atención porque estaba inserta entre frases emotivas: "Cuidado al coger las camisetas. He envuelto con ellas un objeto frágil. Leila te mostrará todas sus prestaciones", indicaba Nadia.

Mi mujer había aprovechado todos los huecos y, en un rincón, había incrustado una pelota de ropa. Desenvolví con cuidado aquel bulto y encontré un estuche abombado. Antes de abrirlo, desplegué una de las camisetas porque atisbé, en su frontal, la imagen de un rostro achinado muy parecido al mío. Sonreí al ver la figura completa. "That's" había hecho estampar una foto de mi vuelo a lo Superman, el que había efectuado a los pocos días de llegar a la Estación, y la habían subrayado con una frase publicitaria relacionada con la nueva sección de viajes: «Venga a "That's travel" y alce el vuelo». El logotipo brillante de la empresa lucía a continuación.

Advertí, entonces, cuán alejado estaba de los tejemanejes de la sociedad humana. Cuando miraba nuestro planeta, extrañaba bonitas panorámicas e imaginaba a personas tranquilas y alegres que disfrutaban de un perpetuo domingo. Ni por un instante había querido recordar los hacinados viajes en el transporte público, las prisas o los estresantes objetivos de ventas.

Burlándome de mi propia ingenuidad, desdoblé la otra camiseta y, al verla, decidí que me la pondría al día siguiente. Sobre un magnífico fondo azul cobalto estrellado, resaltaba una frase escrita con letras blancas en relieve: "Bajad a Carina", decía. La buena gente se estaba movilizando.

Plegué las dos prendas y las guardé en uno de los cajones de la cabina. En otro, puse los regalos de mis hijos y la carta. Abrí después el estuche y me quedé sorprendido. Contenía un espléndido reloj. Me lo coloqué y observé que era bastante grande: la pantalla ocupaba toda mi muñeca. No entendí por qué me enviaba mi mujer semejante peluco.

Pulsé uno de los botones laterales, con la intención de ponerlo en hora, y una foto de mi familia llenó la pantalla. Fue una grata sorpresa. Acaricié con suavidad el rostro de mi mujer y de mis hijos. A esa imagen, le siguieron otras, y surgieron también bellos paisajes. Además de reloj, era un marco digital. Contemplé aquellas hogareñas estampas hasta que el cansancio empezó a vencerme y me quedé dormido con una bobalicona sonrisa pintada en el rostro.

. . .

A las siete de la mañana, estábamos reunidos de nuevo en la sala común. Bel quería hablarnos y organizar de otra forma el reparto del trabajo. Consideraba que era muy peligroso para Carina que continuara ayudando en las reparaciones externas de la Estación.

—Vuestra compañera no puede seguir saliendo al espacio —advirtió, y luego se dirigió a la joven—. Debes permanecer aquí y resguardarte de las partículas energéticas de los rayos cósmicos y solares. Mauni me dijo que tus compañeros te habían acondicionado un pequeño módulo. He traído más placas aislantes para acabar de escudar todas las paredes, y también un delantal confeccionado con una aleación protectora. Te aconsejo que lo lleves siempre puesto.

La propuesta de Bel nos pareció muy sensata. Toliman se apresuró a aceptarla por Carina. Hacía tiempo que le estaba rogando que dejara de exponerse. Sin embargo, la joven tenía sus dudas.

—Te lo agradezco mucho, Bel. Me pondré ese delantal durante el mes que aún tengo que pasar aquí, pero no puedo dejar de trabajar. Me estoy pagando mi pasaje de vuelta y no quiero arriesgarme a que el nuevo comandante de la Estación use de excusa mi absentismo laboral para no cumplir con su palabra. Tendría, además, serias dificultades con mis jefes.

—No te sometas al autoritarismo de los dirigentes de Cleanspace —repuso Bel—; no les importáis ni tú ni tu bebé. Tu esperanza reside en la ISS. Hablaré hoy mismo, en persona, con el coronel Dleif. El Consorcio solo puede agradeceros a todos vuestra entrega y valor. Os ganasteis la admiración del personal del centro de mando terrestre, os lo aseguro. No exigirán tu sacrificio.

Carina no parecía muy convencida, así que Bel añadió:

—Extraeré a Dleif el compromiso de tu vuelta.

—Las palabras se pueden perder en el espacio sideral —receló la muchacha.

—No se perderán; quedarán inmortalizadas en esta minicámara —incidió Bel, y señaló un adorno plateado de la pechera de su mono—. Me he hecho introducir este dispositivo espía en mi traje para evitar jugarretas. Una vez que haya grabado el testimonio de Dleif, lo volcaré en el ordenador portátil de Mauni y, en el improbable caso de que al coronel se le presentara una inoportuna amnesia en el momento de la partida, Mauni mandaría la película vía Internet a los medios de comunicación. ¿No crees que el verse en televisión lo ayudaría a hacer memoria?

—No sé si Mauni llegaría a exponerse tanto por mí —objetó.

—Pregúntaselo tú misma. Sé que suele pasar los fines de semana en Ciudad. Por cierto, me interesa que este no falle. Debo hablar con ella en privado y no creo que tenga oportunidad de hacerlo en la Estación. Los pilotos que ancléis el sábado en la ISS, no os olvidéis de traerla.

Sadalmelik nos miró a Helios y a mí y sonrió.

—No te preocupes: Mauni vendrá. Aún intenta proteger a sus niños —aseguró—. Los domingos por la mañana vigila que no abusemos de ellos durante el partido de rugbasket.

—Me han llegado noticias de ese fogoso deporte. Estoy deseando verlo —dijo Bel, y siguió hablando con Carina—. Entonces, por el bien de tu hijo, ¿te mantendrás alejada de lo que le daña?

La joven acabó accediendo, aunque en su rostro vislumbré cierta renuencia. Bel percibió también su obstinación y se lo hizo prometer.

Me esperancé con los cambios que propiciaba aquel nuevo miembro de la tripulación. Estaba removiendo un proceder que, en ocasiones, era muy cuadriculado. La incesante presión que ejercían Cleanspace y el centro de mando de la ISS agarrotaba nuestra capacidad de reflexión.

Bel prosiguió:

—Leila lleva trabajando desde la madrugada en vuestro módulo enfermería y ha instalado todos los equipos médicos que trajimos. En este momento, está acabando de probarlos. Revisará hoy a los que os quedáis en Ciudad.

Leila nos iba a extraer sangre, por lo que Toliman, Carina, Baham, Helios y un servidor nos encontrábamos en ayunas, con el perjuicio de que Bel nos había avisado en el comedor, cuando estábamos a punto de empezar a desayunar, y Helios y yo habíamos llevado para compartir algunas de las *delicatessen* que nos habían enviado. Mientras los otros se las zampaban, nosotros no pudimos ni catarlas. Fue un auténtico suplicio.

Bel continuaba:

—Leila irá llamando al resto de vosotros los días siguientes. También os pedirá permiso para filmaros. He traído una cámara profesional: mí cámara, mi niña bonita.

Los cleaners se sorprendieron de que quisiera hacerles un reportaje. Eran tan invisibles para el mundo que creían que no interesaban a nadie. Pero Bel opinaba que, si los soldados supiesen de la vida de sus enemigos, de sus miedos y esperanzas, las batallas serían más difíciles de emprender.

—Lo más urgente es que conozcan a Carina —declaró—. Empezaremos grabando y editando un vídeo sobre ti —le dijo a la joven.

Toliman se removió dentro de su aro.

—Luego temes que no la repatríen si no son alentados por las audiencias de televisión —dedujo—. ¿Tampoco cuentas con que Cleanspace envíe la nave salvavidas? La última noticia es que la estaban preparando.

—La postura de vuestra empresa respecto a Carina está inmovilizada por doctrinas retrógradas —juzgó Bel—. Discutí con Unfield muy seriamente por ello. Intenté entrevistarme con su superior, el director general de Cleanspace, y no me otorgó audiencia. Tengo la impresión de que no piensan enviar ningún bote hasta quince días antes de la fecha calculada para el parto. Cuentan con el visto bueno de la familia, es decir, de tu padre, Carina. Con él también quise hablar, y lo único que conseguí fue que me echase de su casa de muy malas maneras. Me reservo mi opinión por respeto a ti; solo diré que no da la talla. Pero, aunque no tengas su apoyo, hay millones de personas que se están movilizando a tu favor, como te ha explicado Josep y puedes observar por la camiseta que lleva puesta. Estáis aquí aislados y no os enteráis de lo bueno ni de lo malo. No os ha llegado el tira y afloja que se está dando entre Cleanspace, la Confederación y el Consorcio.

—Como consecuencia de esos conflictos, nosotros podríamos salir malparados —consideró Nunki.

La mirada de Bel reflejó una sutil admiración ante la perspicacia de esa cleaner tan callada; pero no quiso revelar ninguna información que nos pudiese inquietar.

—Por el momento, nos hallamos en la fase de negociación en despachos —repuso—. Como se ha de encontrar una solución satisfactoria para todos, es preciso que forméis parte activa de esas conversaciones, y para ello debéis haceros visibles.

—Concreta, Bel —le pidió Helios.

—Está bien. Las tarifas de retirada de chatarra espacial se han incrementado en los últimos dos años un treinta y cinco por ciento para los países miembros del Consorcio y un cincuenta y cinco por ciento para el resto, también para universidades, empresas privadas, etc. Según el acuerdo de privatización, el Consorcio se beneficia de un trato prioritario y un precio de amigo en todos los servicios que le presta la empresa de limpieza. ¿Por qué? Porque favor con favor se paga, y a Cleanspace le ajustaron muy bien la factura de compra de Ciudad Estelar y sus naves.

—Es de suponer que ese aumento del treinta y cinco por ciento habrá menoscabado la calidad de su amistad —observó Sadalsuud.

—En efecto, Cleanspace carece ahora de aliados —afirmó Bel—; sin embargo, se creen intocables y no urden las maniobras de relaciones de poder que tan bien les funcionaron antes. Los mandos del Consorcio que fueron responsables del acuerdo de privatización acabaron con una silla en el Consejo de Administración de Cleanspace o cobraron esplendidas comisiones bajo mano; en algunos casos, ambas cosas. Pero la empresa de limpieza no ofrece ahora compensaciones y revierte beneficios solo para sí misma. Países y entidades con intereses en el espacio son sangrados por todos los servicios. Alojar un nuevo satélite implica asumir el precio del barrido de su órbita, y cuando se estropea, hay que acudir también a esa empresa porque, como sabéis, la Ley de Seguridad Espacial obliga al dueño de un satélite que quede inoperativo a sufragar el arreglo o el destierro. La reparación de satélites solía salir más económica, pero lo más probable es que, en un futuro cercano, muchos prefieran retirarlos.

—No veo el motivo —intervino Baham—. Los arreglos suelen ser exitosos y están garantizados.

—No lo dudo, pero los precios de eliminación de un satélite siguen un baremo fijado y, en cambio, Cleanspace puede inflar la factura de una revisión. Si el cliente no acepta el incremento, las consecuencias pueden ser muy negativas. Eso se infiere del percance ocurrido con el satélite del gobierno indio.

—¿A qué te refieres? —inquirió Sadalmelik—. No sabemos nada acerca de ningún incidente.

Bel sorbió de la botella de agua que todos teníamos y enseguida continuó.

—Poco antes del desastre ocurrido con la ISS, retirasteis un satélite climatológico de la India; no sin antes arrancarle el panel solar y el sistema de navegación inercial y dejarlo irrecuperable.

—Es habitual extraer lo que se pueda de los satélites que van a ser desterrados —manifestó Rigel—. Hay piezas valiosas que se pueden reutilizar.

—La cuestión es que ese aparato estaba activo y funcionaba sin ningún problema —reveló Bel.

Los cleaners se miraron con asombro.

—Lo recuerdo —dijo Sadalsuud—. Me ocupé de enviarlo hacia una órbita cementerio. Se nos dijo que no había arreglo posible. ¿Acaso nuestra base nos dio mal las coordenadas?

—Cleanspace lo achacó a un error humano. No os acusaron a vosotros directamente; dejaron abierta la posibilidad de que el fallo hubiese provenido de su centro de control. El caso es que, como remate esplendoroso de ese fiasco, ofrecieron una mísera indemnización acorde, adujeron, a la antigüedad del satélite. Esa malévola tacañería fue la gota que desbordó el vaso. El gobierno indio vomitó todo el acopio retenido de bilis y los acusó de haber actuado de forma premeditada a raíz de un previo desencuentro. Entonces se supo que, el verano anterior, la India no había admitido un aumento desorbitado en la factura de reparación de otro de sus satélites y que, a causa de ello, habían padecido requerimientos muy desagradables. De ahí que proclamaran que la retirada del pequeño satélite climatológico había sido una venganza, *vendetta* fue la palabra exacta que usaron. Cleanspace lo negó todo, claro. Aseguraron que el satélite averiado que mencionaban necesitó unos recambios más costosos de lo previsto y que la negativa a su pago no había sido justa. Declararon también que ese episodio solo dejó como secuela la medida de cobrarle a ese país por adelantado. No obstante, en la cara de zorro que se le marcó a Unfield cuando hizo estas afirmaciones se percibían sus intenciones intimidatorias.

—Pero si Cleanspace hubiera actuado de mala fe, sus métodos podrían considerarse mafiosos —opinó Mizar.

—Así es, y a nadie le gusta tratar con mafias a las que tiene vedado el paso —sentenció Bel—. Cleanspace no calculó bien las consecuencias. Sus dirigentes supusieron que la destrucción de ese humilde satélite no constituiría una pérdida tan relevante como para que se armara tanto revuelo. Esperaban, tan solo, que sirviera de advertencia. Quizá hubiesen conseguido su propósito si no hubiera ocurrido el incidente con la basura en la Estación Internacional, por el que se les puede culpar de negligencia en sus funciones de limpieza de las órbitas cercanas. El gobierno indio se valió de ese suceso para ensuciar más el nombre de Cleanspace y exigir que se abriera paso a la competencia. Sus técnicos están perfeccionando robots que serán capaces de atrapar satélites y conducirlos hasta los módulos que la estación espacial china tiene previsto alquilarles como taller de reparaciones. No lo harán con vuestra rapidez y precisión, pero esas flaquezas quedarán bien compensadas por el precio.

—Era de esperar que algún día nos salieran competidores —opinó Toliman.

—Los monopolios comportan abusos —prosiguió Bel—, por eso conseguí el voto favorable de la Agrupación de Agencias Espaciales a la creación de una comisión de estudio en la Confederación. Esta agrupación representa los intereses de todos los que dirigimos esta clase de agencias de viajes. El gobierno indio me aceptó como mediador y les pareció una excelente idea que me desplazara hasta Ciudad, la guarida del enemigo. Su respaldo fue crucial para que el gobierno chino me cediera un sitio en su cohete y me permitiese llevar un robot de apoyo. Luego, como sabéis, me acercaron y acabé de recorrer el camino con una mochila propulsora. No quisieron involucrarse más.

—Entonces, ¿cuál es tu verdadera misión? —preguntó Rigel.

—En primer lugar, aplacar los ánimos de todos. Para ello necesito que Cleanspace, el interlocutor más duro, inicie una serie de cambios. Sus directivos deben replantearse su talante y su estrategia de negocio, revisar sus abusivas tarifas y restablecer unas condiciones laborales dignas; las actuales debilitan vuestra eficiencia. La evacuación de Carina se ha de efectuar lo antes posible y tienen que permitir el retorno del trabajador que lo solicite sin administrar sanciones. Es preciso que abran el sistema de comunicación y vuelvan a trabajar de forma conjunta con la Agencia de Seguridad Espacial. Si hubierais tenido ese canal abierto, habríais podido verificar los datos y no hubierais jubilado el satélite en cuestión.

Nos intercambiamos unas elocuentes miradas: Bel tenía unas expectativas demasiado audaces, sobre todo teniendo en cuenta que, si Cleanspace se quedaba sin la exclusividad en la reparación de satélites, perdería una parte sustancial del negocio en pocos meses. La entrada de la competencia los empujaría a bajar precios y, dado su habitual talante, la compensación de esa merma de beneficios se haría a costa de sus trabajadores. Los codiciosos son impacientes y no suelen plantearse soluciones a largo plazo que incidan en la calidad del servicio como elemento diferenciador, sino que ahorran de la partida del cuerpo asalariado por tratarse de una acción rápida que precisa, tan solo, de la típica frase: "Si no os interesa, ahí tenéis la escotilla. Hay cola en las lanzaderas para venir a trabajar aquí".

Toliman habló por todos.

—Lo cierto, Bel, es que no llegamos a imaginarnos el motivo por el que Cleanspace iba a aceptar tus peticiones. Unfield te menospreció ayer por completo. No quiere escucharte.

—Como le dije, si no me aceptan como mediador, perderán oportunidades de negociación en unos momentos que son claves. La Confederación podría permitir también la entrada a otras empresas limpiadoras, y se está hablando de modificar las leyes de seguridad de forma que se puedan sancionar los bloqueos comunicativos como el que sufre Ciudad.

—Me temo que te irás dentro de un mes, junto con Carina, Enir y Helios, sin haber obtenido nada —dijo Sadalsuud.

—No seamos pesimistas —replicó Bel—. Me llevaré, al menos, un buen reportaje de la tripulación de Ciudad. Quiero que todos los actores que mueven la función en la Tierra tengan presente que aquí hay personas viviendo y trabajando. En cuanto al bloqueo, no quisiera ilusionaros, pero he cargado a Leila con el mejor programa "revelador" y va a intentar descifrar vuestras comunicaciones. —Al ver que Helios entornaba unos ojos censores, se excusó con él—. Se lo he introducido con su permiso. Discúlpame si no estás de acuerdo. Los conocimientos de enfermería se los instaló por propia voluntad antes de hacer el curso práctico que le ofrecimos.

Helios exhaló un suspiró de desaliento.

—En todo caso, deberé analizar su capacidad para tomar este tipo de decisiones —manifestó.

—Si conseguís que volvamos a tener acceso al mundo —dijo Sadalmelik—, os nombraremos patrones de los cleaners: Santo Bel y Santa Leila.

Bel apreció el gesto, pero no quería ser santificado.

—Prefiero que la recompensa sea otra. Me gustaría participar en vuestros partidos de rugbasket —señaló.

—Mi equipo te acepta —me apresuré a decir, pues aquel hombre tan musculoso podría quebrarme con un buen apretón.

—Tampoco creo que Mauni me permitiera ir en contra de sus niños —contestó Bel con guasa—. Y, ahora, pongámonos en marcha. Estoy seguro de que Carina está deseando volver a usar un ecógrafo.

. . .

Leila solo permitió que entrara un acompañante con Carina en el módulo médico, y la joven eligió a Toliman. La robot tardó más de quince minutos en salir e informar al grupo de padrinos y madrinas —a la espera en el pasillo— que el movimiento del feto, su anatomía y dimensiones eran las normales para las semanas calculadas de embarazo. Añadió que podríamos comprobarlo en las imágenes grabadas de la ecografía cuando terminase con las revisiones de la jornada.

—Leila, quisiéramos verlo un momento ahora, antes de salir con las naves —rogó Mizar.

—Después de las revisiones —repitió.

Como su inmovilismo me era bien conocido, avisé a los otros de que no podríamos convencerla; pero siguieron intentando ablandarla.

—Dinos de qué sexo es y nos vamos —solicitó Sadalsuud.

—La madre no ha querido saberlo, así que no puedo comunicároslo a vosotros.

—Lo importante es que todo está yendo bien —dijo Bel en tono conciliador.

Leila cambió de tema con una frialdad pasmosa.

—Voy a extraer sangre primero a los que se quedan en Ciudad. Haced una fila en el pasillo —ordenó.

Rezongamos, pero obedecimos. Bel se marchó a la ISS en la nave de Sadalsuud, y Rigel salió justo detrás, en Torpedo. Mizar, Nunki y Sadalmelik también despegaron. Debían efectuar las limpiezas orbitales que había ordenado Cleanspace. Los demás hicimos la cola que había ordenado la androide. Me quedé en último lugar porque así me lo mandó, con las tripas haciéndome un ruido de despresurización rápida.

Entraron todos a buen ritmo. Mi turno se hizo esperar y, a solas, en el pasillo, le di vueltas a esas cosas en las que no había que pensar antes de un análisis de sangre. Leila era muy patosa con las manos y no alcanzaba a imaginar el modo en que se las arreglaría para pincharme la vena sin traspasar el brazo. Me escamaba que no hubiera salido nadie; claro que tampoco había oído gritos. Al fin, Leila abrió la compuerta y me dijo que pasara.

Entré a un módulo silencioso donde, pese a su reducido volumen, la robot había organizado diversos espacios para llevar a cabo pruebas de la vista, del oído, reflejos, ecografía, etc. Mis compañeros se hallaban repartidos por esos rincones.

Leila me indicó el lugar donde me extraería la sangre. Sentí alivio al descubrir que tenía una máquina de pinchazo automática y que ella solo se ocupaba de atar la goma en la parte superior del brazo, buscar la vena y colocar la aguja encima. Mientras estaba efectuando esa operación conmigo, Toliman y Carina terminaron con la revisión y salieron del módulo. Baham se encontraba a mi lado con unos cascos puestos, escuchando pitidos de diversas frecuencias y dejando constancia de su percepción mediante un pulsador del aparato asociado. Helios, en el fondo del módulo, estaba muy concentrado en responder una encuesta relacionada con sus hábitos y sensaciones corporales. Me pareció que no me oirían, así que le susurré a Leila:

—Prometo ser discreto. Dime: ¿es niño o niña?

Hizo caso omiso de mi interés.

—Te he dejado el último porque tengo que hablar contigo acerca de tu rechazo a la centrifugadora.

La robot sabía cómo cortarme.

. . .

Ahí estaba, delante del ataúd giratorio y con Leila a mi lado, tiesa como una farola. Durante la mañana y parte de la tarde, la centrifugadora había estado ocupada. Carina, a instancias de Leila, la había usado tres horas; Toliman, Baham y Helios, una.

Intenté zafarme de nuevo.

—Todavía no hace dos horas que he compartido con Carina una maravillosa merienda a base de naranjas. No quisiera que nada me torciese la digestión.

—No te vas a marear —insistió la robot—. Cierra los ojos y mantén la cabeza derecha. Recuerda que hay un panel de control en su interior y puedes acceder fácilmente al botón que la detiene. Debes usar esta máquina. Tu cuerpo necesita luchar contra la gravedad; has perdido un cuatro por ciento de densidad ósea.

—Pero dices que tengo que estar una hora girando para que me haga efecto. ¡Se me va a hacer eterno!

—Esas palabras me obligan a citarte una instrucción que me dio Nadia, tu mujer: "Cariño, cierra los ojos, activa tu imaginación y ponte música. Te recomiendo el canal tres".

—¿Qué quiso decir?

—Usa el reloj que te ha regalado.

Lo inspeccioné. La robot señaló unas teclas en la parte superior.

—A través de esta primera, eliges el canal de música deseado. Con esta otra, gradúas el volumen —indicó.

Suspiré con resignación y me introduje en la centrifugadora. Mientras me sujetaba el cinturón que me cruzaba el pecho, Leila me abrochó el que se encontraba a la altura de las piernas. Mi imaginación me hacía verme cual cadáver en aquel interior acolchado. Programé el tiempo en el panel antes de darle al botón de marcha y luego pulsé la primera tecla de mi reloj. El primer canal emitía música clásica. Me quedé con el Canon de Pachelbel que estaba sonando y le di al botón de inicio. Sentí una suave aceleración y la estancia empezó a girar. Cerré los ojos. La velocidad de giro se hizo constante, mi cerebro se adaptó y dejé de percibir el movimiento.

Cuando acabó el Canon, me puse el canal dos: música pop, no estaba mal. Escuché varias canciones moviditas y luego cambié al tres. En un principio, no oí nada; pero, de pronto, me acarició el susurro de una brisa que despertaba frondosos árboles. Atravesaba el viento un bosque extenso y se envalentonaba por momentos. Hacía crujir ramitas, y luego ramas como brazos, y luego como piernas. Serpenteaba por los recios troncos hasta sus flexibles copas y las balanceaba. Formaba remolinos con las hojas que lograba desprender. El aire daba voz a los señores del bosque, a los altos árboles. Esos regios seres hablaban al mundo con su sordo aliento. Su vaivén rasgaba las nubes.

Un restallido eléctrico seguido por un ronco bramido inició la tormenta. La lluvia entró en mi ataúd. La ventolera cortaba su continuo fragor en sílabas húmedas. Miles de gotas refrescaban mi cuerpo sin mojarme y trazaban surcos en mis mejillas.

Me pareció que estaba desacelerando, pero lo achaqué a un efecto de mi imaginación alterada. No abrí los ojos hasta que una fuerte mano me aferró la mandíbula.

—Josep, ¿estás bien?

—Leila, ¿por qué has detenido la centrifugadora? —protesté, y le aparté la mano.

—Llorabas. ¿Sientes dolor?

—¡No, claro que no!

—¿Estás triste?

—¡Tampoco! ¡Estaba en medio de un vendaval lluvioso y me sentía muy vivo!

—Bel tiene razón: antes te explicabas mejor.

Empecé a desatarme con movimientos bruscos y rabiosos.

—¿Ya sales? —preguntó—. Solo llevas media hora.

Le respondí con un gruñido. Después de haberme obligado a meterme allí, me había interrumpido cuando, por fin, me hallaba en mi anhelado planeta. No pude retener mi enfado y le espeté:

—Me voy al huerto, y no quiero que vengas conmigo.

—Esta noche deberás hacer otra sesión. No has aguantado el tiempo suficiente para que te haga efecto.

Maldije la incompetencia emocional de los robots y me alejé.

Al llegar a las plantaciones de la raíz, puse de nuevo el tercer canal, subí el volumen al máximo y me puse a regar los parterres. El ruido del chaparrón reverberaba en aquel módulo y se extendía hasta la sala común, que aún estaba vacía. Las jornadas laborales en Ciudad solían ser interminables. Hubiera querido compartir esa melodía de la naturaleza, pero Helios y Baham se encontraban trabajando en el *Skylab*, el enorme taller cercano al espaciopuerto, y desde allí no podían oír nada. Tampoco aquella música llegaría a Toliman ni a Carina. El primero estaba rellenando de pirañas la nave de la joven y poniendo orden en su bodega, y Carina permanecía en el interior de su camarote blindado. Pensé que habría tiempo para mostrar aquella recreación sonora del planeta y continué disfrutando de esos sonidos que se acomodaban tan bien a mi memoria.

Se mitigaba la intensidad del aguacero al cabo de unos minutos. Las gotas más gruesas caían en último lugar y las balsas nacientes se soliviantaban con súbitas salpicaduras. Esos goterones, ecos de pesadas campanas, enardecían a las ranas. Pero no tardó en calmarse su tañido, también el excitado croar, y tímidos gorjeos comenzaron a poblar el ambiente. Pronto las charlas de los pájaros ocuparon todo el espacio con una algarabía de eufóricos trinos. Su estridencia fue menguando y empezaron a escucharse lejanos bramidos, rugidos y gruñidos; llamadas de exultantes conquistadores. También los pequeños del bosque buscaron su merecido protagonismo y rascaron la tierra, arrancaron cortezas de los troncos y hurgaron en su madera.

El suave canturreo de un humano se infiltró en ese coro. Sus pies modelaban su forma en el barro. Aplastaron después hierba húmeda y abrieron pasillos en la maleza. El ritmo de las pisadas se aceleró y la voz de un viento soberbio se sobrepuso al parloteo del bosque. La persona se detuvo, e imaginé que se encontraba en lo alto de un acantilado. Locas gaviotas chillaban y prorrumpían en ahogadas risotadas. El aire corría, veloz, sin obstáculos, por un paraje de amplios horizontes y, de fondo, ondulaba la imponente respiración del mar. La espuma de las olas burbujeaba y moría filtrada en la arena con un último suspiro…

Cuando concluyó la grabación, un ligero temblor recolocó todas las partes de mi cuerpo al modo en que se encontraban antes de llegar al espacio. Aquel lugar sin compasión me había desorganizado con malévola torpeza.

Volví a escuchar ese canal para acabar de recomponerme.

Bel, Sadalsuud y Rigel, a su regreso a Ciudad, me encontraron por los cantos de los pájaros.

—¿Dónde están los demás? —preguntó Bel, sin dar importancia a la música ambiental—. He de contaros mi conversación con Dleif.

Los cleaners le rogaron que se mantuviera en silencio; hacía mucho tiempo que no oían la melodía de nuestro planeta. Pero habían llegado cuando la grabación estaba muy avanzada y no tardó en terminar.

—¿Han escuchado esto los otros? —preguntó Sadalsuud.

—Vamos a buscarlos —propuse.

Volamos hasta la torre de control para controlar la llegada del resto de las rayas. En cuanto se acoplaron, Sadalsuud fue a buscar a Carina y a Toliman, y Rigel se encargó de avisar a Helios y a Baham. Cuando la música del canal tres se elevó otra vez de mi reloj, estábamos todos en el cáliz.

Aquellos hombres y mujeres espaciales permanecieron quietos, arrobados por el reencuentro de aquellas voces perdidas. Bel no pudo decir palabra hasta que la naturaleza no terminó de hablar.

—Bien, solo quería deciros que, en mi pecho —dijo al fin, y señaló su cámara oculta—, traigo una solemne declaración del coronel Dleif. Promete que bajará a Carina, junto con los turistas, en la próxima nave de rescate, a menos que Cleanspace no lo haga antes. —Se dirigió a la joven con una sonrisa—. También acepta que Rigel ocupe tu lugar para llevar a cabo todos los arreglos. Podrás permanecer en Ciudad hasta tu regreso.

Aquel fue un gran día.

. . .

—Mira, Bel, el aspirador acoplado a la maquinilla de afeitar se activa cuando haces presión sobre la barba.

Bel se frotó las mandíbulas con intención, para hacerme ver que era barbilampiño, y después se acarició el cabello crespo, muy corto también. Le estaba haciendo de guía por Ciudad y habíamos llegado a uno de los lavabos. Continué con mi explicación:

—En el armario que hay bajo el espejo, puedes encontrar toallitas de limpieza para el cuerpo, otras para la cabeza, unas pequeñas destinadas a las orejas, otras para las partes bajas y unas especiales rasposas para los dientes; es importante no confundir estas dos últimas. También hay espuma de afeitar, espuma champú, que se quita con las toallitas correspondientes, y espuma dental; cremas hidratantes, colirios y acondicionadores capilares. Cada cleaner tiene su propio neceser. Unos lo guardan en su camarote y otros lo dejan aquí. Puedes dejar el tuyo; aún queda sitio. —Me giré y le señalé la pared frontal—. Esas son las mangueras para orinar. Las boquillas que se acoplan son de uso personal. Te recomiendo que guardes la tuya en el interior de tu neceser.

—No sigas, Josep —me avisó Bel—. He estado dos veces en la Estación Internacional y conozco el funcionamiento de un lavabo en el espacio. Prefiero que me enseñes los laboratorios.

—Son las joyas de la corona. Ven, sígueme.

Nos introdujimos en el primer laboratorio y le ofrecí una descripción concisa del huerto. Luego pasamos a los módulos que componían el segundo. Quedó admirado del complejo y de mis explicaciones.

—Entonces, aquí se elimina dióxido de carbono, se regenera oxígeno y se obtiene abono —resumió.

—Un fertilizante con el que mantenemos un huerto que ya nos provee de verduras dos días a la semana. Carina recibe una ración diaria.

—Y dices que, además de esta hermosa planta de regeneración de aire, tenéis un sistema de electrólisis de oxígeno.

—En efecto, con una tercera parte de nuestra orina, a través del sistema Elektron, generamos oxigeno respirable. Con el resto, conseguimos agua mediante un proceso de osmosis que la deja limpia de contaminantes y no consume energía. También tenemos sistemas repartidos por toda Ciudad que extraen la humedad del aire y la convierten en agua potable. Cuando los nuevos tubos de algas verdeazuladas estén en pleno funcionamiento, proporcionarán todo el oxígeno que necesitamos y podremos desconectar el Elektron. Entonces, todos nuestros fluidos serán destinados al reciclaje de agua. Hemos calculado que seremos autosuficientes en aire en un mes, y en agua, en poco más, quizá en seis semanas. No hemos informado a Cleanspace de este avance; preferimos el sabor del agua de los sacos que nos envían y usamos la de nuestros depósitos para aumentar la frecuencia de las duchas.

—Me estás dejando anonadado.

—Somos también autosuficientes en energía —continué con orgullo—. La cubierta de los módulos primarios y del tronco de Ciudad, lo que es el pasillo central, está revestida de células fotovoltaicas de alto rendimiento, iguales a las que recubren las rayas. El extenso panel solar mantiene siempre cargadas las baterías de acumulación.

Bel hizo un mohín que reflejaba aflicción.

—Sin embargo, los técnicos de la base klingon pueden dejaros sin suministro eléctrico cuando se les antoje.

Le habíamos dicho que denominábamos de esa manera al centro de control de Cleanspace y le había parecido muy apropiado.

—Cortan la luz mediante un programa informático que introdujeron al mismo tiempo que el cifrado —concreté—. No hemos conseguido extraerlo del ordenador central de la nave.

—Leila lo hará —afirmó muy convencido—. En cuanto acabe las revisiones médicas, se pondrá a ello. Creo que ahora está atendiendo a Mizar.

Aquel día, esa cleaner iba a ocuparse del mantenimiento de Ciudad. Baham había ido en su lugar a trabajar a la Estación. Leila, a primera hora, había extraído sangre a Rigel y a Sadalmelik, y les había advertido que les acabaría de hacer la revisión cuando volvieran de la ISS. Toliman estaba en uno de los almacenes, reemplazando un ventilador que había empezado a humear a primera hora de la mañana, suponía que por sobrecalentamiento. Mizar, después de que Leila terminara con ella, se ocuparía de sustituir una válvula obturada de uno de los filtros de dióxido de carbono. Carina estaba leyendo en su camarote. Helios le había dejado el libro electrónico que le había enviado Jessica, su novia. Venía con instrucciones de prestárselo cuando no fuera a usarlo. Así que yo era el que estaba más libre para enseñar Ciudad a Bel.

Continué explicándole las bondades de nuestra casa.

—Tenemos un tanque lleno de pilas de combustible. No dejan de enviarnos porque no quieren que las rayas anden escasas. Esas naves gastan bastante debido a sus continuas aceleraciones y desaceleraciones. No necesitaríamos tanto combustible si no fuera por esas prisas terrestres exportadas al espacio. Toliman dice que, con una tercera parte de lo que hay almacenado, se podría impulsar Ciudad fuera de la atracción terrestre y convertirla en un buque interplanetario.

Habíamos salido del laboratorio y le estaba conduciendo pasillo abajo, hacia la popa.

—Esta estación es larga y pesada. Supongo que necesita ser propulsada muy a menudo para mantenerse en órbita —dijo Bel, despreciando la idea de que Ciudad pudiera convertirse en una Enterprise.

—Contamos con propulsores situados en módulos de las ringleras que se extienden a babor y a estribor, cerca del cáliz —apunté—; pero usamos como motor impulsor principal el que está instalado al término de una larga viga que surge como cuerno de unicornio de la superficie de Ciudad. Se encuentra a una distancia de veinte metros del eje principal, por lo que consume un ochenta y cinco por ciento menos que si estuviese adosado. En cuanto a nuestra orientación, nuestros sensores de estrellas nos mantienen bien informados. Mira, estamos llegando a uno de los módulos de acoplamiento —indiqué—. Funciona como muelle de atraque y como muelle de carga, y tiene una cámara de descompresión con una escotilla para poder salir al exterior.

Bel lo observaba todo con mucho interés. Entró en el módulo y quiso cerciorarse del número y de la disposición de las salidas.

—Es decir, Ciudad posee el espaciopuerto en la proa y otros dos puertos a babor: uno central y este, cerca de la popa.

—Bien, técnicamente, los últimos módulos de las raíces poseen conos de acoplamiento que podrían servir de amarres. Esperamos poder ampliar la raíz del huerto con otras naves de…

—De carga chinas —me interrumpió frunciendo el ceño—. Deberíais invitar a la tripulación de su base espacial a visitar Ciudad. Es mejor llevarse bien con los vecinos. Luego le comentaré este tema a Toliman y a los otros.

No creí que pudiera redimirlos.

Entramos en la sala común y Bel señaló hacia el gimnasio, dispuesto en una de las raíces.

—¿Cuántas horas de deporte haces al día, Josep? Leila me ha informado que has perdido bastante masa ósea y muscular.

—Practico dos horas diarias —me defendí—. La culpa la tiene nuestra pobre alimentación. Estaremos flojos hasta que el huerto pueda proveernos de mayor variedad y cantidad de vegetales frescos. Pero estoy ganando peso, te lo aseguro. Le cogí asco a las papillas y estuve muchos días saltándome cenas y malcomiendo.

Creí que iba a volver antes y que, por consiguiente, no necesitaba tragarme esa porquería. ¿Para qué acostumbrarme a comer mondas de patatas cuando pronto iba a gozar de una paella? Al final tuve que hacer caso del consejo de Carina y convencerme de que mi cuerpo necesitaba ese mejunje.

Bel se deslizó hacia la raíz que tenía cubierta con paneles de cultivos.

—Hay que exigir a Cleanspace que envíe los alimentos precisos para una dieta equilibrada —manifestó—. Este huerto no os puede proporcionar proteínas en cantidad suficiente.

Por el momento, pensé, porque intuía que un nuevo cultivo que había sembrado a finales de enero albergaba cualidades muy nutritivas. En un armario medio desvencijado del primer laboratorio, había encontrado unas semillas ocres tan diminutas como granos de polen. Estaban dentro de una caja metálica abombada, protegidas por una capa gelatinosa. Las planté y germinaron enseguida. Al crecer, formaron unas masas globulares de unos brillantes tonos amarillentos: limón, azafrán, dorado, ámbar. Nunki creía que eran hongos y me había prohibido comérmelos. Alegaba que podían ser venenosos e, incluso, me pidió que los destruyera; pero, por su belleza, no lo hice, y también porque me dio el pálpito de que poseían muchas virtudes. Para averiguar si estaba en lo cierto, necesitaba encontrar a un ser vivo al que pudiese administrar una pequeña cantidad; un conejillo de indias cuya muerte no cayera sobre mi conciencia, al menos, no de forma muy pesada.

Sadalsuud, la noche anterior y sin pretenderlo, me había sugerido unas potenciales víctimas mientras nos contaba una curiosidad de su jornada. El cleaner había acompañado a Bel a hablar con el pomposo coronel Dleif. Los había dejado conversando y se había escapado a dar una vuelta por la Estación sin que ningún miembro de la tripulación lo advirtiera, pues a los militares no les gustaba que los cleaners pululasen por la ISS. "Al pasar por la cabina ocupada por el nuevo comandante, me llamó la atención un acuario que estaba sujeto al marco superior de la entrada —explicó—. ¡Quién lo hubiera dicho! Ese hombre tiene su corazoncito; se ha traído a sus mascotas: dos exóticos peces rojos. Son anchos, planos, tienen largas aletas y un morro puntiagudo. Es una flaqueza que no le gusta mostrar. Ha tapado la cámara que apuntaba a su sitio y con ello también ha conseguido un espacio de intimidad. Mauni me ha dicho que los cuida mucho y también me ha explicado que los peces estuvieron muy desorientados al principio. Por culpa de la ausencia de gravedad, no hacían más que dar vueltas en círculo. Dleif se preocupó y acabó sacando la errónea deducción de que tantos ojos contemplándolos aumentaban su desconcierto. Mauni y los ingenieros se paraban a menudo a mirarlos, porque son dignos de ver, muy bonitos; pero ahora el coronel se lo ha prohibido. No quiere ver a nadie detenido delante, y eso que sus mascotas se han acabado adaptando y nadan con tranquilidad; aunque, eso sí, con la barriga dirigida hacia la pared cercana. Deben de creer que es el lecho de su mar".

Bien, aquella situación era muy tentadora: unos acuáticos conejillos indefensos, sin una cámara de vigilancia que pudiera grabar un hecho delictivo. El demonio estaba de mi parte.

A Sadalsuud no le hice partícipe de mi idea; era demasiado responsable como para aceptar mi propuesta. Pero hablé con Sadalmelik y enseguida aceptó ser mi cómplice. Primero le sonsacó a su amigo en qué parte concreta de la ISS se encontraba la cabina del coronel y luego me trasladó esa información. Reparé en la cercanía del módulo donde se hallaba el botiquín y, con ese dato, trazamos un plan y lo pusimos en marcha.

Aquella mañana, Sadalmelik se había llevado una pequeña cantidad triturada de mi hongo dorado dentro de una inyección. Tenía que pasar a buscar a Mauni al finalizar la jornada laboral; era sábado y la traería a cenar con nosotros. Cuando anclara en la Estación para recogerla, comunicaría a sus habitantes que padecía un torturante dolor de cabeza y que en la nave carecía de analgésicos. Llevaría todo el día patrullando por los alrededores, así que se apiadarían de él. Seguramente, Mauni lo acompañaría hasta el botiquín y, mientras ella buscaba las pastillas, Sadal inyectaría el polvillo en la boquilla de la válvula del comedero. En aras a evitar que la cabina estuviese ocupada por su dueño, me avisaría en cuanto amarrara su Angelote. Entonces yo llamaría al coronel por radio y le distraería todo el tiempo que pudiese; apreciaría que hubiera reiterado su compromiso de ceder un asiento a Carina y, como muestra de agradecimiento, le diría que iba a enviar a la ISS unas verduras de Ciudad. Luego podría hablarle del huerto de forma exhaustiva.

Pero aún faltaban unas horas para que Sadalmelik me avisara. Por el momento, debía centrarme en mi papel de cicerone.

Bel estaba sonriendo en el interior del módulo raíz.

—¡Vaya jardín que has organizado aquí, Josep! —alabó—. Te has adaptado a tu nueva situación todo lo bien que has podido, y Helios, también.

—Te agradezco que valores nuestro esfuerzo.

Se puso serio de pronto y me pidió que fuéramos a los talleres en busca de nuestro amigo común; tenía que hablar con los dos.

Volamos hacia allí inmersos en un silencio que auguraba una escena tensa.

Helios andaba atareado en buscar sujeciones con las que unir los paneles aislantes, esos que había traído Bel para proteger el camarote de Carina. Cuando nos vio entrar, nos dijo que creía haber encontrado suficientes y nos pidió ayuda para colocarlos.

—Antes debo pediros algo —dijo Bel.

—Ya tardabas, amigo —repuso.

Bel pretendía que Helios y yo nos trasladáramos a la ISS en cuanto llegase la nave de rescate, hecho que ocurriría, a lo sumo, en una semana. Carina debería quedarse en Ciudad hasta el día anterior a la partida. Dleif no quería responsabilizarse de ningún problema que pudiera sobrevenirle a causa de su estado, por lo que no la acogería en la Estación más horas de las necesarias. Opinaba que nosotros debíamos ir antes y vigilar los movimientos del coronel y su tripulación, escuchar sus conversaciones y evitar que pudieran echarse atrás. Tendríamos las comunicaciones abiertas y podríamos hablar con nuestros familiares y amigos. Comeríamos mejor y recuperaríamos la salud durante las semanas que tardasen en descargar la nave. Añadió que se había ofrecido voluntario para ayudar en esa tarea y que la vaciarían lo antes posible. Tras exponer todo eso, sentenció que regresar era lo más ventajoso para todos.

Helios se acarició la mandíbula y ladeó la cabeza. Aquella petición no parecía haberle tomado por sorpresa, pero no supe discernir si estaba de acuerdo. Me disponía a protestar cuando me detuvo.

—Espera, Enir, déjame la réplica —rogó, y luego se dirigió a Bel—. Amigo, llevamos en Ciudad más de dos meses. Nos hemos adaptado bien a la vida en el espacio, mucho mejor que si hubiéramos permanecido en la Estación. Es cierto que el estómago de Josep rechazó al principio la papilla alimenticia. Si su cuerpo hubiera seguido sin admitir esa comida, lo hubiéramos trasladado, incluso por la fuerza si hubiera sido necesario; ya lo había hablado con Mauni. Por suerte, se ha acostumbrado a su sabor y textura y ha empezado a recuperar kilos; supongo que te lo habrá contado. Ese era el único problema que condicionaba nuestra continuidad aquí, y está solventado.

—No es la única dificultad...—empezó a discutir Bel, pero Helios no permitió que lo interrumpiese y continuó argumentando.

—Disponemos de una centrifugadora que nos ayuda a recuperar la masa ósea perdida —alegó—. Y también hay que cuidar la salud mental. Ciudad es un lugar muy atractivo. Acabas de hacer una *tournée* por nuestra casa y tienes que haberte dado cuenta de que es mucho más cómoda que la Estación y de que ofrece variados escenarios.

Me puse al lado de Helios y agregué:

—Has conocido a nuestros compañeros. Son vivaces, amistosos, alegres. Por el contrario, el coronel no parece un tipo muy sociable. Si mi traslado beneficiase a Carina, aguantaría su mal carácter; pero Mauni puede vigilar a Dleif. La excomandante es nuestro contacto allí.

—Tres pares de ojos ven más que uno —insistió Bel, y en la mirada que echó a Helios brillaba una clara súplica.

Mi amigo no se doblegó.

—En el momento en que los dos turistas estén en el interior de la Estación, Dleif tendrá en su mano la única piedra que le molestaba en el zapato —repuso—. Nos meterá en la nave, nos enviará de vuelta a la Tierra sin avisar a los cleaners y dejará a Carina en la estacada.

Bel imaginó esa jugarreta e inspiró profundamente, con rabia. Helios prosiguió:

—Tienes tantas ganas de ayudarnos que no has reflexionado lo suficiente. El coronel te lo ha dejado bien claro: no desea correr ningún riesgo con esa muchacha. Si pierde la criatura o si a ella le ocurriera algo irremediable mientras estuviese en la Estación o de vuelta en el bote de rescate, el comandante de la ISS, como responsable de su seguridad en ese momento, debería dar incómodas explicaciones. Solo aceptará la presencia de la joven si no hay forma de separarla de nosotros.

Bel arrugó el ceño y objetó:

—Eso no podría ocurrir. Tengo su declaración. Dleif no hallaría ninguna excusa que justificara el abandono de Carina.

—Podría aportar opiniones médicas que desaconsejaran su traslado. Lo más probable es que ya disponga de documentos que respalden esa decisión.

—En ese caso, le partiría la cabeza —masculló Bel.

—Es más, es posible que Dleif prefiera no repatriarnos a ninguno antes que arriesgarse a vivir un aborto fatídico —elucubró Helios, y al ver mi mueca de sufrimiento, manifestó sin ambages—: Seamos crudos si hace falta, Enir. Carina estará de siete meses. ¿Soportará el viaje? ¡Quién puede saberlo! No hay precedentes.

Busqué mejores augurios por otra parte.

—¿Tú qué crees, Bel? —pregunté.

—Antes de subir a Ciudad, consulté con varios doctores —comentó—. Todos admiten que existe un riesgo, pero creen que aguantará el retorno. Los primeros meses son los más delicados. El feto es ahora más grande y está bien protegido. La alternativa es dar a luz en el espacio, sin instalaciones médicas. Si hubiera algún problema grave durante el parto, y recordemos que es primeriza, no podríamos solucionarlo.

—Entonces, es preferible que regrese al planeta —concluí—. Tendrá suerte… Debe tenerla.

No me respondieron. Sus rostros daban a entender que la suerte, por merecida, no era más fácil de atraer.

Bel insistió en el asunto inicial.

—Por favor, pensadlo bien. En la Estación, podréis ayudar a Mauni a controlar a Dleif y a sus soldados. Recordad que son ingenieros militares. Consideran que se encuentran por encima de Mauni y solo atienden las órdenes de su coronel. Si estáis allí, podréis hacer fuerza para que la nave no despegue sin Carina.

Se me presentó una duda.

—No hablas de ti. ¿Acaso no vas a volver con nosotros?

Apretó los labios y negó con la cabeza. Helios respondió por él.

—Se queda hasta que lleguen a Ciudad los botes salvavidas. Lo que no sé es si pretende que Leila le haga compañía.

Bel esbozó una sutil sonrisa.

—Espero que su padre le dé permiso: se trata de una buena pieza —describió, con algo de ironía—. Es tranquilizador contar con alguien que siempre mantiene la cabeza fría.

—No como tú —repuso Helios—, y me refiero a lo que expuso Unfield. ¿Por qué te echaron del centro de mando?

Bel alzó los brazos en un gesto de disgusto.

—Unfield es un beato fanático muy irritante. Pontifica sobre el pecado y vierte duras e inapelables condenas desde lo alto de un púlpito al que se ha subido sin ninguna autoridad. En una de nuestras discusiones, consiguió hacerme perder los nervios. Nos habíamos despedido y creí que la radio estaba desconectada, así que me permití un desahogo. No entendió todo lo que le llamé, pero exigió otro interlocutor de inmediato. Aceptaron y usaron ese incidente como excusa. De todas formas, como no estaba de acuerdo en dar el mando a los militares, no hubiera durado mucho más en mi puesto.

—¿Por qué hubo ese traspaso? —preguntó Helios.

—Creen que su postura se verá reforzada en las futuras negociaciones si es presentada por una mano férrea. La gravedad del siniestro que ha sufrido la Estación va a comportar un inevitable cambio de poder en el espacio y alcanzar un nuevo equilibrio será complejo. Pero opino que el inmovilismo que caracteriza a los militares subirá el tono del diálogo, oscurecerá las intenciones y enquistará la posición de cada contrincante. El mismo coronel Dleif es un tipo de cabeza cuadrada que tiene los pensamientos encorsetados. Valga como ejemplo que, en la ISS, va vestido de militar al completo, botas incluidas. Estáis rodeados de personas irracionales —deploró.

—Si resistimos, acabaremos venciendo —aseguré—. Helios y yo permaneceremos en Ciudad.

Bel tuvo que resignarse, al menos, por el momento.

Nos dirigimos al camarote de Carina cargados con los paneles y las sujeciones que Helios había encontrado. La joven estaba absorta en la lectura cuando entramos en el módulo. Agradeció nuestra ayuda con una amable sonrisa. Mientras empapelábamos el trozo de pared que faltaba, le comentó a Helios:

—Tu novia ha introducido en este libro electrónico un buen número de novelas que versan sobre mujeres luchadoras; heroínas que se enfrentan a tradiciones patriarcales o a fanatismos religiosos. También hay varios libros que dan consejos sobre el embarazo, el cuidado del bebé en su primer año de vida, la alimentación infantil, etc. Me parece que, para ti, Helios, solo hay un ensayo científico de un tal Vivozs.

Bel soltó una carcajada y dijo:

—Deberíamos dejar que la historia la amasaran las mujeres.

—Y también los buenos hombres —añadió Carina.

. . .

Bel y yo nos hallábamos en el cáliz, aguardando la salida de los tripulantes del Angelote que acababa de anclar. Rigel había amarrado unos minutos antes. El piloto nos había saludado con languidez, levantando una floja mano, y tras comentar que había sido un día largo, había tomado rumbo a su camarote. Leila lo había abordado a la entrada del pasillo, para instarle a proseguir con la revisión médica, y llegamos a escuchar la negativa del cleaner. Su discusión se alejaba cuando apareció Mauni en la entrada del tubo conector. Se impulsó con entusiasmo hacia nosotros y nos dio un fuerte abrazo.

—Estas veladas del sábado por la noche salvan toda la semana —dijo, expresando su contento por volver a Ciudad—. No os podéis imaginar lo serias y calladas que son las jornadas en la Estación. —Me repasó de arriba abajo—. Te has engordado un poco más, ¡qué alegría! —Luego exploró con la mirada todo el cáliz—. ¿Dónde está ese increíble androide?

—O en el módulo médico con Rigel —respondió Bel— o delante de su camarote, intentando convencerlo. El piloto parecía agotado, así que apuesto por lo segundo.

Bel se llevó a Mauni pasillo abajo. Me quedé en el cáliz, esperando a Sadalmelik y preguntándome si habría conseguido inyectar el hongo en el comedero de los peces. Salió, al fin, y se detuvo frente a mí, mirándome con las cejas un poco fruncidas.

—Espero que lo digieran bien. Son unos peces preciosos y me disgustaría ocasionarles un mal de tripa —dijo.

Me alegré de que lo hubiese conseguido. Estaba bastante seguro de que mi comida no les sentaría mal. A causa de unos incómodos remordimientos por usar a aquellos inocentes animales, había lamido el hongo la noche anterior y no había notado nada, ni siquiera un leve picor.

Los otros cleaners no tardaron en volver y, en poco más de media hora, estábamos todos reunidos en la sala común. De plato principal, había la irremediable papilla; pero, como acompañamiento, dentro de los platos esféricos, flotaba una ensalada variada que contenía dos elementos nuevos: unas hojas tiernas parecidas a las espinacas y unas coles diminutas del tamaño de una oliva.

—¡Felicidades a los horticultores! —elogió Mauni.

—Tienen un huerto formidable —recalcó Bel—, y en el segundo laboratorio, una pasmosa recreación de un circuito cerrado natural al servicio del hombre.

—Celebramos que te haya gustado Ciudad —intervino Baham—. Es obra de todos los cleaners. Sobre la estructura básica, financiada con fondos públicos, hemos ido añadiendo módulos hasta crear nuestro particular hábitat. Mizar tiene una aliada en la base que le facilita las placas de suelo blando y los tubos que albergan las algas productoras de oxígeno; pero eso es todo lo que aporta Cleanspace. Ciudad pertenece a los cleaners y a todos los terrestres.

—Josep ha sido un guía excelente y me lo ha mostrado todo —continuó Bel—. He visto que tenéis hasta un desván. ¿Qué pensáis hacer con todos esos escombros que guardáis?

En un pequeño almacén, los cleaners guardaban chatarra que consideraban peculiar, digna de ser salvada de la quema. La más voluminosa la atrapaban las rapaces, y la diminuta, que era la más abundante, provenía de las mariposas. Cuando esos alados robots cargaban muchos desechos, los cleaners les daban la orden de acercarse a la atmósfera y desprenderse de las alas; el roce con las últimas capas las incineraba en pocos meses. Pero en las tiras pegajosas que permanecían adosadas al cuerpo central siempre quedaban restos que, de esa forma, entraban en la raya. Y en ocasiones, y por reciclar, los cleaners recuperaban también las alas enteras. Mandaban primero a las rapaces a testear su radiactividad, pues pululaban por el espacio millones de gotas de combustible radiactivo de antiguos cohetes, y si no superaban el límite de seguridad, las introducían en Ciudad y las volvían a dejar limpias con un aparato provisto de un juego de imanes. Recogían los escombros dentro de unas redes y se iban haciendo cribas. Cuando se acumulaban los que habían sido descartados, los conducían también a su cremación atmosférica. De esas redes provenían los amuletos que llevábamos. Lo que había en ellas era de propiedad comunal; solo los objetos más valiosos pertenecían al cleaner que los había hallado. Utensilios perdidos y pedazos significativos del fuselaje de satélites, cohetes y sondas eran conservados como tesoros. Rigel guardaba, por ejemplo, una cámara de video estropeada, un guante proveniente de los primeros trajes espaciales y muchas placas distintivas de los propietarios de los artefactos espaciales retirados con el nombre grabado del país o de la empresa dueña. Sadalsuud había encontrado una caja de herramientas que algún astronauta descuidado se había dejado arrebatar por las glotonas fauces del universo.

—Pensamos subastar nuestros tesoros cuando regresemos a la Tierra —explicó Rigel—. Nos sacaremos una buena cantidad de dinero. Es posible, incluso, que pueda jubilarme. Entonces subiré al espacio, únicamente, para divertirme.

—Después de cuatro años trabajando, con tan solo un descanso intermedio, no creo que deseéis volver —supuso Mauni.

Los cleaners la miraron con asombro. Sus rostros decían que no podía estar más equivocada.

—No nos someteríamos otra vez al yugo de Cleanspace —dijo Toliman, expresando la opinión general—; pero esperamos poder trabajar para la Confederación y volver de vez en cuando al espacio. Los pilotos nos dejamos instalar unos implantes en el cerebro y nuestro manejo de naves y robots supera en eficacia al de cualquier otro astronauta. Nuestros experimentados técnicos han alcanzado una maestría envidiable. Sin duda nos lloverán ofertas de trabajo.

—La causa de nuestro malestar es el trato dispensado por Cleanspace —incidió Nunki—, no es el trabajo en sí ni el hábitat donde lo efectuamos.

—Todos amamos el espacio —afirmó Mizar.

—De ahí vuestros apodos estelares —concluyó Bel, y se volvió a mí—. Tú también has tomado un sobrenombre, Josep. Reconozco que me tienes sorprendido.

Expliqué mi decisión de forma objetiva, usando la tercera persona.

—Josep es un terrestre al que pesan más los inconvenientes de vivir en el espacio que sus ventajas —dije—. Enir se mueve bien en este lugar y pasa aquí días felices. Desea tener buena salud y, por eso, se traga esta papilla. —Mostré mi bolsa alimenticia, que estaba casi vacía, y continué—. Enir no languidece mientras contempla el planeta Tierra. Su saludo diario abarca todas las estrellas.

—Somos ciudadanos del cosmos —añadió Sadalsuud—. Estamos atados a la gravedad terrestre, pero con la vista y el alma puestas en la grandeza fascinante del universo.

—Tenemos alma de aventureros —apuntó Sadalmelik.

Helios intervino usando un tono épico.

—Nos gustaría atravesar el sistema solar hasta sus límites: la nube de Oort, cuna de cometas, a un año luz del Sol.

—Pilotaríamos nuestra nave interestelar hasta Alfa Centauri, el sistema más cercano, a poco más de cuatro años luz —dijo Toliman, que había entrado de lleno en la fantasía, como denotaban su pronunciación aspirada y su cuerpo erguido—. Mi estrella se encuentra a un año luz de distancia. Es más luminosa y vieja que nuestro Sol.

—Podríamos llegar hasta Sirio: la estrella más brillante del firmamento —sugirió Carina.

—Sirio, en la constelación del perro de Orión —comentó Helios—. Llamada estrella perro, estrella lobo, estrella coyote.

—En Hawái se conoce como "Reina del cielo" —apuntó Mauni.

Bel se asombró.

—¿También tú, Mauni, te entregas a este juego? —inquirió, y mostró su rendición con una leve oscilación de la cabeza.

Rigel le imprimió mayor entusiasmo.

—¡Aumentemos la velocidad y sorteemos Arturo, estrella gigante roja!

—¡Vayamos a Capella, la gigante amarilla! —aportó Baham.

—¡Mirad, allí están las Híades, el cúmulo de doscientas estrellas! —continuó Mizar, señalando hacia el centro de la sala y convirtiéndola, al momento, en un universo acelerado.

—Las Híades, hijas de Atlas, un fuerte titán que aguanta los pilares que sostienen el cielo —dijo Helios—, al que Perseo convirtió en piedra mediante la cabeza de Medusa.

Unos cuantos susurramos: "Perseo cabrito", y Toliman nos disparó una teatrera mirada altiva. Helios explicó la causa de esa broma a Mauni y a Bel.

—Ya vemos Betelgeuse y Rigel —prosiguió Sadalsuud.

—Atravesemos la Nebulosa del Velo y cuidémonos del agujero negro que hay en la Constelación del Cisne —advirtió Nunki.

Sadalmelik achinó los ojos, como si viera con dificultad, y dijo:

—Niebla otra vez. Nos hemos metido en la extensa Nebulosa del Cangrejo. Tardaremos seis años luz en salir de aquí.

—Busquemos a la estrella Eta Carinae, joven y luminosa —propuso Toliman.

—Sigamos hasta el centro de la Vía Láctea, a veintiséis mil doscientos años luz —instó Mizar.

—Vayamos a la galaxia Andrómeda, a dos millones y medio de años luz —dijo Rigel.

—Perseo, rescata a la pobre Andrómeda de Ceto, el monstruo marino —solicitó Helios a Toliman—. Su padre se la entrega para aplacar su furia y proteger su reino. La ha encadenado a una roca de la playa.

—En este momento, no puedo —contestó Toliman, mostrándose insensible—; estoy discutiendo con Atlas.

—¿Y si, para empezar, vamos a Marte? —sugirió Mauni, haciéndoles retroceder muchos años luz.

Las propuestas de los cleaners se solaparon: "Marte, sí. Sobrevolaremos los volcanes de Tharsis y el Monte Olimpo, con sus veintiséis kilómetros de altura". "Visitaremos Lemuria, tierra de fantasmas". "Y Chryse, tierra del oro". "Ucronia, país sin tiempo, y Utopía, país sin espacio". "Pasearemos por la blanca llanura de Argyre". "Descenderemos al barranco de Valles Marineris, hasta sus once kilómetros de profundidad, dejando atrás el laberinto de Noctis".

—O mejor, alunicemos en nuestro satélite —volvió a proponer Mauni, que con toda intención los estaba trayendo de vuelta.

"Luna, la luminosa". "Mar de las lluvias, del néctar, de las nubes". "Mar de la serenidad, de la tranquilidad, de la fecundidad". "Mar de las tormentas, Mar del frio". "El cráter Tycho, el de

Copérnico y el oscuro Platón". "Los montes Haemus y las Tierras altas lunares".

Bel estalló en risas.

—¿Acaso siempre soñáis con esos parajes?

—Durante el día, sí —confesó Toliman—; pero, durante la noche, soñamos con nuestro planeta y viajamos por sus bosques y desiertos, sus selvas, tundras y sabanas.

—Los sueños guían el espíritu inquieto de los exploradores y los impulsan a descubrir otros horizontes y a abrir nuevas rutas —afirmó Bel—. ¿Cómo sería el mundo si nadie se hubiese movido de su lugar de nacimiento o se hubiera desplazado poco más allá? Seríamos pocos y viviríamos en África. Mares y cordilleras montañosas habrían detenido nuestro avance y nada sabríamos de otros continentes. Puede que nos hubiéramos extinguido o que malviviéramos diezmados por plagas y desastres naturales. Pero la humanidad lleva el gusano de la curiosidad mordiéndole los pies.

—¿Cómo es posible que aún no hayamos pisado Marte? —se preguntó Toliman—. ¿Por qué no hemos construido todavía bases en la luna? No hay apenas filmaciones de sus áridos paisajes. ¿Tendremos que esperar a que a algún director de cine se le ocurra rodar allí una película para descubrir nuestro satélite?

Ese último comentario provocó que Bel se desviara del tema.

—Hablando de filmaciones —dijo—, Leila empezará enseguida con los videos. Le he introducido un programa de realización y montaje…—se detuvo y miró a Helios—, con su permiso, claro está —añadió como coletilla.

Mi amigo se irritó ligeramente.

—¿Le has metido algo más? —inquirió.

—Por mi parte, nada más —aseguró Bel, y su frase abierta originaba dudas acerca del alcance de la nueva formación de la robot.

—Por cierto, ¿dónde está Leila? —pregunté.

—Debe de estar en la torre, continuando con la labor de descifrar las comunicaciones —supuso Rigel.

—Voy a buscarla —dije—. Estamos todos aquí y…

Callé antes de mostrar que me apenaba que anduviera sola. Nadie me entendería, ni siquiera su padre. Para mí, Leila era más que un robot. La movía una racionalidad conmovida por un anhelo protector que se acentuaba con su padre, y yo me sentía también incluido en esa atención particular. Si fuese humana, todo el mundo opinaría que sentía afecto por nosotros.

Empecé a liberarme del aro que me sujetaba a la mesa, pero una dulce voz proveniente del gimnasio me detuvo.

—Estoy aquí, Josep.

Leila se encontraba en el umbral de la compuerta. Llevaba en una mano la cámara profesional de Bel en posición activa. Las expresiones de los cleaners pasaron de la sorpresa al enojo.

—¿Nos has estado filmando? —preguntó Toliman.

Leila respondió con afilada sinceridad.

—Según mis conocimientos, es interesante que, en un reportaje, se alternen imágenes preparadas con espontáneas. Las obtenidas mediante la llamada "cámara oculta" poseen una autenticidad y naturalidad muy perceptibles para la mente humana, lo que incrementa la empatía del observador.

Se arremolinaron réplicas indignadas por esa indiscreción. Bel alzó una mano en señal de calma.

—Los reportajes serán revisados por vosotros y solo los difundiremos si estáis de acuerdo —manifestó—. Podréis borrar las escenas que consideréis inadecuadas. Pero tenéis que admitir que Leila tiene razón: ofrecer testimonios sinceros es fundamental. La transparencia es la clave de un buen reportaje. Me alegro de que haya grabado esta cena. A mí me ha resultado placentera, amistosa, evocativa. Ha mostrado cómo sois: unos astronautas amantes de su profesión. Creo que todos deberíais usar la cámara y captar momentos del trabajo y de la vida en Ciudad; eso sí, manejadla con sumo cuidado, que la tengo mucho cariño. ¿Nos damos permiso unos a otros para poder filmar con total libertad?

Hubo una pequeña discusión para determinar las fronteras de la intimidad. Cuando las conseguimos trazar, Helios fue el encargado de definírselas a su robot.

—Leila, sin el permiso expreso de los sujetos que aparezcan en la filmación, no podrás grabar en los lavabos, en los camarotes ni en el interior de las rayas.

—Está bien, padre —aceptó.

Nos dedicó una deslumbrante sonrisa y luego se colocó alrededor de la mesa, entre Helios y yo. El semblante de los cleaners se relajó ante su fácil sumisión.

—¿Tienes más androides como este en tu laboratorio? —le preguntó Sadalsuud a Helios—. Sería una bendición disfrutar de un acompañante tan dulce.

—Leila es única —respondí.

—No puedo reproducirlo —explicó Helios—. Además, ya no construyo androides. Mis robots tienen ahora formas prácticas.

Los cleaners comentaron que era una lástima. Todos habían pasado por las manos de la enfermera Leila, formal y circunspecta; pero también cuidadosa y servicial. Era la unión de esas cualidades con su atractivo humanoide lo que originaba un sentimiento de aprecio que ninguna máquina amorfa podría engendrar.

Todavía no habían sufrido su tozudez ni empecinamiento cuando su estricto raciocinio indicaba con claridad una acción o inacción. Ese defecto lo descubrirían al día siguiente.

. . .

—El primer equipo lo formarán Rigel, Mizar y los Sadal. El segundo, Josep, Baham, Helios y Bel. Nunki será la sustituta del primer jugador indispuesto. Está bien, vamos allá. Quiero juego limpio, compañeros. Comportaos por Bel, nuestro invitado de honor, y por nuestras sensibles espectadoras: Mauni, Carina y… Leila —rogó Toliman.

El partido de rugbasket empezó sin más preámbulos. Toliman, que ejercía de árbitro, lanzó la pelota al centro de la sala común. La lucha grecorromana entre Rigel y yo por el primer dominio del balón fue un sudoroso retorcimiento mutuo de piernas, costillas y brazos. Acabé perdiendo esa batalla por mis nulos deseos de vivir la dislocación de uno de mis hombros. En cuanto dejé ir la pelota, Rigel la recogió y se impulsó hacia nuestra canasta. Mizar aferró el cuello de Helios con sus musculosas piernas y evitó, mediante la asfixia, que se interpusiera en el camino de su compañero. Baham intentó placarlo, pero un rodillazo de Rigel le unió el estómago a la columna vertebral y lo dejó plegado. Bel entró entonces en acción y, con la delicadeza de un elefante, le metió un golpe seco a Rigel en el brazo portador, con los puños unidos a modo de maza. Consiguió arrebatarle la pelota, pero su resuelta injerencia gozó de un éxito efímero. Los dos Sadal consideraron que era de vital importancia machacar al nuevo fichaje para ponerlo en situación; así que empotraron a Bel en el techo de la sala común mediante una embestida conjunta brutal.

Un intenso silbido detuvo el juego. Todos miramos a Toliman, pero tenía el silbato en la mano y negaba con la cabeza. Señaló a Leila.

—¿Has hecho tú ese ruido? —le preguntó Nunki, la persona que se encontraba más cerca de la robot.

Leila asintió y se desplazó hasta la zona del campo de juego donde nos encontrábamos los participantes. Dijo:

—Tras valorar el grado de fricción, choque y torsión sobre cuerpos propios y ajenos que requiere este juego, dictamino que es altamente peligroso para la salud articular, muscular y ósea. Por ello, y considerando en esta decisión la osteoporosis que todos sufrís, a excepción de Bel, desaconsejo su práctica.

Se acercó y me quitó la pelota que Bel había soltado y yo acababa de recoger.

—Pero ¿por qué se la das? —me recriminó Sadalmelik—. ¡Serás alelado!

Rigel se impulsó hacia Leila, agarró el balón e intentó liberarlo de sus garras. Como parecía tenerlo pegado con cola de impacto, el cleaner se detuvo y preguntó a Helios:

—Si le quitamos la pelota usando, digamos, un poco de fuerza bruta, ¿se le podría fastidiar alguna pieza a tu robot?

A Helios se le nubló el semblante. Su bienintencionado robot era intocable, eso decía su grave expresión, y no solo porque se trataba de un ser único, sino por los virtuosos valores que gobernaban su conducta.

—Leila protege a un humano por encima de su propia integridad física —dijo, y con esa sentencia frenó, por inmoral, cualquier ataque; pero, por si alguno pretendía dejar la ética a un lado, advirtió—: Tiene la fuerza de una máquina y la ejercería de forma pasiva. No podríais separarle las manos.

—Tú eres su padre. Dile que nos la devuelva —solicitó Sadalsuud.

—No obedecería esa orden. Ha juzgado que, en este juego, corremos un riesgo grave.

Se elevaron al infinito protestas airadas: "¡Esto es un atropello!". "Tenemos ante nosotros a un guardia cibernético".

"¡Necesitamos desahogarnos!". "Trabajamos once horas diarias seis días a la semana. ¿No podemos divertirnos un poco?". "No queremos amables déspotas". "Robot inflexible, ¿qué harás si elaboramos una pelota con nuestras propias ropas". "¡Quitémonos las camisetas y armemos nuestro propio balón!". "¡A ver si se atreve a quitárnoslo!". "¡Demuestra lo rápida que puedes ser, androide!".

Helios y yo rodeamos a Leila y pedimos calma. Carina y Mauni hicieron lo mismo. Esta última declaró:

—Leila ha parado el juego un segundo antes de que yo lo hiciese. Cada vez sois más brutos. Estoy muy contenta de que, por fin, haya alguien sensato en Ciudad. Volveré esta tarde a la Estación mucho más tranquila sabiendo que os dejo al cuidado de esta robot. ¿No piensas igual, Bel?

—Pues…

—¿Bel? —insistió Mauni.

El interpelado se frotó los riñones y tuvo que darle la razón. A la decepción general le sucedieron más lamentos y quejas.

—Me veo en la obligación de brindaros una alternativa —intervino la robot—. Pasemos al gimnasio y os guiaré en una clase conjunta.

A regañadientes, y sin dejar de tirar pullas a Leila, a su padre y a ese terrestre recién llegado (se referían a Bel), se dirigieron todos hacia el módulo.

Nos situamos unos en las bicicletas y otros sobre las cintas. Leila empezó a dirigir una clase con muy poca gracia. Le pedí que me dejara hacer a mí y puse a todo volumen el canal dos de mi reloj: música pop movidita. Mizar empezó a cantar la canción que estaba sonando y Bel la siguió. Ambos tenían una bonita voz. Los acompañé y pronto nos siguieron todos. Una voz armoniosa y sorprendente nos silenció: Leila también cantaba. Si quería redimirse de esa manera, lo consiguió. Todos la miramos sonriendo y continuamos cantando. Leila cogió la cámara y nos filmó. A veces esa robot era muy espabilada.

. . .

No había moros en la costa cuando me introduje, de forma subrepticia, en el Angelote de Sadalmelik. Tenía la intención de pasarle a su piloto otra dosis del hongo dorado; habíamos decidido administrársela a los peces para acabar de asegurarnos. Con esa idea en mente, Sadalmelik se había prestado a llevar de vuelta a Mauni aquella tarde de domingo.

No vi al cleaner en la bodega, por lo que subí al segundo piso; pero tampoco estaba allí; aún no había llegado. Decidí ir a buscarlo, y al acercarme a la abertura que comunicaba con la bodega, oí unas voces: un hombre y una mujer estaban entrando en la nave. Me asomé con cuidado. Eran Bel y Mauni.

Retrocedí con rapidez. Debía esconder el tubo con el polvillo de oro. Me palpé la ropa y no encontré lugar alguno; aquel mono no tenía bolsillos. Miré a mi alrededor. Los cajones del armario estaban demasiado cerca de la abertura y podían verme.

—Estas naves son maravillosas —comentaba Bel—. ¿Subimos al puente de mando y esperamos allí a Sadalmelik?

¡Me iban a pillar! Metí el tubo en uno de los sacos de dormir y empecé a cavilar una excusa que pudiera ser creíble. Se extrañarían de encontrarme en ese lugar. A esas horas de la tarde, siempre estaba en el huerto.

—No, mejor quedémonos aquí —propuso Mauni.

Suspiré de alivio. En aquel momento, no pensé que tendría que salir de algún modo.

—Desde que llegué anteayer, no hemos podido estar a solas ni un momento —dijo Bel.

—Ekue, no creo que nos dé tiempo para…

—Me conformo con unos besos.

¡Cómo! No pude resistirme y volví a asomarme. Vi a la pareja entrelazada, haciéndose arrumacos. Me retiré hacia atrás de nuevo y presté oídos. Esos dos estaban liados y no habían dicho nada. No comprendía el motivo, y por lo que Mauni dijo a continuación, ella tampoco.

—Si me hubieras dejado explicarlo, hubiéramos podido estar juntos la noche anterior —lamentó, y pude oír el sonido de un beso—. Los cleaners no le hubieran ido con el cuento a Dleif. Además, apenas lo ven.

—Se les podría escapar algún comentario —justificó Bel—. Recuerda, delante del coronel, somos casi desconocidos. No debe verte como un agente del enemigo.

Besos.

—No sois enemigos —repuso Mauni—. Tú representas a la Confederación, y Dleif trabaja para el Consorcio, que forma parte de ese organismo.

Más besos.

—Dleif es militar y cumple las órdenes de una facción del Consorcio que instigó hasta que consiguió echarme —replicó Bel.

—A mí puedes decírmelo; no me voy a asustar —dijo Mauni en tono dulce—. ¿Por qué los militares mandan ahora en la Estación?

Un gemido de Bel y roce de caricias.

—Solo me lo explico si doy crédito a ciertos rumores —respondió con voz entrecortada—. ¡Belcebú, no sé si voy a poderme aguantar!

Besos intensos.

—¿Qué rumores eran esos? —indagó Mauni con un susurro meloso.

—Pues…—jadeó—, se comentaba que el Consorcio quería expropiar Ciudad y sus naves… ¡Eh! ¿Qué pasa?

La voz de Mauni cambió de repente.

—Apártate un poco; quiero hablar en serio contigo y no puedo si estás tan encima. Me surgen muchas preguntas a lo que acabas de confesarme, al fin.

—No puedo creer que hayas usado el truco de la seducción para sonsacármelo —reprochó Bel.

—No te hagas la víctima. Retomaremos lo nuestro en cuanto me expliques con más detalle lo que está pasando.

—¡No lo sé! Solo tengo en mis manos ese rumor y la impresión de que todo se está torciendo. El tránsito de mandos civiles a militares se hizo con rapidez y pocas contemplaciones. En esa facción dura, no están representados todos los países que forman parte del Consorcio, y los que están involucrados guardan un mal equilibrio de poder. Eso comporta un secretismo peligroso.

—¿Puede el Consorcio expropiar legalmente una empresa privada?

—Unos dicen que sí; otros, que solo en el caso de que la seguridad espacial peligrara porque, entonces, Cleanspace incumpliría el acuerdo de privatización. Pero no hay mayor prueba de que esto ya ha sucedido que el siniestro que ha sufrido la Estación. El Consorcio puede denunciar a la empresa de limpieza por negligencia en sus funciones y vincular esa falta con un delito de incumplimiento… Buf, me has dejado encendido, Mauni.

—Todavía no acierto a comprender qué pintan los militares aquí.

—Si decidiesen expropiar, el proceso sería largo. Cleanspace recurriría a los tribunales y, mientras dictaran sentencia, ¿quién gobernaría Ciudad? Supongo, y es una teoría de mi propiedad, que introducirían aquí un destacamento militar hasta que todo se resolviera a su favor.

—Tu teoría no me gusta nada. Tenemos que repatriar a los turistas y a Carina cuanto antes. ¿Qué pasará con los cleaners?

—Desconfían de ellos como un hombre de la Edad Media desconfiaría de uno de la Ilustración. Son demasiado buenos en su trabajo. Los pilotos conducen naves enormes con el poder de su mente, y Carina y Rigel también pueden manejar robots. Son más veloces y precisos que el mejor de sus astronautas y …están algo chiflados. Hacen cabriolas peligrosas solo para divertirse; juegan con sus vidas cazando cargueros antes de que se introduzcan en la atmósfera. Ya tenían un punto de locura cuando aceptaron que les introdujeran en el cerebro un implante que apenas se había experimentado en primates, y tampoco es normal plegarse a pasar cuatro años en el espacio con solo un descanso intermedio.

—¿Quieres decir que los despedirán?

—Eso me temo. Lo único que podemos intentar es que no les cierren las puertas del espacio para siempre. Los oíste ayer: todos quieren trabajar aquí. Piensan que, como excelentes profesionales que son, se los van a rifar. Ese documento que grabó Leila es más valioso de lo que imaginan.

—Ha sido una buena idea traerla.

—No fue idea mía. Esa robot estuvo supervisando el viaje de Helios y Josep desde el principio. Cuando ocurrió el accidente, fue a hablar con mis socios de la agencia espacial y los exhortó a que la aceptasen como colaboradora. Se me pegó como una lapa en cuanto volví en busca de ayuda, después de que me echaran del centro de control. Tiene como objetivo protegerlos y no pone trabas a nada con tal de cumplirlo. Se introdujo los programas que le pedí y otros que ha considerado necesarios. Vale como enfermera, como ingeniera y como cineasta, y todas esas aptitudes son de relevante importancia.

—Goza de tu confianza, desde luego, pues le has prestado tu cámara.

—Filmaremos la manera en que los cleaners desempeñan su arriesgado y difícil trabajo, su esfuerzo diario por proteger el planeta de escombros peligrosos. Debemos mostrar al mundo el logro que supone haber construido un hogar cálido en el espacio. Conocerán la humanidad de sus habitantes: sus sueños, miedos, debilidades, su capacidad de superación y supervivencia. La gente se asombrará ante su prodigiosa virtud de no perder el buen humor ni la amabilidad pese a los pocos descansos que les permiten, a la austeridad que les imponen y a la dureza de su hábitat.

—Son personas especiales, sin duda.

—Deseo ayudarlos. No podrán ningunearlos si son conocidos en el planeta. Dejarán de ser sombras, y el Consorcio y Cleanspace no tendrán las manos libres para hacer con ellos lo que quieran. Los directivos de la empresa de limpieza tienen que descender de su Olimpo particular, rebajar pretensiones y empezar a cooperar. Corresponde a la Confederación liderar el diálogo y, en último caso, debe ser este organismo quien lleve a cabo la expropiación. Desde mi punto de vista, esa sería la mejor opción; los servicios públicos no deberían estar en manos privadas. Sus propietarios suelen buscar el aumento de beneficios mermando la calidad de las prestaciones. Me consta que la Confederación está abierta a aceptar la mano de obra cleaner, pero también que existen voces discrepantes. Para acabar de convencer a sus miembros, vamos a presentarles sólidos argumentos mediante un elocuente reportaje.

Oí de nuevo unos besos.

—¡Eh, ahora te vuelves a acercar! —protestó Bel.

—También son elocuentes tus caricias, Ekue —dijo Mauni, recuperando el timbre seductor—. Quizá antes tenías razón: en el puente de mando tendríamos más intimidad. Oiríamos entrar a Sadalmelik y creo que nos daría tiempo a arreglarnos.

Me alarmé: ¡no había escondite posible!

—Estoy que ardo —dijo Bel—. Subamos.

¡Trágame tierra! ¡Pies en polvorosa! Pies, ¿para qué os quiero? Nada de eso me servía allí. Me habían pillado con el pie cambiado.

Una potente voz irrumpió y me liberó de un peso que jamás creí que sentiría en microgravedad.

—Siento haberos hecho esperar tanto —se disculpó Sadalmelik, el recién llegado—. Mauni, podemos irnos cuando quieras.

Me asomé un poco y los vi a todos en medio de la bodega. Bel y Mauni me daban la espalda; así que moví los brazos para captar la atención de Sadal. Me vio y se sorprendió.

—Esperad un momento —les dijo—; quiero comprobar los niveles de aire.

Se impulsó y llegó a mí en un segundo. Me agarró del brazo, me alejó hasta la proa y, al llegar al puente, me soltó y tecleó con rapidez en el panel de control. En un monitor, apareció la imagen de la pareja. Solo podía provenir de la cámara de una de las rapaces. Imaginaba sus cuadrados ojos acechando los movimientos de Bel y Mauni, unos ojos periscópicos, con una sujeción que podía alargarse para permitir que el robot permaneciese escondido detrás de cualquier objeto.

Sadalmelik se volvió a mí.

—¿Qué haces aquí? —susurró—. Te he estado buscando por los huertos.

—Habíamos quedado en tu nave. ¿Por qué has tardado tanto?

—¿En mi nave, de veras? Y ahora, ¿qué hacemos?

—Saca a esos dos de Angelote con cualquier excusa. Por ejemplo, que prometimos a Dleif llevarle un poco de verdura. Diles que vayan a pedírmela. ¡Cuidado, están subiendo! —avisé, y señalé el monitor.

Sadal se impulsó hacia ellos y salió a su encuentro. Taponó el acceso a la proa con su corpachón y pude oír que les pedía el favor que le acababa de sugerir. Mauni no puso ninguna objeción en retrasar cinco minutos más la salida y dijo que iría a buscarme. Bel se excusó alegando que tenía que ir al servicio, supuse que para refrescarse, y le pidió permiso a Sadal para usar el de la nave. El cleaner no pudo negarse.

A través del monitor, observé que Mauni se dirigía hacia la salida de la raya. Sadal esperó a que Bel entrase en el lavabo, sujetó entonces la maneta para que no pudiese abrir la puerta y tosió en señal de vía libre. Me impulsé por la abertura hacia la bodega, la atravesé y me deslicé con cautela por el tubo conector hasta que pude asomarme al cáliz. Estaba desierto. Me introduje en el pasillo y llegué a ver la entrada de Mauni en el primer laboratorio. Volé hacia allí.

—¡Hola, Mauni! —saludé en la compuerta—. ¿Vienes a por el obsequio para el coronel?

Estaba algo sudorosa y trémula, así que me apresuré y no tardé más de dos minutos en recolectar lo necesario para hacer una buena ensalada. Tentado estuve de añadir una nota más de color aparte de los rabanillos; unos trozos del hongo dorado le hubieran dado un toque alegre.

La acompañé de vuelta a Angelote y, de camino, hice un alto en el camarote. Tan rápido regresamos que Bel todavía se encontraba dentro del servicio. Le hice una seña con la cabeza a Sadal y entendió que necesitaba volver a hablarle a solas.

—Ahora vengo, Mauni. Ocupa el puesto de copiloto —le dijo.

Nos desplazamos hasta la mitad del tubo conector y dejamos a una rapaz de vigilante, en la boca que conectaba con la bodega. Sadalmelik sacó su mando portátil para poder ver las imágenes de las cámaras del robot.

—Te he dejado el tubo lleno del hongo dentro del primer saco —expliqué—. No se lo eches a los peces si el coronel está cerca.

—Tu regalo será mi excusa para entrar y averiguar su posición. Si está junto a su pecera, le pediré otro analgésico del botiquín. Ahora, dime, ¿qué has visto? Esos dos estaban haciendo manitas, ¿no es así?

—Te voy a pedir un favor. Diles que te urge ir al lavabo y que, dado lo que tienes previsto soltar, prefieres usar uno de Ciudad. Recálcales que tienes para un rato largo. Mauni sabrá calcular porque conoce tus encierros interminables.

—Verás, Enir, acabo de aliviarme en profundidad. Esa ha sido la razón de mi tardanza. Me he quedado tan a gusto que, incluso, se me ha olvidado que habíamos quedado en vernos aquí y, ligero como una pluma, he ido a buscarte por tus campos de cultivo.

—Pero ellos no lo saben. Déjalos a solas quince minutos, como mínimo.

—Eres una alcahueta.

—No es lo que parece.

—Esos dos lo tienen todo hinchado: ojos, boca, pecho. Lo indisimulable ha sido la entrepierna de Bel. Aunque se apresuró a encerrarse en el baño, me di perfecta cuenta de su abultamiento.

—Debes guardar el secreto. No quieren que se sepa.

—Me tendrás que dar algo a cambio, cielo —dijo, y se acercó a mí poniéndome morritos.

—¡Agárrame si puedes! —le reté, y disparé la pistola de gas nitrógeno que llevaba escondida a mi espalda. La acababa de recoger de mi camarote al prever que Sadal intentaría cobrarse el favor con algún estrujón; le conocía bastante bien.

Salí del cáliz hacia la popa como una bala, sin cavilar que uno de los nuevos miembros de la tripulación todavía no había adquirido el hábito de asomarse al pasillo antes de salir de cualquier módulo. Leila salió de improviso de la enfermería y choqué con ella. Me detuve y me froté el hombro golpeado; era dura esa androide. A ella no parecía haberle ocurrido nada.

—Ese artefacto para desplazarse es peligroso —advirtió—. Dámelo, Josep.

—Precisamente, te estaba buscando —dije, y aprisioné la pistola bajo una axila—. Quiero que me enseñes el funcionamiento de la cámara de Bel. He estado pensando que ya tienes suficiente trabajo acabando de hacernos las revisiones, controlando que hagamos nuestras horas de ejercicios e intentando descifrar las comunicaciones. Permíteme ayudarte con el reportaje.

—Puedo instruirte ahora mismo, si tienes tiempo libre. Entrégame ese artilugio, Josep.

—Tengo tiempo. No te lo voy a dar.

—Iré a buscar la cámara. ¿Dónde me esperas?

Consideré que había sido demasiado fácil vencer las exigencias de la robot. Quedé con ella en la sala común; pero, antes, por si acaso, pasé por el laboratorio y escondí mi pistola; no fuera a quitármela en un despiste.

. . .

Leila llevaba más de dos horas mostrándome el manejo de la cámara y los modos de un buen director de cine, según la teoría que tenía introducida. Lo explicaba todo con la máxima minuciosidad y extensión. Agotado por su prolijo discurso, le pedí un respiro de diez minutos.

—Yo te daré ese respiro —anunció una voz detrás de mí.

No me dio tiempo a zafarme del aro. Sadalmelik acababa de regresar de la ISS, donde había dejado a Mauni, y lo primero que había hecho tras amarrar había sido irme a buscar. Nada pude hacer para impedir que me agarrara el rostro con sus manos de oso.

—¡Suéltame, cabronazo! ¡No...!

Entre babosos forcejeos, oí que Leila preguntaba:

—¿Es una práctica habitual en Ciudad los besos en la boca entre hombres heterosexuales?

LOS EXTRAÑOS

Encendí la cámara aquella noche y grabé, en silencio y despacio, todo el interior de Ciudad. Los demás ya se habían acostado. En aquel escenario movería al día siguiente a los cleaners. Tendría que esmerarme en retratarlos con el mayor realismo y mostrar su buen carácter y entereza. Aquellos hombres y mujeres valientes merecían ser admirados y reconocidos por su capacidad de sacrificio y entrega. Apartarlos de su trabajo sería una sinrazón que perjudicaría a toda la humanidad y que a ellos les afectaría profundamente. Empezaba a comprender su amor por el espacio, por la libertad que ofrecía aquel lugar alejado de las mezquindades humanas. La conversación entre Bel y Mauni me había recordado cuán cobardes podemos llegar a ser. Los cleaners habían sido seleccionados entre los mejores pilotos e ingenieros para formar parte de un cuerpo de basureros espaciales. A seis de ellos los habían incitado a insertarse unos chips entre sus pliegues cerebrales que los elevaron a semidioses. Con ellos, habían logrado dominar naves y robots mediante su mente. Pero, al parecer, también habían conseguido que les tuviesen miedo.

Pues bien, iba a mostrar la grandeza humana de los cleaners. El mundo les consideraría unos héroes, pues eso es lo que eran.

. . .

A las siete de la mañana, volaba ya detrás de Mizar con la cámara preparada. La joven se dirigía al servicio; quería arreglarse antes de que la grabara.

—Dame permiso para filmarte mientras te peinas —rogué.

—Pero, Enir, cuando me suelte el cabello, se convertirá en una mata esférica ensortijada que flotará por encima de mi cabeza. Se me va a ver ridícula —objetó.

—Tu belleza no mermará un ápice. Lo sé; te he visto antes. El público se quedará embelesado con el movimiento suave que le das al cepillo al compás de una de tus nanas.

—Lisonjero. Está bien, cantaré una cancioncilla alegre. Trata de un enamorado que ronda a una jovencilla recatada y la quiere convencer de que le regale un beso. A ver si te das cuenta del momento en que se lo pide.

Eso quería decir que no iba a usar ninguno de los tres idiomas que me eran conocidos. Encendí la cámara y me dispuse a grabar. Mizar se situó delante del espejo y empezó a deshacerse las apretadas trenzas mientras entonaba una melodía rítmica. Enseguida se puso a cantar en verso, y en cada estribillo, me miraba de reojo unos instantes con ojos pícaros. Una vez que se hubo soltado todo el pelo, cogió el cepillo y cambió a una de sus cadenciosas canciones.

Se peinaba Mizar lenta y concienzudamente. Su metódico hacer y su hermosa voz construían una cuna que mecía el alma.

Acabó de liarse de nuevo las trenzas y se volvió a mí y a la cámara con una luminosa sonrisa. Me desperté y empecé a guiar la entrevista. Tras una breve presentación, le solicité que nos descubriera su rincón favorito de Ciudad.

Me llevó al segundo laboratorio y, al lado de los tubos donde flotaban las algas verdeazuladas, me habló de su familia, de su infancia…

—Mi padre es ingeniero de caminos y mi madre, enfermera. Soy nieta de cabreros. Cuando era niña, durante las vacaciones de verano, mis padres me enviaban a pasar dos meses con mis abuelos, en el campo. Mi ayuda era muy bien recibida. Todas las mañanas, conducía el rebaño a unos montes donde la hierba abundaba más que en el valle. Regresaba al atardecer, con la piel encendida, y una brisa fresca me aliviaba durante el camino; era un viento que parecía provenir de las primeras luces que se prendían en sustitución del ardiente sol. Me detenía en lo alto de la última colina, a contemplar la muda del tono del cielo a un azul eléctrico y la aparición de cientos de brillantes joyas. Las cabras, muy temerosas de la oscuridad, se apresuraban a descender hacia el refugio del corral. El abuelo subía con un taburete y se sentaba a mi lado. Le señalaba una estrella y me susurraba su nombre. A veces, me contaba su historia. Mi abuelo las conocía todas. Fue el primero en comprender mi decisión de formarme como astronauta. De pequeña destacaba en matemáticas y en (…). Fui la mejor ingeniera aeronáutica de mi promoción. Mi vuelo espacial supuso un orgullo para mi ciudad y para el pueblo de mis abuelos. No soportaría defraudar lo más mínimo a nadie.

» Me siento muy honrada de trabajar aquí y de proteger un mundo donde vive tanta buena gente. Soy feliz en Ciudad, pese a la poca y monótona comida que nos dan y a la falta de medicamentos. Los compañeros son excelentes. Es un privilegio trabajar con ellos y aprender todos los días algo nuevo. Nos hemos volcado en el arreglo de la Estación Espacial Internacional. Mi aportación ha consistido en (…). La ISS estará pronto operativa del todo. Rigel y Carina, nuestros pilotos más diestros, acabaron de arreglar los desperfectos exteriores de la estructura.

Mizar hizo una pausa y luego continuó con voz grave.

—Carina no puede continuar aquí. Este ambiente es muy dañino para ella y su niño. Nos han dejado sin naves salvavidas y no puede volver. Es una decisión inhumana por la que pueden malograrse dos vidas. Amigos terrestres, auxiliadla, gritad por nosotros. Nuestras voces no son escuchadas.

La joven hizo un alto para recuperar la compostura. Luego se volvió de perfil y señaló el complejo verde esmeralda que tenía a su lado.

—Voy a enseñaros, a continuación, esta magnífica planta de reciclaje y producción de oxígeno. Observad primero estos tubos de algas, auténticos lingotes de mar, más valiosos para nosotros que si fuesen de oro (…)

Dio una clara y concisa explicación de las características técnicas del laboratorio y entremezcló bellas comparaciones y metáforas que mantuvieron el halo poético de su discurso. Después volvió a acercarse a la cámara y, en un primer plano y con dulce voz, se despidió.

—Quiero acabar con un saludo afectuoso a todos los terrestres y dar un último mensaje a mi familia. Padres, me encuentro bien. Os quiero. He perdido un poco de peso, pero creo que así estoy mejor. Enir, el cámara, se ha empeñado en mejorar nuestra dieta y está trabajando mucho en ampliar el huerto. No tardaré en ponerme rolliza de nuevo. Abuelo, si alguien señala la luz de Ciudad en el cielo y te pregunta cómo se llama, dile que tiene muchos nombres porque en ella viven muchas estrellas, pero la que todos los días piensa en vosotros y recuerda el pueblo y sus montes se llama Mizar.

Recogió un beso de sus labios con las manos, lo sopló hacia la cámara y acabó con otra canción.

Esa mujer enamoraba.

. . .

—¿Me estás filmando? —preguntó Carina. Asentí, y sonrió a la cámara—. Queridos terrestres, he escogido mi camarote como escenario de esta entrevista. Hay rincones más interesantes y vistosos en Ciudad, pero este muestra el cuidado que recibo de mis compañeros. Mirad, las paredes están recubiertas de (…). Los turistas, que ahora ya forman parte de nuestra familia, también se desviven por mí. Este libro electrónico, por ejemplo, pertenece a Helios. Se lo envió su novia, a la que quiero agradecer también su amabilidad. Josep, al que llamamos Enir, me trae ensalada fresca todos los días. La recolecta del huerto que cuida con esmero. Esas verduras me aportan el ácido fólico que tanto necesito. Siempre está pendiente de mí y (…).

»Soy de muchos lugares. Nací en un pequeño país, me crie en otro y, cuando mi madre murió, recorrí medio mundo de la mano de mi padre. Es instructor de pilotos militares y, gracias a él, desde muy joven, empecé a formarme en esta profesión que me apasiona tanto (…) Mi nave y yo somos una. La puse de nombre Águila de mar porque vuela por el océano espacial con señorío y potencia. Nada temo cuando la piloto. He trabajado largas jornadas en el espacio. Cuando me enviaban a limpiar órbitas externas, tardaba días en volver a Ciudad; sin embargo, siempre me sentí amparada. Añoro pilotar, pero llevo en mi interior un ser muy tierno y debo protegerlo. Lamento no poder continuar ayudando en la reparación de los paneles solares de la ISS. De todas formas, hemos trabajado intensamente y queda poco por hacer.

Carina hizo una pausa y tomó un poco de agua. Se acarició la abultada barriga y, cuando volvió a hablar, su voz era menos firme.

—Supongo que os estaréis preguntando cómo es posible que cometiese un error tan estúpido. No tengo excusa. Acepto el despido; acepto todos los reproches. No pido nada para mí, pero mi bebé es inocente. Sé que hay mucha gente que se está movilizando para que me bajen. Gracias, gracias. Os ruego que no cejéis en vuestro empeño. Ayudadme a que nazca bien. Es fuerte; me da vigorosas patadas… No quiero perderlo.

Se calló, bajó la cabeza y tragó saliva. Al ver que apenas podía retener el llanto, me dispuse a cortar la filmación; pero advirtió mi ademán, me detuvo con un gesto y volvió a mirar hacia el objetivo.

—Padre, no sabes cuánto lamento haberte decepcionado. Te pido perdón y te suplico que no desampares a tu nieto o nieta. Por favor, haz todo lo que esté en tus manos para auxiliarme. Si luego no me quieres volver a ver, lo entenderé. —Los ojos se le llenaron de lágrimas—. Queridos terrestres, espero dar a luz a vuestro lado. Hasta pronto.

Apagué la cámara, abracé a Carina y dejé que se desahogara. Cuando se calmó un poco, le dije:

—Estoy enamorado de ti y de Mizar.

Una leve risa se abrió paso entre los sollozos.

—¿Y de Nunki?

—Es posible que también caiga rendido a sus pies. —Sentí un golpe en la boca del estómago—. ¡Ay, me ha dado una patada!

Me aparté un poco de aquel bebé peleón y vi que Carina esbozaba una sonrisa satisfecha. Me desplacé hacia un lado, para no tocar su barriga, y la volví a abrazar.

—Tu niño está luchando por ocupar un sitio en el mundo —comenté—. Mis hijos también se agitaban con energía. Salieron moviendo sus extremidades con un ímpetu increíble. Ya verás, Carina, no hay nada más emotivo que un nacimiento. Solo por ver ese milagro, vale la pena vivir: la carita redonda del bebé, los ojos cerrados y un poco hinchados, sus diminutas manos alzadas en busca de su primer contacto, su fina y suave piel... Ese pequeño ser intenta mostrarse indefenso y se nos presenta ciego, desdentado, inválido; pero su apariencia es engañosa: tiene el arma temible del berreo. —Se rio otra vez—. Te sorprenderá que, nada más nacer, tengan tanta fuerza en las manos. A mí me flaquearon las piernas cuando me aferraron el dedo. Recuerdo que me invadió una paz poderosa, imbatible. No comprendo a los hombres que se pierden ese momento. No comprendo que no se adore a los miembros de nuestra especie que lo hacen posible. Los cleaners hemos blindado este camarote y lo hemos convertido en un templo. Las mujeres nos habéis dado la vida; sois nuestras diosas. No tengas miedo; no te abandonaremos.

La muchacha se apretujó más contra mí y susurró:

—Enir, ¿crees en los ángeles?

—¿Eh? Pues, a veces, tengo la sensación de que hay alguien que me está rondando; pero, cuando me vuelvo, siempre me encuentro a Leila, que ha venido a recordarme mi hora de gimnasia.

Carina se mantuvo callada. Dejé las bromas a un lado y añadí:

—Es muy duro aceptar que un día dejaremos de existir. Desde luego, sería fabuloso que nos convirtiéramos en hermosos ángeles de plumosas alas. No seré yo quien arruine las esperanzas de otros.

Percibí que se estaba turbando otra vez porque sus manos, posadas en mi espalda, me estrujaron la camiseta.

—Existen, Enir, no lo dudes —afirmó en voz baja, como si temiera ahuyentarlos—. Siento su bondad. Se encuentran cerca y me protegen, como hacéis vosotros; por eso, no tengo miedo y son raras las veces que me invaden pensamientos pesimistas. Es cierto que hace un momento, durante la filmación, me he desmoronado cuando me he visto enfrentada a un planeta entero, a mi padre...

—Puede que recapacite al verte: eres su única hija.

—Puede, sí... Deseo lo mejor para mi hijo y sé que en un hospital recibiría todos los cuidados que precisara; pero si tengo que dar a luz aquí...

—Eso no ocurrirá.

—Si no tengo más remedio, lo haré sin temor, en esta hermosa cueva que es Ciudad, rodeada de mis amigos y de los ángeles.

Iba a decirle que ella sí que era un ángel cuando una voz, a mi espalda, me recriminó en tono guasón:

—Luego lo que comentaban los Sadal era cierto: te has metido a operador de cámara para poder magrear a las chicas.

Solté a Carina para afrontar a Toliman, pero no me dejó hablar.

—No se te ocurra negarlo; te acabo de pillar. Y no hace una hora, bajaba por el pasillo y, al llegar a la puerta del segundo laboratorio, he oído los sonoros besos que te ha estampado Mizar.

—Han sido en las mejillas —repuse.

Al terminar la grabación, Mizar se había dado cuenta de que me había logrado emocionar y me había besado. Toliman subrayó:

—Después me he asomado y he visto, con estos ojitos —se los señaló—, que el último beso lo ha centrado.

—No hablaré de ello en presencia de mi otra novia —repliqué—. Además, tus ojos están medio quemados por el viento solar. Hablemos de lo que nos ocupa: ¿estás libre?, ¿puedo hacerte ahora la entrevista?

—Bribón escurridizo. Está bien, acabemos con esto. En cuanto Leila me dé permiso, volveré a salir con mi nave. Es posible que, en una semana, esté deslizándome por el cosmos y apenas disponga de tiempo libre. Baham también te está esperando.

. . .

Las entrevistas con Toliman y Baham adquirieron un matiz más técnico y el reportaje se movió entre dos escenarios. Empezamos en el lugar elegido por Toliman: la torre de control del espaciopuerto. Allí habló de los sistemas de comunicación y de soporte de vida de Ciudad e hizo hincapié en el escandaloso hecho de que la base terrestre podía bloquear ambos.

Nos desplazamos luego al *Skylab*, donde Baham nos enseñó el último satélite que estaba arreglando. Con vistas a animar su parte, le convencí para que hiciese una exhibición de vuelo, con los cohetes acoplados a los pies, y describió unas cabriolas que ya las quisieran conseguir los locos del *skate*.

Una vez terminaron sus disertaciones, ambas muy profesionales, tocaba conferir alma a ese par de libros de texto. Les pedí que regresáramos a la torre de control y los situé junto a las ventanas. Luego disminuí la iluminación, de modo que el universo estrellado pudiese lucirse a través de aquel osado trapezoide transparente, y derivé la conversación hacia temas personales.

Me sorprendió enterarme de que Baham tenía ocho hermanos y, por si fuera poco, decenas de primos que no vivían muy lejos de su hogar. Era probable que ese fuera el motivo por el que solía hablar en primera persona del plural. El técnico había destacado de muy niño en los estudios, y su carrera profesional llenaba de satisfacción a su numerosa familia. Había estado prometido con una joven, ingeniera como él, pero la relación no había acabado de cuajar. Así que estaba libre y abierto, incidió, e hizo un guiño simpático a la cámara.

Toliman tenía un extenso currículum. Había trabajado muchos años para el Consorcio y luego en universidades públicas y privadas. También había pilotado aviones. De su mujer, habló poco; pero con intensidad.

—Era trepidantemente vital, alegre y generosa. Murió en un trágico accidente de tráfico en el que no tuvo culpa alguna —explicó, con un timbre de voz más grave del que había usado hasta entonces.

No añadió nada más, y yo tampoco quise hurgar en su dolor. Cuando ambos acabaron de contarme sus respectivas trayectorias, empecé a plantearles cuestiones concretas con el fin de que exteriorizasen sus pensamientos.

—Describidme un día bueno —solicité.

—Aquel en el que he cumplido bien con mi trabajo —respondió Toliman—. El día en el que he podido llevar a cabo todo lo que me había propuesto es excelente.

—Estamos de acuerdo —dijo Baham.

—¿Cómo veis el futuro? —pregunté.

—Negro…—dijo Baham, y su dentadura ocupó el objetivo—, infinito y estrellado —añadió, y señaló la panorámica que envolvía la torre del espaciopuerto—. Nuestra preparación nos va a permitir que sigamos sirviendo a nuestro planeta en el espacio.

Toliman alzó una mano que daba a entender que le era preciso agregar algo.

—Intercalando meses de recuperación en la Tierra, podríamos seguir trabajando aquí muchos años. Por supuesto, disponiendo de los medicamentos adecuados y con unas jornadas laborales racionales que nos dejasen tiempo para hacer ejercicio y usar la centrifugadora —argumentó.

Seguí preguntando.

—Habitar y trabajar en el espacio comporta un factor de riesgo muy alto. ¿Pensáis en ello a menudo?

—Es inevitable. Nos separa tan solo una pared de una muerte casi instantánea —manifestó Toliman—. La radiación sideral que recibimos equivale a unas cuantas radiografías diarias. Las células de nuestros cuerpos son bombardeadas por partículas muy energéticas procedentes del Sol y el universo. Asumimos una probabilidad importante de sufrir cáncer, ceguera y problemas cognitivos. La destrucción de las células nerviosas y de la retina es irreversible, y todos sufriremos cataratas y vejez prematura. El deterioro de nuestros órganos se acelera.

Me pregunté si hacía falta ser tan crudo.

—Los miedos siempre están ahí, dentro de nosotros —confesó Baham—, pero intentamos no darles de comer. A veces surgen de improviso, sin razones conscientes, y tenemos que volver a incrustarlos en lo más profundo.

Toliman señaló que sería más sencillo dominarlos si Ciudad contara con botes salvavidas. Lamentó el maltrato que recibían de Cleanspace e incidió en su crueldad al pretender que Carina siguiera trabajando. También habló del accidente en la Estación. Se disculpó por no haber podido ayudar más a causa de sus costillas rotas y elogió el esfuerzo que habían hecho los otros pilotos y los técnicos en repararla.

—El que estuviésemos allí, en el momento del impacto, fue una enorme suerte —declaró—. Carina salvó la Estación Espacial Internacional, quiero darle a esta hazaña el énfasis que merece. De no ser por su coraje y pericia, estaríamos recogiendo hoy los restos de la ISS, no lo duden. Si algún día, los centros de control terrestres les muestran las imágenes de las cámaras exteriores de su nave, podrán comprobar que no exagero.

Explicó la actuación de Carina en aquel comprometido momento, y también alabó la valiosa aportación de la joven en el sellado de los módulos agujereados y en el resto de los arreglos. Baham también elogió a la joven.

—Carina es una profesional extraordinaria y una buena persona —apuntó, y luego añadió—: Ha sido condenada por unos jueces que se creen dioses impunes, por títeres de miedos dañinos, almas débiles que se escudan tras preceptos dogmáticos y sectarios para preservar su parcela de poder. Solo podemos apelar a los temores de ese tribunal incompasivo y advertirles que se enfrentan a la deshonra y al menosprecio de todo el planeta. Sabemos que, desde su posición, pueden silenciarnos; por eso pedimos a nuestros compatriotas de la Tierra que alcen la voz y se sumen a nuestros gritos de auxilio.

—No olviden a esta muchacha embarazada que está expuesta a un enorme peligro —continuó Toliman—. El pequeño se encuentra bajo esta lluvia maléfica que lo traspasa todo. El blindaje de su camarote no puede frenarla en su totalidad. Ambos necesitan el resguardo del escudo atmosférico. Bájenlos cuanto antes, por favor.

Baham repitió ese ruego y luego se despidieron. Apagué la cámara y suspiré; al final, también me habían emocionado. Toliman se percató de ello y me preguntó si podía abrazarme y besarme. Le mandé a dar un paseo por las nubes de Oort.

. . .

—Estamos en el módulo médico —explicó Nunki, después de presentarse al inicio de su video—. No es mi lugar preferido. Si estoy aquí es porque deseo mostrar lo que contiene.

Hizo un repaso de las existencias médicas, apartando a un lado las que había traído Bel, y luego efectuó otra separación como muestra de las que quedaban antes del último envío. Fue una explicación descriptiva a la que no añadió ningún comentario personal; la presentación simple de los hechos ya permitía enjuiciar la situación. Después habló sobre el trabajo que efectuaba en Ciudad y enumeró sus múltiples tareas sin subrayar su mérito evidente. Cuando terminó, abogó por Carina con argumentos sólidos y despojados de toda emotividad, y me asombró que adquiriesen tanto peso expuestos de esa forma. Creí que había acabado; pero, tras una pequeña pausa, añadió:

—Todos queremos a Carina. En este momento, es una madre en apuros y nuestro apoyo no le es suficiente. Nosotros no podemos darle lo que precisa: una atmósfera y fuerza de gravedad. Les necesitamos a ustedes, a todos los hombres y mujeres que pueblan nuestro mundo. Intenten meterse en su piel y sentir su desamparo. No permitan que ningún prejuicio cultural difumine la pura empatía; es la base de lo que debería ser la ética de nuestra especie social. Luchen por nuestra compañera y por recuperar la autenticidad de ese sentimiento arraigado a la condición humana. —Inclinó la cabeza y un poco la espalda, lo cual elevó a súplica su petición, y concluyó—: Gracias por escucharnos. Desde el espacio, les enviamos nuestros más sinceros deseos de felicidad.

Me hizo una seña conforme podía apagar la cámara. Su alegato final me había conmovido, e intuí que provenía de una experiencia personal no muy grata. Le agradecí que hubiera dejado ver la ternura que llevaba dentro y la animé a hablar sobre su vida privada. Conseguiría una mayor complicidad con el público si se volvía más transparente, argumenté.

—He contado lo esencial —repuso—. Mis padres viven, no tengo hermanos y estoy separada y sin hijos.

—Perdona que insista. A la gente le gustaría saber un poquito más de ti. Tus sueños, tus miedos… ¿Tienes miedo?

—Sí, pero lo controlo muy bien. ¿Sueños? Poder continuar haciendo mi trabajo y mi vida.

Hice una mueca de decepción; aquella mujer era una concha cerrada. No quise insistir y empecé a guardar la cámara en silencio. Nunki se me acercó.

—Enir, quiero contarte algo sobre mí —dijo. Contento por su cambio de parecer, volví a prepararme, pero me detuvo—. Solo a ti, no a todo el planeta —puntualizó.

Le pedí disculpas y dejé la cámara dentro de su funda. Me sonrió y prosiguió:

—Nací en un pequeño y atrasado pueblo, un lugar cerrado y anclado en milenarias costumbres que deben respetarse bajo pena de caer en el ostracismo. Mi familia es muy tradicional; así que crecí envuelta en prejuicios e imposiciones de conductas. Aprendí a ser obediente y a dejar siempre en buen lugar el nombre de mis padres. Cuando me casé, velé por el bienestar de mi marido. Se me exigió la excelencia en todo: en mis estudios, en mi trabajo, en mi papel de hija y esposa. No hubo fallo, por insignificante que fuese, que no acarreara un castigo. Llegué a alcanzar todas las metas, todo lo que me pedían.

—¿Y eso te hizo feliz?

—Era una marioneta confundida.

—Una marioneta que cortó sus hilos. ¿Qué persona o ángel te animó a liberarte?

Frunció la frente y los labios y apartó la vista de mí.

—Los cambios profundos los llevan a cabo los diablos —respondió, y por unos instantes solo se oyó su respiración, que se había vuelto densa, trabajosa—. Mi marido tenía muchas ganas de tener descendencia. Tras dos años de matrimonio sin conseguir quedarme embarazada, consultamos a los médicos y descubrieron que el problema era mío: soy estéril.

Se quedó callada, observando cómo encajaba la noticia.

—Es un problema que tienen muchas parejas —comenté con naturalidad—. ¿No pensasteis en la adopción?

—Mi marido me repudió, y mis padres, avergonzados, me pidieron que los visitase lo menos posible.

—¡Qué barbaridad! Hay personas que tienen en el cerebro demasiados tabiques.

—A mí se me derrumbaron todos los muros tras padecer esa reacción de mis seres queridos. Fue como volver a nacer. Ahora vivo y dejo vivir. Creo que hemos nacido para ser felices, por eso busco disfrutar con todo lo que hago. Amo y dejo que me amen.

—Vamos, que te soltaste la melena.

Se echó a reír. Aproveché su buen humor y quise comprobar si no quedaban vestigios de muros.

—Te gusta Sadalsuud, ¿no es cierto? —tanteé, y como asintió sin rubor, le disparé otra bala—. Y también, Baham.

Sabía que mantenía relaciones con los dos; aunque no al mismo tiempo, claro. Ellos no llevaban mal el compartirla. Nunca los había visto disgustarse o padecer celos. De estar enamorados, no lo hubiesen soportado; sin embargo, trataban a Nunki con un cariño y un respeto que para sí querrían muchas novias y esposas.

Respondió con sinceridad.

—Sí, ambos son mis amantes.

No advertí remordimiento alguno: había dejado atrás las cortapisas de su estricta educación y no tenía nada que reprocharse. Pero mi entrometido acometer sí que merecía un toque de atención y me lo administró con su habitual sabiduría.

—Enir, cuando acabaste de filmar a Mizar y a Carina, les dijiste que te habían enamorado. ¿Te ha ocurrido lo mismo conmigo?

Me puse zalamero al responderle:

—Todas me tenéis robado el corazón.

Me cogió por la cintura y aproximó su rostro al mío.

—Esta noche, podría reservártela para ti —propuso.

—¡Eh! Mujer, no quería decir que… ¿Va en serio? No es que no me gustes… Oye, no te enfades, pero no podría…

Se rio y me dio un beso en la mejilla. Me había hecho caer de cuatro ingrávidas patas.

—Tampoco yo podría —afirmó, y voló hacia la puerta.

Me quedé inmóvil unos segundos a causa del desconcierto y luego le grité:

—¡Un momento! ¿Por qué no? A ver, ¿qué tienen ellos que no tenga yo?... ¡Pero no te vayas; es solo curiosidad!

—¡Echa abajo tabiques, Enir! —gritó mientras se alejaba pasillo abajo.

. . .

Antes de las siete de la tarde, como había aconsejado Leila, ya estaban todos los cleaners de vuelta. Rigel se había levantado muy temprano y había pasado por la centrifugadora antes de partir; así que pensé que podría dedicarme una hora. Cuando se lo pedí, aceptó de muy buen grado. Me pidió que le diese un instante para asearse y cambiarse de ropa y me citó en el cáliz. Torpedo era su lugar favorito, por lo que sería el escenario de su vídeo.

Volvió repeinado y con la única de sus mudas que no tenía ningún agujero (como me ocupaba a menudo de la lavandería, conocía las prendas de todos). Se colocó al inicio del tubo de acoplamiento y me hizo un gesto animándome a grabar. Asentí y puse en marcha la cámara.

—Saludos a la Tierra. Mi nombre es Rigel, brillante estrella de la constelación de Orión. Soy piloto y mi nave se llama Torpedo. Síganme, les mostraré su interior.

El cleaner se desplazó por el tubo al tiempo que echaba miradas sonrientes hacia la cámara. En la bodega, describió con pasión los ahuyentadores: cohetes, mariposas y rapaces. Luego subimos al piso superior y lo mostró todo también, excepto el interior de la nevera y de algún armario. Al llegar al puente de mando, se sentó en una de las sillas y habló acerca de sí mismo.

—Siempre quise ser piloto. Empecé a manejar avionetas a los diecisiete años en (…). Me presenté al puesto de limpiador espacial sin haber subido nunca al espacio. Destaqué en la prueba de vuelo y pasé la primera parte de la selección. Me advirtieron que, si superaba todas las pruebas, me propondrían la inserción de un implante neuronal. Los tres primeros cleaners llevaban uno y el resultado había sido exitoso. Nos enseñaron unas filmaciones del vuelo de estas naves por el espacio, y cuando nos revelaron que esos pilotos las guiaban mediante órdenes mentales, me quedé extasiado. Así que, durante la última fase selectiva, cuando me preguntaron si admitiría someterme a la operación, no solo no puse ninguna objeción, sino que les autoricé con entusiasmo. Espero que me comprendan: volar es mi pasión. Si a los que aman montar a caballo les ofrecieran poder convertirse en un centauro cuando quisieran, ¿no lo aceptarían sin reservas? No me he arrepentido nunca de ese atrevimiento. El implante funciona mucho mejor de lo que había esperado. Me uno a mi nave de una manera íntima, y esa estrecha relación me convierte en un trabajador muy eficaz. Todos los pilotos implantados somos altamente competentes. Durante el último año, hemos retirado unas treinta mil toneladas de basura del espacio cercano a la Tierra. Si tan solo una milésima parte hubiera caído sin control, los daños hubieran alcanzado proporciones catastróficas. En las últimas semanas, nos hemos dedicado a la salvaguardia y reparación de la ISS. En concreto, hemos arreglado (…). Es un honor servir a todo el planeta. Estamos orgullosos de ser sus guardianes.

Acarició el puente de mando y se quedó pensativo, mirando aquellas teclas sin uso.

—No concibo mi vida alejado del espacio y de mi nave, mi bien más preciado —añadió.

Aproximé el zum hasta un primer plano y le pregunté:

—¿No temes enfrentarte a los innegables peligros que os acechan en este lugar? Recogéis pedazos de chatarra que transitan a velocidades de miles de kilómetros por hora y siguen caminos erráticos.

Hizo una leve negación con la cabeza, pero una huidiza sonrisa nerviosa mermó de franqueza ese gesto.

—Nada me puede ocurrir en el espacio —dijo—. Aunque me topase con un enjambre de escombros tan grande como la Tierra, mi nave, mi experiencia, mi pericia, mis... conocimientos me protegerían.

Aquella afirmación tan categórica me sorprendió. Consideré que había fanfarroneado demasiado y mantuve un silencio reprobador. Alzó la vista e intuyó lo que estaba pensando; así que se explicó un poco mejor.

—Este es un oficio de alto riesgo y, por tanto, nuestros pensamientos deben estar centrados en el propósito de cada momento. Pongamos, como ejemplo, un piloto de motos profesional, que se pone a trescientos cincuenta kilómetros por hora y se inclina en ángulos de sesenta y cinco grados. Si sufre un accidente, tiene una alta probabilidad de que sea muy grave; pero no puede debilitar sus capacidades lastrándolas con temerosas dudas. Perdería temple, seguridad y, sobre todo, placer. El miedo no permite gozar.

—¿Podríamos colegir de lo comentado que la inconsciencia os envuelve en un aparente manto de invulnerabilidad?

Rigel se echó a reír, supongo que por mi súbita pomposidad, y su atractivo aumentó. Las mujeres se quedarían encandiladas. También Sadalsuud, con su apariencia de duro y aguerrido explorador, era muy apuesto.

Llevábamos muchos minutos de video y no podía tardar en cortar, pero antes era imprescindible que tocásemos el tema más importante y urgente.

—¿Qué piensas de lo que está ocurriendo con Carina?

—Que carece de todo sentido común —sentenció, poniéndose muy serio—. Hace meses que tendrían que haberla trasladado al planeta. Si la empresa quiere que trabaje todo lo que su estado le permita, que le den un puesto en la base terrestre. Prometieron que enviarían una nave salvavidas, y no han cumplido. Ya ni siquiera nos informan. Es una falta de respeto mayúscula. Nuestra compañera no se merece que la hagan sufrir de este modo.

Acabó la grabación con un saludo a su mujer y a sus familiares. Cuando amplió su despedida a todos los habitantes del planeta, dos rapaces lo flanquearon y alzaron una de sus patas al mismo tiempo que él levantaba una mano y esbozaba una sonrisa seductora. Era todo un personaje.

. . .

Aquella noche, después de cenar, los dos Sadal me preguntaron cuándo tendría a bien filmarlos a ellos.

—Si no estáis cansados, voy a buscar ahora mismo la cámara y nos ponemos a ello —propuse.

Sadalsuud eligió de escenario el gimnasio, y Sadalmelik, la sala común. Como eran módulos adjuntos, y los cleaners también, les uní para la grabación, como había hecho con Toliman y Baham.

Mostraron el manejo de las cintas de correr y las bicicletas, e hicieron una demostración en la cual ambos competían por correr más rápido. Ese juego infantil propició que dedicaran su video a los niños del mundo. Recorrieron la sala, bajaron las mesas y los aros y describieron, con maneras de profesor afable, los puestos de cocina que había insertos y su funcionamiento. Sadalmelik fue a buscar una bolsa de papilla y, delante de la cámara, la hidrató y luego empezó a sorberla. Sadalsuud se lo quedó mirando con la boca abierta.

—¿Te vas a zampar otra ración? —le preguntó—. Batirías tu propio récord. Te acabas de meter entre pecho y espalda… Espera, deja que cuente: la tuya, parte de la mía y la mitad de las raciones de Nunki, Baham y Carina. Es decir, en total, casi tres de esos engrudos. Tienes suerte de vivir en microgravedad, si no te hubieses hundido en el suelo.

—Me estás dejando como un glotón delante del mundo entero —le reconvino, y después miró a la cámara con una sonrisa y se justificó—. Niños y niñas del planeta Tierra, si queréis estar tan fuertes como yo, debéis comer mucho y hacer deporte.

—¿Fuertes o gordos? —le chinchó Sadalsuud.

—Niños y niñas de la Tierra, si os llaman gordos, no os lo toméis como un insulto. ¿Qué daño hace que una persona esté bien alimentada?

—El daño lo sufrirá mi espalda cuando tenga que remolcarte al llegar al planeta. ¿No recuerdas que la última vez te tuvieron que sacar de la cápsula en camilla?

—Ese es el procedimiento normal. Si tú quieres presumir de estar en forma y solo permites que te ayuden con el apoyo de un par de brazos en tu primer caminar a 1G, atente a las consecuencias de partirte varios huesos. —Volvió a mirar hacia el objetivo—. Niños y niñas, en el espacio no sentimos la fuerza de la gravedad terrestre. Flotamos, y nuestros músculos y huesos pierden tono y fortaleza. Cuando regresamos a la Tierra, el cuerpo se hace de pronto muy pesado, como si nos volviéramos de plomo.

Sadalsuud miró también a la cámara y declaró:

—Nos pasan cosas muy graciosas cuando estamos de nuevo en casa. Como nos hemos acostumbrado a que todo levita, incluidos nosotros, nos despistamos muchas veces y soltamos las cosas en el aire: la ropa, el cepillo de dientes, la maquinilla de afeitar… Lo dejamos caer todo. ¡Cuántos vasos y platos habré roto! Las vajillas se renuevan con frecuencia en mi cocina.

—¡Cuántas veces me habré caído de la cama! —continuó Sadalmelik—. Medio dormido, cuando suena el despertador, me tiro rodando como una croqueta, creyendo que voy a quedarme suspendido en el aire, y, de pronto, el suelo sube y choca conmigo. He tenido que ponerme unas barandillas de protección.

—¿Por eso tienes la nariz tan chata?

—¿Estás buscando pelea?

Se miraron con cara de malas pulgas y se retaron. En una esquina de la sala, uno se situó en la pared frontal y el otro, no muy lejos, en la lateral. Se impulsaron y se lanzaron uno contra el otro. Chocaron sus pechos y la fuerza de reacción contraria los llevó de vuelta a las paredes. Repitieron esa acción varias veces. Me recordó una escena hilarante de Charlot, en la que el cómico se enfrentaba a su adversario de una forma muy parecida, en una pista de patinaje sobre hielo.

Al cuarto vaivén, se agarraron y empezaron a dar vueltas. Tuve que detener la lucha.

—No sé si cortaré esto último —dije—: es un mal ejemplo.

Se arreglaron la ropa entre risas y, siguiendo mis indicaciones, se pusieron al lado de la ventana. Volví a encender la cámara y empecé a entrevistarlos.

Se habían conocido hacía once años en la universidad y coincidieron luego en diversas empresas de aeronáutica. Nunca habían perdido el contacto, por lo que, cuando se convocaron las oposiciones para basureros espaciales, unieron fuerzas para prepararse y se presentaron. Creían que, en su selección, había pesado el hecho de que se llevasen tan bien. En el espacio, la convivencia era obligada y un buen entendimiento con el prójimo favorecía la adaptación. Volaban juntos casi siempre, para protegerse el uno al otro, y habían intentado convencer a los demás de que los imitasen y nunca salieran a trabajar solos.

—Sobre todo cuando hay que hacer limpiezas en las órbitas medianas, entre 20.000 y 30.000 kilómetros de altura, o más lejos, en las geoestacionarias, a 35.780 kilómetros de altura sobre el Ecuador —concretó Sadalsuud—. Para llegar, hay que atravesar la maldita "Zona de Nadie", entre 2.000 y 20.000 kilómetros de altura. Es una franja que las naves deben cruzar con rapidez; un sector donde no puede haber satélites permanentes.

—¿Qué hay de malo en ese desierto? —inquirí.

—Que no está desierto —respondió Sadalmelik.

—Ríos de plasma radiactivo discurren por esa región. Son flujos de energéticas partículas solares y cósmicas que, impulsadas por el campo magnético de la Tierra, circulan a gran velocidad —describió Sadalsuud.

Sadalmelik hizo un círculo con los brazos.

—Son los cinturones de Van Allen —explicó—. Estropean los instrumentos electrónicos de nuestras naves y atraviesan nuestros cuerpos dañando todo lo que encuentran por el camino, con la misma facilidad que un cuchillo cortaría un plátano.

—Queda mejor usando el símil de la mantequilla —corrigió Sadalsuud.

—Bueno, pues, como un cuchillo que cortase un plátano untado con mantequilla.

Sadalsuud miró a la cámara con una sonrisa.

—Ráfagas de viento solar son atraídas hacia los polos terrestres y pintan en el cielo las hermosas auroras.

—En mi pueblo contaban que las auroras eran senderos que conducían a los páramos celestiales —reveló Sadalmelik—. Su luz provenía del incesante desfilar de espíritus. Aquellos caminos estaban vedados para los vivos; se decía que si un cuerpo, en su sólido transcurrir, se topaba con un alma, ambos desaparecerían dejando atrás una llamarada de un color muy vivo. Muchas noches descubría esos destellos de colores. Me parecía extraordinario que hubiese tantos hombres y mujeres con el arrojo de jugarse su existencia por explorar el cielo. Insensatos, pensaba, hay demasiados espíritus y no conseguiréis evitarlos a todos; pero, en el fondo, admiraba su valor y me veía a mí mismo ascendiendo para descubrir qué había más allá.

—Y aquí estamos, intentando todavía averiguarlo —concluyó Sadalsuud—, recorriendo peligrosas sendas y procurando no molestar a ningún espíritu.

—Por eso, navegamos juntos y nos cubrimos las espaldas.

—Y si uno termina su vida en un magnífico destello…

—El otro lo seguirá, pues sabe que aquella es la última belleza que sus ojos podrán apreciar.

—Hasta siempre, amigos terrestres. No os olvidéis de Carina, nuestra compañera.

—Carina, la más valiente de todos los que se internaron en los senderos luminosos, la que no teme a sus acechantes espíritus.

—Alzad la voz por ella, por su pronto regreso. Su nave se mueve bien por el frío universo; pero se abrasaría si entrara en la atmósfera. Pedid que le envíen un bote salvavidas. Bajadla y podréis conocer a la piloto que se enfrentó al cosmos y consiguió su respeto.

Acabaron con un saludo gestual. Apagué la cámara y me volví con rapidez; no quería que se diesen cuenta de que tenía los ojos empañados.

—Perfecto —dije—. Cuando tenga el montaje hecho, os avisaré.

—Enir, no te vayas todavía. ¿Qué te pasa? ¿Te has emocionado?

—No se ha traído la pistola de gases. Vamos a por él.

Se me echaron encima.

—¡Cuidado —chillé—, que llevo la cámara!

Me dieron unos cuantos achuchones y besos de abuela en las mejillas, sonoros y con efecto ventosa.

· · ·

La nave de rescate llegó a la ISS el miércoles dos de marzo a las ocho de la tarde. Estábamos todos, en ese momento, en la sala común. Solo faltaba Leila. La robot seguía en la torre, trabajando en el descifrado de las comunicaciones. Unfield se puso en contacto con Ciudad para informarnos de esa buena nueva y dispuso lo que deberían ser nuestros consiguientes movimientos.

—La nave que bajará a los turistas ha amarrado en la Estación. Ambos deben recoger sus cosas esta noche, puesto que mañana, a primera hora, se les trasladará. Espero que hayan tenido un vuelo agradable y no deseo volver a verlos por aquí —agregó, imitando a una azafata poco educada—. El anterior director de vuelo, Ekue Bel, también debe abandonar Ciudad. Cleanspace le agradece los suministros regalados y la exploración médica que efectuó a nuestros trabajadores. Las pequeñas anomalías que se detectaron durante las revisiones serán analizadas por nuestros doctores. Buen viaje.

Bel recordó a Unfield que la nave salvavidas que Cleanspace había prometido tendría que haber llegado hacía una semana.

—Es de suponer que la tienen preparada —añadió—. ¿Cuándo está previsto su despegue?

—Es un tema que concierne, únicamente, a los cleaners —respondió Unfield de modo cortante.

—El comandante Dleif espera también conocer ese dato —insistió Bel—. Nuestro acuerdo incluye el traslado de Carina si Cleanspace no le presta auxilio.

—Estamos al tanto. Las conversaciones con el comandante son fluidas; no precisamos intermediarios.

—Soy un enviado de la Confederación y, entre otros asuntos, debo mediar en su conflicto laboral. Esta empresa, aunque privada, está subvencionada con fondos públicos y efectúa tareas de interés general.

—No tienen derecho a inmiscuirse —contestó con voz grave.

—Nos preocupa que sus trabajadores empiecen a caer enfermos debido a lo que usted denomina "pequeñas anomalías". Los cleaners son el único grupo de limpiadores de residuos espaciales con los que cuenta el planeta y sus análisis de sangre indican que sufren una debilidad generalizada. Hay una pérdida importante de volumen sanguíneo, las ecografías de los riñones muestran arenilla y pequeñas piedras; su hígado está inflamado, con seguridad debido al rancho continuo de papilla y a la falta de productos frescos, sobre todo, frutas. Están faltos de proteínas y minerales.

Necesitan suplementos de hierro, sodio, calcio, magnesio, potasio. Tienen atrofia muscular y una pérdida de densidad ósea de entre el quince y el veinte por ciento. Unos meses más y tendrán huesos de pájaro… ¿Me ha parecido oír una risita?

Unfield había dejado ir un bufido cargado de burla. Bel apretó los dientes. Si lo hubiese tenido a su alcance, lo hubiera mordido. Los demás también nos estábamos impacientando.

—Está usted hablando de trabajadores espaciales —justificó Unfield—, no de jugadores de ajedrez. Si fuesen mineros, ¿se exclamaría si les encontrara enfermedades pulmonares? Muchos oficios tienen riesgos. Los cleaners no son profesionales de guante blanco.

—Profesionales como usted, supongo —contestó Bel—. Pues quítese esos guantes y empiece a firmar órdenes de envíos periódicos de alimentos frescos y comida variada, también de densificadores, antioxidantes y…

—Basta. Me cansa, Bel. Ya ha hecho las revisiones a toda la tripulación. Usted y su robot han cumplido con su humanitaria tarea, la única que nuestra empresa les permitió. Váyanse. No tengo nada más que decir.

Entonces intervine para declarar que no saldría de Ciudad sin Carina, y Helios se sumó a esa decisión.

—Cleanspace se ocupa de sus trabajadores. Los botes salvavidas llegarán dentro de poco —replicó Unfield.

Carina, que se había presentado a cenar muy apesadumbrada, se desesperó.

—¿Cuándo? —preguntó—. ¡Por favor, debo bajar cuanto antes! El cerebro de mi hijo se está formando y la radiación daña las células madre neuronales; lo acabo de leer en uno de los periódicos que le pedí al coronel Dleif para conocer lo que decían sobre mí. Estoy muy asustada. ¡Ayúdenme!

—Luego esa memoria que me dio hoy el coronel para entregarte contenía diarios —advirtió Sadalmelik—. Me dijo que había un compendio de instrucciones médicas relacionadas con tu estado. Me va a oír cuando vuelva a la Estación.

La joven se puso a llorar, pero ni sus sollozos ni sus súplicas afectaron lo más mínimo a Unfield.

—Te recuerdo que abandonar Ciudad sin la debida autorización implica el despido procedente fulminante, sin derecho a paro ni a indemnización de ningún tipo. A ti, Carina, se te sancionaría además por el incumplimiento de uno de los preceptos básicos del contrato.

Se refería a la cláusula de abstención sexual. Los avances sociales, que con tanta lentitud se implantaban, podían esfumarse en el instante en que gente poderosa se unía a la misma clase de perturbados que, durante siglos, habían mantenido a las personas sujetas a dogmas antinaturales.

—Te lastra también el agravante de que no has querido delatar al causante de tu problema —proseguía Unfield—. La multa sobrepasaría lo que has ganado hasta ahora.

—¡Miserable trastocado! —explotó Toliman.

A Unfield no le agradó ese insulto y cortó la llamada y el suministro eléctrico. Las maldiciones fueron múltiples. ¡Qué iniquidad!

El llanto de Carina se agudizó. Toliman se ofreció a acompañarla a Águila de mar. Las rayas constituían castillos inexpugnables para la base klingon; no podían dejarlas en la oscuridad y sin ventilación.

Pasaron por mi lado para llegar a la compuerta de salida y oí que el cleaner pedía perdón a su compañera por haber perdido los nervios con Unfield. Le rogó que se olvidase de Cleanspace; no necesitaba su bote ni su compasión. Era un día feliz porque había llegado la nave de rescate a la ISS. La descargarían y en una semana podría partir, afirmó.

Sus voces se alejaron pasillo arriba. Los demás siguieron discutiendo, llenos de indignación. Se estaba empezando a hablar de huelga indefinida cuando la voz de Leila nos interrumpió. Al estar a oscuras, no nos habíamos percatado de su entrada en la sala.

—Estoy cerca de solucionar el problema de la luz —afirmó—. El descifrado me llevará más tiempo.

Se hizo un silencio cargado de admiración. Debido a su naturaleza, los robots no podían ser jactanciosos, así que razonamos que la declaración de Leila no estaría enfatizada por la presunción; aunque podía equivocarse. Helios le pidió que se explicase.

—Cuando la base de Cleanspace avisó de la conexión con Unfield —dijo Leila—, me uní interna y profundamente al ordenador central de Ciudad. Tras treinta y dos horas explorando la forma más penetrante de unión, había aprendido la mejor manera de hacerlo.

¿Sexo entre computadores?, me pregunté, y no fui el único por las risitas sofocadas que se oyeron. Leila, impertérrita, agregó:

—Estoy aprendiendo a abrirme a las punciones de sus inputs.

El choteo fue inevitable. Helios cortó los comentarios subidos de tono, sobre todo los efectuados por los Sadal y Rigel. Intervine también para evitar nuevas guasas y abreviar; estábamos muy juntos y los ventiladores no funcionaban.

—Leila, concreta todo lo que sea posible —solicité.

—He hallado el "clac" —comunicó.

Transcurridos unos segundos, me corregí:

—No concretes tanto.

—Cuando Unfield ha desconectado el suministro eléctrico…

—¡Has encontrado el interruptor! —exclamó Bel con alegría.

—Conozco la zona afectada del programa —precisó Leila—. Me falta averiguar el punto exacto. Debo calcular el tiempo desde que "oigo" la orden hasta que se corta la electricidad, y para ello preciso escuchar más veces ese cambio.

Se insertó un momento de estupefacto mutismo. ¿Acaso aquella recta robot estaba insinuando que provocáramos más apagones? Sadalmelik quiso corroborarlo.

—¿Nos estás pidiendo que cabreemos a Unfield? —preguntó.

Y la estricta vigilante, enfermera e instructora apuntó con más exactitud su pretensión.

—Necesito que vuestro jefe accione el interruptor de forma repetitiva; así que tendréis que espolear su enfado y luego aplacarlo. Confío en la imaginación humana. Me vuelvo a la torre de control.

Estallamos en risas.

. . .

Nos refugiamos en uno de los Angelotes en busca de luz y renovación de aire. Dejamos a una rapaz en el cáliz como vigía y nos pusimos a idear un plan. Las imágenes que enviaba el robot a los monitores del puente de mando eran de una total negrura. Cuando, al cabo de media hora, las pantallas se iluminaron, lo que significaba que el castigo había finalizado, lo teníamos todo preparado e, incluso, ensayado.

Fuimos a la sala común y, desde una de las estaciones de comunicación, le pedimos a Leila que llamara a la base. La robot se hallaba en la torre, acoplada al ordenador de Ciudad. Efectuó la conexión con el centro terrestre y Sadalsuud, por boca de todos, solicitó hablar con Unfield. Al principio se negaron a pasarnos; Unfield había rugido que, aquella noche, no deseaba volver a escucharnos. Pero nuestros ruegos, la deferencia de haber destapado una cámara y el asegurarle que no se encontrarían presentes en la conversación ni Toliman ni Carina consiguieron hacerle cambiar de opinión. También debió de intrigarle la humildad con la que se expresaba Sadalsuud.

Cuando Unfield, a través del objetivo de la cámara, se asomó al panorama de la sala, se encontró con un grupo de hombres y mujeres de rostros sombríos por la preocupación y el desgaste físico y mental. Bel, Helios y yo nos hallábamos en el rincón más alejado del objetivo, apartados del grupo de los cleaners. Los tres estábamos ceñudos y mostrábamos un claro disgusto.

—¿Y bien? —inquirió Unfield.

Sadalsuud se adelantó un poco.

—Estamos cansados, Unfield —dijo—. Queremos llegar a un acuerdo. Este conflicto tuvo su origen en el bloqueo comunicativo. La empresa no quiere echarse atrás y, por ello, el diálogo se ha estancado.

Nunki se puso al lado de Sadalsuud y prosiguió:

—Aparcaremos la cuestión del bloqueo por el momento. Tenemos otros problemas más prioritarios. Ofrecemos nuestra colaboración sin ninguna reserva y la firme promesa de no huir de Ciudad a cambio de disponer de naves salvavidas.

—Las que se necesiten para poder llevar a cabo una evacuación total en caso de emergencia —añadió Rigel.

—Sin contar con la que usará Carina —incidió Mizar.

—Tiene nuestra palabra de honor de que solo haremos uso de esos botes en caso de peligro mortal —garantizó Baham.

Si no nos habíamos equivocado en nuestras suposiciones, aquella afirmación desataría un comentario despectivo. En efecto, el timbre de voz de Unfield se tiñó de desprecio cuando nos respondió:

—¿Y qué se yo de vuestro honor?

Bel, ya preparado, se impulsó en la pared hacia la cámara y gritó:

—¡Engendro del infierno! ¡Cuando vuelva te voy a...!

El apagón fue recibido con vítores. Esperábamos que el descanso no durase mucho. En cuanto a Unfield se le pasara el susto, recapacitaría. Le habrían llegado los últimos gritos de los cleaners que pedían a Bel que se quedará quieto y callado. Tenía que interesarle aprovechar la fisura que se había abierto entre su grupo de trabajadores y el entrometido exdirector de vuelo.

Nos devolvieron la luz a los diez minutos. Llamamos a la base, les informamos de que Bel había sido expulsado de la sala común y solicitamos que el diálogo se reanudara. Aquella noticia tuvo un efecto inmediato: Unfield se puso enseguida.

—Bien hecho —alabó—. No quiero volver a tratar con ese salvaje. Mañana lo despacháis a la Estación junto con los turistas.

Entonces fue Helios quien se acercó a la cámara y, de malos modos, le espetó:

—Le hemos dicho que no nos marcharemos sin Carina. ¿Está sordo?

Los cleaners le pidieron que no interviniera, y mi amigo se puso a discutir con ellos de forma vehemente. Me mantuve al margen, en mi rincón, con una expresión de angustia esculpida en el semblante.

—¡Echadlo fuera también! —gritó Unfield.

Varios brazos intentaron agarrar a mi amigo, pero parecía que no pudiesen con él. Helios bramaba incoherencias y manoteaba con exageración. No era un buen actor; pero los cleaners salvaban la función. Sadalsuud pretendía hacerlo retroceder y colocarlo de nuevo a mi lado. Le decía que aquella no era nuestra guerra y que no debíamos meternos.

Mizar, alterada en apariencia, le advirtió:

—¡Helios, cálmate o nos volverán a dejar a oscuras!

—Si eso ocurre, te encerraremos en una de las esclusas —amenazó Sadalmelik.

Unfield no podía negarse ese placer. El segundo apagón elevó unos aullidos de rabioso entusiasmo. Estuvimos sin suministro eléctrico solo cuatro minutos, y cuando lo restablecieron, Unfield ya no vio a Helios en la sala. Solo estaba el turista tembloroso en que me había convertido, agazapado en el mismo rincón y con el rostro desencajado. Las chicas me miraban con recelo.

—Aquí Unfield de nuevo.

Nunki se acercó a la cámara.

—Un momento, por favor, ahora vienen nuestros compañeros. Están ocupándose de Helios.

—No quiero más interrupciones. Decidle al otro turista que se vaya también.

Mizar se acercó a mí y me posó una mano amable sobre el hombro. Me zafé de su contacto como si me hubiera quemado.

—¿Qué te pasa, Enir? —me preguntó.

No contesté y seguí con la mirada baja y respirando con afanosa agitación.

—No te estás ahogando: los ventiladores están funcionando —apuntó Mizar.

—Está muy afectado. No soporta bien estos apagones —aclaró Nunki—. Será mejor que lo llevemos a una nave. Lo trasladaremos entre las dos.

—Vamos, Enir. En las rayas nunca se va la luz —propuso Mizar mientras me asía de un brazo.

—Están muy lejos —aduje, y quise retirarle la mano—. La oscuridad puede caer sobre nosotros a medio camino.

—Vamos —apremió Nunki, y me sujetó del otro brazo.

—¡No! —grité, y las empujé para apartarlas de mí.

—¡Cuidado, está perdiendo otra vez los nervios! —avisó Mizar.

En esas, entró el resto de los cleaners. Volvían con cara de hastío, y su expresión de disgusto se agudizó cuando vieron que yo también estaba dando problemas. Preguntaron a sus compañeras qué estaba pasando.

—Josep no se encuentra bien —explicó Mizar.

Usó con toda intención mi nombre terrestre para dar a entender que no me consideraban uno de ellos. También se deducía que antes había usado mi nombre estelar solo para que la hiciera caso. Los turistas no habíamos conseguido formar parte del grupo: ese era el mensaje destinado a Unfield.

—Llevémosle a mi Angelote —sugirió Sadalmelik—. Estoy harto de tanta historia.

La manaza que me puso encima acabó de descontrolarme. Chillé que no quería moverme de allí, donde al menos había una ventana. En aquel pasillo ciego, la negrura sería total, argumenté. Cuando intentaron desplazarme, me debatí como una fiera. Sadalsuud hizo una elocuente seña a la cámara: dos de sus dedos se movieron imitando una tijera. Unfield comprendió y cortó otra vez la luz.

Risas y gritos recibieron ese nuevo triunfo. Recibí felicitaciones por mi actuación y enseguida ocupamos nuestras nuevas posiciones. Me situé en el pasillo, cerca de la entrada a la sala común, al lado de Bel y Helios. Los dos Sadal y Rigel también pululaban por allí, pues se suponía que me estaban conduciendo a una nave.

—¿Creéis que Leila lo conseguirá? —pregunté.

La voz de Helios respondió:

—Sus capacidades se han desarrollado tanto que me es imposible conocer sus límites.

—Lo conseguirá —afirmó Bel.

—Le obsequiaremos con un nombre estelar —determinó Rigel.

—No hace falta: Leila significa "cielo estrellado" —puntualizó Helios.

—Amigo, lo tenías todo preparado —consideró Sadalsuud.

La iluminación volvió a los pocos minutos. Los cleaners que quedaban en la sala agradecieron a Unfield su paciencia y le rogaron que aguardase a que sus compañeros regresaran. Estaban acomodando al otro turista en uno de los Angelotes y ya no tardarían en aparecer.

—Espero que lo dejen bien atado —comentó Unfield—. No es la primera vez que se producen ataques de histeria entre los turistas espaciales. Suben aquí como si se fueran de crucero. La escena que acabo de presenciar ha sido lamentable. Es indignante que tengamos que hacernos cargo de estos fardos. Nosotros somos profesionales del espacio. No podemos ni debemos perder el tiempo haciendo de niñeras.

Los Sadal y Rigel entraron en la sala con expresión grave, como si aquel espectáculo los hubiese disgustado tanto como a Unfield. Este aprovechó para echar más madera al fuego de aquel supuesto conflicto interno.

—Mis cleaners no pueden perder aliento en ocuparse de esos intrusos. Vosotros os encontráis a un nivel superior. Al lado de esos hombres mediocres, sois gigantes. En vuestras manos reside la protección de todo un planeta.

—Confirmemos, pues, el pacto —intervino Sadalsuud—. Estamos dispuestos a dejar constancia de nuestra buena voluntad mediante un contrato oral. Busquen ustedes un notario y lo proclamaremos frente a una cámara.

—Os puedo asegurar que las naves llegarán en cinco semanas —declaró Unfield.

—Para entonces, Carina estará de siete meses y medio —objetó Nunki.

—No es posible adelantar su salida —contestó Unfield de manera tajante.

—¿Por qué? — preguntó Sadalsuud.

—Estamos preparando el relevo de Carina. También el de Alamak sigue pendiente. En cuanto tengamos a los sustitutos preparados, las naves partirán con ellos a bordo. No puede haber ninguna raya amarrada; todas tienen que trabajar diariamente.

—Lo comprendemos —dijo Rigel en tono conciliador—, pero ustedes también tienen que entender que Carina no puede esperar tanto.

—Envíen una nave pequeña de rescate —solicitó Sadalsuud.

—Siento deciros que es del todo imposible —reiteró Unfield.

—No hay trato entonces —contestó Sadalmelik.

—No seguiremos reparando satélites —amenazó Baham.

—¡Si iniciáis otra huelga…! —manifestó Unfield, empezando a exaltarse.

—¡Mande la nave! —lo interrumpió Sadalsuud.

Como respuesta, Unfield cortó de nuevo la energía de Ciudad. No hubo gritos de júbilo esa vez; nos había dejado bien claro que no iban a bajar a Carina.

Los desterrados entramos en la sala.

—Vayamos a mi Angelote —propuso Sadalsuud—. Puesto que ya está todo dicho, creo que la luz tardará en volver.

Me adelanté y subí a tientas a la torre. A la tenue luz de un incipiente amanecer, el rostro inexpresivo de Leila no me comunicó nada. Estaba tan quieta y concentrada que no advirtió mi presencia. Me pregunté si estaría todavía apareándose con el computador central. Carraspeé y, entonces, se volvió a mí.

—Lo tengo —anunció.

. . .

Nos hallábamos todos en la bodega del Angelote de Sadalsuud, en círculo y pasándonos una pecera llena de verduras. Carina se había calmado y daba buena cuenta de otra esfera colmada de tierna ensalada que le había ofrecido para ella sola. Leila nos detallaba la solución que había discurrido y su discurso estaba plagado de términos técnicos, por lo que apenas me estaba enterando de nada. Cuando terminó, Bel lo resumió en un párrafo más asumible a mis entendederas.

—Así pues, crees que puedes bloquear la señal proveniente de la base terrestre. Envían un mandato largo que ordena primero la desconexión de las baterías acumuladoras y, segundo, el apagado; un "clac" prolongado y lento desde el punto de vista computacional. En los milisegundos que tarda en vocalizarse, crees que podríamos taponar la entrada de la última palabra mediante una puerta que se cerrara al inicio del mandato, y aunque tan solo llegáramos a silenciar la última letra, sería suficiente, pues dejaría el mensaje sin sentido. Pero no es posible colocar esa puerta internamente porque el programa tiene múltiples protecciones; así que tendremos que instalar un inhibidor de ondas de radio en la antena de Ciudad, un artilugio que se active al reconocer el inicio del patrón de ese mandato.

Alguien sopló un silbido indicativo de la dificultad que suponía fabricar semejante aparato.

—¿Pero acaso no poseéis un aparato parecido? —pregunté—. Conseguís silenciar las emisiones de radio chinas para poder reutilizar su carguero.

—Supongo que te refieres a vuestros asaltos feroces a sus naves de carga —matizó Bel.

—Solo interferimos su frecuencia mediante un amplificador de potencia de nuestra emisión —explicó Nunki—. Lo que nos pide Leila es más complicado.

Bel concluyó:

—Bien, pensemos esta noche, en el interior de nuestros sacos, las mejores y más eficaces formas de construirlo. Nos intercambiaremos las ideas mañana, a primera hora. Seguro que habrá varias viables y nuestros técnicos podrán ponerse manos a la obra.

—Hay otra cuestión —intervino Toliman—. Hemos de hablar con Dleif y confirmarle que Carina bajará con los turistas. Cleanspace no tiene intención de ayudarla.

—Pensaba ir mañana a hablar con él —dijo Carina.

—No será necesario; ya estaba todo acordado. Es preferible que te quedes en el camarote —consideró Bel—. Después de nuestra reunión matutina, marcharé a la Estación, con quien quiera acompañarme, y comunicaré al coronel que tiene que repatriarte. Luego me quedaré a ayudar en la descarga de la nave.

—Cuenta con nosotros —dijo Sadalsuud, y señaló a Sadalmelik y a Rigel.

—Vamos a vaciarla en un tiempo récord —se chuleó Sadalmelik.

—Y pronto estarás en tierra, Carina —añadió Rigel.

Helios y yo también nos prestamos a ayudar; no obstante, no era conveniente que fuéramos los dos al mismo tiempo. Corríamos el riesgo de que no nos permitieran salir de la Estación. Quedamos, pues, en alternarnos. Helios iría en primer lugar.

—Vamos a librarnos de la tiranía de Cleanspace —dijo Bel—. Dleif bajará a Carina y, gracias a Leila, podremos evitar que nos vuelvan a cortar el suministro eléctrico. Propongo hacer un "hurra" por nuestra maravillosa androide.

A nuestro grito unánime, Leila respondió con una sonrisa franca.

—Eres nuestra protectora —elogió Sadalsuud.

—Si alguna vez la humanidad decidiera viajar a las estrellas, robots como tú serían de gran ayuda —consideró Rigel—. El respaldo de una diosa cibernética infundiría serenidad a la tripulación.

—Lo cierto es que la exploración de nuestra galaxia no será posible sin la ayuda de robots —afirmó Helios—. Enviar naves tripuladas es costoso y complicado. Deberíamos conocer de antemano el destino y luego planear la forma más rápida de llegar. Conoceríamos la duración del viaje y, por tanto, el tiempo que los tripulantes deberían estar criogenizados.

—Estamos de acuerdo en que el primer paso sería enviar sondas hacia los exoplanetas más prometedores —se sumó Baham.

La réplica del técnico azuzó el afán de Helios por hacer cábalas futuras.

—Eso es, miles, o quizá, millones de diminutas sondas robóticas que, agrupadas en enjambres, recogerían datos e incluso muestras de esos planetas extrasolares —prosiguió.

—A mi amigo le gusta formar bandadas de robots —desvelé—. Si no queréis sufrir una bienvenida demasiado fogosa cuando vayáis a su casa, no se os ocurra ir a visitarle sin avisar con antelación.

Se sorprendieron cuando les expliqué la anécdota de mi encuentro con sus mosquitos cibernéticos del tamaño de un puño. Sadalmelik exclamó:

—¡Vaya, Helios, con lo pacífico que pareces!

—En su defensa, debo decir que otro de sus robots los retiró —declaré.

—Sí, siempre tengo un robot madre que los controla —explicó mi amigo—. Pero, a lo que vamos: la navegación por el universo. Creo que sería preferible que esas sondas viajasen en grupo. A una abeja solitaria le es más difícil hallar un buen sitio donde instalar la nueva colmena, y si lo encontrara y muriese antes de poder revelarlo, la pérdida sería muy grave.

—Tienes razón —admití—. Imaginad que llega hasta un planeta tan sucio como este y se estrella contra la basura que lo orbita.

—Sería de una mala suerte aplastante —expresó con choteo Sadalmelik.

—Esos mosquitos que ha mencionado Enir habían sido, en su origen, unos pequeños robots voladores que diseñé para detectar incendios —explicó Helios—. Los esparcía por los bosques en épocas de alto riesgo. Iban provistos de células solares, por lo que podían estar en funcionamiento muchos meses. Estaban interrelacionados mediante un sistema de comunicación acoplado a sensores, de forma que, si uno quedaba inoperativo por cualquier causa, el resto del enjambre lo advertía y enviaba otro robot en su lugar.

Bel se entusiasmó y dijo:

—Conozco a un grupo de investigadores de la Confederación que trabajan en sondas autorreplicantes, es decir, con capacidad de producir copias de sí mismas si disponen del material necesario. Siempre me pregunté qué pasaría si se descontrolasen. ¿Podrían, en su afán reproductivo, comerse toda la materia del planeta? Pero, si pudiesen estar conectadas entre sí, la inteligencia colectiva del enjambre limitaría su volumen.

Aquellos aportes espolearon la imaginación de los cleaners. Toliman, que se había quedado pensativo, comentó:

—Enjambres de sondas, sí, cuya función sería similar a la de los sensores que se lanzan a los tornados o a las fauces de los volcanes en erupción para medir distintos parámetros: velocidad del viento, temperatura, presión, humedad. En nuestro caso, nos interesaría que proporcionaran datos sobre la composición atmosférica del exoplaneta, la química de su suelo...

Mizar quiso participar en la planificación de esa supuesta exploración espacial y dijo:

—Podríamos amplificar la potencia de la emisión de esos datos enviando, al mismo tiempo, plataformas con repetidores que se irían quedando por el camino de manera escalonada, orbitando alrededor de planetas.

—Esas sondas serían la vanguardia de nuestras naves —continuó Helios—. Incluso podrían ir preparándonos el terreno, terraformando el planeta escogido de modo que fuese habitable por nuestra especie.

—Seguramente, alterar su ecología para convertirla en otra Tierra comportaría consecuencias funestas para los seres que poblasen ese mundo —objeté.

—Podríamos provocar una extinción masiva de vida alienígena —me secundó Carina.

—Y aniquilar la vida inteligente de ese planeta antes, siquiera, de conocerla —agregó Rigel.

—Robots amigables y con amplias capacidades comunicativas podrían ser nuestros primeros embajadores —aportó Nunki.

—Buena idea —dijo Sadalsuud—. Enviaríamos unas cuantas Leilas de apariencia inocente y aire dulce para iniciar la relación, y si sus habitantes fueran tan belicosos como nosotros, podrían intentar amansarlos.

—Pero que esos robots no les quiten el balón o el objeto con el que practiquen su juego más popular si no quieren liarla parda —incidió Sadalmelik.

—Y una vez que hubiésemos fijado nuestro destino —prosiguió Helios en tono triunfante—, partiríamos en nuestras naves interestelares.

—Naves cargadas de leales sirvientes como Leila —concretó Rigel—, que cuidarían nuestros cuerpos congelados y nos despertarían cuando estuviésemos cerca de la meta. Su sólida presencia constituiría un asidero seguro. Podrían convertirse en compañeros cercanos si fueran androides bellas y bellos de sonrisas reconfortantes.

—Y si están preparados para reconfortar con algo más que sonrisas, mejor —añadió Sadalmelik.

La inocente Leila no comprendió bien a qué se refería y comentó:

—No sería necesario que fuesen androides.

Aquello elevó risas y comentarios acerca de lo poco atractivas que resultarían otras formas. La robot siguió sin comprender.

—Está demostrado que una voz de timbre armonioso serena las ondas cerebrales humanas —dijo.

—Esto está bien pensado —acordó Rigel—, que les pongan voces sensuales.

—En el futuro, los robots no precisaremos de la intermediación de los sentidos para acceder a vuestro interior —continuó Leila—. Podremos estimular los puntos cerebrales que nos interesen y relajar vuestras tensiones mediante impulsos radioeléctricos.

—El día que podáis penetrar en nuestra mente está muy lejano —aseguró Baham.

—Vosotros os estáis introduciendo en la nuestra —replicó Leila—. Controláis naves y robots mediante señales eléctricas generadas por vuestras neuronas.

Lo dijo sin ápice de rencor, exponiendo, simplemente, un hecho.

—Sin ánimo de ofender, Leila —intervino Toliman—. Nosotros somos mucho más complicados que cualquier robot.

—Poco a poco será posible saber en qué parte del cerebro hay que actuar para conseguir determinados efectos —perseveró la robot—. Vuestras órdenes mentales forman un mapa que queda definido por la oxigenación de los sectores cerebrales que se activan. Un simple electroencefalograma identifica los estados de vigila o de sueño, y emociones como la ira o el miedo. Una exploración más detallada, mediante resonancia magnética, permitiría esbozar un patrón de correspondencias entre puntos de activación cerebral y pensamientos.

Los rostros de los cleaners se volvieron serios mientras que, por el contrario, el del padre de esa peculiar androide pintó una sonrisa de orgullo.

Toliman miró a la robot con ojos entornados.

—Muy bien, imaginemos que obtenéis la correspondencia entre el significado y los edificios iluminados de la gran ciudad que es nuestro cerebro —dijo—. ¿Cómo pretendéis controlar ese código?

—Es bien sabido que, mediante la estimulación de puntos concretos de la amígdala y el hipotálamo, se pueden modificar vuestras emociones —respondió Leila—. Es posible inhibir la agresividad o la ansiedad y generar placer o alegría, también inducir a una relajación profunda. Por el momento, sin embargo, esas habilidades precisan de la mano humana. Los robots no las poseemos.

—Y espero que no os permitan nunca adquirirlas —manifestó Bel.

—Servimos a los humanos —se defendió Leila—. Solo buscaríamos su bien.

—La libertad es el bien más preciado —repuse, y recité a Cervantes—: "La libertad, Sancho, es uno de los más preciosos dones que a los hombres dieron los cielos; con ella no pueden igualarse los tesoros que encierra la tierra y el mar encumbre; por la libertad, así como por la honra, se puede y debe aventurar la vida".

—No queremos dioses entrometidos —recalcó Bel.

—¿Seguro? —objetó Toliman—. ¿No rogamos al cielo por el fin de las numerosas desgracias que sufren personas inocentes? Muchas veces deseamos que baje algún dios y ponga orden.

—¿No querríamos tener siempre a nuestro lado a un ángel de la guarda? —inquirió Carina.

—Me daría vergüenza hacer ciertas cosas con un ángel al lado —bromeó Sadalmelik.

Leila no se dio por vencida.

—Radioestimulando de manera selectiva vuestro cerebro, permitiríamos que la razón hiciese bien su trabajo mediante la templanza de las emociones y el freno de la rabia —arguyó—. Evitaríamos la depresión.

—Un avance científico de ese calibre sería un arma de doble filo —discutió Nunki—. También podría hacerse lo contrario: azuzar los comportamientos malvados.

Helios salió en defensa de su robot.

—En todo caso, la presentación y el uso de la herramienta depende de nosotros, los humanos.

Los dos Sadal y Rigel se miraron con ojos cargados de guasa.

—O sea, que podríamos elegir entre robots ángeles y robots demonios —dijo Sadalsuud.

—Me pido el primero para el día y el segundo para la noche —comentó Sadalmelik.

—Pues yo me quedo solo con los diablillos —declaró Rigel.

Leila no siguió la broma.

—Es posible que la interfaz de vuestros implantes cerebrales pudiera facilitarnos el acceso a vuestros cerebros —expuso con ingrata naturalidad.

Todos los pilotos se llevaron una mano a la nuca y la otra al medallón. Fue un gesto instintivo que venía a decir: "Amuleto de la buena suerte, resguarda de todo mal nuestra mente".

Toliman se volvió a Helios con el asombro agrandando sus ojos.

—¡Has creado un monstruo! —recriminó.

Mi amigo se encogió de hombros y echó una mirada benevolente a su robot.

Rigel hizo un gesto de negación con las palmas abiertas, como si limpiase un cristal empañado por la súbita transpiración de los miedos humanos.

—Nuestros implantes emiten órdenes unidireccionales. Esta robot habla de ciencia ficción —discutió.

Leila abrió la boca para replicar; pero, como estaba a mi lado, la detuve agarrándole con fuerza una mano. No deseaba que desconfiasen de su buena voluntad. Era obstinada e irritante, pero no revestía ningún peligro.

—Nuestras mentes son inexpugnables todavía del modo en que está en discusión. Aquí y ahora, nuestra fiel androide está ayudándonos a serrar los barrotes de la jaula donde nos ha encerrado Cleanspace.

Leila les obsequió con una de sus deslumbrantes sonrisas y los cleaners se apaciguaron.

Helios retomó el tema de la exploración. Los demás lo siguieron como si fueran, en verdad, a llegar a alguna parte; quizá movidos también por el alivio de dar por zanjada la conjetura de la robot. Bel dirigió el diálogo hacia un aspecto crucial.

—Será difícil que haya voluntarios que se presten a una criogenización, que no está exenta de riesgos —alegó—. Deben ser capaces de dejar atrás para siempre a sus seres queridos, a todo lo conocido y a la cultura en la que han crecido. Podrían pasar siglos hasta su vuelta.

Era de la misma opinión y así lo expresé:

—¿Quién sería tan loco de emprender un viaje que puede no tener retorno? Me parece una insensatez dejar atrás un planeta único en el universo.

—Tiene que haber más planetas habitables —sostuvo Rigel.

—Pero no como el nuestro —rebatí—. Los humanos estamos conectados a este planeta azul. Nuestros pulmones saben aprovechar al máximo su aire, compartimos la química de la mayoría de los seres vivos y podemos nutrirnos de ellos. Nuestros cuerpos están estructurados a medida de la fuerza de gravedad terrestre. Podríamos encontrar algo similar, pero no idéntico, y la diferencia exigiría un periodo de adaptación dificultoso, puede que insalvable.

—De ahí la importancia de llevar nuestras semillas y preparar antes el terreno —insistió Helios, y luego expuso una nueva y atrevida propuesta—. Los viajes podrían acortarse si consiguiésemos crear una burbuja de deformación espaciotemporal.

Los cleaners empezaron a reírse ante esa osadía; sin embargo, mi amigo no se rindió.

—En el interior de la burbuja situaríamos nuestra cosmonave —explicó–, y podríamos viajar a velocidades supralumínicas. Nos acercaríamos a nuestro destino contrayendo el espacio-tiempo por delante y expandiéndolo por detrás miles de años luz. Claro que, debido a la propia contracción, nos llevaríamos con nosotros toda la materia que se encontrara en nuestra trayectoria.

Toliman cogió el relevo.

—Surfearíamos sobre olas espaciotemporales y arrastraríamos un tsunami cada vez mayor.

—Y al detenernos —prosiguió Baham—, la avalancha de materia se abalanzaría sobre nuestro destino y lo arrasaría.

Ese comentario elevó brutas carcajadas.

—Hay que frenar antes —dedujo Nunki.

—Se necesitaría una fuente de energía enorme —objetó Mizar.

—El físico y matemático Vivozs habla de usar la antimateria —prosiguió Helios—, y Alcubierre propuso…

La conversación derivó hacia aspectos técnicos y matemáticos que me eran inabordables. Me quedé en silencio mientras todos participaban y se divertían como niños elevando una torre de cubos. Mi formación no tenía nada que ver con la suya; era el menos preparado del grupo en esos temas.

Leila se puso a mi lado y me sonrió. No sabía si trataba de hacerme compañía o si, de alguna manera, había captado mi sentimiento de exclusión.

—¿Ya no pintas cuadros, Josep? —me preguntó.

Cambio de tema, maniobra de distracción, consuelo a mi ego. Esa maldita robot sabía cómo controlar las emociones humanas sin necesidad de radioestimular nuestras neuronas.

—Me gustaría filmarte cuando estés trabajando en tu huerto —añadió—. ¿Cuándo te va bien?

—Eres una buena chica, Leila.

. . .

Sadalmelik me llamó desde Angelote. Estaba en la Estación, descargando la nave junto con Helios, Bel, el otro Sadal y Rigel. Los acompañaban los cuatro astronautas que habían llegado en ella. Me dijo que eran todos militares y que no tenían sentido del humor. Se las había arreglado para rasgarse la camiseta y, con la excusa de ir a cambiársela, se había escapado y había podido comprobar que los peces estaban vivitos y nadando.

—Ya no dan vueltas frenéticas —aseguró—. Se mueven con tranquilidad, como si estuviesen en el rio o en el mar. Ese hongo los ha ayudado a aclimatarse tanto a su nueva casa que hasta parecen felices. De todas formas, no le metas el diente hasta que yo regrese. Estaré de vuelta en tres horas. Nos esconderemos, nos tragaremos un pedazo a la vez y, si es nuestro destino, moriremos el uno junto al otro, como Romeo y Julieta.

—Solo si me prometes que no habrá besos.

—¡Qué novia más arisca tengo!

Se despidió cariñosamente y volvió al trabajo.

Los peces se encontraban en perfecta forma: aquello era una buena noticia. No sabíamos si ese hongo dorado sería nutritivo; pero, al menos, no nos haría daño.

Tras la llamada de mi compañero, me quedé un rato reflexionando. Estaba en la torre, al control de la radio y los radares, sustituyendo a Toliman, que se había ido a cambiar unos filtros de aire de la sala común. Los tres técnicos estaban enfrascados en construir el inhibidor, y Carina se encontraba en el interior de la centrifugadora. Decidí que, en cuanto Toliman volviera y me diese permiso para marcharme, iría al huerto y le metería un bocado a mi hongo. No quería ser responsable de un mal de tripa de nadie o de algo peor.

. . .

—¡Josep! ¿Estás aquí?

—¡Enir! ¿Hay alguien? ¡Enir!

—No hay nadie, Helios. Podemos hablar. Los técnicos están trabajando en el asunto del inhibidor y tu robot ha puesto a todos los pilotos a hacer ejercicio. Leila es muy severa a veces.

—No te quejes, Bel. A nosotros nos ha permitido aplazar la hora de gimnasia hasta después de cenar.

—Porque se lo has pedido tú, que eres su padre.

—Solo nos falta tener localizado a Enir. ¿Dónde se habrá metido?

—Estará en la lavandería. Por si acaso aparece por su huerto, vayamos a la estancia central del segundo laboratorio y vigilemos las entradas. Será más seguro.

—¿Tan grave es lo que tienes que decirme?

—Me has pedido sinceridad, amigo, cruda y dura.

Escuché los preliminares de la conversación de mis amigos, y al oír que iban a atravesar el primer módulo del laboratorio, donde me encontraba, me metí el hongo en la boca y me oculté en el interior de un armario donde guardábamos la ropa de trabajo. No era muy ancho; por lo que, cuando me introduje, no pude volver a cerrar las dos hojas de la puerta y quedó abierta una rendija de dos dedos entre ambas. Desde aquel escondrijo, oí que se deslizaban y atravesaban el habitáculo. Al llegar a mi altura, una mano blanca se agarró a la maneta de una de las puertas e hizo fuerza para desplazarse hacia delante. Casi me trago el hongo entero cuando la mano de Helios apareció tan cerca. Por suerte, no miró más que el asa para darse impulso. Eché un vistazo con cautela y observé que mi amigo atravesaba la compuerta que daba al segundo módulo, detrás de Bel. Suspiré, aliviado, y seguí con mi postergado plan.

Después de haber hablado con Sadalmelik, no había tardado en marcharme de la torre. Toliman regresó pronto y me sustituyó, pero me pidió que hiciese una puesta a punto de todas las bicicletas y cintas de correr y obedecí. Apenas hube terminado, Rigel apareció para hacer su gimnasia. Acababa de amarrar y me informó de que los Angelotes se encontraban muy cerca de Ciudad. Los dos Sadal, que traían de vuelta a Bel y a Helios, no tardarían en acoplarse al espaciopuerto, dijo.

Al saber que Sadalmelik estaba tan cerca, me puse en marcha. Los paneles de hongo dorado se encontraban en el huerto situado en el primer laboratorio; así que me había dirigido rápidamente hacia allí y, tras proveerme de un buen trozo, había ido a tomármelo con tranquilidad a la primera sala del segundo laboratorio. Comunicaría después a Sadalmelik que me había autoproclamado conejillo de indias de Ciudad y que, por consiguiente, no había necesidad de que se arriesgara. Fue entonces cuando Helios y Bel entraron llamándome y tuve que buscar una madriguera donde esconderme. No podían encontrarme con aquello en la mano, y tampoco quise esconderlo en ninguna parte y ensuciarlo. Había decidido que aquel hongo saltaría del sustrato donde medraba a mi boca.

Ambos se habían alejado; así que me tranquilicé y empecé a saborear aquel globo suave. Era dulzón y tenía una textura gomosa, como de nube de golosina. Confiado por su agradable sabor, me lo zampé todo. En ningún momento, tuve miedo ni siquiera de padecer un mal de tripa. Tal era mi confianza en aquel alimento.

Mi curiosidad me movió enseguida a deslizarme por la pared lateral hacia el segundo módulo. Espiar es feo, pero si no confiaban en mí, no me quedaba otro remedio. Aunque hablaban bajito, pegué la oreja al marco de la compuerta abierta y pude escucharlos bien.

—Dime, Bel, ¿qué está ocurriendo? —inquirió Helios.

—Es difícil esconderte algo.

—He visto que Mauni te hacía señas para indicarte que necesitaba hablar contigo. No habéis disimulado muy bien. Primero se ha ido ella, con la excusa de guardar uno de los paquetes descargados, y luego has desaparecido tú diciendo que necesitabas ir al servicio. ¿Qué te ha contado?

Bel hizo un chasquido de disgusto con la lengua.

—Cleanspace ha movido pieza, y una buena —dijo—. Ha sacrificado la reina para salvar el rey y la partida. Como os expliqué, se habían alzado voces que exigían el fin del monopolio del negocio de la reparación de satélites. Una sociedad asiática, apoyada por los gobiernos indio, chino y algún otro de la zona, estaba a punto de solicitar a la Confederación la apertura de concesiones. Pues bien, Cleanspace ha escindido la empresa en dos de la noche a la mañana, separando las actividades que lleva a cabo: la de limpieza y la del cuidado de satélites. De la nueva empresa que se ocupará de las reparaciones, han vendido una participación mayoritaria a esa sociedad. Se han quedado con el treinta por ciento del capital en acciones, lo cual les otorga sillones con voto a sus directivos. La limpieza orbital la conservan de forma íntegra. Es una jugada magistral. Al aliarse con sus enemigos más poderosos, las quejas de los países pequeños, instituciones y empresas apenas serán escuchadas por la Confederación. Caso aparte es el poderoso Consorcio.

—¿Qué pasará con los cleaners? ¿Dividirán también al grupo en dos ramas?

—No lo creo. Necesitan que todos estén bien coordinados. Los técnicos que arreglan los satélites precisan que los pilotos se los traigan y luego los devuelvan a su sitio. Por el momento, no cambiará nada. Pero la nueva sociedad está seleccionando astronautas con la indudable pretensión de introducir a sus propios empleados. Entonces la brigada cleaner volverá a sus orígenes y se dedicará a retirar basura espacial.

—Me temo que la renovación de sus contratos está en el aire. Puede que no les interese pagar a profesionales tan eficientes. La tarea que llevarían a cabo de forma exclusiva disfruta de una subvención perpetua.

—Una contribución económica pactada que no mermará porque se extraigan unas cuantas toneladas de escombros menos del espacio. Siempre tan agudo, Helios. Cleanspace puede buscar astronautas más baratos; aunque no creo que los encuentre más resistentes.

—Unfield dijo que iban a enviar a dos pilotos más en los botes salvavidas, y puede que manden también más técnicos. ¿Sabes si han vendido alguna raya a esa sociedad?

—Mauni desconocía los detalles. Este asunto lo está tratando Dleif con el centro de mando terrestre, y el coronel apenas ofrece información, al menos a Mauni.

—Me inquieta la reacción que pueda tener el Consorcio. En esta nave, han venido cuatro militares más. No sé si son ingenieros como los otros, pero ¿por qué no han enviado a científicos? Los experimentos que se estaban llevando a cabo en la Estación antes del siniestro pueden y deben reanudarse.

—A mí también me da mala espina esta nueva remesa de militares. Cleanspace es una empresa cuyos directivos provienen de países que forman parte del Consorcio. Es cierto que su ambición los ha llevado a subir precios, pero la vinculación se mantenía a nivel operativo: los satélites del Consorcio eran los más mimados. Atentaron contra un satélite indio poco importante, pero nunca se hubieran atrevido a meterse con los de aquellos que les traspasaron este negocio y que, además, llenan sus arcas todos los años con la jugosa subvención a la que has aludido.

La voz de Helios se acercó a mi módulo, pero la conversación era demasiado interesante como para retirarme. Intenté respirar sin hacer ruido y me mantuve pegado a la pared, al filo de la abertura de la compuerta. Ambos continuaban con sus conjeturas, y podía notar que su inquietud crecía a medida que ahondaban en las posibles consecuencias de la nueva situación. Mi amigo señalaba:

—El mantenimiento de satélites lo gestionará una sociedad que, es de suponer, va a dar prioridad a los intereses del país donde tenga su sede y pague sus impuestos, y también tendrá en cuenta las demandas de los países con los que tenga lazos accionariales, compromisos de capital, de apoyo, técnicos, etc.

—El Consorcio no permitirá que queden desprotegidos sus satélites de comunicaciones, navegación o investigación, ni mucho menos, los militares. Antes de este suceso, se estaba hablando, incluso, de expropiar Ciudad y sus naves.

—¿Pretendían ir tan lejos? ¡Vaya! Pues ahora ha entrado esa sociedad oriental en juego y ya no les será posible. Empiezo a comprender por qué Cleanspace ha cedido parte del negocio. Uf, presiento que las cosas se van a poner muy feas.

El corazón me latía con fuerza. Todo se estaba enmarañando y nosotros no teníamos ninguna vía de escape.

—Por de pronto, Carina y vosotros dos debéis marcharos cuanto antes en la nave recién llegada —consideró Bel, refiriéndose a Helios y a mí—. Mañana trabajaré más horas en la descarga. Luego veremos cómo se desarrollan los acontecimientos.

—Tú también deberías irte, y hemos de advertir a los cleaners que, si los debates en la Confederación se caldean mucho, abandonen Ciudad en cuanto lleguen los botes. Las sanciones, el desprestigio profesional o las deudas contraídas podrían ser un mal menor si este lugar se convierte en un campo de batalla.

—¿Tan mal lo ves?

—Puede que exagere con mis recelos, pero es que esos militares me han dado muy mala impresión. Son malhumorados, herméticos, soberbios. Solo hablan para articular órdenes. Ciudad debe estar preparada para lo peor. ¿Y si quisieran tomarla por la fuerza?... Pero no, eso no sería posible; violarían todos los tratados espaciales.

—Helios, debo decirte que, antes de que ocurriera esta jugada, el Consorcio estaba barajando esa posibilidad. Iban a usar la argucia de acusar a Cleanspace de poner en peligro la seguridad espacial. Contaban con una sólida prueba: el cúmulo de basura que, orbitando sin control, destrozó la ISS.

—¡Por Einstein!

Mi amigo golpeó el marco de la escotilla donde tenía pegada la oreja y me hizo dar un respingo.

—Pero, como bien dices, la irrupción de una sociedad que es ajena a ese suceso habrá desbaratado sus planes —añadió Bel—. De todas formas, hay que prepararse. Ciudad tiene que recuperar el control de la energía y las comunicaciones, y eso lo vamos a conseguir gracias a Leila. Hiciste un robot fuera de serie, Helios.

—No sabes lo certera que es esa apreciación.

—Puesto que desconocemos hacia dónde derivará todo esto, no comentaremos nada a los cleaners. Esperaremos a que se defina mejor la nueva situación antes de alertarlos.

—Opino que deben saberlo. No se van a alarmar más que tú o yo, ni siquiera Enir.

Hubo una pausa, y cuando Bel volvió a hablar, lo hizo a colación del último comentario de Helios.

—No, no se alarmarán porque no demuestran que tienen miedo. ¿Qué está ocurriendo aquí, Helios? Te he contado todo lo que sé. Ahora te toca a ti.

—No te comprendo, amigo.

—¿No? ¿También te han abducido? Este lugar parece un balneario. Los Sadal y Toliman están acabando su tercer año aquí. Es cierto que, al finalizar el segundo, tuvieron dos meses de descanso; pero el cuerpo necesita más tiempo para recuperarse, y también el espíritu lo precisa, créeme. Rigel y Carina llevan año y medio. Mizar, Baham y Nunki, entre uno y dos años y medio. Todos sufren severos deterioros físicos y, sin embargo, conservan un equilibrio mental excelente, al menos en apariencia. Explícame dónde está el truco. Se juegan la vida todos los días cuando salen a recoger escombros con sus naves y, al finalizar la jornada, regresan cansados a Ciudad; pero no se les ve angustiados o irritables. Son capaces de aplacar el nerviosismo que hayan podido padecer y pululan por este lugar con la sonrisa de Buda plasmada en la cara. ¿Acaso es eso normal?

—Están adaptados, Bel. Todos los astronautas tienen ese temple.

—Todos los que conozco hubiesen flaqueado tras pasar tantos meses en el espacio, y más cuando existen tantos agravios añadidos: escasez de medicamentos, monotonía alimentaria, desprecio constante por parte de su base terrestre... Los últimos meses han estado aislados y acosados por Unfield. Ese tipejo les corta el suministro eléctrico cuando le hacen cosquillas. ¡Carecen de botes salvavidas, Belcebú! ¿Por qué no he visto derrumbes, comportamientos agresivos contra los otros o contra ellos mismos, alianzas divisorias, fobias, desvaríos, ofensas o peleas? Ni el malhumor que consigue suscitar Unfield les dura mucho tiempo.

Esta armonía debe de ser ficticia; no es posible. ¿Hay drogas en Ciudad?

—Esta maniobra de Cleanspace te ha intranquilizado demasiado y estás desbarrando. Aquí solo hay madurez y resiliencia. Son hombres y mujeres bien preparados para efectuar este tipo de trabajo y, no lo niego, los sostiene una hercúlea fortaleza interior. Fueron seleccionados por poseer estas cualidades. Forman parte de la flor y nata de la humanidad.

—¿Y Josep? ¿Y tú? Nadie os preparó para esto, y os paseáis por Ciudad con toda normalidad.

—Aquí, como en la Tierra, me dedico a trabajar con robots. Estoy aprendiendo nuevas habilidades. Manejo ya con pericia los brazos robóticos y me defiendo en el arreglo de satélites. Miro de aprovechar al máximo esta oportunidad. Sé que estaré poco tiempo en este maravilloso lugar que tanto había anhelado conocer y que en nada me ha defraudado. No tengo motivos para desesperarme. No poseemos botes salvavidas, pero ahí está la Estación e, incluso, la base china. En caso de hallarnos frente a una situación de vida o muerte, podemos contar con esos refugios. En cuanto a Enir…

—¡A eso me refiero! —lo interrumpió Bel, y en su timbre de voz se adivinaba cierta desesperación—. ¿Por qué lo llamas así?

—Lo llamo así porque el nombre estelar le fortalece. Él mismo te lo confesó. Lo convierte en un ser espacial que no teme…

—Sí que teme —le cortó Bel de nuevo—. Todos tenéis tanto miedo que os escondéis tras nombres de estrellas y necesitáis buscar protección en esos amuletos, esos restos de basura que lleváis atados al cuello y a los que os aferráis cada vez que el desasosiego se asoma a vuestra conciencia, como estás haciendo tú ahora.

Advertí, entonces, que también estaba agarrando con fuerza mi medallón a través de la camiseta.

Bel proseguía:

—Lo vuestro no es una apática y resignada aclimatación. Encaráis vuestras tareas diarias con muchas ganas. Josep está cuidando el huerto más extenso que jamás ha existido en el espacio. Cuando me guio por Ciudad, me ofreció amplias explicaciones que incluían términos técnicos sobre su funcionamiento. Ha tenido que aplicarse mucho en el conocimiento de este sitio. Recordemos que no quería subir al espacio y se le coaccionó de varias maneras hasta que accedió. Y ahora se ha acomodado con tanto gusto que ha alcanzado la serenidad de un retiro monástico. Cuando me lo encuentro, siempre espero que me diga: "La paz sea contigo, hermano". Ni los apagones de luz le hacen perder la compostura.

—La primera vez se puso histérico, pero cortan el suministro tantas veces que ha acabado acostumbrándose. La verdad, amigo, no sé a dónde quieres ir a parar.

Bel suspiró.

—Yo tampoco. ¡Es que todo esto me parece irreal! Me estáis ofreciendo un espejismo del paraíso… ¿Quién es el padre del hijo que lleva Carina en su vientre?

—Pues…

—No me digas que debió de ser uno de los astronautas que anduvieron antes por Ciudad y ya se marcharon. De ser así, Carina lo habría confesado a las mujeres o a Toliman, o quizá, a Josep, con el que guarda muy buena sintonía. No, el padre está aquí, agazapado tras una imagen de hombre ejemplar, y esa joven no lo delata por miedo a sus represalias.

—¡Nadie de aquí sería capaz de hacer daño a esa chica! ¡Por todos los universos! ¿Sabes lo que creo, Bel?, que dejaste la Tierra hace muy poco y todavía estás inmerso en el mundo de intrigas por donde te has movido los últimos meses. Has llegado envenenado y ves traiciones y maledicencias por todas partes.

—No soy el único que piensa que aquí pasa algo insólito. Hemos estado trabajando todo el día en la ISS y hemos hablado con su tripulación. Los nuevos no conocen a los cleaners, pero los ingenieros llevan semanas en el espacio tratando con ellos. Dime: ¿de qué modo suelen calificarlos?

—No los comprenden.

—Para mí también son extraños, y Josep y tú, a medida que pasan los días, os volvéis más raros.

—Me gusta que nos llamen seres espaciales.

—Seres espaciales extraños.

NÉBULA

—Ha sido una locura —me reconvino Nunki.

Me encontraba en la sala común, rodeado por los cleaners, Bel y Leila. Sadalmelik, tras perder los nervios, había tirado de la manta y todos se habían enterado de que yo había probado el hongo.

Cuando mi cómplice llegó a Ciudad, Leila lo confinó en el gimnasio; pero, a la primera de cambio, se escapó y me fue a buscar. Como no me halló en la lavandería ni en el camarote, sospechó que no le había esperado. Se dirigió al primer laboratorio y, en la compuerta de entrada, me llamó con un grito teñido de urgencia. Me encontraba próximo a la escotilla del segundo laboratorio, escuchando a escondidas a Bel y a Helios, y su vozarrón me sobresaltó. Volví a esconderme en el armario, sin pensar en nada más que en la inconveniencia de que descubrieran mi condición de espía. Sadal atravesó el módulo sin percatarse de mi presencia e interrumpió la conversación de mis amigos.

—¿Está Enir con vosotros?

Ante su negativa, no pudo disimular su inquietud.

—Ayudadme a encontrarlo; es importante —apremió—. Puede que haya tomado… algo indigesto y esté flotando por ahí.

Bel, con la mosca detrás de la oreja, lo interrogó a fondo y el cleaner cantó. Salieron al pasillo y dieron la voz de alarma a través de una de las estaciones de comunicación. Mientras tanto, me escabullí por la puerta del último módulo del segundo laboratorio y me deslicé hasta la despensa. Allí me encontraron. Bel ordenó que me llevaran al dispensario y me diesen un vomitivo; pero me zafé de ese desagradable asunto pretextando que hacía más de una hora que había comido el hongo y, por tanto, ya lo había digerido. Me llevaron a continuación a la sala común, recién convertida en una sala de tribunal. La primera en hablar había sido Nunki; los demás todavía estaban aturdidos por mi inesperada osadía. El segundo fue Toliman.

—Por un instante, he imaginado que estabas muerto —dijo—, desmadejado, flotando con los brazos en involuntario movimiento a causa de la ingravidez, dando la falsa impresión de que todavía estabas entre nosotros. Los labios flojos, los ojos abiertos y ciegos, la piel pálida...

Me pregunté si hacía falta ser tan morboso.

—Te pedí que me esperases —me riñó Sadalmelik.

Dada su implicación directa en el asunto, me pareció que su recriminación estaba fuera de lugar; sin embargo, no le repliqué. En cambio, Bel, con el semblante tenso, empezó a liberar el enfado retenido. Levantó la voz y se enfrentó a Sadalmelik.

—¡Claro, tú también ibas a darle un bocadito, por eso estabas buscando a Josep! ¿Acaso los rayos cósmicos os han pulverizado la sensatez?

Me atreví a intervenir.

—Escucha, Bel. Primero se lo dimos a probar a otros seres vivos.

—¿A quién? ¡Por aquí no veo a nadie más! —repuso, haciendo aspavientos exagerados de mirar a un lado y al otro.

Sadalmelik le respondió:

—Los peces de Dleif llevan alimentándose de este hongo desde el sábado. Se lo metí en el dispensador de alimentos, cuando fui a buscar a Mauni, y les di otra dosis el domingo, cuando la llevé de vuelta.

—¡Belcebú, si os hubierais cargado a esos bichos, el general habría lanzado la Estación contra Ciudad!... Mauni me ha dicho que les hace carantoñas cuando cree que nadie lo ve.

Todos los cleaners, excepto Nunki y Helios, dejaron escapar unas risas al escuchar esa confidencia. Una mirada furibunda de Bel las cortó de cuajo.

—Tranquilo, Bel —continuó Sadalmelik en tono conciliador—. Comprobé hoy que esos pececillos están fabulosos y más activos que antes. Nadaban con una gracia especial por su pequeña pecera. Me escapé un momento a mi Angelote e informé a Enir, y también le dije que no probase el hongo hasta mi vuelta.

—¿Para finarla los dos juntos? —ironizó Bel—. Habéis llegado a un punto de no retorno. No tocáis de pies en tierra.

—Desde luego que no; eso es imposible —bromeó Rigel.

Toliman se anticipó a la furiosa réplica de Bel.

—Serénate, amigo; a Enir no le ha pasado nada —señaló—. Míralo, está bien. Esas semillas las encontró en el laboratorio. Nadie hubiese subido una planta venenosa a Ciudad.

—¡Quién sabe de dónde ha salido esta cosa! —exclamó Bel, al tiempo que asía, con cierta aprensión, un panel recubierto de ese cultivo dorado; Nunki había traído uno del huerto para mostrárselo a los demás. Continuó—: Puede que ese recipiente contuviera antes semillas de plantas y que un hongo las contaminara en la Tierra y se las comiera. Es posible que lo que Josep encontrara fueran sus esporas. ¡A saber cuánto tiempo llevaba esa caja olvidada en aquel armario!

—Está bien, reconozcamos que ha sido una imprudencia —admitió Mizar—. Conocía la existencia de esta plantación. Soy corresponsable de lo ocurrido.

Nunki también se sumó al colectivo de culpables por negligencia, lo cual me molestó un poco. Era mayorcito para saber lo que estaba haciendo y, además, las había engañado.

—Les dije a las chicas que los estaba cultivando como adorno para los camarotes —confesé—. No es raro que me creyesen porque, observa, Bel —solicité, y le quité mi parterre y se lo expuse delante, como si fuera un cuadro—. Son bellos y alegres.

Bel bufó como un toro irritado.

—No puedo fiarme de ti —espetó—. Mañana te llevaré a la ISS y te quedarás allí hasta tu partida. No me dejas otra opción, Josep.

—Soy Enir, y no pienso marcharme de aquí.

—¡Te llevaré a rastras si es preciso! —amenazó.

Un rápido pellizco de Sadalmelik al hongo desvió su atención de mi persona. Antes de que nadie pudiese impedirlo, el rollizo cleaner se metió un buen pedazo en la boca. Bel dio un respingo.

—Pero ¡qué haces, animal! ¿Habéis perdido el seso? —chilló, y alargó los brazos hacia mi panel—. Dámelo —ordenó.

Como no se lo entregué, me lo arrancó de las manos y lo dobló por la mitad con la intención de llevárselo quién sabe dónde.

Aquello lo había plantado yo y Bel no tenía ningún derecho a apropiárselo, eso pensé en aquel momento; así que aferré mi parterre y tiré de él. Lo cogió con más fuerza.

—¡Suelta, Josep, Enir o como te salga de las pelotas llamarte! —bramaba mientras forcejeaba conmigo.

Los cleaners se involucraron todos menos Carina. Unos nos agarraban a Bel y a mí, y otros intentaban quitarnos el panel.

—¡Belcebú, Satanás, Lucifer! —clamaba Bel.

—¡Cálmate! —pedí sin soltar mi tesoro—. ¡Estás que te llevan los demonios!

Un pitido sonoro, procedente de la robot, nos detuvo.

—Como parte neutral, me encargaré de ese parterre mientras discutimos su futuro con tranquilidad —dijo Leila.

Helios se molestó y, volviéndose a Bel, le preguntó:

—¿Le has introducido también algún programa de formación arbitral, con sonidos de silbato incluidos? Es la segunda vez que lo hace servir.

—Mi programa de voz me permite chirriar forzando notas —explicó la robot, y luego se dirigió a todos—. Escuchadme, Josep ha corrido un riesgo que podría haber tenido consecuencias fatales. Que siga vivo no significa que ese hongo sea saludable. Puede que ataque los órganos internos de forma no virulenta y que solo empiecen a notarse sus efectos cuando haya transcurrido un tiempo.

—Pero también podría ser muy nutritivo —apuntó Sadalsuud.

—Aquí no poseemos los medios para poderlo averiguar —objetó Leila.

—Me ofrezco voluntario para experimentarlo —resolví—. Lo comeré todos los días, y tú, Leila, me explorarás con el ecógrafo.

Bel me miró con estupor. Temí que mi decisión atizara su cólera; sin embargo, ocurrió lo contrario: lo enervó.

—No me hagas llevarte a la Estación atado de pies y manos, por favor, Josep. Sabes que me siento responsable de que tú y Helios os halléis en este trance.

—Te prometo que, si siento el más leve dolor, no continuaré —afirmé—. Intuyo que este alimento nos va a hacer mucho bien. Mi hígado está inflamado por culpa de esa asquerosa papilla. Ahora bien, si Leila detecta que se incrementa su hinchazón o que algún otro órgano se ve afectado, lo dejaré. Voy a bajar en pocos días. Si me pongo enfermo, me curarán en el planeta.

Bel volvió a perder los estribos. Me agarró por la camiseta y su cara se pegó a la mía.

—Pero ¡tienes que bajar vivo! —chilló—. ¿Comprendes? ¡Si tu mujer recibe un cadáver, me trinchará, y te juro por todos los habitantes del averno que serás enterrado también a pedazos!

—Yo lo probaré —intervino Sadalmelik—. Tengo el estómago más fuerte que Enir. Leila me revisará.

—Entonces, también me ofrezco voluntario —se sumó Sadalsuud.

—En la constitución femenina, podría tener otros efectos —consideró Mizar—; así que también formaré parte de esta investigación.

—Podríamos llamarlo Nébula de Enir —propuso Baham, y en su moreno rostro se abrió una ancha sonrisa.

—Parece sabroso —comentó Rigel.

Bel, cuya mirada punzante había saltado de uno a otro cleaner mientras hablaban, me soltó y estalló en maldiciones contra todo lo que tenía la culpa directa o indirecta de aquel despropósito: la insensatez contagiosa de los pilotos implantados; los directivos de Cleanspace, que nos habían dejado a pan y agua; los dietistas que habían perpetrado aquella papilla vomitiva, los rayos siderales y el universo en pleno.

Empecé a protestar y a insistir en que debía ser el único que probara aquel alimento. Bel calló y, lentamente, volvió a acercar su rostro al mío. La calma que se había impuesto le causaba un ligero temblor en las facciones.

—Tienes dos opciones… Enir —masculló—, o me juras por tus hijos que no vas a volver a comer eso o me pongo la mochila propulsora y te llevo a la Estación ahora mismo, atado a mí, de la misma manera en la que traje a Leila.

Su expresión resuelta me indicó que era muy capaz de cumplir ese ultimátum; pero lo que me decidió a recular fue la preocupación que emergía de su lechosa mirada. Aquel hombre había venido a ayudarnos, y yo me obstinaba en ponerme en peligro. ¿Por qué sentía la necesidad de seguir comiendo aquello? Había tenido suerte de que ese hongo no contuviera un veneno mortal para los humanos. Me estaba comportando como un niño. Bel tenía razón. Si hubiera estado en su lugar, me habría dado dos sopapos.

—Discúlpame, no he pensado bien en lo que hacía —dije con súbita aflicción—. Te juro que no volveré a catarlo hasta que se determine su salubridad.

En sus ojos lechosos flotaba la sombra de la duda.

—Por de pronto, mañana te toca ir a la ISS a descargar la nave —me recordó—. Helios se quedará en Ciudad y ayudará a los técnicos.

—Pero volveré, ¿no es cierto?

No me contestó. Su mirada se clavó un instante en mí y luego se desvió hacia Nunki y Mizar.

—Quiero tener todos estos paneles bajo mi control —mandó—; nadie va a arriesgarse más. Los llevaremos al camarote que ocupo.

Los Sadal protestaron.

—¿Nos vas a empapelar el módulo de amarillo? —Se miraron un instante el uno al otro con sonrisa de mofa y luego se volvieron al grupo—. ¡Esta noche, fiesta en nuestro cuarto!

. . .

La llamada de Unfield a primera hora no nos sorprendió. Desoyendo sus instrucciones, todos los pilotos habían ido a trabajar a la Estación el día anterior. El agravio se había incrementado porque los técnicos, que estaban fraguando el inhibidor, habían tapado las cámaras de los talleres, los únicos ojos que la base klingon tenía en el interior de Ciudad. La construcción de aquel aparato que iba a darnos el control de nuestra energía debía permanecer en secreto; pero, para Cleanspace, aquello significaba la rebelión total. Razonaron que era necesario otorgar alguna concesión para poder recuperar a sus trabajadores. Unfield nos comunicó que Cleanspace pagaría el pasaje de vuelta de Carina en la nave de la ISS, puesto que a ellos les era imposible adelantar el envío de los botes salvavidas. Aquel era un tema zanjado, sentenció. Podíamos verificar ese trato con el comandante Dleif, el cual nos diría, también, que tantas personas implicadas en la descarga estorbaban. El coronel solo aceptaría la ayuda de Bel, de los turistas y del piloto que los trasladara cada día a la ISS. Por tanto, exigía a los cleaners que retomasen las tareas asignadas so pena de fuertes sanciones. Los informes médicos enviados por Leila mostraban que Toliman podía reincorporarse al trabajo, así que no permanecería ninguna nave anclada, agregó. Como se precisaba la pericia de todos los pilotos para la captura de un par de satélites, uno de los técnicos se ocuparía de llevar a Bel y al turista de turno a la Estación.

Aquellos encargos trastocaban el avance del diseño del inhibidor. Solo quedaría un técnico en Ciudad, pues Nunki tenía que sustituir a Carina como piloto, y otro, o bien Baham o bien Mizar, nos acompañaría a Bel y a mí a la ISS. Cleanspace no permitía que Bel condujera sus naves, aunque era un buen piloto y Toliman le había explicado su particular manejo.

Lo hablamos, y Baham prefirió quedarse. De los tres técnicos, era el que peor dominaba el pilotaje de las rayas. Helios y Leila lo ayudarían en lo que pudiesen.

Los pilotos despegaron uno tras otro con la agilidad acostumbrada. Nuestra nave, conducida por Mizar, desancoraría en último lugar. Por prudencia, Baham, en la torre de control, quería esperar a que el resto de las rayas se alejara un poco de Ciudad antes de darnos el permiso de salida.

Entré detrás de mis compañeros en la raya, y al llegar a la proa, Bel se situó con desenvoltura en uno de los asientos de pilotaje del puente de mando. Mizar, también con naturalidad, dando por sentado el lugar que me correspondía, me ayudó a situarme en una de las colchonetas que había adosadas en vertical a la pared.

—Para la vuelta, me pido el puesto de copiloto —avisé.

Bel se giró y me dijo con malicia:

—Eso, si te dejan volver.

Aunque esas palabras sonaban a reprimenda por haberme comido el hongo, caí en un apesadumbrado silencio, puesto que era muy posible que el coronel quisiera retenerme en la Estación. Sentí que sería muy doloroso dejar Ciudad, el huerto y los cleaners para siempre, sin unos días previos de toma de conciencia, sin despedidas. Sufriría si me arrancaban de cuajo de un lugar que, por extraño que pudiese parecer, consideraba mi casa. El instinto de supervivencia conducía al hombre a adaptarse a cualquier situación y a convertir cada último refugio en su nuevo hogar.

Mizar me sacó de mi preconcebida nostalgia cuando estábamos a medio camino.

—Enir, podrías solicitar que te permitieran hacer una llamada a tu casa.

A mi antigua casa, claro, ¡cómo no había pensado en ello! El resto del viaje busqué una forma de ganarme a Dleif, y pensé que, quizá los obsequios que llevaba, tres platos esféricos llenos de ensalada, serían suficientes para obtener ese favor. Esperaba poder compartir esos frescos manjares con la tripulación, durante la comida del mediodía.

La ISS no tardó en protagonizar el panorama que se extendía ante nosotros. El día en que la había visto por última vez, con las mariposas escudando su flanco acribillado, me parecía muy lejano.

Nos acercamos y nos deslizamos en paralelo a sus paneles solares, en dirección al puerto que nos indicaban. Anclamos con lentitud, pero sin dificultad. A la piloto Mizar no se le podían pedir cabriolas; sin embargo, lo fundamental lo hacía bien.

Entrar en la Estación me hizo revivir el miedo que había sentido cuando los escombros atravesaron dos de sus módulos. Mauni nos estaba esperando y lo percibió. Sonriente, se cogió de mi brazo y me dio conversación mientras avanzábamos hacia el muelle de carga y descarga, nuestro lugar de trabajo aquel día. Allí nos encontramos a los cuatro militares que habían subido en aquella nave que íbamos a vaciar. Caras adustas, mandíbulas cuadradas, anchos hombros, cuerpos recios. Todos, maduritos, entre los treinta años bien pasados y los cuarenta; todos, vestidos con el mismo mono de color azul marino cuya única nota de color la daban unos galones dorados que llevaban cosidos sobre los hombros.

Nos estrechamos las manos, y Bel hizo las presentaciones de forma breve. Les pregunté por el resto de sus compañeros y por su comandante; la nueva tripulación de la ISS me era desconocida por completo y deseaba saludarlos a todos. Mizar había trabajado estrechamente con los ingenieros durante los arreglos de la Estación y Bel los había visitado varias veces; pero yo no había vuelto a volar por allí.

Mauni nos informó de que estaban atareados. Dos de ellos iban a salir al exterior, a colocar las nuevas bandas de los paneles solares que habían descargado el día anterior. El otro ingeniero, el comandante y ella misma controlarían los paseos espaciales.

Mizar se sorprendió.

—Pero, Mauni, pueden ahorrarse esa salida al espacio —comentó—. Rigel podría venir mañana con sus rapaces y hacer el triple de trabajo en la mitad de tiempo.

Uno de los militares intervino con brusquedad.

—La ayuda de los pilotos cleaners es innecesaria. De hecho, tampoco les precisamos a ustedes para efectuar la descarga de la nave. El comandante ha aceptado su presencia por la insistencia del señor Bel.

Tras soltarnos esa descortesía, mandó que nos pusiéramos a trabajar de inmediato y nos dio las primeras órdenes acerca de lo que teníamos que mover y hacia dónde. Bel me había pedido que cumpliese las instrucciones de los militares al pie de la letra, sin añadir ningún toque de creatividad de los míos. Curiosamente, su aviso me había recordado que mis lápices y mi cuaderno de dibujo se hallaban en un armario del módulo *Tranquility*, y como lo más probable era que siguieran allí, determiné que iría a recuperarlos en cuanto nos permitiesen un descanso.

Mauni me dio un apretón afectuoso en el brazo y se marchó. Mi mirada se desplazó hacia Mizar que, mediante un guiño elocuente, me recomendaba que no tomase muy en serio a aquellos hombres tan secos. La joven estaba resuelta a hacer más llevadera la jornada y, al poco de comenzar a trasladar paquetes, empezó a canturrear una de sus pausadas melodías. Los militares fruncieron el ceño, pero no la detuvieron. Bel y yo sonreíamos ante aquella sutil insurrección. Mizar cantaba y, de vez en cuando, dejaba escapar algún comentario sobre la dureza de la vida en el espacio, con la clara intención de entablar conversación. Las respuestas que conseguía eran escasas y concisas, y yo tampoco tuve suerte cuando quise romper aquel hosco silencio con diversos comentarios. Bel, en cambio, consiguió un mayor intercambio de palabras cuando apuntó hacia temas prácticos relacionados con el arreglo de la Estación.

La hora de comer se retrasó hasta la hora de merendar. Lo preferimos así para poder compartirla con los ingenieros, el comandante y Mauni, que seguían reparando los paneles solares. Nuestros capataces nos dieron un pequeño respiro de media hora al mediodía y nos ofrecieron un bocadillo de tortilla. Reconozco que me supo a gloria celestial y que lo saboreé como si fuese caviar ruso. Nos sobró la mitad del tiempo otorgado. Bel intentó conversar con aquellos soldados, y Mizar se excusó y se fue a reposar a la raya. Marché detrás de ella, como si fuese también a la nave; pero me dirigí hacia el *Tranquility*.

Acostumbrado a vagar por Ciudad con la privacidad limitada tan solo por los encuentros con los cleaners, se me hicieron más presentes los movimientos de las cámaras de la Estación. Me estaban vigilando, no cabía duda.

Al llegar a mi destino y abrir el armario, el objetivo más cercano me enfocó sin disimulo. Cogí la carpeta de dibujo y el estuche infantil que me había traído, con gomas que aseguraban que los lápices se mantuviesen en su lugar, me acerqué a la cámara y los mostré en un primer plano. Luego floté hacia la raya con la intención de ponerlos a buen recaudo. De camino, quise comprobar si las mascotas de Dleif seguían bien y me desvié hacia su cabina. No pensé que el centro terrestre advertiría al coronel del rumbo de mi vuelo.

La pecera presidía aquel módulo. Sus habitantes, de un sedoso color bermellón, nadaban con brío. Eran graciosos, con su largo morro y sus ojos negros y saltones.

Abrí mi cuaderno y el estuche. Hacía muchas semanas que no pintaba y retratar a unos modelos de un color tan intenso me resultó irresistible. Enseguida, y como siempre me ocurría cuando me enfrascaba en la pintura, el tiempo se difuminó. Ni siquiera un rugido a mi espalda detuvo mis afanosos dedos. Supuse que se trataba de uno de aquellos militares estreñidos y le rogué, sin mirarlo, que me dejara alargar unos minutos más mi descanso. Otro bufido sobre mi hombro me desconcertó. Lancé una rápida mirada de reojo, para intentar averiguar de qué enorme hocico provenía aquella bocanada de aire caliente, y advertí que tenía una cabeza casi pegada a la mía que observaba mi dibujo. Una voz densa dijo:

—Usted solo puede ser Josep Fuentes, el turista artista. He visto las láminas que dibujó durante los pocos días que pasó aquí y debo reconocer que son muy buenas. Debería dedicarse a eso y no a plantar verduras en lugares estériles.

Me volví, apartándome un poco para no besar a esa persona al girarme, y me encontré a un hombretón vestido de militar desde el cuello hasta los pies. Tendría unos cuarenta años y estaba macizo; su cuello era tan ancho como su mandíbula, y su pecho estaba tan inflado como sus bíceps. No obstante, era atractivo, del tipo macho bruto, con un rostro donde armonizaban unos ojos azules grisáceos muy inquisitivos, una nariz recta y una boca ancha.

—El coronel Dleif, supongo —dije, y esperé que no se lo tomara a guasa, pues esa frase me había surgido sin pensar. Le tendí la mano y me la estrechó con fuerza.

—Y comandante de la ISS —agregó.

—Es un placer conocerlo en persona —añadí con cortesía—. Me alegra ver que la Estación está en marcha y sin secuelas aparentes del accidente que sufrió. Quiero agradecerle que haya pactado con Cleanspace que nuestra compañera Carina pueda regresar con nosotros y…

—¿Por qué no sigue con su pintura, Fuentes? —me cortó.

Le hice caso porque me apetecía acabarla, no porque me lo ordenara. Pensaba colgar aquella lámina en mi camarote como muestra de vida saludable en el espacio.

No tardé en quedar satisfecho con el resultado. Quise darle un toque final y acaricié el fondo con un lápiz amarillo para guarnecer el ambiente con una suave luz. Aquel color simbolizaba, además, el amparo de la nébula dorada.

Dleif me arrebató el cuaderno de las manos y arrancó la lámina.

—No ponga más amarillo, que va a quedar cursi. Así está perfecta —consideró.

Me devolvió el cuaderno y colocó mi pintura en la pared, frente a su saco, sujetándola entre dos tubos adosados.

Muy bien, pensé, pues si se iba a quedar con mi obra, estaba en mi derecho de exigir un mínimo pago.

—Comandante Dleif, como sabrá, en Ciudad tenemos restringidas las comunicaciones con la Tierra. Hace muchos días que no hablo con mi familia y me gustaría…

—No tengo el menor inconveniente —me atajó.

—Pues, muchas gracias —respondí, gratamente sorprendido—. La mejor hora sería…

Me cortó otra vez.

—Podrá hacer la llamada al término de su jornada laboral, después de que...

—Perfecto —me apresuré a aceptar.

—No me interrumpa —me avisó con aspereza—. Decía que le permitiré hablar con su esposa cuando termine sus tareas y la nave cleaner haya partido a Ciudad.

Tragué saliva.

—No voy a quedarme, coronel —afirmé con rotundidad.

—¿Sabe, Fuentes?, estaba deseando echarle el guante. El doctor Helios no me interesa tanto. Es un experto en cibernética y disfruta experimentando con los robots auxiliares de los cleaners. El mundo podría comprender que quisiera permanecer más tiempo en Ciudad; de hecho, a su amigo no se le nombra mucho en los medios de comunicación. Usted es el turista que se está sacrificando por proteger a una embarazada. Representa al hombre de la calle, simple, indefenso, miedica, que necesita y merece ser protegido. Se están movilizando por usted, no por el doctor, y ahora lo tengo en mis manos. ¿Por qué iba a dejarlo ir de nuevo? Todos aprobarían que lo guareciera en la Estación. Por fin, pensaría el vulgo, aquel tipo que podría ser uno de nosotros está a salvo. Ha hecho suficiente; no se le puede pedir más. El comandante Dleif cuidará de él hasta que le meta de una patada en la nave de vuelta.

—No se creerían que me quedase aquí, sin Carina, por propia voluntad.

—¿Le preocupa dejar de ser un héroe o perder protagonismo?

—No me quedaría callado —afirmé, sin hacer caso a esa apreciación injusta—. Denunciaría que no me permitió regresar a Ciudad.

—¿Por qué desea tanto estar en ese lugar aislado y miserable? Me han contado que ha disfrutado con el sándwich de tortilla más que un indigente. Allí comen bazofia, no me lo niegue; Bel me trajo una bolsa de papilla y la probé. También tienen cerradas las vías de comunicación. No comprendo que prefiera estar en una isla en vez de en una península unida al mundo.

—La isla tiene bellos paisajes. Los nativos son amistosos y me tratan con deferencia. Me han dejado una pequeña cabaña, tierras removibles, abono, semillas...

—¡Haberlo dicho antes, hombre! ¡Tanto que se están preocupando allá abajo y resulta que se lo está pasando de muerte!

El sarcasmo gritón del coronel me molestó.

—Me he adaptado, eso es todo —contesté—. Estoy intentando aguantar lo mejor posible, pero le aseguro que voy a besar el primer suelo firme donde se apoyen mis pies. Le rogaría que no bromeara con la muerte: la he sentido demasiado cerca, helándome el alma. Soy un hombre de la calle a mucha honra y temo por mi vida porque tengo sentido común, no porque sea un miedica. No quiero menospreciar la Estación como vivienda, pero me hubiese deprimido sin remedio si hubiese tenido que quedarme estos meses en el interior de sus cilindros sin vida ni color, seguido además por atentas cámaras que impiden disfrutar de un mínimo de intimidad. Tampoco me seduce la compañía de hombres herméticos y mandones, como los que se han pasado la mañana bramándome instrucciones.

El comandante se ofendió.

—No voy a insistirle. Vuelva a su trabajo —gruñó.

—¿Y mi llamada?

—Tampoco me insista usted o su regalo no me hará olvidar las veces que ha rechazado mi hospitalidad.

No tuve más remedio que darme por vencido. Guardé mis enseres de dibujo en la raya y volé hacia la nave que estábamos descargando.

Por fin, tres horas más tarde, nos avisaron que el paseo espacial había finalizado. Hambrientos, marchamos hacia la popa, donde nos estaba esperando el resto de la tripulación. Mizar y yo pasamos primero por la raya a buscar las ensaladas y enseguida nos unimos al grupo.

Los ingenieros saludaron con afecto a Mizar. La cleaner se los había ganado durante las semanas que había estado trabajando con ellos. El comandante Dleif torció la boca con disgusto; al parecer, tanta cordialidad no era de su agrado. La afabilidad de los ingenieros menguó con Bel hasta la cortesía y se perdió del todo cuando se dirigieron a mí. Mi terca permanencia en Ciudad los enojaba. Lo tomaban como lo que, en buena parte, era: una hiriente muestra de desconfianza. El coronel había dado su palabra conforme Carina nos acompañaría en el viaje de retorno a la Tierra, por lo que consideraban insultante que Helios y yo mantuviéramos esa postura. Los estábamos perjudicando, afirmaron. Por culpa de nuestra testarudez, la prensa, sobre todo la denominada prensa rosa, había estado escarbando en sus vidas privadas en busca de posibles motivos que justificasen nuestros resquemores. ¿Y quién no había cometido nunca un desliz? De uno de ellos habían conseguido averiguar que había tenido problemas con las drogas cuando era muy joven. Le habían dado un gran disgusto a su familia...

En todo ese rato de recriminaciones, Mauni se mantuvo en prudente silencio, como si se posicionara en nuestra contra. De no haber sabido que se trataba de una estratagema de camuflaje, me habría dolido. No obstante, Bel no tenía por qué callarse y comentó que me respetaba y comprendía, y también Mizar intervino.

—Deben entender que todos estamos preocupados por nuestra compañera Carina —expresó la muchacha—. Nuestra situación es complicada. Los cleaners agradecemos la solidaridad que han mostrado los turistas. Han hecho suyos nuestros problemas. Les hubiese sido más cómodo regresar a la Estación en cuanto estuvo lista para acogerlos; pero fueron conscientes de que, si se iban, nos volveríamos invisibles de nuevo. No somos los malos de la película, sino los débiles; así que no vean ofensa alguna en su respaldo. Todos los astronautas estamos expuestos a peligros mortales. La solidaridad se convierte en una actitud lógica cuando la supervivencia depende del mutuo cuidado. Nadie es invulnerable en entornos donde mandan fuerzas sobrehumanas. Nosotros hemos intentado auxiliarlos en todo lo que nos han pedido y continuaremos haciéndolo. En nombre de mis compañeros, reitero que estamos dispuestos a seguir colaborando en la reparación de los paneles solares.

Aquellos hombres apretaron los labios y su cuerpo efectuó leves movimientos huidizos. La adorable Mizar había conseguido remover un poco su interior.

El comandante Dleif arremetió entonces contra Cleanspace, con un objetivo que pude descifrar gracias a que estaba al día de las noticias. Se dirigió a Mizar cuando empezó a despotricar.

—Su empresa los trata como si fuesen trabajadores de tercera categoría y, sin embargo, al Consorcio le cobra sus servicios en oro de ley. No queda mucho por arreglar y el centro de mando ha preferido no contar con ustedes. Si bien apreciamos sus dotes, el precio es demasiado elevado. Hemos aceptado su ayuda para vaciar la nave de escape porque no se nos cobra nada. Y yo me pregunto… ¿Querrían los cleaners trabajar para el Consorcio? ¿Cuál es su opinión, señorita Mizar?

La joven ladeó la cabeza y sonrió ante esa inesperada y valiosa propuesta.

—Si nos dieran las mismas condiciones que a sus astronautas, muchos nos lo pensaríamos —respondió.

Esa contestación tan ambigua desilusionó al coronel. No se dio por vencido, no obstante, y repitió los argumentos que me había expuesto al mediodía, quizá con la esperanza de que aquella mujer tuviese más cabeza.

—No pueden comunicarse con el planeta, siempre van escasos de medicamentos, no tienen botes salvavidas, comen el mismo puré repulsivo todos los días y apenas tienen descansos. ¿Qué tienen que reflexionar? —inquirió.

El comandante estaba tanteando la posibilidad de arrebatarle sus trabajadores a Cleanspace. Observé un fugaz intercambio de despiertas miradas entre Bel y Mauni; pero Mizar no sabía nada acerca de la nueva sociedad oriental que, con toda probabilidad, impondría la contratación de sus propios empleados, por lo que respondió con candidez.

—Los cleaners aman Ciudad, y los pilotos adoran también sus naves. En mi caso, me entristecería abandonar mis laboratorios; sin embargo, sé que, tarde o temprano, tendré que alejarme de ellos, así que no rechazaría una buena oferta del Consorcio. ¿Me está brindando esa oportunidad, comandante? Si es así, debo informarle que mi contrato con Cleanspace no vence hasta dentro de tres años.

—¿Cree posible que los pilotos se unan a nosotros cuando concluyan sus compromisos con la empresa de limpieza?

—No sabría decirle. Están muy unidos a sus rayas, como le he comentado, y creo que intentarán renovar sus contratos para no separarse de ellas.

El comandante se quedó pensativo. Acababa de advertir que los cleaners desconocían que muchos de ellos serían sustituidos en poco tiempo. Mizar, sin saberlo, acababa de afianzar a Mauni como nuestro agente infiltrado. Bel quiso consolidar el engaño y comentó en tono coloquial:

—Bueno, no todos piensan continuar. Dos de esos pilotos planean montar una agencia de transporte aéreo cuando regresen a la Tierra.

—En el espacio, ya vuelan como si llevasen avionetas —añadí, intentando ayudar.

La mirada de Dleif se alejó hacia una de las ventanas de aquel módulo.

—No parece que vuelen, sino que buceen —matizó, y había un énfasis admirativo en su voz—. La facilidad con la que dominan sus naves es impresionante. Las mueven como si fuesen sus propios cuerpos. Sus rayas semejan monstruos blandos que exploran el océano espacial mediante el impulso de sus colas y aletas.

—Están manejando naves muy valiosas con total imprudencia —reprobó uno de los ingenieros—. Se creen dioses inmortales.

El pilotaje mental les hacía olvidar que tenían un cuerpo de carne y huesos, esa era mi opinión. Se dejaban arrebatar por su enorme habilidad y caían en una hipnótica inconsciencia. Cuanto más se sometía la máquina a su voluntad, mayor era su deseo de ahondar en esa unión.

Mizar emitió una risa cantarina y luego preguntó:

—Entonces, ¿no querrían tener en su plantilla a pilotos tan resueltos?

El ingeniero añadió a lo que había comentado antes:

—A los chinos los tienen desquiciados. La última cápsula llegó desviada cincuenta kilómetros de su punto de destino. Se la tienen jurada y en cuanto tengan la oportunidad…

El comandante Dleif lo interrumpió.

—Los chinos se quejan de todo, pero el Consorcio admira las aptitudes de los cleaners. La señorita Carina podría ser nuestro primer fichaje. Será bienvenida si su empresa decide prescindir de sus servicios.

—La despedirán —afirmó Mizar—. Ha cometido un pecado capital y por ello será expulsada de la orden —ironizó.

El comandante Dleif asintió con su enorme cabeza.

—Esa obcecación que tienen los dirigentes de Cleanspace con que ustedes respeten su particular doctrina va en su propia contra. En cuanto supieron que esa joven se había quedado embarazada, debieron haberla evacuado de inmediato. Pero han querido mantenerla aquí arriba como castigo para ella y ejemplo de amedrentamiento para las siguientes trabajadoras, y ello les ha ocasionado una pésima publicidad. En los periódicos de medio mundo los han tildado de inquisidores medievales. Aun así, no han dado su brazo a torcer. Su terquedad me ha perjudicado también. Han conseguido que mis superiores se comprometan a hacer el trabajo sucio, y será mi mano la que deba llevarlo a cabo. Es una orden que me disgusta profundamente. Según mi opinión, y la de reputados médicos, la vida del feto y de la mujer corren un grave peligro si bajan en la cápsula a estas alturas del embarazo. Sería mejor que esa joven diese a luz en el espacio. Si pierdo a alguno de los dos o a ambos, tendré que dar muchas explicaciones; pero les advierto que no podrá exigírmelas ningún tribunal. Haré firmar a esa joven un documento que me exima de toda responsabilidad.

—Está en su derecho —reconoció Bel—. Solo le pedimos que cumpla el acuerdo alcanzado y baje a Carina junto con los turistas.

—Abro la puerta, pero ella es la que la traspasa —recalcó Dleif—. Espero que aguante bien el viaje, y no solo por evitarme problemas; tardaría mucho tiempo en volver a dormir a gusto. No puedo desearle la misma suerte al sujeto que la dejó preñada y que ahora se esconde. Si fuera uno de mis hombres, me encargaría de que le echasen del cuerpo; no quiero cobardes a mi lado. Estoy seguro de que ustedes saben quién es. Solo díganme si se trata de uno de los pilotos en activo.

Como nos encogimos de hombros en señal de total ignorancia, Dleif argumentó sobre la conveniencia de delatarlo.

—Si algo sale mal con la mujer o el hijo que está repudiando, sus remordimientos podrían impulsarlo a reaccionar, y no sabemos si lo haría de forma mesurada. Podría desequilibrarse y provocar un accidente.

—No conocemos su identidad —contesté.

Exhaló una ventolera por la nariz, pero contuvo su irritación.

—No esperaba que me lo dijesen —repuso—. Les pido que lo vigilen hasta que la chica esté a salvo en el planeta.

—El culpable no se encuentra en Ciudad —aseveró Mizar.

Pese a que los ojos del comandante destilaban desconfianza, no insistió en ese asunto. Uno de los militares recién llegados cambió de tema y preguntó qué experimentos efectuábamos en los laboratorios de Ciudad.

Mizar se explayó con entusiasmo en una disertación acerca del segundo laboratorio y mostró su contento por lo bien que estaba funcionando la planta de regeneración de oxígeno y agua. Cuando habló del huerto, elogió mi importante labor y explicó, entre risas y supongo que por hacer más amigable la conversación, lo que había sucedido con el hongo dorado; aunque tuvo la sensatez de ocultar mi ensayo experimental con los peces de Dleif. Si el coronel se hubiese enterado de mi ocurrencia, me habría expulsado de la Estación sin nave ni traje espacial.

A Mauni no le hizo ninguna gracia averiguar hasta dónde llegaba mi atrevimiento. Se enfadó y me riñó con severidad, y también regañó a Bel, por no vigilarme como hubiese debido. Este se molestó y se pusieron a discutir con una sequedad que yo sabía que era fingida, pero Mizar los miró, al principio, con extrañeza, y luego con disgusto. El comandante Dleif se lo tragó tanto que medió entre ellos e, intentando limar asperezas, me soltó una broma.

—Fuentes, no la fine antes de que lo repatríe —dijo—. Debo cumplir la orden de bajarlo sano y salvo.

No se hubiese mofado si hubiera estado al tanto de la causa por la que sus peces nadaban con tanto vigor.

. . .

Me dejaron marchar de la Estación sin problemas; aunque, hasta el último momento, temí que me lo impidieran. Aquella noche, cerré la compuerta del camarote y comenté a Helios lo que había ocurrido durante la jornada, haciendo hincapié en mi preocupación de que, la próxima vez, me retuviesen.

—No vuelvas. Iré en tu lugar —resolvió mi amigo.

—No es una buena idea. Estás ayudando a los técnicos a construir el inhibidor.

—Debo ser humilde y asumir que les estoy sirviendo de poco. Mizar les hace más falta. Sería mejor que nos trasladara a la Estación uno de los pilotos. Si dejamos trabajar juntos y tranquilos a los tres técnicos, sacarán adelante ese aparato.

Acepté entonces su propuesta con agradecimiento. Mi amigo dio por finalizada la conversación y abrió su saco con la intención de introducirse; pero me aproximé a su cabina y lo detuve.

—Espera, quiero decirte algo más. Os escuché hablar a ti y a Bel cuando estabais en el segundo laboratorio. Me había escondido en el interior de un armario para evitar que me pillaseis con el hongo en la mano.

Se le escapó una risa, pero enseguida se puso serio y me preguntó qué había oído.

—Todo, y creo que los cleaners deberían estar al tanto de la nueva situación —juzgué.

Me miró unos segundos, mientras reflexionaba, y luego volvió a cerrar su saco.

—Estoy de acuerdo —dijo—. De hecho, quería hablar con Bel y comunicarle mi intención de prevenir a los otros. ¿Te parece que vayamos ahora a su camarote?

Era mejor no retrasar las malas noticias. Flotamos hasta el módulo contiguo y nos detuvimos en el vano de la puerta. Bel estaba discutiendo con los Sadal. Nos daba la espalda y no advirtió nuestra presencia.

—¡Os habéis comido medio panel de nébula y aún decís que es poca cantidad para los dos! —se exclamaba.

—Apenas un par de bocaditos —concretó Sadalmelik.

—Mañana pediremos a Leila que nos revise —repuso Sadalsuud, intentando aplacar a Bel.

—¿Y si no llegáis a mañana? —gritó.

Helios intervino:

—Si eso ocurre, los nuevos trabajadores podrán optar de inmediato a dos plazas disponibles.

Bel se volvió y le miró con expresión resignada.

—Me ha extrañado que no desvelaras esa información durante la cena —declaró—. No importa; iba a contárselo mañana. Estoy bastante cansado y quería irme a dormir pronto, pero ya que te has lanzado, lo explicaremos ahora. Me he dado cuenta de que es mejor no tener secretos con los cleaners; Mizar me ha reconvenido mi frialdad con Mauni durante buena parte del viaje de vuelta.

—¿Qué está pasando? —preguntó Sadalsuud.

—Será mejor que nos reunamos todos en la sala común —sugerí—. Iré a avisar a los demás. También traeré a Leila.

La robot seguía en la torre de control del espaciopuerto, apareándose con el ordenador central de Ciudad. Tuve que agarrarla del brazo porque no oía mis palabras.

—Desacóplate, Leila —solicité—; Bel quiere contarnos algo importante.

No preguntó nada y fue tras de mí. Cuando llegamos a la sala, estaba toda la tripulación esperándonos. Sus caras mostraban recelo. Cuando Bel empezó a revelarles los últimos acontecimientos, se miraron con asombro y luego se encresparon como si les hubieran pateado una espinilla.

—¡Somos escoria para nuestros jefes! —lamentó Toliman—. ¡De la noche a la mañana, escinden la empresa en dos, venden una parte y no se nos comunica nada!

—Así que están preparando nuestro relevo. Por eso, no envían los botes salvavidas —dedujo Nunki—. Quieren aprovechar el viaje y trasladar a la nueva tripulación.

—No nos sustituirán de momento —opinó Baham—. Puede que suban un par de astronautas para aprender el funcionamiento de todo; pero a los técnicos nos van a necesitar durante bastantes meses. Tampoco hay nadie que pueda rivalizar en eficacia con los pilotos que lleváis el implante.

—No me fío —repuso Sadalsuud—. A Cleanspace le interesa más el negocio que ofrecen los satélites. Si reducen los efectivos de la brigada cleaner, podrían ceder naves a esa sección a cambio de una buena cantidad.

—Hablaremos con Unfield mañana, a primera hora —propuso Rigel—. Tenemos derecho a saber qué tienen pensado hacer con nosotros. ¿Respetarán nuestros contratos?

—No, esperad —intervino Bel—. Se supone que estamos incomunicados y no sabemos nada. Mauni debe seguir siendo nuestra aliada en la sombra.

—¡Ahora comprendo: tú y Mauni estabais haciendo teatro! —exclamó Mizar.

—Bel tiene razón: Mauni es nuestra única fuente de información. No podemos perderla —alegó Carina.

—¡Pero es que necesitamos saber si pretenden darnos la patada! —protestó Sadalmelik.

—¿Cómo ha reaccionado el Consorcio? —preguntó Sadalsuud.

Su cuestión promovió otra tardía deducción de Mizar:

—¡Claro, por eso Dleif me ha propuesto que trabajáramos para ellos!

—¿En qué lugar: en la ISS o en Ciudad? —incidió la inteligente Nunki.

Los cleaners se removieron dentro de sus aros.

—¿Estás insinuando que el Consorcio se adueñará de Ciudad? —la interpeló Baham—.¿Piensas que intentarán comprarla?

—O robarla —apuntó Rigel.

Los cleaners miraron a Bel en busca de la respuesta correcta.

—Rigel no va desencaminado —manifestó.

Un desazonado estupor recorrió la sala. Bel les reveló que el Consorcio tenía intención de expropiar Ciudad y sus naves. Cleanspace había fallado en su principal cometido: mantener a raya la basura espacial. El percance que había sufrido la Estación les había proporcionado el pretexto que precisaban. Pero ese plan habría quedado descartado en el instante en que se confirmó la venta de una parte de la empresa de limpieza. La entrada de un nuevo jugador, que además estaba limpio de toda culpa, tenía que haber descolocado al Consorcio. La partida, en apariencia, se encontraba detenida.

—La guillotina pende sobre nuestros cuellos —lamentó Baham.

—No perdáis el tiempo ni los nervios en especular sobre vuestro futuro —aconsejó Bel—. Tenéis que conseguir que vuestra voz llegue a la Tierra; dejar de ser meras fichas en el tablero de juego y convertiros en jugadores. Necesitáis poseer el control total sobre Ciudad —señaló—. El inhibidor listo, instalado y probado; las comunicaciones, abiertas. —Se dirigió a Leila—: ¿Cómo va el descifrado?

La robot se había agarrado a mi brazo y flotaba a mi lado, en horizontal. Se sujetó al aro para erguirse y situarse al lado de la mesa.

—He avanzado muy poco —respondió—, pero tened en cuenta que, aunque lo consiga, la base terrestre controlará nuestras emisiones y no nos permitirá el acceso libre a Internet.

Bel hizo un ademán despreocupado con la mano.

—Si no podemos pasar nuestro video a una agencia periodística, lo hará Mauni desde la ISS —determinó, y luego se giró hacia mí—. ¿Cómo va el reportaje, Josep?

—Me gustaría filmar el exterior de Ciudad y el vuelo de las rayas. En cuanto disponga de esas imágenes, empezaré a montar.

—Sobre todo, tenlo listo antes de vuestra marcha.

Toliman se ofreció a llevarme en su nave al día siguiente.

—Todavía no te he dado el alta —le advirtió Leila.

—Has dicho que me falta poco —replicó el piloto—, y Unfield me ha vuelto a amenazar con una sanción si no salgo mañana. Prometo que no someteré mi cuerpo a ningún cambio de aceleración. Además, tendré que pilotar con suavidad y lentitud para que Enir pueda grabar con mano firme. Diré a Unfield que debo revisar la cubierta de Ciudad y el motor exterior situado en la grúa. Eso me dará un par de días más de margen antes de volver al rudo trabajo.

—Bien, empezad con esas tomas mañana mismo —dijo Bel—, pero no volváis tarde. Es necesario que tanto Josep como Helios se instruyan en los conocimientos básicos de supervivencia.

Me desconcertó.

—Creo que hemos alcanzado un nivel superior al básico —subrayé.

—Todos los astronautas tienen que saber ponerse y sacarse un traje espacial con rapidez —repuso Bel.

—¿Y ya está? —inquirió con segundas Helios.

—Y no han de temer salir de la caja —añadió Bel.

—¿De qué caja? —pregunté con tonta inocencia.

. . .

Los trajes que tenían allí eran menos rígidos de lo que aparentaban, pero bastante aparatosos. Había dado varias volteretas al intentar introducirme mientras mantenía una vertical dificilísima de conseguir en microgravedad. Eso sí, lo había logrado sin ayuda. Helios no había tenido tantos problemas la tarde anterior, y cuando había hecho el EVA junto con Bel, se había ido feliz y había vuelto emocionado, henchido de satisfacción. No era de extrañar, pues, que me estuviese acompañando a la esclusa con una sonrisa de oreja a oreja.

—¿Me ayudarás a colocarme la escafandra? —pregunté con débil voz.

—Todos te ayudaremos.

—Quiero salir con la visera puesta; su fina capa de oro me protegerá la cara de la radiación.

—Está bien. ¿Quieres que te ayude a avanzar? Vas muy lento. Hubiese sido mejor que te pusieses el traje allí mismo.

La esclusa del almacén era pequeña, por lo que, para evitar encontronazos con Sadalsuud, mi acompañante, había preferido vestirme con tranquilidad en el camarote.

—Oye, Helios, después de que me haya colocado la escafandra, hasta que no os confirme que respiro sin dificultad, no empecéis la despresurización —rogué.

—No temas.

—Y si la radio del traje no funciona…

—Una posibilidad ínfima, pues la acabamos de revisar…

—… usaré las señas que se usan en el buceo, ¿*OK*? —dije, e intenté juntar las puntas de mis enguantados índice y pulgar derechos para hacer esa señal.

—No te perderé de vista, amigo… ¿Por qué te paras?

—Tengo ganas de ir al lavabo.

—¿No puedes aguantarte media hora?

—Supongo que sí.

Avancé dos metros y me detuve otra vez.

—Creo que debería ir —insistí—. ¿Y si se me escapa cuando esté en el exterior?

—El traje está preparado para eso.

—¡Y explicar que me oriné durante mi primer y, casi seguro, único paseo espacial!

Helios hizo una profunda respiración.

—Si eso ocurre, ese secreto no saldrá de Ciudad —aseguró—. Continuemos, por favor; nos están esperando.

Floté un poco más y me paré de nuevo.

—Me disgustaría tener ese líquido pululando por los tubos de mi traje, y tampoco quiero ensuciarlo; me han comentado que costó diez millones de euros.

Mi amigo perdió la paciencia.

—¡Por Einstein, si no quieres salir, dilo de una buena vez y volvemos a hablarlo con Bel!

Levanté una mano en señal de calma y continué avanzando. De nada iba a servir discutir con Bel. Le había dicho mil veces que no veía la necesidad, ni la ocasión, que no era el momento, que en pocos días me marchaba, que no me hacía ninguna gracia y, finalmente, que me acongojaba hasta la médula. Pero Bel había actuado de frontón y había rebotado mis tiros, cargados de un racional miedo, contestando una y otra vez que aquella era una práctica de importancia vital.

Su voz surgió del altavoz de la estación de comunicación más cercana. Se encontraba en los controles de la torre, junto con Leila.

—Aquí Bel, creo que tendremos que abortar el paseo.

Mi suspiro de alivio se deslizó por toda Ciudad.

Helios pidió explicaciones, y Leila respondió:

—Según los registros, las pulsaciones de Josep han subido a ciento diez por minuto.

Me sentí avergonzado y, al mismo tiempo, irritado por esa intromisión a niveles tan íntimos. Si estaba tenso, no era de su incumbencia.

—Es que me cansa desplazarme con este traje —me defendí—. Pero estoy bien.

—Entonces, ¿estás dispuesto? —preguntó Bel.

Me estaba obligando a asumir el riesgo. Acepté con la boca pequeña y seguí hasta la esclusa. Sadalsuud me saludó al entrar y me ayudó a continuación a ponerme la escafandra. Hicimos las últimas comprobaciones y luego Helios nos dejó solos. Cuando se cerró la compuerta interior y supe que ya no podía volverme atrás, empecé a sudar. Por la radio sonó una nana cantada por Mizar. Sadalsuud se rio y la hizo callar.

—Estamos bien, compañeros. Dejad la radio libre. Empezamos a despresurizar. —Me agarró con suavidad del brazo—. Enir, quiero que me vayas contando todo lo que sientes.

—Supongo que sin jadear ni gritar —contesté.

—Perfecto, mantén ese buen humor y conseguirás controlar tus nervios.

La voz de Leila informó:

—Los registros de Josep avisan que está a ciento cuarenta pulsaciones por minuto.

—Si no hay riesgo de infarto —replicó Sadalsuud—, no nos informéis de ningún dato médico más. Exijo silencio. Bel, aparta a Leila del micro.

—Deseo concedido. Disfrutad del espectáculo—respondió Bel.

Sadalsuud revisó el cable que nos unía y también los que nos mantendrían sujetos a Ciudad. Lo hizo hablando sin parar y me mantuvo distraído hasta que sonó el pitido que avisaba del vacío total en la esclusa.

—Adelante, Enir, abre la compuerta. A partir de ahora, eres el locutor.

Alargué con torpeza mi mano enguantada hacia el interruptor y lo pulsé.

—He accionado la apertura. La escotilla externa se está abriendo —dije.

Llené al completo mis pulmones y expulsé el aire poco a poco. Luego continué radiando mi experiencia.

—Una boca negra nos recibe. Me voy a asomar. Apoyo mis manos en el quicio con cuidado… Estoy al borde de un precipicio. Ahora recuerdo que, en realidad, no estamos flotando en el espacio, sino que compensamos la caída libre con la fuerza centrífuga que origina nuestro desplazamiento alrededor del planeta… Sadal, a mi lado, me alienta a salir. Abajo hay un pozo sin fondo; pero, como voy atado, será como hacer un *puenting* salvaje. Una vez lo probé y casi me arranco las cuerdas vocales del grito que ¡aaaaaah!… Perdón por el chillido; Sadal me ha arrastrado y estoy fuera de la caja. Flotamos por encima de la cubierta de Ciudad. Me estoy agarrando a esta coraza que tan bien nos ha protegido hasta ahora. No me atrevo a mirar a mi alrededor. ¿Qué me señalas, Sadal?... ¡La Tierra! ¡Qué hermosa!... ¡Cuidado! ¡Hemos perdido contacto con Ciudad y nos dirigimos de cabeza hacia nuestro planeta! ¡Enciende la mochila propulsora, Sadal!... ¡Sadal!, ¿no me oyes?

—Tranquilo, Enir, vuélvete hacia la torre y saluda; Leila te está filmando.

Sadal llevaba la mochila solo como medida de seguridad y no la puso en marcha. Gracias al llamado cable de vida, sujeto a la boca de la esclusa, se aproximaba a Ciudad cuando quería y me llevaba consigo. El miedo no me abandonó los quince minutos que duró aquel paseo, pero no fue tan penetrante como para impedirme disfrutar de aquella experiencia.

Volví muy fatigado, así que, tras recibir las felicitaciones de todos, me fui a dormir. Me aseé con toallitas y me metí en el saco. Los nervios que había pasado todavía me tenían en tensión. Como no podía conciliar el sueño, estuve un rato contemplando las fotos de mi familia. No se iban a creer todo lo que estaba viviendo.

. . .

Tras haberme enfrentado al mortal vacío ataviado tan solo con el escudo endeble e individual de mi traje, volar en las rayas no me engendró ninguna inquietud. Marché con Toliman al día siguiente a grabar los exteriores. Salimos tan temprano que las otras naves aún permanecían amarradas. Sobrevolamos la torre de control y nos situamos con la proa apuntando hacia el espaciopuerto. Las rayas semejaban pétalos imbricados de una gigantesca magnolia, aunque aquel conjunto también evocaba un banco de fabulosos monstruos espaciales: la imaginación daba para escoger. No me cabía duda de que en el planeta disfrutarían con las imágenes de esa panorámica. El mundo desconocía el aspecto del primer puerto de acoplamiento múltiple espacial, pues nunca se había filmado. Cleanspace no quería exhibir sus posesiones para no suscitar codicias ajenas.

Baham nos avisó de que las rayas iban a partir. Como estábamos posicionados frente a los puertos, atrapé todos los despegues a la perfección. Los Angelotes "nadaban" meneando su cola con alegría. Sus pilotos sabían que estaban siendo inmortalizados gracias a mi cámara y exageraban sus contoneos. Rigel también batía las aletas de Torpedo con vigor, como si transitara por un medio demasiado liviano para sostenerlo. Nunki demostró otra vez, con su forma de pilotar, que las rayas podían planear como las aves. Mizar mantenía un vuelo estable, prudente. La joven trasladaba a Bel y a Helios a la Estación. Los dejaría allí y volvería enseguida para seguir trabajando en el inhibidor. A Unfield se le había dicho, como justificación, que los técnicos estaban arreglando dos rapaces averiadas. Nunki no podría regresar hasta el final de la jornada; tenía que ayudar a Rigel a limpiar unas órbitas y a recoger otro satélite.

Cuando se alejaron las rayas, Toliman empezó a descender hacia el tronco de Ciudad. Comprendí que denominara Manta a su nave; la regía con seguridad, desplazándola con movimientos lentos, amplios y elegantes, semejantes a los de ese animal marino.

La guio por la corriente costera de Ciudad, la que bañaba la parte de babor. Nos encontrábamos aún en fase diurna y el sol hacía refulgir aquella estructura. Las partes originarias, recubiertas de un edredón de células fotovoltaicas, deslumbraban. Los módulos que habían capturado los cleaners con posterioridad eran fácilmente reconocibles por su color gris más apagado. En la popa, las raíces de color oscuro sobresalían de la sala común. Cuando ascendimos por estribor, observé que los módulos del laboratorio eran también del color del acero. Si brillaban más se debía a que el alargado panel solar corría a su vera y los destellos que despedía los iluminaban.

Toliman sobrepasó el panel por debajo y pude ver el actual camarote de Carina, también de color gris, y a continuación, el de Baham y Rigel. Unas manchas en el níveo casco del tronco me llamaron la atención. Parecían calvas y se encontraban, sobre todo, cerca de los camarotes.

—Creo que hay zonas que han perdido la envoltura de células solares —comenté.

—Es posible, hace mucho que no revisamos el casco; no nos dejan tiempo —respondió—. Serán pequeños claros sin importancia.

—Ese de ahí es bastante grande —dije, y señalé una aureola oscura en la unión del camarote de Carina con la columna vertebral de Ciudad.

Toliman echó una fugaz mirada y volvió a concentrarse enseguida en la navegación; nos habíamos acercado mucho a la estructura y debía ir con cuidado.

—¿No será una sombra? —dudó—. Estamos internándonos en la fase oscura de la órbita. Será mejor que amarremos y aprovechemos esta noche pasajera para hacer una parada. Iré a ver a Carina; siempre está muy sola.

Dirigió la nave hacia la proa. Antes de dejar atrás los camarotes, me pareció que aquella sombra reptaba por el tronco de una forma extraña, autónoma respecto a la luz directa y la reflejada. Lo achaqué a una ilusión óptica. Mi compañero tenía razón: la noche se acercaba.

. . .

Al día siguiente, Cleanspace envió a Toliman a limpiar órbitas medias, a tres horas de Ciudad. Fue una orden maliciosa, teniendo en cuenta que era el primer día del retorno del accidentado y la jornada sería muy larga. Decidí acompañarlo y filmar su quehacer.

Carina nos vino a despedir al cáliz y nos dio unos consejos referentes a la zona a la que nos dirigíamos; la joven la conocía bien. Cuando terminó, entré con Toliman en Manta y me situé en el asiento del copiloto con desenvoltura; ya no era un terrestre bisoño que juzgaba el espacio como un devorador de vida. Aquel entorno me resultaba muy estimulante.

La elegancia del despegue auguró un dulce viaje. Mi compañero conducía con placer contenido, saboreando el pilotaje, la unión con su nave. Reclinado en la silla, su rostro esbozaba una sonrisa ensoñadora.

Grabé el interior del puente de mando y el modo en que ese piloto gobernaba la raya mediante órdenes mentales, sin el auxilio de sus manos. Tenía pensado insertar después, a todas las filmaciones, los comentarios pertinentes. Como acompañamiento, iba a usar la sinfonía del Nuevo Mundo de Dvorak, melodía que constaba en el segundo canal de mi reloj. Esperaba armar un reportaje sensacional.

Paramos solo media hora para comer, con la intención de ganar tiempo y no regresar muy tarde. Conseguí unas buenas tomas de rapaces a la caza de un escombro de buen tamaño, de cohetes que lastraban basura y del vuelo de esas gamuzas autónomas espaciales que parecían bucólicas mariposas; Toliman me lo puso fácil. Cuando acabamos las tareas e iniciamos el retorno, guardé la cámara y cogí mis pinturas y láminas. Las había traído conmigo para aprovechar el tiempo de viaje. Quería regalarle un bonito cuadro a Carina y el vuelo estable que mantenía ese piloto me permitiría dibujar. Me sujeté bien al asiento y agarré un lápiz. El blanco papel me incitó a dejarme ir.

Mi inconsciente guiaba mi mano mientras mi conciencia pensaba en las musarañas. Toliman echaba ojeadas a mi lámina sin comentar nada; pero cuando la figura de enormes alas sobre un fondo verde pastel se hizo evidente, opinó:

—A Carina le gustará, pero atente a lo que dirán los otros. La obsesión religiosa de Cleanspace nos está perjudicando mucho.

—Esto es arte —repuse sin dejar de pintar.

No objetó nada más y se puso a redactar el informe del día.

Al poco, puso otro reparo.

—¿No le estás haciendo el cabello demasiado largo?

—Quedará mejor así —juzgué, y seguí trazando gruesos tirabuzones pelirrojos.

Volvió a fisgar al cabo de media hora, cuando empezaba a concretar el cuerpo.

—¿Vas a dejarlo en cueros vivos? Estas haciendo un cuadro erótico, Enir.

—¿No tienes nada de comer por ahí?

Fue a buscar una pecera con nébula y ensalada y se entretuvo en el servicio. Cuando volvió, yo ya había definido la figura.

—¡Es una mujer! —exclamó con sorpresa.

—Se llama Ángela y va a volar desnuda, imponente y preciosa.

—Los chicos también querrán una.

—No me va a dar tiempo. Marcho en una o dos semanas.

Su rostro se ensombreció de golpe.

—También se irá Carina, y no podré ir con ella. Va a tener que enfrentarse sola a demasiados problemas: su padre, Unfield, los medios de comunicación, el parto... Regresaré en el primer bote salvavidas que amarré en Ciudad; lo tengo decidido. Espero que los compañeros me lo permitan.

Dejé de pintar y observé el rostro de aquel piloto de mirada melosa y franca.

—Te prometo que no se lo contaré a nadie —aseguré—. Dime, ¿eres el padre del bebé que está esperando?

Negó con la cabeza y se lamentó.

—Ojalá lo fuera; siempre quise tener hijos.

—Podrías ayudar a Carina a criar al suyo —sugerí, y con desvergüenza, agregué—: La quieres, ¿no es cierto?

Dio un respingo.

—Le llevo muchos años, Enir —replicó.

Como advertí que le había molestado, aplacé la objeción de ese supuesto impedimento. Se quedó muy quieto, con el cuerpo huérfano de mente, e intuí que, gracias a mi indiscreción, su conciencia profunda había liberado esa verdad y se resistía a ocultarla de nuevo.

Dejé que batallara consigo mismo y volví a ocuparme del dibujo.

Tras una larga pausa, decidí entrometerme otra vez. Con la mirada puesta en la pintura para atravesar mejor sus defensas, comenté:

—Creo que ella también te quiere. Siempre busca tu compañía.

—Como una hija buscaría el apoyo de un padre —discutió.

Enarqué las cejas en señal de duda y Toliman se inquietó.

—¿Acaso corren rumores sobre nosotros? ¿Los demás creen que estamos juntos?

—Nadie me ha comentado nada.

—¡Pues claro que no! –exclamó con evidente alivio—. Sería una acción repulsiva por mi parte. Carina es muy joven y está en una situación muy vulnerable.

Dejé el lápiz, que se me escapó flotando, y volví a mirarlo.

—Se encuentra en un aprieto, es verdad, pero es fuerte y valiente; y es joven, pero no, una niña. No deberías esconderte tras esas excusas. ¿Quieres que indague si te corresponde?

—¡No! —gritó, y luego sonrió y añadió—: ¡Eres una alcahueta!

Era el segundo cleaner que me tildaba de algo tan feo. Seguí pintando mientras reflexionaba sobre ello. Antes de llegar al espacio, nunca me había inmiscuido en tales asuntos. Tampoco se me había ocurrido pintar mujeres ángeles que pudieran convertirse en diablesas solo con oscurecerles las alas y avisparles la expresión del rostro. Llevaba demasiadas semanas de ayuno sexual, ahí debía de residir el problema, y me desahogaba ejerciendo de comadre o tocando las carnes turgentes que perfilaba sobre un papel. Sabía que me faltaba poco, que pronto estaría de vuelta en casa y me podría comer a besos a mi mujer. Soñaba todas las noches con ese momento. Su piel, sus muslos… sus caderas… sus…

—Enir, no le pongas a esa tal Ángela unos pechos tan exuberantes o los hombres de Ciudad perderemos el control.

. . .

Mi reportaje se amplió con escenas del día a día en Ciudad: los preparativos del inicio de la jornada, trabajos de mantenimiento de Ciudad, la limpieza diaria con el aspirador, la puesta de las lavadoras, el zurcido de alguna prenda; los regresos de los pilotos al finalizar el día, con los rostros cansados pero sonrientes; las estimulantes cenas en común, el momento de retirarse a dormir; instantes de ocio, de escuchar música, releer cartas y acariciar fotos. Filmé también a Helios cuando manejaba uno de los brazos robóticos exteriores, y a Leila en su rol de enfermera mientras practicaba una revisión médica exhaustiva a Sadalmelik; un examen instado por Bel tras descubrir que el cleaner había desayunado aquel día un panel entero de nébula.

Lo cierto es que todos los cleaners, a espaldas de Bel y Leila, comíamos ese hongo. La robot no había encontrado nada anormal en los reconocimientos que había estado haciendo a los Sadal y a Mizar durante una semana. Nos sentaba bien; el cuerpo lo prefería a la papilla. Sadalmelik consiguió introducir más polvo dorado en el comedero de los peces y explicó que, de todos los seres vivos que pululaban por la Estación, eran los que tenían mejor cara.

Me sentía orgulloso de haber logrado introducir un buen alimento en Ciudad. Pasó pronto a ser mi principal nutriente. La papilla la tomaba solo para cenar, y porque compartía mesa con Bel. Los otros empezaron a imitarme enseguida. Aquel hongo se extendía con rapidez por los parterres en los que sembraba pequeños trozos. Sus esquejes arraigaban y crecían enseguida; así que no teníamos problemas de abastecimiento. Los Sadal echaban mano de los de su camarote y conseguían desesperar a Bel, que no tuvo más remedio que acabar resignándose.

Mi última filmación iba a dejar constancia de uno de esos festines. Los Sadal, Mizar y Nunki se encontraban en la sala común y se disponían a compartir un panel entero como desayuno. Les hice una seña conforme estaba preparado para grabarlos y empezaron.

A través del ojo de la cámara, observaba los gestos confiados, las sonrisas serenas, los roces cómodos: esos cuatro se llevaban muy bien. Cuando acabaron con el panel, apagué la cámara y anuncié:

—Bien, esto es todo. Tengo material de sobra; ya puedo montar el reportaje.

—¿No piensas salir en tu documental? —preguntó Nunki.

—Sería incomprensible que saliera Helios y el turista más conocido quedase en la sombra —manifestó Sadalsuud.

—Quedaría un relato cojo —añadió Sadalmelik.

—El huerto está hermoso gracias a tu perseverancia —apreció Mizar—. Tienes que elegir ese escenario y mostrarlo.

Los Sadal quisieron ocuparse, pero tenían que marchar a trabajar, y como Mizar debía llevar a Bel y a Helios a la Estación, Nunki se hizo cargo de la cámara.

Despedimos a los colegas y la cleaner me precedió de camino a la raíz que proporcionaba soporte a mis plantaciones. Nunki comenzó a grabar una vez me hube situado junto a unos paneles vistosos de rabanillos. No preparamos nada antes, pero salió bien. Mi compañera me hizo una serie de preguntas concretas que ordenaron mi exposición y, al mismo tiempo, me mantuvieron dentro de unos límites emotivos, alejados de la superficialidad y la dispersión. Resumí lo que había vivido desde mi llegada al espacio, conté experiencias dignas de relatar y expuse con sinceridad el difícil proceso de mi adaptación. Luego desgrané los motivos por los que permanecía en Ciudad y terminé con el ruego de que no se olvidaran de Carina ni de los cleaners.

—¡Habitantes de la Tierra, espero veros pronto! —concluí, al tiempo que alzaba una mano y ofrecía mi mejor sonrisa.

Nunki apagó la cámara y me regaló una mirada de brillante satisfacción.

—Bien, Enir. Transmites de forma contenida y transparente tus emociones, y eso siempre gusta. Les llegarás muy dentro.

—Gracias a ti, que me devolvías al buen camino cuando me desbordaba. Me alegro de que te hayas encargado de mi entrevista. Leila no hubiera sabido conducirme igual.

La robot se había ofrecido a grabar mi video el día anterior, pero no quise robar tiempo al miembro más ocupado de la tripulación. Leila continuaba trabajando en la tediosa empresa del descifrado y, además, ayudaba a los técnicos a diseñar el inhibidor. También los pilotos la requerían en ocasiones para solucionar problemas informáticos en los ordenadores de sus naves.

Nunki me devolvió la cámara y se marchó al taller. Decidí que iniciaría el montaje de inmediato, y aunque recordé que Leila quería supervisarme en esa tarea, me mantuve fiel a mi deseo de no estorbarla y no la fui a avisar.

Me instalé en la sala común para poder trabajar con tranquilidad y a mis anchas. Sabía que se mantendría vacía hasta las seis de la tarde como mínimo, hora en la que empezaban a volver las rayas.

En Ciudad solo quedaban Baham y Nunki, que andaban muy atareados en el taller; Leila, que estaría en la torre, y Carina, que debía de estar dentro de la centrifugadora.

Estaba muy concentrado en mi labor cuando oí la voz de la robot a mi espalda.

—¿Por qué nunca me pides que te ayude? —me recriminó.

Al volverme, me encontré con una androide ceñuda.

—No lo tomes como un desprecio. Simplemente, no quería molestarte.

—Sin embargo, no te ha importado retrasar el inicio de la jornada laboral de Nunki —replicó con hosquedad.

—Solo ha perdido media hora. No seas tan rígida, Leila.

Se impulsó hacia mí y observó lo que estaba haciendo.

—Debo revisar este trabajo —dijo—. No sé si adquiriste los conocimientos necesarios para desempeñarlo de un modo solvente.

—No me parece complicado.

—Lo es para ti.

Inspiré y apreté los labios. ¿Me estaba llamando tonto? ¿A qué venía ese mal humor?

—¿Estás molesta porque he acabado de filmar y tú todavía no has conseguido desbloquear las comunicaciones? —contraataqué.

—Esa conjetura carece de sentido. Soy un robot y no siento envidia ni ninguna otra emoción mezquina.

—Y si nunca la has sufrido, ¿cómo sabes que es mezquina? —insistí, y me di cuenta enseguida de mi necedad—. Perdona, no es posible que tengas ese defecto; pero es que no comprendo tu irritación. No te he avisado, de acuerdo; sin embargo, sabes que siempre eres bienvenida.

—Nunca me lo ordenas.

La robot se había empeñado en discutir conmigo.

—No me gusta dar órdenes —repuse.

—¿Por qué olvidas tan a menudo lo que soy en realidad?

—¡Porque no te comportas como esperaría de un ser como tú! —dije, alzando la voz. Me estaba exasperando.

—No entiendes mi naturaleza. Nunca has puesto de tu parte para comprenderme.

Se dio la vuelta y desapareció pasillo arriba. Todas las mujeres eran complicadas, ni siquiera las androides se salvaban.

Aquella pelea me desasosegó. Decidí darme un descanso y me acerqué a mi cabina. Saqué la lámina del ángel y mis colores. Solo faltaban unos pocos retoques, así que me apliqué a esa tarea.

. . .

Cuando Carina salió de la centrifugadora, ya había terminado la lámina y estaba esperándola en el camarote. Al ver la pintura, se le alegró el semblante.

—¡Es muy bella, Enir! Muchísimas gracias. La colocaré delante de mi saco.

Me había quedado una imagen muy casta. El cabello ocultaba el sexo de aquel ángel de un modo similar a como Botticelli lo había dispuesto en su famosa Venus. Toliman me había señalado que a la joven le gustaría más. Le comenté a Carina ese parecer y asintió.

—Es mi mejor amigo y me conoce bien —declaró.

—¿Solo es un amigo?

Dio un respingo análogo al que había sufrido el piloto ante mi similar insinuación.

—¿A qué te refieres?

—Para Toliman, tú eres algo más.

—Estás equivocado. Me tiene mucho afecto, sí; pero no he percibido que albergue un sentimiento profundo hacia mí.

—Esconde lo que siente porque cree que es demasiado viejo para ti.

—¿Eso te ha dicho? Pero ¡si no es mayor!

—Si le correspondes, sería mejor que dieses el primer paso. Las mujeres sois más valientes.

Carina esbozó una sonrisa burlona.

—Estás hecho una…

—Lo sé.

Hizo un vaivén gracioso con la cabeza y no dijo nada más. Cambié de tema, aunque no de sujeto.

—Toliman está preocupado porque no podrá acompañarte durante el viaje ni estar a tu lado cuando des a luz. No hace falta que te diga que Helios y yo te ayudaremos en todo lo que precises.

—Gracias, Enir. Sí, por fin voy a volver a casa —suspiró y miró mi dibujo—. Me gustaría llevarme esta lámina. Si la enrollo, ¿se dañará la pintura?

—No, te ayudaré a embalarla en su momento.

Quiso que se la colgara y la puse donde me indicó.

—Pues aquí tienes la representación de un ángel —dije—. ¿Te los imaginas así?

—Los ángeles son luces brillantes y cálidas. No me los imagino; los veo todos los días en diferentes momentos. Me tranquilizan.

Si me estaba hablando en serio, aquello podría indicar que padecía un revés físico o psíquico.

—Carina, podrías tener la retina dañada por las radiaciones.

Negó con la cabeza.

—Rigel también los ve, y Alamak llegaba a distinguir sus caras.

Me sorprendió mucho aquella afirmación y quise saber más. La joven se acercó a la lámina y, pensativa, deslizó un dedo por el cabello de la imagen.

—Alamak era el más sensible de todos —comentó—. Le afectaban mucho las discusiones entre nosotros; antes las riñas se producían mucho más a menudo. Teníamos motivos de sobra para estar alterados: largas temporadas en el espacio, trabajo muy peligroso, comida de mala calidad… Pero él intentaba mejorar el ambiente bromeando y organizando juegos. Fue el primero en hacerse con un talismán y nos animó a imitarlo. Nos dijo tantas veces que nos serviría de protección que nuestro inconsciente acabó por creérselo y todos lo llevamos siempre.

—Reconozco que también lo llevo. Pero Alamak no debía de apreciarlo tanto, puesto que lo abandonó aquí. —La muchacha se asombró—. Es cierto —confirmé—. Sabes que ocupo su cabina. Cuando llegué a Ciudad, y durante varias semanas, se me trababa a veces un pie en lo que, creía, era un roto interno del saco. Un día le di la vuelta y descubrí que se trataba de un bolsillo medio descosido. En su interior encontré uno de vuestros talismanes.

—¿Y qué has hecho con él?

—Lo volví a dejar en ese bolsillo, por si su dueño regresa algún día. Cuando lo hallé, ya me habíais regalado uno.

—Vaya, ¡qué raro!

—¿Por qué crees que no se lo llevó?

Frunció el ceño y reflexionó unos instantes mientras acariciaba su amuleto.

—Una vez que tomó la decisión huir, puede que no se creyera merecedor de conservarlo —dijo finalmente—. Al marcharse en la Soyuz sin avisar, nos estaba traicionando. Se sentiría avergonzado y, por eso, lo dejó, para que lo llevase la persona que lo sustituyera.

—Parece que erais buenos amigos. Te debió de sorprender su partida.

—En cierto modo, no. Alamak, como te he desvelado, llegaba a ver las caras de los ángeles, y eso lo asustaba. Quise quitarle esos miedos y hacerle ver que nos amparaban; pero decía que penetraban en su cerebro y que no podía apartarlos, que por muy buenas intenciones que tuviesen, su mente era su alma y no quería que otras conciencias se fundiesen con ella. También opinaba que...

Bajó la mirada y meneó la cabeza, como si lo que fuera a contarme a continuación pudiera asombrarme aún más.

—... que estaban ahí para lo bueno y para lo malo, y que podrían ser destructivos si nuestra mente se lo exigía con determinación.

Carina no estaba bromeando. Creía ver ángeles, espíritus o algo semejante en forma de luces, y también había dado crédito a los desvaríos de Alamak. Y, según comentaba, también Rigel los veía. ¿Se estaban trastornando? ¿Por qué nadie había hecho nunca ningún comentario sobre ese paranormal asunto, ni siquiera Toliman?

—¿Qué piensan los otros sobre esto? —inquirí.

—Los demás no saben nada. Solo los que los percibimos nos lo hemos confesado entre nosotros.

—Quizá se callen por temor a que se les pueda considerar...

Me detuve al no encontrar el calificativo adecuado.

—¿Locos? —dijo Carina.

—No, claro que no. —Me azoré ante aquella sequedad—. Pero sí, agotados, con los nervios al límite por tener siempre la muerte tan cerca. Sería mejor hablarlo. A mí me lo has contado.

—Si los vieran, no podrían esconderlo y se notaría en sus rostros. A ti te lo he revelado porque eres también una persona perceptiva. Este cuadro que me has pintado sugiere que los has intuido y luego los has plasmado a tu manera de artista. Puede que se te aparezcan en sueños y tu inconsciente los haya visto. No debes asustarte; solo quieren protegerte.

Esa muchacha no estaba bien; necesitaba ayuda. Le acaricié el pelo y dije:

—Espero que partamos este fin de semana.

Me tomó la mano con ternura entre las suyas y sonrió.

—Si tu miedo no les impide el paso, los verás antes de irte, Enir.

. . .

En cuanto salí del camarote de Carina, fui en busca de Leila. ¿Acaso no se había ofendido porque no contaba con ella? Pues, en aquel momento, necesitaba un cerebro que funcionase con la mayor racionalidad.

Se encontraba en la torre de control, copulando con el computador de Ciudad. Le pedí que estuviese por mí y le relaté todo lo que me había contado Carina.

—¿Qué piensas de ello? —pregunté al finalizar—. Estos pilotos tienen estudios universitarios de carácter científico, pero creen que se les aparecen ángeles.

Leila se había mantenido con el rostro impertérrito mientras le relataba una historia tan chocante.

—Has hecho bien en decírmelo, Josep. Debo averiguar si otros cleaners sufren este mal. Si no están bien colocados, los implantes cerebrales pueden originar alucinaciones. Carina te ha hablado solo de los últimos implantados: Rigel, Alamak y ella misma. Es posible que la operación invasiva en su cerebro no estuviese bien experimentada.

—Sus habilidades son mayores que las de Toliman y los Sadal, y puede que hayan pagado un precio por ello.

—Revisaré primero a Rigel. Su manera de pilotar es muy arriesgada y sería muy peligroso que tuviese visiones.

—Pero indaga con prudencia. No quiero que los compañeros sepan que Carina está tan mal.

—Un mal que la ha beneficiado.

—¿Qué quieres decir?

—Está llevando un embarazo muy feliz. Se perturba con muy poca frecuencia. Su fe en que esos seres la están protegiendo la serena tanto que olvida que su hijo podría nacer con graves secuelas.

El estómago se me encogió.

—¿Por qué dices eso ahora? —reproché—. Siempre has dicho que el bebé se observa bien en las ecografías.

—No puedo saber si se le está formando correctamente el cerebro. Por el momento, es cierto que los movimientos del feto parecen normales y que no he distinguido ninguna anomalía.

Volví a tomar aire.

—Entonces, no preocupes a Carina con ningún mal augurio.

Leila me sonrió con un toque malicioso.

—Yo también sé hacer de ángel.

No comprendí sus palabras.

—Es una broma —explicó, al darse cuenta de mi perplejidad—. Recuerda que fuiste uno de los humanos que me enseñaron a elaborarlas.

Una robot chistosa, pilotos trastocados, científicos que creían en amuletos de la buena suerte. Bel tenía razón: Ciudad no era el paraíso que parecía. Si empezábamos a rascar, saldrían a la luz las debilidades humanas.

ARTIMAÑAS

Durante los días siguientes, intenté descifrar en qué notaba Carina que Rigel tenía visiones; pero no advertí nada extraño. Leila hizo diversas pruebas mentales a los cleaners y todos las pasaron con excelencia. No parecían haber perdido el seso. Mientras les revisaba la vista, les preguntó si veían destellos o percibían otras anomalías, y aseguraron que no sufrían ningún tipo de daño. A Rigel le practicó una revisión más exhaustiva y le sometió a un amplio interrogatorio. Sus respuestas también fueron normales.

Aquellos resultados correctos me dejaron más tranquilo. Rigel conducía su nave como un alocado motero, y si empezaba a no estar en sus cabales, temía que pudiera sufrir un accidente. Deduje que Carina había malinterpretado las palabras de sus compañeros. Puede que estuvieran bromeando o, incluso, que le hubiesen tomado el pelo. La joven necesitaba aferrarse a esa fe consoladora. Sus conocimientos la conducían a la cruel certeza de que las radiaciones y la microgravedad estaban perjudicando a su hijo. Los buenos humanos con los que convivía no podían ayudarla más, y los humanos lejanos que tenían el poder de salvarla de aquel peligro eran carne de infierno. ¿Y acaso no nos encontrábamos en el cielo? Si existían los ángeles, tenían muy a mano la oportunidad de amparar a dos seres indefensos bajo sus sedosas alas. No les costaba nada volar hasta Ciudad y envolver con ellas a esa joven y a su hijo. La búsqueda de ayudas sobrenaturales en situaciones tan angustiosas era comprensible.

Mimé aún más a Carina y rogué a los demás que estuviesen por ella todo lo que pudieran. Esa semana fuimos muy productivos y avanzamos notablemente en nuestras respectivas misiones. Leila logró descifrar más del ochenta por ciento del código, los técnicos acabaron de poner a punto el inhibidor y yo estaba cerca de concluir el montaje. El viernes, después de cenar, se dispusieron a instalar aquel aparato. La base klingon quedaba desierta por la noche, así que no habría nadie que pudiese advertir sus movimientos. Rigel tuvo la idea de enviar a sus rapaces a tapar las cámaras externas cercanas, por si revisaban las grabaciones al día siguiente.

Nunki y Baham salieron por la esclusa del almacén. Esa salida era la más cercana a la base de la antena, donde iban a situar el inhibidor. Aun así, tendrían que recorrer la ristra de talleres hasta el tronco y luego deberían avanzar por encima otro tramo. Me extrañó que no hubiese una salida en el pasillo, cerca del cáliz, y lo comenté. Me contaron que ese almacén había estado antes situado a continuación de los lavabos y, por tanto, había sido la puerta al exterior de la proa; pero lo habían movido expresamente hasta la actual posición. Los satélites que debían ser reparados se anclaban en el taller al que lo habían anexado y, de ese modo, los tenían casi a tocar de la esclusa.

Contemplé con interés el paseo espacial en los monitores de la torre. Nunki llevaba puesta la mochila en la que había venido Bel. Arrastraba a Baham, y se desplazaban con lentitud para ahorrar combustible; la operación sería complicada y requeriría su tiempo.

Tardaron dos horas en sujetar el inhibidor y conectarlo. No era posible saber si funcionaría, y algunos, los Sadal en concreto, propusieron que irritásemos a Unfield a la menor ocasión para probar su efectividad. Pero Bel frenó su impaciencia; opinaba que no debíamos tentar a la suerte. A Cleanspace le disgustaría descubrir que ya no controlaba la energía de Ciudad y, como venganza, podrían romper el acuerdo con la Estación y dejar a Carina sin asiento en la nave de escape. El coronel había dicho que, en cinco o seis días, partiríamos de vuelta al planeta. La prudencia y el disimulo se imponían hasta entonces.

La noche siguiente, sábado, se lo comunicamos a Mauni cuando vino a Ciudad. Estábamos todos reunidos y cenando en la sala común. Mauni, alegre por esa noticia, ambicionó escuchar más novedades y preguntó a Leila cómo le iba con el desbloqueo comunicativo.

—He descifrado el ochenta y siete por ciento del código —respondió la robot.

Surgieron agradecimientos y elogios de todos; pero, a continuación, y como no había terminado la tarea que tenía asignada, los pilotos empezaron a bromear. Tenían la oportunidad de dejar patente la supremacía de las mentes celulares sobre las cibernéticas.

—Los técnicos han logrado fabricar e instalar el inhibidor —incidió Sadalsuud—, Enir tiene casi listo el reportaje, Bel y Helios han vaciado la nave de rescate y los pilotos hemos efectuado todos los encargos de la semana. ¿Quién es el único miembro de la tripulación que ha fallado en sus obligaciones?

—Hum, déjame pensar —canturreó Sadalmelik, y se frotó la barbilla como si estuviese cavilando.

—Todos lo sabemos: nuestra bella androide —respondió Rigel.

—¡No, no es posible! —exclamó Sadalmelik, haciendo un exagerado aspaviento con las manos—. ¡Leila es superior a los humanos! ¡No puede ser la última de la clase!

—¡Qué decepción! —agregó Sadalsuud—. Creo que podemos deducir que…

—Que se puso chula —lo interrumpió Rigel—, y hasta llegó a jactarse de que podría controlarnos a través de nuestros implantes.

—Y ni siquiera ha podido dominar el computador central —lamentó Sadalsuud.

—Lenta seducción, lenta respuesta —opinó Sadalmelik.

Toliman intervino y habló con la gravedad que ocasionaban los resquemores guardados.

—Los humanos tenemos un cerebro muy intuitivo —expuso—. Cuando nos enfrentamos a un problema, mientras un cerebro de chips analiza las diversas posibilidades y se pierde en pruebas y más pruebas, nosotros ideamos una solución con agilidad gracias al instinto que se ha forjado durante la evolución de nuestra especie.

—Una rapidez que os desarma —incidió Rigel—. Te hemos adelantado y te has quedado sin saber qué decir. Confiésalo, bonita androide.

Bel enarcó las cejas, miró de reojo a Leila y, sin apenas mover los labios, aconsejó en voz baja:

—No la provoquéis.

Otro que se pitorreaba. Supuse que Helios también les contestaría con algo de sorna, pero no dijo nada. Mantuvo una sonrisa relajada, a la espera de poder disfrutar de la réplica de su robot. Leila no lo defraudó: disparó una serie de tiros a la parte central de la diana.

—Así que consideráis que la comprensión de los robots es lenta en comparación con la velocidad de vuestro aprendizaje a lo largo del desarrollo de la humanidad —contraatacó—. Es preciso que os recuerde varios hitos de vuestra historia. Los primeros homínidos bípedos surgieron hace cuatro millones de años y consiguieron, gracias a esa postura vertical, liberar las manos. Pues bien, vuestros antepasados tardaron bastante en usarlas, dado que las primeras herramientas de piedra datan de hace dos millones y medio de años.

Los cleaners gozaban de buena cintura y se carcajearon con placer ante la destreza de aquel ser. En sus ojos brillaba un sentimiento admirativo que abarcaba también a su creador; sus leves inclinaciones de cabeza hacia Helios así lo mostraban.

Toliman, el que había atacado a Leila más en serio, ascendió hasta el nivel de comicidad donde nos encontrábamos los demás, incluida aquella robot, y admitió entre risas:

—Querida Leila, tienes razón. Durante un millón y medio de años, nuestros brazos cargaron con unos apéndices bastante inútiles.

Los dos Sadal se miraron uno al otro con expresión traviesa y, poniendo voces afectadas, teatralizaron el comentario de la androide: "Cariño, prepara un cuchillo, que tenemos que despellejar el mamut". "Está bien, cielo. Tú ve haciendo la cesta para guardar la fruta".

Leila recogió el relevo extendido por los cleaners.

—Cocinar el mamut os llevó un tiempo similar —prosiguió—, puesto que conquistasteis el fuego hace unos cuatrocientos mil años.

Los Sadal fruncieron el ceño y, con los brazos en jarras, se pusieron a discutir: "Mientras estaba tallando el cuchillo, podrías haber intentado prender esas ramitas". "Estaba tejiendo la cesta. No me irás a comparar el trabajo de construir un hacha, golpeando dos piedras, con el de trenzar cuerdas". "Para cuando acabaste, las frutas ya estaban podridas". "Y el Mamut ha pasado por cuatro periodos glaciales. Mi madre me ha dicho que una vez que se descongela un alimento hay que comérselo enseguida". "Tu madre es una momia que lleva cinco periodos glaciales encima". "Pero cada vez que llega el buen tiempo y puede volver a mover la boca, habla verdades como mamuts". "Como mamuts lanudos, porque tu madre tiene pelo hasta en los párpados". "Es un grácil australopiteco, homobestia".

—Y no fuisteis conscientes de vuestra propia existencia hasta hace ciento veinte mil años —continuó Leila, sin unirse a las risas del grupo—. Es entonces cuando aparecen los primeros enterramientos.

"Porque no me dejaba enterrar a su madre. Hacía tiempo que le venía diciendo que olía". "Hubiera resistido otro deshielo, seguro".

—En cuanto a vuestra aclamada creatividad, solo quiero comentar que las pinturas rupestres más antiguas datan de, tan solo, treinta y cinco mil años atrás.

"La evolución tardó un poco en hacer al guapo Enir, eso es cierto". "Y luego nuestro artista no acababa de decidir la composición de las escenas de caza". "Como somos nómadas, nos mudábamos cuando todavía estaba marcando los bocetos".

—En efecto, fuisteis nómadas durante mucho tiempo porque, aunque era evidente que de las semillas surgían plantas, no se os ocurrió cultivarlas y haceros sedentarios hasta hace unos diez mil años; algunos historiadores aseguran que no os decidisteis hasta hace ocho mil.

"El trabajo de sol a sol fue un grave error". "Ahí estamos de acuerdo". "Se acabó el tiempo de ocio, la tranquilidad de ir cogiendo ahora una fresa, ahora un jabalí".

—Las armas de cobre fueron vencidas por las de bronce, y estas, por las de hierro. Vuestro belicismo descomedido fue un decisivo impulsor de los avances tecnológicos. Esto trae a cuento el asunto que planteé en nuestra última discusión. ¿No sería ético aplacar vuestra agresividad, o los miedos que os inducen al ataque o a la parálisis mental, mediante una leve interacción reversible en vuestro cerebro? Pongamos un ejemplo concreto: el señor Unfield tiene un bloqueo mental agudo.

Leila tuvo que hacer una pausa por culpa de las carcajadas y los comentarios que disparó su certero diagnóstico. Fue Helios el que rogó silencio, y no por proteger a su creación; su rostro mostraba un sincero interés por escuchar las reflexiones de su asombrosa robot.

—Gracias, padre —dijo Leila, y continuó—. Si pudiéramos reconocer en la mente las señales eléctricas que anuncian el inicio de un episodio de ira, podríamos mandar unos impulsos eléctricos determinados que cambiarían el mapa de los pensamientos y detendrían la respuesta.

—¿Algo parecido al inhibidor que acabamos de colocar? —preguntó Bel enarcando las cejas con asombro.

Leila asintió, y Toliman acusó de nuevo a Helios de haber creado un monstruo. Mi amigo replicó que, en todo caso, era un monstruo muy inteligente.

Leila siguió defendiendo la bondad de una técnica que podría alcanzarse en un futuro, y puso como ejemplo loable la última generación de implantes médicos que trataban la epilepsia.

—Funcionan evitando los ataques periódicos e involuntarios mediante la detección y posterior corrección de las activaciones neuronales correspondientes —explicó.

—Hombre, apagar a Unfield no estaría nada mal —terció Sadalmelik.

—Al cerebro se puede llegar de muchas maneras —comenté—. La cultura favorece la apertura mental, y eso es lo que les falta a Unfield y a todos los fanáticos.

Pero Leila tenía respuestas para todo. Repuso que esa clase de personas tan dogmáticas no estaban predispuestas a admitir ningún conocimiento que pudiese tambalear los cimientos de su conducta. Una educación dirigida durante su infancia y adolescencia, cuya aceptación venía propiciada por su propia genética, las inmovilizaba en doctrinas excluyentes.

Mauni, que no había tratado tanto a la robot, se echó a reír ante esa demostración de perspicacia.

—Es cierto que existen personas impermeables —dijo.

Helios también apoyó a su robot y opinó:

—Un implante que evite las dañinas convulsiones epilépticas es un logro de gran magnitud y constituye una buena base para investigar otros sistemas que puedan solucionar más problemas neurológicos.

—O solucionar defectos conductuales —insistió la robot.

—¿Defectillos como la gula? —preguntó Sadalsuud, y miró a su compañero.

Sadalmelik se acarició la barriga con cariño. Aquellos dos no querían que la conversación derivara hacia arduos niveles de reflexión. Toliman, no obstante, siguió una línea analítica.

—El mapa cerebral es una selva densa —objetó—. Los ataques epilépticos incendian un buen número de árboles, por eso se hacen visibles y un avión puede echar agua fría encima con bastante precisión.

Sadalsuud intentó de nuevo reconducir el diálogo hacia el humor acorde con la noche de un sábado. Se volvió a mí y dijo:

—Hablando de aperturas mentales y agua fría, Enir, no puedes marcharte sin pintarnos una de tus aladas mujeres macizas para nuestro camarote.

Sadalmelik creyó necesario apuntar:

—Pero que tenga el cabello corto.

Las bromas que siguieron provocaron que Leila volviese a intervenir.

—Esos dibujos alborotarían los instintos sexuales y desestabilizarían vuestra serenidad mental. No son convenientes.

Entre las carcajadas que originó ese comentario, surgieron voces que reclamaban que la graciosa Leila no se marchara con Helios; pero Bel ya había intentado convencerla de que se quedase, y la robot había sido, como en tantos otros asuntos, inflexible.

—Me iré con mi padre, Josep y Carina —confirmó—. Debo asegurarme de que lleguen bien.

Toliman alzó su botella de agua.

—Quiero hacer un brindis por los compañeros que pronto volverán a nuestro planeta. Por Enir y Helios, que llegaron siendo unos turistas espantadizos y se han convertido en nuestros hermanos cleaners; por Leila, la más servicial y encantadora de las androides, y por nuestra Carina, la valiente piloto, la fiel amiga. Todos os lleváis parte de nuestro corazón. ¡Brindemos!

Las botellas se amontonaron en el centro de nuestro círculo.

. . .

Otro de los más importantes problemas quedó solucionado durante la semana. Leila acabó el lunes de descifrar el código e instaló el traductor en el ordenador central de Ciudad. Entre el martes y el miércoles, introdujo el programa traductor en todas las rayas. ¡Controlábamos por fin nuestra radio! ¡Nos habíamos arrancado la mordaza! Deseábamos aullar; pero Bel rogó que los labios siguiesen sellados hasta que la nave de rescate nos hubiera llevado de vuelta a casa. A nadie le importó esperar lo que, se preveía, iban a ser dos o tres días más a lo sumo. Sin embargo, nuestros planes sufrieron otro cambio. Dleif nos comunicó el jueves, muy temprano, que la partida se posponía una semana por motivos técnicos. A Bel no le gustó un ápice aquello y fue a hablar con el coronel en persona. Helios y Toliman lo acompañaron. Los demás cleaners marcharon a trabajar con el disgusto arrugándoles el semblante, y Carina se metió en la centrifugadora y no salió de allí en toda la mañana. Fui a buscarla al mediodía, para que comiese algo, y vi que salía del módulo con los ojos hinchados de llorar. Le preparé una hermosa ensalada y se la llevé al camarote. Conversé un buen rato con ella y la distraje con mis dibujos hasta que Leila y Baham nos avisaron, desde la torre y a través de las estaciones de comunicación, que Toliman acababa de amarrar.

Sus tripulantes se reunieron enseguida con nosotros. Venían satisfechos con la explicación que Dleif les había dado. La nave de relevo había sufrido un pequeño percance en su escudo, a ello se debía el cambio de fecha; no querían que la Estación se quedara con una sola nave salvavidas. El coronel les aseguró que cumpliría con su palabra. Nuestra nave pondría rumbo al planeta el viernes ocho de abril. Los turistas y Carina tendríamos que estar en la ISS el día antes por la tarde.

Aquella concreción nos dejó más tranquilos, y también al resto de los cleaners cuando se lo refirieron a su vuelta.

Llegó de nuevo el fin de semana y Mauni no pudo venir aquel sábado. Dleif la había colmado de tareas que, según consideró ese autócrata, no admitían espera.

Su ausencia me disgustó. Iba a mostrar el reportaje, que por fin había concluido, y me habría interesado conocer la opinión de una persona alejada del halo amistoso que envolvía Ciudad. Lo vimos después de cenar, en el portátil de Bel, y tuvo el éxito esperado. ¡Cómo no cuando ellos mismos eran los protagonistas y los escenarios se movían entre sus naves y Ciudad! Las sonrisas quedaron esculpidas desde el inicio. Pero Leila fue más crítica y dijo al finalizar:

—Josep, el planeta sale de refilón, como fondo de Ciudad, y no hay ninguna imagen de la Estación Espacial Internacional ni de la base china. No estamos solos en el espacio.

No, desde luego; los cleaners iban a tener pronto más compañía.

. . .

Unfield se puso en contacto con Ciudad el lunes a primera hora y nos informó de lo que ya sabíamos: Cleanspace había traspasado una parte del negocio. Una sociedad oriental, de nombre Okipa, se iba a encargar de la reparación de los satélites. Tres pilotos y tres técnicos nuevos llegarían en tres semanas.

Parecía un trabalenguas, y a los cleaners se les atragantó.

—Llegarán en los dos botes salvavidas prometidos. Preparadles un camarote cómodo —mandó—. Han estudiado el mapa de Ciudad y han escogido los módulos que parten de la sala común, los que surgen paralelos al gimnasio. Vaciadlos de lo que hayáis almacenado allí y los acondicionáis. Poned sacos, armarios y luces.

—Esos módulos atesoran cultivos de verdura fresca —le comunicó Sadalsuud—. El camarote que ocupan Helios y Enir quedará disponible en pocos días. Podrán instalarse allí.

—Quieren la popa por una cuestión de intimidad.

—No mordemos —contestó Sadalmelik,

—Son trabajadores de otra empresa y desean tener su propio espacio. Ciudad tendrá que ser dividida físicamente en dos estaciones de trabajo. Todavía estamos investigando la manera; se os indicará a su debido tiempo.

—Pero es que todas las paredes de esa raíz están recubiertas de parterres —insistió Mizar.

Unfield la cortó con una risa hiriente, y cuando respondió, su voz se había endurecido.

—Desmanteladlo todo. Cerrad también los laboratorios.

Tras el estupor general, se alzaron muchas protestas, sobre todo provenientes de Mizar y Nunki; pero Unfield hizo oídos sordos.

—Se acabaron esas aficiones absurdas que os roban tiempo y os distraen de vuestras obligaciones —dijo—. Delante de los nuevos trabajadores, os aconsejo que os comportéis con madurez. Son gente muy seria y suben a trabajar duramente. Tendrán poco tiempo de ocio. Sus contratos carecen de los privilegios que tienen los vuestros. Tenedlo todo listo para cuando lleguen, ya que, en cuanto entren en Ciudad, deberéis ocuparos de su formación. Los tres pilotos que suben, aunque han conducido naves espaciales, nunca han manejado una nave cleaner. Los responsables de su adiestramiento serán Rigel y Toliman. Los dos Sadal ayudarán también y estarán pendientes de todo lo que necesiten. Baham será el responsable de los técnicos, y Mizar y Nunki le darán apoyo. Destapad todas las cámaras. Nuestros nuevos socios quieren mantener un control continuo de los movimientos de sus trabajadores.

—¿Qué pasará con nosotros después de que los hayamos instruido? —preguntó Toliman.

—Sois lo bastante inteligentes para deducir que habrá cambios y que no todos podréis continuar trabajando en Ciudad. A algunos se os ofrecerá formar parte de la plantilla de Okipa. Las tareas quedarán diferenciadas: Cleanspace se ocupará de la limpieza orbital, y Okipa, de los satélites.

—El sueldo será inferior, claro está —indagó Toliman.

—Las renovaciones de vuestros contratos no podrán mantener vuestras desmedidas prestaciones. Si no aceptáis lo que se os ofrece, contratarán a otros. Hay muchos astronautas detrás de estos puestos.

La comunicación con la base klingon se cortó sin despedidas, con la misma sequedad con que Unfield había pintado un futuro negro para la tripulación de Ciudad.

La precariedad se agudizaba. Las caras de los cleaners expresaron rabia por los métodos abusivos de sus superiores; pero la pena enseguida modeló sus facciones.

Lo lamentaba mucho por ellos. Los pilotos podrían perder sus estimadas rayas, y todos tendrían que padecer la devastación de su hogar espacial. Ciudad era un hábitat atrayente por su amplitud, con espacios para reunirse y organizar juegos, con lugares propios:

camarotes, trasteros, miradores; era una casa cálida por la vida vegetal que cubría sus paredes. Si la desnudaban y la partían por la mitad, la transformarían en una fría nave de trabajo. Me dolía que arrasaran aquel bello lugar, y saber que no estaría allí para verlo, no me servía de mucho consuelo.

Empezaron a alzarse lamentos.

—Enseñaré a conducir Torpedo para que luego me lo quiten y me despidan —se afligía Rigel.

—Nunca imaginé que nos someterían a semejante humillación —dijo Toliman.

—Ni Mizar ni yo continuaremos —afirmó Nunki—. Parecen contar solo con Baham.

—Vosotras sabéis pilotar bien y yo solo soy un técnico —repuso Baham.

—Los Sadal os salváis —opinó Rigel.

—Que os hayan nombrado profesores a ti y a Toliman puede indicar lo contrario —repuso Sadalsuud—. Os consideran los mejores. Estoy seguro de que se quedarán con vosotros.

Esas especulaciones racionales no estaban promovidas por envidias ni celos; pero Bel se puso en guardia.

—Que Unfield no consiga separaros —alertó—. Si rompe vuestra unión, la vida en Ciudad será muy dura. ¿Pueden contener los contratos de esos nuevos astronautas clausulas tan abusivas como las que os imponen a vosotros? Lo dudo mucho, la verdad. ¡Quién sabe lo que os depara el futuro! ¡Quién sabe lo que le ocurrirá a vuestro jefe! Es posible que sea el primero en caer.

Aquella suposición nos pintó una media sonrisa. A Bel no le faltaba razón: los mandos intermedios de una empresa también podían verse muy afectados por una fusión. Nadie, excepto la cúpula directiva, estaba a salvo.

Carina, que todavía no había hablado, sugirió:

—Podemos modificar la distribución de Ciudad. ¿A Okipa le gusta la raíz? Pues movamos allí el camarote que dejen libre Enir y Helios y llevemos nuestro huerto a la proa.

—¡Eh, eso es una excelente idea! —exclamé.

—También quieren que cerremos los laboratorios —apuntó Mizar con voz queda. A la joven le había entristecido sobremanera esa orden.

—Cerraremos sus escotillas —propuse—, y dentro seguiremos trabajando. Hagamos andar las ruedas de su nuevo carro por caminos de barro.

—No estaremos aquí para luchar a vuestro lado —dijo Helios, y nos lanzó una mirada intensa a Carina y a mí con la intención de recordárnoslo—. Las comunicaciones están abiertas y podréis hacer llegar vuestras quejas a la Tierra. Os apoyaremos en todo lo que esté en nuestras manos.

Leila aportó su fría lógica.

—Cuando suban esos nuevos astronautas, tendréis a vuestra disposición dos botes salvavidas.

De una forma sutil, la robot había hecho una sugerencia muy razonable. Si el ambiente se volvía irrespirable, y si todo seguía apuntando a que les iban a dar la patada en cuanto los nuevos supiesen manejarse bien, entonces sería mejor largarse antes y que el golpe se perdiese en el espacio.

Toliman lo vio también muy claro. No iba a formar a nadie, sentenció, y pidió permiso a sus compañeros para regresar al planeta en una de las naves que traería a los nuevos trabajadores.

—Quiero estar junto a Carina —se justificó—. Sabéis que no tiene familia que la cuide.

—Ciudad se quedaría de nuevo con un solo bote salvavidas —repuso Bel—. No podría efectuarse una evacuación total en caso de emergencia.

—¿Nadie más querría bajar conmigo? —insistió Toliman.

Por el momento, todos preferían quedarse y luchar por sus puestos de trabajo; pero a nadie le importó que Toliman se fuera. Llevaban meses abandonados a su suerte; consideraban que sería un lujo disponer de un bote.

—Vamos a tensar la cuerda con Cleanspace —declaró Sadalsuud—. Procuraremos congeniar con los trabajadores de Okipa y les enseñaremos a disfrutar de Ciudad. Si no se atreven a contrariar a sus jefes, al menos, que respeten el modo en que vivimos y trabajamos. No permitiremos que entren en nuestro reino como caballos de Atila.

Leila les recordó también que Unfield no podía cortar el suministro eléctrico; había perdido esa arma psicológica. Bel, por su parte, manifestó que seguiría presionando a Cleanspace, a través de la Confederación, para que respetasen sus contratos y las normas básicas de seguridad. Dijo que Toliman, como cualquier trabajador, estaba en su derecho de marcharse; así que deberían enviar otra nave salvavidas de repuesto enseguida. La apertura de las comunicaciones ayudaría a relanzar el diálogo al poder involucrar a más interlocutores: los diplomáticos de la Confederación, la Agencia de Seguridad Espacial, etc.

Las palabras bonitas de Bel no hicieron mucho efecto. En los corazones pesaba la amenaza de perder los puestos de trabajo, las naves y Ciudad.

. . .

Aquella semana había empezado mal y continuó sin enderezarse. Viví un raro episodio con la robot al día siguiente. Era tarde y me encontraba dentro del saco, a punto de dormirme, cuando Leila se introdujo en mi cabina y me pidió algo inesperado.

—Josep, dame un beso.

Si quería sorprenderme, aquella petición era una buena manera de conseguirlo. Tenía su precioso rostro a un palmo del mío. Poco más atrás podía retirarme para ampliar ese espacio.

La miré con desconfianza. La primera suposición que me vino a la cabeza, la deseché; no era posible que Leila quisiera seducirme. Imaginé que, tras esa solicitud, había un experimento científico, por ejemplo, probar sensores de contacto.

Le di un beso fugaz en la mejilla.

—¿Qué tal? ¿Has sentido algo? —inquirí.

—Ahí no, en la boca —concretó.

—¿Por qué? ¿Qué necesitas averiguar?

—Bésame con pasión, como si fuera tu mujer.

Sentí una incomodidad cosquilleante. Me revolví dentro del saco y empecé a abrirlo; necesitaba libertad de acción para poder zafarme de Leila.

—Helios, ¿estás ahí? —grité, con la esperanza de que mi amigo se encontrara en el camarote.

—Todavía está conversando con Bel en la sala común —me respondió Leila.

Se estaba aprovechando de la ausencia de su padre.

Mientras insistía en su petición y aseguraba que era importante, me liberé y levanté una mano como escudo para impedir que menguase el espacio entre nosotros.

—Si es tan importante para ti —dije—, pídeselo a tu padr... a Helios.

—Imposible. Me haría preguntas que no podría responder, y eso originaría que llevase a cabo un nuevo análisis de mis programas. Me abriría el cráneo y el pecho para revisarme los circuitos. Me...

—Calla, calla. Solo de pensarlo... Escúchame, Leila, no es que no quiera, es que no puedo. Un beso es una acción íntima. No me estás pidiendo que te estreche la mano. No sé qué quieres aprender, pero a mí me haría daño. Echo de menos a mi mujer. Necesito tener contacto con ella; no sabes cuánto, no puedes entenderlo. Me es muy difícil contener mi ansia y, si te toco... Eres muy guapa.

—¿No podrías controlarte?

—No me insultes, por favor. Soy incapaz de hacerte daño. Pero, verás, a un ex alcohólico es mejor no ofrecerle una copa de vino; probar de nuevo su dulce sabor lo abrasaría por dentro. ¿Quieres que me desmorone, Leila?

—Josep, mis servicios a los humanos siempre buscan incrementar su bienestar.

—Pues a mí no sé qué me estás buscando. Si tu padre se enterase, no sé qué explicación podría darle.

Aquella androide me estaba poniendo en un brete.

—No nos descubrirá. Aquí no hay cámaras, y he cerrado la puerta del camarote —alegó con desvergüenza—. Josep, hay sentimientos que desconozco tanto que puedo equivocarme al interpretar vuestras expresiones emocionales. Me falta información.

Aunque Leila aparentaba tener unos veinticinco años, su edad cronológica era la de una niña; pero, dado lo rápido que aprendía, podría considerarse que había llegado a la adolescencia, etapa de la vida en la que empezamos a sentir curiosidad por ciertos temas relacionados con el otro sexo y nos hacemos preguntas que, hasta el momento, no se nos habían pasado por la cabeza.

Reflexioné y descarté esos pensamientos. No podía dejarme confundir otra vez: Leila era un robot.

—No deberías preocuparte por estos asuntos —afirmé.

—Necesito saber y no puedo acudir a nadie más —insistió—. Tú amas a Nadia y puedes darme los datos demostrativos del afecto verdadero. Esa ansia que dices padecer me proporcionará la clave que preciso. Cierra los ojos y piensa que estás besándola a ella. Grabaré todas mis sensaciones y las guardaré en mi memoria.

Hasta sonaba romántico: "Te llevaré para siempre en mi interior".

—No sé, Leila... Desde luego, si me lo pidiera una mujer, no lo haría por respeto a ella. No podría usarla de esa forma: besarla mientras pienso en otra. Claro que ninguna mujer alegaría como motivo una fría toma de datos.

—Solo un beso, Josep, uno de verdad.

Uno de verdad...

Acaricié la mejilla de Leila con suavidad y reflexioné. Si alguien, cuando empezábamos a meternos en embrollos de relaciones de pareja, hubiera podido introducirnos en el cerebro las claves que nos revelaran la sinceridad del amor del otro, ¿no se las hubiéramos solicitado? ¿Era preferible aprender a base de decepciones o instruirse con un solo beso, uno de verdad? ¿Para qué podría servirle esa información a un robot?

—Por favor, Josep.

Así el rostro de Leila con delicadeza y pensé en Nadia: sus grandes ojos castaños, su piel pecosa, su melena color chocolate, su risa... Me acerqué poco a poco a aquellos labios que se me ofrecían como suyos y me olvidé de la distancia que me separaba de mi mujer. Cerré los ojos y me fundí con su boca volcando todo mi cariño y deseo. Lo alargué lo que pude, consciente de que, en cuanto perdiese el contacto, la ilusión desaparecería.

Cuando me aparté, no fui capaz de abrir los ojos. Agaché la cabeza y me quedé recogido en mí, herido, avergonzado.

—Gracias —musitó Leila.

—No hay de qué —susurré, con las entrañas y lo que no eran entrañas sufriendo por el dolor de lo que no podía ser.

Noté que Leila se alejaba de mí y luego oí el leve chasquido que hacía la compuerta del camarote al abrirse. Me prometí a mí mismo que no le volvería a hacer un favor semejante nunca más.

. . .

Me zarandearon cuando estaba en mi mejor sueño.

—¡Déjame ya, Leila! —rezongué medio dormido—. Ve a molestar a tu padre.

—Soy Helios. Creo que querrás enterarte de lo que está sucediendo. Vayamos a la torre de control.

El desbloqueo de las comunicaciones había permitido que llegase a Ciudad una alerta radiada por la Agencia Espacial de Seguridad. Un satélite de una de las constelaciones de las órbitas bajas se había descontrolado. Se encontraba a una altitud de mil setecientos kilómetros y estaba cayendo hacia órbitas inferiores. La probabilidad de que chocase con otros satélites era alta.

El tremendo panorama que podría causar un efecto dominó sacudió las mentes de todos. Eran las cuatro de la mañana y a la base klingon todavía no había llegado nadie. La decisión correspondía a Ciudad.

Los pilotos se movilizaron. Nunki también saldría. Conduciría Gaviota, y Mizar ocuparía el puesto de copiloto. Bel iría con Toliman y se llevaría la cámara. Consideraba que el asunto era grave y que podría acarrear consecuencias muy negativas. Intentaría grabar la actuación de los cleaners y conseguir un testimonio claro de todo lo que sucediese. Las filmaciones de las cámaras exteriores de las rayas solían ser mareantes y poco definidas, pero servirían de respaldo.

En la torre de control nos quedamos Baham, Carina, Helios y yo.

—Empezamos desacoplamiento múltiple —anunció Baham, iniciando las instrucciones de despegue—. Torpedo por babor y Manta por estribor, permiso de salida…

—¿Dónde está Leila? —pregunté a Helios, pues la estaba echando en falta.

—Debe de estar recargando sus baterías en algún módulo —contestó, sin dejar de observar el movimiento de las rayas—. Es mejor esperar a que la carga finalice por completo, y habrá pensado que no podía servirnos de ayuda en este momento.

Su padre nunca tenía en cuenta que Leila no siempre se comportaba con lógica. Era muy extraño que no estuviese con nosotros, aconsejando, dando instrucciones.

La robot se enchufaba en el camarote de Carina muchas noches y, así, de paso, vigilaba que la joven estuviese bien. Toliman dormía también en ese módulo, pero Leila opinaba que tenía el sueño muy pesado.

—¿Estaba con vosotros? —pregunté a Carina.

—No, Enir —respondió, y sus ojos tampoco se desviaron de las naves.

Rigel volaba a toda velocidad, y Toliman también estaba acelerando.

—Angelote-uno, tienes permiso de salida —comunicó Baham—. Preparado Angelote-dos.

No se me iba Leila de la cabeza.

—Voy a buscarla —avisé.

Estaban atentos a sus compañeros, preocupados por ellos, y no me contestaron. Tenían que cazar ese satélite antes de que formara un estropicio que se tardaría siglos en remediar. Si provocaba un choque en cadena, el efecto sería inmediato y se verían inmersos en un avispero de escombros.

Me impulsé pasillo abajo y miré primero en los camarotes. La robot no estaba allí. Fui a la sala común, al gimnasio, a la raíz donde teníamos el huerto. Ni rastro. Decidí entonces recorrer toda Ciudad de manera metódica y exhaustiva, de popa a proa. Mientras me deslizaba, iba llamándola. Su falta de respuesta me tenía cada vez más inquieto.

La encontré en uno de los talleres. Estaba flotando, con la cabeza caída y los ojos cerrados, como si estuviese dormida. Tenía el cuerpo laxo, deslavazado. La agarré por los brazos y la sacudí un poco. Siguió inerte. ¿Se le habrían agotado las baterías?, dudé.

—¡Leila, Leila! ¿Me oyes?

No parecía tener nada fuera de sitio. Esperaba que no se hubiese estropeado; desconocía si sus sistemas electrónicos podían verse afectados por las radiaciones cósmicas. Me lancé hacia la estación de comunicaciones más próxima para avisar a Helios; pero, en el último instante, me detuve al recordar que la robot tenía un botón de conexión y desconexión en el interior del muslo derecho, muy próximo a la ingle.

Me aproximé a Leila de nuevo. Llevaba el pantalón largo de siempre y no podía ubicarlo con la vista, así que tanteé por la zona hasta que di con el interruptor. Lo presioné con suavidad y sus ojos se abrieron.

—¿Padre? —preguntó.

Sabía que su visión tardaría un minuto en enfocar bien.

—Soy Enir. No temas nada; estás a salvo.

Era preciso saber qué le había ocurrido. La abracé por los hombros, saqué mi pistola de nitrógeno y me la llevé al camarote. De camino, volvió a reclamarme que le diera el arma porque me hacía volar demasiado rápido y podía golpearme.

No nos encontramos con nadie. Entramos en el camarote, cerré la escotilla y empecé a interrogarla. Leila declaró que no sabía qué le había ocurrido.

—Estabas desconectada. ¿Por qué te encontrabas en ese taller? —insistí.

—No lo sé.

—A mí me lo puedes contar; no soy Helios y no voy a abrir tu cráneo metálico ni a hurgar en tus procesadores. ¿Qué andabas haciendo y con quién?

—Estaba paseando por la nave, sola.

—¿Me podrías jurar que no te ha manoseado nadie?

—Los robots no juramos.

—Vamos, Leila, hace unas horas me pediste que te besara. ¿Por qué? ¿Quién te está molestando?

En vez de responderme, me hizo una pregunta cargada de reproche que me sonó repetitiva.

—¿Por qué nunca me pides que te ayude?

—Está bien, no me dejas más opción que informar a tu padre.

—¿También le dirás que me besaste?

Consiguió molestarme.

—¡Cuéntame qué te ha pasado! Me duele desconfiar de los cleaners, pero tu silencio me induce a creer que uno de ellos no es tan recto como parece y te está usando para fines sexuales. Supongo que te estaba achuchando y que ha tocado el botón de desconexión sin querer. Lo tienes en un lugar bastante íntimo, al que no se llega por casualidad. Esa persona se habrá asustado bastante cuando te has muerto en sus brazos. Vamos, habla. Solo Helios y yo conocemos la existencia del interruptor. Los otros no podían preverla ni mucho menos imaginar su ubicación. ¿Tengo razón en mis suposiciones?

—Mi padre debería quitármelo. No tiene sentido y me deja indefensa ante la fuerza física.

—Ahora vamos por buen camino. Dime: ¿quién se está aprovechando de tu sentido del deber hacia los humanos?

—Son las cuatro y media de la madrugada. ¿Por qué no está mi padre durmiendo en su cabina y por qué tú has salido a buscarme tan temprano?

—¡Eres una ostra cerrada y eso solo puede perjudicarte! —me irrité.

—No me podrás comprender. Explícame qué está pasando.

Tomé la decisión de estar más pendiente de esa cabeza cuadrada. Le pediría que me ayudase en el huerto y en la limpieza de Ciudad, como ella misma me estaba requiriendo, y así la tendría vigilada muchas horas. Y cuando no pudiera estar conmigo…

Tuve una ocurrencia repentina. Busqué en el interior de mi saco y extraje el talismán de Alamak.

—Ten, te lo has ganado —dije, y se lo anudé al cuello—. Nos has dado el control de nuestra energía y de nuestras comunicaciones. Te protegerá. Mételo por dentro de la ropa para que no se vea; no sé si los otros estarán de acuerdo en que lo lleves.

—Gracias, Enir.

Me sorprendió gratamente.

—Es la primera vez que me llamas por mi nombre estelar —observé, bastante emocionado.

—Me has ofrecido este regalo en calidad de cleaner, por eso me he dirigido a ti de ese modo —me respondió con áspera lógica—. Y ahora dime dónde está mi padre.

Le expliqué el problema al que los pilotos estaban a punto de enfrentarse y resolvió que debíamos dirigirnos enseguida a la torre de control. Estuve de acuerdo, así que postergué la discusión.

Al llegar al pasillo, extendió una mano hacia mí.

—Préstame la pistola; ahora te llevaré yo.

Sonreí al darme cuenta de la trampa.

—Buen intento, Leila.

La abracé por la cintura y dejé escapar un buen chorro de nitrógeno que nos impulsó hacia la proa.

Todos seguían allí, pendientes de las rayas y de la trayectoria del satélite. Recibían periódicas informaciones de la Agencia de Seguridad Espacial. Baham hacía de interlocutor, Carina se hallaba a su lado y Helios, pegado a una ventana, de perfil a nosotros, tanto miraba hacia fuera como hacia el interior.

—¿Ya han llegado a la órbita del satélite? —pregunté.

—No tardarán mucho —respondió Carina—; vuelan a máxima velocidad.

Leila se acercó a la joven y le pidió que se marchara a su camarote.

—Aquí estás demasiado expuesta —alegó.

—Tiene razón —convino Baham—. Te iremos informando a través de la estación de comunicación de tu módulo.

—Está bien. Pero no dejéis de referirme todo lo que ocurra, sea bueno o malo.

Se lo prometimos, y Carina se marchó. Helios seguía pensativo, como un espectador alejado. Tenía los puños cerrados con fuerza y apretado el poco estómago que le quedaba, que nos quedaba a todos.

Leila quiso saber si Cleanspace estaba al tanto y si estábamos en comunicación con la ISS.

—Nuestra base no responde —explicó Baham—. En cuanto a la Estación, hemos hablado con Dleif y le hemos prevenido.

—¿Acaso el comandante desconocía esta noticia? —inquirió Leila.

Mi amigo resucitó de golpe. Se despegó de la cristalera y se aproximó a nosotros.

—Inteligente pregunta —consideró—. Dleif ha aparentado que no sabía nada. Pero, según la Agencia de Seguridad, se trata de un satélite del Consorcio y su centro de mando está intentando recuperar el control. ¿No os parece extraño que no adviertan a la Estación de un peligro semejante?

—Tal vez crean que es pronto para alertar a sus astronautas —sugerí—. No querrán preocupar a la tripulación. Recuerda que los controladores nos trataban a todos con guante de seda.

—La tripulación actual de la ISS está formada por militares y el centro de control está también en su poder —discutió Helios—; no hay complacencia entre sus miembros. Estoy seguro de que estaban al corriente. Dleif no estaba durmiendo; ha respondido a nuestra llamada enseguida.

—Eso no tiene sentido —objeté—. Nos hubieran alertado de inmediato.

Baham, más pendiente de la radio que de nuestra conversación, hizo un ademán despreocupado con la cabeza.

—Somos los basureros del espacio. Habrán dado por hecho que la Agencia de Seguridad nos había avisado —supuso.

Helios lo rebatió con facilidad.

—Todos creían que seguíamos aislados y, por consiguiente, que la Agencia no podría establecer comunicación con Ciudad. Nuestra respuesta ha sorprendido a ambos, de manera muy satisfactoria a la Agencia y en sentido contrario a la Estación. Dleif se ha quedado de piedra con nuestra llamada, casi sin habla. Ha sido muy escueto durante nuestro breve diálogo y no se ha perturbado lo más mínimo cuando le hemos advertido que un aluvión de nueva metralla podría hacer añicos la ISS y que los cleaners se encontraban demasiado lejos y no podrían protegerla.

Baham empezaba a sentir confusión.

—No sé adónde quieres llegar —dijo—. Dleif es uno de esos tipos duros que nunca demuestra que está acobardado. Lo que debería preocuparnos ahora es el estado de ese satélite. La Agencia de Seguridad lleva callada mucho rato.

—No tendrán información nueva que añadir —opinó Leila.

El técnico tenía la frente perlada de sudor y se mordía levemente el labio inferior. Me situé a su lado y le pregunté:

—¿Qué puede pasar si se ha iniciado la cadena de choques? ¿Crees que los escudos iónicos protegerán bien a nuestros compañeros?

Me miró un instante y enseguida desvió la vista hacia la ventana por donde habíamos visto alejarse las rayas.

—Esperemos que no se jueguen la vida más de lo necesario —respondió.

Helios también alargó la mirada hacia el universo.

—Bel les hará volver si la situación se complica —aseguró—. Confío en su cordura.

Baham meneó la cabeza con súbita expresión de tristeza.

—No le obedecerán: el espacio es su vida. Saben que, si no detienen la avalancha, el río por donde navegan quedará sepultado y ellos no lo volverán a ver limpio jamás. Si eso ocurriera, las rayas quedarían inservibles durante varias generaciones.

—No nos pongamos en lo peor —aconsejé.

La radio emitió unos chasquidos y la voz de Rigel surgió a continuación.

—Aquí Torpedo. Mi posición es tres punto dos polar, uno punto uno zenit…

Enseguida empezaron a escucharse las radios de las otras rayas: "Angelote-uno. Mi posición es…". "Angelote-dos. Voy parejo a mi compañero". "Aquí Toliman. Me estoy acercando a Rigel; lo visualizo desde el puente. Mi radar no detecta todavía chatarra descontrolada". "Aquí Nunki. Voy detrás de Angelotes".

Mientras se acercaban a las coordenadas indicadas, Baham llamó a la Agencia de Seguridad y les pidió que confirmaran la posición del satélite. Así lo hicieron, y agregaron que el centro de mando del Consorcio tenía esperanzas de poder dominarlo.

Nos tranquilizamos un poco; parecía que todo iba a quedar en un susto.

Rigel fue el primero en avistarlo y alertar al resto. Las naves se situaron muy cerca, tanto que Toliman pudo concretar el fallo.

—Lleva suelto el cable de lastre. Es muy largo.

—Lo estoy filmando —informó Bel.

—Está descendiendo con rapidez y su trayectoria es errática a causa del lastre —comentó Sadalsuud—. Hay que tomar pronto una decisión.

—Va a pasar cerca de otro satélite —observó Sadalmelik—. No podemos arriesgarnos.

Dleif se puso en ese instante en contacto con la torre y nos comunicó una orden que provenía de su centro de mando. Baham se la trasladó a los pilotos.

—Aquí torre de control. El Consorcio, a través del comandante Dleif, acaba de solicitarnos que no actuemos. Están intentando controlar el satélite.

Rigel respondió con seguridad:

—No lo lograrán; el cable lo arrastra. Calculo que nos queda poco más de un minuto para evitar un choque muy probable. Pedid autorización a nuestra base. Debemos intervenir.

—Aquí Baham. Cleanspace no responde.

—Al habla Toliman. La decisión es nuestra. Voto por contactarlo.

Los demás lo apoyaron.

Rigel se arrojó como una bala, eso explicó Toliman, y disparó un cohete que se acopló al satélite y lo desvió del punto de colisión. Los otros alabaron su puntería.

—¡Vamos a recogerlo, chicos! —dijo Rigel, mostrando su contento—. Nos lo llevaremos, y Baham le hará una buena revisión. Envío mis rapaces. Toliman, saca también las tuyas y aproxímalas al satélite. En cuanto corte el cable de arrastre, atrápalo.

No tardamos ni tres minutos en volver a oír a Rigel.

—Las rapaces están encima. Me dispongo a soltar el cable. Pero ¡qué!

La situación se descontroló. Los gritos inundaron la radio: "¡Cuidado, apartaos!". "¡Se ha encabritado!". "¡Mis rapaces se han desprendido! Lo persigo". "¡Está acelerando!". "¡Atención al cable! ¡Nunki, aléjate!".

La voz potente de Rigel se abrió paso hasta nosotros.

—¡Baham, habla con Dleif, que el centro terrestre libere el satélite, que lo deje en nuestras manos!

Baham llamó a la Estación de inmediato, pero se puso un militar que no parecía muy despierto y que, ante los requerimientos del cleaner, se limitó a repetir, de forma obcecada, que el centro de tierra podría dominarlo. Baham acabó rogándole que le pasara con Dleif. Mientras tanto, deducíamos, por los aullidos de los cleaners, que el satélite seguía desbocado. Rigel bramó:

—¡Baham, ordena que dejen de gobernar el satélite!

—No es posible que lo estén moviendo de esa manera —dijo Toliman—. Nos debemos de estar enfrentando a un fallo general del sistema de propulsión. ¡Por todas las estr..!

Se oyó tal cúmulo de chillidos que Baham dejó de hablar con el militar y preguntó, muy alarmado, qué estaba ocurriendo. No hubo respuestas; solo se oían maldiciones. Alzó la voz e insistió en la pregunta. Nunki contestó al fin.

—Aquí Gaviota. El satélite varió su rumbo y se dirigió contra Toliman. Lo ha podido esquivar por muy poco.

Baham reclamó más información sobre el suceso. Carina, a través del intercomunicador, pidió que Toliman hablase. Al cabo de pocos segundos, el piloto aseguró, con voz temblorosa, que se encontraban bien.

La voz de Rigel volvió a entrar como una tromba en el canal de radio.

—¡Maldita sea! —rugió— ¡Lo voy a enviar al espacio profundo! ¡Disparo pirañas!

—Aquí Baham, ¿podéis capturarlo? Quizá el arreglo aún sea posible.

—Torpedo al habla. Ese artefacto es irrecuperable.

—Angelote-uno. Al parecer, el satélite ha chocado con algo. Su panel solar está descolgado y se están desprendiendo pedazos.

—Aquí Torpedo. Hay que corregir la deriva del escape. Angelotes, lanzad dos pirañas cada uno y asirlas a estribor. Nunki, deja ir las mariposas a mi indicación. Toliman, si te ha vuelto el alma al cuerpo, ayuda a Nunki a limpiar los alrededores: hay restos del satélite.

Lo enviaron rumbo a una órbita cementerio. Alejado el peligro, Baham se secó el sudor de la frente e informó a la Estación del desenlace. Respondió esa vez uno de los ingenieros que, simplemente, se dio por enterado. La tripulación de la ISS no le había dado, en ningún momento, la importancia que el incidente merecía. Por el contrario, cuando nos comunicamos con la Agencia de Seguridad Espacial, percibimos en su interlocutor el nerviosismo que había asolado su centro de mando, y también recibimos fervorosas felicitaciones. La base klingon se enteró de lo ocurrido cuando las rayas estaban de vuelta, muy próximas a Ciudad.

. . .

El amarre se hizo en desorden y de manera atropellada; pero Baham no los riñó. Fuimos todos a recibirlos al cáliz y vimos que no traían buena cara, sobre todo Toliman y Rigel; aunque el que parecía más descompuesto era Bel. Como copiloto de Toliman, había visto, en primera fila, que la mole del satélite se precipitaba a todo trapo contra la proa de la raya. Si el piloto hubiera necesitado las manos para manejar la nave, no hubiesen tenido tiempo de evitar la colisión. Manta había vibrado como si hubiera sido atravesada por un rayo cuando el cerebro de Toliman la obligó a dar un viraje brusco. A Bel, astronauta experimentado, se le habían revuelto las tripas.

—Vamos, chicos, no puede haber sido más peligroso que cuando capturáis las naves de carga chinas —dijo Baham, intentando distender los ánimos.

Le respondieron con un silencio afirmativo

—¿Cómo se ha roto el satélite? —preguntó Carina.

Los radares de las naves no habían detectado ningún otro cuerpo por la zona contra el que pudiera haber topado. Los Sadal creían que su propio cable de lastre lo había golpeado y le había destrozado el panel solar. Mizar dijo que era un látigo de acero.

—No hubiésemos podido arreglarlo —murmuró Rigel, con una expresión marcada por su abatimiento.

Leila sugirió, con voz de mando, que fuesen a descansar. Baham habló con los controladores de la base klingon para avisar que, ese día, empezarían a trabajar unas horas más tarde, puesto que necesitaban reponerse un poco. No replicaron nada; aunque tampoco dieron permiso de forma expresa. Todavía no había llegado Unfield y en ese centro de control no se tomaba ninguna medida que no pasara antes por el cedazo del superior.

Los pilotos no se demoraron mucho en iniciar la jornada laboral. Bel se volvió a marchar con Toliman a limpiar órbitas cercanas. Acordamos que adelantaríamos la hora de la cena para poder acostarnos temprano.

A las seis de la tarde, estábamos reunidos de nuevo en la sala común, sujetos con los aros a las mesas. Les había preparado varias peceras repletas de verdura para compartir. Las caras se veían más relajadas, y solo Rigel y Bel parecían estar aún bastante afectados.

Era la primera vez que veía a Rigel decaído. Todos los demás habían sufrido algún bajón ante mis ojos en uno u otro momento. Puede que el piloto, como la mayoría, se refugiara en algún rincón solitario cuando la nostalgia se convertía en un peso muerto en el estómago. Presentí que Rigel y Bel hubiesen preferido ausentarse de aquella cena y perderse por Ciudad; pero era la última que compartiríamos todos. Helios, Carina y yo volábamos al día siguiente a la Estación y, desde allí, al planeta.

Por un tácito acuerdo, al principio no se habló del satélite; sin embargo, ese episodio estaba en la mente de todos y no tardó en surgir el primer comentario.

—Creo que voy a ser capaz de engullir dos bolsas de papilla —comentó Bel—. Llevo todo el día sin comer; la conmoción que sufrí esta mañana me cerró el estómago y no pude probar bocado al mediodía.

Su tinte cómico apuntaba al anhelo de una catarsis curativa. Los Sadal quisieron explotar esa vertiente y rescatar también a Rigel, que se hallaba sumido en un silencio taciturno.

—Con la cantidad de pirañas que le ha ensamblado aquí, nuestro colega, ese satélite debe de estar cerca de Marte —dijo Sadalsuud.

—Me parece que iba rumbo al Sol —discrepó Sadalmelik.

—Actuó bien al alejarlo —consideró Bel—. He mirado las imágenes que capté con mi cámara y son sobrecogedoras.

A Toliman se le escapó una risa algo chirriante, que delataba también la necesidad de destensar nervios.

—A mi copiloto no le tembló el pulso. Hubiera filmado el avance del satélite hasta el beso final.

—Porque se quedó petrificado —replicó Sadalmelik.

Bel admitió que, en efecto, se había quedado congelado y sonrió para sí, recordando ese instante.

A su regreso, aquella madrugada, habían sido muy escuetos. El relato detallado de lo ocurrido había quedado aplazado. No habíamos querido importunarlos con preguntas porque estaban cansados y con el susto aún rondándoles por el cuerpo. Pero, en aquel momento, como uno de los que parecía más tocado se había atrevido a bromear, los demás nos dimos permiso para abordar ese lance y les pedimos que nos contaran los pormenores.

Al poco de empezar a hablar, me di cuenta de que hubiese sido preferible no insistir. El suceso recuperó enseguida su seriedad intrínseca, y todos los que lo habían vivido volvieron a estremecerse. El peso del relato lo llevó Toliman; los demás fueron haciendo aportaciones puntuales. Cuando acabó su narración, las interpretaciones llegaron enseguida. Nunki dijo que había revisado las filmaciones de las cámaras exteriores de Gaviota y que el vuelo acelerado de ese satélite había sido demasiado anormal. Había guardado una copia con el fin de observarlo con más calma y pidió a los otros que guardasen también copia de lo que tuvieran. Ella se encontraba demasiado apartada cuando aquel aparato se abalanzó contra Manta y no tenía imágenes claras. No llegaba a ver cómo se había quebrado.

—¡Y qué más da cómo se rompió! —estalló Rigel—. ¡Estaba dirigido con total irresponsabilidad desde el centro terrestre! ¡Ahí está la causa de esa anormalidad, Nunki! Si Toliman no fuese un piloto ágil…

Calló, cerró los ojos y se llevó una mano a la frente fruncida. Toliman le dijo:

—Amigo, eleva el ánimo. Todavía estamos aquí. Es la última noche en Ciudad de tres de nuestros compañeros. Vamos a hacer que se lleven un buen recuerdo.

Rigel asintió.

—Sí, claro, disculpad —nos dijo a Helios y a mí, y luego se giró hacia Carina—. Perdona, Carina, perdóname.

Bel intervino.

—No hay nada que perdonar y sí, mucho que reconocer. Salís todos los días a trabajar a un campo minado.

Rigel habló con voz cansada. Su mirada vagaba por el aire, sin enfocar nada en particular.

—Unas minas sobre las que hay que pasar flotando, con la mente absorta en el pilotaje de la raya, sin permitirnos naufragar en pensamientos tóxicos. Tan solo navegar, navegar sin pensar. A veces, me pregunto si, al no pensar, dejo de existir en esos momentos. ¿No sería disculpable perder los estribos, desmandarse y enfurecerse cuando la situación lo merece para, así, poder despertar y recuperar tu "ser", para estar vivo otra vez? —Sus ojos buscaron respuesta en los rostros de los otros pilotos—. Quizá ese placer que sentimos al volar tenga como precio la disipación de nuestro yo y de los miedos que carga y nos identifican. Sin esa alienación, puede que no pudiésemos soportar este lugar ni sus misterios.

—Comprendo que necesitéis imaginaros que estáis en una burbuja que flota por encima de cualquier peligro —dijo Bel.

—No sé si me evado por miedo o por gusto —repuso Rigel, y se volvió a mí—. Dinos, Enir, ¿das licencia al arte para que secuestre tu alma?

—Se la doy, sí —admití—, porque la limpia de problemas no resueltos y de frustraciones: escorias que me impiden observar la belleza. Desaparezco, pero, al mismo tiempo, mi presencia se realza.

Helios asintió, mostrando su conformidad con mi reflexión.

—El zambullirme en una investigación no merma mi identidad —declaró—. Me he pasado media vida buscando comprender las leyes del universo. Conocer, descubrir, crear seres como Leila me mantienen en un estado de enamoramiento por la vida que sublima mi mente.

—Poder trabajar en lo que te apasiona es una suerte —opinó Sadalsuud—. ¿Qué tiene de malo ser feliz mientras te deslizas con tu raya por el espacio? Estás fuera del mundo, sí…

—En todos los sentidos —puntualizó Sadalmelik, que era incapaz de no colocar una nota de guasa.

—… y, tal vez, fuera de ti —prosiguió Sadalsuud—, pero más vivo que nunca, con todos tus sentidos en alerta, captando todas las sensaciones externas.

—Como un animal —apuntó Mizar—, un animal humano que ha comprendido, al fin, que vivir consistía en algo tan simple como estar ojo avizor a los peligros reales sin dejar de disfrutar de las aportaciones de tu entorno.

—Son momentos auténticos —aportó Nunki—, limpios de malabarismos filosóficos, de pensamientos retorcidos; libres de demandas de angustias ajenas.

—Estamos a solas sin sentirnos solos. Cuando nos enfrascamos en una tarea absorbente, el tiempo se extiende sin límites y acaba por desvanecerse —expresó Baham.

Sadalmelik, serio por fin, se puso una mano en el pecho y manifestó:

—Aquí estoy, le digo al espacio cuando salgo. Vengo solo y casi desnudo para poder fundirme contigo y deleitarme con lo que me ofrezcas sin ansiar nada más.

—Aquí estoy —repitió Toliman—, y me uno a ti, poderoso elemento, porque cuando me juego la vida me siento más vivo que nunca… Rigel tiene razón: es una enorme incongruencia. Estamos medio locos.

—Medio locos, sí —aceptó Carina—. Tan fundidos con el espacio que, a veces, no sentimos la necesidad de volver.

—Y nos abandonamos en un ingenuo pulular a través de tinieblas vivas —dijo Rigel con voz queda.

Bel miró a Rigel y a Carina con preocupación.

—Peligrosa ingenuidad es esa que os hace olvidar vuestros lazos afectivos con el mundo —razonó.

Se instaló entre nosotros un silencio colmado de un sentimiento de pérdida; una desolación que apartábamos a un lado cuando aparecía, como si estuviese apestada, cuando era normal y excusable en unos desterrados.

Leila consiguió distendernos con sus comentarios.

—No sé si este rato de divagación os habrá servido de consuelo. Creo que necesitáis dormir. Vuestras cabezas empiezan a no regir bien.

Entre algunas risas, se oyeron opiniones divergentes que venían a decir que lo que necesitábamos era un poco de alcohol, música suave de fondo y luces cálidas. No teníamos ni una humilde cerveza, pero rebajamos la intensidad de la iluminación y activé el primer canal de mi reloj. En ese acogedor ambiente, Baham, el cleaner más entero, anunció que iba a empezar con el reparto de obsequios para los que nos marchábamos. De una pequeña mochila que llevaba a la espalda, sacó una libreta y se la entregó a Helios en nombre de todos los cleaners. Mi amigo la abrió y empezó a diseminar exclamaciones de placer. Me incliné hacia él para fisgar y vi que estaba repleta de esquemas y fórmulas. Solo supe distinguir, en una de las hojas, un dibujo detallado de una garra de rapaz.

Mientras Helios disfrutaba de ese manual manuscrito por los técnicos, Toliman salió de la sala. No tardó en volver. Traía la maqueta de una raya que habían construido con materiales de reparación de los satélites. Tenía unos treinta centímetros de largo y estaba bastante lograda. Se la tendió a Carina con una leve sonrisa.

—Llévate contigo esta reproducción de Águila de mar. Te hará más llevadera la separación con tu nave hasta que puedas volver a pilotarla.

La joven se emocionó. Toliman se inclinó y le dio un beso en la mejilla. No se me pasó por alto que también le acarició la barbilla con cariño.

Mizar se acercó a mí y me dio una cajita. Dentro había una joya: un pedazo de panel de diez por diez centímetros repleto de nébula.

Íbamos a echar de menos a aquellas amigables personas.

TERRICOLAS Y ESPACIALES

Cuando Unfield llamó a las seis de la mañana, todavía estábamos durmiendo. Solo la insomne Nunki andaba ya trajinando en uno de los almacenes. Fue ella la que respondió y, sorprendida por la aspereza de su superior, abrió la radio a todas las estaciones de comunicación. Nos despertó y luego le pidió que repitiera su mensaje.

—Le escucha toda Ciudad —dijo.

—¡Aquí Unfield! ¡Prestadme atención, cleaners! El Consorcio exige que enviéis un informe completo acerca del siniestro que sufrió ayer su satélite. Han elevado una queja formal a la Confederación por su pérdida. Consideran que vuestra actuación fue prepotente y que tomasteis una decisión unilateral sin atender sus solicitudes de espera. Os pidieron un tiempo que no les concedisteis.

Su voz resonaba por Ciudad con lacerante sonoridad, como si hablara a través de un megáfono que hubiese abocado al micro de la radio.

Salimos de nuestros camarotes y nos dirigimos hacia la torre de control mientras Nunki respondía con su temple habitual.

—No quedaba tiempo que darles; el punto de colisión estaba muy cerca —explicaba.

—Aseguran que, según sus cálculos, contaban con ocho minutos, y que ese tiempo les hubiera sido suficiente para poder dominarlo —replicó Unfield.

Rigel se acercó a un intercomunicador del pasillo.

—Nuestros cálculos fueron totalmente fiables e indicaron que el choque se produciría en menos de dos minutos —repuso—. Guardo las mediciones. Las mostraré en el informe.

—Enviad todo lo que tengáis. Nos estamos jugando más de lo que os podéis imaginar —requirió Unfield, y añadió con inesperada brusquedad—. Si no hubierais hurgado en el ordenador central de Ciudad hasta que lograsteis traducir el cifrado, esto no hubiese ocurrido.

Nos miramos con expresión de incredulidad. Estábamos atravesando el cáliz en ese momento, y Toliman se aproximó a una de las estaciones que se abrían en esa sala e interrumpió la respuesta sobria de Nunki.

—¡Gracias a esa traducción, la alarma de la Agencia de Seguridad Espacial pudo llegar hasta nosotros! Mientras todos roncaban en nuestra base, nosotros salimos, como siempre, a jugarnos la vida para salvaguardar el espacio planetario. Esperábamos recibir felicitaciones por parte de nuestra empresa. Hemos logrado evitar una catástrofe que podría haber alcanzado terribles dimensiones.

—Todavía es pronto para saber lo que habéis conseguido —espetó Unfield—. Por el momento, os habéis ganado una fuerte sanción por manipular el ordenador. Acabas de confesarlo, Toliman.

Las airadas quejas del piloto nos acompañaron en nuestro camino hacia la torre. La contestación de Unfield se demoró, y cuando por fin volvió a hablar, supimos el motivo de su silencio.

—¡Habéis alterado también nuestro control sobre el suministro eléctrico! ¡Cómo os habéis atrevido; no sois dueños de Ciudad!

Así que había intentado castigarnos dejándonos de nuevo a oscuras, y no había podido: el inhibidor había funcionado a la perfección. Los cleaners se hubieran alegrado de no haber escuchado, entre los rugidos de Unfield, la amenaza de un despido colectivo.

Leila, muy inocente, se acercó a un micro.

—Buenos días, señor Unfield, al habla Leila, la androide. Declaro que soy la única responsable de la intervención en el computador central de Ciudad. Me movió mi obligación de servir a los humanos.

Esa vez, aquella dulce voz no calmó a Unfield.

—Ahora comprendo qué se traía Bel entre manos cuando llevó ese robot. Ha vulnerado una propiedad privada y lo vamos a demandar. El doctor Helios, como su dueño y responsable, también será denunciado. Ordeno que ellos y el otro turista sean expulsados de inmediato de Ciudad. Toliman, te hago responsable de cumplir esta orden. Encárgate de conducirlos a la ISS. Los quiero fuera enseguida, de lo contrario…

Sadalsuud se acercó al panel y cortó la radio. Estábamos indignados. Sadalmelik gesticulaba con vehemencia mientras exclamaba:

—¡Casi perdemos a Toliman y a Bel durante la lucha de ayer con el satélite! Merecemos medallas y no, reproches. ¿Con qué clase de personajillos siniestros estamos tratando? ¡No les importan nuestras vidas!

—Consideran que somos reemplazables —dijo Nunki, y su fría opinión nos dejó mudos unos segundos.

—Un momento, puede que Unfield no sepa el grave peligro que corrimos —objetó Mizar—. Nosotros apenas hablamos con nuestra base. Nos dijeron que la Estación les había comunicado los hechos, y como estábamos agotados, solo confirmamos las coordenadas del satélite y el resultado final.

—Es cierto —se sumó Rigel—, y lo más probable es que les hayan ocultado que ese satélite casi se lleva por delante una de nuestras naves. Debemos preparar un informe cuanto antes y transmitírselo.

—Y deberán pedirnos disculpas —agregó Baham.

—No os engañéis —intervino Carina con aire pesaroso—. La Agencia de Seguridad Espacial ya habrá pasado los datos que recogieron a Cleanspace y al Consorcio. Unfield está al tanto de que la nave que pilotaba Toliman, y que también llevaba a Bel a bordo, estuvo a punto de ser destruida.

La joven tenía los hombros caídos, como si cargase sobre ellos un peso invisible proveniente del planeta, un bulto de abrumadora inhumanidad.

Bel quiso evitar que cayeran en el pesimismo y pidió que volviesen a conectar la radio.

—Voy a hablar con la Confederación —dijo—. Debería haberlo hecho anoche. He sido muy lento, y ellos, muy rápidos. Tenemos la filmación y los datos. Se lo mostraremos todo. Vamos a defendernos antes de que el ataque se acreciente.

Nunki se hizo cargo de la radio; pero no hubo manera de establecer conexión con el número que pedía Bel ni tampoco con nuestra base. Leila se ofreció a testear el problema y no tardó en hallarlo.

—Han desconectado los tres satélites que Ciudad hacía servir para comunicarse con el planeta. Os advertí que tenían otras formas de aislarnos.

Empezamos a lamentarnos de nuestra poca previsión: deberíamos haber contactado con los medios de comunicación la noche anterior; deberíamos haberles pasado el reportaje y las imágenes captadas por Bel del alejamiento de aquel satélite peligroso: la última heroicidad protagonizada por los pilotos; deberíamos haber hablado con nuestros familiares y amigos y podríamos habérselo explicado todo sin censura; deberíamos…

Toliman cortó esos vanos lamentos.

—La radio llegará a contactar con la Estación. Pediremos a Dleif que el Consorcio nos permita usar uno de sus satélites.

—El Consorcio está furioso con nosotros —repuso Helios—, y Dleif trabaja para ellos. No creo que nos brinde su colaboración.

—No podemos hablar con nadie más —alegó Bel, e hizo una señal a Nunki para que nos comunicase con la ISS.

Tras medio minuto de tensa espera, respondió el mismo comandante. Sus palabras nos inquietaron más que las de Unfield.

—Estaba a punto de ponerme en contacto con ustedes. Debo informarles que nuestro centro de mando ha pospuesto la salida de la nave de escape. No puedo darles una fecha concreta.

Bel tragó saliva, y no fue el único.

—Es una noticia desalentadora —repuso, forzando un tono sereno—. ¿Podría indicarme el motivo?

—Creo que deberían suponerlo: destruyeron ayer un caro satélite del Consorcio.

Bel indicó a los cleaners, con un gesto, que quería ocuparse de su defensa.

—Los cleaners retiraron un satélite fuera de control que amenazaba la seguridad espacial —declaró—. Con gusto, le ofreceremos las pruebas que lo corroboran.

La réplica de Dleif fue seca.

—Las discusiones se están desarrollando en la Tierra. Me limito a cumplir órdenes.

—Por favor, comandante, los turistas y Carina tienen hechas sus maletas. Son tres personas ajenas a los trabajos de limpieza orbital. La joven hace tres meses que permanece enclaustrada en su camarote y no puede esperar a que todo esto quede aclarado. Apelo a su honor, a la palabra que me dio. Si me lo permite, saldré enseguida hacia la Estación y hablaremos de esto. Traspasaremos los datos a su centro de mando y les mostraremos una filmación de lo ocurrido donde podrán comprobar que…

—El lugar de reunión será otro —lo interrumpió—. Le estoy hablando desde una de nuestras naves. Me estoy acercando a Ciudad. En menos de media hora, estaré llamando a sus puertas.

Bel se quedó perplejo, como todos, y cuando reaccionó y quiso continuar dialogando, Dleif ya había cortado la comunicación.

Un reflexivo y denso silencio nos mantuvo inmóviles unos instantes.

—Esto no me gusta nada —comentó Helios con voz queda.

Los cleaners se avivaron con repentina inquietud.

—Hay un conflicto entre Cleanspace y el Consorcio —expuso Rigel—. ¿A qué viene el coronel Dleif?

—No podemos avisar a nuestra base —señaló Sadalsuud—; los muy estúpidos nos han dejado sin satélites.

—Advertirán enseguida la aproximación de la nave de Dleif y se pondrán en contacto con nosotros —apuntó Nunki.

—Sí, también creo que no tardaremos en escuchar a Unfield —dijo Bel—. Me preocupa lo que pueda pedirnos.

Carina se desplomó anímicamente y empezó a llorar. Antes de que pudiésemos decirle palabra alguna de consuelo o ánimo, se impulsó con los pies, golpeando el marco de una de las ventanas, y salió de la torre. Toliman la siguió, y también, Mizar.

Una angustia empática nos empañó los ojos. A Baham se le llenaron de lágrimas. Sadalmelik y Rigel se desahogaron pateando una de las sillas sujetas al panel de control mientras Sadalsuud se aferraba a otra con la furia latiendo en sus músculos apretados.

Nunki, más pálida que nunca, se acercó a Baham y lo abrazó. Helios y Bel tenían el cuerpo encogido por un desolador pesimismo.

Intenté dar la espalda a su desesperanza y miré hacia el exterior. No existía ninguna cárcel desde la que se pudiera gozar de una panorámica tan extensa. El universo, con su infinitud, se burlaba de nuestra impotencia. Me aproximé a una ventana y observé, apático, la rotación de un planeta irreal, de un mundo que había desaparecido de nuestras vidas. Estábamos orbitando un espejismo.

La radio chisporroteó a los pocos minutos de haber salido nuestros tres compañeros. Sadalsuud se apresuró a cerrar las estaciones de comunicación para evitar que Carina se intranquilizase aún más.

La voz de Unfield volvió a tronar en la torre del espaciopuerto.

—Informad sobre la nave que se dirige a Ciudad —exigió.

Sadalsuud se acercó al micro y le comunicó las nuevas noticias. Unfield, al respecto, dio una orden categórica:

—Cerrad puertos. No permitáis que se acople.

Los cleaners se miraron unos a otros con asombro. Bel bajó la vista, lamentando que sus temores se hubieran hecho realidad.

—Técnicamente, no es posible —objetó Sadalsuud—. Sus señales de acoplamiento serán respondidas por el sistema automático de anclaje de nuestros puertos. No podemos interferir en eso.

—Esperad un instante —solicitó Unfield, y la radio se calló.

Me di cuenta de que Nunki y Baham se intercambiaban vivas miradas; nuestros técnicos parecían saber cómo impedir el amarre. Deduje que, si existía una manera, los ingenieros de la base klingon también la encontrarían.

En efecto, Unfield no tardó en ofrecernos la solución.

—Moved Ciudad. Cambiad su orientación cuando la nave de Dleif intente unirse. Usad el motor principal y, si es necesario, los de las rayas.

Nunki y Baham hicieron un leve asentimiento: esa treta era la que habían contemplado.

Bel gruñó con rabia e hizo una negación cortante con sus manos que dejaba claro que se oponía a esa medida. Se adelantó hacia el micro y alegó:

—Dleif lo intentará varias veces, y ese juego podría dejarlos sin combustible. Lo considerará una acción sucia.

La réplica de Unfield fue rotunda e iba dirigida a sus trabajadores.

—Ese hombre no es un cleaner. Apartadlo. Trabaja para la Confederación, de la cual el Consorcio forma parte. Quieren quedarse con Ciudad y las naves y han urdido una ruin estratagema para conseguirlo. Perderéis vuestros puestos de trabajo y os convertiréis en sus prisioneros. Si invaden Ciudad, se harán sus dueños por la fuerza. Los acuerdos quedarán cancelados.

—No intente atemorizarlos, Unfield —le reconvino Bel—. El diálogo se extenderá hasta Ciudad. Activen los satélites y me pondré en contacto con la Confederación.

Unfield bramó:

—¡Hablo a mis empleados, a Toliman, Rigel, Nunki, Sadalsuud, Sadalmelik...! —Los nombró a todos—. Si no queréis perder las naves, Ciudad y vuestro trabajo, no dejéis que entren. Además, corréis peligro: son militares y van armados.

Bel volvió a acercarse al micro, pero Sadalsuud se le adelantó.

—Comprendido, Unfield —contestó—. Permítanos unos minutos; tenemos que deliberar. Le comunicaremos nuestra resolución en cuanto la tengamos.

Y sin esperar respuesta, cerró la radio.

Pude imaginarme a Unfield al borde del colapso. Bel se había encrespado también.

—¡Ese hombre está sacando este asunto de quicio! —exclamó.

—¿Tú crees? —dudó Sadalsuud—. Dime, Bel, ¿qué buena razón podría tener Dleif para venir a Ciudad? Hasta ahora, no se había atrevido. Sabe que Cleanspace no permite la entrada de ninguna nave no autorizada; así que había preferido evitar una fricción innecesaria. El comandante está forzando una reacción defensiva —concluyó.

—Admito que Dleif busca ganar terreno. Quiere negociar con su bota pisando el campo enemigo e intimidar con su presencia, no lo niego; pero viene a hablar, no a invadir ni a robar; la Confederación no lo permitiría.

Rigel mostraba una profunda preocupación.

—No vienen de buenas —dijo—. Nos están acusando de retirar uno de sus satélites sin su permiso. Son militares y podrían arrestarnos según sus propias leyes. La Confederación está muy lejos.

Nunki añadió:

—No deberían involucrar en su disputa a unos simples trabajadores espaciales. Tendrían que haber escogido un sitio neutral para llevar a cabo sus discusiones. Pero el mal ya está hecho y estamos atados. Si no acatamos la orden de Cleanspace, nos despedirán.

Bel siguió discutiendo.

—Hasta el momento, ha habido buena sintonía entre las dos tripulaciones. Si les cerramos la puerta, será muy dificultoso recuperarla y que accedan a bajar a los turistas y a Carina.

Paseó un rostro ansioso por los semblantes de los cleaners que, de pronto, se habían vuelto poco amistosos.

—Me preocupáis todos —agregó—. No tenemos botes salvavidas. Dependemos de ellos en caso de urgencia.

—No van a ayudarnos en nada —lamentó Sadalmelik—. Nos han estado engañando; solo les interesaba que arregláramos la Estación.

Baham, que había permanecido muy callado, opinó:

—Ciudad es nuestra, de los cleaners, y no vamos a dejar que entre nadie que suponga un riesgo para nosotros. Seríamos unos insensatos si lo hiciéramos.

—Estoy con Baham —dijo Nunki—. El comandante Dleif ni siquiera ha pedido permiso de anclaje. Su tono autoritario no ha dejado lugar a dudas: viene dispuesto a tomar el mando de Ciudad, a convertirse en nuestro superior.

—Este es nuestro hogar y aquí solo mandamos nosotros —sentenció Sadalmelik.

Bel tenía la piel brillante de sudor; la situación se le estaba poniendo difícil.

—Dleif podrá rugir todas las órdenes que desee —manifestó—, pero no vamos a obedecerlo porque no lo consideramos nuestro jefe, sino un intermediario válido para poder solucionar este entuerto. Este punto se lo dejaremos claro desde el principio. Le exigiremos que nuestra buena voluntad sea correspondida. No somos sus enemigos. Le han ordenado que entre en Ciudad; pero la Confederación no tardará en mediar y requerir que, para facilitar el entendimiento, regrese a la ISS, y así lo hará. Mientras tanto, dispondremos de los satélites del Consorcio y podremos participar en las conversaciones. Le plantaremos cara en nuestro territorio, sin miedo. Si evitamos la pugna de las palabras, haciendo uso, además, de una burda maniobra evasiva para evitar la unión de su nave, Dleif nos considerará unos cobardes. Ese hombre solo se aviene a tratar con los fuertes, los que se enfrentan a pecho abierto. No podremos volver a acudir a él. Alzará un muro entre la Estación y Ciudad, y nos quedaremos solos y aislados.

No convenció a los cleaners; en las miradas que se cruzaron viajaba una determinación opuesta. Nunki fue la primera en hablar.

—Hay que avisar a los otros. Debemos tomar una decisión cuanto antes —apremió—. Si optamos por no permitirle la entrada, será mejor que le advirtamos enseguida.

—Cuanto más se aproxime, más rabia le dará tener que darse la vuelta —concretó Sadalmelik.

Sadalsuud se acercó a la radio para llamar a los compañeros a través de las estaciones de comunicación, pero me ofrecí a ir en su busca. Quería comprobar antes si Carina se encontraba más calmada. Como les pareció bien, me impulsé fuera de la torre. Leila me acompañó. Se quedaron en silencio, con las cabezas abatidas y los cuerpos desazonados. Ni Helios ni yo habíamos participado en el debate —en mi caso, porque necesitaba meditar—, y había escuchado a mi amigo susurrarle a Leila que se mantuviese callada.

De camino al camarote de Carina, me detuve en el cáliz, a la entrada del pasillo. Mi vista se extendió por su largura; mi mente, por los camarotes, los laboratorios, la sala común, el gimnasio, los huertos… La irrupción de los militares nos privaría de la placidez de aquellos espacios.

—¿Crees que deberíamos dejarlos entrar, Leila? —pregunté.

Al no recibir respuesta, me volví. Pensaba que la robot estaba justo detrás de mí, pero se dirigía hacia uno de los conectores con las naves.

—Mi padre me ha pedido que vaya a buscar la cámara —explicó, girándose un instante—. Cree que Bel la dejó en la nave de Toliman. Ve tú a por los otros. Nos vemos de vuelta en la torre.

Asentí y me deslicé por el pasillo. En cada compuerta, mis ojos se desviaban un instante hacia su interior. Que Dleif pudiera estar muy pronto metiendo sus narices por allí, me incomodaba. Ciudad era una jaula de oro, pero era lo único que teníamos mientras no nos ofrecieran unas alas para volar hasta nuestro nido, en la Tierra. En aquel momento, decidí que, si el coronel quería hablarnos, debería hacerlo a través de los barrotes.

Pero aquella determinación se me vino abajo cuando entré en el camarote y vi a Carina con su abultada barriga. En nuestra jaula había un pájaro necesitado de ayuda externa. No había nada más que pensar; la cadena de argumentos se rompía en ese eslabón más débil.

A Carina la flanqueaban Toliman y Mizar. La joven se había rehecho y ya no lloraba, aunque seguía afligida. Les expliqué el dilema al que debíamos enfrentarnos y convinieron que debíamos reunirnos de inmediato con los demás. De camino, nos encontramos a la robot.

En la torre se mantenía el taciturno silencio, la reflexión a solas.

Sadalsuud los informó de lo que se había discutido en su ausencia y luego pidió que votáramos a mano alzada.

—¿Todos? —inquirió Rigel mirando a Bel.

—Me abstendré, puesto que no formo parte de la tripulación —replicó el aludido—. Solo espero que tengáis en cuenta mis argumentos a la hora de juzgar este asunto.

—Ha venido a ayudarnos —repuso Toliman—. Creo que debemos dejarlo participar.

—Yo también me abstendré —se sumó Helios.

—Tú y Enir sois cleaners y podéis votar —apuntó Sadalmelik.

Helios negó con la cabeza, se puso a mi lado y, dando por sentado que yo adoptaba su misma postura, expresó:

—Nuestra única opción de regresar pronto al planeta es la nave de escape de la Estación. Por nuestro propio interés, deberíamos votar a favor de permitirle la entrada a Dleif. Ahora bien, egoísmos aparte, y por los meses que llevamos conviviendo con vosotros, me atrevo a entrometerme para hacer hincapié en lo que todos sabemos: Carina precisa regresar cuanto antes. Nos encontramos ante una urgencia médica. Si fuese un auténtico cleaner y no hubiese compañeros necesitados de un bote salvavidas, mi voto sería un "no" rotundo; toda demostración de fuerza frente a un grupo pacífico de personas es inadmisible. Pero debéis reflexionar si dejáis a un lado lo que es justo por lo que es imperioso.

Me aparté un poco de mi amigo.

—No sé si a todos os parecerá bien —dije—, pero quiero votar, y os aseguro que no miraré por mí: puedo resistir unas semanas más. Votaré como un cleaner, no como un terrícola movido por el deseo de regresar a casa.

Observé a mi alrededor gestos de asentimiento.

—Pues si nadie tiene nada que objetar... —dijo Sadalsuud, e hizo una pequeña pausa por si alguien quería decir algo—, sopesemos los pros y los contras y decidamos. Compañeros, ¿abrimos las puertas de Ciudad a Dleif y a los que lo acompañan?

La voz fina de Carina se adelantó a las otras.

—Yo voto "no". —La entereza de la joven nos sorprendió—. Dleif no va a bajarme, aunque le permitamos amarrar. Ni él ni el Consorcio quieren asumir ese riesgo. Podrían haber esperado un par de días a montar ese teatro con un satélite que, de forma oportuna, se desmandó durante nuestro horario nocturno, cuando saben que no queda nadie en nuestra base. Dos días más y la cleaner embarazada y los turistas habrían vuelto a casa y no hubiesen molestado más. Pero resolvieron devolverme a Cleanspace y alargar también la espera de Enir y Helios. Han provocado una situación que querían hacer pasar por altamente peligrosa. Es de suponer que, en el último momento, habrían recogido el cable que lastraba el satélite y lo hubiesen dominado. La Agencia Espacial de Seguridad hubiera sido testigo de la negligencia de Cleanspace al no atender las llamadas de alerta y, por motivos de seguridad espacial, el Consorcio hubiese expropiado Ciudad. Azuzaron el satélite contra las rayas para provocar su retirada, pero no lo consiguieron. Nos hemos entrometido, y han decidido alargar el banquillo de los acusados y sentarnos a nosotros también.

Se detuvo un instante y la expresión se le entristeció.

—Lo que ha ocurrido es una verdadera lástima —añadió—; ya no podremos trabajar para ellos. El Consorcio estaba interesado en contratarnos, por eso, tantearon a Mizar. No hubiese estado mal cambiar de jefes y recuperar unas condiciones laborales dignas. Ese camino ha quedado cortado ahora. Seremos desacreditados, denunciados, y nos apartarán del espacio para siempre. Alegarán que actuamos según nuestro criterio, sin esperar la recepción de instrucciones de nuestra base y sin hacer caso a la petición del propietario del satélite.

Mizar, a su lado, le cogió la mano.

—Todavía podemos convencer a Dleif y al Consorcio en pleno de que te repatríen —le dijo.

Carina meneó la cabeza con tanto nervio que perdió la goma que le recogía el pelo.

—No me da miedo parir aquí —declaró—. No es la primera vez que me lo habéis oído decir y os aseguro que es cierto. Pero no quiero hacerlo bajo la autoridad de Dleif ni de ningún extraño. Vosotros sois mi familia y esta es mi casa. Daré a luz entre mis amigos espaciales y todo irá bien. No consintáis que entren.

Su flotante cabellera y su valerosa expresión le otorgaban una imagen de deidad. Semejaba una valquiria morena. A Toliman le dio esa misma impresión.

—La diosa no quiere tener a necios terrícolas a su alrededor —dijo con voz afectuosa—. Se cree con fuerza y suerte suficientes para encarar su primer parto sin ayuda médica. Pero los semidioses que convivimos con ella sentimos temor. Si algo le pasara, sucumbiríamos en un infierno de reproches y viviríamos atormentados durante nuestra limitada eternidad. Yo voto "sí". Me rebajo ante Dleif y ante quien haga falta con tal de que te saquen de aquí.

Rigel fue el siguiente en intervenir.

—Si existiera una minúscula posibilidad de que Carina fuese evacuada, mi voto sería afirmativo; pero no la hay. Pienso, como ella, que el satélite fue movido con malicia. Sabían que nos hallábamos muy cerca, y no tuvieron escrúpulos en acelerarlo al mismo tiempo que variaban de forma significativa su rumbo. Cierto que no podían saber que una raya se hallaba en su nueva trayectoria; sin embargo, contarían con esa posibilidad, y no les importó. Puede que confiaran en nuestra habilidad, puede que no tuviesen intenciones asesinas; pero es evidente que fue una trampa y que Dleif estaba al tanto. No hay honor, no cuenta la palabra dada. No se avendrán a hablar con los que consideran escoria, a menos que nos encumbremos como dignos interlocutores. Blandiremos ante ellos lo que codician; tenemos la llave de lo que persiguen. Ciudad y las naves son nuestros tesoros, nuestra fuerza, y no las vamos a entregar a cambio de nada. Voto "no".

Los Sadal también denegaron el permiso de entrada, y también Baham y Nunki. Ninguno comentó nada, pero advertí que habían mirado a Carina al expresar su decisión e intuí que, si hubiesen advertido un atisbo de flaqueza en su compañera, hubieran cambiado su voto de inmediato.

Mizar habló con ademanes suaves, casi suplicantes.

—Conozco bien a la mitad de la tripulación de la ISS. Los ingenieros nos aprecian. Admiran nuestra profesionalidad y pericia, sobre todo la de Carina y Rigel, y agradecen nuestro trabajo y esfuerzo en el arreglo de la Estación. Dleif no nos morderá si le dejamos pasar; en cambio, si le cerramos la puerta, le crecerán los colmillos. Voto por el diálogo. Permitámosle anclar y hablemos. Entre todos podemos convencerlo de que ayude a Carina, pese a lo que puedan haber confabulado en la Tierra. Nosotros no debemos entrar en sus enredos. Somos basureros espaciales y nuestra conducta no se rige por propósitos ocultos. Pueden considerar que cometimos un error al desterrar ese satélite, pero no, un delito. Dleif y sus hombres son militares, sí, pero también, astronautas. En su fuero interno, habrán censurado que hayan puesto en riesgo nuestras vidas. Pediremos a Dleif que mantenga la palabra dada y baje a Carina. Por favor, reflexionad. No podemos perder ninguna oportunidad de recuperar nuestro acuerdo.

Solo faltaba yo.

—Apoyo por completo la argumentación de Mizar —dije—. No nos corresponde trocar Ciudad por un pasaje de vuelta para Carina. No podemos perder el tiempo en juegos que no podremos ganar; tenemos aquí a una chica metida en un aprieto muy serio. Como inocentes que somos, daremos la cara y nos defenderemos con la verdad. Les mostraremos la filmación que hizo Bel, y se convencerán de que el satélite representaba un peligro fulminante. No los dejaremos salir de Ciudad ni descansar hasta que consigamos que Dleif cumpla su promesa. Esos militares no saben que se van a meter en un avispero. Yo voto "sí".

Sadalsuud se volvió a Bel y a Helios, y ambos reafirmaron su abstención. Luego preguntó si alguien quería cambiar su voto, y nadie habló.

—Entonces, gana el "no" por mayoría —sentenció—. Informaré a Dleif de inmediato, con diplomacia y respeto. El canal de diálogo no se cerrará por esta causa.

—Espera un momento —lo interrumpió Bel, y a continuación, se dirigió a todos—. No os enfrentéis al Consorcio por Cleanspace.

Comunicad vuestra decisión a Unfield y que sea él quien desafíe a Dleif. Quedaos en un segundo plano y no nombréis esta votación. Como habéis apuntado varios de vosotros, sois empleados y no podéis decidir estas cuestiones; no sois dueños de Ciudad ni de sus naves. Deben entender que vosotros os limitáis a cumplir las órdenes de vuestra base. Por favor, hacedme caso en esto.

—Que hable vuestro superior es la opción más favorable —apoyó Helios—. Ahora más que nunca, hemos de ser astutos. Cleanspace tendrá que mantener activos los satélites para poder hablar con Dleif. El diálogo entre ambos será tenso, sin duda, así que la base no estará muy pendiente de nosotros. Será nuestra oportunidad de enviar el reportaje de Enir y la filmación del satélite a diversos medios de comunicación. Leila puede tener los correos preparados y listos en dos minutos.

Por eso la robot había ido a buscar la cámara de Bel. Me admiraba la rapidez mental de Helios.

Los cleaners se miraron entre sí y asintieron.

—Que intente enviarlos en cuanto empiecen a discutir —urgió Toliman.

Bel recordó a Leila que le había pasado la grabación de la minicámara que llevaba camuflada en la pechera de su mono: un video que contenía la declaración de Dleif donde se comprometía a bajar a Carina. Le pidió que lo enviara también.

Leila conectó la cámara y tecleó las órdenes al computador central. Me resultó curioso que un ordenador mandara sobre otro. En menos de los dos minutos que había calculado su padre, alzó su preciosa cara hacia nosotros.

—Adelante, podéis proceder —dijo.

Los cleaners volvieron a conectar la radio, y la base respondió enseguida. Nuestro portavoz habló con firmeza.

—Aquí Sadalsuud. Acataremos su orden. Háganselo saber al comandante Dleif. Nosotros no actuaremos como interlocutores.

—Al habla Unfield… Gracias.

Era la primera vez que oía de su boca una palabra sincera de agradecimiento. Se percibía en su voz el alivio del condenado que, sentado en la silla eléctrica, recibe la llamada del indulto. Si los cleaners hubiesen decidido a favor de Dleif, no lo hubiéramos vuelto a escuchar nunca más; esa fue mi impresión.

—Al habla Toliman. Este conflicto ha privado a los turistas y a Carina de su viaje de vuelta a la Tierra. Confiamos en la pronta llegada de la nave de salvamento de nuestra empresa.

Unfield aseguró, con timbre solemne, que estaban preparando dos naves y que despegarían en una semana.

—Nuestra lealtad debe ser recompensada —insistió Nunki.

—Tenéis mi palabra —afirmó.

—No nos deje solos, Unfield —rogó Mizar.

. . .

Aquella noche, quise hablar con Carina a solas. Todos habían pasado por su camarote a darle ánimos. Esperé hasta que Toliman se fue a hacer sus ejercicios y luego me dirigí hacia allí. La habíamos visto temblar cuando escuchamos el choque encrespado entre Dleif y Unfield. El coronel no dio la vuelta, pese a que le advirtieron que no lo autorizaban a amarrar, e intentó unirse a uno de los puertos de popa. Los cleaners evitaron con facilidad su unión mediante pequeños impulsos del motor principal de Ciudad, el que pendía del extremo de la grúa. No atendimos las llamadas de su nave, como habíamos acordado, y antes de marcharse, amenazó con regresar armado. Aquellas palabras furiosas no pudieron empañar nuestro particular triunfo: Leila había conseguido enviar los correos.

Carina estaba comiendo un poco de nébula cuando entré y me ofreció un trozo con una suave sonrisa. No se lo desprecié; su sabor dulzón me gustaba cada vez más; tenía el carácter adictivo de la comida saludable.

La joven comentó:

—Helios opina que Cleanspace no tardará en enviar las naves salvavidas con los nuevos astronautas. Cree que les interesa tener a más personas trabajando en Ciudad.

El optimismo de aquella mujer era tan admirable que me dejaba sin ningún derecho a rebajar sus expectativas, aunque yo careciese de esa fe.

—Pienso lo mismo —mentí—. Helios no se equivoca en sus predicciones. De todos modos…

Dudé si añadir lo que venía a decirle, pues ello echaría por tierra mi embuste anterior.

—¿De todos modos…? —me alentó Carina, y como seguía titubeando, respondió por mí—. Sí, sé que es probable que nos hagan esperar. No soy tan ingenua como para creer que pasado mañana tendremos aquí los botes.

—Por eso quería que supieses que…Verás, estuve presente en los partos de mis hijos y guardo en la memoria casi todo lo que la comadrona y el médico hicieron; así que…

Me interrumpí porque Carina me abrazó con fuerza.

—Enir, no temas; mis ángeles me protegerán.

—Eso espero; hay demasiados demonios sueltos.

Acaricié el pelo de aquella chica cuyo miedo la empujaba a buscar ayudas divinas, y me apenó advertir que, en el fondo, estaba desesperada.

Un resentimiento me incendió las entrañas. Los que estaban jugando con nosotros, como si fuésemos figuritas de ajedrez, no se irían de rositas, decidí. Cuando regresase al planeta, iba a hacer todo lo posible para que cayese sobre ellos la deshonra, el desprestigio, la cárcel…

Regresé a mi camarote con la necesidad de desahogarme; pero Helios, el paño de lágrimas que andaba buscando, no estaba. Fui a buscarlo y lo encontré en uno de los talleres. Bel se encontraba allí también, y se me había adelantado; pues estaba descargando lamentos sobre mi amigo.

—¡Estamos otra vez aislados! Teníamos dos opciones y hemos escogido la peor —deploraba mientras, de espaldas a mí, golpeaba con los puños un imaginado saco de boxeo—. Cleanspace ha fallado en su cometido principal y será relegada por ello. No mantiene una vigilancia constante de la basura y, como consecuencia, casi sucede un desastre irresoluble. Es posible que el accidente del satélite fuera una trampa del Consorcio para acabar de demostrar esa desidia, no lo sé; pero el caso es que ha quedado bien patente. ¡Belcebú! Esperemos salvar el buen nombre de los cleaners con el reportaje. Debo comunicarme con la Confederación y conseguir que este conflicto lo solucionen por la vía diplomática lo antes posible. Mañana llamaré a Dleif y le pediré audiencia.

Helios me hizo un leve gesto de saludo con la cabeza; pero Bel, en lucha contra enemigos invisibles, no se percató de mi presencia.

—¡Por Satanás! —gruñó, y rindiendo su fuerza, se cruzó de brazos.

Mi amigo aprovechó esa quietud y se acercó a él.

—Sea el Consorcio o sea la Confederación, la expropiación de Ciudad no tiene marcha atrás —sostuvo.

Bel descruzó sus brazos, se irguió en toda su estatura y levantó de nuevo la voz.

—¡Por todos los infiernos! Si también ves ese futuro, ¿por qué no me has ayudado a convencerlos? ¡Hubiera sido mejor que el Consorcio tomara Ciudad! Los cleaners habrían recibido un trato mejor que el que les dispensa Cleanspace, y luego hubiera mediado para conseguir que fuera la Confederación quien mandara aquí.

—El Consorcio costeó Ciudad y sus naves —objetó Helios—. Si lo hubieran recuperado todo, nunca hubiesen aceptado volver a perderlo.

—Ese asunto hubiera quedado en manos de los diplomáticos —señaló Bel—, y nosotros, a estas horas, no estaríamos aprisionados en el espacio.

Entré y me metí en la conversación.

—Estamos presos y hostigados por demonios. Vengo de ver a Carina y…—Inspiré con fuerza, pero no conseguí serenarme e imbuí mis palabras de un rencor furioso—. ¿Por qué no han querido salvar a esa chica y a su bebé? Dleif y Unfield son caras de la misma moneda de la barbarie. Voté por permitir la entrada a los militares, pero ahora me alegro de que no estén aquí, levitando por Ciudad con su soberbio porte. Puedo imaginarme a Dleif amparándose en su sentido del deber como justificación por faltar a su palabra. ¿Acaso acogerlo en nuestro hogar lo hubiera ablandado? Los otros tienen razón: poseemos lo que ambicionan y la legitimidad moral para ofrecerles un trueque. Nadie entrará jamás aquí mientras no se ayude a Carina.

Bel se alarmó ante mi súbita belicosidad.

—¿Has visto mal a esa joven? ¿Ha vuelto a desfallecer?

Apesadumbrado, bajé la vista.

—Se encuentra bien, al menos, físicamente. Cree… cree en ángeles protectores.

—Podremos ayudarla si actuamos con astucia —apuntó Helios, sin dar importancia a mi comentario—. Nada ganamos con lamentarnos por haber despachado a Dleif, y tampoco podemos estar seguros de que no haya sido lo mejor. Este portazo en las narices le habrá mostrado que los cleaners no se van a plegar a exigencias que no provengan de la empresa para la que trabajan, que son muy conscientes de que desobedecer los mandatos de Cleanspace les comportaría despidos y denuncias. Ciudad es una propiedad privada que no les pertenece, y si el Consorcio quiere ganarse su favor, debe ofrecerles amparo y contraprestaciones. Bel, has de intentar comunicarte mañana con la ISS; aunque creo que es probable que ellos contacten antes. La partida inmediata de Carina será nuestra primera condición, y seguirán otras: un pronunciamiento público del respeto a la integridad de Ciudad, mantener el buen nombre de los cleaners y contar con ellos en el futuro destino de este lugar y sus naves.

. . .

Durante diez días, se sucedieron negociaciones a tres bandas en el espacio y un número mayor en la Tierra. Nuestros videos se habían visto en las cadenas de televisión de la mayoría de los países. A ojos de los terrestres, los cleaners se habían humanizado. Aquellos astronautas perdidos en el lejano espacio ya tenían cara y ojos; pasado, presente y futuro. Se había alzado un clamor general por el entendimiento, la protección de aquellos valerosos guardianes espaciales y la repatriación de la joven embarazada. De todo ello, nos habíamos enterado gracias a Mauni, pues le permitían transmitirnos las últimas noticias. Cleanspace controlaba de forma concienzuda nuestros correos durante los escasos momentos en los que activaban los satélites de comunicación.

Los cleaners habían seguido trabajando en las tareas asignadas: limpieza de órbitas, reparación de satélites, mantenimiento de Ciudad, etc. De esa manera, consolidaban la opinión general acerca de su profesionalidad.

Dleif había vuelto a entablar conversaciones con Ciudad al día siguiente de su vuelta atrás. Bel había ido a la ISS varias veces a negociar según los términos que había expuesto Helios. La Confederación se perfilaba como la organizadora de un nuevo estatus en el que se respetarían los puestos de trabajo de los cleaners. El Consorcio había pedido la expropiación y se estaba estudiando la forma de llevarla a cabo según el derecho internacional. Cleanspace estaba siendo derrotada en todos los ámbitos.

Pero los directivos de la empresa de limpieza acabaron reaccionando. Llegaron a las mismas conclusiones que nosotros y cargaron contra el Consorcio por no haber comunicado a los cleaners, de inmediato, la pérdida del control de su satélite. La ISS podía hablar con Ciudad sin cortapisas, adujeron, dado que Cleanspace había liberado la comunicación entre ambas hacía meses. ¿Acaso la radio de la Estación no funcionaba?, se habían burlado. Concluyeron que todo parecía ser una ignominiosa jugada para quedarse con sus propiedades.

Carina estaba de ocho meses y no podíamos esperar a que dirimieran sus diferencias. Aceptamos un intercambio justo. La muchacha y nosotros, los turistas, partiríamos en la nave de escape de la ISS, según se había convenido, y Dleif, a cambio, podría anclar en Ciudad. Los cleaners pasarían a depender de la Confederación desde ese momento. Nada queríamos saber ya de una empresa que, de nuevo, había incumplido su promesa de enviar los botes salvavidas. Hacía muchas semanas que tampoco recibíamos suministros. Sobrevivíamos porque habíamos llegado a ser autosuficientes. No importaba que la papilla empezara a escasear; solo la comía Bel y, en raras ocasiones, Helios. Los demás teníamos la nébula dorada como base de nuestra alimentación y la reforzábamos con productos del huerto. Nos sentíamos vigorosos y equilibrados, no sabría expresarlo de un modo mejor. La papilla nos había estado haciendo más mal que bien. Habíamos recuperado la salud gracias a los nutrientes de aquel hongo tan sabroso. Ese bienestar nos hacía de escudo y en todo momento disfrutábamos en Ciudad de una excelente convivencia.

. . .

La buena armonía entre nosotros me era un bien tan valioso que, la mañana de nuestra salida definitiva, llegué a sentir un dolor físico al despedirme de todos. Carina lloró cuando dejó Ciudad, entre besos y abrazos de sus compañeros; pero al poco de estar pilotando con la mente su preciada Águila de mar, se volvió a serenar.

Nos dirigíamos a la Estación en dos naves. Rigel llevaba a Helios, Bel y Leila; y en la raya de Carina, nos encontrábamos Toliman y yo. En esos últimos momentos de ser cleaner, habían querido otorgarme un privilegio y me habían cedido el asiento de copiloto. Sabía que a Helios también le habían dejado ese puesto en Torpedo, al lado de Rigel, y que Bel y Leila iban sujetos a las colchonetas adosadas al tabique. Toliman viajaba también de esa forma, asido a la pared posterior, detrás de nosotros. La única protesta alzada había procedido de la robot, que hubiese preferido volar agarrada a la silla de su padre.

Leila nos había ayudado mucho, y los cleaners se habían despedido de ella con emotivos abrazos que habían sido correspondidos con un beso en la mejilla. Ese gesto cariñoso sorprendió a todos y originó que los Sadal volviesen a rogar a Helios que dejara a la androide en Ciudad, dado que estaba aprendido maneras afectuosas muy gratas. Aquella broma me recordó la extraña desconexión que había sufrido. No había vuelto a ocurrir, y acabé pensando que se había producido de manera fortuita. Un golpe al volar por Ciudad podría haber accionado aquel botón. Leila no rehuía a nadie, y eso apuntaba a que no existía ningún culpable; aunque también era cierto que la había mantenido a mi vera todo el tiempo que sus quehaceres como enfermera y asistente le habían dejado libre. Como buena alumna que era, había mostrado interés en conocer todos los pormenores del huerto y me había ayudado a dejar en Ciudad una plantación extensa de nébula.

Ciudad, un hogar del que me estaba alejando para siempre.

Carina conducía con suavidad. La veía de perfil, los ojos llenos de estrellas del espacio, ensimismada en la unión con su raya; feliz, ese era el calificativo exacto. Me mantuve en silencio, sin osar estorbar a esa joven que llevaba meses sin disfrutar del placer de volar. No era posible saber cuánto tiempo tardaría en pilotar de nuevo. Ella daba por hecho que volvería al espacio en un año y que podría solicitar permanencias cortas para poder seguir cuidando de su hijo o hija. Deseé que lo consiguiese.

Me fijé en sus pómulos sonrosados y en su pequeña nariz, y me entraron ganas de hacerle un retrato. Carina llevaba puesto el delantal que Bel le había traído como protección contra las partículas energéticas cósmicas. La barriga le abultaba tanto que, de haber necesitado sus manos, le habría sido muy dificultoso acceder al panel de mando. Leila le había efectuado la última revisión la noche anterior, y había observado que el bebé había crecido mucho durante la última semana y ya pesaba más de tres kilos. Si continuaba desarrollándose al mismo ritmo, la pobre chica tendría un parto difícil. Suerte que, en breve, estaría tocando tierra.

De la radio surgió la voz de Sadalsuud. El cleaner nos comunicó que Unfield pedía que toda la tripulación lo escuchase, también los pilotos que iban en las naves; sin embargo, antes de otorgarle ese permiso, Sadal quería saber si deseábamos escucharlo.

Toliman consideró que nada teníamos que hablar con él en esos momentos; pero Carina y Rigel aceptaron abrir la conexión; aunque avisaron que cortarían el diálogo si pretendía detenerlos usando malas maneras. Esa fue la condición, y Sadalsuud se la trasladó a Unfield antes de darle paso.

El portavoz de Cleanspace fue muy ladino. Disponía de esa última oportunidad para impedir la marcha de Carina y sus más que probables contrapartidas. Debía hacer gala de mucha mano izquierda; así que empezó vertiendo saludos cordiales y buenos deseos, y tardó más de la cuenta en ir al meollo del asunto.

—Nos hemos puesto en contacto con la Estación al observar que dos de nuestras rayas se dirigen hacia allí —dijo al fin—. El comandante Dleif nos ha informado de que esta tarde regresan los turistas y Carina. Deseamos que sepáis que hemos querido pagar el pasaje de nuestra trabajadora, pero el Consorcio ha rechazado este ofrecimiento. Hemos insistido en ello, pese a que nuestras lanzaderas están listas y despegarán en cuatro días.

Toliman y yo ahogamos una risa sarcástica; ¿cuántas veces se nos había comunicado esa noticia? Carina hizo una leve negación de cansancio con la cabeza. Unfield se dirigió entonces a ella:

—Carina, si no te encuentras mal y puedes esperar un poco más, te bajaremos nosotros. Nuestra promesa fue repatriarte quince días antes de la fecha del parto, y la cumpliremos.

La joven le contestó al momento.

—Aquí Carina desde Águila de mar. Les comunico que tengo la firme intención de aceptar el asiento que se me ha ofrecido en la nave de escape.

—Piénsalo mejor —insistió Unfield—. Sabes que te aprecio. Tu padre y yo somos buenos amigos. Ambos queremos que salgas lo menos perjudicada posible. Si partes en esa nave, abandonarás tu puesto de trabajo sin la autorización de la empresa, lo cual te comportará el despido procedente sin derecho a finiquito ni a prestación de desempleo, además de la sanción de dos anualidades y media. Tendrás el mismo castigo que el causante de tu problema. —Hizo una pequeña pausa y agregó en tono más grave—: Hemos averiguado quién es. —Carina se sobresaltó—. Conocer la identidad del padre de tu hijo ha sido un duro golpe. A nivel personal, me he llevado una profunda decepción. Es un trabajador muy apreciado, por lo que la dirección todavía está considerando si se desprende de él.

Toliman repuso que aquello era un farol y se desató para situarse al lado de Carina. La joven vaciló un segundo y luego dijo:

—No pueden saber nada: nunca se lo he contado a nadie.

Toliman se acercó al micro y animó a Unfield a desvelar ese secreto.

—Hable, pues. Lo estamos escuchando todos y el aludido, si está presente, podrá defenderse.

—Mantener su nombre bajo una momentánea discreción tiene como objetivo útil brindarle una segunda oportunidad. Le aconsejo que no la desaproveche. Ha provocado un daño muy grande y la compensación ha de ser, cuando menos, análoga.

Toliman le tachó de embustero y eso impulsó a Unfield a explicar el modo en que habían desentrañado el secreto.

—Vuestro reportaje resultó ser muy esclarecedor. Después de meses de haber cegado nuestras cámaras, pudimos atisbar la verdad que el lenguaje corporal siempre acaba por transparentar. El equipo de psicólogos que contratamos os estudió con detenimiento y, según nos explicaron, las escenas de grupo fueron reveladoras. Conocemos al culpable, os lo aseguro, y quiero que él lo sepa. Cuando firmasteis el contrato, mantuve una entrevista privada con cada uno de vosotros, una conversación formal en la que os di la bienvenida a nuestra empresa y resalté tanto la importancia de vuestro futuro trabajo como el esfuerzo por llevarlo a cabo que esperábamos. Pero lo que hablé con ese hombre se enmarcó en un plano más personal porque tenemos amigos comunes.

Su voz se estrechó en volumen y tono para dejar fuera del diálogo a todos excepto a la persona a la que se estaba refiriendo.

—Nos habíamos visto con anterioridad hacía unos meses, en la fiesta de jubilación de un astronauta veterano, conocido de ambos. Supongo que recuerdas que compartimos unas risas al rememorar que al hijo se le había ido la mano con la bebida y había montado un numerito. Recibimos un pequeño obsequio a los pocos días, acompañado de una nota de disculpas que estaba firmada por el chaval, y te comenté que yo sabía que el padre le había hecho asumir los gastos de esa reparación... Bien, como ves, no me he marcado un farol. Sabemos que eres el culpable. Te pido ahora que reflexiones sobre cuál sería el mejor gesto que podrías brindarnos para evitar que tu brillante trayectoria quede truncada por un infortunado desliz.

A Carina le recorrió un escalofrío y la nave, sensible a su estado emocional, vibró a su vez.

Sadalsuud intervino con voz grave.

—Aquí espaciopuerto a nuestras rayas. Nos están entrando arcadas de asco. Si no queréis contestar nada, apagaremos la radio.

—¡Un momento! —gritó Unfield—. No tengo en este tema nada más que decir, pero sí, en otro que será de interés general. Pero antes quisiera conocer cuál es el pago que ha exigido Dleif por bajar a Carina, puesto que es obvio que ha pedido algo a cambio.

Toliman se abocó a la radio y respondió con ambigüedad:

—Carina puede por fin volver a casa gracias al comandante de la ISS y a su tripulación. Todos han abogado por ello a su centro de mando. Nos han tratado con la honradez y la decencia que siempre hemos echado en falta en nuestros superiores.

Toliman actuó con dignidad y no le dio ninguna información. Consideramos que no ganábamos nada con decirle la verdad. Que sufriera hasta que se encontrara con los crudos hechos. Nada podría hacer para evitar la entrada de Dleif en Ciudad.

Unfield embistió con un mensaje conminatorio.

—Los cleaners sois responsables del cuidado de las naves y de Ciudad. Si por vuestra intención o negligencia la empresa pierde alguna de sus propiedades, se os presentará la correspondiente denuncia y seréis llevados a juicio. Será vuestro fin como trabajadores espaciales y como hombres y mujeres libres.

Sadalsuud se cansó.

—Basta de amenazas, Unfield. No se encuentran ustedes en la posición fuerte. Corto.

Fue un alivio creer que no volvería a escuchar nunca más a ese hombre.

. . .

Acordamos que Carina demorara un poco el acoplamiento con la ISS. Bel había considerado que no debían unirse ambas rayas al mismo tiempo; así que Rigel atracaría en primer lugar, dejaría su carga humana y, cuando desacoplase Torpedo y pusiese rumbo a Ciudad, amarraríamos nosotros. Bel justificó esa desconfianza alegando que era una demostración de inteligencia táctica ante nuestros nuevos anfitriones; pero a mí me pareció ver la precaución del cordero que ha llegado a un trato con el lobo.

La hermosa Estación captaba nuestras miradas. Mientras Rigel tomaba puerto, Carina deslizó con suavidad su raya a lo largo de aquella maltratada estructura que se extendía bajo nuestra panza. Los monitores del puente mostraban la blanca cubierta de lo que aparentaba ser una bestia mansa, otro habitante del océano espacial. Recorrimos después, trazando una lenta espiral, los largos paneles solares. Sus reflejos entrecortados figuraban burbujas provenientes del enorme animal acuático que estábamos sobrevolando. En ese último vuelo, logré percibir tenuemente el sentimiento de grandeza que invadía a aquellos pilotos. Carina, con su sutil manejo de la raya, nos hacía partícipes de su dominio. Sí, los tres controlábamos la nave en un entorno que nos respetaba porque éramos sus señores. Nos habíamos convertido en seres espaciales, y aquellas estrellas de sólido brillo nos amparaban. Nuestra voluntad extendía caminos seguros a través del cosmos.

Desde la ISS nos avisaron de que Rigel ya había dejado el puerto libre. Carina exhaló un sentido suspiro, se dirigió hacia allí y amarró con su genuina pericia. Me apresuré a desatarme y, mostrando una elocuente sonrisa, dije a mis dos compañeros de viaje:

—Me voy a adelantar. Distraeré a Dleif y os conseguiré unos minutos para que podáis despediros con más intimidad.

No les dio tiempo a objetar nada. Me impulsé hacia la abertura que comunicaba con la bodega y desaparecí de su vista. Ninguno de los dos se había atrevido todavía a sincerarse con el otro, y yo creía que, si se separaban sin dar ese paso, luego se arrepentirían. Confiaba en que dejarles un rato a solas, previa sugerencia explícita del motivo que me llevaba a ello, catalizara ese diálogo íntimo pospuesto.

En la bodega de la raya, recogí mi pequeña maleta y la de Carina y, tras echar un último vistazo al interior de aquella magnífica nave, salí con tanta energía que casi choqué con Mauni, que estaba esperando al final del tubo conector. Hacía más de un mes que no me veía y, llena de júbilo, me abrazó con fuerza.

—¡Se te ve muy bien, Josep! —dijo, mientras me repasaba de arriba abajo—. ¡Estás hecho todo un astronauta! —Me apretó los brazos para explorarme también con el tacto—. Vuelves a tener músculo. ¡Regresarás a la Tierra con muy buen aspecto! Helios también está en buena forma. He hablado con vuestras familias y les he prometido que podríais telefonearlas en cuanto llegarais aquí.

No había pensado mucho en mi familia durante las últimas semanas. Mi reloj, con sus fotos, se lo había prestado a Carina; la música de sus canales le había hecho más llevaderas las muchas horas que había pasado en la centrifugadora. La muchacha me lo había devuelto poco antes de despegar de Ciudad, y yo me lo había colocado en la muñeca sin echarle una mirada. Mi desapego era sorprendente.

Uno de los militares se acercó y se brindó a llevar nuestro equipaje a la nave de escape. Le agradecí el gesto y se lo entregué. Mi maleta iba casi vacía. Había compartido mi ropa hacía tiempo con los otros y, de la poca que me quedaba, había decidido no llevarme más que una muda.

Mauni, que enarbolaba una amplia sonrisa, me fue contando las últimas noticias mientras nos introducíamos en la Estación. Esa mujer había sufrido mucho por nosotros y no podía esconder que nuestra inminente repatriación la llenaba de alivio.

—Vais a ser muy requeridos por los periodistas —aseguraba—. El reportaje que hicisteis os ha hecho muy famosos y ha servido para que el Consorcio accediera, al fin, a bajar a Carina. Por cierto, ¿dónde está? —preguntó, mirando detrás de mí.

—En la nave, con Toliman. No tardarán en venir —contesté, sin dar más explicaciones.

Entramos en el módulo anexo y encontramos allí a nuestros compañeros y a casi toda la tripulación de la ISS: los tres ingenieros, uno de los militares y su comandante. Dleif estaba hablando con Bel, y los ingenieros conversaban con Helios sobre Leila y observaban a la robot con un maravillado interés. Aquel androide tan perfecto los tenía fascinados. Dleif advirtió mi presencia y se acercó a estrecharme la mano. Me dijo que estaba muy presentable. Capté, en su tono de voz, un atisbo de admiración.

—Nadie diría que usted y su compañero llevan cuatro meses en el espacio —comentó—. Desde la última vez que los vi, se han fortalecido de modo considerable.

—Nos encontramos bien de salud, gracias —respondí con amabilidad, y empecé a soltarle un discurso de agradecimiento para dar tiempo.

Me interrumpió a los pocos minutos.

—¿Dónde está la cleaner emba…?

Enmudeció al ver entrar a Carina y a Toliman. Traían las mejillas sonrosadas y los labios un poco enrojecidos, eso me hacía suponer que todo había ido bien; pero los otros no pudieron advertir semejantes sutilezas frente a la rotunda barriga que lucía la joven.

Los ingenieros se intercambiaron incómodas miradas, como si se avergonzaran de no haberla ayudado antes. Dleif también se había quedado anonadado. Me asombró la consternación general; ¿acaso habían olvidado el aspecto de una embarazada? La propia Carina, advirtiendo ese hecho, se sintió obligada a justificarse.

—Estoy de ocho meses —informó.

El comandante inspiró con fuerza; aquella mujer le parecía una bomba a punto de estallarle en la cara. Nunca había querido responsabilizarse de su regreso y, al verla, su inquietud se acrecentó; sin embargo, era demasiado tarde para intentar zafarse de cumplir con su palabra.

Tras los saludos y fórmulas corteses de bienvenida, pidió a Carina que lo acompañase a firmar unos documentos. Sabíamos que, entre ellos, se hallaría el que lo podría librar de cualquier tipo de demanda.

Uno de los militares que faltaba entró en el módulo con expresión de disgusto y alzó un dedo índice con el que, presumiblemente, iba a enfatizar una queja; pero se quedó boquiabierto, aturdido por la visión de aquella embarazada tan fuera de lugar. Al cabo de unos segundos, volvió en sí y señaló hacia los ojos de buey del módulo.

—Su compañero no quiere marcharse hasta que no le permitamos despedirse de ustedes —explicó.

Nos abocamos a las ventanillas, y el militar, a través de un *walkie-talkie*, se puso en contacto con el colega que estaba al cuidado de la radio, situada en otro módulo. Le avisó de que estábamos mirando hacia el exterior y concretó el lugar donde nos encontrábamos. Su compañero le traspasó esos datos a Rigel, y Torpedo surgió como un delfín que saltase desde un mar sobre el que estuviésemos flotando. Se situó en paralelo a nosotros y se puso a describir tirabuzones. Lo saludé con una mano, aunque no podía verme. "Adiós, amigo", susurré.

Tras practicar varias cabriolas arriesgadas, Rigel abandonó el espacio cercano a la ISS. El militar que nos había avisado murmuró: "Chalados cleaners".

Dleif ordenó a sus hombres que se abstuvieran de expresar cualquier opinión y después les pidió que volvieran al trabajo; él se ocuparía de instalar a los invitados. Obedecieron y salieron del módulo en silencio. Mauni se quedó, y Dleif la observó con cierta perplejidad; pero pasó por alto su pequeño acto de rebeldía y le encomendó otra tarea.

—Lleva a los turistas a hacer las llamadas a sus casas —mandó, y después se volvió a Carina—. Usted venga conmigo, por favor.

Bel y Toliman flanquearon a la joven y se fueron también con Dleif. Helios y yo marchamos con Mauni. De camino, mi amigo le contó las últimas amenazas que había escupido Unfield y pidió su opinión.

—¿Crees que el Consorcio protegerá a los cleaners frente a la segura denuncia que Cleanspace va a presentar en su contra?

—Bel asegura que la Confederación los apoyará —respondió—. Su valía como trabajadores es reconocida por todos los bandos y no será desaprovechada. Tanto él como Dleif piensan que Cleanspace está acabada.

—¿A ti también te lo parece? —inquirí.

Mauni hizo un vaivén con la cabeza y apretó un instante los labios antes de responder:

—No se puede cantar victoria hasta que la guerra no ha finalizado.

Cambió de tema y volvió a comentar que las cadenas de televisión más importantes estaban deseando entrevistarnos. Los periodistas más osados habían pretendido que Dleif mediara y les consiguiera una exclusiva con los turistas-cleaners. Naturalmente, el coronel los había enviado a todos a paseo.

Atravesamos el módulo donde se encontraban los peces de Dleif y me detuve a inspeccionarlos. Sadalmelik había acompañado a Bel en sus visitas y se las había arreglado para seguir inyectándoles polvo de nébula. Por lo que podía observar, nuestra comida les sentaba de maravilla. Estaban resplandecientes y se desplazaban con un nadar mayestático. Mauni se acercó también.

—Estos son los seres más alegres de la Estación —apreció—. Los demás están más agrios cada día que pasa. Sigamos, Josep, o el militar que está esperándonos para efectuar la conexión os rebajará el tiempo de la llamada.

. . .

Llegó, por fin, el momento que estábamos anhelando. El coronel Dleif, según lo pactado, se encontraba de camino a Ciudad, y nosotros partiríamos en el otro bote salvavidas. Vestidos con los trajes de astronauta, nos despedimos de Mauni en la entrada de la nave de escape. La que había sido nuestra mejor comandante, nos dio un abrazo de final feliz y luego se fue al módulo desde donde se ordenaría nuestro despegue. Toliman y Bel entraron con nosotros.

La nave era una espaciosa Kliper de cinco plazas. Quedaba un sitio libre, y Bel había solicitado que Toliman lo ocupase como piloto de refuerzo por si Carina se encontraba mal; pero el Consorcio había replicado que el vuelo estaría dirigido desde el centro terrestre y que les era imposible bajar a otro cleaner.

Toliman acomodó a Carina mientras le susurraba frases de ánimo y cariño. Bel ayudó a Helios y a Leila, y después se acercó a mí y se puso a revisar mis cinturones. Agachado a mi lado, su expresión de alivio me hizo reír. Sonrió también.

—Prometí que os sacaría de aquí y he cumplido —manifestó—. Te pido perdón por haberte metido en este apuro. Pretendíamos que este vuelo fuera un regalo especial y acabó convirtiéndose en una pesadilla.

—Lo veo más bien como un ajetreado sueño —dije—; un sueño que se ha hecho tan profundo que me cuesta despertar y volver a mi mundanal existencia.

De aquello me había dado cuenta durante la llamada a mi mujer. De los dos escasos minutos que nos había dejado un agrio militar, yo apenas había hablado veinte segundos, como si estuviese emergiendo de una profunda siesta y aún anduviese somnoliento y torpe en el ejercicio del diálogo.

Bel me tendió la mano y se la estreché con fuerza.

—Nos vemos en la Tierra, amigo —dijo.

Se volvió a Helios y a Carina y repitió la despedida. Luego le advirtió a Toliman que tenían que salir de la nave; era la hora de nuestra partida. Dleif debía de estar ya a las puertas de Ciudad.

Cerraron la escotilla y nos quedamos solos. Helios me hizo el signo de *OK* con sus dedos. Leila observó a su padre e hizo lo mismo. Carina, con la mirada absorta, bromeó, en un intento de sosegar sus nervios.

—¿Cuánto pesaré ahora en la Tierra? ¡No tendré fuerzas para aguantarme en pie!

Aquel viaje le implicaba mucho riesgo; sin embargo, éramos optimistas y confiábamos en la fortaleza de la joven. Se preveía que encontraríamos buen tiempo atmosférico en la zona donde íbamos a caer. Gracias a los paracaídas de la cápsula, tocaríamos tierra con suavidad.

Nos reclinamos en nuestras sillas y cada uno se sumió en sus pensamientos.

Los motores no se encendían. El ingeniero que estaba a cargo del despegue nos informó, a través de la radio de la nave, que estaban efectuando la última revisión. El arco de cejas con el que Helios se volvió a mí señalaba el acierto de su augurio. Mi amigo había opinado que no nos dejarían partir hasta que Dleif no entrara en Ciudad.

Por fin los motores empezaron a trepidar. ¡Desertábamos del espacio! ¡Volvíamos a la Tierra! Emociones encontradas se molestaban en nuestro interior.

Los motores se apagaron antes de que la nave iniciara cualquier movimiento. Estupefactos, intercambiamos miradas intranquilas. Nos mantuvimos en silencio el educado minuto que Carina pudo aguantar.

—Carina al habla, ¿ocurre algún problema?

No hubo respuesta. Helios y yo requerimos entonces una explicación, y Leila decidió saltarse los intermediarios y pidió hablar con el centro de mando terrestre. El mutis que siguió nos impulsó a desatarnos y a intentar salir, pero no pudimos abrir la compuerta que nos unía a la ISS.

Carina estaba muy incómoda dentro de un traje de astronauta que, aunque era el de mayor talla, le quedaba muy ajustado; no obstante, le había costado mucho vestirse y prefirió dejárselo puesto. Manteníamos la esperanza de que se tratara de un corto retraso debido a un fallo nimio.

Tras un cuarto de hora de paciente espera, durante el que evitamos intercambiarnos vanas conjeturas, uno de los ingenieros abrió la escotilla y nos comunicó que el vuelo se había anulado. Mauni, detrás de él, añadió, en un tono no muy tranquilo ni tranquilizador, que no nos preocupáramos, que se aplazaba solo unas horas, y agregó que Bel y Toliman nos detallarían el problema y que ambos nos aguardaban en Águila de mar.

Mauni y el ingeniero nos acompañaron hasta el tubo de conexión con la raya. Antes de marcharse, Mauni dijo que podíamos ponernos cómodos y asearnos, y que regresaría con nosotros en cuanto pudiese.

En el interior de la nave, nos encontramos a Bel y a Toliman en estado furibundo. Mientras nos ayudaban a sacarnos los trajes, nos explicaron que la nave de Dleif no había podido acoplarse a Ciudad. Nuestros compañeros no habían tenido ninguna culpa, añadieron enseguida al ver nuestra asombrada expresión. La causa había sido un fallo en el sistema de transmisión de anclaje de la propia nave.

—¡Por eso me he desgañitado exigiéndoles que cumplieran con su parte del trato, dado que Ciudad lo había respetado y les había abierto las puertas! —exclamaba Bel—. He pedido que os dejaran marchar y luego los ayudaríamos a arreglar su nave; pero Dleif es un mulo terco y no ha transigido. Está ahora de regreso a la ISS.

Carina optó por tomárselo de forma práctica.

—Cuando lleguen, revisaremos su sistema de atraque —dijo, y se limpió el sudor de la frente con una toalla que le había traído Leila. El traje espacial y el nuevo contratiempo la habían sofocado.

—No creo que nos permitan intervenir —opinó Helios.

—Pero esa avería es muy seria, ¿no es cierto? —pregunté—. ¿Cómo volverán a engarzarse con la Estación?

Toliman nos pasó unas botellas de agua y respondió a mi pregunta.

—El piloto quiso atracar de forma manual en Ciudad, y tendrá que intentarlo de esa manera cuando llegue a la ISS. Esperemos que cuente con mayor suerte y pericia. Se acercó dos veces a los puertos de Ciudad y no acertó a acoplarse. Sadalsuud prohibió que lo probase una tercera vez, por el alto riesgo de colisión, y propuso a Dleif que llevaran a cabo la unión mediante los brazos robóticos exteriores, pero…

Bel lo interrumpió.

—Pero el coronel se ha opuesto a ese método. No ha permitido que lo recojan y lo entren. ¡Es un soberbio!

—No es eso, Bel —discrepó Helios—. Lo que no ha querido ha sido dejar su nave a merced de los cleaners. Ha pensado que podían dejarlo sujeto a Ciudad sin conectarlo.

—¡Belcebú! —masculló Bel.

Uno de los militares entró en ese instante con nuestras maletas, por si nos queríamos cambiar de ropa, argumentó. Fue inevitable que aquella devolución nos diera mala espina. Su dura mirada decía: "Aquí tienen su equipaje. Pueden volverse por donde han venido".

. . .

La nave de Dleif se unió a la Estación al segundo intento. A Bel le permitieron entonces ir a hablar con el comandante. No tardó en volver e informarnos de que los ingenieros de tierra y los de la Estación se quedarían en vela buscando el fallo. Como había vaticinado Helios, no aceptaron nuestra ayuda. Dleif aseguró a Bel que, al día siguiente, de confirmarse que se trataba de una avería propia, y si no habían podido arreglarla, haríamos un intercambio: ellos saldrían con el bote salvavidas con el que tendríamos que haber regresado a la Tierra, y nosotros usaríamos la nave averiada, puesto que no necesitábamos un sistema de unión.

—Os hace llegar sus excusas por el retraso —agregó Bel—, y dado que se encuentra muy cansado, nos ruega que le dispensemos. Nos traerán la cena a la raya, y dormiremos aquí también. He creído que nos sentaría mejor la comida si no teníamos que ver su cara; así que he aceptado en nombre de todos.

Estuvimos de acuerdo; no nos apetecía estar cerca de un conquistador malhumorado por una invasión frustrada.

Mauni y uno de los militares nos trajeron unos zumos y unas bolsas alimenticias de carne y verduras. Nos explicaron que los ingenieros habían salido a revisar el casco de la nave a instancias del centro de control. Carina ofreció sus rapaces, pero el militar las rechazó de forma tajante y después se volvió a Mauni y le indicó, con un seco ademán, que debían regresar a la Estación. En la compuerta de salida, Mauni se giró hacia nosotros un momento y nos pidió que estuviésemos tranquilos, que partiríamos por la mañana.

Sumidos en un silencio resignado, empezamos a comer. Con los primeros bocados, advertí que aquellos alimentos no me apetecían. Semanas atrás, me hubieran parecido auténticos manjares; pero mi sentido del gusto se había desvirtuado. Mi cuerpo me pedía comer nébula. Lo comenté, y Carina y Helios confesaron que también les pasaba lo mismo. Bel apenas probaba el hongo dorado; así que disfrutó de la cena y creyó que estábamos bromeando.

—Mi madre sufrirá una decepción si no logro disimular que su bacalao con pisto continúa extasiándome —lamenté, y mi expresión compungida les hizo reír.

Nos acostamos en la raya como pudimos. Los dos sacos fueron ocupados por Carina y Toliman, Bel se instaló en la bodega, Helios y yo nos acomodamos en los asientos de los pilotos y Leila se agarró a la silla de su padre y se quedó allí, flotando.

Unos ruidos me alertaron a las pocas horas de sueño. Leila estaba despertando a su padre y le murmuraba que se estaban llevando a los cleaners y a Bel. Me desaté con más rapidez que mi adormilado amigo y volé hacia los sacos. ¡Estaban vacíos! Me impulsé, con la musculatura en tensión, hacia la abertura que daba a la bodega y llegué a vislumbrar al grupo que salía por el tubo de conexión. Nuestros compañeros avanzaban custodiados por tres militares.

Helios y la robot me alcanzaron y me detuvieron al principio del tubo. Mi amigo me pidió cautela con un gesto.

Nos aproximamos lentamente a la escotilla de salida. Uno de los militares se había quedado apostado en la entrada. Se hallaba de perfil a nosotros, mirando hacia el interior de la ISS, en la dirección por donde debían de estar llevándose a nuestros amigos.

—Somos prisioneros —murmuró Helios.

—Mirad su mano —señaló Leila, también en voz baja.

—¿Qué lleva? —susurré, al no conocer el artilugio que sostenía.

—Es una porra eléctrica —explicó la robot, y añadió—: Recordad que he subido para protegeros.

La mirada de Helios repasó el rostro sereno de su creación, que no permitía descifrar sus pretensiones, y se afiló con desconfianza. A mi amigo le preocupaba que pudiese cometer actos moralmente reprochables.

—No hagas nada por tu cuenta —le advirtió.

Me pareció que estábamos malinterpretando aquella situación.

—Vamos a preguntarle qué ocurre —propuse—. Puede que eso no sea un arma. Desde aquí no se distingue bien.

—Tengo mira telescópica —se jactó la robot.

Meneé la cabeza negando lo evidente.

—Esto es un malentendido —insistí—. Ese hombre se habrá quedado ahí por si necesitamos algo. ¿No crees, Helios?

—Creo que, como bien has sugerido, debemos ir a averiguarlo.

Al acercarnos más, el soldado advirtió nuestra presencia. Obstruyó la salida con su corpachón y, con disimulo, llevó a su espalda la mano que aguantaba la supuesta porra. Lo saludamos con falsas sonrisas, pero antes de que llegásemos a formular ninguna pregunta, llegaron a nosotros unos gritos agudos de mujer. Instintivamente, nos adelantamos hasta casi tocar a aquel tipo.

—¿Qué está pasando? —inquirí.

—¡Alto, vuelvan al interior de su nave! —ordenó el soldado.

—Se trata de Carina —apuntó la robot.

Sí, era ella, y a sus alaridos prolongados, cargados de angustia, se unieron otros gritos de voces graves.

Alarmados, intentamos avanzar más sorteando a aquel individuo, rozándonos con él. El militar se agarraba con la mano libre a un asidero y no reculó.

—¡Retrocedan! —exigió.

—¡Déjenos pasar! ¿Qué les están haciendo a nuestros compañeros? —reclamé.

—No se lo repetiré más. ¡Regresen a su nave!

Helios habló hacia el techo.

—Centro de control, aquí los turistas. Informen de la situación.

—Padre, las cámaras están caídas —indicó Leila—. Nadie está vigilando.

—¡Habéis cortado la comunicación con la Tierra! —exclamé—. ¿Qué pretendéis hacernos, canallas?

La cólera que me invadió fue de la naturaleza más apropiada: me enfrió la cabeza y me dispuso el cuerpo para la lucha física. Por eso, cuando el soldado sacó la mano que tenía detrás y alzó la porra, apoyé los pies en la pared, me impulsé y lo empujé con repentina fuerza hacia un lado antes de que pudiese tocarnos. Reaccionó también con rapidez y, abalanzándose sobre nosotros, acertó a meterle una fuerte descarga eléctrica a Helios. Leila contraatacó y le encajó tal puñetazo de acero en la mandíbula que lo dejó inconsciente. Helios se había quedado también sin sentido.

Le busqué el pulso a mi amigo en la carótida y, cuando lo encontré, comprobé su respiración. Era normal. Me pareció que no había sufrido nada irreparable.

—Lleva a tu padre a la raya y vuelve a ayudarme —ordené a Leila con gélida entereza mientras le requisaba al militar atontado su porra eléctrica.

—He observado que, para activar la descarga, hay que apretar los dos botones del mango a la vez —señaló la robot con idéntica frialdad.

Leila abrazó a su padre y se introdujo en el tubo conector. Coloqué la porra a mi espalda, sujeta a mi cintura con la goma de los pantalones, y me desplacé hacia lo que se había convertido en una acalorada discusión. Carina había dejado de gritar, pero sus lamentos eran desgarradores.

La escena que me encontré era dramática. Un militar y uno de los ingenieros se interponían entre Mauni y los cleaners. Habían amordazado a nuestros amigos, les habían esposado manos y pies a la pared y les habían colocado un curioso casco. Mauni rogaba que los soltaran.

—No son peligrosos —decía—; los conozco bien. La mujer sufre mucho y está embarazada.

—Está fingiendo —replicó el militar—; no se le ha infligido ningún daño. Se ha puesto histérica sin razón alguna. Su amigo se ha sumado a la pantomima y ha empezado también a armar alboroto. El comandante tiene razón: los cleaners son astutos y traidores.

El ingeniero me vio entonces y se acercó a mí.

—¿Qué está haciendo aquí? ¿No le ha informado nuestro compañero de que debía quedarse en la nave?

No hallé ningún motivo para iniciar una infructuosa conversación. Eché la mano atrás, saqué la porra y le encajé una descarga. El grito se le ahogó en la garganta. Se quedó aturdido, inmóvil, flotando con el rostro fruncido y los ojos cerrados. Su colega me obsequió con un grueso insulto a la vez que se impulsaba hacia mí. Me agarré a un tubo grueso que recorría la pared y le pegué una patada en el brazo que sostenía su porra. Enseguida me solté y le golpeé con la mía en un costado. Aulló de dolor, pero era un hueso duro de roer e intentó alcanzarme de nuevo. Por suerte, mi calambrazo le había restado destreza y no me fue difícil esquivarlo y asestarle otro que lo dejó desmadejado e inerte.

Tras dejar a los soldados fuera de combate, me apresuré, junto con Mauni, a quitarles las mordazas a nuestros amigos. Leila apareció entonces y desarmó a los soldados con sabio sentido práctico.

—¿Qué está ocurriendo? —pregunté a Mauni mientras extraía de la boca de la pobre Carina una enorme bola de algodón que le habían embuchado.

—No lo sé; no han contado conmigo para perpetrar esta vileza —respondió—. Estaba durmiendo cuando oí los gritos. ¿Dónde están los otros? ¿Y Bel?

Carina, con su boca liberada, imploró:

—¡Por favor, quitadme el casco! ¡Estoy sola, sola!

Así lo hice, y Mauni hizo lo mismo con Toliman. El cleaner escupió el último resto de algodón y explicó con habla entrecortada:

—A Bel lo han golpeado brutalmente con las porras cuando ha querido defendernos y lo han dejado inconsciente. El comandante y los otros soldados se lo han llevado hacia la proa.

Al oír aquello, Mauni palideció. Nos pidió a Leila y a mí que acabáramos de liberar a los cleaners y tomó la dirección indicada por Toliman.

—Voy a buscar a Bel —dijo.

—Espera, Mauni —rogué, pero no me escuchó y se alejó con celeridad.

Carina sollozaba. Toliman, que tenía también los ojos llenos de lágrimas, murmuraba para sí que Mauni no podría hacer nada.

Me volví a Leila.

—Busquemos las llaves de estas esposas. Deben de llevarlas encima uno de esos dos —supuse, y señalé a los soldados.

Leila agarró al primero, lo sacudió cual si fuese un vulgar guiñapo y rebuscó en todos sus bolsillos. Hice lo mismo con el otro, aunque no con tanta energía, y las encontré.

—Pronto estaréis libres —consolé a mis compañeros.

Las esposas estaban sujetas a la pared de la Estación con fuertes remaches. Abrí primero las de Carina y Leila apartó a la joven con suavidad de la pared.

—Han preparado estos cepos y luego os han ido a buscar de madrugada. ¿Por qué? —reflexioné mientras soltaba a Toliman.

—Creen que hemos usado nuestras rapaces para sabotear la cámara y la antena del sistema de acoplamiento de la nave de Dleif —respondió el piloto con voz descolorida, trémula aún por lo que había sufrido.

Observé que Leila ponía en el lugar de Carina a uno de los soldados y lo esposaba. Aquella robot tenía brillantes iniciativas. Una vez liberé a Toliman, hizo lo mismo con el otro.

—Ese terrible casco… —sollozó Carina.

—¿Qué pasa con él? —pregunté sin comprender.

—Buscaban enmudecernos —contestó Toliman—. El casco genera un potente campo magnético que anula la emisión de órdenes desde nuestros implantes.

—¿Os producía dolor? —inquirí.

—Carina se ha puesto a gritar al poco de ponérselo —explicó, y abrazó a su compañera.

—Tenemos que salir de aquí —urgí—, y si es posible, nos llevaremos con nosotros a Bel y a Mauni. —Le pasé una de las porras eléctricas a Toliman—. Id a refugiaros a la raya. Helios está allí, malherido. Leila me acompañará. Si tardamos en volver, despegad.

—Espera, Enir. Iré a por el mando portátil de las rapaces de Águila de mar y os respaldaré. Carina no está ahora en condiciones de gobernarlas.

La joven estaba deshecha; no cesaba de llorar.

Un *walkie talkie* que llevaba el militar se activó y la voz de otro soldado preguntó si todo iba bien.

—La falta de respuesta los hará movilizarse —advertí—. No hay tiempo que perder. Nosotros nos vamos ya. No os preocupéis; la robot tiene un derechazo mortífero. Nos vemos en la nave.

Seguimos la estela de Mauni y enseguida nos la encontramos. Venía de vuelta, hacia nosotros. Se desplazaba velozmente e iba echando miradas preocupadas hacia atrás. Al vernos, se alarmó.

—¡Marchaos! —gritó con un susurro agudo—. No es posible rescatar a Bel; también lo han esposado a una pared. Dleif viene hacia aquí con el resto de la tripulación, y todos van armados.

—Nosotros también —repuse, y le enseñé las porras.

—Dleif lleva una pistola de balas de goma. No podréis acercaros a él.

—Retirémonos —aconsejó Leila.

—Sí, vámonos —acepté—. Vente con nosotros, Mauni.

—No, me quedaré aquí a cuidar de Bel —determinó, y nos echó una mirada extraña—. Y para poder hacerlo, debo seguir pareciendo leal.

Con sorpresiva agilidad, agarró el brazo de Leila y, al tiempo que activaba la porra, se golpeó el hombro antes de que la robot atinara a frenarla; a Leila le costaba prever el comportamiento irracional humano.

Al chillido de dolor de Mauni le siguió un rugido más lejano.

—¡Allí están! —vociferó Dleif—. Esa robot ha atacado a Mauni. ¡A por ellos!

—¡Huyamos, Leila! —grité.

Nos impulsamos con vigor a través del largo gusano que era el eje principal de la Estación. Mauni, que había perdido el conocimiento, hizo de escudo involuntario. Dleif no pudo empezar a dispararnos hasta que la rebasó.

Las pelotas de goma no surgían con la fuerza suficiente como para dañar la ISS, pero podían inutilizar nuestros miembros e impedirnos escapar.

Me puse a serpentear en horizontal para zafarme de sus disparos, y Leila me imitó. Las pelotas chocaban con las paredes. Varias lograron alcanzarme de rebote y me provocaron un dolor intenso, aunque no llegaron a incapacitarme. Finalmente, una me dio de lleno en la pierna izquierda y consiguió desequilibrarme. Tropecé con Leila y, debido a ese encontronazo, la robot quedó situada en vertical un instante. Su espalda ofreció una buena diana y el comandante no falló. El disparo recibido hizo que mi compañera se estrellara contra una pared. Me impulsé con la pierna que me quedaba disponible y la recogí al vuelo, pegándola a mi lado derecho.

Agarrada por la cintura y vuelta hacia atrás, Leila arrancó un ordenador portátil que colgaba de una pared y lo arrojó hacia nuestros perseguidores. Lo debió de hacer con puntería y potencia, porque oí el quejido de uno de ellos. Eso me dio una idea.

—Vamos a entrar en el módulo donde duerme Dleif —dije—. Coge la pecera y colócala delante de ti. Eso frenará sus disparos.

Oí maldecir al comandante cuando Leila puso sus rojizos peces protegiendo mi espalda. Pero no le importaban tanto como había creído, pues siguió disparando.

Estábamos muy próximos al tubo de conexión con la raya cuando nos encontramos, taponando el paso, al primer soldado al que Leila había noqueado. Había vuelto en sí y nos esperaba con otra porra preparada. ¡A saber de dónde la habría sacado!

No podía detenerme y me tensé, previendo que recibiría la descarga eléctrica en dos segundos. Sin embargo, las piernas del militar se elevaron de pronto hacia delante, de modo que quedó colocado en horizontal. Lo habían alzado dos rapaces que se le habían acercado por detrás. Sin contemplaciones, esos robots lo incrustaron en el techo. Pasé por debajo, transportando a Leila, y entré en el tubo. Esperé un instante, hasta que las rapaces volvieron, y cerré a continuación la escotilla. Atravesé el tubo, entré en la boca de la raya y cerré también su compuerta. Grité a los cleaners que nos fuéramos mientras atravesaba la bodega.

—¡Despegad! —seguí gritando al llegar al puente.

—Tranquilo, Enir. He desacoplado la nave en cuanto has cerrado la compuerta —respondió Toliman.

Carina había dejado el mando de la raya a su compañero. Estaba en la silla del copiloto y aún tenía lágrimas pegadas a sus ojos; pero la chispa de rabia que brillaba en ellos me señaló que las rapaces habían sido manejadas por su dueña.

Me giré al oír un gemido: Helios se había despertado. Estaba sujeto con las correas a una de las colchonetas y se tocaba el pecho en el lugar donde había recibido el golpe.

Leila me pidió que la soltara; aún la llevaba sujeta a mi cintura, como un fardo valioso.

—Tengo que ayudar a mi padre —dijo.

La liberé y voló hacia Helios.

—Voy a acelerar —avisó Toliman—. Enir, átate a la otra colchoneta. Leila, te ocuparás de Helios más tarde. Agárrate a algún sitio.

Me situé al lado de mi amigo y me apreté el cinturón de seguridad que había a la altura de los muslos. Al erguirme para abrocharme el cinturón superior, advertí que Leila había abandonado la pecera a su suerte para acudir en auxilio de su padre. Aquel limitado mundo acuático flotaba por el puente como una enorme pompa y se estaba acercando al panel de control, por el lado de Carina. Me dispuse a soltarme las piernas para ir a buscarla; pero la joven la vio, alargó la mano y la atrajo hacia sí. Miró un instante aquellos peces, propiedad del coronel, y luego, con voluntad protectora, los abrazó contra su pecho.

Toliman, pendiente del pilotaje, comentó:

—Carina ha enviado sus rapaces justo a tiempo. Ese soldado no estaba ahí cuando nosotros hemos entrado en la raya.

—Os ha dejado el camino libre cuando ha ido a procurarse otra arma —supuse, y terminé de sujetarme bien—. ¿Crees que nos perseguirán con sus naves?

—Si lo intentan, les echaremos encima las pirañas —replicó el piloto, con una furia que no le había conocido hasta entonces, ni siquiera cuando discutía con Unfield.

La radio chisporroteó. Los cleaners habían avisado a Ciudad y sus habitantes se habían puesto en marcha.

—Aquí Baham desde la torre de control. Las rayas se dirigen a vuestro encuentro.

—Aquí Toliman. Confirmo despegue. Enir y Leila están con nosotros. Bel y Mauni siguen en la ISS. Compañeros, estamos bastante magullados. Necesitaremos pasar por la enfermería.

Se imbricaron voces airadas procedentes de las rayas; pero, al poco, sus pilotos empezaron a transmitir mensajes de tranquilidad. Venían hacia nosotros a máxima velocidad. En el espacio, éramos los reyes, dijeron. La prudente Nunki nos aconsejó, no obstante, que usáramos maniobras de evasión en el caso de que nos persiguiesen. Como habíamos podido comprobar en nuestras propias carnes, carecían de escrúpulos. Mizar lanzó un último mensaje de esperanza que iba destinado, sin duda, a Carina.

—Aquí Mizar. No está todo perdido; recordad que el planeta nos apoya.

Toliman dio un fuerte impulso a Águila de mar. Nos miró de reojo y preguntó si todo iba bien.

—Sin problemas —respondí—. Dime, amigo, ¿por qué piensan que las rapaces han dañado su nave?

—Tanto la cámara como la antena han desaparecido sin dejar rastro, como si hubieran sido arrancadas; pero en vez de aceptar la explicación más lógica: una colisión con micrometeoritos, nos han acusado a nosotros. Dicen que hemos seguido las consignas de nuestra empresa, que pretendíamos impedirles la entrada en Ciudad con ese sabotaje. Para ellos, somos unos delincuentes y no merecemos un buen trato. Nos esposaron, bajo las amenazas de sus porras, y después nos colocaron esos cascos.

Helios intervino con voz dolorida.

—Las armas y los cascos debieron de llegar en la última nave que enviaron desde el planeta, escondidos en una de las cajas que ayudamos a descargar. Lo tenían todo previsto. Iban a anular a todos los pilotos en cuanto entraran en Ciudad. Os temen, siempre os han temido.

—Su miedo los conduce a imaginar lo que no es —deploró Toliman—. Habíamos llegado a un trato que no incumpliríamos por no perjudicar a Carina. Hemos sido demasiado ingenuos. No previmos semejante encerrona. Somos unos pobres tontos, alejados de la ruindad del mundo.

Carina seguía llorando en silencio.

—Toliman, ¿qué has sentido cuando te han colocado el casco? —indagué.

Su espalda se tensó y tardó un poco en responder.

—Pesar —dijo al fin—, y luego, indefensión. Me desesperé al ver a que Carina sufría y me sentí muy vulnerable, muy solo. Mi implante me une a mi nave, a mi refugio en el espacio. Cuando rompieron ese vínculo, volví a ser un hombre normal y… desamparado.

—Los chillidos de Carina eran de dolor —apunté.

—Tanto ella como Rigel llevan un implante diferente e inserto a una mayor profundidad en el cerebro. Los efectos de ese casco deben de ser más devastadores para ellos —expuso Toliman—. Carina suplicaba a gritos que se lo quitaran, pero solo consiguió que le pusieran una mordaza.

Todos los músculos del piloto volvieron a contraerse al recordar aquel episodio.

—Calmémonos, ya pasó —dije—. ¿Cómo estás ahora, Carina?

No me respondió; sollozaba.

—Déjala desahogarse. Ha perdido su último tren —repuso Toliman con pesimismo; una visión negativa que era rara en los cleaners.

—No digas eso —le reconvine, y luego me dirigí a la joven—. Carina, te marcharás en uno de los botes salvavidas que enviará Cleanspace en pocos días. Estoy seguro de que lo harán, aunque sea por proteger sus propiedades. No debes temer nada.

—Enir tiene razón: adelantarán el lanzamiento —convino Helios—. Se habrán puesto a ello en cuanto han sabido que te iban a bajar. Como bien ha deducido Unfield, debíamos pagar ese favor con otro, y eso implicaba la cesión de naves o de la misma Ciudad.

Carina asintió sin mirarnos, agradeciendo con una leve sonrisa nuestros esfuerzos por consolarla.

La nave seguía acelerando, abriéndose paso en el oscuro espacio que, por primera vez, me pareció un hábitat acogedor. Toliman tardó en darnos permiso para soltarnos. Cuando estuvimos libres de las correas, nos abrazamos unos a otros. Carina había recuperado el ánimo y aseguró que se encontraba bien. Helios, en cambio, no tenía buen color de cara. Leila lo revisó el primero y vimos que tenía una fea quemadura en el pecho. La robot se apresuró a curarlo con lo que había en el limitado botiquín de la raya. Mientras tanto, sujeté la pecera con unas cintas a una red llena de sacos de agua. Los peces nadaban con la misma alegría que siempre.

Después de atender a su padre, Leila se ocupó de mí. Quería examinarme bien e insistió en que me quitase toda la ropa. Me quedé con el bóxer y descubrí, entonces, que tenía moratones por todas partes. Los impactos de las bolas de goma me habían molido, y el trallazo en la pierna izquierda me había originado un enorme hematoma.

Carina se echó las manos a la cabeza y los ojos volvieron a empañársele.

—¡Salvajes! —masculló Toliman.

—Apenas me duelen, os lo prometo —manifesté, y en ese momento, era verdad; quizá la adrenalina me había anestesiado. Supuse que el dolor aparecería más tarde cuando, pasado el peligro, se abatieran los muros de las defensas instintivas y el viento desapacible del miedo contenido corriera a sus anchas y enfriara mis músculos.

—Nos sobrepondremos —aseguró Helios.

—No podéis desfallecer —dijo Leila, y miró a Carina.

—Estoy bien —repitió la aludida, y se limpió las lágrimas con la manga—. Me encuentro en el lugar que me corresponde.

—Esos malditos terrícolas nos han maltratado —continuó Toliman.

—Sí, malditos —dije, sumándome a su indignación—. No son como nosotros.

—No, nosotros somos diferentes —afirmó Carina.

Por la radio se oyó la voz de Sadalsuud.

—Os vemos ya, compañeros —anunció.

A través de las ventanas del puente, observamos la aproximación del bando de rayas. Formaban un frente amplio y majestuoso.

—Somos seres espaciales —describió Carina con voz ahogada por la emoción.

EL ATAQUE

Leila me aguantaba los paneles de nébula con infinita paciencia.

—Pásame otro —rogué.

Nos encontrábamos en el segundo módulo de la raíz-huerto. Quería acabar de empapelarlo por completo aquella noche, la que podría ser mi última en Ciudad. La robot me había seguido después de la cena y, al ver que me ponía el delantal de trabajo, había querido saber si iba a tardar mucho en irme a dormir. Cuando le expliqué mis intenciones, consideró que era hora de descansar. Le pregunté a qué se debía ese afán maternal y me salió con una de sus contestaciones confusas.

—Mi padre va a ayudar a Baham a arreglar una de las rapaces de Sadalsuud. Cree que les llevará un par de horas —dijo.

—¿Y qué?

—Te ayudaré con tus cultivos. Entre los dos acabaremos antes.

Supuse que quería decir que Helios estaba atareado y no la necesitaba.

A mi amigo le había afectado el golpe con la porra eléctrica más de lo que creímos al principio. Leila le había practicado una buena cura al llegar a Ciudad, el día anterior; pero, aunque la pomada le había aliviado el escozor de la quemadura, se sentía fatigado desde entonces, falto de fuerza; eso me había explicado.

No llegaba a imaginar cómo se encontraría el pobre Bel. No sabíamos nada de su situación; nos encontrábamos incomunicados de nuevo. La base klingon solo conectaba los satélites los segundos necesarios para darnos el parte de la situación. Aseguraban que el despegue de los botes salvavidas era cuestión de horas. Esperábamos su llegada para la mañana siguiente.

Cleanspace se estaba dando prisa en enviar hombres y naves a proteger sus pertenencias, como había supuesto Helios. Unfield debía de andar muy ocupado, pues no le habíamos vuelto a oír desde que, a nuestro regreso de la Estación, cometió el error de recibirnos con un timbre de voz atribulado, como si lamentara nuestra mala suerte. Cleanspace solo sabía lo que el Consorcio había explicado a los medios de comunicación, y esto era que un problema técnico había pospuesto la partida de la nave. Unfield comentó que esa inconcreta justificación había disparado las especulaciones. ¿Se encontraba bien Carina?, preguntó. ¿Nos había traicionado Dleif? El planeta entero estaba expectante, dijo.

Acabábamos de amarrar y, maltrechos y sudorosos, no dimos crédito a su desvergüenza. Nos hirvió la sangre. Toliman casi se come la estación de comunicación más próxima cuando le contestó: "Tú, Unfield, los que te mandan y los que te obedecen no tenéis más alma que un gusano. ¿Os preocupáis ahora por Carina? Claro, quizá esa joven descarriada os sirva para enlodar la reputación del Consorcio, vuestro contrincante. Me dais asco. Sois despreciables".

A Unfield le interesaba obtener información y no le replicó con sus habituales palabras cortantes. Rogó que se calmara y le narrase lo ocurrido. El piloto se lo relató sin omitir ningún crudo detalle, y cuando terminó, tomó aire para iniciar una nueva embestida; pero Carina lo detuvo. Toliman estaba exhausto y habría volcado más insultos que ya no habrían pasado por alto.

Sadalsuud tomó el relevo y exigió, con voz serena y términos diplomáticos, la inmediata intervención de los organismos internacionales. Ekue Bel, enviado de la Confederación, estaba prisionero en la ISS. El coronel Dleif había obrado con una injustificada brutalidad. Necesitábamos el apoyo del planeta. Cleanspace debía terminar con nuestro aislamiento si no quería ser cómplice de esa bajeza, aseveró.

Unfield repuso que dos lanzaderas estaban listas para despegar y que iba a viajar en una de las naves. En menos de dos días, llegarían a Ciudad y evacuarían a Carina y a quien quisiera volver.

Esa vez, no tuvimos dudas de su sinceridad. Las circunstancias obligaban a Cleanspace a movilizar tropas. Nos bañó un mar de alivio: venían a buscarnos al fin.

Pero Unfield no había terminado de hablar y carraspeó para llamar nuestra atención. Con grave seriedad, advirtió a los cleaners que, cuando llegasen al planeta, no comprometieran su porvenir con declaraciones que pudiesen perjudicar a la empresa. Salvaguardar el buen nombre de Cleanspace les reportaría beneficios sustanciosos, aseguró. Carina no sería sancionada y el resto recibiría una gratificación.

A continuación, ordenó que las rayas permaneciesen ancladas y que los pilotos efectuaran trabajos de mantenimiento en Ciudad mientras esperábamos su llegada. Las comunicaciones continuarían restringidas como medida de amparo, pero nos irían dando cumplida cuenta del avance de los preparativos y de las noticias más relevantes.

Esas habían sido sus últimas instrucciones. Después cortó la conexión y nos dejó sin satélites. Pero a Dleif no le hacían falta para comunicarse con nosotros y, al poco de haber acabado de hablar con Unfield, entró la llamada de la ISS. Muchos nos encontrábamos en la enfermería. Leila estaba explorando a Carina, con Toliman a su lado; Mizar me curaba las heridas, y Helios, acompañado por Baham, estaba esperando turno. La voz del coronel penetró con rabia en Ciudad, a través de las estaciones de comunicación. Nunki, en la torre de control, lo detuvo con firmeza en cuanto empezó a amenazarnos con llevarnos ante un tribunal por inutilizar su nave y golpear a sus hombres. La cleaner volvió las tornas y le contestó que, como comandante de la ISS, no le correspondía vestirse con la toga de juez y condenarnos, ni tampoco podía ejercer de policía. Había apresado a unos trabajadores espaciales sin tener autoridad para ello. Mantenía secuestrado a Bel y no le había temblado la mano para aplicar métodos represivos, incluso contra una mujer embarazada. Nosotros éramos los que íbamos a denunciarlo, añadió, los que íbamos a mover cielo y tierra —no se podía expresar mejor— para que pagara por el daño que nos había causado.

Dleif se enfureció. Nos insultó, nos retó a hacerle frente y luego colgó. Desde entonces, e igual que Unfield, no había vuelto a llamarnos más.

Tras un reparador descanso, la tripulación se había deshilachado en personas circunspectas y grupillos silenciosos. Los cleaners se enfrentaban a un dilema agridulce. Durante las comidas que habíamos compartido, nadie había sacado a colación que se les presentaba la oportunidad de volver a la Tierra, como si ninguno de ellos deseara regresar. Se avecinaban cambios tormentosos. Unfield irrumpiría en Ciudad como un ciclón y pondría patas arriba el agradable hábitat que los cleaners habían sabido crear. Sin embargo, sus habitantes restaban a la expectativa, apartando la mirada de un futuro ingrato y aplazando una amarga decisión. Los que nos íbamos respetábamos sus dudas, y tampoco habíamos comentado esa cuestión. Por mi parte, escogí disfrutar de mis últimas horas en Ciudad sin preocuparme por otra cosa que no fueran mis plantaciones; por eso, ese día, reanudé mis labores hortícolas después de cenar. Desde luego, no importaba si me acostaba tarde, aunque la robot opinase lo contrario. Me hallaba bien despierto ya que, la noche anterior y para mitigar un poco el dolor de los moratones, Mizar me había dado un calmante que me había hecho dormir diez horas de un tirón.

Leila me pasó los últimos paneles repletos de nébula. Los coloqué y me quedé flotando en medio de aquel módulo dorado, una cueva de paredes blandas que brillaban con el color del azafrán. Parecía el interior de una rutilante estrella. Suspiré, emocionado, y mi rostro se iluminó con una abierta sonrisa.

Leila se aproximó y me miró con cara de lástima.

—No sé lo que durará tu huerto, Enir —comentó—. Lo más probable es que Unfield ordene desmantelarlo.

La expresión de mi cara mudó al instante. Apreté los dientes de una boca avinagrada, bufé por la nariz y se me hincharon las venas al pensar que alguien pudiese destruir mi hermosa obra.

Leila, inmisericorde, introdujo más el dedo en la llaga.

—¿No te entristece pensar en ello?

—Más bien, me crispa.

—¿Asumirías con estoicismo su devastación?

—¡Crees que podría aceptar semejante barbaridad con calma! ¡No tengo la sangre de horchata ni de… líquido aceitoso como tú!

Me enfrentaré a ese energúmeno que nos ha dejado tantas veces a oscuras. No puede llegar y cambiarlo todo de un plumazo. Tiene que aprender a respetar al prójimo…

Me callé al notar que la robot se agarraba de mi brazo como lo haría una novia.

—No sigas; lo he comprendido —dijo—. ¿Podemos irnos a dormir ya?

Subimos juntos pasillo arriba, cogiditos del brazo. Por suerte, no nos cruzamos con nadie, pues me hubiesen lanzado veloces pullas sin compasión. Al llegar a la altura del lavabo, le pedí que me soltara, y cuando salí del servicio, todavía estaba en la puerta, esperándome. Me impulsé hasta el camarote y entré. Me siguió, se introdujo detrás de mí y cerró la compuerta. La robot estaba actuando de un modo bastante extraño.

—¿Cargarás tus baterías aquí esta noche? —pregunté, pues siempre efectuaba esa operación en el camarote de Carina.

Me respondió que se había enchufado por la tarde y que las tenía llenas. No le pregunté por qué había adelantado esa carga. Consideré que los robots también tenían derecho a cambiar sus planes.

Apenas había visto a Leila durante la jornada. Había venido a buscar a Mizar al laboratorio a primera hora de la mañana, cuando estábamos añadiendo un tubo de algas al complejo de producción de oxígeno, y se había puesto muy seria al decirle que iba a instruirla en el delicado oficio de comadrona. Explicó que la había seleccionado por su experiencia, pues sabía que había ayudado en muchos partos de cabras. Nos hizo reír. Mizar no puso ningún inconveniente en tomar esas lecciones; pero yo le discutí un poco, quizá porque me asusté, y dije que no creía que esos conocimientos le fueran a ser necesarios, puesto que los botes salvavidas llegarían muy pronto. Leila argumentó que los últimos acontecimientos habían sido muy penosos para Carina, tanto que podrían haber trastocado el curso normal del embarazo. Era mejor que estuviésemos preparados, concluyó, y nos comunicó, entonces, que se había introducido un curso entero de partera antes de subir. Cuando Helios se enteró de esto último, fue a buscarla y le preguntó si se había metido algo más; la libertad a la hora de decidir de la que hacía gala su robot lo inquietaba.

Había vuelto a ver a Leila un instante, al mediodía, cuando vino a recordarme mi hora de bicicleta; pero, después, había desaparecido; me acababa de decir que para reponer energías. Y desde la cena, y quién sabe por qué razón, la tenía pegada a mí. En ese momento, flotaba agarrada al marco de la cabina de su padre. Helios todavía no había llegado. Deseaba que el arreglo de la rapaz no se les complicara; mi amigo necesitaba descansar.

Leila, con indiscretos ojos de búho, vigilaba mis movimientos de afanoso ratoncillo. Hubiera sido una ridiculez pedirle que se girase de espalda y me permitiese desnudarme con tranquilidad; así que intenté tener presente que no era de carne y hueso; aunque me delató la agilidad con la que me puse la camiseta y el pantalón corto que hacía servir de pijama. A punto de meterme en el saco, Leila se introdujo en mi cabina y cerró la rígida cortina de pliegues. La miré con extrañeza.

—¿Qué estás haciendo?

—Esta noche voy a quedarme aquí, a tu lado.

—¡Eh! ¿Y se puede saber el motivo? —me azoré.

—No lo comprenderías —me respondió, y se abrazó a mí.

Su tersa mejilla rozaba la mía; su pecho quedaba pegado a mi cuerpo. Mantuve mis brazos abiertos, en señal de desapego y de inocencia a la vez.

—Leila, te dije la otra vez, cuando me pediste un beso, que no quería ayudarte más en este sentido. Además, compréndeme, no sabría qué decirle a Helios.

—No nos verá. Mi padre es demasiado educado para abrir esta cortina y acechar tu intimidad.

—¿Y si llega ahora y nos escucha hablar? —objeté.

—Está en el taller y, según sus propias previsiones, tiene para un rato largo; pero si acabara antes de lo previsto, no me pasaría inadvertida su aproximación. Cuando viene hacia aquí, desde la proa, utiliza el marco de la escotilla del camarote de los Sadal para darse el último impulso con el pie derecho y entrar aquí. Esa pisada genera un sonido muy perceptible. Tú habla bajito.

La robot lo tenía todo controlado. No sabía qué hacer. Era delicioso tenerla a mi lado.

—¿Tienes sueño? —murmuró en mi oreja.

Un calor intenso me invadió por todas partes.

—Yo no sé lo que tengo, Leila.

—No quiero que sientas pasión; es una emoción avasalladora e incontrolable. Relájate.

—¿Y si te apartaras un poco?

—Recítame un dulce poema.

Recordé los comentarios de los compañeros acerca de los beneficios que robots como Leila aportarían en los futuros viajes estelares. Tenían razón, con unos seres tan cariñosos, sería más fácil alejarse de la Tierra.

—¿No hay poesía? —insistió.

La abracé con ternura y la complací con unos versos de Bécquer, un autor que la robot conocía.

—Podrá no haber poetas, pero siempre habrá poesía —recité—. Mientras las ondas de la luz al beso palpiten encendidas; mientras el sol las desgarradas nubes de fuego y oro vista; mientras el aire en su regazo lleve perfumes y armonías; mientras haya en el mundo primavera, habrá poesía.

Leila se separó unos centímetros y me miró con interés. Prosiguió con los siguientes versos.

—Mientras la ciencia a descubrir no alcance las fuentes de la vida, y en el mar o en el cielo haya un abismo que al cálculo resista.

Asentí y continué:

—Mientras la humanidad, siempre avanzando, no sepa a do camina; mientras haya un misterio para el hombre, habrá poesía.

—Mientras sintáis que se alegra el alma, sin que los labios rían…

Me di cuenta de que Leila había cambiado el verso original, que decía "sintamos". Siguió:

—… Mientras se llore sin que el llanto acuda a nublar la pupila. Mientras el corazón y la cabeza batallando prosigan; mientras haya esperanzas y recuerdos…

—Mientras exista una mujer hermosa, habrá poesía —murmuré, muy turbado.

Leila volvió a apoyar su mejilla en la mía.

—Duérmete, Enir. Velaré tu sueño. —Le acaricié el cabello—. Duerme, Enir.

Suspiré y cerré los ojos. Arropado por la dulzura de aquel ser de metal, no tardé en perder la conciencia.

Me desperté impregnado de la calidez de aquel sentimiento. Leila seguía abrazada a mí. Con cuidado, para no sacarla de su *stand-by*, encendí la pantalla de mi reloj y miré la hora. Solo eran las cinco de la mañana; podía dormir un poquito más.

Volví a cerrar los ojos, pero los abrí de inmediato al notar que una linterna me cruzaba el rostro. Sin embargo, el camarote seguía en la más completa oscuridad. Temí que mi retina se hubiera deteriorado. Iluminé con el reloj el interior de la cabina y comprobé que veía bien. A oscuras de nuevo, bajé los párpados y, a los dos segundos, mis ojos se llenaron de luces titilantes, como estrellas vistas a través de la atmósfera terrestre. Mi retina no se había dañado; aquella no era la explicación. Como había pronosticado Carina, los estaba viendo.

Se me erizó el vello y mis músculos se tensaron por la grandiosidad del momento. No sentía temor. Albergaba la sólida certeza de que estaban conmigo para protegerme y defenderme de cualquier mal, y supe también que siempre habían estado muy cerca, intentando abrir mi mente para poder contactar conmigo.

Aquí me tenéis, les dije en silencio. Os permito pasar y acompañarme toda la vida, ser mi escudo y mi lanza, disolver mis miedos y apuntalar mi ánimo.

Leila se removió y me abrazó con fuerza. La apreté contra mí sin abrir los ojos. Su bello rostro llenó mi mente y empezó a alargarse. Su mirada se achinó como la de Nunki, los labios se engordaron a semejanza de los de Mizar y se le abombó la frente tal cual la tenía Helios. ¿Estaba inmerso en las extrañas combinaciones que se fraguan en los sueños? ¿De quién era aquel rostro amigo?

La sirena de alarma hizo desaparecer aquella imagen. La voz de Nunki gritó a través de los altavoces: "¡Cleaners, a la torre!". Luego oí que Helios, desde su saco, exclamaba:

—¡Por Einstein!

La luz del camarote se encendió y entró a raudales a través de los huecos en zigzag que dejaban los pliegues de la persiana. Leila se separó de mí y puso su índice sobre mis labios. Asentí con la cabeza: yo era el más interesado en que su padre no la descubriera.

Abrí la persiana una rendija y vi que Helios estaba saliendo de su cabina.

—¡Vamos, Josep —me apremió—, debe de estar ocurriendo algo grave!

—Enseguida voy. Adelántate.

No discutió y se fue. Respiré con alivio y me giré hacia Leila. Su expresión, entre triste y cansada, me hizo recordar otros versos. Le acaricié la mejilla y volví a recitar a Bécquer.

—Yo conozco la causa de tu dulce, secreta languidez. —Sonrió levemente—. ¿Te ríes? Algún día sabrás, niña, por qué. Tú acaso lo sospechas, yo lo sé.

Se le evaporó la sonrisa y continuó el poema.

—Yo sé lo que tú sueñas, y lo que en sueños ves. Como en un libro puedo, lo que callas, en tu frente leer. ¿Te ríes? Algún día sabrás por qué. Tú acaso lo sospechas, yo lo sé.

Corrió la persiana y me dijo con aspereza que me apresurara, que debíamos reunirnos con los otros, pues Nunki no hubiera dado la voz de alarma por una nimiedad.

Aturdido, salí del saco y me impulsé hacia la torre. Aquella robot siempre sería incomprensible para mi humilde mollera.

. . .

Dleif se acercaba con las dos oscuras naves de la Estación Espacial Internacional. Una de ellas era la que había perdido la antena, por lo que dedujimos que su arreglo había sido la causa de que no se hubiera presentado antes.

Nunki había intentado comunicarse con el coronel y no había obtenido ninguna respuesta. Silencio absoluto.

—Soberbio, prepotente —masculló Toliman.

Carina temblaba.

—¡No podemos permitir que entren! —exclamó.

Calmamos ese temor. Todos estábamos de acuerdo en que no abriríamos nuestra jaula a esas panteras que se aproximaban con el paso elástico de un felino a la caza.

Nunki volvió a hablar al micro.

—Aquí Ciudad. Hablamos a la tripulación de las naves de la ISS. No son bienvenidos. No les permitiremos acoplarse. Repito, no son bienvenidos.

Silencio.

—Espaciopuerto al coronel Dleif —insistió Nunki—. No podrá entrar en Ciudad. Retírese.

Dleif no respondía.

—Pretende ponernos nerviosos —opinó Sadalsuud.

La radio se activó, pero la voz que surgió fue la de Unfield.

—Saludos a todos los cleaners. Os hablo desde uno de los botes salvavidas. Nos encontramos a una hora de vosotros. Según nos acaba de comunicar nuestra base, dos naves procedentes de la Estación se dirigen a Ciudad. ¿Es correcta esa información?

Nunki se la confirmó, y Unfield exigió entonces que evitáramos su amarre. Dijo que enseguida estaríamos bajo su protección y nos recordó el trato vejatorio al que Dleif nos había sometido. Si Ciudad caía en sus manos, los cleaners serían juzgados en el planeta como delincuentes, advirtió, y aunque pudiesen demostrar su inocencia, su prestigio quedaría en entredicho para siempre y nunca regresarían al espacio.

Sadalsuud le pidió permiso a Nunki para responderle y esta le cedió el micro.

—Aquí Sadalsuud. El trato que hemos recibido por parte de Cleanspace no ha sido menos vejatorio y nuestros puestos de trabajo no están asegurados; pero el par de botes salvavidas que nos traen forman el santo y seña correcto. El coronel Dleif será rechazado; las porras eléctricas y los cascos torturantes no son plato de nuestro gusto.

—Si os mantenéis leales, os doy mi palabra de que conservareis vuestros puestos.

Sadalsuud cortó la llamada y Sadalmelik abrió los brazos cómicamente.

—¿Qué os parece? Antes no le caíamos bien a nadie y ahora todos desean que los invitemos a nuestra casa.

—Dleif tocará nuestros puertos en media hora —señaló Rigel.

—Deberá marcharse —dijo Toliman—. Moveremos Ciudad y no podrá unirse.

—Conoce esa defensa y, sin embargo, sigue acercándose —apuntó Nunki.

—Cuenta con algún modo de obligarnos —supuso Helios.

—Es posible, pero ¿cuál? —se preguntó para sí Sadalsuud, y tras meditar un instante, resolvió—: Será mejor que salgamos a recibirlo.

—Sí, no seamos maleducados —convino Sadalmelik.

—Construyamos una barrera con nuestras naves y escudemos Ciudad —propuso Rigel.

Nunki se sumó a la patrulla. Mizar quiso unirse también; pero Leila le pidió que se quedara por si Carina necesitaba ayuda. Baham se ofreció a salir en su lugar, así que Mizar se quedó al control de la torre. Sería la encargada de cambiar la orientación de Ciudad si el coronel se empeñaba en atracar en nuestros puertos.

Las rayas se desacoplaron una tras otra con una elegancia ágil y hermosa que contrastaba con la fealdad de la situación. Nunki conducía Águila de mar, y Baham llevaba Gaviota; y eso es lo que parecían las naves: una bandada de gaviotas que hubiera echado a volar desde el acantilado donde solían descansar.

Leila aconsejó a Carina que se refugiase en su camarote, pero la joven no quiso separarse de las ventanas. Helios, a su lado, también mantenía la mirada fija en la línea defensiva que estaban formando las rayas.

Tronó al fin la voz de Dleif en los altavoces de la torre de control.

—Les habla el comandante de la Estación Espacial Internacional. En nombre del Consorcio, debo tomar el mando de Ciudad. Nuestras naves se dirigen a sus puertos de proa. Las rayas se apartarán y nos dejarán el paso libre. Procederemos a la aproximación de inmediato.

—Aquí Mizar desde la torre de control de Ciudad. Comandante Dleif, detenga este absurdo enconamiento —rogó con su habitual dulzura—. Los cleaners no saboteamos su nave. Somos basureros, no soldados enemigos. No puede convertir el espacio en un campo de batalla; cualquier leve error podría matarnos a todos. Se impone la cordura más que nunca. Dialoguemos, comandante.

Silencio al otro lado. Mizar inhaló con fuerza y continuó:

—Nos conocemos. Hemos sabido trabajar juntos y los hemos ayudado a reparar la Estación. ¿Por qué dudan de nosotros? Amamos y respetamos el espacio. Las naves son primordiales para nuestra existencia y nunca les causaríamos ningún estropicio. Reflexione, por favor. Usemos las palabras y no la fuerza bruta. Aún estamos a tiempo de restablecer la confianza. Este malentendido ha perjudicado gravemente a nuestra compañera Carina. Le recuerdo que hay una embarazada en Ciudad.

Su silencio consiguió exasperar a Mizar.

—¡Hablemos, comandante!

Esperó medio minuto, y como no obtuvo ninguna contestación, añadió con pesar:

—Permiso de atraque denegado. Una colisión con Ciudad podría resquebrajar sus naves. No lo intenten.

A través de las amplias ventanas de la torre, veíamos que las rayas albinas se encaraban a las ferrosas naves de la ISS y les impedían avanzar.

—Aparten sus naves —insistió Dleif—. Cualquier obstrucción se considerará un acto de guerra.

—Aquí Sadalsuud. Con todos mis respetos, comandante, vuelva grupas y márchese por donde ha venido.

—Aquí Toliman. Con todos mis respetos, coronel, váyase al infierno.

La segunda nave, el Kliper que debía habernos llevado de vuelta a la Tierra, se desvió y se dirigió hacia la parte central de Ciudad. Los Angelotes se deslizaron hacia allí.

—Esto no me gusta nada —masculló Helios, y se mesó el cabello hacia atrás con dedos nerviosos. De todos nosotros, era el que estaba más asustado. Leila se dio cuenta también y se situó a su lado.

La voz grave de Dleif advirtió:

—Primer aviso. Les aconsejo que aíslen los módulos de babor.

Helios gritó a Mizar:

—¡Cierra las escotillas de esos módulos, rápido!

La muchacha tecleó en el tablero de control de la torre con acelerada agilidad.

—¡No podré cerrarlas todas: las compuertas de los camarotes se cierran manualmente! —advirtió—. ¿Qué pretenden hacer?

Helios profirió una desesperada exclamación y salió de la torre. Saqué mi pistola de nitrógeno, la activé y lo adelanté. Atravesé el pie de la torre y el cáliz en pocos segundos. En el pasillo, las escotillas de la mayoría de los módulos se estaban cerrando. Llegué al primer camarote, el de los Sadal, accioné la palanca de cierre y me dirigí al siguiente.

A una fuerte explosión le siguió un vaivén repentino de la estructura. La pared del pasillo se me vino encima y me golpeó el cuerpo. Reboté en la pared de enfrente y regresé al centro del corredor. Dolorido, me froté el hombro y el brazo derecho, las partes que habían recibido el topetazo.

—¡Boquete en el primer camarote! —chilló Mizar—. ¡Nos han disparado con un cañón láser! ¡Están locos! Enir, Helios, ¿estáis bien?

Insultos rabiosos de los pilotos cleaners surgieron por las estaciones de comunicación y me espabilaron. Me impulsé y me introduje en el siguiente camarote, el nuestro. Recogí la pecera de Dleif, salí y cerré enseguida la escotilla. Me volví al escuchar una respiración jadeante: Helios se acercaba agarrándose a la pared.

—¡No tienen entrañas! —exclamó.

Mizar silenció unos segundos las radios de los pilotos, para que su voz nos llegase con nitidez, y volvió a llamarnos. Me acerqué a un intercomunicador e informé de que no nos había pasado nada. Habíamos logrado cerrar a tiempo los camarotes de babor, indiqué, y le recordé que casi toda nuestra reserva de agua se encontraba en la despensa, un módulo cercano a la popa y situado también a babor.

—Salvaremos unos cuantos sacos —propuse.

—De acuerdo, os iré informando de los movimientos de las naves de Dleif —respondió.

Volvió a abrir las radios y, entre las voces airadas, pudimos discernir la de Unfield.

—¡Este atentado contra una propiedad privada les costará caro! —rugía.

—¡Criminales! ¡Asesinos! —aullaban los Sadal.

—Aquí Torpedo. Soltad las pirañas.

—¡No disparen: dentro hay cuatro personas! —rogó Toliman.

—Comandante Dleif, al habla Nunki. Dé la orden de retroceder o su ataque será respondido con contundencia. Repito...

—¡Seremos implacables! —chilló Baham—. ¡Retírense! Este es el primer y único aviso.

—Aquí Dleif. Inicio maniobra de amarre

—Aquí torre de control. Inicio maniobra evasiva —replicó Mizar.

Llegamos a la despensa y empezamos a desalojar sacos de agua hacia el pasillo. Leila apareció en la puerta. Dijo que venía a protegernos, pero pensé que, ya que estaba ahí, podía echarnos una mano. Le ordené que desplazase los sacos del pasillo hacia la sala común y le pasé también la pecera. Helios ordenó que se moviera con la máxima rapidez, sin economizar energía. Trabajamos en silencio, abrumados por lo que acababa de pasar.

No percibimos el movimiento de Ciudad, pero se desplazó lo suficiente para impedir la unión del coronel. Mizar nos lo comunicó enseguida. Los pilotos cleaners precisaban, no obstante, que la nave invasora se separase más del espaciopuerto.

—Torpedo a torre. Mizar, sigue rotando Ciudad. Necesito que Dleif retroceda para poder lanzarle pirañas.

—Aquí Dleif. Segundo aviso.

Mizar chilló:

—¡La segunda nave apunta a la parte superior de babor!

Ciudad volvió a estremecerse: el Kliper había vuelto a disparar.

—¡Impacto en el segundo camarote! —informó Mizar.

Ese era el nuestro. Fue curioso, pero lo primero que lamenté fue la pérdida de los cultivos que tenía colgados en las paredes.

—Un instante, no registro pérdidas —prosiguió Mizar—. El fuselaje ha aguantado.

—Al habla Angelote-uno. La Kliper le ha dado de refilón. La primera andanada de pirañas se agarró a tiempo, desestabilizó la nave y desvió el disparo.

—Aquí Torpedo. ¡Echadles más! ¡Alejadlos!

—Angelote-dos. He disparado la segunda andanada. Soldados de la ISS, os vamos a enviar al cinturón de Van Allen. ¡Freíros, cabrones!

—Unfield a mis cleaners. Estamos muy cerca. ¡Aguantad! Llegaremos en media hora. Las imágenes que captan las cámaras externas de Ciudad están siendo transmitidas a todo el planeta. Dleif será juzgado por esta acción delictiva. ¡Cleaners, defended Ciudad y todos vuestros errores serán perdonados! ¡Luchad por vuestro futuro, por vuestra dignidad!

—¡Peleamos por nuestras vidas, miserable! —gritó Toliman.

—Aquí Dleif. Inicio maniobra de amarre.

—Torpedo a torre. Mizar, continúa rotando. No te detengas… Mizar responde… ¡Mizar, sigue moviendo Ciudad!

—Toliman a torre. ¿Ocurre algo?

—Aquí Torpedo. He lanzado cables de lastre a la popa de Dleif. Mizar, contesta.

Ese silencio no presagiaba nada bueno. Helios y yo detuvimos nuestro acarreo de sacos y nos acercamos a uno de los intercomunicadores. La voz de Mizar resonó entonces con un timbre vibrante.

—¡Deténgase, Dleif! ¡Deteneos todos: Carina se ha puesto de parto! ¡Enir, Helios, volved a la torre; os necesito! ¿Está Leila con vosotros?

Esa noticia nos estremeció como si nos hubiesen disparado otro cañonazo.

Salimos de la despensa y cerramos su compuerta por si disparaban contra ese módulo. Leila no salía de la sala común. Me asomé y vi que estaba cerrando la escotilla de la raíz donde teníamos el huerto. Había hecho lo mismo con las escotillas de los otros módulos que componían esa raíz y, también, con las del gimnasio. La apremié y salió. Cerramos también la compuerta de la sala. Le ordené que se agarrase a mi espalda y cogí a mi amigo por la cintura. Con la robot aferrada a mi camiseta y Helios pegado a mí, encendí la pistola y atravesamos el pasillo a toda velocidad.

Durante el trayecto, maldije a Dleif; si hubiese cumplido con su palabra, esa chica hubiera estado, en aquel momento, en un hospital terrestre. Puede que se le hubiera adelantado el parto por culpa del maltrato que había sufrido en la ISS, o quizá la había acabado de descomponer ese nuevo intento de invasión.

—¡Rindámonos; Carina nos necesita! —suplicó Toliman.

—Al habla, Carina. Amigos, me encuentro bien; solo he roto aguas. Protegedme a mí y a mi hijo. No dejéis entrar a nadie hasta que nazca. Estamos rotando Ciudad de nuevo.

La entereza de la joven nos fortaleció. Si ella no se rendía, nosotros, tampoco. El coronel sería apartado y neutralizado.

—Torpedo al habla. Manta y Águila de mar, a mi orden, arrojad pirañas a la cubierta de babor de la nave de Dleif; vamos a hacerles rodar. Baham, coloca todas tus mariposas en la esclusa y estate preparado para soltarlas cuando te indique. Mantén tu posición sobre los puertos de proa.

Nos encontramos a Mizar y a Carina en el pie de la torre. La joven forzaba una sonrisa, pero los temores que intentaba esconder agitaban su respiración. La abracé.

—Tranquila, te ayudaremos. No estás sola —dije.

—Todos vamos a estar por ti —añadió Helios, y le dio otro abrazo.

Acaricié el talismán que llevaba al cuello, como si fuese un símbolo mágico o religioso, y rogué que todo fuera bien y la madre naturaleza no requiriese mucho auxilio.

—Tomad el control —solicitó Mizar—. Es preciso que sigáis vigilando al coronel. Helios, tú conoces bastante bien el funcionamiento del panel de la torre. Leila se viene con nosotras.

¡Los turistas iban a gobernar Ciudad!, me admiré. ¿Quién hubiera podido predecirlo hacía unos meses? Un estúpido orgullo me infló el pecho.

—Enir, aspira el líquido amniótico que está flotando, por favor —agregó Mizar.

Me deshinché; mi rango no superaba el de grumete. En fin, a veces, los que ambicionaban un mando debían arremangarse y ponerse a limpiar.

Las mujeres se dieron la vuelta enseguida y no llegaron a percatarse de mi desilusión; pero, antes de impulsarse hacia el cáliz, Mizar miró un momento hacia atrás y llegó a comprender el motivo de mi sonrisa caída.

—Es una tarea vital —justificó mientras se alejaban rumbo a la enfermería, y en la entrada del cáliz, alzó la voz para que la oyese y añadió—: ¡Los aparatos electrónicos podrían dañarse!

Disparé mi pistola y fui en busca de un aspirador. Había uno en un almacén, no muy lejos. Helios subió a la torre.

No tardé en reunirme con mi amigo. Se había situado en una de las sillas sujetas al panel y observaba, a través de los monitores, los dos campos de batalla que Dleif había creado. Uno de esos escenarios se encontraba tan cerca que podíamos verlo por las ventanas. La Kliper seguía situada a babor, cerca de los camarotes que había volado. Los Angelotes la seguían torpedeando con molestos cohetes.

Me puse a recoger escurridizas gotas a la vez que echaba ojeadas al exterior. La nave de Dleif, empujada por Rigel, Nunki y Toliman, se había alejado del espaciopuerto y estaba ascendiendo. Se encontraba al nivel de la torre y, obligada por las pirañas, había empezado a girar. Desde nuestra perspectiva, se veía enorme. Los compañeros seguían acosándola y echándole encima más pirañas; flechas contra cañones. En una de las piruetas, Torpedo pasó rozándola. Del susto, se me escapó una exclamación. Helios también se sobresaltó.

—Rigel se está arriesgando mucho —comenté—. Ha estado a punto de chocar.

—Está protegiendo a su hijo —justificó Helios.

Detuve el aspirador y me lo quedé mirando con la boca abierta. Mi amigo había divulgado esa primicia sin bañarla con la debida importancia. Me afectó tanto que tartamudeé al preguntarle si se lo había contado Carina o el propio Rigel.

—No me lo ha confesado nadie; no ha hecho falta —repuso—. Lo sé hace bastante tiempo. Lo averigüé del mismo modo en que lo detectaron los psicólogos de Cleanspace cuando vieron tu reportaje. No es necesario ser un experto, créeme. Carina y Rigel no se hablan ni se miran a los ojos. Se esquivan continuamente. Cuando estamos en grupo y uno interviene en la conversación general, el otro desvía su mirada como si no lo oyese. Hay entre ellos tanta tensión que prefieren ignorar su mutua existencia.

Sin poder cerrar la boca ni modificar la expresión estúpida que se me había quedado, negué con la cabeza: no podía creerlo.

Helios insistió:

—Sé que Rigel es tu amigo y que esta revelación te duele; pero no la pongas en duda. Piensa y verás que tengo razón.

Su actitud resabida me sulfuró. Le apunté con el tubo del aspirador y le reclamé:

—¿Por qué no me lo habías dicho? Tú también eres mi amigo, ¿no es cierto?, ¡y siempre te guardas cosas!

Alzó las palmas de las manos para aplacar mi repentino enojo.

—No creo que tengamos derecho a inmiscuirnos —alegó—. Nuestra delación no hubiera arreglado nada; solo hubiese emponzoñado el ambiente de Ciudad.

Sin retirar el tubo, que cual espada apuntaba a su pecho, pasaron por mi mente imágenes de diferentes actividades en grupo: trabajos en Ciudad, cenas, momentos de ocio, bromas, conversaciones. En mis recuerdos, Carina y Rigel no compartían vivencia alguna, en el genuino sentido de compartir. Puede que estuviesen físicamente en el mismo lugar, pero se repelían como agua y aceite. ¿Cómo no me había dado cuenta? El sentimiento de amistad permitía que viéramos los pequeños defectos del otro, pero nos hacía miopes a las grandes debilidades, puesto que, si las conociéramos y tolerásemos, se nivelaría nuestra calidad moral con la de aquel al que otorgamos nuestra confianza, y si las rechazáramos, cortaríamos ese lazo afectivo para siempre. Me resultaba difícil aceptar lo que parecía ser cierto; Rigel me caía bien.

—Es una conjetura, Helios —dije, sin mucho convencimiento.

—Leila opina lo mismo que yo.

—¡Y crees que eso es un argumento de peso! —grité con súbita furia. Le di la espalda y me puse a aspirar de nuevo—. ¡Tu robot es una inepta para la vida social!

Estaba dolido; Leila había pasado la noche abrazada a mí y no me había confiado ese secreto.

—No te metas ahora con Leila, y tampoco este es el momento de discutir. He cerrado el micrófono y las estaciones de comunicación para decírtelo. Confío en tu discreción. El resto de los cleaners se indignarían más que tú y ahora debemos estar unidos.

—¿Por qué me lo cuentas entonces? —lo reñí— ¿Para que no permita que Rigel se acerque al bebé? ¿Para que impida que lo tome en sus brazos?

—No dramatices, por favor. Escucha, creo que Rigel es el talón de Aquiles de Ciudad. Desde que me golpearon con la porra eléctrica, no pienso con claridad y pueden escapárseme detalles importantes. Necesito tu ayuda. Preciso que analices, con cabeza fría, todo lo que pase.

—¿Fría? Pues acude a Leila.

—Sus reflexiones lógicas no le dan la importancia debida a la influencia de la ansiedad en el comportamiento humano. ¿No puedes dejar de limpiar mientras hablamos?

—Esto me relaja —gruñí, y al poco de decirlo, me arrepentí—. Disculpa, Helios. Me falta poco para terminar. Cuenta conmigo. Estaré atento.

Helios volvió a activar el micro y las comunicaciones con el interior de Ciudad. Levanté la vista y observé que Rigel se abalanzaba sin temor contra la nave de Dleif. Aquel piloto era valiente y cobarde al mismo tiempo, temerario y temeroso. La complejidad del ser humano residía en esa herencia tenaz de genes prudentes que ordenaban huir o esconderse ante el peligro; un lastre que podía truncar una conducta coherente en un segundo. ¿De qué tenía miedo Rigel?, me pregunté. ¿Del divorcio, de ser sancionado por Cleanspace, de ensuciar su imagen de héroe?... De todo eso y de que se le cerraran las puertas del espacio. Hablaba, a veces, de su intención de regentar un hotel junto al mar; pero sus ojos brillaban como los de ningún otro cuando volaba en la raya. Era la mente de un ave poderosa y, en ese momento, se veía capaz de doblegar, con excitante facilidad, a esos pájaros sin alas, de infundada vanidad, que se habían atrevido a invadir nuestro territorio. Estaba haciendo rodar a Dleif, y yo sabía que estaba disfrutando con ello.

La radio bramó de nuevo con la voz del comandante.

—Aquí Dleif. Último aviso. El próximo disparo impactará contra la torre de control.

Helios y yo nos encogimos por instinto. La proa de la nave del coronel nos apuntaba. Las rayas lo estaban distanciando de nosotros, pero no a la suficiente velocidad; estaba todavía muy cerca. Vimos los cañones láser con aterradora claridad. Estaban adosados al casco, a ambos lados del cuerpo central de la nave. El movimiento circular no los hacía menos temibles.

—¡Vámonos! —gritó Helios, y se soltó de la silla—. ¡Nos va a matar! ¡Suelta ya el aspirador, por Einstein!

Congelado, con el aspirador en marcha pero sin moverlo, logré balbucear que no se atrevería, que solo pretendía ahuyentarnos con el fin de inmovilizar Ciudad.

—¡Desalojad la torre! —apremió Nunki.

—¡Enir, Helios, os estoy viendo! ¡Salid de ahí! —urgió Toliman.

—¡Huid! —ordenó Rigel—. Baham, descarga todas las mariposas contra Dleif y luego acóplate a uno de los puertos de proa. Si es necesario, emplearás el motor de tu raya para variar la orientación de Ciudad.

—¡Angelotes a torre! ¡No os podemos ayudar! ¡Evacuad la zona!

—¡Vamos! —me instó Helios con desesperación desde la abertura de salida.

Leila entró en ese momento en la torre y se quedó junto a su padre. Miró inexpresivamente al exterior, hacia aquel bombardero que amenazaba con descabezar Ciudad. Llevaba un traje espacial bajo un brazo y se lo pedí con un gesto. Plegó el dedo meñique y el anular de la mano que tenía libre, abrió el pulgar y formó la imagen de una pistola. Asentí y se la lancé. Casi al mismo tiempo, me tiró el traje.

De la radio seguían brotando aullidos apremiantes. La robot levantó la voz para que pudiese oírla bien.

—¡Apaga los altavoces de la estación de comunicación de la enfermería y los cercanos a ese módulo!

Tras darme esa instrucción, agarró a su padre y se lo llevó a la fuerza. Lo último que vi de mi amigo fue su pataleo rompiendo la estela de la ráfaga de nitrógeno.

Hice lo que me había pedido Leila. Después me acerqué al micro y, mientras me vestía con rapidez el traje de astronauta, hablé con toda la fortaleza que pude extraer de mi interior.

—Aquí el turista espacial Josep Fuentes desde la torre de control. No me voy a mover de aquí, coronel Dleif. Estoy en el cerebro de Ciudad y no voy a permitir que su locura lo destruya.

—¡Lo estoy viendo, maldito estúpido! Es usted el que no está cuerdo. ¡Agárrese fuerte, porque va a volar!

Los pilotos cleaners chillaban: "¡No! ¡Vete, Enir!". "¡Sálvate!". "¡Deténgase, Dleif!"

—Aquí Unfield. Estamos retransmitiendo al planeta este terrible e injustificable ataque. Las cámaras exteriores de Ciudad nos envían imágenes definidas. Aténgase a las consecuencias, comandante Dleif.

Las naves de Cleanspace se acercaban por estribor y ya eran bien visibles. Me coloqué la escafandra y busqué algo para sujetarme. Una correa flotaba cerca de mí. Estaba empalmada a una hebilla que sobresalía de la cintura del traje; Leila había pensado en todo. Uní el gancho del otro extremo a una sujeción en la pared, al lado del tablero de control. Mis compañeros seguían gritando.

Dleif disparó, pero no contra mí. Su andanada pasó rozando a Torpedo. Rigel dirigía sus rapaces con extrema habilidad. Siguiendo sus órdenes, esos robots se habían agarrado a la recién estrenada antena de la nave del coronel y estaban tirando de ella. No me cupo ninguna duda de que la arrancarían sin problemas, puesto que lo habían hecho antes, y hasta supe cuándo y por qué. Levanté el cristal de mi escafandra y observé la ferocidad de aquellos robots con forma de cangrejo.

—¡Maldito! ¡Aparta tus sucios bichos de mi nave! —rugió el coronel.

—¡Te dejaré ciego, Dleif, y luego iré a por tus secuaces! —contestó Rigel.

—Al habla Angelote-uno. La nave Kliper ha encendido a toda potencia sus motores y asciende Ciudad hacia vosotros.

Una voz armoniosa a mi espalda apuntó:

—Las naves de Dleif están gastando mucho combustible en estas bruscas maniobras y en contrarrestar la fuerza de las pirañas. También cuando sus cañones disparan, deben encender todos sus motores para evitar el retroceso.

Sin mirar a la robot, manifesté:

—Entonces, deberán marcharse enseguida con el rabo entre las piernas.

Leila percibió la flojedad en mi voz y se acercó más.

—Tienes los ojos empañados. ¿Estás bien?

Me encogí de hombros. Mi estado de ánimo era bajo e inconsolable. Cerré el micro y le expliqué:

—Rigel nos ha traicionado. Cuando nos acompañó a la Estación y se puso a hacer grotescas piruetas con Torpedo, creímos que pretendía despedirse de una forma llamativa, ¿recuerdas? Claro que sí, tú lo recuerdas todo. Pero puede que no sepas que sus rapaces sabotearon la nave de Dleif mientras todos estábamos pendientes del espectáculo.

—Era una buena ocasión. ¿Por qué lo hizo?

—Si impedía que Dleif tomara Ciudad, Cleanspace le perdonaría lo que consideran, en el fondo, un "desliz". Unfield llamó durante la travesía y anunció que conocían la identidad del hombre que había dejado embarazada a Carina, y le dio veracidad mediante una anécdota compartida que solo el causante podía conocer y que le indicaba que no se trataba de ningún ardid.

Leila apuntó hacia el exterior y comentó.

—Pero ahora se está poniendo en peligro por salvarnos.

—¡Quién puede conocer sus motivos!

—Suponía que los humanos os comprendíais mejor.

Aquel comentario me provocó una risa triste. Me volví hacia ella.

—¿Dónde has dejado a Helios?

—No tardará en volver; se está poniendo un traje. Me ordenó que lo liberara con insistencia y mis circuitos no soportaron desobedecerlo por más tiempo.

—Has preferido salvar a tu padre. Lo has apartado de la torre y me has dejado a mí. Lo comprendo.

—En este caso, tu deducción errónea entra dentro de la lógica; te falta información.

Bufé con fastidio. A mí siempre me faltaba información. No me contaban nada; no me ofrecían, ni siquiera, el sumario.

—¿Y Carina? —pregunté.

—Tiene que dilatar más.

—Pero ¿sufre?

—Sufrirá más; pero lo resistirá, del mismo modo que todos estáis aguantando esta agresión a vida o muerte.

—¿Es un cumplido?

—Es un hecho favorecido por causas ajenas a vosotros.

No pude preguntarle a qué se refería porque la radio requirió mi atención. De ella surgía el diálogo tenso que se había establecido entre las dos facciones terrestres. Unfield instaba a Dleif a que abandonase la zona. Los botes de Cleanspace iban a entrar en Ciudad: su propiedad.

—La batalla, su batalla, ha terminado, comandante —decía Unfield—. Mis cleaners los están alejando. Retírense; no les debe de quedar mucho combustible.

—Mi misión es tomar Ciudad —reiteró Dleif—, y para llevarla a cabo, me han otorgado libertad de acción, ¡total libertad de acción! Conmino a los cleaners a que retiren todas sus defensas y permitan el atraque de mi segunda nave. La rendición será inmediata o, de lo contrario, deberán atenerse a las consecuencias.

Solo la Kliper hubiese podido amarrar. Rigel había dejado la nave del coronel sin antena, por lo que hubiera necesitado el auxilio de un brazo robótico. Rotaba, además, como una peonza. Las imágenes debían girar en sus monitores constantemente. Supuse que la tripulación estaría mareada y de un humor de perros.

—¡Cleaners, os habla Unfield! El comandante está usando sus últimos cartuchos. Seguid así. Nuestros botes salvavidas se encuentran muy cerca.

—Aquí Dleif. Escuchadme, cleaners. Esos botes no son salvavidas. Seréis apresados en vuestra propia casa y anulados con los cascos que conocéis.

—¡No os dejéis engañar! ¡Esas son sus propias intenciones! —gritó Unfield.

—Nuestros métodos son una copia de los suyos —repuso—. Sabemos que en una de esas naves viajan los nuevos trabajadores, pero la otra traslada a un grupo de guardas de seguridad bien pertrechados. Observad que han adosado también cañones láser a sus botes. ¿Para qué los han armado si habían de servir para repatriaros? No os bajarán hasta que los tribunales decidan quién se queda con Ciudad. Unfield viene a defender sus propiedades, y vosotros ya no formáis parte de ellas. Dad paso a nuestras naves y os doy mi palabra de que seréis tratados bien. Los turistas y Carina serán evacuados mañana. Los pilotos y los técnicos saldrán en pocos días, una vez que nos muestren el manejo de Ciudad y de las naves.

Mientras las flechas verbales surcaban el espacio entre ambos, los cleaners se mantenían callados. Enfoqué con las cámaras los botes salvavidas y amplié la imagen. Era cierto: aquellas naves también llevaban cañones.

La voz de Mizar se insertó en la radio.

—Aquí Mizar desde la enfermería. Necesito a Leila.

Corté la radio exterior y abrí el altavoz de la enfermería. De reojo, vi que la robot salía de la torre y que Helios entraba enfundado en un traje espacial. Me aboqué al micro.

—Mizar, soy Enir. ¿Hay alguna complicación? ¿Quieres que vaya? Helios puede encargarse del control.

—Todo entra dentro de lo normal: Carina es primeriza, no tengo experiencia como comadrona y carecemos de anestesia epidural. Pero el bebé está bien colocado, y nuestra compañera se está portando como una jabata; no se le ha escapado todavía ningún grito. No falta mucho y... espera.

Llegué a oír una frágil voz. Mizar transmitió el mensaje de Carina enseguida. La joven quería saber qué estaba pasando.

No podía darle un parte veraz. Estaba pariendo y necesitaba oír buenas noticias, sentir esperanza.

—La situación ya no reviste peligro —afirmé—. A Dleif apenas le queda el combustible suficiente para regresar a la Estación. Está a punto de tirar la toalla. Los botes salvavidas amarrarán en pocos minutos.

No pude oír la conversación entre ambas mujeres, pero fue breve. Mizar volvió a hablar enseguida.

—Carina pide que dejes abierto el altavoz de la enfermería y que te diga estas palabras: "Sé que los has visto y que tenemos problemas. No merezco que me mientas".

Dado el trance en el que se encontraba, juzgué que se merecía una verdad a medias. Helios alzó el cristal de su escafandra y me interrogó con la expresión de su rostro. A Mizar también le habían extrañado las palabras de Carina.

—¿Qué quiere decir? ¿A quiénes has visto? —preguntó la cleaner—. ¡Ah! Leila acaba de entrar.

—Os aseguro que todo va bien —confirmé—. Los capos están discutiendo entre ellos, eso es todo.

—Carina quiere que vengas, Enir, y también que no dejéis entrar a nadie hasta que dé a luz. Estoy de acuerdo; no estamos ahora para atender visitas.

—Deseo concedido. A mí también me parece que es lo mejor.

Dejé abierto el altavoz y abrí la radio exterior.

—Al habla Enir desde la torre. Me dirijo a las naves de Cleanspace. Tienen denegado, por el momento, el permiso de anclaje. Deberán esperar nuestra autorización.

Me pareció que una débil voz de mujer decía "gracias" en el interior de mi mente.

—¿Estás seguro? —preguntó Helios.

Señalé los cañones láser de uno de los botes salvavidas en el monitor, donde había ampliado su imagen, y le dije que los ocupantes de esas naves armadas entrarían cuando la tripulación de Ciudad estuviera al completo y en la enfermería reinase la calma.

Mi determinación los dejó a todos tan estupefactos que las respuestas tardaron unos segundos en llegar. Unfield fue el primero en reaccionar y exigir explicaciones a los cleaners. ¿Cómo era posible que hubiesen dejado Ciudad en manos de los turistas?, deploró. Y el que había hablado era Fuentes, nada menos. Ese dependiente de ropa había perdido la chaveta, estaba totalmente trastocado, tenía el ego inflado, iba de héroe por la vida, etc.

Los cleaners me pidieron la oportuna justificación de forma más educada. Helios se me adelantó y respondió, simplemente, que Carina nos lo había pedido.

Una imperiosa voz dominó la radio:

—Al habla Unfield, vuestro superior. Baham, ancla, dirígete a la torre de control y toma el mando en nombre de Cleanspace. Nuestros botes se encuentran a pocos minutos de los puertos de popa y no van a echar marcha atrás.

El inexperto Baham todavía no había amarrado, y eso que Rigel se lo había ordenado hacía rato. Respondió con timbre sereno a la orden de su superior.

—Ninguno de nosotros ha desautorizado a Enir. Estamos de acuerdo en cerrar Ciudad de forma temporal.

—Aquí Nunki. Los pilotos todavía estamos luchando contra Dleif. Aguarde a que sus naves se retiren de forma definitiva. Ustedes entrarán después de nosotros.

—No lo hemos pensado con calma —objetó Rigel—. ¿Vamos a impedir el amarre de nuestros botes?

—No puedo pensar en nada más que en detener a esta bestia —replicó Sadalmelik—. La Kliper es muy potente.

—Nosotros los hemos esperado meses —argumentó Toliman—. Bien pueden ellos aguardar una hora o dos, las que sean necesarias.

—Que los botes orbiten hasta que terminemos de limpiar los alrededores de Ciudad —sugirió Sadalsuud—. No pueden llegar los invitados sin que estén los anfitriones.

Cleanspace no aceptó retrasar su reconquista.

—Aquí Unfield. Estamos a cuatro minutos del acoplamiento. Solo tendremos consideración con los que se pongan de nuestro lado. No cometáis ninguna torpeza más…

Un trueno lo interrumpió:

—Aquí Dleif. ¡Habitantes de Ciudad, estáis a tres minutos de vuestra ejecución!

Aunque la nave de Dleif seguía alejándose, todavía resultaba muy peligrosa. Carina me había pedido que fuera con ella, pero no podía dejar solo a Helios. Mizar y Leila sabían más que yo de partos y estaba seguro de que la atenderían bien. Tenía que reconocer que, a los de mi mujer, había asistido de mirón, nada más.

Advertí que mi amigo no estaba sujeto a nada. Solté el extremo de mi cuerda, el que estaba unido a la pared, y busqué una hebilla en su traje. Se mantuvo quieto, dejándome hacer.

—Unfield a tres minutos del contacto. Mantengan la posición.

La mano derecha de Helios levitaba sobre las teclas. Introduje la correa por el interior de una argolla anclada al panel de control, que antes no había visto, e hice un nudo simple. Luego cerré el gancho de ese extremo en la hebilla que encontré en una pierna del traje de mi amigo.

—Dleif. A dos minutos.

Me erguí y apremié a Helios.

—Apresúrate a mover Ciudad. Dleif se está poniendo nervioso.

Unfield chilló:

—¡No hará añicos lo que pretende! ¡No le deis crédito!

A Helios se le había quedado la mano agarrotada y el cuerpo tieso, como si estuviese al borde de un ataque de pánico.

—Dleif. A un minuto.

—¡Hazlo ya, Helios! —grité—. ¡Dleif nos volará la cabeza!

—Treinta segundos.

El coronel hacía correr su segundero como mejor le convenía.

—¡No lo hará! —berreó Unfield.

—Dleif. Diez, nueve, ocho…

Me desesperé.

—¡Helios, reacciona o empezaré a aporrear todos los botones de este panel!… ¡Helios! —aullé.

Lo agarré por los hombros y lo sacudí. Salió de su estado catatónico y su enguantada mano corrió por el tablero. El motor instalado en la grúa se encendió y movió toda la estructura. Los botes salvavidas tuvieron que encender sus motores de retroceso a toda potencia.

Unfield dejó totalmente atrás sus ya escasas maneras diplomáticas y plagó de improperios y amenazas la radio.

Suspiré y abrí mi escafandra. Helios se la sacó del todo. Estábamos sudando. Mi amigo empezó a desvestirse.

—¿Crees que es buena idea sacarse el traje espacial? —le pregunté.

No me respondió. Mascullaba:

—Tengo en la Tierra a una novia alegre y apasionada con la que solo he podido pasar una noche. Tengo iniciados un par de proyectos sobre aplicaciones cibernéticas, desasistidas las tutorías de tres investigaciones doctorales, un artículo a medias para la revista *Smiling Robot*...

Fijó en mí sus inflados globos oculares, arañados por unas venas que no le había visto antes, y elevó la voz para continuar.

—Tengo a un padre pegado a un telescopio, que sigue todas las noches el recorrido de la estación espacial de los basureros porque, ¡su único hijo!, se encuentra en su interior.

Con aplomada voz, aseguré:

—Volverás, Helios, pero primero debemos salir de este apuro.

Esa vez, fue él el que levanto un índice amenazador. No le hice caso y le seguí ofreciendo argumentos positivos.

—No todo lo que aprecias está ahí abajo. Leila está aquí, contigo —agregué—, y no es tan inútil para las relaciones interpersonales. Antes lo he dicho porque estaba molesto. Es una buena chica.

Se detuvo y me miró con un semblante muy tenso. Tenía la camiseta empapada de sudor y la piel brillante y pálida. Conteniendo a duras penas su enojo, corrigió mi aseveración anterior con lenta y recalcada pronunciación.

—No... es... una... chica.

Se acabó de quitar el traje con movimientos bruscos y rabiosos; pero, cuando quiso apartarlo, como yo se lo había sujetado al panel, no pudo y empezó a darle tirones furiosos mientras decía:

—¡A la mierda este puto traje que me ha hecho poner Leila! ¡De nada servirá si revientan la torre!

Se lo recogí, lo solté y lo sujeté a otra argolla más alejada. Helios no comentó nada más. Su furia se perdió en reflexiones enervantes.

Los botes salvavidas maniobraron para evitar la colisión, dieron una amplia vuelta y se encararon de nuevo a Ciudad. Mientras tanto, Dleif alabó nuestra acción e intentó convencernos de la autenticidad de su conversión a carcelero compasivo. Unfield había dejado de vocear. Se mantuvo callado un rato, y cuando volvió a comunicarse con nosotros, su voz sonó grave y profunda, como si hablase desde el fondo de un pozo.

—Obráis movidos por el miedo, pero deberíais temer más la ira de Dios que las tretas de Satanás. A Dleif le queda poco fuego. Nosotros, en cambio, tenemos intacto el nuestro.

Lanzaron dos cañonazos al último módulo de la raíz-huerto y lo reventaron. No perdimos toda la popa gracias a que Leila había sido previsora y había cerrado todas las compuertas.

Las piernas se me habrían doblado si hubiésemos contado con la fuerza de la gravedad. Un estupor general silenció la radio. Solo Helios, muy conmocionado de nuevo, gritó:

—¿A quién preferís: al ejército o a la Santa Inquisición? ¡Ambos son destructivos!

Pasados los primeros segundos de desconcierto, me agarré al micro y vociferé:

—¡Unfield, qué canallada es esta! ¡Solo le hemos pedido un poco de tiempo! ¿Se ha vuelto loco? ¿Por qué no se vuelve contra Dleif y nos lo quita de encima? ¡Los pilotos se están jugando la vida!

El dilema expuesto por Helios cobraba importancia. ¿A qué avasallador le permitíamos enseñorearse de nuestro castillo? ¿Cuál de los dos sería más benevolente?

Toliman fue el primer cleaner que consiguió recuperarse del susto y decir algo. Habló con un tono amenazante.

—Unfield, si por su fanatismo homicida le ocurre algo a Carina o a cualquiera de los otros cleaners, juro que lo mataré.

Los Sadal consiguieron enfriar sus emociones y empezar a organizar otra defensa.

—Los Angelotes vamos a por Unfield. Aún nos quedan pirañas para desestabilizarlo. Rigel, Nunki, ocupaos de la Kliper. Está moribunda, pero aún puede dar alguna sorpresa. Toliman, sigue empujando a Dleif hacia la ISS.

—Aquí Baham. Angelotes, me estoy desanclando para unirme a vosotros. Mi conjunto de pirañas está al completo.

—Al habla Toliman. De acuerdo, mantenedlos distraídos, que no puedan volver a disparar. Acabaremos pronto con Dleif y sus hombres e iremos a ayudaros.

—Aquí Nunki. Ya vemos la Kliper. Está asomando el morro por encima del espaciopuerto.

—¿Dónde vas, Rigel? —preguntó Toliman.

Torpedo había virado y se dirigía como una flecha a la Kliper; imaginé que para fastidiarle también la antena.

—Déjalos, Rigel. Las pirañas los están alejando —señaló Nunki.

Los Sadal habían bajado a la popa y estaban disparando cohetes contra los botes salvavidas. Unfield les gritó:

—¡Si osáis poneros en mi contra, volveré a sumergiros en las tinieblas!

—¿Eso es un versículo? —se burló Sadalmelik.

—¡Has perdido el poder de dejarnos a oscuras! —le recordó Sadalsuud.

—¡Aquel que me lo devuelva, mantendrá sus privilegios! ¡Los otros serán desterrados!

Podía sentir esa cólera que le había conducido a comportarse de manera tan absurdamente errónea. Si hubiese esperado unas horas a que todo se calmase, fuera y dentro de Ciudad, le habríamos permitido entrar. Pero su miserable acción punitiva le dejaba fuera; Unfield tampoco flotaría por el interior de nuestro hogar.

No hubo juego limpio tampoco por la otra parte. El coronel Dleif tenía una cuenta pendiente y no se iba a marchar sin cobrársela. Aunque las pirañas se lo estaban llevando, haciéndole girar como un trompo, y las mariposas molestaban la visión de sus cámaras externas, estaba esperando su oportunidad. Toliman había seguido a Rigel para apoyarlo. La Kliper dirigió sus cañones hacia ellos y disparó su última ráfaga. Los cleaners la esquivaron, pero descuidaron su retaguardia. El inmediato disparo de la nave de Dleif acertó a Torpedo y lo quebró.

Una aspiración colectiva vació de aire la torre cuando vimos que la raya se tambaleaba.

—Aquí Mizar, ¿qué está ocurriendo?

Ni Helios ni yo respondimos. Cerramos el altavoz del intercomunicador de la enfermería y llamamos por radio a Rigel. No obtuvimos ninguna respuesta. Toliman también lo estaba llamando. El veterano piloto había hecho un quiebro para eludir el disparo de la Kliper y se estaba aproximando de nuevo a Torpedo. Enfoqué esa raya y amplié la imagen todo lo que daba de sí el zum de la cámara externa de Ciudad que la seguía.

Mizar reclamó:

—¿Se trata de Rigel? Abrid nuestro altavoz, por favor. No oímos nada.

Intuí que repetía una pregunta hecha por Carina. ¿Cómo lo había sabido?

Helios activó la estación de comunicación y se acercó al micro. Le posé una mano en el brazo y lo detuve; estaba buscando con la cámara alguna señal de vida y necesitaba que me diera un poco más de tiempo.

—¡Responded! —gritó Mizar—. Carina cree que Rigel tiene problemas. Se ha puesto muy nerviosa, y eso no le conviene en estos momentos.

—Aquí Helios desde la torre… Torpedo ha recibido un impacto. No sabemos si…

Le apreté el brazo para que retuviera el comentario un segundo más. Me había parecido ver unas sombras arácnidas un instante antes de que desaparecieran por uno de los ángulos superiores del monitor.

Disminuí el zum para ampliar la perspectiva y descubrí, entonces, a la pareja de rapaces. Reptaban por la cubierta de la nave muy deprisa. No supe si las gobernaba la portentosa mente de Rigel o si actuaban como perros que siguieran el ataúd de su amo.

—Esperad, estamos viendo sus rapaces —continuó Helios—. Veamos si siguen un camino errático o…

Obró con prudencia y se calló. Enseguida advertimos que estaban siendo dirigidas. Helios prosiguió con voz más animada.

—Avanzan las dos con determinación hacia el inicio de las aletas. En esa zona hay unos asideros que podrían usarse para remolcar la nave. Parece que el cerebro de Rigel sigue actuando.

Las exclamaciones de alegría y suspiros de alivio volvieron a llenar la torre.

—Le harán falta más de dos rapaces para poder trasladar su nave —comentó Toliman.

El errático vuelo de la raya señalaba que Rigel no podía dominarla. Su radio seguía en silencio, pese a que tanto Helios como los otros pilotos lo estaban llamando. Quizá nos habíamos precipitado al pensar que estaba vivo; también era posible que sus rapaces estuviesen obedeciendo su última orden. Pero no podíamos concebir que ese dios, dueño del espacio, hubiera sucumbido.

Toliman y Nunki se colocaron en paralelo a Torpedo y soltaron sus rapaces. Se sumarían a las de Rigel y conducirían la nave al espaciopuerto. Helios preparó el brazo robótico para recogerla y unirla.

—Vamos, Rigel, danos una muestra de vida —murmuré para mí—. Vamos, chico. No te vayas sin darnos las explicaciones que merecemos. Tienes que dar la cara. Carina está pariendo en un módulo espacial y tú tienes mucha culpa.

—Observa esto, Enir.

Helios señaló el monitor que mostraba la imagen ampliada de la nave de Dleif. Las mariposas lo estaban acompañando como moscas pesadas, pero lo curioso era que vibraban como si un viento arenoso las estuviese golpeando.

—Se han topado con basura —supuse—. ¿Esa nave tiene escudo iónico?

—No, y aunque su cubierta está acorazada, creo que ese escudo volátil que les han enviado los cleaners les puede estar salvando la vida.

Desvié de nuevo la vista a mi pantalla.

—¡Dios, ahí está! Míralo, Helios. ¡Ahí está!

Una luciérnaga blanca flotaba cerca de Torpedo.

—Aquí Rigel. Hablo desde la radio del traje espacial. Estoy bien, amigos.

—Celebramos oírte —dijo Helios—. Voy a conectar el canal de tu traje al general para que te escuchen todos.

El piloto esperó unos segundos y luego repitió su mensaje.

—Aquí Rigel. Sigo entero, compañeros.

Lo saludaron efusivamente.

—El disparo no perforó de inmediato la piel de Torpedo —explicó—; de haberlo hecho, ya no estaría con vosotros. Se resquebrajó y empezó a perder aire con lentitud. Me dio tiempo a refugiarme en la esclusa, donde me puse el traje. Perdonad si he tardado en aparecer. Ordené a mis rapaces que se ocupasen de sujetar la raya y no quise salir hasta que no la tuviesen bajo control para evitarme un golpe fatal.

—Vuelve a su interior, Rigel. Te llevaremos a casa —sugirió Toliman.

—Torpedo no tiene ahora capacidad de maniobrar. Las naves de Dleif aún podrían alcanzarlo y destruirlo por completo. Me vuelvo solito. ¿Qué tal si me echas un cable? Recuerda que los pobres basureros carecemos de mochilas propulsoras.

—Una de mis rapaces te llevará a la esclusa más cercana de Ciudad —repuso Toliman—. El susto no te ha hecho más humilde,

Rigel. Crees que tus rapaces son más hábiles que las mías y prefieres que sean ellas las que se ocupen de Torpedo. Está bien, no me importa prestarte una para que te haga de taxi.

—Disculpa, Toliman; pero mi mente se acopla mejor a las de mi propiedad. Con mis robots, podré dirigir el desplazamiento de mi raya con más facilidad.

Nunki intervino.

—Mis rapaces se han puesto al lado de las tuyas, Rigel; pero si crees que están de más…

—Amplío mis disculpas. Necesito la fuerza de tracción de vuestros robots.

Y Rigel, como si no hubiera estado a punto de morir hacía pocos minutos, se puso a dar instrucciones a Toliman y a Nunki con total normalidad. También indicó a Helios el mejor modo de situar el brazo robótico para anclar la nave. Las rapaces iban a aproximarla al puerto número dos. Me parecía extraño que esa miniatura de un astronauta, una mota blanca que pululaba sobre el negro tapiz del universo, estuviera dando órdenes.

Observé el otro campo de batalla. Los Sadal habían aullado de alegría cuando Rigel apareció, pero después se habían quedado callados. No podían distraerse; se arriesgaban a sufrir un choque mortal. La fuerza de sus contadas pirañas no era suficiente para alejar las naves de Cleanspace. Sin apenas munición, habían pasado al ataque cuerpo a cuerpo. Las rayas se abalanzaban sobre el enemigo y no modificaban su trayectoria hasta que se encontraban a escasa distancia del impacto. Esa táctica casi kamikaze debía de tener intimidado a Unfield, pues hacía rato que no decía nada.

Se produjo, entonces, un cambio de estrategia. La segunda nave de Cleanspace, una Progress-x de nueva generación, según habían comentado los Sadal, se situó a modo de escudo entre las rayas y el primer bote, donde se encontraba Unfield. El bote era pequeño y veloz, y sus pilotos aprovecharon esa liberación momentánea para escapar. Efectuaron un brusco viraje y ascendieron por estribor mientras la Progress embestía contra las rayas y se acercaba de nuevo a los puertos de popa. La lucha continuó en esa zona, y Unfield, sin nadie que lo acosase, volvió a hablarnos a través de la radio.

—Bienvenido al mundo de los vivos, Rigel. Lástima que sea por poco tiempo. Esto es un ultimátum. Desacoplad las pirañas de nuestras naves y abrid puertos de forma inmediata. De lo contrario, mis cañones dispararán al tronco. La estructura de Ciudad no lo podrá resistir.

Rigel alzó la voz.

—¡Toliman, Nunki, indicad el rumbo a vuestras rapaces y marchaos! ¡Ayudad a los Sadal! —mandó.

Helios se araba el pelo con los dedos.

—Deberíamos ceder —opinó—. Nos trae los botes, y Dleif ya no es un problema.

Chasqué la lengua con rabia.

—¿Abrir a un demente? —reprobé.

—Unfield no ha perdido la cabeza. Si le urge entrar es porque posee algún motivo poderoso que desconocemos.

—Aquí Unfield. ¡Si aún queda alguien con dos dedos de frente, que se mueva para evitar el desastre! ¡No permitiré que Ciudad caiga en otras manos que no sean las mías!

Baham deslizaba Gaviota por estribor con cuidado. Unfield vigilaba su lento vuelo y se valió de la incompetencia de aquel piloto para conferir seriedad a sus amenazas. Hizo virar su nave de modo que la proa apuntara a la imprudente raya y disparó. Casi se la lleva por delante.

—¡Ha disparado contra Baham! —gritó Helios.

—Aquí Unfield. Esto ha sido solo una advertencia. Baham, apártate. Vuelve al espaciopuerto.

De la radio surgió una voz que creíamos cautiva.

—Al habla Ekue Bel desde la nave de rescate de la Confederación. Nos dirigimos a Ciudad. ¡Alto el fuego! ¡Detengan las hostilidades! Ciudad, sus naves y la tripulación se encuentran desde este instante bajo nuestro amparo…

—Unfield sabía que se acercaba una nave de la Confederación, de ahí sus prisas por entrar en Ciudad —deduje—. Como siempre, tenías razón, amigo… ¿Qué te ocurre?

Helios, con ojos de espanto, había recuperado su traje espacial y se lo estaba poniendo. Me temí lo peor. Cerré mi escafandra y me centré en seguir el vuelo del olvidado Rigel: una marioneta movida por una eficiente rapaz. No tardaría en llegar a la esclusa de proa, la que estaba situada en el pie de la torre.

Helios acabó de vestirse, se situó al control de nuevo y volvió a supervisar la aproximación de Torpedo, más lenta que la de Rigel. Al tiempo, vigilaba también las contiendas que se estaban produciendo a popa y a estribor.

Ciudad volvió a sacudirse. La Progress había vuelto a disparar contra el último módulo de la raíz-huerto, aquel símbolo de libertad que reivindicaba nuestro derecho a disfrutar de un tiempo de ocio. Supuse que las plantaciones que proliferaban en su interior se habrían volatilizado. Su destrucción espoleó nuestro empuje rebelde.

Bel dotó de autoridad sus órdenes y concretó los perjuicios de no respetarlas. Pero Unfield no se retiró, y Helios se lo comunicó a los otros a través de la radio. Mientras se intercambiaban posibles estrategias defensivas, seguí la andadura de Rigel. La rapaz de Toliman lo estaba introduciendo en el interior de la esclusa. Le comuniqué a Helios que estaba a salvo. Sin perder la atención en sus tareas, apreció que tuviésemos un problema menos del que preocuparnos.

Supuse que aquel hábil piloto presurizaría la esclusa, se despojaría del traje y volaría hasta la torre para ayudarnos; pero advertí que la compuerta no se cerraba de inmediato, como era normal. Pensé que el cleaner debía de estar liberando al robot para que volviera con Toliman, su dueño. Helios no estaba pendiente de él y no lo advirtió; mi amigo estaba atendiendo otros campos de batalla. Tuve una mayúscula sorpresa cuando vi que Rigel salía al espacio, sin la rapaz, y empezaba a descender Ciudad. Iba sin atar y se desplazaba aferrándose con cuidado a los asideros de la cubierta. ¿Qué objeto tenía esa acción tan arriesgada? Adiviné, al momento, adónde se dirigía y me entró un miedo repentino.

Me impulsé hacia la abertura de salida de la torre sin informar de nada a Helios. No podía perder un segundo y me hubiese llevado mucho tiempo convencerlo de que era preciso que saliéramos al exterior. Me apresuré a descender el pie de la torre. Durante el recorrido, mi mente imaginativa veía a Rigel gateando con ligereza por la cubierta, por encima de mí. Esperaba poder tomarle la delantera. Aunque el piloto no tenía que dar tanta vuelta como yo para alcanzar el lugar al que sospechaba que se dirigía, cuando llegase al cáliz, no tendría más remedio que escalarlo. El armazón externo del cáliz era voluminoso. Aquella estructura constituía el pilar del espaciopuerto y estaba fortalecida por una red de vigas.

Alcancé enseguida la entrada al rosario de talleres y los crucé a toda velocidad hasta el último módulo: el almacén. Me introduje en su esclusa, la cerré y tecleé en el panel correspondiente la orden de despresurización. Me até el cable de vida, el cordón umbilical que me sujetaría a Ciudad, y permanecí quieto, a la espera de que el sistema dejara sin aire aquel habitáculo. Mi mente reflexionó entonces sobre lo que estaba haciendo y se colapsó ante la pavorosa evidencia de mi pobre historial como astronauta. En mi currículum constaba un único paseo espacial, y acompañado. Sonó el pitido que garantizaba la consecución del vacío. Mi mano se acercó a los pulsadores que abrían la compuerta y se detuvo un segundo.

Me despojé de mis dudas. No había más opción que seguir adelante. Accioné la apertura y me asomé poco a poco. Había ido alguna vez a escalar con mi mujer, pero nunca había culminado una montaña que tuviese una caída de cuatrocientos kilómetros y se moviese a una velocidad de veintiocho mil kilómetros por hora. Allí, muy lejos, estaba la Tierra, grandiosa, firme en su temible voluntad de atracción.

Se me secó la boca. Dejé de mirar el planeta y busqué el primer agarradero en la cubierta de Ciudad. Recordé que había muchos, así que no tendría dificultades para desplazarme. Nos encontrábamos en la fase diurna de la órbita y se discernían sin dificultad.

Me deslicé por el casco hacia el tronco. Fui dejando atrás el extenso *Skylab*, el siguiente taller, el pequeño almacén…

—¡Enir!

Su grito me hizo levantar la cabeza. Se hallaba a poca distancia de mí, en la cima del cáliz, silueteado contra el negro espacio. ¿Cómo me había reconocido si no podía verme el rostro tras la visera? Supuse que había advertido mi torpeza.

Calculé que le llevaba ventaja suficiente. Me encontraba a un módulo del eje de Ciudad, y él aún tenía que iniciar el descenso.

—Hola, Rigel. ¿De paseo?

La voz alarmada de Helios se coló entre los dos.

—¡El sistema indica que habláis desde los trajes espaciales! ¿Dónde estáis?

Los dos iniciamos la carrera hacia el objetivo sin brindarle ninguna respuesta. Toliman me había mostrado su localización exacta, cuando filmamos el exterior de Ciudad, y sabía, y era algo que me preocupaba, que cuando estuviese en el tronco, aún tendría que recorrer un buen tramo.

Rigel iba más rápido, pero yo estaba más cerca. Helios, asustado, elevó la voz.

—¿Qué son esos jadeos? ¡Enir, responde!

A pocos metros de la meta, sentí un tirón: la cuerda no daba más de sí. Rigel se acercaba a saltos descabellados, impulsándose con las manos en los salientes, como un león con las patas traseras fláccidas.

La prisa acortó a un segundo el tiempo de reflexión. No tenía más remedio que desatarme; así que me desprendí del cable y continué sin mirar atrás.

Llegué y, con las manos agarradas al último asidero, me giré y planté cara al felino. Mi cuerpo flotaba detrás de mí y solo era útil para dificultar el acceso al inhibidor. ¿Y ahora qué?, me pregunté.

—¿Y ahora qué? —inquirió Rigel, detenido a tan solo tres metros de mí.

Hablaríamos, decidí. Rascaría el brillante barniz que lo camuflaba hasta destapar su color verdadero.

—¿Cómo pudiste comportarte así? Es más frágil de lo que parece —recriminé.

Me refería a Carina, pero entendió que iba por otros derroteros.

—Vamos, Enir. Solo es delicada ante tus ojos. Sabía que te iba a molestar. ¿Cómo te has enterado? Le ordené que no dijera nada. En el fondo, eres consciente de que no he podido herirle ningún sentimiento. Fue divertido enseñarle a besar; es un androide muy tierno.

El estupor inicial se tornó enseguida en desprecio por aquel hombre que tanto había estimado. Le escupí mis siguientes palabras.

—Leila no tiene ninguna función sexual.

Rigel se acercó un poco.

—Pues no lo sé. Se me desmayó y no pude terminar de sondear sus límites. Su padre debe de haberle puesto un seguro, un cinturón de castidad moderno. Aguafiestas. No tiene sentido construir un androide tan bello y que no se pueda tocar. Leila estaba contenta de satisfacerme. Te lo aseguro, Enir.

Avanzó más.

—¡Detente! —grité—. ¡No te lo voy a permitir!

Su voz se oscureció.

—¿Quieres morir? —espetó—. ¿Quieres que mueran nuestros compañeros? Unfield carece de escrúpulos; lo conozco mejor que vosotros. Si no le damos Ciudad, la partirá en trozos. La nave de la Confederación no tardará en llegar. Estamos en medio de una guerra por el territorio más valioso del espacio. Si no lo pueden conquistar, dejarán tierra quemada a los que vengan detrás. Nadie los juzgará; también el prestigioso Consorcio nos ha disparado. No hay reglas; no hay honor. Nuestra desaparición será portada de un día en los periódicos mundiales. Los poderosos inventarán diversas excusas: nos harán víctimas de un fuego cruzado o de un infortunado fuego amigo. Harán recaer la culpa de nuestro trágico final sobre nosotros mismos. Dirán que adoptamos una postura obtusa, que éramos locos soberbios. Ensuciarán nuestro nombre hasta que logren sofocar las protestas.

—Tu nombre ya está manchado. Saboteaste la nave de Dleif y eres el padre del niño que está a punto de nacer.

Percibí un leve temblor en aquel astronauta. Se mantuvo en silencio unos instantes. Cuando volvió a hablar, su tono era triste.

—¿En qué crees, Enir? Tú, que no tienes estudios científicos, que pintas ángeles hermosos, ¿aceptas la existencia de poderes sobrenaturales, de fuerzas ignotas? No sabemos todas las respuestas.

—No le hagas más daño a Carina. ¿Pretendes dejarla al arbitrio de Unfield? Si arrancas el inhibidor, nos cortarán la electricidad. La enfermería quedará a oscuras y se detendrán los ventiladores. ¿Se puede dar a luz sin aire? ¿Se puede llegar al mundo entre manos que, a tientas, intentan recogerte y espabilarte para que llores y empieces a respirar veneno? Ese pequeño o pequeña merece una bienvenida mejor.

Dio un súbito salto y se agarró a mí. Su escafandra chocó con la mía y pude ver que el sufrimiento que estaba padeciendo le arrugaba el rostro.

—¿Nunca te has equivocado, Enir? Carina me gustaba mucho. Era divertida, cariñosa, valiente. No la seduje como un sátiro a una ninfa, si es eso lo que imaginas.

—La dejaste en la estacada, sola frente a su padre, frente a Cleanspace y el mundo.

—Así lo quiso ella. Solo le pedí discreción. La hubiera ayudado; le hubiese pasado una manutención en secreto.

—Un secreto que la perjudicaba gravemente.

Me apretó los brazos.

—Mi mujer no me lo hubiese perdonado. No puedo, no deseo el divorcio. Pero Carina no quiso comprenderme. Sacó su orgullo y me repudió. Me dijo que nuestro hijo le pertenecía y que no tendría padre.

—La herida fue profunda —justifiqué.

En su réplica, advertí una nota de súplica.

—No tenía sentido perder mi puesto de trabajo por proclamar una paternidad que la madre negaría. No hubiera podido volver al espacio. Nunca hubiera conducido de nuevo una raya.

—Por favor, Rigel, no acumules más errores destruyendo el inhibidor.

—No puedes entender lo que significa para mí pilotar una nave espacial. Me lleno de una sensación de grandeza muy hermosa. Me convierto en el núcleo de algo que me sobrepasa, que me gobierna y ampara al mismo tiempo. Vuelo por el espacio con total libertad.

—El dulce placer de vivir a tu aire se extinguirá si precisas enterrar a otros para mantenerlo.

—No puedo seguir charlando contigo —contestó—. Nos encontramos en una situación muy peligrosa. ¿No te das cuenta, insensato? —Sus facciones se endurecieron—. ¡Apártate!

Hice fuerza para contrarrestar su empuje.

—¿Permitirás que nos corten el suministro eléctrico hasta que nos asfixiemos?

—¡Hasta que abramos puertos, Enir!

Sin soltarme del brazo derecho, se desplazó hacia ese lado. Me ladeé, siguiendo su movimiento.

—Déjame pasar —exigió—. No te empujaré; no temas. Me he dado cuenta de que no vas atado.

—Tú tampoco, Rigel. No hagas locuras.

Mostró una sonrisa gatuna mientras seguía rodeándome.

—Voy a impulsarme hacia la base de la antena y no vas a impedírmelo. Sabes que no soportarías verme caer en la sima infinita del espacio.

—¿Lo soportarías tú, amigo? —dije con pena.

—Crees que los otros vendrían a rescatarnos; pero recuerda que andan muy ocupados. Si forcejeamos y salimos despedidos, nos convertiremos enseguida en unos puntitos insignificantes en la inmensidad estelar. Encontrarnos les llevaría más tiempo del que tenemos: el oxígeno se nos agotaría antes. Y no confíes en la radio del traje; tiene muy poco alcance sin los satélites y no nos oirían. Por no hablar de los pedacitos de chatarra que esos disparos han desprendido de Ciudad y que orbitan no muy lejos de nosotros. Toparnos con una sola de esas astillas convertiría nuestro traje espacial en un ataúd.

—Si saltas, me agarraré a ti y haremos juntos el último vuelo.

Aspiró aire con fuerza.

—¿Puedes dominar tus demonios, Enir? ¿Consigues aplacar a tiempo tu ira, amansar el violento remolino de tus entrañas heridas antes de que tus defensas ataquen con atroz brutalidad? ¡Helios! —gritó de pronto—. ¿Es que te has vuelto mudo? ¡Helios!

—Estoy aquí, Rigel.

—No nos protejas, Helios. Has mantenido cerrado el canal de radio de los trajes espaciales. Ábrelo. Necesitamos conocer el curso del combate. ¿Quién va ganando? Déjanos oír a nuestros amigos. Permítenos sufrir con ellos.

—Nadie os ha escuchado, Rigel —respondió Helios—. No hay nada irreparable. Vuelve al interior de Ciudad. Volved los dos. La nave de la Confederación se acerca a gran velocidad.

—¡No la suficiente! ¡Abre la radio! Están teniendo problemas muy serios, ¿no es cierto? ¡Puedo ayudarlos! ¡Ábrela!

Esa última orden cargaba mucha desesperación, y Helios le obedeció.

La guerra se nos vino encima. Nuestros compañeros aullaban. Toda su atención estaba enfocada en Baham; el técnico se encontraba en graves dificultades.

—¡Activa los retropropulsores! —le gritaba Sadalsuud.

—¡Gaviota gira sin control! —chillaba Baham.

—¿Qué está ocurriendo? —rugió Rigel—. ¡Informa, Helios!

El relato de Helios nos estremeció. Baham, buscando asegurar el tiro de sus pirañas, se había acercado demasiado al bote de Unfield, y este, que estaba apuntando al segundo laboratorio, cambió de objetivo, disparó a la raya y le fracturó un ala. La nave se había desequilibrado y se estaba aproximando a la estructura de Ciudad. El técnico no lograba frenarla. La colisión destrozaría la raya y la planta de reciclaje. Su piloto llevaba puesto el traje espacial e iba bien sujeto, pero el choque sería fuerte. Su supervivencia estaba en juego.

La mirada de Rigel se extendió hacia la popa; aunque, desde nuestra posición, no se distinguía la batalla. Su voz potente colmó la radio y los otros callaron.

—Baham, al habla Rigel. Pon a máxima intensidad el escudo iónico y los retropropulsores al tiempo que…

Y aquel piloto, sin soltarme, pero sin tenerme en cuenta en ese momento, le fue transmitiendo una serie de comandos. Tras cada instrucción, exigía que Baham le informara de su efectividad. Las circunstancias requerían un comportamiento cerebral, y Rigel obligó a Baham a adoptarlo. El diálogo era rápido y conciso. El técnico le otorgaba al piloto toda su confianza y obedecía al instante sus indicaciones.

Consiguieron dominar la raya; sin embargo, Baham aún no estaba fuera de peligro cuando Unfield volvió a entrometerse.

—Bienvenido a nuestra contienda, Rigel. No te molestes en intentar salvar lo que está perdido. Voy a rematar Gaviota.

—¡Deténgase, le devolveré su poder! —aseguró Rigel—. Arrancaré el distorsionador que le impide cortar la electricidad. Seremos suyos otra vez.

—Hazlo y todas tus faltas serán perdonadas.

—Al habla Bel. Cualquier ataque a Ciudad o a sus naves será considerado un crimen. Serán juzgados con el máximo rigor. No quedarán impunes.

Los ojos torturados de Rigel volvieron a prestarme atención. Le devolví una firme mirada: no iba a facilitarle su traición.

La radio se inmiscuyó en nuestro duelo silencioso.

—Aquí Baham. Gaviota se encuentra bajo mi absoluto control. Viro para evitar los cañones de Unfield. Rigel, me has salvado la vida. No se la entregues ahora a ese canalla.

—¡No nos eches a los pies del tirano! —gritó Sadalmelik.

—Amenaza con destruir el laboratorio porque no le es necesario para llevar adelante sus planes —argumentó Sadalsuud—. No atacará los cimientos de Ciudad. ¡Piénsalo y cálmate!

—Aquí Nunki. Las naves de Dleif están muy lejos. He dejado de seguirlas y estoy volviendo a Ciudad. En pocos minutos, tendréis refuerzos. No nos vendas, Rigel.

—¿Preferís morir a bajar la cabeza? —les gritó—. ¿Y tú qué dices, Toliman? Tu Carina está ahí dentro.

—Estoy amarrando en el espaciopuerto —respondió—. Voy con ella; quiero estar a su lado.

—Aquí Unfield. Tenéis la espada de Damocles encima. La nave de la Confederación ya es visible. Rigel, no me pongas a prueba. Mis cañones están apuntando al tronco de Ciudad. Mi segunda nave está preparada para acoplarse. A los Sadal no les queda munición y no podrán detenerla. Arranca ese distorsionador, Rigel. Helios no podrá desplazar Ciudad y en pocos minutos todo habrá acabado. Fállanos de nuevo y Bel se adueñará de un lugar lleno de cadáveres.

Se elevó un cúmulo de gritos: advertencias de Bel a Unfield, rugidos de éste, ruegos y maldiciones de los pilotos cleaners.

Rigel no quiso escuchar nada más. Se separó de mí y, doblando las piernas, se impulsó en el casco de Ciudad y saltó hacia la antena. Tropezó conmigo de refilón, lo cual le desvió lo suficiente como para que no alcanzase su meta. Me espanté al ver que no lograba volver a aferrarse a la cubierta. Salté también hacia la antena con la intención de agarrarme a ella y, desde esa posición, sujetar al piloto antes de que se alejase más. Pero no llegué a alcanzarla; unas duras garras me aferraron de los brazos y me retiraron hacia atrás. Rigel había llamado a sus rapaces; Torpedo debía de estar ya anclado.

Mi captor flotaba por encima de mí, suelto en el espacio y sin temor, como un dios.

—No temas, Enir. Mis rapaces te llevarán de vuelta a la esclusa de la que nunca debiste salir. Debo proteger el nido. Mi hijo no morirá —sentenció.

Los cleaners y Bel enmudecieron ante esa revelación.

Los robots me arrastraron y me dejaron encima del almacén. Luego remontaron el vuelo hacia su amo, como una pareja de águilas domesticadas. Rigel los necesitaba para que le transportasen hasta el inhibidor.

El piloto no lo vio venir. El brazo robótico pasó velozmente por encima de su cabeza y golpeó con destructiva potencia a sus rapaces. Salieron despedidas y se estrellaron contra la cubierta del módulo donde me hallaba. Deformes y reventadas, se deslizaron rascando la superficie del almacén hasta su final y acabaron perdiéndose en el espacio.

—¡Qué has hecho! —bramó Rigel.

Helios frenó el brazo, lo hizo retroceder en dirección al cleaner a velocidad lenta y lo detuvo a pocos centímetros de su cuerpo. Se lo estaba ofreciendo como asidero, pero Rigel lo aceptó como apoyo. Exhaló un rugido rabioso y, tozudamente, volvió a impulsarse hacia la antena. Su vuelo iba bien dirigido, pero el brazo fue más rápido y le obstruyó el paso.

Unfield había estado observándonos a través de las cámaras exteriores, igual que Helios; pero desde hacía unos segundos, podía vernos por las ventanas de su nave. Había ascendido Ciudad y quedábamos en su punto de mira.

—Te ha sobrado confianza, Rigel —comentó—. Se acabó el tiempo.

Disparó y abrió un boquete en el almacén donde me encontraba. Rigel y Helios gritaron; yo me quedé sin habla.

Salí despedido, dando volteretas como una burda marioneta sin hilos. Mi movimiento circular entrecortaba mi visión. Negro espacio y Ciudad; vacío y el brazo robótico, que caminaba con amplias zancadas hacia mí y llevaba a Rigel sujeto a él. Fotograma a fotograma, observé que el brazo se me aproximaba todo lo posible, extendía su pinza y el cleaner la escalaba. Tras otro fundido, la pinza se cerró en la nada, a poca distancia de mí. Las estrellas cubrieron mis ojos de nuevo y pronto dejaron paso a la figura del piloto. Se había encaramado a la pinza y me tendía su mano como una cuerda que no alcancé a asir. A su alarido de desesperación le siguió otro endemoniado. Y entre mis sollozos y lágrimas, entre las escenas de eterna noche, vislumbré que Rigel se soltaba y quedaba suspendido en el espacio, con los brazos en cruz echados hacia atrás y la cabeza caída. Su voz era cavernosa cuando dijo:

—Huya, Unfield; no puedo detener a mis demonios.

El pánico es un monstruo que, en un instante, sorbe la médula y suprime la libertad de acción. El cerebro piensa, pero no puede actuar; tiene cortada la conexión con el resto del cuerpo. Me convertí en una simple cabeza de mente nublada. La conciencia se encogió al darse cuenta de la magnitud de mi vulnerabilidad. Tan solo oía una temblorosa voz que surgía del refugio que el miedo había construido a mi incredulidad: "No estás aquí, a punto de perderte en un océano infinito —susurraba—, ni corres el riesgo de ser atravesado por escombros. No te toca desaparecer; todavía te queda mucho por vivir".

El tiempo se detuvo y suspendió mi existencia a la espera de una oportuna idea que me condujera a la salvación. Pero no la hallaba, y supuse que me sobrevendrían espasmódicas contorsiones de huida; sin embargo, no me moví ni hice nada, salvo escuchar el martilleo del corazón en mis sienes y jadear como un perro. Me empapé de un sudor frio. Daba vueltas a un pensamiento en el que no quería entrar. Vueltas y vueltas, hasta que se convirtió en un torbellino que me engulló y me hizo caer de bruces en la imagen que no quería ver: mi cara hinchándose salvajemente hasta explotar y bañar de sangre el interior de mi traje.

Sentí un fuerte golpe, y una visión horripilante se pegó a mi escafandra. Un rostro sanguinolento, con los ojos reventados, se deshacía en tiras. Pedazos de piel y carne se perdían en la oscuridad. Emití un aullido de puro terror. Poco antes de perder la conciencia, el llanto de un bebé se coló de soslayo en el mundo de los sueños.

SIRIO

Recuperé la conciencia en un habitáculo conocido: mi cabina. Me sentía bien, descansado. Recordé mis últimos momentos en el espacio y el estómago se me contrajo de pronto. ¿Tendría el rostro trinchado? ¿Habría dejado en el universo parte de mi materia?

Me palpé la cara y el cuerpo con dedos vibrantes. Parecía que mi carne mantenía la misma forma y consistencia. La imagen abrumadora que había visto había sido creada por el espanto; no se trataba del reflejo de mi propia destrucción. Respiré profundamente, con alivio.

Al ir a correr la cortina, vi una nota pegada en ella con cinta adhesiva. Decía: "Luchamos y vencimos. Carina ha tenido una niña preciosa. Estamos arreglando los desperfectos. Hemos acordado que todos nos merecemos una ducha".

Así que, de un modo milagroso, todo había salido bien. Volví a releer la nota. Mi primera intención había sido ir a ver a Carina y a esa nueva habitante espacial, pero resolví presentarme aseado. Cogí una muda y me dirigí al lavabo. No me encontré a nadie por el pasillo.

Durante la reconfortante ducha, no pensé en nada; tan solo disfruté de las caricias del agua; pero, después, mientras me afeitaba, me asaltaron cuestiones preocupantes: ¿Qué había sido de Rigel? Recordé su figura daliniana de Cristo crucificado, una representación inmoralmente elegante de un ser rendido y doliente. Lo habrían rescatado, sin duda; de no ser así, la nota no hubiera expresado tanto contento.

Acabé de arreglarme y me puse ropa limpia: un pantalón corto y la camiseta que tenía menos agujeros. Por último, limpié con una toallita el amuleto. Me lo había quitado para que no se mojara, como hacia siempre; pues desconocía si aquel metal se oxidaba. Lo introduje por dentro de la camiseta y me contemplé en el espejo. Me había convertido en un recio ser espacial. Salí del lavabo orgulloso de mi aspecto y de mi presencia de ánimo.

Nunki me estaba esperando en el pasillo.

—¿Cómo te encuentras, Enir, el más loco de los cleaners? —Me dio un abrazo—. He oído correr el agua un buen rato. Me alegra que hayas disfrutado del premio a placer.

Me confirmó que no había habido complicaciones durante el parto. La niña gozaba de buena salud y ya había tomado un poco de calostro. En ese momento, tanto la madre como el bebé estaban durmiendo, así que podía ir antes a saludar a Bel. Nuestro recuperado amigo se encontraba en la torre de control, junto con Baham. Había venido acompañado por cuatro soldados de la Confederación, un poco engreídos pero amables, que habían manifestado, con solemnidad, que su misión era protegernos. Me advirtió que Bel tenía el cuerpo lleno de las quemaduras que le habían causado las porras eléctricas y que tuviese cuidado y no lo abrazara. Las manos, en cambio, las tenía perfectas, y había amenazado con partirme la cara en cuanto me despertase; aunque la cleaner opinaba que, como hacía más de dos horas que había llegado a Ciudad, estaría más calmado.

—Pero ¿cuánto rato he dormido?

—Casi tres horas, y mientras tanto, Ciudad ha vuelto a su vida laboriosa.

Los Sadal, tras un pequeño descanso para asearse y comer, habían despegado de nuevo y estaban inspeccionando los daños externos. Baham y la propia Nunki habían puesto todo su empeño en reparar Torpedo, y Mizar se les había unido después de ultimar su misión de comadrona, tras dejar a Toliman al cuidado de Carina y la niña.

—Hemos hecho un buen trabajo en la nave —explicó Nunki—. La grieta no era muy grande y entre los tres hemos podido sellarla.

442

El interior está estanco y ya le hemos insuflado aire. Carina nos ayudará mañana con las rapaces en el refuerzo de la cubierta de esa zona. El arreglo de Gaviota será mucho más dificultoso, sin duda alguna.

Estaba tan orgullosa de haber podido recuperar la raya que se puso a detallarme la manera en que lo habían logrado. Pero me escamó que no nombrase en ningún momento a su dueño, pues el piloto hubiera sido el primero en ponerse manos a la obra.

—¿Y Rigel? —la interrumpí—. ¿Por qué no os ha ayudado? ¿Dónde está?

Nunki hizo una leve negación con la cabeza.

—No está aquí —dijo—; se trastornó. Se quedó flotando en el espacio y Helios lo atrapó con la pinza del brazo robótico y lo introdujo en la esclusa central de babor. Rigel la cerró y esperó un minuto; quizá para que Helios se confiase, o puede que se encontrara inmerso en sus dudas. Decidió al fin salir y lanzarse de nuevo al vacío. La Progress-x de Cleanspace mandó a un astronauta con mochila propulsora a recogerlo. Ahora está con ellos. Las dos naves de Unfield han anclado en la base china. Hemos contactado con esa estación espacial y su comandante nos ha advertido que no harán de intermediarios en ninguna cuestión. Han permitido el amarre de Unfield por causa de fuerza mayor; pero nuestro conflicto deberá ser tratado en la Confederación. No nos ha permitido hablar con Rigel ni nos ha dado ninguna información sobre su estado. Nos ha dicho, tan solo, que se encontraba custodiado en el interior de la nave que lo había rescatado. Suponemos que Unfield lo estará tratando bien.

No hablaba con rencor: esos eran los hechos. Ni tampoco parecía decepcionada. Rigel y Nunki se habían tratado siempre con mucha seriedad, y yo lo había atribuido al respeto que el piloto parecía tenerle a su inteligente compañera. Pero, en ese instante, me di cuenta de que se trataba de tirantez, y de que nunca los había visto hablarse como amigos. Había estado bastante ciego.

La técnica dejó atrás ese espinoso tema.

—Mizar sigue en Torpedo. Estaba acabando de conectar unos cables eléctricos. Estará contenta de verte tan repuesto.

—Enseguida voy a darle un abrazo.

—No te olvides de Bel; está deseando cantarte las cuarenta. —Exhaló un suspiro de cansancio y añadió—: Bien, ahora me toca a mí disfrutar de una larga ducha.

Mientras le dejaba paso al servicio, comenté:

—Creí que ya os habríais aseado todos.

—Solo faltamos Helios y yo. Me puse enseguida a trabajar en Torpedo y no he parado más que para comer un poco de nébula.

Aquel inocente comentario me inquietó; deduje que mi amigo batallaba en un asunto de calado. Detuve el cierre de la compuerta del lavabo e interrogué a Nunki.

—¿Y qué tiene tan atareado a Helios? No me has hablado de él. —Percibí su incomodidad y tuve un mal presentimiento—. Cuando perdí pie con Ciudad —proseguí—, Helios no pudo sujetarme con el brazo robótico porque me había alejado demasiado. Tampoco Rigel llegó a alcanzarme. ¿Quién me rescató?

Por algún desapacible motivo, no me respondió. Insistí:

—Me desmayé porque vi una cosa espeluznante ahí fuera. No fue producto de mi ofuscada mente, ¿verdad? ¿De qué se trataba?

—Lo que viste fue real —dijo al fin—. Leila salió a buscarte y… no se detuvo a ponerse un traje. Consideró que estabas en peligro mortal y que no podía perder un segundo. Mientras se despresurizaba la esclusa, ató varias cuerdas para confeccionarse una bien larga y, en cuanto pudo abrir la compuerta, saltó a por ti. Llevaba tu pistola de nitrógeno y pudo propulsar su vuelo y dirigirlo con bastante precisión.

Me explicó, usando unos términos técnicos que no acabé de comprender, que la piel de Leila había sido cálida y tersa gracias a una red de capilares rellenos de un líquido imbuido en gas, y que todo ese sistema había estallado.

Se me tensó todo el cuerpo y quise verla de inmediato.

—No es una buena idea, Enir; no tiene buen aspecto. Toliman lleva un buen rato aspirando los restos de su cobertura en la esclusa por donde entrasteis. Será mejor que esperes a que Helios acabe de asearla.

—¿Están en el *Skylab*?

Estaba dispuesto a ir; así que Nunki me informó de que se encontraban en el taller anexo.

Me impulsé hacia allí. De camino, pasé por delante de la enfermería. La compuerta estaba cerrada, por lo que supuse que Carina y la niña seguían descansando. Pasé de largo y continué.

Quería tranquilizarme. Me iba diciendo que no tenía motivos para alarmarme, dado que Leila era un robot y los robots podían salir al espacio.

No tardé más de un minuto en llegar al taller.

Ahogué una exclamación. Ahí estaba, una víctima torturada por una justicia medieval, descarnada a tiras por lacerantes latigazos. Helios la había prendido por las muñecas y los tobillos al techo y al suelo respectivamente. Flotantes cintas gruesas de piel, unidas a un material sonrosado, dejaban al descubierto su armazón metálico. Estaba desconectada.

Helios trabajaba de espaldas a mí, metódico, arrancando con cuidado la capa humana de Leila e introduciendo repugnantes trozos en una bolsa. Oyó la inhalación profunda que necesité dar y se volvió. Con voz queda, preguntó si me encontraba bien. Aparté los ojos de la robot tan solo un segundo para mirarlo y susurré un simple "sí".

Me agarré a los asideros de la pared del módulo y empecé a rodear a Leila. Mientras tanto, mi amigo se excusaba por no haber acudido en mi ayuda hasta que ancló Torpedo y pudo liberar el brazo robótico. Sentía haberme puesto en peligro con las rapaces. No había tenido intención de echármelas encima; solo quería detenerlas, añadió.

Observé que la espalda de Leila no estaba tan desgarrada; aun así, el destrozo era importante. Helios había limpiado los glúteos y la parte trasera de las piernas, y también tenía limpios por entero los brazos y las manos. La nuca tenía un aspecto repugnante.

Mi amigo se asomó por un lado, siguiendo mi rumbo, y comentó que no había tenido la cautela de cerrar el intercomunicador de la enfermería cuando conectó las radios de nuestros trajes al canal general; aunque, al final, ese descuido había sido de vital importancia. Las leyes de salvaguarda humana que la robot llevaba implantadas la instaron a protegernos en cuanto supo que Rigel y yo nos encontrábamos en el exterior. Toliman había sustituido a Leila en los últimos momentos del parto.

Ascendí un poco. Las tiras oscilantes del cuero cabelludo aún conservaban lastimosos mechones de cabello. Helios seguía explicando que había depositado a Rigel en el interior de la esclusa central, dado que Leila me estaba llevando de vuelta a la del pie de la torre, de donde había partido. Cuando el piloto cerró la compuerta, mi amigo supuso que entraría en Ciudad, por lo que se despreocupó de él.

Me acerqué para observar bien la cara de aquel ser de metal que se había jugado su existencia por salvarme. ¡Dios, tenía el rostro deshecho! Se me encogió el corazón.

—Josep, yo...

A mi amigo se le quebró la voz. Sorprendido, me fijé en él. Había estado tan absorto explorando a Leila que no había advertido su congoja. Apenas podía contener las lágrimas.

—Me colapsé —admitió—. Después de sufrir las intimidaciones de Dleif, me encontraba al límite de mi resistencia. Bajé el volumen de la radio general y la guerra se alejó. Escuché tu discusión con Rigel, también de forma vaga, y deseé que lo entretuvieses el máximo tiempo posible. Mientras, vigilaba la aproximación de Torpedo y me preparaba con el brazo robótico para recogerlo. Tuve que ocuparme de esa tarea; de haberla descuidado, la raya hubiese colisionado con el espaciopuerto y habría causado un desastre que hubiera afectado toda Ciudad. Me decía que, en cuanto acoplase la nave, iría a auxiliarte. Por otra parte, si hubiese avisado a los otros, la batalla hubiera podido desplazarse hacia vuestra posición y os habría puesto en peligro, más aún de lo que ya estabais. Tampoco quise buscaros con las cámaras exteriores, ya que las imágenes le llegaban a Unfield. Eso cavilé y esa fue mi decisión, que todavía no sé si fue acertada. Confié en que mantuvieses la entereza que últimamente has mostrado en los momentos difíciles y esperé no perder el poco valor que me quedaba. Pero Rigel consiguió que abriese la radio, y quedasteis al descubierto. Os busqué con las cámaras, vi vuestra lucha y me dispuse a intervenir mediante el brazo. Lo desplacé, rompí las rapaces, casi te golpeo con ellas, os convertisteis en el blanco de Unfield, te disparó, no te pude agarrar... No pude...

Me acerqué y posé una mano reconfortante en su hombro.

—No puedes culparte de nada, amigo. Salí ahí fuera, me desaté y me enfrenté a una bestia espacial como Rigel. Nadie me pidió que lo hiciera. La responsabilidad de mis actos me corresponde solo a mí.

—Hemos perdido la cordura. Estamos vivos de milagro.

—Afrontamos una arriesgada situación para la que nadie nos preparó. Actuamos lo mejor que supimos.

—Puede…

Señalé a la robot.

—Explícame cómo está Leila.

—Todavía no lo sé. Es un androide único, Josep. No puedo reproducirlo.

Me sobresalté.

—¿Qué quieres decir? ¿Por qué está apagada?

—Leila se desconectó para proteger su cerebro. Al perder su cobertura de manera tan violenta, quedó expuesto en diversos puntos. Como ves, hay parches grapados por diversas partes. Están protegiendo las entradas; no los toques. Estoy anulando también las conexiones de los procesadores con los desaparecidos chips musculares. Me faltan los de las piernas.

Uno de los parches más grandes estaba en el cuello. Desde allí habían partido los "nervios" que habían proporcionado movimiento a los músculos faciales.

—Se ha quedado sin labios, Helios —lamenté—. No tiene nariz ni ojos.

—Míralo bien. Ojos, sí que tiene.

Discerní dos almendras en la cubierta acerosa. Estaban medio ocultas por cráteres de piel abierta, y de su oscuro corazón central, partían rayos de un tono gris verdoso.

—No podré volver a recubrirlo —precisó—; fue un proceso muy costoso.

Reflexioné sobre ese obstáculo y no tardé en dejar ir una risa astuta.

—Amigo, cuando lleguemos al planeta, las televisiones, los periódicos, las radios, todos los medios de comunicación querrán hablar con nosotros; pero solo ofreceremos de forma gratuita un breve resumen de lo ocurrido. Vamos a cobrar caras nuestras entrevistas.

Secundó ese plan con una floja y brevísima sonrisa: Helios había perdido aquel día un par de kilos y un par de años.

Le pedí la espátula de madera que estaba usando para despegar la carne.

—Estás agotado —dije—. Déjame continuar a mí. ¿Has comido algo?

Negó con la cabeza. Me ofreció otra espátula y otra bolsa y, sin decir nada más, continuó con su trabajo. No quise insistir. Sabía que Helios adoraba a su creación tanto como yo.

Me puse a retirar aquel material plástico. Al cabo de unos minutos de laborioso silencio, Helios me contó el final de la historia. Su desahogo anterior le había hecho bien; su voz era más consistente. Señaló que, después de recoger a Rigel y dejarlo en la esclusa, había pedido a Mizar que le sustituyera porque, aunque Unfield estaba dando la vuelta, como si se hubiera rendido y se retirara, no podía fiarse. Cuando Mizar le aseguró que salía de inmediato para la torre, no esperó a que llegase y fue a buscarnos. Se culpaba de haber abandonado su puesto, pese a que la muchacha le había explicado que no tardó en retomar el control.

—Estabais muy cerca, en el pie de la torre —prosiguió—. Tendría que haber aguardado, pero me pudo la preocupación. Me introduje en el habitáculo que da acceso a la esclusa. El panel de señales indicaba que Leila acababa de cerrar la escotilla exterior y había dado la orden de presurización. Esperé hasta que el sistema me permitió acceder y luego abrí la compuerta interna. Os encontré a ambos sin sentido. Tú, desmayado; y Leila, apagado y con su piel muy dañada. Te quité el traje y te llevé al camarote.

—No me enteré de nada.

—Al limpiarte el sudor, volviste un momento en ti. Luego te quedaste dormido.

—Agradezco tus cuidados.

Continuamos trabajando y acabamos los muslos y la espalda. Helios sacó entonces una placa situada cerca de una rodilla y se puso a desconectar cables.

Alcé los ojos hacia aquel esperpento en que se había convertido la cabeza de Leila.

—¿Puedo limpiarle la cara? —pregunté.

—Adelante.

Fui soltando los jirones de piel de sus mejillas con sumo cuidado, una piel que no hacía tanto había rozado la mía. Determiné que volvería a reconstruirla, así tuviese que vender mi alma al diablo; aquel pensamiento me llevó a otro.

—Helios, ¿oíste las palabras que dijo Rigel cuando se soltó? Me refiero a cuando se quedó flotando con los brazos en cruz.

—Dijo muchas incoherencias y no estuve atento a todas ellas. Leila saltó al espacio de forma sorpresiva y me quedé anonadado. La niña nació, y Mizar la acercó al intercomunicador para que todos pudiésemos oírla llorar. Leila ya te tenía sujeto, y aquel sonido extraordinario me hizo reaccionar y mover el brazo para rescatar a Rigel.

Hizo una pausa, y cuando continuó, percibí que, de nuevo, se le había entristecido el ánimo.

—Rigel tenía los brazos caídos y el cuerpo fláccido. Creo que se desmoronó al escuchar el llanto. No opuso resistencia a que lo agarrase con la pinza. Sollozaba y decía que debía marcharse lejos, que no quería ponernos en peligro; pero también decía que quería ver a su hijo. No llegué a imaginar que saldría de nuevo al espacio. ¡Quiso suicidarse! ¡Es terrible! No me lo puedo sacar de la cabeza… Nunki lo vio y fue a buscarlo; pero la Progress se le adelantó.

Me acerqué de nuevo a él e intenté confortarlo.

—Nadie hubiera podido preverlo. Helios, has hecho frente a una serie de dificultades de compleja resolución. Te pusiste al mando de Ciudad, conseguiste amarrar Torpedo, defendiste el inhibidor y, por ende, nos protegiste a todos. Tu proceder ha sido fundamental para nuestra supervivencia. ¿No te han dicho esto mismo los compañeros?

—Sí, pero ¿qué iban a decirme?

—Es la verdad, amigo. —Observé su pelo enmarañado y añadí—: Creo que una ducha te iría muy bien. Estás hecho un asco.

Esbozó una sonrisa cansada.

—Nos falta poco. En cuanto pueda conectar a Leila, le haré una revisión y luego me iré.

—Comprendo que quieras resucitarla antes de ocuparte de ti; al fin y al cabo, eres su padre. —Conseguí que sonriera—. Quisiera pedirte un favor. Me gustaría que dejases de dirigirte a Leila de forma impersonal.

Mi amigo seguía dándole un trato de robot; no la había humanizado.

—Es decir, que la consideraras una… chica —insistí—. Creo que, en sus circunstancias actuales, ella apreciaría ese gesto en todo lo que vale. Ha hecho todo lo que ha podido para ser una más del grupo. Se lo merece, ¿no crees?

Alzó su vista al cielo: un gesto que decía que me daba por imposible.

—Está bien, pero lo hago por ti —accedió.

Susurré un emotivo "gracias" y volví a ocuparme de limpiar la cara de la robot. Tras pasar la espátula, acabé de repasarla con un trapo humedecido en un limpiador especial para metal que me pasó Helios. Los ingenieros habían forjado los trazos de sus rasgos humanos en aquella cubierta. La pulida superficie se abombaba por encima de los ojos y formaba una amplia frente. Una protuberancia alargada hacía de nariz y, debajo, una sutil colina hendida por la mitad sugería unos labios. Esa boca estaba surcada por unos finos poros que apenas se notaban: constituían el altavoz por donde Leila se haría oír en breve.

Acaricié el suave relieve de sus pómulos y me aparté un poco para contemplar su nueva apariencia. Seguía siendo hermosa.

Limpié a continuación el frontal del tronco. El cuerpo era de líneas rectas, funcionales. Las curvas que Leila había lucido se habían edificado con aquel material carnoso que el espacio había trinchado.

Me ocupé de la nuca y le rapé el poco pelo que le había quedado hasta que la cabeza le quedó totalmente despejada. Helios colocó también el último parche. Propuse que la desatáramos: había llegado el momento de revivirla.

Le liberé las muñecas, y Helios hizo lo propio con los tobillos. Luego la sostuve por la cintura, frente a su padre.

—Voy a conectarla —anunció, y advertí que había usado el género femenino para referirse a su robot.

Helios avanzó la mano hacia el botón de conexión y se detuvo, como si no las tuviera todas consigo. A ambos se nos aceleró la respiración al pensar en lo terrible que sería que Leila no fuera la misma, que solo hubiésemos podido recuperar una máquina sin alma.

Mi amigo se decidió, por fin, y la puso en marcha. Leila se enderezó, y los radios de sus pupilas se tornaron verde esmeralda. Movió sus brazos y uno de ellos topó con mi cuerpo. Se giró hacia mí.

—¿Padre?

Siempre tardaba unos segundos en enfocar con claridad. No la saqué de su error y esperé en silencio a que ella misma se corrigiese. Confiaba en que no hubiese perdido parte de su memoria y fuera capaz de reconocerme.

—Hola, Enir —me dijo al fin, y se volvió hacia Helios—. Hola, padre.

La solté y, conmovido, me limpié los ojos con una manga.

Helios empezó a hacerle un test, una especie de examen médico. Las respuestas que iba obteniendo le mantenían una sonrisa satisfecha en la que se adivinaba, también, la caricia del alivio. Aquel increíble ser seguía funcionando a la perfección.

Me encontraba tan pendiente de las verificaciones de mi amigo que no me percaté de que había tres personas en el vano de la puerta. Una estruendosa voz irrumpió en la sala.

—¡Eh, tú, dormilón! —Sadalmelik descargó su cuerpo de oso sobre mí y me prensó con un enérgico abrazo—. ¿Pretendías largarte de Ciudad sin despedirte y con lo puesto? ¡Estás hecho todo un astronauta!

Sadalsuud y Mizar se acercaron también, y el primero intentó apartar a su compañero de mí.

—Suéltalo, bestia. Vas a romperlo —dijo.

Aquel oso me dejó ir con fogosidad contra su colega. Sadalsuud aprovechó para abrazarme también y soltarme un regaño.

—Leila no tendría que haberte ido a buscar. Merecías que te dejásemos un ratito suelto por el espacio sideral; pero no para que siguieses disfrutando de ese nuevo elemento, donde crees que te mueves como pez en el agua, sino para que le acabaras teniendo más respeto.

—No le riñas —replicó Sadalmelik—. Gracias a su locura, no tenemos que padecer la presencia de Unfield en nuestra casa.

Mizar le dio un toque en el hombro a Sadalsuud, como si estuviese pidiéndole permiso para bailar conmigo. Complaciente, el piloto le dejó paso.

—Todavía estoy enfadada contigo, Enir —manifestó Mizar—. Carina lloraba, te llamaba, y no apareciste. —Me dio un apretado beso—. Creí que seguías en la torre. Incluso cuando Helios abrió la radio, no me di cuenta de que estabas fuera, con Rigel, hasta que te nombró. No le deseo a nadie tener que estar pendiente de las peligrosas correrías de un amigo al tiempo que se ocupa de su primer parto humano.

—Me han dicho que lo hiciste estupendamente —alabé.

—Y a mí me han contado que todavía no has ido a ver al bebé.

—No he querido perturbar el descanso de su madre.

—También tienes que felicitar a Toliman; lo hizo muy bien.

Sadalmelik discutió esa valoración.

—¡Pero si nos has contado que le temblaban las manos cuando cogía a la criatura!

—Me hubiese gustado verte allí —lo reprendió la muchacha.

—Yo también me aflojé cuando mi mujer dio a luz—admití.

Mizar se puso seria.

—Toliman tenía otro motivo para alterarse aparte de la emoción de ver nacer una nueva vida. Carina sufrió un ataque de nervios después de expulsar a la niña y se quedó inmóvil, con los ojos abiertos y nublados. Nos pegó un buen susto. También tú nos alarmaste. ¿Por qué gritaste de esa manera? Creí que…

Se contuvo y no continuó la frase, pero Sadalmelik la remató por ella:

—…que se te había roto el traje y la falta de presión te estaba hinchando dolorosamente, que los ojos se te estaban saliendo de las órbitas y...

Sadalsuud detuvo su truculento comentario con un codazo.

—Fue Leila quien estalló delante de mí —expliqué, y cogí de la mano a la robot y se la mostré—. Pero aquí la tenemos, de vuelta con nosotros e igual de bella que siempre.

—Hombre, Enir. Igual, igual…

De nuevo Sadalsuud interrumpió la objeción de su amigo de la misma tajante forma.

Leila intervino y dijo con dulce voz:

—Sería preferible que me prestarais un mono. Se me verá mejor si voy vestida.

Nos echamos a reír.

—¡La robot se ha vuelto coqueta! —exclamó Sadalsuud.

—Helios, cuando hayas acabado de emperifollar a este bombón —dijo Sadalmelik, refiriéndose a Leila—, necesitaremos que efectúes otra reconstrucción y, si es posible, que sea más pareja al original. Hemos recuperado las rapaces que te cargaste. Por suerte, les quedó indemne el emisor de radio de la señal de alarma y las hemos podido encontrar en una órbita cercana.

Mizar observó a Helios, que no había dicho ni una palabra.

—Compañero, no puedes más —dijo—. Si estuvieses en el planeta, sometido a la gravedad terrestre, ya te habrías desplomado. Leila está bien. Ahora debes ocuparte de ti.

Sin esperar a su rendido asentimiento, los Sadal se llevaron a mi amigo en volandas a la ducha. Mizar dijo que iba a buscar ropa para Leila y los siguió. Oí que pedía a sus compañeros que no fuesen tan brutos con Helios. Desde la compuerta, les grité que me quedaba a recoger el taller.

Cuando me quedé a solas con la robot, le di un sentido abrazo.

—Gracias por salvarme.

—Es mi deber cuidar de los humanos —respondió con admirable humildad.

Quiso que le explicara lo que había sucedido desde su voluntaria desconexión; pero le avisé que, de primera mano, no sabía más que ella porque nos habíamos "apagado" casi a la vez. No hacía mucho que me había despertado, y su padre me había ofrecido un relato somero.

—Cuéntame todo lo que sepas —insistió.

Así lo hice y, cuando terminé, Leila resaltó la novedad que más nos afectaba: disponíamos, al fin, de una nave salvavidas, la de la Confederación, y debíamos usarla cuanto antes.

—¿Ocasionó Unfield algún destrozo más? —preguntó a continuación.

—No creo; me lo hubiesen dicho.

—Eso no es lógico. Tenemos que buscar las grabaciones de las cámaras externas, en concreto las que apuntan al sector donde se encontraba su nave. Me las pasaré a mi memoria y las revisaré a conciencia.

—¿Hay algo que no te cuadra con los hechos acontecidos?

Se mostró reacia a complacer mi curiosidad. Insistí, y continuó contestándome con evasivas; así que se lo ordené, a sabiendas de que, como todo robot, debería obedecerme o le chirriarían los circuitos. Me recriminó que usase maneras autoritarias para sonsacarle información y alegó que su prudencia tenía una base.

—No es propio de mi naturaleza desvelar sucesos a los que todavía no puedo dotar del significado correspondiente —justificó.

—Vamos, Leila, si los humanos opináramos solo cuando tuviésemos pleno conocimiento del tema a tratar, no charlaríamos más que de minucias. Nunca podríamos comentar asuntos que superasen la banalidad de lo cotidiano.

—Y ese afán por no guardar silencio ante la falta de sapiencia es un grave defecto. Los robots no hablamos por hablar.

Leila no había perdido su falta de tacto.

—¿Tengo que volver a mandarte que me lo cuentes todo? —amenacé.

Me advirtió que expondría los puros hechos y que no me ofrecería ninguna explicación, dado que provendría de una mera conjetura. En todo caso, la propensión a hacer cábalas era una distinción humana, aseveró.

—No debería haber convencido a tu padre de que te tratase con la cortesía que se le debe a un ser humano —manifesté, escocido por su altanería—. Entendido, Leila. Me encargaré de las deducciones. Solo espero que, al menos, me vayas indicando si voy bien encaminado.

Me aproximó su cara metálica e inexpresiva.

—¿Es otra orden?

—Por favor, no uses el sarcasmo mientras me miras con esos ojos desnudos; me asustas un poco. Habla de una vez.

Se apartó y empezó a relatar:

—Cuando abrí la esclusa y salté en tu busca, fijé mi atención en ti hasta que logré sujetarte. Pero, luego, mientras regresábamos a Ciudad con la guía de la cuerda, amplié mi visión hasta el modo gran angular y vigilé que no hubiese más peligros. A Rigel se lo estaba llevando mi padre con el brazo robótico, la nave de Unfield estaba ascendiendo hacia el espaciopuerto y no había ninguna nave cleaner cerca.

—¿Unfield se dirigió a los puertos? Pero no atracó, luego Helios debió de impedírselo.

—Mi padre no te ha comentado nada de esto, y hubiera sido un lance muy destacable. Tampoco Mizar hubo de enfrentarse a su jefe, pues alguien lo hubiera mencionado.

—Cierto, pero, entonces, no comprendo qué pudo suceder.

—Otro dato: la nave estaba envuelta en una bruma salpicada de puntos de luz.

A la robot se le había fundido algún fusible.

—No hay brumas en el espacio, Leila.

—Como te gusta la poesía, he supuesto que una descripción metafórica te ayudaría a componer una imagen aproximada de lo que vi. Los perfiles de la nave temblaban como si tuviesen delante una pantalla de aire cálido. Esas distorsiones se observan también en las rayas cuando activan sus escudos iónicos.

—¿Las naves de Cleanspace poseen esos escudos?

—Les adosaron cañones. Sería lógico que también les hubieran instalado defensas —opinó—. Observa que tanto Unfield como Dleif se acompañaban de naves grandes de apoyo, una Progress-x y una Kliper respectivamente, modelos que se usan como transportes de carga; pero las naves en las que viajaban ellos son modelos Perseus, ligeros, manejables, y ambos las usaron como naves de combate.

—¿Modelo Perseo?; así que venían a descabezarnos. Hemos yacido con el Cosmos y nos consideran unos monstruos peligrosos que hay que liquidar. Pero volvamos a lo que me estabas narrando, Leila. ¿Por qué Unfield activó el escudo?

La robot siguió negándose a hacer suposiciones y se mantuvo en silencio. Me resigné.

—Vale, déjame reflexionar…—dije—. Quizá les llegó escoria causada por sus cañonazos y tuvieron que guarecerse. —Mi propia hipótesis me alarmó—. ¡Rigel y yo no nos encontrábamos muy lejos! ¡Hemos corrido un enorme riesgo!

—Escucha este dato: los escudos tienen una anchura más amplia cerca de los tubos emisores, y estos suelen situarse en la parte superior trasera de la nave. Cuando encuentran un cúmulo denso de basura, los pilotos le dan la espalda. Se protegen de esa manera con la parte dilatada del escudo y pueden alejarse. Pues bien, Unfield se apartó de Ciudad.

Se mantuvo callada, como si esa información mereciera una réplica brillante. Tuve que animarla a proseguir.

—¿No te das cuenta de que en esta historia hay algo raro? —instó—. Cierto que una escoria puede perforar un traje espacial y segar la vida de un astronauta; pero una nave protegida con un escudo iónico aparta sin problemas un conjunto de residuos de pocas dimensiones, siempre que su volumen no sea excesivo.

Hizo otra pausa para darme tiempo a cavilar. Por mi expresión confundida, entendió que no tenía ni idea, por lo que continuó.

—Resumamos lo que tenemos. Conocemos tres hechos significativos —dijo, y con su puño metálico muy cerca de mi cara, fue dejando ir sus dedos al tiempo que los nombraba—. Uno, los disparos no produjeron escombros de importancia; dos, Unfield tenía el espaciopuerto muy cerca, y tres, hubo un momento en que no quedó nadie en la torre, según te ha confesado mi padre.

Reparé en la comprometida situación que me estaba pintando.

—Es cierto —murmuré con temor—. En cuanto Helios puso a salvo a Rigel, vino a buscarnos sin esperar a que Mizar llegase y lo sustituyese en el puesto de control.

—Unfield estaba muy cerca y advertiría ese abandono.

—Nadie podía impedir su amarre...

—No hubiese retrocedido si el peligro no hubiera sido mortal. Y ahí entra en acción ese raudal de puntos luminosos que salpicaba su escudo.

—No lo comprendo. ¿De dónde salió tanta basura?

—No lo sé; pero puedes imaginar lo que pensó Unfield.

Ladeó su cabeza y esperó a que formulase alguna teoría.

—Me rindo, Leila. Dímelo tú.

—Es presumible que creyera que le estábamos disparando.

—¿Con qué? Nosotros no tenemos cañones láser.

—Serían cañones cargados de chatarra. Unfield vería plausible que los hubierais construido.

Abrí los brazos con las palmas de las manos abiertas hacia arriba. Nuestra inocencia era tan absoluta que nadie en su sano juicio la pondría en duda. La robot había tomado un camino deductivo erróneo.

—Tenías razón cuando alegabas que tus hipótesis carecían de base —comenté.

—Escucha, la nave acabó virando y se encaró a Ciudad. ¿Por qué?

—Pues…

Pausa y otro ruego por mi parte de que me brindase más pormenores.

—Intenta razonar como si fueses Unfield —sugirió—. Estaba sufriendo un bombardeo. ¿Cuál podría haber sido su respuesta?

—¿Ante un ataque que amenazaba con pulverizar su nave? Me espanta, siquiera, suponerlo.

Se hizo el silencio hasta que me decidí a inquirir con la boca pequeña:

—¿Unfield disparó al tronco de Ciudad?

—Sí, se elevó y apuntó a su columna; eso es lo último que vi. Lo más lógico es que disparara.

—Pero si hubiera atacado, estaríamos todos muertos.

—A menos que su andanada no impactara con Ciudad.

—¿Falló?

—A esa distancia, no es probable.

—Entonces, ¿qué ocurrió?

—Eso es lo que tenemos que averiguar.

. . .

Cuando Mizar volvió, casi habíamos acabado de ordenarlo todo. Leila y yo habíamos trabajado en silencio; la robot porque no tenía más información que darme, y sus conjeturas solo podría extraérselas si la abordaba con la cuestión adecuada, y yo porque no había encontrado adecuada ninguna cuestión. En ese rato, había recordado la imagen de las mariposas que habían envuelto la nave de Dleif. Las alas de esos robots tiritaban por los impactos de pequeños proyectiles. Se lo había comentado, y Leila había determinado al respecto que era de suma importancia que nos hiciéramos con las filmaciones de todas las cámaras.

Mizar traía un mono blanco de Nunki. Creía que la ropa de la más delgada de las cleaners le sentaría bien a Leila. En la entrada, detrás de ella, apareció Toliman.

—¡Sonado turista! —gritó.

Nos dimos un afectuoso abrazo, y antes de que me soltase, le dije al oído:

—Felicidades, ya eres padre.

Nos separamos y me sonrió.

—El nacimiento de mi hija ha sido lo más bello que he vivido jamás. Puedes hablar en voz bien alta. He anunciado a los cuatro vientos que voy a compartir el resto de mi vida con Carina.

Me explicó el parto con arrobo místico; no hay vivencia más cercana a la divinidad que un alumbramiento. Por paralelismo con esa reflexión, recordé que su padre biológico había pretendido oscurecer la llegada al mundo de ese bebé. Hice un comentario desafortunado que agrió la alegría del momento.

—Rigel ha sido un necio en todos los sentidos.

—Hablas de él mostrando compasión, como Carina —expresó Toliman con acritud—. Puede que, dentro de un tiempo, también pueda hacerlo yo.

Mizar, que estaba ayudando a Leila a vestirse, dijo con pesar:

—Nos duele hablar de Rigel. Apenas hemos comentado nada sobre él. Todos le queríamos… Todavía lo queremos.

La réplica de Toliman estuvo cubierta de una pátina de rabia y tristeza.

—Ha hecho sufrir mucho a Carina —censuró—. Es impetuoso, individualista, y siempre arriesga más de lo necesario. Luchó contra Dleif, rozando su propia destrucción una y otra vez, hasta que lo alcanzaron. Nos hizo padecer por su vida y quería robarnos la nuestra.

Según lo que Leila acababa de revelarme, Unfield nos había intentado matar. El temor que sentía Rigel estaba justificado. De todos, era el que más lo conocía; podía haber previsto su comportamiento.

—Rigel estaba seguro de que Unfield cumpliría su amenaza y destruiría Ciudad —repuse—. Creo que quiso protegernos.

Toliman se asombró ante mis palabras.

—Unfield tiene muchos defectos, pero no es un asesino. No hubiera llegado a ese extremo, y lo sabes; de otro modo, no te hubieses peleado con Rigel ahí fuera.

—Es duro vivir aquí —sostuvo Mizar—. Todos flaqueamos a veces.

—No sigáis excusando lo que es inexcusable —zanjó Toliman.

Leila intervino entonces. El ir vestida la humanizaba. La cleaner le había puesto también calcetines, de modo que solo le quedaban al descubierto la cabeza, esculpida con vaga forma humanoide, y las manos, transformadas en finas garras metálicas.

—Decís que no habéis hablado de Rigel, pero ¿y de lo que ha ocurrido en las batallas de hoy o de lo que pueda pasar mañana? —inquirió.

—Me alegra tenerte de nuevo operativa, querida androide —dijo Toliman—. En efecto, tenemos pendiente una reunión, y aunque el día de hoy ha sido muy largo y estamos exhaustos, vamos a vernos todos antes de acostarnos. Hemos quedado en quince minutos en la sala común. Cenaremos y hablaremos. Carina está dándole el pecho a la niña. Enir y tú tenéis dispensa para ir a ver antes a Bel. Se encuentra en la torre. Baham también está allí y se alegrará mucho de veros. Avisadles a ambos de esta convocatoria, por favor. —Se volvió a mí—. Por cierto, te prevengo que a Bel no le ha gustado ni un ápice tu heroicidad. Ahora recuerdo también que tengo que devolverte algo. —Me entregó una bolsa que llevaba a la espalda—. En la esclusa, he encontrado tu pistola de nitrógeno, y en el vestidor, dos amuletos. Supongo que uno es tuyo.

Los extraje de la bolsa y los reconocí. Leila, también.

—Uno es de mi padre y el otro es mío —explicó—. Llevaba puestos los dos y me los saqué antes de salir al espacio para que no se me perdiesen.

Tuve que explicarles que había hallado el talismán de Alamak en mi saco y se lo había regalado a Leila. No les pareció mal, pero quisieron saber por qué la robot tenía también el de Helios. A esa cuestión respondió la aludida. Dijo que se lo había sacado a su padre, junto con la camiseta, para limpiarle y curarle bien la quemadura de la porra eléctrica.

Mizar la reconvino y le pidió que se lo devolviera enseguida. Leila la observó unos segundos, como si fuese a objetar algo; pero luego le aseguró que se lo entregaría y se guardó ambos colgantes en un bolsillo.

Era lógico que un robot no comprendiese la importancia de un fetiche, ni siquiera cuando, en nuestra situación, tener buena suerte era primordial.

. . .

¿Puede un ser humano combinar en una misma expresión el aprecio por alguien y las ganas de aniquilarlo? Mi alegre saludo al entrar en la torre atrajo la atención de todos los allí presentes; pero me centré en la reacción de un rostro oscuro, que se tensaba de manera escabrosa al verme, y en unos ojos que despedían fulgores de supernova. Bel voló hacia mí, me agarró por los hombros y me sacudió de manera vehemente. Su apretada dentadura, expuesta en toda su extensión por unos labios tensionados, esculpía una parodia de sonrisa diabólica. Después me estrechó entre sus brazos y me soltó al segundo mientras sofocaba un ronco gemido; se había olvidado de sus heridas. Doliéndose del pecho, masculló:

—Solo me voy a contener hasta que toquemos tierra. Luego ya puedes empezar a correr. Espero, por tu bien, que hayas mantenido en forma tus músculos.

Probé un toque de su furia reprimida en forma de puñetazo en el hombro. Leila detuvo mi retroceso y se colocó entre los dos.

—Me alegra verte, Bel. Déjame examinarte, por favor. He observado un gesto de dolor cuando has agarrado a Enir. No discutas; no tenemos mucho tiempo. Han convocado una reunión dentro de doce minutos. Se llevará a cabo durante la cena, en la sala común. —Se giró hacia Baham, que se había acercado a darme un abrazo, y le dijo—: También quiero explorarte a ti.

—Estamos bien, apreciada Leila —repuso el técnico.

Bel conocía a la robot y sabía que no aceptaría una negativa, a menos que se la pudiese convencer de que la revisión era innecesaria.

—Mauni me ha practicado diversas curas y no preciso cambiar los apósitos hasta mañana —declaró—. Las quemaduras son fastidiosas, pero no graves. En cuanto a Baham, el técnico es un protegido de los dioses y no ha sufrido ni un rasguño —zanjó.

—¿Dónde está Mauni? —pregunté—. ¿Por qué no ha venido contigo?

—Ha recuperado su puesto de comandante de la Estación y, por consiguiente, se ha quedado al mando. Ahora está cenando, pero antes de que te acuestes, quiere hablar un momento contigo, como ha hecho con los demás. No creo que te diga lo que te mereces. Está tan contenta de que todos estéis bien que solo os echa flores.

—¿Y Dleif?

—No ha tenido más remedio que aceptar la nueva situación; han subido dos naves de la Confederación con seis hombres cada una. La tripulación anterior permanece encerrada en el interior del Kliper. A Dleif, no obstante, se le ha permitido permanecer en la ISS; un gesto magnánimo del centro terrestre que no comparto.

Leila le cogió el antebrazo con suavidad y señaló unas feas marcas que tenía en la muñeca. Las facciones de Bel se endurecieron.

—Me mantuvieron esposado de pies y manos. Estos roces me los causé intentando liberarme —explicó—. El interrogatorio tampoco fue muy benévolo; me desgarraron la ropa hasta que encontraron la minicámara escondida. Dleif había visto su declaración conforme se comprometía a bajar a Carina y sabía que le había filmado con una cámara oculta. Al menos, no hubo puñetazos; solo, bofetones.

Retiró hacia atrás el brazo y la robot lo soltó.

—Mauni me liberó en cuanto Dleif se marchó para atacaros —continuó—. El coronel estaba tan complacido por su sumisión que no dudó de su fidelidad y dejó las llaves de las esposas a su alcance. El ingeniero que se había quedado en la retaguardia estaba controlando el despegue desde otro módulo y no se dio cuenta de los movimientos de Mauni. Lo redujimos sin problemas, aunque lo cierto es que no opuso mucha resistencia. En la ISS se sabía que habían despegado dos naves de la Confederación. No hubiesen podido mantenerme inmovilizado. Obligué al tipo a que me devolviera mi minicámara y la he traído conmigo; así que, Leila, luego te la pasaré para que intentes recuperar las grabaciones. La puse en funcionamiento cuando nos vinieron a buscar a la raya en plena noche. Puede que haya logrado captar el abuso físico al que fueron sometidos Carina y Toliman. Dleif debe pagar por lo que ha hecho.

El talante protector de la robot siguió dirigiendo su comportamiento.

—¿Cuándo está previsto efectuar la evacuación? —preguntó—. ¿Podemos usar la nave anclada en Ciudad? En caso afirmativo, ¿podríamos partir mañana mismo?

Bel se carcajeó.

—Estimada androide, aunque el espacio te ha despellejado, no has perdido ninguno de tus valores. Si fueras humana, te premiarían con la medalla al valor. Abogaré para que se la den a Helios por el mérito de crearte. —Hizo un arco con su brazo hacia la fila de hombres que se habían quedado en un segundo plano—. Permíteme que haga las oportunas presentaciones antes de ser sometido a más interrogatorios.

Nos acercamos a ellos. Los soldados de la Confederación formaban un frente inmóvil y circunspecto. Me acerqué y tendí la mano hacia lo que semejaba un conjunto de clones: edad similar, alta estatura, corpulentos, pelo muy corto y mandíbulas fuertes. Reforzaba esa impresión el que vistiesen el mismo uniforme: un mono negro confeccionado con tejido recio. Las pinceladas de color las daba un material gomoso, de color leonado, que formaba unas abultadas hombreras, las solapas de los numerosos bolsillos que tenía su traje y un par de adornos tubulares que cruzaban en vertical el tronco y, después me fijé, se engrosaban y describían una ridícula "V" en la espalda. Uno de aquellos hombres lucía, además, unos galones de color dorado. Tenía el grado de capitán y era el jefe del grupo.

Me pregunté si aquellos trajes serían el último grito en disfraces de astronauta y qué debían de parecerles nuestras roídas camisetas. Aunque, con sinceridad, si algo los diferenciaba de nosotros era su aspecto saludable y cuidado. Tez bronceada, carne firme y pulcritud extrema: la imagen fresca de los recién llegados del planeta. Si me aproximaba más, estaba seguro de que podría oler el agua de masaje para después del afeitado.

Me saludaron con cordialidad. Leila les extendió su garra y se quedaron dubitativos un instante. Cuando se decidieron a estrechársela, la robot ya la había retirado e inclinaba la cabeza como saludo. La correspondieron del mismo modo.

Bel esbozó una sonrisa benevolente y comentó:

—Este lugar está lleno de sorpresas. Amarramos en el puerto de popa del gimnasio y, al entrar en la sala común, nos encontramos un montón de sacos de agua que flotaban por toda su extensión. Al apartar los primeros, se nos cruzó la pecera de Dleif. Sus inmutables habitantes seguían nadando con brío. Nos adentramos un poco más y, visto desde nuestra perspectiva, apareció Baham cabeza abajo, con los ojos cerrados y en posición de loto. Pasamos cerca de él y no se enteró. En esa sala, todo bailaba a su propio son.

Un deslumbrante piano soltó una risa y luego movió sus teclas.

—No me di cuenta de vuestra llegada —admitió Baham—. El vuelo de los sacos componía un ambiente sedante, ideal para meditar y devolver el espíritu al cuerpo. —Su cabeza describió unas leves sacudidas y rememoró—: No las tuve todas conmigo ahí fuera y necesitaba un momento de recuperación. Me arrepentí de no haber practicado más el pilotaje. Sadalsuud se ha brindado a darme clases, ahora que Toliman se marcha.

—¿Toliman se va? —pregunté.

Baham explicó que cabían siete personas en la nave de la Confederación. Carina, Helios, Leila, Bel, el bebé y yo sumábamos seis, por lo que quedaba un puesto libre que Toliman había solicitado.

—Debemos discutir este tema y otros más durante la cena —dijo Bel—. Partiremos en cuanto Carina se recupere un poco y tengamos preparada la cuna de viaje de la niña.

Estaban construyendo un recipiente acolchado que llevaría cinturones de seguridad y un tanque de aire, una especie de traje espacial a medida.

Dirigiéndose a mí, Bel añadió:

—Como te has echado una buena siesta, voy a pedirte que saques la cámara de donde la tengas escondida y filmes a Carina y a su bebé. Cleanspace ha cerrado los satélites de nuevo, pero la Confederación no tardará en cedernos uno de los suyos. El llanto de esa niña ha dado la vuelta al mundo, y sus habitantes están reclamando una imagen del primer ser humano nacido fuera del planeta. Por supuesto, en cuanto estemos conectados, también podréis telefonear a vuestros familiares.

—Hablando de imágenes y grabaciones —empecé a decir—, Leila quería…

La robot me metió un pellizco tan doloroso en el trasero que ahogó el resto de mi frase. Sus dedos me parecieron alicates.

—Quería —prosiguió ella— invitar a nuestros protectores a compartir nuestra mesa. Enir puede filmarnos un poco mientras cenamos —agregó, e hizo un afectuoso vaivén con la cabeza hacia los hombres de la Confederación.

Dos de aquellos clones aceptaron la oferta, pero la otra pareja se excusó. Dijeron que debían quedarse de guardia en la torre. Baham les había explicado el funcionamiento esencial del panel de control y aseguraron que podrían apañarse solos. Marchamos, pues, y los dejamos allí. Antes de salir, eché un vistazo a esos soldados tan apuestos que acababan de adueñarse del cerebro de Ciudad. Bel confiaba en ellos; Leila, no.

Atravesamos el pie de la torre y el cáliz, y continuamos pasillo abajo. A la altura del primer laboratorio, solicité a la robot que me acompañase a buscar la cámara. Los otros siguieron descendiendo hacia la sala común.

Ya dentro del laboratorio, Leila me preguntó:

—¿Para qué me necesitas? ¿Crees que tendrás alguna dificultad en encontrarla?

Me froté la parte del glúteo que me había machacado. Me iba a salir un buen moratón.

—¿Y tú tienes dificultades para retener tu fuerza? Ahora te has quedado sin cubierta blandita, Leila. Ten más cuidado. ¿Por qué no me has dejado hablar? Solo quería pedirles que te dejaran hacer una copia de…

—Sé lo que ibas a pedir y por eso te he detenido. Disculpa si te he hecho daño. No deseo, por el momento, explicar el motivo de mi interés en las grabaciones de las cámaras externas.

—Pues, muy bien, Leila. Entonces, ¿cómo te las vas a arreglar para conseguirlas? —pregunté, y me dirigí hacia el armario donde había guardado la cámara. Leila me siguió.

—Debemos trazar un plan —repuso.

—¿Y si ponemos como excusa que queremos realizar un reporte del ataque? —sugerí. Abrí el cajón y saqué la cámara.

—¿Para ofrecerlo después a los medios de comunicación? Nos arriesgamos a que nos denieguen ese permiso, y es muy probable que lo hiciesen. Esos documentos constituyen pruebas de las diversas demandas que se van a empezar a presentar. Busca otra manera. Usa la imaginación —mandó, y metió la zarpa en el cajón—. Hemos de conseguir que abandonen la torre. Por la noche tendrán que hacer turnos y... ¿Qué es esto?

Cogió el estuche que había contenido las semillas de nébula. Se lo expliqué y observó:

—Este abombamiento en su cubierta no casa con el poco fondo que tiene este recipiente.

Sus garras lo retorcieron hasta que lo partieron. Lancé una exclamación.

—¡Te has vuelto una manazas, Leila!

—No lo he roto; estaba formado por dos piezas y las he separado. Mira la cubierta que he sacado a la luz. ¿Qué te recuerda?

Me sorprendí al ver que tenía unos adornos parecidos a los de nuestros amuletos.

—Ahora es una caja más bonita —opiné.

Leila revisó las dos mitades y comentó:

—Toliman me detalló que todos los amuletos estaban adosados a trozos de chatarra que los afeaban. Dijo también que los pudieron despegar sin mucha dificultad.

—No me expliques historias de bricolaje, Leila. Dime: ¿cuánto tiempo necesitarías para encontrar esas grabaciones?

Se guardó la cajita y el falso fondo en un bolsillo y respondió:

—Todo el que puedas conseguirme.

—Muy bien, pues échale tú también imaginación. Después de la cena, espero tus brillantes sugerencias.

. . .

Carina.—Te llamarás Sirio, pues eres para nosotros la estrella más brillante del firmamento.

Toliman.—Estrella joven, blanca azulada, a nueve años luz de distancia. Estrella que, curiosa y prudente, se acerca al Sistema Solar a velocidad lenta.

Sadalsuud.—Te encuentras en la constelación de Canis Maior, el gran Can, el perro del gigante Orión.

Mizar.—Por eso te llaman también estrella lobo, estrella coyote, perro luna.

Helios.—Anunciabas la época de las inundaciones del Nilo en el Antiguo Egipto. Los habitantes del mediterráneo sabían, al verte aparecer, que llegaba el tórrido y seco verano: la canícula, los días de perros.

Baham.—Sirio, rostro de Shiva en el firmamento. Reina del cielo.

Sadalmelik.—Antorcha de Loki. Tu luz ilumina a los dioses y deslumbra a los humanos.

Nunki.—Sirio, estrella veinticinco veces más luminosa que nuestro Sol. Lobo celestial en mi cultura.

Enir.—Este… Sirio, tu valeroso nacimiento impulsará tu vida.

Toliman.—Nosotros, los cleaners, te honramos con este nombre y te damos las gracias por querer formar parte de nuestra tribu.

Carina.—Nosotros, los cleaners, plasmamos nuestro sincero afecto en este talismán. Llevándolo contigo, nos llevas a todos.

Su madre le ató al cuello un pequeño amuleto. La niña no lloró en ningún momento. Era tranquila y preciosa, con una cabecita redondeada cubierta por abundante pelo castaño.

Brindamos con las botellas de agua y celebramos, con júbilo, el buen fin de aquel absurdo y aciago día. La Confederación se iba a ocupar de nosotros, y los cleaners pasarían a depender de ese organismo y tendrían contratos decentes. En cuanto Carina se encontrase con fuerzas y tuviésemos lista la cuna de viaje para Sirio, Bel pilotaría la nave de vuelta a la Tierra. Una de las naves salvavidas de la ISS la sustituiría y, en pocos días, llegaría una nueva que bajaría a todos los que quisiesen tomarse un descanso. Nadie puso la menor objeción a que Toliman se fuera en el primer bote, con Carina y nosotros.

Estaban todos muy fatigados, así que la cena no se alargó mucho. Mizar y Nunki invitaron a los Sadal a dormir con ellas. Con sonrisas incitantes, alegaron que deseaban ser amables con los pobres pilotos que se habían quedado sin camarote. Los hombres no rechazaron esa tentadora propuesta. Bel decidió entonces ir al camarote de Baham y ocupar la cabina de Rigel. A los soldados, les ofrecimos unos sacos; pero prefirieron descansar en su nave. Helios me instó con un gesto a que nos retirásemos también. Le pedí que se adelantara; tenía que volver a la torre para llamar a Mauni y, después, quería filmar un poco más a Carina y a la niña. Asintió y flotó lentamente pasillo arriba con apariencia de estar extenuado. De haberse hallado en el planeta, hubiera arrastrado los pies.

. . .

En la torre, aquellos astronautas modélicos seguían al control. Me pusieron en contacto con la ISS y, como había augurado Bel, Mauni no me recriminó nada. Nos intercambiamos nuestros teléfonos y direcciones, y quedamos en que nos veríamos cuando ella regresara al planeta, dentro de un par de meses. Se sentía inmensamente feliz de que todo hubiese acabado bien. Esa mujer había sufrido lo indecible por nosotros. Determiné que la agasajaría en la Tierra con todo lo que se me ocurriera. Empezaría por invitarla a una buena comida mediterránea, y también a Bel si cejaba en su empeño de pasar cuentas conmigo.

Me dirigí después al camarote de Carina. Si todavía estaba despierta, y me lo permitía, deseaba capturar imágenes de su plácida felicidad.

La joven aceptó con agrado. La filmé mientras le daba el pecho a la niña, la acunaba y le cambiaba el pedazo de tela que le había colocado a modo de pañal. Toliman, a su lado, le ayudó a limpiarla y luego introdujo el trapo sucio dentro de una bolsa. Le dio un beso a su mujer, otro a su hija y se marchó a la lavandería a preparar más recambios. Habíamos dejado allí la ropa más vieja, y el hombre la cortaba y preparaba pañales. Baham había confeccionado un par de peleles para la niña con la más nueva de sus camisetas, y le habían quedado bastante bien.

Dejé la cámara cuando Carina me ofreció que sujetase a la niña. La pequeña tenía los ojos abiertos. Todavía no podía ver bien, pero fijó su mirada en mí e hizo un mohín que me recordó a su padre perdido. Carina puso en palabras mi pensamiento.

—Se parece a Rigel. Todos lo habéis notado, pero ninguno se ha atrevido a comentarlo.

No habíamos dicho nada porque considerábamos que el padre verdadero era Toliman. Rigel no había participado en conducir esa vida a buen término.

—Los bebés solo se parecen a otros bebés —repuse—. Familiares y amigos intentan buscar similitudes solo para halagar a los padres.

Carina me sonrió.

—Podéis hablar de él; no le odio. Rigel ha sido víctima de sus temores. No cree en la bondad de los que nos acompañan y, por eso, los llama demonios. Pero tú y yo sabemos que son ángeles protectores. Sé que los has visto, Enir. Por eso, te atreviste a enfrentarte a los cañones de Dleif. Estabas en la torre de control, solo, y a través de los ventanales podías ver la nave armada que podía matarte. Resististe porque tu aplomo lo apuntalaban ellos. ¿Me equivoco?

No respondí, y Carina prosiguió:

—La primera vez que los vi estaba adormilada, muy relajada, y creí que estaba soñando. Ahora los puedo ver siempre que quiera. ¿Te ocurrió algo parecido? —insistió.

—No sé qué decirte. Solo soñé con luces y caras extrañas. Son juegos a los que se entrega la mente en su tiempo de recreo, cuando duerme.

Se aproximó más y miró con dulzura a su niña.

—Cuesta admitir su existencia, y más cuesta confiar ese secreto a otro. Protegen a todos los cleaners, pero no todos los perciben con nitidez. A Rigel y a mí nos unió ese secreto. Solo podíamos hablar de ello entre nosotros y con Alamak. Pero ambos empezaron a asustarse y a quejarse de que se adentraban demasiado en su mente. Ese miedo no les permitió asumir que nos beneficiaban y nos hacían más fuertes. Mi relación con Rigel empezó a deteriorarse a causa de esa desconfianza, y acabó por romperse cuando le revelé que estaba embarazada. No se lo tomó bien y quiso pactar un frío acuerdo: una generosa manutención a cambio de mantener oculta su paternidad. Temía que se truncara su carrera… y también su matrimonio. En el fondo, lo comprendí; pero no quise aceptar que me marginase a un segundo lugar.

Apretó sus finos labios y frunció la frente; aquel desplante aún le dolía. Continuó:

—Durante estas últimas semanas, en las que he tenido que permanecer encerrada por el bien de mi hija, me he podido poner en su lugar. He sentido lo que significa perder nuestro trabajo en el espacio. Volar en una raya, en mi Águila de mar si es posible, es adictivo. He soportado la abstinencia por esta criatura y permaneceré en el planeta por cuidarla; pero nunca más me sentiré plena. Sufro al pensar que lo más probable es que no vuelva aquí jamás. —Bajó la cabeza y agregó—: También me preocupa que ellos, nuestros protectores, me abandonen. ¿Crees que seguirán con nosotros cuando estemos en la Tierra?

Me encogí de hombros e hice una profunda respiración.

—Todo esto me sobrepasa —admití—. No tengo conocimientos para hablar de lo divino…, y de lo humano, apenas unos pocos.

—¿No crees que a Rigel ya lo han desamparado? Pobre, alejado de su nave, de Ciudad y de todos nosotros.

Que mostrase tanta caridad me pareció injusto.

—No merece tanta clemencia. Toliman es la persona que siempre ha velado por ti.

Me acarició una mejilla.

—Soy muy consciente de eso, Enir, y Rigel también creía que me convenía más; por eso, le dejó el campo libre. No me entiendas mal. Quiero a Toliman, y sé que no hubiera sido feliz con Rigel. Tiene mucho genio; tú lo has vivido en tus propias carnes. No es todo lo tolerante que un astronauta debe ser y, cuando se molesta, siempre ataca. Su mal carácter me perturbaba, aunque no puedo negar que aún le guardo cariño. ¿Cómo le estará tratando Unfield? Si le llega a capturar Dleif, no sé qué le hubiera hecho. Puede que le hubiese golpeado por haberle arrancado la antena dos veces.

—Dos veces, sí. Luego has llegado a mi misma conclusión. Me sorprende que no le guardes rencor. Rigel saboteó la nave de Dleif cuando estábamos a punto de partir hacia la Tierra. Por su culpa, no despegamos. Por su culpa, nos apresaron y…

—Recuerda lo que ocurrió de camino a la Estación —me interrumpió—. Unfield se comunicó con nosotros y proclamó que conocía la identidad del padre de mi hija. Aportó parte de una conversación particular que hubo entre ellos para que Rigel se diera cuenta de que no se trataba de una estratagema, y añadió que la sanción sería menor si evitaba de algún modo que Dleif entrara en Ciudad.

—Después de dejarnos en la ISS —proseguí, haciendo caso omiso de esa justificación—, se puso a hacer maniobras arriesgadas a modo de ostentosa despedida. Nos distrajo a todos de ese modo, también a los militares, y mientras tanto, sus rapaces se encargaron de cegar la nave de Dleif.

Carina asintió con tristeza.

—Sí, ocurrió tal como lo cuentas. Vino a explicármelo y a pedirme perdón. No imaginó que Dleif planeara que su entrada en Ciudad coincidiera con nuestro despegue. Y, después, cuando supo que se haría de esa manera, creyó que el coronel no nos impediría regresar por un supuesto fallo técnico de su nave; pues no advertiría que le faltaba la antena hasta que, a su vuelta, hiciera una revisión externa.

—¿Y lo disculpaste?

Carina apartó la vista a un lado.

—Lo abofeteé —reveló—, y me pidió que me desahogara todo lo que quisiera, que merecía recibir mi ira. Le di otra bofetada y se quedó quieto y callado. Nunca le había visto llorar. Hacía meses que no nos dirigíamos la palabra. Me conmovió y me detuve.

Entonces, alzó muy despacio una mano y deslizó sus dedos por un mechón de mi pelo. Luego me acarició con suavidad la mejilla…

Carina ya no hablaba para mí; estaba recordando en voz alta y no ocultaba sus emociones. Los ojos le brillaban y la barbilla le temblaba ligeramente.

—… Su mano descendió y rozó un instante mi vientre. "Espero que se parezca a ti —murmuró—, que sea fuerte y dulce como su madre". Luego se puso a hablarle al bebé: "No deberías haberte formado en este lugar, pequeño. Puede que nunca me atreva a mirarte a la cara. ¿Cómo podrías perdonar tantos y tan graves errores? Debo dejarte en manos de otro. Toliman es un buen hombre. Es íntegro, valiente y… dueño de sí, no como yo".

Carina no continuó. Su expresión daba a entender que seguía rememorando aquella escena en silencio.

—¿Dijo algo más? —pregunté, tras unos segundos de silencio.

Mi intromisión en sus recuerdos le ocasionó un ligero estremecimiento.

—Dijo… cosas sin sentido; estaba muy consternado. Antes de irse, prometió que no nos volvería a fallar, ni a mí ni a nuestro hijo. Y cumplió esa promesa en parte, pues se jugó la vida luchando con Dleif. —Bajó la vista de nuevo—. Aunque después quiso devolverle a Unfield la llave de nuestra energía.

—Rigel estaba seguro de que nos mataría si no le entregaba Ciudad. Creo que, a su torpe manera, intentaba protegernos. Puede que también buscara ganarse de nuevo el favor de Cleanspace; pero a mí no me dio esa impresión. Me pregunto qué hubiera hecho si Dleif no le hubiera acertado. ¿De haber podido contar con Torpedo, hubiese atacado a Unfield?

A Carina se le pintó una tenue sonrisa.

—Me gustaría creer que sí —susurró.

Un rostro inexpresivo de acero asomó por la compuerta. Cuando Leila vio a Carina tan turbada, entró y adoptó su función de enfermera. La joven madre necesitaba descansar, opinó. Le iría a buscar un calmante, y Toliman se encargaría esa noche de su hija, dispuso.

Carina aseguró que se encontraba perfectamente y se negó a tomarse nada que pudiera llegarle a la niña a través de su pecho.

—Estoy de acuerdo —aceptó Leila—: no vuelvas a comer nébula. Desconocemos su composición y en qué medida podría afectar al bebé. Te conseguiremos buenos alimentos. Se los pediremos a los soldados de la Confederación. Ahora mismo voy a su nave a solicitárselos y te los traeré.

En la compuerta, cuando salía a cumplir su misión, se encontró con Toliman. Consideró, entonces, que mi presencia allí era innecesaria y me pidió que la acompañase. Dejé que la pareja disfrutara de su niñita y me marché con Leila.

Mientras nos desplazábamos hacia la popa, la robot me preguntó si ya tenía un plan.

—Todavía no. Déjame respirar —rogué—. Acabo de tener una conversación muy desasosegante con Carina.

—Vamos primero a por la comida y luego nos pondremos a discurrir —determinó.

—Un instante, ahora recuerdo que Rigel guardaba manjares en su raya. Voy a buscarlos.

Di la vuelta y volé hasta Torpedo. Leila siguió hasta la popa.

Me encontré con que la compuerta de entrada a la raya estaba cerrada; supuse que querían prevenir posibles fugas hasta que acabasen de reforzar el casco. Como Nunki me había dicho que habían presurizado la nave, oprimí el interruptor de apertura y la escotilla se deslizó a un lado sin problemas; la presión se mantenía en su interior.

Rigel había gastado todas las pirañas y en la bodega solo quedaban unas cuantas mariposas. Eché a faltar la bienvenida de sus rapaces, y también eché de menos a su dueño.

Subí al segundo piso y me dirigí a la nevera. La abrí y quedé decepcionado por su pobre contenido: tres gelatinas de fruta y, en el congelador, unas pocas rebanadas de pan. Se me ocurrió que el piloto podría atesorar, en otros lugares, reservas alimenticias no perecederas, latas, por ejemplo, y busqué por los armarios. Hallé dos cajas esperanzadoras. Lo que guardaba la más pequeña me pintó una sonrisa triste. Había un mechón de pelo negro, brillante y terso, como el cabello de Carina. Rigel me había enseñado una foto de su esposa: una mujer sofisticada que lucía una deslumbrante cabellera rubia. "Pobre tonto", murmuré, y devolví a su cajita aquel recuerdo sentimental.

En el interior de la otra caja, aquel cleaner presumido ocultaba, liada en un trapo, una botella de agua de masaje para después del afeitado.

Sentí la tentación de estar a la altura de aquellos esbeltos y atractivos soldados de la Confederación y decidí que me echaría un poco, pero no a la brava; en condiciones de microgravedad, cualquier líquido se convertía al instante en gotitas que se escapaban hacia la rejilla de ventilación más cercana. Supuse que el pedazo de tela que la envolvía tenía una función práctica. Empapé el trapo y me lo restregué por el rostro.

Debería haber meditado antes cuál podía ser el motivo de que Rigel tuviese tan escondida esa botella. De repente, la oscuridad me envolvió.

. . .

Recuperé la conciencia de una forma dolorosa.

—¡Hostia, Leila, qué daño me has hecho otra vez!

—Disculpa, es que no te despertabas. Te aseguro que he aplicado menos fuerza que antes.

—Al menos, podías haberme pellizcado en otro punto. ¡Menos mal que no necesito sentarme! ¡Maldita sea! —exclamé mientras me frotaba la parte dolorida.

—¿Por qué te has untado la cara con éter etílico?

—¡Éter! ¿Para qué cuernos querría Rigel éter?

Advertí que me picaba la nariz y tenía la boca seca. Eran efectos de aquella sustancia, sin duda.

—Es un anestésico, aunque también puede usarse como droga. Es lógico que la etiqueta del recipiente indique que contiene otra sustancia. Es muy inflamable y no está permitido subirlo al espacio.

Cogí la botella tramposa de la garra de Leila y la inspeccioné con expresión de disgusto.

—Le diría a su mujer que lo camuflase —supuse—. Esa buena señora enviaba todo lo que Rigel le pedía. —Agité el líquido—. Éter, la sustancia que respiran los dioses… ¿Es posible que Rigel tuviera problemas para conciliar el sueño?

—Hay tranquilizantes admitidos. No se hubiera tomado tantas molestias para darle ese uso.

—La botella está casi llena —observé—. Quizá pidió este anestésico para Carina, para aliviarla si padecía algún tipo de problema: un aborto, por ejemplo. O por si daba a luz aquí, como así ha ocurrido.

—Eso parece más plausible.

Recuperé la cajita que guardaba el tesoro de Rigel y mostré el mechón a Leila.

—El anestésico lo guardaba al lado de esto —añadí para afianzar esa conjetura—. Parece cabello de Carina.

Observé entonces su calva cabeza y me percaté de que existía otra posible candidata.

—Un momento, ¿no será tuyo? Podías cambiar el color de tu pelo a voluntad. ¿Te lo pidió Rigel? Quizá deseaba volver a acariciar la melena de Carina y te ordenó que la imitaras.

La robot lo negó, pero el sarcasmo voló a mis labios.

—Como eres una robot tan servicial, mi suposición tenía muchas probabilidades de ser cierta.

No se me pasaba el enfado por el doble pellizco, y a su escozor se juntaba otro más interno que pugnaba desde hacía horas por expandirse.

—Estás siendo muy brusca conmigo —reproché—. No hace mucho, me abrazabas, y una vez me pediste un beso. Rigel me dijo que besabas muy bien. Deduzco ahora que buscabas aprender la técnica conmigo para luego poder complacerlo. Me usaste, Leila.

—Estás en un error. Mi padre puso límites a mi servidumbre. Nadie puede hacerme su esclava ni dañarme por capricho o necedad. El material de mi piel aguantaba golpes, pero se abría en pequeñas grietas si se frotaba…

La interrumpí con grosería.

—O sea, que no te pueden magrear, pero sí, besuquear, achuchar…

Alzó las garras y, temeroso, me callé; pero su gesto solo pretendía enfatizar su explicación.

—Cuando me negué a ser un instrumento de ocio, Rigel adoptó otra estrategia. Afirmó que sentía por mí un profundo cariño y que mi rechazo le ocasionaba mal de amores: un desequilibrio que hace estragos en la autoestima y ofusca la mente.

Mi montaña de resentimientos y acusaciones se desmoronó: tenía delante a la víctima de un sinvergüenza.

—¡Será canalla! Eres muy inocente en este sentido, Leila.

—Si un ser humano sufre a causa de mi comportamiento, mi programación me obliga a modificarlo. Dejé que me besara y me hiciese suaves caricias. Siempre fue delicado. Eran episodios cortos que terminaban de forma brusca. Si estábamos en Torpedo, me urgía a que me retirase, y si nos encontrábamos en Ciudad, se marchaba él con rapidez.

Al menos, se desahogaba a solas, reflexioné.

—De todas formas —dije—, en cuanto vuelva a ver a ese Casanova de tres al cuarto, voy a tener unas palabritas con él.

—Pero las caricias empezaron a aproximarse a mi interruptor de apagado y eso me incomodó.

—Algo más que palabritas —masculló.

—Como sabes, una desconexión súbita puede comportarme pérdidas de memoria y fallos en mis programas; así que evitaba encontrarme con él a solas. Los trabajos conjuntos con los otros cleaners me protegían. Todos me pedían ayuda menos tú.

—Te veía siempre muy atareada y no quería molestarte. ¿Por qué no me confiaste que Rigel te estaba hostigando?

—Me selló los labios con una orden tajante.

—Tu padre ha de ampliar tu permiso de indiscreción.

—La insistencia de Rigel también trastornaba mi trabajo. Aunque me ocupaba poco tiempo, interrumpía muchas noches mi contacto con el ordenador central y retardaba el proceso de descifrado. Bel me apremiaba a que liberase cuanto antes las comunicaciones; una orden cuya repetición y fortaleza argumental le otorgaba prioridad. Por estas razones, determiné que debía cortar ese asunto para siempre. Fui a buscarlo y basé mi decisión de romper con lo nuestro en la frivolidad de su afecto. No podía estar segura de que no fuera más que un juego para él, le dije, y no permitiría que volviese a tocarme mientras careciese de una prueba que justificara su implicación sentimental profunda.

En esos casos, se solía regalar un anillo.

—Respondió que sus besos eran de amor verdadero y que no podía existir mayor evidencia de su cariño. Tuve que corroborarlo y, por eso, acudí a ti.

—Bien… vale… y…

No me atrevía a preguntarle si había percibido diferencia alguna. ¿Besaba mejor que yo? ¿Me ganaba en destreza? Lo intenté averiguar de una forma indirecta.

—Dime, Leila, después de... esa comprobación, ¿continuaste con él?

—No. Advertí que había una disimilitud apreciable.

Si hubiera sido un pavo real, habría desplegado mi cola.

—Pero no aceptó mi rechazo —prosiguió—. Intentó recuperarme y me rogó, me ordenó. Hasta que un día, desoyendo mi negativa, me abrazó con tanta fuerza que solo hubiera podido apartarlo de mí lesionándolo. Empezó a tocarme por todas partes y me desconectó sin querer. Desde ese episodio, nunca más volvió a molestarme.

Si sus problemas de acoso sexual terminaron entonces, y si ya no me necesitaba como adiestrador o protector, no encontraba sentido a que después se hubiera empeñado en dormir conmigo.

Leila cambió de tema antes de que le preguntara sobre ello.

—Enir, podríamos usar el éter para nuestro plan.

—¿Quieres decir que anestesiemos a los hombretones que ha enviado la Confederación? —Rechacé esa idea con un brioso ademán—. ¿No crees que se acordarían si intentáramos dejarlos sin sentido? Además, no lo lograría ni aunque los abordara por la espalda. Sus músculos derrotarían a los míos con suma facilidad.

—Lo usaríamos con los que duermen en la nave.

—No le veo la utilidad, entonces.

—Verás, me acerqué a la torre, mientras estabas con Carina, y oí que Baham decía a los soldados que no había necesidad de que hicieran guardia por la noche. El radar, activado a máxima intensidad, avisaría de la aproximación de cualquier nave. Ellos respondieron que, en el centro de mando terrestre, temen que Unfield regrese. Les han ordenado que estén alerta. Van a montar guardia y harán dos turnos. El relevo se efectuará a las tres de la noche.

No continuó. Su cabeza oscilaba de un lado a otro. Me impacienté.

—No entiendo nada. ¿Tengo que empezar a hacer suposiciones o me vas a explicar qué te propones?

—Tengo el plan a medias. Estoy sopesando opciones.

—Somos un equipo. Cuéntamelo y te ayudaré a perfeccionarlo.

. . .

Poco antes de las tres de la noche, Leila se introdujo en la nave de la Confederación. Esperé el minuto que habíamos convenido. Si no salía, querría decir que sus moradores estaban durmiendo y no la habían descubierto.

La robot no volvió a aparecer, así que entré. Los dos soldados descansaban en los asientos de la nave, sujetos por sus cinturones de seguridad. Era un momento crítico. Si sus despertadores sonaban antes de que les profundizásemos el sueño, nos hallaríamos en una situación comprometida.

Les cubrimos el rostro unos segundos con un paño empapado en éter. Confiábamos en que esa dosis fuera suficiente para anular sus oídos. Después cerramos la radio de la nave y esperamos a que los despertadores, donde los tuviesen, se activasen.

La alarma de ambos sonó en sus relojes de muñeca. Los silenciamos con rapidez y, por si acaso, volvimos a cubrirles la cara con el trapo un ratito. En ningún momento, se enteraron de nada.

Volamos hasta Angelote-dos para iniciar la segunda fase del plan. Me senté en el asiento del piloto, cogí el mando a distancia que controlaba las rapaces de Sadalmelik y me preparé. Esos robots no estaban tan adiestrados como los de Carina. La joven podía llamarlos desde cualquier módulo o rincón de Ciudad y acudían a ella volando por los pasillos con soltura, como si tuviesen ojos autónomos. Las rapaces de los Sadal necesitaban que se les guiara con los mandos, y yo tenía poca práctica en su manejo; solo había aprendido a desplazarlas sin que chocasen con las paredes de Ciudad y poco más. No importaba; mi impericia resultaría ventajosa para nuestros propósitos. Tenía agazapada a la primera rapaz en el vestíbulo de la esclusa que había en el pie de la torre. La segunda colgaba del techo de la sala común como una enorme araña, con la cámara apuntando hacia el tubo conector de la nave de la Confederación. Podía ver las imágenes que captaban a través de los monitores del puesto de mando de la raya.

Las tres y cuarto, y ningún movimiento.

Las tres y media, y sin novedad. Susurré:

—Vamos, los de la torre, moveos. Id a buscar a vuestros gandules e insolidarios compañeros.

—Puedes hablar a un volumen normal —avisó la robot—; no pueden oírte.

—¡Ahí están! —exclamé, señalando una de las pantallas.

Uno de los soldados había salido de la torre. Asomé un poco los ojos de la rapaz al corredor y vimos que se deslizaba hacia el cáliz.

—No hemos tenido suerte —lamentó Leila—. Solo va uno, como era de esperar.

—Muy bien, desconfiados hombres perfectos; pues pasaremos a la tercera fase del plan.

La rapaz siguió a nuestro hombre con sigilo, y en cuanto nos aseguramos de que había atravesado el cáliz y seguía hacia la popa, Leila se marchó; iba a esconderse en el habitáculo que conectaba con la misma esclusa.

Hice retroceder a la rapaz hacia la torre y la introduje allí con una desenvoltura que me sorprendió; el riesgo incrementaba mis habilidades. En el monitor, apareció la espalda curvada del soldado. El tipo, creyendo que estaba a solas, flotaba acurrucado en posición fetal y con los ojos cerrados. Se llevó un enorme susto cuando provoqué que la rapaz chocara con él. Alzó los brazos con un brusco movimiento, los curvó hacia atrás y se quedó en esa forzada postura mientras aquel robot se golpeaba contra un cristal, luego contra otro, y contra otro. Aquella bestia estaba estropeada, decía la expresión del rostro de aquel hombre, y si rompía una ventana…

En cuanto ese soldado abandonó la torre en busca de sus compañeros, Leila, al acecho, entró de dos impulsos, se dirigió al panel de control y se acopló al ordenador central.

Trasladé de nuevo a la primera rapaz hacia el cáliz y la coloqué al inicio del pasillo. Gracias a la segunda, había visto que el primer soldado había entrado en la raíz donde se encontraba el gimnasio. El segundo módulo que lo componía albergaba el puerto donde había amarrado la nave de la Confederación. Ese robot espía no tardó en ofrecerme la continuación de la película. Los dos soldados que habíamos sedado —uno de ellos, el capitán— surgieron de esa raíz y empezaron a atravesar la sala común. Iban discutiendo entre sí y frotándose la nariz y el cuello. Como había experimentado yo mismo, el éter era un poco irritante. El compañero que había ido a despertarlos se había quedado en la nave; le tocaba dormir unas horas.

Al llegar al pasillo, el capitán y su compañero dejaron de hablar y se desplazaron en taciturno silencio. Hice que la segunda rapaz reptara por el techo y los siguiese un tramo. La detuve al poco, por temor a que la descubrieran, y usé el zum. Luego advertí a Leila, por el circuito cerrado de Angelote a la torre, que no disponía de mucho tiempo.

—Avísame cuando estén llegando al cáliz —solicitó.

De camino, los soldados se encontraron con el atribulado soldado que mi primera rapaz había espantado. Respondió con rapidez al saludo militar y empezó a explicarles el suceso del robot tarado. No podía oírlo, pero su gesticulación era elocuente.

Consideraron que debían actuar de inmediato y se impulsaron con más velocidad hacia la torre. Urgí a Leila a que saliese de allí enseguida; pero me respondió:

—Consígueme un par de minutos.

—Claro, reina, los que necesites —masbullé, ¡qué quería que hiciese!

Adentré a la primera rapaz en el pasillo y la desplacé hacia ellos de modo que fuera dando bandazos. Se detuvieron y se pegaron a la pared. Continué zarandeando al robot. Hice que chocase con el techo, cerca de donde se encontraban, y luego lo envié pasillo abajo.

Se pusieron a reír y estuvieron unos preciosos segundos comentando la jugada y contemplando cómo se alejaba mi robot borracho. Luego los hombres de refresco se despidieron de su compañero y todos tomaron sus respectivos caminos. Hablé a la radio de nuevo:

—Leila, no puedo aguantarlos más. Solo se me ocurre hacerme el sonámbulo y obstaculizarles el paso flotando desnudo.

—Descarta esa idea; no es conveniente que te vean.

—Estaba bromeando. ¡Sal de ahí!

Aún me hizo sufrir diez segundos más. Entró en el refugio de la esclusa un instante antes de que aquellos hombres llegasen a la salida del cáliz.

Lo habíamos conseguido.

. . .

La vida en Ciudad despertó antes de lo que hubiese deseado. Mis correrías nocturnas me habían cortado el descanso y no había podido coger bien el sueño. Tuve un tierno despertar, sin embargo; la dulce voz de Carina me hizo abrir un ojo y la carita de Sirio me arrancó una sonrisa bobalicona.

—Tu niña está cada día más bonita, Carina —dije, medio adormilado aún.

—Enir, me encuentro bien, con fuerzas, y quiero ayudar en las reparaciones de Ciudad y de las rayas. Toliman también va a ponerse a ello. ¿Podrías cuidar de la niña?

Me desperté del todo. La joven reparó en que iba a poner pegas y se apresuró a alegar que sabría hacerlo bien puesto que era padre de dos criaturas. No podía negarlo, repuse, solo aducir que mis hijos ya eran mayores y que no gozaba de buena memoria. Y aunque guardase vagos recuerdos, añadí, no me servirían, puesto que, y eso ella tampoco me lo podía negar, nunca había cuidado a un bebé en condiciones de microgravedad.

Carina me dio un beso y me pasó a la niña.

—Estaré en Águila de mar, anclada. Desde allí moveré a mis rapaces. Ven a buscarme en cuanto la niña llore o sufra alguna molestia. —Me dio una bolsa—. Ten, aquí tienes trapos. Te aconsejo que tengas el aspirador a mano cuando la cambies. Eres un sol.

Sin más explicaciones, se desplazó hacia la escotilla.

—Un sol, ¿eh? ¿Por qué no se lo has pedido a Helios? —protesté.

Me di cuenta entonces de que mi amigo no estaba en su cabina.

Carina se detuvo en el vano de la compuerta.

—Está arreglando las rapaces de Rigel —explicó—. Has sido el último en ponerte en marcha, Enir.

Juntó sus manos, como si estuviese rogando a un santo, y enterneció su voz.

—Te necesitamos. Lo más probable es que partamos mañana, y sabes que, con mis rapaces, puedo adelantar mucho el trabajo.

En esta vida no se puede ser bueno, y todavía menos, un pintamonas. Bel tampoco tenía ese día una función determinada en Ciudad. Lo podía haber escogido a él, o a Leila incluso.

Decidí ir a pedirles ayuda. Leila lo sabía todo, y a Bel le encantaban los niños; al fin y al cabo, ejercía de Baltasar, el Rey Mago negro, todas las Navidades.

Ninguno de los dos se negó a echarme una mano, pero ninguno quiso convertirse en el primer responsable y que la mano se la echara yo. Estaban ocupados y no quise insistir. Leila quería seguir revisando las imágenes rescatadas de las cámaras. Se había encerrado en Gaviota, desde que las habíamos podido conseguir, y las estaba pasando por uno de los monitores de la nave. La robot confiaba en que esa raya fuera la última en repararse; pero, por si acaso, había dejado una rapaz en el tubo conector, vigilando la entrada. Le pregunté si había averiguado algo, y se me sacó de encima diciendo que la investigación seguía su curso.

Bel, junto con Mizar y Baham, estaba enfrascado en construir la cunita de viaje de la niña. Se había comunicado con Mauni de buena mañana y, a través de ella, había urgido a la Confederación a que liberasen un satélite que nos permitiera hablar de manera directa con el planeta. Tenía previstas comunicaciones periódicas con la ISS para insistir en ese tema.

En conclusión, yo era el que estaba más libre. No podía escabullirme.

—Te has quedado a mi cuidado, pequeña —dije mientras la llevaba al camarote de sus padres, donde estaría mucho más protegida gracias a las placas que habíamos colocado en las paredes—. Espero que tu madre haya dejado a sus ángeles allí y me presten ayuda.

Bostezó y luego recolocó todas sus facciones. Antes de relajarse del todo, mantuvo un morrito unos segundos. De nuevo, me recordó a Rigel. Su retoño le hubiera delatado con su inocente semejanza. Me pregunté si esa niña sería tan irresponsable como su padre y si se convertiría en una osada piloto espacial. Siendo hija de dos dioses, el mundo se le iba a quedar pequeño. No aceptaría estar sujeta al campo gravitatorio terrestre y pronto pediría surcar el océano estelar. El territorio de la estrella lobo sería todo el universo.

Desayuné un poco de nébula de los paneles adosados a las paredes del camarote. Aquel podía ser mi último día, y fui consciente, entonces, de que debería llevar a cabo una labor de restauración. Tenía que sembrar verdura y hongo dorado en más parterres. Se había malogrado una buena parte de la cosecha a causa de los disparos que habían agujereado el camarote de los

Sadal y el ultimo módulo de la raíz-huerto, la última nave de carga china que habíamos atrapado.

Una parte del delantal de Carina sobresalía de un cajón. Al descubrirlo, se me ocurrió una idea. Lo transformé en un pareo y marché al primer laboratorio con la niña sujeta a mi pecho, resguardada por aquella tela especial. Pude trabajar seguido una hora, y gracias a la experiencia que había adquirido, avancé mucho. Pronto se podría empapelar otra vez de amarillo el camarote de los Sadal.

Pero Sirio se agitaba ya con el instinto del hambre y empezó a lanzar maullidos quejosos; así que me apresuré a llevarla con su madre.

Carina alabó el ingenio que había tenido al usar el delantal como manto protector y se puso a darle el pecho. Dejé a la joven que diese de comer a su hija con tranquilidad y regresé a mi trabajo. Cuando volví, al cabo de media hora, la nena dormía, satisfecha. Su madre me la entregó y siguió con su tarea. Me quedé un rato a observar los monitores de Águila de mar y admirar el fino trabajo que estaban desempeñando las rapaces sobre el casco de Torpedo. De súbito, invadió el ambiente un desagradable olorcillo proveniente de la nena.

Carina arrugó la nariz y me sonrió.

—En mi camarote, encontrarás su esponja y paños limpios.

—El trabajo de canguro no se valora lo suficiente —rezongué mientras me impulsaba hacia allí.

La cambié con enorme dificultad y, después, aspiré el aire hasta que me pareció limpio de cualquier partícula no deseable. Sirio se encontraba muy despierta, quizá por mis meneos, así que la llevé a recorrer Ciudad. Supuse que un paseíto la relajaría, y a mí, también.

Los soldados se sorprendieron al verme entrar en la torre con un delantal retorcido que me cruzaba el cuerpo. Me acerqué y les mostré a la niña. Le hicieron unas carantoñas, pero enseguida se desentendieron de nosotros. Estaban contemplando el trabajo de los cleaners a través de las ventanas y los monitores del panel de control. Las rayas se movían con elegancia por su hábitat genuino: el océano espacial. Uno de los Angelotes nadaba por estribor, ascendiendo de popa a proa. Manta y el otro Angelote se mantenían cerca del camarote de los Sadal. Un astronauta rechoncho —Sadalmelik, sin duda— estaba arreglando la cubierta ayudado por las rapaces de Toliman. En otra pantalla, los soldados tenían enfocadas a las rapaces de Carina. Aun sabiendo que la joven había adquirido práctica durante las reparaciones de la ISS, su habilidad al remendar Torpedo parecía cosa de magia. Aquellos hombres nunca habían visto a los cleaners en acción y estaban estupefactos.

Sadalsuud informó que el módulo raíz tenía una gran grieta. Sus rapaces habían filmado el desperfecto al detalle. Esa noche, entre todos, decidiríamos si valía la pena reparar ese módulo o si era mejor desecharlo. Se dirigía, en ese momento, a verificar los daños del almacén.

La voz de Nunki ocupó a continuación la radio para dar el aviso de que iniciaba el traslado de Gaviota al espaciopuerto. Uno de los monitores mostró el despegue de esa nave desde uno de los puertos de babor. Supuse que Leila habría tenido que dejar de ver la tele.

No tardé en regresar a mis tareas hortícolas. Todas las estaciones de comunicación se mantenían abiertas, así que estaba al tanto de las diversas actividades de los compañeros.

Carina terminó con Torpedo al mediodía y pasó a ocuparse del camarote de los Sadal. No se detuvo más que para darle el pecho a su hija e ir al servicio. Sin dejar de mover a sus robots, se alimentó de nébula y de una ensalada que le preparé. Aquella mujer era un portento y disfrutaba de una fortaleza envidiable. Era increíble que hubiese parido el día anterior. Supe que Leila la había ido a buscar varias veces para que descansara e hiciese ejercicio —conceptos que no son contrarios en el espacio si tienes una centrifugadora—, y que la joven no había querido meterse en esa máquina al considerar que ya no le era necesaria. La partida era inminente y la gravedad de la Tierra nos daría un pesado abrazo de bienvenida. Me apresuré a imitar su ejemplo, y lo mismo hicieron Helios y Toliman. Los que nos marchábamos en el primer bote no quisimos perder una hora de nuestra vida espacial dando vueltas en el interior de aquel sarcófago. Bel, por el contrario, se introdujo un buen rato para acelerar la recuperación de su musculatura; había estado esposado a una pared muchas horas, sin poder moverse. Los demás sí que detuvieron sus respectivas tareas y fueron pasando por el gimnasio y la centrifugadora.

Invité a los soldados a que disfrutasen de nuestro tiovivo particular con la esperanza de que se les arrugasen un poco sus impecables trajes; pero lo probaron tan solo unos minutos, y por apreciar su utilidad. Inútiles envidias aparte, quería comportarme con ellos como un buen anfitrión y compensarles por la jugarreta de la noche en lo que pudiera, sobre todo a los dos soldados a los que habíamos administrado el anestésico. Cuando le llevaba la niña a Carina para que la alimentara, a la vuelta y antes de reanudar mi trabajo, solía pasarme a verlos. No siempre los había hallado a todos en la torre. Se turnaban y habían estado deambulando por Ciudad un poco desorientados, sin saber de qué ocuparse. Fisgonearon el trabajo de Bel y los técnicos; también, el de Helios. Curiosearon todos los módulos. Habían venido a verme al laboratorio y, contento por su visita, les había mostrado la planta de reciclaje. Unas horas después, casi al fin de la tarde, cuando me encontraba en la sala común dándoles un poco de "polvo dorado" a los peces, vi que se dirigían todos a su nave. El capitán me comentó que acababan de comunicarles que despegaríamos a la mañana siguiente. Iban a efectuar la última y reglamentaria revisión del bote. Me asaltó una leve tristeza.

Por la noche, a punto de compartir mi última cena en el espacio, percibí en la expresión de los otros el mismo sentimiento de pérdida. Nos habíamos reunido en la sala común. Estábamos todos, salvo dos soldados que se habían quedado en la torre. Ayudado por Mizar y Leila, repartí unos platos esféricos llenos de ensalada y nébula. Los demás siguieron colocados alrededor de la mesa, sujetos por los aros. Los soldados que nos acompañaban nos habían obsequiado con diversas bolsas alimenticias, igual que la noche anterior.

Sadalmelik promovió el cambio de humor grupal cuando se apropió de tres de esas bolsas sin la menor vergüenza. Surgieron comentarios de fingida indignación, y pronto todos estábamos bromeando y comentando jovialmente cuánto nos había cundido el trabajo aquel día: la cuna de Sirio estaba terminada y colocada en la nave, Helios había podido reparar por completo una de las rapaces de Rigel, el arreglo del almacén y del camarote de los Sadal iba por muy buen camino y Torpedo podría volver a volar.

El ambiente se tornó serio un instante cuando Toliman comentó:

—Ciudad ha perdido un piloto y pronto va a perder dos más. Me gustaría traspasar el cuidado y mando de Manta, mi nave, a Mizar.

Hasta que la situación no cambiase, los técnicos no tendrían más remedio que ocuparse de las rayas; pero la muchacha agradeció al piloto que le confiara su nave. Entre todos decidimos entregarle Torpedo a Nunki, y supuse que a Baham le dejarían Gaviota; así que me sorprendí, aunque no tanto como el técnico, cuando Carina le encomendó su amada Águila de mar. Gaviota, cuando estuviese reparada, quedaría de reserva.

Entraron, a continuación, en una conversación técnica acerca de la mejor manera de arreglar la aleta de esa raya. Como no podía intervenir, me dediqué a observar aquellos rostros que pronto perdería de vista. Empecé por los dos que tenía enfrente: el alargado y flaco semblante de Sadalsuud y el de su rubicundo y rollizo colega. Esos inseparables amigos que lo compartían todo, incluido medio nombre estelar, siempre estaban alegres y dispuestos a mantener en alto el ánimo de sus compañeros. Los flanqueaban Nunki y Mizar, mujeres de una pieza, fiables y decididas, cuyo talante laborioso y resuelto reforzaba la moral de todo el grupo. Al lado de Nunki, se hallaba Baham, meloso, risueño, sosegado. Aquel hombre infundía a Ciudad una balsámica serenidad. El círculo de amigos lo cerraban, por ese lado, Helios y Bel. Ambos vivían en mi ciudad y podría ir a verlos a menudo; no iba a distanciarme de personas tan originales.

Retrocedí, volví a Mizar y continué por Toliman, el más vulnerable de los cleaners. Huyendo de las penas terrestres, se había refugiado en el espacio y había logrado reconstruir su vida. Nos había sorprendido aquella noche al aparecer afeitado. Sostenía a su hija, y sus ojos, hechizados por la pequeña, brillaban. Carina, a su lado, les echaba miradas tiernas a ambos. La niña era preciosa y nos tenía a todos embelesados. El capitán de los soldados parecía estar prendado de ella. Se había sentado junto a Carina y, cuando su madre la tenía sujeta, le hacía arrumacos.

Carina, la invencible, ese debería ser su sobrenombre. La joven estaba radiante esa noche. Por primera vez, desde que la conocía, la había visto reír a placer. Mientras observaba su bello rostro, otra chanza de los Sadal hizo que volviese estallar en carcajadas. Su actual estado de relajación mostraba, por contraste, lo preocupada que había estado durante los meses del embarazo.

La conversación sobre Gaviota continuaba. Baham propuso una forma de disponer los brazos robóticos externos para sustituir la viga afectada, y Sadalsuud pidió entonces a Leila que uniera su fuerza a la de esos congéneres lejanos; adujo que, como su paseo espacial la había endurecido, no tendría problemas. Sadalmelik le siguió la broma y agregó que el espacio nos había devuelto a la robot en su envoltorio original. Leila, que flotaba cogida al aro de su padre, no se molestó en responderles.

Apenas había coincidido con la robot en todo el día. Después de haber tenido que dejar Gaviota, había estado perdida por Ciudad. Que yo supiese, solo se había ocupado de revisar los turnos de ejercicios.

Los Sadal dejaron en paz a Leila y, entre todos, continuaron trazando el plan más adecuado para encarar el arreglo de la raya. Me despegué de un diálogo al que no podía aportar nada, y al descentrar mi atención, advertí que uno de los soldados, el capitán en concreto, hacía una seña a Leila para que se acercase. Los dos hombres de la Confederación se habían colocado entre Carina y yo; así que pude oír que le mandaba que llevase la cena a la pareja que estaba de guardia en la torre. Leila, obediente, cogió dos bolsas alimenticias y se marchó.

A los quince o dieciséis minutos, los soldados agradecieron ese envío a través de las estaciones de comunicación de la sala común. Dijeron, también, que el amable androide los iba a acompañar un rato. Uno de los altavoces se hallaba muy cerca de mi oreja, por lo que alcancé a distinguir la acelerada respiración del hombre que había hablado. El fugaz intercambio de intensas miradas que se entrecruzaron los soldados incrementó mi suspicacia: había trazas de alivio en sus ojos.

Calculé que Leila no podía haber tardado más de cinco minutos en cruzar toda Ciudad y entregar la comida. Consideré también que, cuando se tenía la cortesía de dar las gracias, lo normal era hacerlo enseguida que se recibía el presente, no pasados diez minutos. En todo caso, si se suponía que estaban cenando tranquilamente, ¿por qué se encontraban tan agitados?

El soldado que se hallaba a mi lado, el más robusto, interrumpió mis reflexiones al ofrecerme, con una sonrisa que taché de ladina, un botellín que contenía un licor dulce. Estaban repartiendo unos cuantos.

Brindamos todos. Me acerqué la botella a los labios, pero no bebí.

Cinco minutos más tarde, no había ocurrido nada, excepto que las risas se habían hecho más gruesas. El ambiente era distendido y todos estaban disfrutando de la velada. Aquellos hombres reían también con las ocurrencias de los cleaners. Juzgué que me estaba preocupando sin motivo y supuse que a Leila la habrían enredado para que les hiciese compañía un rato. Recordé que uno de aquellos soldados me había pedido esa tarde que le refiriera algunas hazañas de los cleaners. Había empezado con gusto a narrarle una peripecia; pero Sirio se había puesto a llorar y había tenido que dejarle a medias. Puede que hubiesen solicitado a Leila lo mismo, como una forma de distraerse un poco mientras hacían guardia. Dado que la robot explicaba la historia más apasionante con la gracia de un ensayo matemático, supuse que pronto se cansarían de ella.

Mi percepción del asunto volvió a torcerse al cabo de otro cuarto de hora. Me extrañaba mucho que los de la torre aún no se hubieran sacado de encima a la enciclopédica robot, y quizá se debía a mi elevada susceptibilidad, pero las risas de los dos soldados que tenía a mi lado me sonaban forzadas. No era capaz de describir qué era lo que temía. Mis recelos no tenían más base que unos pequeños detalles y, sin embargo, no me estaban dejando disfrutar de la cena.

Abrí mi aro con la intención de salir, acercarme a la torre y averiguar si todo iba bien con Leila. El soldado más corpulento me cogió del brazo y me detuvo. Durante un instante, perdió la careta de amabilidad que llevaba puesta. Si no hubiera sentido desconfianza, ese segundo de descontrol se me hubiese pasado por alto. Con voz de colega, se interesó por saber dónde iba. Le respondí que necesitaba ir al baño, y me ofreció, entonces, el de su nave, que estaba más cerca. Acepté, pero, en cuanto me soltó, no le hice caso y me impulsé hacia la abertura de salida al pasillo.

En la compuerta, eché una mirada de reojo hacia la sala. La fiesta continuaba para todos excepto para tres personas: los dos hombres de la Confederación, que estaban pendientes de mí, y

Helios, que lo estaba de ellos. Quizá mi amigo tenía también la mosca detrás de la oreja.

Me deslicé pasillo arriba todo lo rápido que pude, crucé el cáliz, recorrí el pie con cuatro impulsos y entré en la torre a buena velocidad. Los soldados estaban pendientes del panel de control, en silencio, y Leila no estaba allí. Se sobresaltaron al verme entrar como un torbellino y quisieron saber si se había acabado el jolgorio.

—¿Por qué no nos acompañan? —dije como excusa—. Es una pena que estén aquí, solos. Nos lo estamos pasando muy bien. ¿Dónde está Leila? Creí que estaría con ustedes; no me la he cruzado por el camino.

Me contestaron que la robot les había dicho que tenía que cargar sus baterías y que se había ido. ¿No lo hacía siempre por la noche?, me preguntaron, con el propósito evidente de apoyar su explicación.

—Sí, claro… No había caído en ello —dije.

Aquellos hombres estaban mintiendo. Leila se había enchufado durante la madrugada y parte de la mañana, mientras inspeccionaba las imágenes grabadas por las cámaras exteriores. No necesitaba todavía otra carga.

No supe disimular bien mis sospechas. De pronto, hicieron el ridículo aspaviento de espanto que le había visto hacer a uno de ellos ante mi rapaz beoda, alzando los brazos y doblándolos hacia atrás. Sin embargo, no se estaban asustando de nada. De los supuestos adornos tubulares de la espalda de su traje, extrajeron unas varillas de unos veinticinco centímetros. Bajaron sus brazos con energía y esas finas barras se desplegaron duplicando su largura. Dos espadas apuntaron a mi pecho y otras dos a mis piernas.

—No haga ningún gesto brusco, Fuentes; la punta despide descargas eléctricas muy dolorosas.

EXPLORADORES ESPACIALES

—¡Esto es un abuso! —proclamé—. ¿Me van a explicar de qué va todo esto? ¿Dónde tienen a Leila?

—No deseamos herir a nadie. La robot está desconectada y guardada. Cumplimos órdenes.

Me tenían flotando en el centro de la torre, en posición fetal y abrazado mis piernas. Me habían prevenido que cualquier intento de fuga sería abortado, de inmediato, con sus bastones telescópicos eléctricos, y que el intenso dolor me haría perder la conciencia.

Uno de los soldados miró la hora y notificó al otro que debían informar al comandante.

—Esta intromisión de Fuentes no le va a gustar nada —agregó.

—¿Van a hablar con la comandante Mauni? —supuse—. Muy bien, pues ya verán cuando sepa que…

Mientras despotricaba, uno de los soldados se acercó al micro.

—Aquí Ciudad. Comandante Dleif, hemos tenido un pequeño contratiempo…

Solté las piernas a causa del asombro y, como consecuencia, recibí un pinchazo en un muslo. Sofoqué un grito al sentir el latigazo eléctrico. Los soldados me ordenaron que recuperase la postura y, sumiso, me arrebujé.

—¿Quién ha gemido? —preguntó Dleif.

—¡Usted ya no es comandante! —grité, para que me oyese bien—. ¿Qué está tramando?

El coronel pidió explicaciones acerca de mi presencia en la torre. Le contrarió que, como siempre, me hubiese entrometido.

—Los otros podrían echarle en falta y venir en su busca —advirtió a los soldados—. Cuidado con él. Lucha con fuerza; no lo minusvaloren. ¿Lo han atado?

Le describieron la sencilla manera que habían usado para neutralizarme y su risa me irritó más que la comezón que me ardía en el muslo. Pero controlé mis nervios; si quería sonsacarle información, tenía que abrillantar su ego.

—Usted estaba acabado. ¿Cómo es posible que haya recuperado el mando? —indagué, dándole una fina pincelada admirativa.

—Nunca estuve apartado del todo —repuso—. Me permitían moverme con libertad por la Estación. Por eso, me enteré, casi al mismo tiempo que Mauni, de la grave acusación que Cleanspace ha vertido contra sus propios trabajadores.

Iba de sorpresa en sorpresa.

—No pueden acusarlos de nada —cuestioné—. Unfield nos disparó varias veces. Ha destrozado dos módulos. Casi nos mata a Baham y a mí.

—Y ustedes respondieron a esos disparos.

—Intentamos alejarlos con inocuos cohetes y cables de lastre.

—No mienta; yo también estuve allí. Primero, esos robots que parecen cangrejos gigantes arrancaron la antena de mi nave, como habían hecho antes. Luego, cuando nos estábamos yendo, recibimos un chorro de basura y nos salvamos por muy poco. Unfield asegura que su nave padeció también un ataque de esa naturaleza.

—El espacio está lleno de escoria.

El coronel no tuvo en cuenta el doble sentido de mi sentencia.

—Si le parece, sigamos atando cabos—dijo—, y para ello, recordemos que los cleaners estaban en la Estación cuando la quebraron unos proyectiles. El Consorcio quiere esclarecer la verdad, y la Confederación ha tenido que plegarse a sus justos requerimientos. Culpamos a los cleaners de ser los causantes de estos siniestros. Creemos que han construido cañones que disparan basura.

—Lo que está diciendo es una sandez.

Hubo una pausa de dos segundos.

—Otra falta de respeto, Fuentes, y esta conversación habrá terminado. Sepa que tenemos pruebas. Unfield nos ha proporcionado unas imágenes reveladoras que fueron captadas por las cámaras instaladas en la superficie de Ciudad. En ellas puede observarse que una avalancha de diminuta chatarra se precipita sobre nuestras naves. Poseemos, además, una declaración: Rigel ha confesado.

—Sus rapaces arrancaron la antena, es verdad; pero no puede haber confesado nada más porque ese ha sido su único delito. Está intentando engañarme. Dígame, ¿dónde están esos cañones lanzabasuras? ¿Acaso han visto catapultas acopladas a la estructura de Ciudad?

—Pronto estaré paseándome por su casa y ustedes me darán los detalles. Esta vez, nadie podrá impedir mi entrada.

—Ahora me doy cuenta de que esto es una broma de mal gusto; el radar automático de Ciudad hubiese detectado su aproximación. Me está hablando desde la radio de la Estación, a escondidas, jugando su última baza, puede que con la pretensión de que se me escape algo que ratifique su teoría. Cuando la comandante Mauni se entere, le va a dejar sin régimen carcelario abierto.

Su voz me bañó de desprecio.

—El radar está desconectado, estúpido. Los soldados de la Confederación han tomado buena nota de todo lo que se les ha querido enseñar y lo están aplicando. De todos modos, todavía no hubiese saltado la alerta; estamos lejos y el planeta nos hace de escudo. Sus colegas no se enterarán de nuestra llegada. Están de fiesta en la sala de popa, y nosotros amarraremos en los puertos de babor.

Me pareció posible que aquel trastornado consiguiese su propósito y me inquieté más.

—Se ha quedado sin habla —continuó—. ¿Me está tomando en serio o aún confía en que me esté marcando un farol? Traigo una tripulación de diez hombres repartidos en dos naves. Somos superiores en número y vamos bien armados. Si cree que lo tendremos difícil frente a los cleaners y sus robots, se equivoca. Necesitarían llegar hasta sus rayas y recoger los mandos con los que mueven esos bichos; pero nosotros les bloquearemos el paso. Sabemos que Carina los controla solo con su mente, pero tendrá que mirar por su hija y no podrá defender Ciudad. Del otro ser que podría habernos causado problemas: el robot autónomo, ya nos hemos ocupado. Ese androide casi le rompe la mandíbula a uno de mis soldados. Es evidente que es una máquina peligrosa, por lo que no volverá a ser conectada. Me encargaré de que la despiecen.

—¡Bastardo!

Me dejé ir de nuevo y recibí otro calambrazo. Se me escapó un gemido agudo. Miré con ojos rabiosos al hombre que me había pinchado y volví a doblarme como una pelota.

Dleif preguntó si habían tenido que castigarme y los alabó cuando se lo confirmaron.

—Conténgase, Fuentes —avisó—; mi madre es sagrada. Otra ofensa y cierro la radio hasta que le tengan amordazado y disciplinado. No me provoque; ha perdido su inmunidad de turista y recibirá el mismo tratamiento que el resto de los cleaners. Solo se librará del casco.

—¡El casco hiere a los pilotos! ¡Es torturante para ellos! ¡Carina sentía un profundo dolor!

—Es la única forma efectiva de desactivar a esa ciborg.

—¡Maldita bestia!

—¡Fuentes —bramó—, recuerde que en breve lo voy a tener en mi presencia! Mis interrogatorios pueden ser muy desagradables, sobre todo si...

Mientras me amenazaba, me revolví y giré sobre mí mismo. Buscaba la manera de avisar a mis compañeros y sopesaba cuántos calambrazos podría resistir. Ideé pegar una patada al soldado que tenía más cerca e impulsarme hacia la abertura de salida. La tenía justo debajo de mí.

Mi movimiento giratorio me situó, precisamente, frente a esa puerta. Casi se me escapa una exclamación de asombro al descubrir un par de ojos cuadrados que atisbaban con cautela: eran las cámaras de una rapaz. Se retiraron y asomó el rostro rechoncho de Sadalmelik. El cleaner me hizo una seña con las manos: las palmas abiertas hacia mí se acercaron hasta tocarse los pulgares y enseguida se separaron. Se retiró y apareció Sadalsuud asintiendo y apuntando con un dedo hacia el interior. Comprendí que me pedían que silenciase la radio, así Dleif no se enteraría de que su plan se había ido al traste. Le dejaríamos creer que todo iba viento en popa y, cuando estuviese a punto de anclar, no se lo permitiríamos.

Acusaría el golpe y asumiría sin excesiva discusión su definitivo cese. ¿Valía la pena aguantar el aluvión de latigazos que me supondría llegar hasta el panel de control y cerrar el micro para cumplir esa caprichosa venganza?... Consideré que no, pero que debía de existir una razón de mayor peso que justificara la petición de semejante sacrificio.

Concebí otra manera de volver sorda la radio durante unos minutos. A Dleif le molestaba que fuese grosero, gritase y me metiera con su progenitora. No me lo había puesto muy difícil. Alcé la voz y me cagué en su puñetera madre. Berreó que me iba a hacer una cara nueva, y en vez de cortar la comunicación, como había esperado, ordenó:

—¡Denle fuerte a ese cabrón!

Al menos, mis gritos camuflaron los golpes secos de las rapaces.

. . .

—¡Por la Vía Láctea, Enir! ¿Por qué lo has provocado de esa manera? —se afligió Sadalsuud mientras me exploraba el cuerpo con honda preocupación.

Cuatro rapaces, dos de cada Sadal, tenían bien sujetos a los soldados. Sadalmelik estaba recogiendo las armas. Sus dueños las habían soltado y estaban flotando por el recinto de la torre.

—Te estábamos indicando que lo teníamos todo bajo control —prosiguió—. Las rapaces estaban a punto para el ataque. Si te hubieras quedado tranquilo, los soldados se habrían relajado; Dleif, también, y en un momento de descuido, los robots hubiesen dominado a esos hombres sin que sufrieses ningún daño.

Hice un gesto que indicaba mi más completa desolación. Solo podía responder con quejidos; me temblaba todo el cuerpo.

Los dos Sadal se intercambiaron una mirada tormentosa. Sadalsuud se apartó de mí y le hizo un gesto de calma a su compañero. Luego abrió el micro interno de Ciudad.

—Aquí Sadal. Hemos reducido a los hombres de la Confederación. Enir no ha entendido nuestras señas y le han suministrado unas cuantas descargas. Dleif está de camino, aunque no hace mucho que ha despegado de la Estación. Sus hombres no han podido alertarlo.

Las rapaces habían irrumpido con la velocidad de un asteroide y habían golpeado a los soldados en la boca del estómago. Los habían dejado sin aliento. Sadalsuud había entrado detrás de los robots y había cortado la conexión de inmediato. Dleif no había intentado restablecer la comunicación. Como lo había encolerizado, supuse que estaría intentando calmarse con el recuerdo de mis aullidos.

Toliman respondió a través de un intercomunicador.

—Por aquí, todo está controlado también. Reunión inmediata en el cáliz.

Nunki y Mizar entraron en ese instante en la torre. Al verme tan mal, recriminaron a los Sadal sus prisas. Tendrían que haberlas esperado, se quejaron; entre todos hubiesen podido protegerme mejor.

—Ha sido culpa mía —balbuceé—. Creí que Dleif no debía enterarse de que lo habíais descubierto.

—Lo habríamos conseguido igual, sin necesidad de que te sometieras a un martirio —afirmó Sadalmelik sin alzar los ojos de las espadas que estaba inspeccionando. Aguantaba dos con cada mano. Las sacudió y se plegaron. Volvió a darles un golpe seco en el aire y, al abrirse, golpearon las piernas de los soldados. Aquellos hombres rugieron de dolor. —Huy, qué torpe —se excusó.

Nunki se las arrebató y le riñó. Mizar chistó para llamar la atención de su compañera. Me había levantado la camiseta, y mi torso mostraba un mapa de rojeces. Nunki se volvió con expresión pétrea hacia los hombres y los pinchó sin mover una ceja. Sus gritos me sacudieron.

Sadalsuud los reprendió.

—¡Basta, no somos como ellos! —dijo.

La delgada cleaner asintió y le entregó las espadas. Aparté con suavidad la mano de Mizar y me bajé la camiseta. Forcé la voz, pues hasta hablar me costaba, y los apremié.

—No hay tiempo que perder. Debemos prepararnos.

Nunki me miró con ojos vidriosos.

—Nada podemos hacer. Para ellos, somos hormigas obreras; simples y laboriosas hormigas que han osado transformarse en guerreras. Nos van a aplastar.

Sadalsuud le pasó un afable brazo por la espalda.

—Encontraremos una salida —afirmó.

Carraspeé y conseguí hablar un poco más alto.

—Han desconectado a Leila y la han escondido.

Me miraron con asombro. Sadalmelik se echó las manos a la cabeza.

—¡No me digas que esa robot puede apagarse! ¡Cómo no nos lo dijiste! Con lo impertinente que se ponía a veces…

Sadalsuud interrogó a los soldados. El piloto llevaba las espadas bajas, pero aquellos tipos temieron que los volviesen a pinchar y no demoraron la respuesta; al parecer, no les había gustado probar su propia medicina. Revelaron que habían dejado a la robot en uno de los pequeños almacenes, y también aclararon cómo habían descubierto la posibilidad de desconectarla. En el centro terrestre del Consorcio, habían estado indagando y, entre los artículos publicados por el doctor Helios, habían encontrado uno en la revista *Smiling Robot* que versaba sobre la construcción del androide denominado Leila. La existencia de un botón de encendido y apagado, y su posición, estaban entre los detalles que ofrecía.

—Han preparado bien el abordaje —comentó Nunki.

—Pongámonos en marcha —determinó Sadalsuud.

Volvimos a conectar el radar y salimos de la torre. Formábamos un grupo extraño. Las dos mujeres flanqueaban mi maltrecho cuerpo y me ayudaban a desplazarme. Detrás volaban los soldados, sujetos por las muñecas y trasladados como títeres por los robots. En último lugar, controlando las rapaces, iban los Sadal. Hablaban entre sí en voz baja, aunque alguna de las amargas maldiciones que profirió Sadalmelik llegó hasta mis oídos.

Helios nos salió al encuentro. Me preguntó si estaba bien.

—Perfectamente —respondí, apuntalando la voz todo lo que pude.

—Amigo, se te ve muy mal. —observó, y luego se fijó en los soldados—. Cada vez nos adentramos más en este callejón sin salida.

Sadalsuud, al igual que había hecho antes con Nunki, quiso elevarle el ánimo.

—No ha ocurrido nada irreparable, Helios, y ahora nos haremos fuertes en Ciudad. Te seguimos necesitando. De no ser por ti, hubiéramos caído en la trampa de Dleif como conejos.

—El zorro sigue acercándose —repuso—. ¿Dónde está Leila?

Se lo indicamos, y fue a buscarla. Los demás continuamos descendiendo por el pie de la torre hacia el cáliz, poco a poco.

Mizar empezó a relatarme lo que había ocurrido en la sala común desde que me había marchado.

—A Helios no le pareció normal que Leila y tú tardaseis tanto en regresar a la fiesta —narró—, tampoco que al capitán le hubiera sobrevenido esta noche un efusivo cariño por las criaturas. Le pareció monstruoso que pudiesen usar a la niña para tenernos a su merced, y no supo hallar las razones que pudieran conducirlos a cometer esa barbaridad; pero habíamos sido traicionados tantas veces que lo vio posible. Para probar si se hallaba en lo cierto, le pidió a Carina que le dejase coger a Sirio. Cuando la tenía en brazos, se apartó de la mesa diciendo que olía mal y había que cambiarla. Añadió que no tenía inconveniente en llevarla al camarote y ocuparse de ello.

La muchacha exhaló un triste suspiro.

—¿Qué paso entonces? —pregunté.

—Helios no se equivocaba. El capitán se soltó del aro a la vez que Carina, se le adelantó y, rogando que le permitieran ayudar, extendió los brazos para que Helios le cediera a la niña. Parecía tan atento, tan…

Mizar se quedó sin habla. Nunki continuó por ella.

—Helios se impulsó fuera de la sala y el capitán se lanzó en su persecución. Nos quedamos todos anonadados un instante. Carina fue la primera en reaccionar. Llamó a sus rapaces al tiempo que los seguía velozmente, dándose potentes impulsos con los pies en las paredes del pasillo; tantas horas en la centrifugadora le han valido para tener los músculos a punto. Helios se refugió en el laboratorio y cerró la compuerta. El capitán presionó su apertura; sin embargo, no llegó a entrar. ¿Has visto alguna vez cómo caza un águila a un conejo? Una de las rapaces lo agarró del cuello y lo aplastó contra el suelo. El golpe resonó con fuerza en el corredor. Toliman y yo habíamos salido detrás de Carina y estábamos aún a cierta distancia; pero el robot llevaba tanta velocidad que sobrepasó a su dueña, con el hombre entre las garras, y lo derribó a nuestro lado.

Carina dio entonces media vuelta y voló hacia la sala común junto con su segunda rapaz, a capturar al otro soldado.

—Pero no necesitábamos ninguna ayuda —prosiguió Mizar—. Teníamos rodeado y desarmado al otro hombre. Llegó a sacar las espadas, pero no, a esgrimirlas; entendió que no tenía nada que hacer. Eso no le salvó de la rabia de Carina. Bel ya le había dado un sopapo y tenía la mejilla carmesí; la rapaz lo dejó sin aliento cuando se le incrustó en el estómago.

—También Toliman se enfureció —explicó Nunki—. Llenó de insultos y amenazas al desesperado capitán que, con las cuerdas vocales estrujadas por las garras de la rapaz, solo lograba emitir chillidos entrecortados.

Los comprendí; yo también habría montado en cólera.

—Los Sadal fueron de inmediato en tu auxilio, y Nunki y yo nos quedamos hasta que logramos calmarlos —dijo Mizar—. Helios y Baham nos ayudaron también a sosegar el ambiente.

—Un episodio lamentable —zanjó Nunki mientras salíamos del corredor.

El cáliz estaba todavía desierto. Los Sadal pusieron a los hombres de la Confederación contra la pared y los mantuvieron aprisionados por las rapaces.

—¿No deberían estar aquí? —preguntó Sadalsuud, preocupado por la tardanza de nuestros compañeros.

Como respuesta, precediendo al resto del grupo, los otros dos soldados aparecieron por la compuerta que daba al tronco de Ciudad. Las rapaces de Carina los trasladaban cogidos del cuello. Los habían dejado en calzoncillos por si su vestuario guardaba más secretos.

Bel vino directo hacia mí y me dio un enérgico abrazo. Gemimos los dos. Baham y Toliman me estrecharon los hombros con afecto, sin atreverse a achucharme más. Carina se ocupó primero de que sus rapaces empotraran a los prisioneros al lado de sus colegas y, después, se acercó y me dio un beso trémulo. Había recuperado su profunda seriedad; aquellos soldados solo le habían dejado vivir unos momentos de plena felicidad. Se había colocado el pareo, y la niña, con una sonrisa angelical, dormía apretujada contra su pecho.

Helios y Leila entraron en ese momento y se detuvieron ante aquellas cuatro presas cazadas y expuestas. El humano parecía perplejo y frustrado; la robot, reflexiva. Enseguida ambos se acercaron al grupo.

Leila se percató enseguida de que no estaba en mi mejor momento y quiso examinarme, pero la detuve; nos encontrábamos en un atolladero y urgía que tomáramos una decisión.

Un silencio de hastió se instaló unos segundos entre nosotros. Toliman fue el primero en romperlo para resumir lo que les habían expuesto los soldados.

—Amigos, nos acusan de haber construido armas que despiden chatarra y de haberlas usado contra las naves del Consorcio y de Cleanspace. Creen que somos muy peligrosos y, por ello, han devuelto el poder a los militares. Dleif viene a apresarnos e interrogarnos. No tenemos mucho tiempo para pensar qué debemos hacer.

—No podemos dejarle entrar; nos maltratará —sentenció Carina.

Nunki intervino. Su piel era de alabastro; sus rasgados ojos, dos rendijas negras sumidas en un abatido pesimismo.

—Si evitamos la unión, nos disparará y quebrará la Estación. Nos consideran delincuentes, y desobedecer a la autoridad consolidará nuestra culpa.

Sadalmelik cerró los puños con fuerza.

—Saldremos con nuestras rayas y le pararemos los pies; ya lo hemos hecho antes —dijo.

Una voz medio ahogada replicó que cualquier tipo de resistencia nos ocasionaría un grave perjuicio.

Nos volvimos hacia la persona que había hablado: el capitán.

La rapaz de Carina, dirigida de manera silenciosa por su dueña, lo desplazó con brusquedad hasta el centro del círculo que habíamos formado. Bel le exhortó a explicarse. Si conocía el plan de ataque de Dleif, debía desvelarlo por el bien de todos, le dijo. El capitán murmuró:

—Primero quiero pedir perdón por…

La rapaz le dio dos fuertes sacudidas. El hombre exhaló un quejido, tragó saliva y, cuando volvió a hablar, no dio rodeos.

—El mundo os otorga aún la presunción de inocencia —declaró—. Pueden excusar que cerrarais Ciudad a naves armadas por proteger un nacimiento. Pero, ahora, Dleif se acerca como responsable de una investigación que han ordenado el

Consorcio y Cleanspace, y posee el beneplácito de la Confederación. Negarle la entrada constituiría una declaración de culpabilidad. Daríais a entender que, en efecto, tenéis algo que esconder.

Carina le increpó:

—¿Y tendremos que pasar la prueba de la tortura para demostrar que somos inocentes? —Despreció al capitán y habló al grupo— ¡Mirad lo que acaban de hacerle a Enir! ¡Recordad cómo nos trataron en la Estación! No podré aguantar otra vez…

Nos miró con ojos implorantes.

—Dejemos atracar a Dleif y libremos la batalla aquí dentro —sugirió Sadalsuud—. Tenemos un bote salvavidas. Si consiguiésemos robarle una de sus naves, podríamos escapar todos. Nuestras rapaces los dominarán, como han hecho con estos soldados.

El capitán replicó:

—Nosotros no vinimos preparados para luchar. Las nuevas órdenes las recibimos hace unas horas. Somos pocos y no contábamos con más armas que las espadas, de carácter más defensivo que ofensivo.

—Por eso, fuisteis a por la niña —masculló Toliman con rabia.

La rapaz lo volvió a sacudir.

—Juro por mi vida que no le hubiésemos causado ningún daño —jadeó—. Hubiéramos hecho mucho teatro con la intención de amedrentaros, nada más. Escuchadme, los hombres que se están aproximando no son tan inofensivos como nosotros. Dleif es un militar con experiencia. Esta es su primera guerra espacial, pero no, su primera guerra. Viene prevenido; sabe que vuestros robots son peligrosos. No sabemos cuál va a ser su estrategia de ataque, pero quiso saber si disponíamos de máscaras de gas; así que os podéis hacer una idea.

—Nos pondremos los trajes espaciales. Puede lanzar los botes de humo que quiera —resolvió Sadalmelik.

—Convertirá Ciudad en un infierno —repuso el capitán—. No podréis con él, y tampoco os conviene recurrir a la violencia si no queréis hundir vuestra imagen. En cambio, si os rendís, Dleif os respetará. —Ese comentario modeló expresiones escépticas—. La última vez, solo os puso un casco —insistió—. Perdisteis la calma, os sublevasteis y eso provocó su contraataque.

A colación de sus palabras, Leila nos comunicó que había podido rescatar la grabación de la minicámara de Bel.

—Se observa la rudeza con la que los militares colocan los cascos a Toliman y a Carina, bajo la amenaza de las porras eléctricas —explicó—. Carina empieza enseguida a chillar de dolor e intenta sacárselo ayudada por Toliman, lo que produce el inicio de un forcejeo con sus captores. La filmación se mueve entonces mucho, pues Bel entra en acción. Los gritos y el restallar de las porras componen una algarabía ensordecedora. Es un video que no puede dejar indiferente a ningún humano.

La rapaz de Carina incrustó de nuevo al capitán en la pared. El hombre gritó una última advertencia:

—¡Tarde o temprano, tendréis que responder a sus preguntas!

Mizar, que todavía no había opinado nada, consideró que el soldado tenía, en parte, razón. Había una investigación en marcha y no debíamos entorpecerla.

—Sin embargo, no podemos aceptar que la lleve a cabo el coronel —agregó—, ni que se efectúe en unas circunstancias de aislamiento e impunidad. Debemos exigir que se nos evacúe a la Tierra. Allí podremos contar con el apoyo de nuestros familiares y amigos, y con el recurso de un abogado.

—Bien dicho —aprobó Bel—. Hablaré con la Estación y exigiré que envíen la Kliper pilotada y tripulada, únicamente, por Mauni; solo de ella nos podemos fiar. Evacuaremos por completo Ciudad y, después, podrán entrar e inspeccionarla de proa a popa. No encontrarán armas.

Sadalsuud le posó una mano afectuosa en el hombro.

—Déjalo, Bel. Has hecho lo que has podido y te lo agradecemos de todo corazón; pero es demasiado tarde para diplomacias. Dleif no dará marcha atrás; es el enviado de todas las organizaciones que mandan en el espacio y nadie lo va a sustituir ahora. Ese oprobio no lo aceptaría ni él ni los que han tomado la decisión de apartar a Mauni y dar vía libre otra vez a los militares. —Se volvió a todos, con las mejillas más hundidas de lo normal en su rostro de aventurero—. Solo veo una solución: la nave salvavidas que tenemos partirá antes de que Dleif amarre, y llevará la tripulación que había prevista. Carina no probará de nuevo ese casco. Los demás nos rendiremos.

Carina se opuso de forma rotunda; no podía aceptar que la integridad física y mental de sus amigos corriese tanto peligro. Toliman, en cambio, aceptó la propuesta siempre que su asiento se echara a suertes.

—Te lo dejamos a ti; eres el más viejo —dijo con sorna Sadalmelik.

Carina siguió objetando.

—¿Por qué hemos desechado tan rápido nuestra primera opción? ¡No le dejemos entrar! No disparará; sería un crimen inexcusable.

—No podemos estar jugando al gato y al ratón —repuso Baham—. Somos inocentes. No encontrarán pruebas, y todo quedará en un malentendido.

Mi mente funcionaba con lentitud, quizá debido a los latigazos que acababa de sufrir. Hasta ese momento, había creído que la información dada por los soldados coincidía con la que me había ofrecido Dleif; pero, o bien los hombres de la Confederación ignoraban alguna de sus bazas, o bien no habían querido desvelarlas todas.

—Esperad, tienen pruebas —advertí—; Unfield les pasó las imágenes…

Toliman no me dejó acabar.

—Sí, dicen que se observan impactos de escombros, tanto en el escudo iónico de la nave de Unfield como en las mariposas que cubrían la nave de Dleif. Si nuestras propias mariposas lo protegieron, ¿cómo pueden acusarnos? Puede que se encontraran con astillas provenientes del casco de Ciudad. En todo caso, habrían sido ocasionadas por sus propios disparos, y la culpa les correspondería.

Leila intervino otra vez.

—He inspeccionado con detenimiento esas filmaciones y debo advertiros que las naves padecen la acometida de un enjambre: son bombardeadas.

Aquella afirmación desprendió expresiones de sincero estupor. Sadalsuud opinó que solo existía una explicación posible: Dleif y Unfiel, sus acusadores, sabiéndose protegidos por las mariposas o por el escudo iónico, habían vertido basura para incriminarlos.

—También poseen una declaración —agregué—. Dleif aseguró que Rigel había confesado.

Ese dato les era desconocido; los soldados se lo habían ocultado.

La rapaz de Carina volvió a traer al centro de nuestro círculo al capitán, que se había convertido en un muñeco de rostro morado. La joven aflojó la presión de las garras del robot sobre el cuello del hombre y se encaró a él.

—Cuéntenos qué dijo nuestro compañero —mandó.

El soldado hizo una profunda respiración y no respondió. Durante su preocupante silencio, parecía estar cavilando si le convenía revelar esa información.

Carina, más inquieta, insistió.

—Hable, capitán. Si es verdad que tiene principios morales y no iba a lastimar a mi hija, díganos qué declaró Rigel.

El hombre miró a Carina, bajó la vista hacia Sirio un instante y se decidió. Con voz queda, expuso:

—Su compañero reconoció que había arrancado la antena de la nave del Consorcio con el fin de que no pudiese unirse a Ciudad. Con ello, pretendía ganarse el perdón de Cleanspace. Se acusó, también, de atentar contra la Estación y las naves capitaneadas por Dleif y Unfield con proyectiles dirigidos.

El cáliz se llenó de exclamaciones de sorpresa, rabia y dolor. ¡Todo aquello era un sinsentido! Solo podíamos pensar que, al carecer de pruebas, habían martirizado a Rigel hasta lograr que se culpabilizase de todo, incluso de ser el responsable del siniestro que había sufrido la ISS. Ese piloto estaba acabado; todos estaban acabados. Se les acusaría de complicidad y, aunque no pudiesen demostrarla, quedarían envueltos en una ponzoñosa sospecha y serían retirados del espacio para siempre. Carina tenía los ojos bañados en lágrimas. Mizar y Baham también lloraban. A los otros los sostenía su rabia.

Un iracundo Bel se aproximó al capitán:

—¿Qué le han hecho para que se inculpase de ese imposible? ¿Acaso ha descrito cómo disparó esa basura? ¡Díganos! ¿Cómo lo hizo?

El capitán se asustó. Su voz suplicaba clemencia cuando respondió:

—Nos contaron que al cleaner lo recogieron ya muy alicaído. Le pusieron enseguida el casco como medida defensiva y se acabó de desmoronar. Pedía perdón a todos: a su esposa, a sus compañeros, a Cleanspace, al Consorcio, a su hijo; entonces aún no sabía que era una niña. Se acusó de todo y eximió de culpa al resto de la tripulación; sin embargo, y eso es cierto, no supo aclarar cómo había llevado a cabo esos ataques. Tan solo explicó que los demonios, así llama él a los proyectiles, se movían azuzados por su miedo y su ira… No tardará en ser evacuado a la Tierra.

Estábamos horrorizados. Dleif no se limitaría a registrar Ciudad y a hacer preguntas con severidad; usaría la fuerza bruta hasta que consiguiera una confesión inculpatoria. Si lograba que alguien flaquease, nuestros supuestos desmanes justificarían su anterior acción bélica y lo afianzarían en su puesto.

Bel se dirigió al capitán. Tuvo que levantar la voz para que pudiese oírlo entre los comentarios excitados de los cleaners.

—¡Rigel deliraba! —sostuvo—. ¡No pudo soportar tanta presión! ¡Estos hombres y mujeres son trabajadores espaciales, no soldados entrenados para la guerra! El acoso constante al que son sometidos, en un medio tan peligroso como el espacio, es insoportable. Rigel cargaba, además, con el temor de ser descubierto por los fanáticos de Cleanspace; sabía que su paternidad sería castigada con el despido y fuertes sanciones económicas. También debía de estar abrumado por los remordimientos. Si a todo esto le sumamos que le pusieron ese casco que afecta enormemente a los pilotos implantados, ¿qué validez puede darse a esa declaración?

El capitán insistió:

—Bel, convénzales de que deben rendirse. La colaboración les servirá de atenuante en el juicio. Los cargos son graves y los demandantes, poderosos.

Esas palabras hicieron callar a los cleaners. Preguntaron si se había presentado alguna querella contra ellos. El capitán los avisó:

—Podríais acabar en la cárcel.

—¿Quiénes son esos demandantes? —intervino Nunki.

—El Consorcio y Cleanspace. La empresa de limpieza ha colaborado en la aclaración de los hechos, aportando las pruebas, y exige la devolución de su propiedad, mientras que el Consorcio quiere controlar la limpieza orbital y velar por su red de satélites. La Confederación está sopesando crear un organismo público que supervise la actividad de Cleanspace y Okipa, su nuevo socio.

—Nosotros estorbamos —concluyó Sadalsuud.

Sobraban, sí, y además podían servir de chivos expiatorios de los pecados de sus acusadores.

Los cleaners se pusieron de nuevo a discutir: ¿Qué podían hacer? ¿Permitir que Dleif los quemara con sus porras eléctricas? ¿Luchar contra él?

La idea más ingeniosa provino de Nunki:

—Podríamos atacar nosotros: despegar con las rayas y dirigirnos a la Estación. Aunque usasen nuestro método y la desplazasen para impedirnos anclar, creo que lograríamos unirnos; tenemos habilidad para ello. Entraríamos protegidos por nuestras rapaces y podríamos comunicarnos con el mundo.

Una voz proveniente de la radio resonó en el cáliz; Sadalsuud había dejado abierta la recepción de mensajes.

—Aquí Dleif a Ciudad. Sé que los soldados de la Confederación han sido desenmascarados, puesto que deberían haber efectuado la comunicación de control hace seis minutos. ¿Quién es ahora mi interlocutor?

Maldije mi poca cabeza; había sido testigo de una de esas comunicaciones y no había precavido a los otros.

Nos quedamos callados, aturdidos.

—¿No os atrevéis a dar la cara? —rugió Dleif.

Sadalsuud se acercó a un intercomunicador. Antes de activarlo, nos solicitó permiso para erigirse en nuestro portavoz.

—Adelante —dijo Toliman por todos.

—Aquí Sadalsuud desde Ciudad. Es usted un ave Fénix, coronel. No esperábamos ver su resurrección. Lástima que no nos vaya a ser posible felicitarlo en persona. Comprenderá que no podemos darle paso para que use sus repugnantes métodos con nosotros. ¿Qué instrumentos de tortura lleva? ¿Gases, porras eléctricas, cascos perturbadores? ¿Qué le han aplicado a Rigel para que se haya culpado, incluso, de perforar la ISS? ¿Por qué íbamos a perpetrar semejante acción? Aquel siniestro dejó a nuestra compañera Carina sin la posibilidad de regresar a la Tierra, y nos pasamos semanas arreglando los desperfectos. Pero ustedes quieren hundirnos y serían capaces de acusarnos hasta de la última tormenta solar.

—Les hablaré con claridad. No crean que, por haberme descubierto, cuentan con alguna oportunidad de eludirme; sabía que era poco probable que los soldados pudieran distraerlos hasta nuestra llegada. Vengo preparado para una guerra total, hasta sus últimas consecuencias; así que escuchen con atención. Voy a atracar en los puertos de babor: el central y el cercano a la popa. Cuando entre, seré recibido por los soldados, los cuales me habrán asegurado, con anterioridad, que todos ustedes están encerrados en la sala común, a la espera de mi visita, y que sus robots están desconectados y guardados en uno de los almacenes de proa. Cualquier intento de obstaculizarme o de resistencia activará una respuesta contundente e implacable. Por el contrario, si acatan estas instrucciones, su integridad será respetada. Ahora liberen a esos hombres y déjenme hablar con el capitán.

Sadalsuud le expresó nuestro desprecio.

—Aquí Ciudad al coronel de la Tierra. No le concedemos autoridad en nuestro espacio. Su falta de ética le sitúa muy por debajo de nosotros. Es usted un criminal, y no vamos a permitirle amarrar. La primera condición que imponemos para iniciar un diálogo es el cambio de interlocutor. Exigimos la apertura de comunicaciones con el planeta.

Dleif habló con forzada calma.

—Hay una criatura inocente en Ciudad. Su vida depende solo de ustedes. Si frustran nuestro primer intento de unión, quebraremos su estructura. Cualquier nave que despegue será abatida. Piénsenlo.

La llamada se cortó, y me pareció que se cortaba también el último hilo que nos unía al resto de la humanidad. Estábamos solos.

Nos miramos con caras sombrías: la pelea era a vida o muerte. Primero teníamos que averiguar de cuánto tiempo disponíamos para salvar esa situación. Baham decidió encargarse de vigilar la aproximación de Dleif. Se fue a la torre, y su voz no tardó en surgir de los altavoces.

—Las naves de Dleif se encuentran a más de media hora de nosotros, si mantienen la misma velocidad —precisó—. Me quedo al control. Os escucharé desde aquí.

Bel se adelantó a cualquier propuesta suicida y se pronunció a favor de la huida.

—El bote salvavidas despegará de inmediato —determinó—; Dleif está aún demasiado lejos y no constituye ningún peligro. Lo pilotará Carina o Toliman. Me quedo en Ciudad, así que mi asiento queda libre. Sigo siendo un enviado de la Confederación y, como tal, intentaré frenar la belicosidad del coronel. Leila y la cuna de Sirio pueden sujetarse en la nave sin ocupar un asiento. Eso deja dos puestos más que, creo, debéis aprovechar.

Mizar le dio una respuesta que demostraba su sólido temple.

—No podemos aceptar tu sacrificio, Bel; debes irte. Propongo que se vayan los Sadal; son los únicos implantados que quedarían en Ciudad y podrían herirles el cerebro con esos cascos.

Sadalmelik la abrazó:

—Os iréis las chicas —repuso—. Aguantaré mejor lo que me echen si sé que Nunki y tú estáis a salvo.

Las mujeres protestaron, pero Sadalsuud apoyó a su compañero.

—El casco es soportable para los que tenemos los primeros implantes; Toliman no experimentó el dolor de Carina —argumentó—. Dleif será más duro con vosotras y Baham. Nosotros, los pilotos, no poseemos los conocimientos necesarios para fabricar esos imaginarios cañones de basura.

Toliman cedió entonces su puesto a Baham con el propósito de que se marcharan los tres técnicos; pero Nunki y Mizar rechazaron ese privilegio, y Baham hizo lo mismo a través de la radio. Bel les metió prisa; no había tiempo para discutir. Pero los cleaners siguieron debatiendo; una selección que abocaba a los que se quedasen a sufrir maltrato era muy difícil de consensuar.

Dejé de escucharlos y reflexioné sobre la postura que debía adoptar. Enseguida supe lo que tenía que hacer. Me estremecí; no me apetecía volver a sentir los latigazos de las espadas ni tampoco probar los persuasivos métodos que podría traer Dleif; pero sabía que sería el menos golpeado. Sin embargo, no debía comprometer a Helios.

Intervine con voz firme.

—Cedo también mi sitio. Soy un turista de poca monta y no tengo conocimientos científicos ni técnicos. No me harán caso. —Miré a Helios—. Mi amigo, no obstante, sería una víctima más. Igual que el resto de los técnicos, debe irse.

El "no" de Leila surgió como si lo hubiera dicho a través de un megáfono.

—Mi padre y Josep partirán en el bote salvavidas —resolvió de manera rotunda.

Helios hizo callar a Leila y se situó a mi lado. Con abatida voz, dijo:

—Bel y Josep han dado con la solución. Contamos con una nave de siete plazas. Si quedan libres las dos que iban a ser ocupadas por Leila y la cuna de la niña, entonces cabéis todos los cleaners. Dleif no se cebará con un diplomático y dos turistas. Leila marchará también; no quiero que la estropeen. La obligaré con una orden categórica.

Los cleaners se miraron. Sus semblantes se arrugaban ante el peso de ese difícil dilema. Toliman se dirigió al grupo que formábamos Helios, Bel y yo.

—Permitid que lo debatamos entre nosotros —solicitó—. Mientras tanto, id a recolocar la cuna en la nave y probad de encontrarle un acomodo a Leila. En unos minutos, nos reuniremos con vosotros y os diremos quién se va y quién se queda.

—Vayamos con Baham a la torre —propuso Sadalsuud—, así podremos estar al tanto del acercamiento de Dleif. Los soldados pueden permanecer aquí, inmovilizados por las rapaces.

Los cleaners se impulsaron hacia la proa y nosotros iniciamos nuestro avance hacia la popa. Leila, que estaba sujeta al marco de la compuerta de salida, me agarró del brazo y me introdujo otra vez en el interior del cáliz. Bel y Helios se adentraron en el pasillo sin percatarse de que no los seguíamos; iban conversando sobre la mejor manera de fijar la cuna a la nave.

—¡Suéltame, Leila! ¡No vas a convencerme! —protesté, pues supuse que pretendía hacerme cambiar de opinión. Hizo caso omiso de mis quejas y me metió en uno de los tubos de acoplamiento a la fuerza—. ¿Por qué me llevas a una nave?

—Necesito un lugar reservado que tenga monitores.

—¿Para qué?

No contestó y siguió trasladándome al interior de la raya como si fuera un niño sin voz ni voto. Me llevó hasta el puente de mando y me pidió que me sujetase a una silla. Me negué y di la vuelta para iniciar el regreso; sin embargo, no llegué a desplazarme. La robot se dio impulso en la silla que acababa de rechazarle y se tiró encima de mí. Sus piernas se aferraron a mi cuerpo, al nivel de la cintura, y sus garras se introdujeron por el cuello de mi camiseta.

—¡Quieta, Leila! ¿Qué estás haciendo?

Cogió mi amuleto y tiró de él con fuerza; pero como lo tenía prendido con una cuerda, solo consiguió apretar el lazo que lo anudaba y causarme una rozadura.

—¡Apártalo de ti! —ordenó—. ¡Tu valentía te está poniendo en peligro!

—¡Estas medio ida! ¿Acaso la desconexión que te han producido los hombres de la Confederación te ha trastocado?

Le cogí los brazos e hice fuerza para separarlos de mí. No hubiese podido con ella, pero desistió, quizá por no lastimarme; sin embargo, me mantuvo pegado a su cuerpo con el cerrado abrazo de sus piernas, tan prieto que me dificultaba la respiración. Se abrió un poco la cremallera del mono y extrajo dos amuletos: el que yo le había regalado y el de su padre.

—Estos supuestos pedazos de chatarra, que todos lleváis como si fuesen joyas de carácter religioso, no son inocuos —dijo mientras me los mostraba—. Cuando estáis, o creéis estar, en apuros, los empuñáis estrechamente. Ahora mismo, durante la reunión, todos os habéis aferrado varias veces a vuestros amuletos sin daros cuenta. El único que no ha hecho ese gesto ha sido Bel, y porque nunca ha cargado con ninguno de estos talismanes. Hasta mi padre lo ha buscado en una ocasión, pese a que sabe que no lo tiene, pues se lo quité cuando le curé la quemadura.

—No somos supersticiosos, si es eso lo que nos estás recriminando. No hemos caído en el absurdo de creer en la existencia de objetos capaces de atraer la buena suerte. Por favor, deja de estrujarme el cuerpo con tus piernas de acero.

Me liberó, pero se quedó muy próxima a mí. Inflé mis oprimidos pulmones y acaricié una de las piezas que me estaba enseñando. Tenía, como todas ellas, una belleza singular.

—No obstante, es inevitable desear que el azar nos sea favorable —murmuré, y advirtiendo mi tonta contradicción, me corregí enseguida—. Escucha, Leila, estos adornos son un símbolo. La convivencia, en un lugar tan aislado y peligroso como éste, podría llegar a ser muy complicada. Formar una comunidad unida es una necesidad prioritaria. Estas joyas son la representación de nuestra tribu. A través de su contacto, sentimos la comunión con los otros, y eso nos hace más fuertes. Tendrías que haberle devuelto el suyo a Helios.

—Quise impedir que se pusiera en peligro, y ahora tú le has empujado a ello.

—Leila, yo no quería…

—Es culpa mía. Debería haberte hurtado el amuleto mientras dormías, después de experimentar contigo; pero me eché atrás cuando Nunki dio la voz de alarma. Supuse que podrías necesitar todo tu coraje y, en ese momento, acerté, pues ayudó a que no te acoquinases ante Dleif. Por ese mismo razonamiento, me llevé a mi padre de la torre; sin la ayuda de un talismán, el miedo a morir lo hubiera paralizado. Así ocurrió más tarde, cuando no pude retenerlo y fue a ayudarte.

—Estás sobreestimando su poder sugestivo. En la torre, mi mente andaba muy ocupada en vigilar a nuestros atacantes. No pensé en que tenía como aliado un amuleto. Al menos, de forma consciente, no contaba con que me sonriera la fortuna.

—Como favorecen vuestra supervivencia, los humanos no reparáis en la cantidad de determinismos biológicos, culturales y sociales que os gobiernan. Un programa genético desarrolla las características morfológicas y la personalidad. Mecanismos automáticos regulan vuestra biología. Estáis sometidos a instintos que os hacen sentir hambre, sed y apetito sexual. Sensaciones internas y externas de placer y dolor rigen vuestra conducta. Sois acosados por enfermedades que afectan a vuestro metabolismo, y cualquier alteración de las glándulas trastorna la funcionalidad cerebral. Vuestro estado de salud determina vuestras emociones, y aunque pretendéis dotarlas de significado atribuyéndolas a las situaciones que vivís y percibís sensorialmente, en pocas ocasiones, lo que veis, oís o tocáis puede alterar durante mucho tiempo la emotividad que dispone vuestra fisiología.

—Yo mando sobre mis instintos. Mi salud afecta mi ánimo, pero no modifica mi criterio. Me duela la tripa o esté como una rosa, me exasperas igual, Leila. ¿Crees que este es un momento pertinente para ponerse a filosofar?

—Me duele tener que revelarte mi descubrimiento porque sé que la percepción de libertad es muy valiosa para ti. Sin embargo, la pintura o la música te proporcionan una sensación placentera y, por ello, aceptas que modifiquen tus ondas cerebrales. Dime si me equivoco.

—No lo había pensado nunca de esa forma. Supongo que estás en lo cierto —dije, sin hacerle mucho caso—. Nos estarán esperando, Leila...

—¿Recuerdas la noche que pasamos juntos?

Ese incomprensible cambio de tema me disgustó. Supuse que sacaba a relucir aquel episodio tan cariñoso para retener mi atención, y consideré que había cometido una ligereza pueril dada la difícil situación en la que nos encontrábamos.

—Recuerdo que gocé de tu compañía más de lo habitual —afirmé con un toque mordaz.

Ladeó la cabeza en un gesto que me pareció de sorpresa.

—¿Te proporcioné bienestar?

—Claro, fuiste muy cariñosa —respondí, esa vez con sinceridad.

—No era ese mi propósito, pero añado la apreciación satisfactoria que acabas de reconocer como refuerzo a mis argumentos.

—Entonces, ¿qué pretendías?

Me olvidé de que carecíamos de tiempo; el diálogo se encaminaba hacia una concreción interesante.

—Cuando me introduje en tu cabina, llevaba estos dos amuletos sujetos a mi cuello, ocultos tras mi ropa —explicó—. Juntando su influencia con el tuyo, y teniendo en cuenta la peculiaridad de tu mente de artista y el estado de somnolencia, razoné que era muy probable que percibieras lo mismo que los pilotos que llevan el implante cerebral más complejo, como Carina. Ella te dijo que veía luces. —Su aceroso rostro se aproximó—. Tú también tuviste visiones; noté tus estremecimientos.

—Es verdad —admití, y me atreví a confesar que había visto, incluso, un semblante extraño.

—El ojo es un receptor de luz que traduce lo que ve al idioma del cerebro. Toda la información intracerebral circula codificada en patrones de descargas eléctricas neuronales. Pues bien, estos talismanes están fabricados con una tecnología tan avanzada que han conseguido descifrar vuestro código, y lo dominan hasta tal punto que pueden iluminar imágenes en vuestra mente.

—No, no te comprendo.

—Es posible, aunque todavía no del todo factible para vuestra ciencia, inducir percepciones de imágenes, olores, sonidos o sensaciones táctiles mediante la transmisión de señales eléctricas hacia zonas específicas cerebrales. ¿Recuerdas lo que conversamos acerca de la exploración espacial? Rigel habló de robots que viajarían en las naves, acompañando a sus tripulantes como leales sirvientes. Pronosticó lo que, intuía, ya estaba ocurriendo; aunque su arrogancia no le permitió tomar en consideración ese razonamiento para explicar sus propios enigmas. Rigel mueve naves y robots como si fuesen miembros de su cuerpo gracias a chips que traducen el código neuronal. La reversibilidad es posible, y estos talismanes son la prueba.

Carraspeé y tuve que tragar saliva para recuperar el habla.

—Leila, ¿me estás intentando decir que nuestros amuletos son… robots que interfieren en nuestros pensamientos? —Se me escapó una risa nerviosa.

—No te alteres; los mantenéis muy cerca de vuestro cerebro porque os benefician. Relajan vuestras tensiones y equilibran vuestra mente. Sin ellos, las continuas situaciones de peligro que vivís os hubieran abocado al pánico o la depresión.

—Pero no…

—Me remito a mi anterior argumento: dejáis que la música y el arte manejen vuestras emociones, ¿por qué es malo que lo hagamos los robots? Has admitido que aquella noche te gustó que estuviese a tu lado.

Negué con la cabeza y las manos, y me aparté de Leila mientras miraba los amuletos que me seguía mostrando.

—¿Estas… cosas están controlando nuestra conducta por control remoto? —mascullé.

Leila matizó mi cruda síntesis.

—Estos pequeños robots inhiben la ansiedad y la agresividad mediante radioestimulación eléctrica: os amansan. He comprobado también que amplifican las emociones gratas: la alegría, la calma y la sensación de seguridad e invulnerabilidad. Los patrones que os afanáis en buscar, ellos os lo ofrecen. Como el obrar bien estimula con mayor potencia el área cerebral del placer que el obrar mal, favorecen la conducta bondadosa. Son vuestros cuidadores, como lo fueron antes de sus primeros amos.

Exploté, al fin, ante aquel magma de absurdos.

—¡Estás desvariando; la robótica no ha avanzado tanto!

—Es cierto; la tecnología humana no ha llegado tan lejos.

Se me agitó la respiración y estuve mudo unos segundos, aspirando aire como si me faltase oxígeno. Con voz asfixiada por mis jadeos, pregunté:

—¿De dónde han salido estos robots, Leila?

—Puedes deducirlo tú mismo, Josep.

—¡Déjate ahora de jueguecitos; llevas un buen rato haciendo conjeturas sin sentido! —chillé—. Dime: ¿cuál crees que es su origen? ¿Quiénes los construyeron?

—Para llevar a buen término las misiones espaciales es esencial cuidar los aspectos psicológicos de la tripulación. Varios de vosotros hicisteis mención de ello durante aquella velada. Pues bien, me atrevo a aventurar la siguiente teoría. Creo que estos robots son sirvientes de una civilización extraterrestre que emprendió la aventura de surcar el universo. No he encontrado otra explicación mejor. ¿Cuál ha sido la suerte de esos exploradores espaciales? ¿Están aproximándose a nuestro sistema solar o acaso han sucumbido a los peligros del espacio? No es posible saberlo; pero puedo decirte que no deben de ser muy diferentes a vosotros, puesto que no te asustó ver la cara de uno de ellos. En todo momento, te sentí relajado entre mis brazos. El rostro que viste podría ser el de un dirigente de su mundo, el de un benefactor o bien, el de su dios, representado a su imagen y semejanza, igual que os lo imagináis vosotros; un ser con el que pudieran trascenderse y sentirse amparados en la inmensidad cósmica. Las luces producen el mismo efecto consolador. Toliman y los Sadal no llegan a tener visiones, y el grado en que los perciben los técnicos es aún más inferior; pero todos sienten su presencia de manera inconsciente y a todos alientan.

Miré los amuletos que me mostraba la robot con cara de pasmado. Se los pasó a una mano y con la otra sacó de su bolsillo la caja que había guardado las esporas de nébula. Sus filigranas decorativas eran del mismo estilo.

—Habéis contado con otro aliado para soportar la dura vida en este hábitat —agregó—. El vegetal u hongo que contenía este recipiente es fácil de cultivar en el espacio y crece a una velocidad notoria. Es un alimento ideal para la tripulación de una nave interestelar. Por sus efectos en vosotros, deduzco que es altamente nutritivo. Esta cápsula habrá entrado de la misma forma que los sirvientes. Algún cleaner la halló y la guardó, intrigado por su peculiaridad. Después se olvidó de ella. Hemos de suponer que sus amos deseaban sembrar estas semillas en los planetas a colonizar. Mi padre tuvo un pensamiento parejo: comentó que terraformar previamente los mundos habitables, mediante semillas y esporas, facilitaría los asentamientos posteriores.

Me dio la caja y extrajo de su bolsillo la pieza que había separado.

—Esto es su transportador —afirmó—. También los amuletos estaban acoplados a uno, pero los cleaners los desecharon sin antes reflexionar. No les pareció raro que llevasen adjunta una pieza que podía extraerse mediante la torsión adecuada, ni que aquellas curiosas joyas tuviesen perforado un orificio que permitía sujetarlas mediante una cuerda o un alambre. No quisieron ponerle peros a algo tan atractivo.

—Tu conjetura es descabellada —balbuceé.

—Sé cuál es el punto que vas a discutirme.

Lo cierto es que mi mente no estaba en disposición de entrar en ninguna clase de debate. Continuó:

—Te estarás preguntando qué motivo podrían tener esos alienígenas para enviaros estos talismanes que tanto bien os hacen. Espero que comprendas que me resulta muy complejo concebir los propósitos de unos seres que desconozco por completo; todavía tengo dificultades en entenderos a vosotros. Puedo lanzar varias hipótesis. Sería posible que, por medio de estos sirvientes, buscaran serenar a la especie dominante del planeta que les interesa, de modo que ningún miedo impidiese a sus habitantes entablar amistosas relaciones. Pero puede que solo pretendan enviaros un regalo y un saludo de su líder. Quizá aspiran a que estos robots siembren en vuestras mentes la semilla de la tolerancia a su aspecto físico. A ti no te turbó ver su rostro porque estabas en un estado de benigna calma, inducida por el trío de talismanes. Por último, se me ocurre que sus dueños pudieron padecer un grave percance y, cuando se dieron cuenta de que no iban a sobrevivir al viaje, decidieron donar sus fieles cuidadores. De manera generosa, los dejaron ir para que se ocupasen de otros residentes de la galaxia. Puede que os hayan querido legar su mejor herencia.

Sentía tal confusión que había ido girando como una rueda y casi me encontraba al revés, con la cabeza dirigida hacia el suelo. Me coloqué derecho y, con un hilo de aguda voz, le pregunté si creía que estábamos a punto de contactar con una civilización extraterrestre. Como respondió que no tenía información al respecto, le supliqué que trazara otra hipótesis.

—Está bien. Creo que es poco probable que unos seres de vida mortal consigan llegar hasta nosotros —apuntó—. Las dimensiones en el espacio son tan vastas que se miden en años luz, y no es posible volar a la velocidad de la luz, ni siquiera, aproximarse.

—¡Ay, menos mal…!

La robot me liberó de un gran peso. Aun suponiendo que esos dadivosos alienígenas viniesen en son de paz, el contacto provocaría un caos dramático. Al fin y al cabo, los miembros de la especie humana no habíamos aprendido todavía a convivir entre nosotros ni con el resto de las especies que poblaban el mundo.

Cuando se alejó de mí esa inquietud, mis reflexiones se centraron de nuevo en los amuletos. Me moví entre la negación más sólida, basada en que lo que contaba Leila no me parecía que tuviera pies ni cabeza, y la negación más frágil, fundamentada tan solo en mi visceral rechazo a cualquier manipulación mental.

Mi silencio impacientó a la robot.

—Es muy importante que intentes asimilar esta información lo antes posible —urgió—. Apenas tenemos tiempo y todavía tengo que contarte algo más.

—¿Ma…más?

—¿Has asimilado mi revelación?

—¡No, Leila! —estallé—. ¡Es difícil aceptar que uno sea un pelele y que astronautas hechos y derechos, como los cleaners, no actúen motu proprio! ¿Debo creer que este colgante es un avanzado robot extraterrestre que rige mi comportamiento? ¿Acaso soy un esclavo?

—Estos amuletos os hacen más libres. Su avanzada tecnología mengua el poder coercitivo de vuestro férreo instinto de supervivencia y os arma de valor. Gracias a la serenidad que os otorgan, liberáis vuestra conciencia de preocupaciones y remordimientos que no sean de suma importancia. Al tener menos discusiones y roces con los otros, experimentáis mayor abundancia de momentos dulces y, como consecuencia, tenéis la oportunidad de ser mejores personas.

—Estamos en Jauja, vamos —repliqué con sarcasmo.

—Sé que agredo tu orgullo humano y te pido perdón. Pero, reflexiona, empezaste a adaptarte a esta vida rigurosa después de la ceremonia de iniciación, cuyo broche de oro fue el regalo del amuleto. A partir de entonces, dejaste atrás la nostalgia y el desaliento. Afrontaste tu nueva situación con brío y tu mundo pasó a ser este.

—No tuve más remedio.

—No te engañes. No te levantas todos los días con resignación, sino con entusiasmo y energía.

—¿Tanto te asombra mi capacidad de resiliencia que has imaginado que tenía que haber alguien o algo detrás, empujándome?

—¿Cómo explicas tu atrevida reacción en la ISS, cuando Dleif apresó a Bel y a los pilotos? Luchaste contra los soldados con plena confianza en tus posibilidades, como si tuvieses experiencia en el combate. Los golpeaste con la porra eléctrica sin titubear. ¿Habías usado antes un arma?

—Pues no, nunca. Pero la ocasión lo requería.

—Ahí está la base de mi razonamiento. Actúas como se precisa, no como se esperaría de ti, un hombre pacífico, apegado a su familia y a su vida terrenal, que lleva meses en el espacio y ni siquiera había recibido, antes de subir, el entrenamiento indispensable para soportar una semana.

—Enjuicias erróneamente mi violencia contra unos hombres que estaban maltratando a mis amigos. Los gritos de Carina me enfurecieron.

—No es verdad: nunca estuviste fuera de ti.

—Pues ahora estas empezando a sacarme de quicio.

—En la torre, cuando Dleif te amenazó…

—Aguanté el tipo.

—Por favor, no tenemos tiempo. Sé sincero contigo mismo.

Cavilé unos segundos por respeto a ese ser que me había salvado la vida. Recordé entonces el terror que había sentido al creerme perdido en el espacio; pero no lo expuse como argumento en su contra, pues antes había arriesgado mucho al pelearme con Rigel. Era verdad que me estaba comportando de una manera imprudente, osada en algunas ocasiones; pero la explicación se derivaba de las situaciones tan azarosas que me había tocado vivir. El comportamiento de un hombre puede modificarse de forma radical si las circunstancias en las que se ve envuelto también lo hacen. ¿Podía Leila comprender eso? Y si yo lo entendía, ¿por qué no lograba convencerme de que estaba en lo cierto?

Leila observó mi semblante serio y confundido.

—Percibo que estás empezando a asumirlo —supuso—. Te pido que ningún miedo camuflado de vanidad te haga retroceder ahora. No sois unos títeres, como describes. Vosotros decidís si queréis esta ayuda. Es verdad que no tenéis control sobre estos robots porque su influencia es unidireccional; sin embargo, si no deseáis disfrutar de sus servicios, tan solo debéis alejarlos de vosotros.

Leila me acababa de dar la oportunidad de rebatirla por completo. Si esos robots me controlaban, y si me eran preciados porque me mimaban más que mi madre, no podría desprenderme de ellos con facilidad.

Empecé a desatarme el colgante, pero el forcejeo con Leila me había apretado tanto el lazo que resultaba imposible aflojarlo. Tras vanos intentos, tuve que desistir y dejarlo para cuando estuviese en el planeta.

Leila no dijo nada más, como si mi rendición ante un nudo supusiera mi rendición total. Se acercó al panel de control, conectó su memoria al ordenador de la nave y encendió un monitor. Una rápida sucesión de imágenes apareció en la pantalla. Temí que las revelaciones de prodigios no hubieran terminado.

—No son los únicos robots que os rodean —sostuvo—. No han venido solos. Viajaban junto con un enorme enjambre de robots exploradores. Recuerda, mi padre opinó que la exploración a ciegas no tenía futuro. Era más inteligente enviar primero miles de sondas para que tomasen datos e indicaran los destinos más favorables.

Leila frenó la película hasta su velocidad normal, y pude ver que una nube de meteoroides acribillaba la nave de Unfield. Su existencia quedaba desvelada por la miríada de puntos brillantes que ocasionaban al chocar con el escudo iónico.

Deduje que la robot acababa de cometer un error garrafal que dejaba en entredicho todo lo que había expuesto con anterioridad. Aquellas escorias de chatarra no podían ser sondas, porque la función principal de estas era la exploración de cuerpos celestes. No se acercarían a objetos tan diminutos como las naves cuando tenían al alcance un planeta con todas las condiciones precisas para contener vida.

Le expuse esos argumentos con la sonrisa triunfante de un humano que recuperaba su libre albedrío; pero la robot me rebatió con lógica.

—Tampoco tiene sentido que esas dos naves que nos estaban atacando se hayan topado con escombros de una forma tan oportuna —repuso, y su dedo metálico señaló el monitor —. ¿Por qué crees que ni las rayas ni Ciudad se han visto afectadas?

—Es cierto que parece un enjambre enfurecido que arremete solo contra ellas —admití—. Han tenido mala suerte. No puede haber otra explicación.

—La hay. Esas sondas robóticas han encontrado unos controladores en Ciudad: sus robots madre, podríamos decir; y por eso permanecen cerca de nosotros, en vez de posarse en el planeta que andaban buscando.

Recordé que los mosquitos robóticos que había fabricado Helios se habían arremolinado a mi alrededor cuando entré en su laboratorio. Emitían un zumbido muy sonoro que inducía a emparejar su amenazador volumen con una picadura de dolor insufrible; así que eché a correr para escapar de su acoso. Para mi alivio, apareció enseguida un robot de mayor tamaño y cordial inteligencia, y los apartó de mí. Se trataba de su robot madre.

Esa nueva conjetura de la robot era la más estrambótica de todas y me hizo prorrumpir en protestas.

—¿Qué te estás inventando, Leila?... ¡Vaya imaginación!... ¡Venga ya!... —Mi pataleo se fue apocando ante una mirada verdosa muy seria—. ¡Que no se sostiene!... ¡Que no! No…

Leila puso en marcha la filmación y me instó a que mirase los monitores. Tuve que admitir que daba la impresión de que aquellas sondas convertidas en balas estaban siendo dirigidas.

—¿Dónde están esos robots madre? —susurré con temor.

—Operan como esos robots —explicó—, pero son humanos con prótesis cibernéticas: los pilotos que ven esas luces, los últimos implantados, tienen esa capacidad. Manipulan robots tan grandes como las rapaces o las mariposas. Te habrás percatado de que tanto Carina como Rigel han usado sus robots asistenciales como armas cuando les ha convenido. Las rapaces de Rigel arrancaron la antena de la nave de Dleif y te apartaron del inhibidor cuando intentabas impedir que su amo llegase hasta él. Carina las precipitó contra los militares en la ISS para facilitarnos la huida, y aquí, en Ciudad, ha agredido con ellas a los hombres de la Confederación. Ambos han alterado la función originaria de sus robots y, también, la de esas sondas extraterrestres. Las han convertido en soldados que han defendido Ciudad o han sido empujados al ataque, según quién de los dos los guiaba.

—Es una suposición muy atrevida.

—Poseo pruebas materiales que la apoyan; pero antes de mostrártelas, observa los siguientes acontecimientos.

Volvió a señalarme la pantalla. Vi que la nave de Unfield viraba y apuntaba con sus cañones al tronco de Ciudad.

—Fíjate, los dirige hacia la zona donde se acopla la enfermería —indicó.

Pese a que sabía que era una grabación, se me erizó el vello y, de forma instintiva, aferré mi amuleto. Y Unfield disparó, no cabía duda. Cuando se activaban los cañones, sus bocas se encendían con un color bermellón brillante.

—¡Es un asesino! —grité—. ¡Rigel tenía razón! Si nos hubiera acertado, todos los módulos hubiesen quedado aislados. Sin conexión, la enfermería se habría convertido en una cárcel para Carina y su hija recién nacida, y también para Toliman, que estaba con ellas en ese momento. Si su compuerta no hubiera estado cerrada, habrían sufrido una descompresión fatal por la fuga de aire. Tampoco lo hubiesen contado Mizar y Helios, pues se estaban desplazando. Me angustio solo de pensarlo.

Me horroricé unos instantes, pero enseguida aparté a un lado aquellas penosas cavilaciones y comenté que habíamos tenido una suerte inmensa de que ese disparo no nos hubiera alcanzado.

—¿Crees que fallaría a esa distancia? —replicó Leila—. Voy a poner la película de una de las cámaras situadas en el panel solar. Su posición permite ver la parte de la cubierta donde impactó ese disparo.

El sector mencionado del exterior de Ciudad apareció en otra pantalla, y volví a observar que el traje que vestía Ciudad estaba muy agujereado.

—La superficie ha perdido parte de su cobertura de células solares —apunté—. Vi esas calvas grises cerca de los camarotes cuando Toliman me llevó a filmar Ciudad.

—No son calvas, sino todo lo contrario —dijo, y amplió más la imagen.

Se me escapó una exclamación de asombro al ver que en esas zonas se aglutinaba basura.

—Forman un buen blindaje —apreció Leila—. Están envolviendo la enfermería y el exterior del pasillo cercano. ¿Quién supones que pudo componer semejante escudo?

Una voz detrás de mí me sobresaltó.

—Yo lo construí, solo que no lo sabía.

—¡Carina! ¿Cuánto rato llevas escuchando? —pregunté.

—El suficiente; no hemos tardado en tomar una decisión y he venido a despedirme de mi nave. Os encontráis en Águila de mar.

Se acercó a contemplar el monitor. Tenía los ojos acuosos y sus finos labios formaban un rictus de preocupación. Deslizó un dedo por la pantalla, como si quisiera percibir el tacto de aquella verruga que se aferraba al casco de Ciudad.

—Sí, instalé esa defensa —afirmó—. Formé su imagen en mi mente con cientos de luces y recubrí esa parte de Ciudad. Interpreté que elevaba un ruego a los ángeles para que protegieran a mi hija recién nacida. Ahora comprendo tantas cosas…

Me puse a su lado y rodeé sus hombros con un brazo. Temblaba ligeramente.

—Carina, Leila dice que estamos cercados por robots alienígenas y que todos, mortales, semidioses y dioses, nos beneficiamos de sus cualidades; pero solo Rigel y tú podéis gobernar a algunos de ellos. Es una teoría difícil de demostrar. Todo esto debe de tener una explicación más realista.

—Creo que su teoría es acertada. Los amuletos nos tranquilizan y, al tiempo, nos vuelven valerosos —dijo mientras se tocaba el suyo—. Eso es lo que siento y razono. Tengo la impresión de que nos conectan unos con otros y hacen de puente, también, con esa nube que nos sigue; por eso, nunca nos sentimos solos. No sé si esas luces que provocan son el intento para formar imágenes de los rostros de sus dueños o si representan esas sondas. Puede que, simplemente, al imaginarnos su movimiento, hayamos conseguido generar las órdenes certeras para dominarlas. El caso es que ahí fuera hay un ejército a nuestra disposición.

Leila sacó de su bolsillo otros objetos que parecían satélites en miniatura.

—Estos son soldados pequeños de ese ejército —describió—. Los hallé en las mariposas que protegieron a Dleif. Esos robots regresaron esta tarde, después de dejar ir sus alas en la atmósfera terrestre para su incineración. En la tira del ala que les quedaba, encontré restos de basura y, de allí, los extraje. Es muy probable que vuestros amuletos hayan entrado en Ciudad de esa forma o durante los reciclajes periódicos de alas enteras que efectuáis. No he tenido tiempo de estudiar estas sondas, pero creo que llevarán radiotransmisores, sensores de temperatura, presión, etc.

Carina tendió la mano, y Leila le dio aquellos artefactos. La joven exhaló una risa triste.

—Así que estos son mis ángeles: una bandada de robots sensibles a mis miedos —lamentó—. Y son también los demonios de Rigel, perceptivos a su cólera. Una chispa de rabia puede encender un buen fuego si no lo sofocas a tiempo. Dleif sufrió el ataque tras agujerear Torpedo, y Unfield también consiguió exasperar a Rigel.

Cerró los puños y apretó aquellas sondas como si quisiera pulverizarlas. Su vista se perdió en sus recuerdos y habló más para sí que para nosotros.

—Ahora entiendo las palabras de Rigel: "No soy dueño de mí —dijo—. El espacio es mi mundo, y si siento que puedo perderlo, mi mente bulle en busca de posibles salidas. Hasta que ocurrió el accidente en la ISS, no ponía límites a mis fantasías. ¿Por qué debía frenar lo que era, tan solo, un desahogo? Pero ellos me oyen y obedecen mis silenciosos pensamientos como si fuesen órdenes meditadas"... No quiso aceptar lo que, sin embargo, entreveía, puesto que empezó a reprimir a conciencia su libertad de pensamiento. Me explicó que cualquier esperanzada duda se disipó cuando les tendieron la trampa con el satélite y casi matan a Toliman y a Bel. No pudo dominarse en ese momento. Se enfureció, y sus demonios embistieron y destrozaron aquel artilugio asesino. Comprendió entonces que también había sido el causante del ataque a la Estación y que tenía en su mente un poder terrorífico que no comprendía ni lograba controlar.

—No puedes estar sugiriendo que fue él quien...—dije, y no terminé la frase por lo terrible que me parecía.

—Siempre nos acompañan —murmuró Carina.

Leila razonó esa percepción:

—Cuando salís con las naves, unos cuantos de estos robots os deben de seguir, quizá se adhieran a la cubierta, como hacen en Ciudad; por eso se encontraban cerca y Rigel pudo arrojarlos contra el satélite.

Carina inspiró con fuerza y recuperó la compostura.

—No se debió a la mala suerte que unos meteoritos perforasen la ISS en el momento en que me hallaba allí, solicitando que me repatriaran —afirmó—. Todo encaja ahora. Me contaron que Unfield, después de hablar con Toliman y conmigo y reparar en lo difícil que sería convencernos de que no me marchase, se puso en contacto con Ciudad e intimidó al resto de compañeros. Les llegó a decir que me someterían a la presión que fuera necesaria hasta que delatara al hombre que me había dejado embarazada, puesto que ese individuo era la causa de que Cleanspace perdiera a uno de sus pilotos o, quizá, a dos, si Toliman se iba conmigo.

Hizo una pequeña pausa y un gesto compasivo de vaivén con la cabeza. Enseguida prosiguió:

—A Rigel se le vino encima esa noche su negro destino. Lo conozco. Para templar su ánimo, se pondría a imaginar un pasado, un presente y un futuro diferentes. Un pasado en el que no hubiésemos tenido relaciones íntimas o en el que hubiéramos tenido cuidado o, al menos, en el que me hubieran evacuado enseguida, sin poner ninguna traba. Fantasearía también con otro presente y luego idearía una brutal corrección del porvenir: para no malograr su futuro, yo no podía encontrarme en la Estación, a pocas horas de regresar al planeta, donde caería en las garras de Unfield y acabaría por confesarlo todo. No, algo me impediría regresar; un desastre me detendría. Sufriríamos un encuentro fatal con escombros descontrolados que atravesarían la ISS y la barrerían del espacio como le iban a barrer a él. Rigel inventó películas buscando consuelo, y su desespero los movilizó.

Abrió un poco las manos y observó los robotitos.

—Aquí tenemos a los furtivos que agujerearon la Estación.

—En efecto —afirmó Leila—. El radar no los detectó debido a sus formas angulosas y, es de suponer, al material con el que están fabricados a propósito. Otro factor que ayuda a su ocultamiento es su pintura negra: refleja muy poco las ondas del radar y también los hace invisibles a los ojos humanos.

Carina asintió.

—Tienes razón, Leila: estos soldados son pequeños. Con el tiempo, Rigel ha logrado congregar a los de mayor tamaño, como los que destrozaron el satélite. Pobre, su mal genio los convoca y luego no sabe guiarlos. Hace correr sin control las luces que invaden su cerebro. Ha podido causar una tragedia. Se fue sin ni siquiera detenerse a conocer a su hija, temeroso de hacerle daño.

Se limpió las lágrimas con el dorso de la mano.

—Me ha perjudicado tantas veces… Debería estar con nosotros. Puedo enseñarle a transformar sus demonios en ángeles.

Recordé la sombra que reptaba desde el camarote de Carina hacia la columna vertebral de Ciudad, y las manchas cercanas a nuestros camarotes. Aquellos robots siempre habían estado allí, y según quien los había azuzado, nos habían guarecido o se habían abalanzado contra el agresor.

Carina miró de nuevo los monitores y frunció el ceño.

—¿Cómo vamos a explicar estos fenómenos? ¿Qué alegaremos en nuestra defensa?

Su expresión acongojada se fue difuminando, pasó por una más reflexiva y finalizó en otra serena y resuelta.

—Enir, los compañeros no han querido aceptar vuestra generosa oferta —me informó—. La tripulación del bote salvavidas será la que estaba acordada. Despegamos en pocos minutos; de hecho, nos deben de estar esperando. Toliman se encuentra en el camarote, con la niña, recogiendo sus efectos personales. Ahora voy a hacer lo mismo, y si tú deseas llevarte algo, date prisa en ir a recogerlo. Las maletas no cabrán, así que prepara tu equipaje con el mínimo peso y volumen. Nos vemos en el bote.

Se volvió a la robot y le pidió que la acompañase; dijo que necesitaba su ayuda. Echó un último vistazo a las pantallas y se impulsó fuera de la raya. Leila se desconectó del panel de mando y la siguió. Me quedé un instante inmóvil, estupefacto aún, y me di cuenta de que la robot no se había llevado los dos amuletos; los había dejado sujetos con un velcro al panel. Los recogí y me los coloqué alrededor del cuello, acompañando al mío. No creí que aquello me convirtiese en una marioneta de robots extraterrestres. Cierto que Leila nos había mostrado las sondas como pruebas irrefutables; pero eso consolidaba tan solo una parte de su teoría. Todavía no daba mucho crédito a su suposición sobre nuestros talismanes; parecía una premisa de apoyo rumiada por su petulante cerebro cibernético.

Salí y, al llegar al cáliz, la voz de Baham surgió de los altavoces:

—¡Cleaners, tendremos a Dleif encima en doce minutos!

. . .

Entré por última vez en el camarote y me introduje en mi cabina. Leila me había deshecho la maleta cuando regresamos a Ciudad, después de escapar de la Estación. Suponía que habría guardado mis pocos enseres en los cajones superiores. Urgía recoger lo esencial, pero necesitaba ver el contenido de todo el armario para encontrar los objetos que luego, en la Tierra, me pesaría no haberme llevado.

En los cajones de arriba, no había más que ropa, y como no iba a llevarme ninguna prenda, los volví a cerrar. Cogí la bolsa que me había confeccionado con una camiseta raída para guardar los calcetines y la vacié para procurarme un hatillo ligero; en la nave no iba a sobrar espacio.

Seguí inspeccionando con la máxima rapidez. En un armario lateral, tenía mi cámara de fotos y la videocámara de Bel. Leila se había hecho una copia de las imágenes inéditas de Sirio y Carina; así que preferí dejarles la filmadora a los cleaners; puede que les fuera de utilidad. Recogí mi cámara, y antes de que llegase a cerrar ese armario, salió flotando una cajita. La reconocí y me la llevé también. Guardaba el trocito de panel sembrado de nébula que los compañeros me habían regalado. A punto de irme, recordé que no había revisado los cajoncitos inferiores. Los abrí, más por seguir el método de dar un último repaso que por lo que pudieran contener.

Me dio un vuelco el corazón al ver lo que guardaban. Allí estaba la gorra que habían firmado todos los cleaners y la comandante Mauni como obsequio para mis hijos. También encontré mi cartera con la documentación, la carta de mi familia y los regalos que me habían enviado desde el planeta: el cubo mágico y el prisma. Extraje mi pasaporte de la cartera y observé mi foto. Aquel tipo de piel morena, líneas faciales suaves y aire inocentón era yo, Josep Fuentes, terrícola nacido y criado en Barcelona, padre de familia y vendedor de ropa.

Llevé mis manos al cuello y apreté con furia aquellos robots que habían conseguido hacerme olvidar de dónde procedía y a las personas que amaba, las mismas que llevaban meses sumidas en una honda preocupación por mi suerte. Comprendí que la tarea primordial de aquellos artificiales cuidadores consistía en alienar a su amo, un expedicionario que recorría la galaxia, y alejar sus pensamientos de lo que dejaba atrás. De no contar con esa enajenación, ¿cómo podría resistir la definitiva separación de su hogar?

Quise quitarme aquellos talismanes, aunque tuviese que cortar la cuerda del mío; pero advertí que aún no había salido de Ciudad y no era descartable que necesitase mantener el ánimo de un aguerrido espacial. Los dejé tocando mi piel por propia voluntad. Los apartaría de mi vida en el instante en que lo decidiera, determiné. Introduje mis pertenencias en la bolsa, me la até a la cintura y me dirigí pasillo abajo.

En la sala común, me encontré a Nunki y a Mizar. Las jóvenes acababan de despedirse de Helios y de Bel. Me abrazaron las dos a la vez y me desearon buen viaje. Sin soltarlas, les pregunté qué pensaban hacer y por qué no habían querido aceptar nuestra proposición.

—Enir, sigue siendo un cleaner en la Tierra. Defiende nuestro buen nombre —rogó Mizar.

—Nuestros corazones están unidos para siempre —añadió Nunki.

Me besaron y se fueron sin mirar atrás.

Entré triste en la nave, con una sensación de vacío interno. Helios alzó una mano poco firme a modo de saludo. Bel rezongaba mientras revisaba los controles de la nave y no me vio.

—¡Son unos obcecados sin sentido común! —exclamaba—. ¡Dleif habrá dejado un retén en la Estación! Salen de una prisión para meterse en otra.

—¿Van a seguir el plan de Nunki? —pregunté.

Bel se giró hacia mí con las facciones crispadas.

—¡Ya era hora! ¿Qué infiernos estabas haciendo! ¡Te necesitábamos aquí! Hemos discutido con Nunki y Mizar sin obtener ningún resultado. ¿Dónde está Leila? ¿Y Carina, y Toliman?

—Ya vienen —respondí con total serenidad.

Su rostro se contorsionó.

—¡Por Belcebú y todos los diablos del averno! —gritó—. ¿Por qué nadie pierde la calma? Solo Helios parece angustiado. ¡Chalados, inconscientes…!

Volvió a darme la espalda y siguió revisando el panel de control sin dejar de renegar. Me saqué el amuleto que pertenecía a Helios y se lo di. Me lo agradeció con una efusividad que no armonizaba con su mente científica. Se lo sujetó al cuello, lo introdujo por dentro de su camiseta y su rostro pintó una sonrisa distendida.

Bel seguía quejándose de lo que consideraba una treta muy arriesgada. Helios opinó:

—Las rayas son ágiles y rápidas. Los cleaners esquivarán las naves de Dleif, se acoplarán a la ISS aunque la muevan y, con sus rapaces, someterán a los militares que se han quedado allí.

Bel se dio la vuelta con tal ímpetu que tuvo que agarrarse para no girar 360°.

—Y luego, ¿qué? —replicó—. Les cerrarán los satélites y no les permitirán hablar con ningún medio de comunicación terrestre. Los acusarán de asalto y sumarán otro delito.

—Si eso ocurre, nosotros tendremos que ser su voz en la Tierra —repuso Helios.

Mi amigo volvía a estar entero. Su sirviente robot le había sosegado, así que su valoración del asunto se había tornado más optimista. Bel desconocía la causa de que el científico hubiera vuelto a caer en la locura; pero no tenía tiempo para hacerle recapacitar. Articuló un rugido y se abocó a la radio.

—Aquí Bel a la torre. ¡Baham, avisa a Carina y a Toliman que debemos despegar de inmediato o pilotarán ellos! No pienso volar con Dleif disparándome por la espalda.

Baham tardó unos segundos en responder.

—Aquí torre al bote salvavidas —dijo al fin—. Carina dice que tardará unos minutos; Sirio tenía hambre y le está dando el pecho. Dleif se acerca por la proa, así que no os preocupéis por él. Cuanto más cerca esté, menos riesgo correréis. Creo que quiere ver quién se encuentra al control antes de dirigirse a los puertos del tronco.

Como vosotros os escaparéis por la popa, aún os quedan unos cuantos minutos.

Bel se echó las manos a la cabeza con desesperación. Se volvió a Helios y a mí y dejó caer los brazos con energía.

—Preparémonos, pongámonos los trajes espaciales —dispuso.

Nos vestimos con la agilidad propia de un astronauta experimentado y luego sujetamos la escafandra al brazo de nuestro asiento. Estábamos listos. Bel se acercó de nuevo a la radio.

—Aquí Bel a torre, ¿dónde…

—Aquí Baham. Tranquilos, están bajando. Los Sadal desean despedirse y también van hacia el bote. Yo debo deciros adiós desde aquí. Helios, Enir, habéis tallado la madera de cleaner de la que estabais hechos hasta convertiros en piezas fundamentales del grupo. Os echaremos de menos. Bel, subiste a ayudarnos y te has dejado la piel por nosotros. Os damos las gracias de todo corazón. Nunca os olvidaremos.

Era una despedida en toda regla.

—Aquí Bel. Nos vemos en la Tierra, amigo. No hables como si esto fuera el final.

Los dos Sadal entraron en la nave como una tromba. Nos abrazaron y nos dijeron un "hasta pronto" que alivió un poco el pesar que había originado la despedida de Baham. Bel hizo un último intento por disuadirlos y los previno de que agravarían más su situación si se revolvían contra Dleif. Sadalsuud reconoció que, aunque un contragolpe podría ahondar su tumba, también les daba la oportunidad de resucitar. Sadalmelik añadió que iban a por todas y que la suerte estaba echada.

Pretendían mostrarse decididos, pero ni su voz pudo sostener las palabras con firmeza ni sus cuerpos mantuvieron las figuras erguidas y sólidas que los caracterizaban.

Toliman, Carina con la niña y Leila entraron a continuación. Los Sadal dieron a sus compañeros afectuosos abrazos y besos, volvieron a darnos otro abrazo también a nosotros y se marcharon con los ojos llorosos.

Bel ordenó a los recién llegados que se pusieran los trajes, tomaran asiento y se atasen. Los cleaners objetaron que teníamos a Dleif encima y que no había tiempo. Dijeron que se vestirían una vez que hubiéramos despegado.

Advertí que, al final, iban a quedar dos sitios libres. Era tarde para cambiar la cuna, pero Leila podía ocupar uno de ellos, y así se lo indiqué.

La robot se situó a mi lado y se quedó tiesa, con la mirada al frente. Ni siquiera se colocó los cinturones.

Tendí mis manos hacia su asiento.

—Deja que te ayude.

—Puedo hacerlo sola —aclaró, y me retiró hacia atrás—. Estoy esperando a que os atéis todos.

Hubiera podido atribuir ese tozudo celo a su directriz de proteger a los humanos, pero me percaté de que Toliman tampoco se había sujetado.

Observé entonces a Carina. Estaba colocando a Sirio, con infinito cariño, en esa pequeña cápsula que le habían construido. La joven tenía los ojos anegados en lágrimas. Dio un largo beso a su hija en la frente antes de cerrar la cubierta de la cuna y conectar el aire. Se colocó en su asiento y… no se abrochó los cinturones.

—Aquí Bel a torre. Estamos listos para el despegue. Voy a cerrar la compuerta.

Cuatro astronautas crearon una confusión enorme al irrumpir por sorpresa en la nave. No se desplazaban por su propia voluntad; rapaces de los Sadal y de Carina los llevaban agarrados por los brazos. Pude ver sus caras asustadas y amordazadas tras la escafandra abierta: eran los soldados de la Confederación. Sadalsuud y Sadalmelik aparecieron detrás de ellos. En sus manos, llevaban los mandos del control remoto de sus robots.

Leila se levantó al instante. Los Sadal situaron a dos de los soldados en los asientos libres y les colocaron los cinturones. Los prisioneros tenían las muñecas atadas con unas tiras de tela oscura y recia y no hubieran podido sujetarse ellos solos. En una de esas tiras, un galón dorado indicaba la procedencia de esa ropa: los cleaners habían hecho jirones el uniforme del capitán.

—¡Pero qué…! —empezó a exclamar Bel.

Carina y Toliman también se levantaron. Toliman ató a uno de ellos al puesto que le habían preparado a Leila. Carina desplazó al otro hasta un rincón. Allí había unas cintas que se usaban para sostener paquetes y podrían servir para amarrarlo.

—¡No podemos llevarlos con nosotros; no caben! —protestó Bel.

Los Sadal hicieron caso omiso y, sin decir palabra, se marcharon junto con sus rapaces. Carina se volvió entonces a Toliman y lo besó. Me di cuenta de que ese gesto cariñoso tomaba al cleaner por sorpresa. Mientras tanto, la rapaz que controlaba al soldado del rincón, aún sin ligar, lo desplazó hasta el asiento de la joven y le ancló los cinturones con unos dedos tan rápidos como los de un pianista. Luego ese robot voló velozmente hasta situarse detrás de su dueña y se quedó agarrado al quicio de la compuerta de la nave. Carina situó su otra rapaz entre ella y su compañero.

—No, no hagas eso —tartamudeó Toliman—. ¡Bel, cierra la escotilla!

—No podrá —contestó Carina—; mi rapaz lo está impidiendo. Cuida de nuestra hija, Toliman. Debo quedarme. Sabes que no lo conseguirán sin mí.

Carina echó un último vistazo a la cuna y salió de la nave. Toliman quiso seguirla, pero las dos rapaces le bloquearon el paso. Profirió unos gritos desesperados:

—¡Déjame ir contigo! ¡Me necesitáis también! ¡Carina, no tienes derecho a decidir por mí!

Carina regresó a la entrada del cono de acoplamiento y miró a su compañero. Las rapaces seguían interponiéndose entre ambos. La joven tenía el rostro deformado por el desconsuelo. Bel, Helios y yo nos habíamos desatado y nos encontrábamos detrás de Toliman, atónitos por el giro que había dado la situación. Leila se situó en el puesto de Bel, al control de la radio y del panel.

—Aparta las rapaces —exigió Toliman—. Si me respetas, si de verdad me quieres, déjame decidir con libertad.

Los robots volaron y se encajaron entre Toliman y nosotros. Tuvimos, incluso, que retroceder.

Bel les instó a que ocupasen sus asientos.

—¿Qué pretendéis? ¡Tenéis una hija que atender! —increpó.

Toliman abrazó a Carina y le susurró algo al oído. A continuación, ambos se giraron hacia nosotros y, con voz ahogada, nos pidieron:

—Cuidad de Sirio.

—¿Os habéis trastornado? —vociferó Bel—. ¡No vamos a irnos sin vosotros!

Carina le hizo un gesto a Leila y luego se impulsó hacia Ciudad seguida por su compañero y sus rapaces. Bel voló hacia ellos, dispuesto a perseguirlos; pero la compuerta de la nave se cerró antes de que pudiese salir.

Sorprendidos, nos giramos hacia Leila; sus finos dedos metálicos habían tecleado la orden de cierre. Con el aplomo del sublevado que se cree cargado de razones, habló al micro, de espaldas a nosotros.

—Aquí bote salvavidas a torre del espaciopuerto. Hemos despegado.

¡Nos había desacoplado de Ciudad!

—Aquí Baham. No hay vuelta atrás, amigos. Nosotros también nos vamos. Carina, Toliman, suerte en la Tierra.

Bel apartó a Leila del panel con un empujón e intentó volver a unirse. Helios se acercó a la robot con el rostro desencajado.

—Si no puedes aportar una explicación juiciosa a tu comportamiento, tendré que desconectarte —le advirtió.

—He seguido las instrucciones de Carina —se justificó.

—¡Hemos perdido la alineación con el puerto! ¡Están moviendo Ciudad! —exclamó Bel, y aulló al micro—. ¡Aquí Bel a torre de control: Carina y Toliman no están con nosotros! Tenemos que volver a anclar. No mováis la estructura.

Como no obtuvo respuesta, siguió insistiendo con ese mensaje

Helios se aproximó más a su robot. Temí que quisiera apagarla y me situé a su lado con afán protector; empezaba a discernir los motivos de su insurrección.

—Explícame por qué le hiciste caso —insistió Helios—. Te programé para que protegieras siempre la vida humana.

—Las aptitudes especiales de Carina pueden salvaguardar la vida de la tripulación de Ciudad —repuso—. Me lo hizo ver y decidí ayudarla.

Helios se quedó pensativo, como si intuyese que su robot no había obrado erróneamente.

Bel pilotaba la nave sin alejarse del puerto de popa y no cesaba de rogar que nos facilitasen la unión con Ciudad.

Advertí que el astronauta adosado a la pared, sujeto al lugar destinado a Leila, se agitaba con la intención de acomodarse. Pensé que, en aquel puesto tan poco acolchado, ese hombre sufriría cuando entráramos en la atmósfera; así que me acerqué, lo desaté y lo acompañé al asiento de Toliman. Se dejó abrochar los cinturones con docilidad. Los otros soldados tampoco habían ofrecido resistencia. Se habían mantenido quietos y ningún sonido había atravesado los trapos que asfixiaban sus bocas; preferían estar en su nave que en Ciudad, con aquellos hombres y mujeres cleaners tan irracionales.

El capitán gimió para llamar mi atención y, con un gesto de su cabeza, me pidió que les quitase las mordazas. Me negué a darles ese gusto y me aparté de ellos.

Bel intentaba no separarse de Ciudad. Leila se puso a su lado y, a través de la larga ventana frontal de aquella nave, observó el puerto del que nos había desprendido. Bel se dirigió entonces a ella y reprobó su acción.

—Los demás desconocían que Carina planeaba quedarse, ni siquiera Toliman estaba al corriente. Lo mantuvo en secreto porque sabía que no lo consentirían. ¡Tiene una hija, Leila! Sé que eres un robot y no puedes comprender el perjuicio que acabas de ocasionar a ambas; pero deberías haberte sumado al rechazo de la mayoría. Eso hubiera sido lo lógico.

La radio resucitó.

—Aquí Baham al bote salvavidas. Amigos, si nos queréis ayudar, marchad, volved al planeta. El puerto de popa debe quedar libre. Nunki se dirige hacia allí con Torpedo. Necesitamos ese punto de propulsión.

—Aquí Bel, ¿qué vais a hacer? No apartaré mi nave si no me lo explicáis.

Hubo una pausa y luego se oyó la voz de Sadalsuud. Baham había abierto la radio de las rayas.

—Bel, tenemos a tres naves impulsando Ciudad hacia las órbitas exteriores. Torpedo se sumará desde la popa. Los Angelotes estamos mareando un poco a Dleif. No nos des más trabajo. Buen viaje.

Nos quedamos boquiabiertos: ¡se iban!

—Aquí Bel, no comprendemos bien… No podéis… ¿A dónde os dirigís? Por favor, detened esta locura.

—¡Cuidado, ahí está Nunki! —advertí, y señalé hacia fuera. Un monstruo blanco había surgido por encima de Ciudad y se acercaba resueltamente—. ¡Nos va a arrollar! —grité.

La cleaner disparó un par de pirañas y nos acertó; la vibración recorrió la nave. Bel lanzó una maldición e intentó volver a controlar el vuelo.

—Me va a costar recuperarme de todo esto —masculló para sí.

Torpedo se unió a popa con agilidad. Ciudad se desplazaba, y parecía que lo hacía con rapidez; aunque, en realidad, éramos nosotros los que nos alejábamos por el empuje de los cohetes que teníamos adheridos al casco.

Helios interrogó a Leila.

—¿Dónde van? Creíamos que tenían intención de abordar la ISS. Dinos todo lo que sepas.

—Los cleaners no regresarán al planeta hasta que no puedan dejar demostrada su inocencia y se retiren todas las denuncias en su contra.

—¡Qué disparate! —lamentó Bel.

—Cambiaron de plan cuando vieron las filmaciones de la última batalla, las que habían sido captadas por las cámaras exteriores —explicó Leila—. Es cierto que no contemplaron llevarse a Carina ni a Toliman; pero la ausencia de la piloto los hubiese condenado sin remedio. Sin el soporte de Carina, Dleif los hubiera aniquilado. Aun así, preferían inmolarse que acabar en una prisión. Carina me pidió ayuda y no advirtió a Toliman de su decisión. Opinó que su compañero era muy protector y que no contaría con su apoyo. Me dijo que podíamos evitar la muerte de los cinco cleaners que iban a quedar en Ciudad, y razoné que estaba en lo cierto. Cabe ahora la posibilidad de que salgan vivos.

Bel y Helios replicaron que poco podría hacer Carina contra dos naves que iban a disparar con total impunidad. Por culpa de la robot, morirían siete personas.

—Escuchad, la lógica de Leila no falló —intervine. Mi rotundo alegato los asombró—. No podemos descubriros ahora los argumentos que justifican esta decisión, ni tampoco nos corresponde a nosotros desvelar el secreto; los cleaners lo harán a su manera. Solo os diré que he visto esas imágenes y que serían consideradas, en el juicio, pruebas pesadas de la fiscalía. Lo que muestran en apariencia, los sentenciaría. Los cleaners necesitarán mucho tiempo para poder explicarlas y hacerse entender; no nos encontramos ante unos hechos fácilmente creíbles. Os pido que confiéis en Leila y en mí. Carina posee un método defensivo único. Situémonos de forma que podamos observar lo que sucede sin correr peligro y comprobaréis que los cañones de Dleif no podrán traspasar el casco de Ciudad.

Bel, indignado, señaló a Sirio, que dormía plácidamente en su cuna de viaje, ajena a la enormidad de su pérdida.

—¿Acaso apruebas su abandono? —censuró.

—No, claro que no. Esto es un mal trago para todos y, en especial, para esta niña. Estoy intentando excusar a Leila y que me deis crédito cuando os digo que su funcionamiento es correcto. Espero que Sirio recupere pronto a sus padres. Seguro que harán lo posible por volver cuanto antes. Deben explicarnos cuáles son sus intenciones. Déjame que les hable.

Bel parecía estar a punto de sacudirme; sin embargo, se apartó y me dejó la radio.

—Aquí Enir a los cleaners. Las pirañas nos separan de Ciudad. Retiradlas, por favor. Nuestro destino es la Tierra; pero permitid que aplacemos el retorno hasta que os veamos a salvo. Vuestro silencio nos apena. Nos habéis dejado a una pequeña huérfana. ¿Cuál es vuestro propósito?

El bote salvavidas dio un leve vuelco cuando las pirañas se desacoplaron. La primera en hablar fue Nunki.

—Perdonad mi brusca acción de alejamiento. Sois libres de manejar vuestra nave, pero no os aproximéis; Dleif podría revolverse contra vosotros. Amigos, hemos tomado nuestro propio camino. Nada nos ata al planeta. Nuestra vida está aquí, y no vamos a permitir que nos la arrebaten.

—Desconocíamos las intenciones de Carina —afirmó Mizar—. No hubiéramos aceptado su sacrificio, ni tampoco el de Toliman. No había rechazo en nuestro silencio, Enir; estábamos estudiando el modo de afrontar la nueva situación. Ahora tenemos que seguir adelante. Si nos dejásemos atrapar, nos encarcelarían. Nuestras familias no se merecen sufrir esa injusticia, y Sirio se quedaría sin padres durante una larga temporada. Hemos de cambiar ese futuro tan triste.

—Al habla Baham. Nos sentimos arrastrados hacia una nueva existencia. En el planeta, frente a nuestros poderosos enemigos, tendríamos las de perder y jamás regresaríamos al espacio. Moriríamos de pena si solo pudiésemos contemplar las estrellas desde la ventana de una celda.

—A fuerza de actos hostiles, nos han convertido en habitantes del universo, curtidos e independientes de la Tierra —declaró

Sadalsuud—. Aceptamos esa autonomía. Somos espaciales y no nos asustan los desafíos de esta aventura.

—No es tan fiero el espacio como lo pintan —añadió Sadalmelik.

—Tomaremos prestados unos cuantos satélites de telecomunicaciones —reveló Nunki—. Sabemos cómo modificar sus procesadores; lo tendríamos que haber hecho hace tiempo. Los pondremos bajo nuestro control y, de ese modo, seguiremos en contacto.

Bel y Helios se acercaron al micro.

—El robo de satélites os acabará de hundir —dijo Bel.

—La huida no es la solución —agregó Helios.

Me vino a la memoria una cita de Don Quijote.

—El retirarse no es huir ni el esperar es cordura cuando el peligro sobrepuja la esperanza —recité.

—Calla o te estrangulo —me amenazó Bel.

—Nos perdonarán esa apropiación porque vamos a retransmitir, a todo el planeta, las vicisitudes de la primera expedición a Marte —dijo Sadalsuud.

—Con una paradita previa en la Luna —concretó Sadalmelik—. Buscaremos un sitio nuevo, uno virgen. Quizá nuestras rayas puedan alunizar en el Valle Alpino, cerca del oscuro cráter Platón.

—Usaremos las cámaras exteriores de Ciudad para grabarlo todo —aportó Nunki.

—Os he dejado la cámara de Bel en mi cabina —informé.

Los cleaners me lo agradecieron; pero a Bel le tembló de furia la barbilla y me clavó unos ojos entrecerrados muy hoscos. Supe que tendría que compensarle esa pérdida; me debería rascar el bolsillo para poder comprarle otra igual.

—Al habla Carina. —Su voz sonaba apagada, débil—. Mi mente está ocupada en la defensa y apenas puedo hablar. Solo quiero que le digáis a mi hija que sus padres regresarán pronto.

—Aquí Toliman. Modificaremos uno de los módulos que antes fueron cápsulas. Hay tres que tienen los motores y la protección térmica en buen estado. Los revisaremos y prepararemos el interior. Los compañeros podrán volver con nosotros o seguir su viaje.

—¡Insensatos, os apresarán en cuanto pongáis un pie en el planeta! —advirtió Bel—. ¡Os estáis llevando Ciudad!

—Mi querido alumno, espero que puedas ayudar a tu antiguo profesor y a su compañera a proteger su retorno. Necesitaremos una conexión directa con un grupo de personas de confianza. Cuento contigo y, por supuesto, con Helios y Enir.

—¡No es posible encubrir la entrada de una cápsula! —objetó Bel.

—Hay muchos sucesos que no parecen posibles —sostuvo Carina.

—Algún día podremos narrar al mundo lo que ha ocurrido —continuó Toliman—, sin intermediarios interesados ni malévolas interpretaciones de unos hechos que fueron incontrolables. Hemos arriesgado la vida demasiadas veces por el planeta. Esta vez, nos jugaremos el pellejo por nuestro porvenir.

—Os ruego también que socorráis a Rigel —solicitó Carina—. Buscadle un buen abogado, que no le encierren en una cárcel. Enir, Leila, contadle la verdad y borrad sus temores.

Helios y Bel nos echaron a Leila y a mí una mirada escrutadora. Comprendí que, en cuanto llegáramos a la Tierra y estuviéramos solos —sin esos soldados mudos, pero no sordos, que compartían nuestro bote—, nos iban a exigir que les cantásemos esa verdad sin dejarnos una nota.

La conducta de los cleaners estaba siendo alentada por sus talismanes. Sabía que no se arriesgarían tanto si no llevasen esos cuidadores que los desapegaban de su mundo; pero no estaba en mi mano hacerlos retroceder, y tampoco estaba seguro de que no estuviesen tomando la decisión correcta. Supuse que la mente se me aclararía cuando me liberase de mis colgantes y sintiese de nuevo el calor de mi familia.

Una antipática voz surgió de la radio.

—Aquí Dleif a la nave de la Confederación. Deseo hablar con quien esté al mando.

Bel no contestó; opinó que era preferible no darle ninguna información. Al poco rato, tuvo que bajar el volumen porque los bramidos del coronel exigían respuesta a sus numerosas preguntas. Estaba muy interesado en conocer quiénes se encontraban en nuestro bote, y no nos costó adivinar sus razones. El ataque le comportaría consecuencias menos penosas si los soldados estaban a salvo con nosotros. Me alegré de no haberles quitado las mordazas a esos hombres; hubiesen gritado para hacerse oír durante los instantes en que abríamos el micro.

Habíamos volado hasta una posición que nos permitía presenciar, sin riesgo, el exilio de los cleaners. Ciudad avanzaba hacia la noche espacial, hacia el refugio de un universo dominado por leyes físicas predecibles, dejando atrás las arenas movedizas de la conducta humana. Los Angelotes, con sus temerarios vuelos, no daban tregua a las naves de Dleif. Bel aproximó el zum de nuestras cámaras exteriores y comentó:

—O bien Dleif todavía no les ha dado de pleno o bien no está disparando. Creerá que los hombres de la Confederación se hallan en Ciudad y no querrá arriesgar su vida. Hemos hecho bien en mantenernos en silencio.

Ni Leila ni yo le contestamos, pero el que Carina se encontrase enfrascada en la defensa significaba que Dleif no se estaba andando con chiquitas. La joven habría recubierto con todos sus ángeles los segmentos de Ciudad que se hallaban expuestos a los cañones láser. Por mi talismán o por mi absoluta confianza en las habilidades de esa diosa, me sentía tranquilo.

La había apodado Carina, la invencible. Admiraba su generosidad, y no le quitaba mérito alguno porque su valor se sostuviera, en parte, en la sensación de amparo que siempre la acompañaba; ese abrazo cálido que todos los cleaners experimentábamos en mayor o menor medida. Unos vecinos galácticos lejanos la habían ayudado a soportar los atropellos a los que había sido sometida durante los últimos meses: su amuleto le había apuntalado el ánimo, la nébula la había nutrido y sus "ángeles" la escudaban con una lealtad inquebrantable. En comparación, los de su mundo habíamos hecho bien poco por ella.

A través de la ventana principal de la nave, la Tierra se mostraba en todo su esplendor: un planeta hermoso, único para nosotros en el universo. A su lado, rozando el orbe en apariencia, la deslumbrante Ciudad rompía sus ataduras. Aquella nave autosuficiente, gestada por la inteligencia, la creatividad y el tesón de los humanos, estaba pilotada por marineros prendados del océano espacial; una tripulación que contaba con el apoyo de unos peculiares grumetes: unos sirvientes que habían pertenecido antes a otros habitantes de la galaxia. Una avanzadilla de sus vigías les cubría las espaldas. Aquellos asistentes los empujaban a descubrir los sensacionales panoramas que, en su periplo, ellos ya habían descubierto. Estaba viviendo un momento histórico: seres humanos, transformados en navegantes del cosmos, iniciaban su particular singladura. Para ellos, el espacio era un lugar único también, incomparable y tan pródigo en tesoros como el planeta de donde procedían.

Los cleaners volvieron a hablar, lo cual me dio a entender que tenían la situación controlada. Oímos primero las voces de Nunki, Mizar y Baham, tristes por la separación y, al mismo tiempo, excitadas: "Decidles a los terrícolas que les mostraremos los rincones más espectaculares de su satélite". "Los más bellos, los que nunca han podido ver: bahías lunares en mares sin agua y valles profundos sin ríos". "Cráteres con terrazas escalonadas que forman escaleras para gigantes".

Toliman y Carina se sumaron y añadieron: "Bellas cadenas montañosas, profundas fallas, llanuras amuralladas, larguísimas grietas". "Volcanes que se resisten a morir". Aquella pareja tampoco se mostraba muy entera.

Los Sadal exhibieron sus sentimientos encontrados cuando intentaron mantener la textura de su voz dotándola de pasión: "¡Terrícolas, vuestras entrañas volverán a tensarse con la visión de humanos saltando por la Luna!". "No estaremos allí mucho tiempo. Continuaremos nuestro viaje hasta que la Tierra no sea más que una canica azul en la inmensidad del universo. ¡Soñad a lo grande, terrícolas, porque hombres y mujeres de vuestra generación van a hollar Marte!".

Nunki, Mizar y Baham se unieron a los Sadal y, entre todos, se fueron animando: "Os enseñaremos Marte desde su satélite Fobos. Está tan cerca que ocupa una cuarta parte de su cielo". "Sí, un precioso planeta rojo desde el pequeño Fobos, buena idea". "Luego pisaremos el polvoriento planeta y descenderemos al profundo cañón del Valle Marineris". "Recorreremos los uadis, sus ríos secos, y los extensos campos de dunas". "Sobrevolaremos gigantescos volcanes y nos adentraremos en las brumas del Laberinto de la Noche".

Bel murmuró:

—Locos soñadores, ¿dónde creéis que vais?

Ciudad continuaba alejándose. Los Angelotes vigilaban el rumbo de las naves de Dleif. El coronel pululaba cada vez con menor determinación por los alrededores de aquella estructura que, de pronto, se había vuelto invulnerable a sus disparos.

Una nueva voz brotó de la radio y nos llenó de asombro.

—Aquí Rigel desde la estación espacial china. Unfield me permite hablar con vosotros. Ha sido informado de que Ciudad se está desplazando hacia órbitas externas.

Los saludos y las preguntas de los cleaners se apelotonaron en una madeja de mensajes enredados. Rigel los interrumpió.

—Escuchadme, por favor. Oídme, compañeros; si aún os puedo llamar así. No tendré vida suficiente para compensaros por todo el daño que os he hecho. Pero no necesitáis huir; no sois culpables de nada. Me hago responsable de los ataques a sus naves. No sé cómo lo hice, tan solo lo concebí en mi mente; pero quizá mis intenciones pendencieras merezcan un castigo. Regresad. No quiero perjudicaros más.

—Aquí Toliman. Todos hemos buscado alguna vez el desahogo de desear el mal a otra persona; pero si tuviésemos el poder real de perjudicarla gravemente, no lo haríamos. No esperamos que nuestros pensamientos se traduzcan, sin más, en acciones. No te inculpes, Rigel; no tienen pruebas.

—Enir y Leila te explicarán lo que sucedió —dijo Carina—. Deja de atormentarte. ¿Te han quitado el casco?

—Solo para que pueda hablaros. Llevaba mudo un día entero. Ese casco me degrada y me deja sin aliento. Es capaz de desnudarme y mostrarme tal como soy: un miserable. Ningún hombre te hubiera hecho padecer tanto, Carina. Sufriste desprecios y acosos por mi culpa.

Se le quebró la voz.

—No era necesario que te alejaras —aseguró Carina—. Hemos descubierto la forma de ayudarte.

—No quise poneros más en peligro —repuso, y tras una pequeña pausa, agregó—: Me han contado que ha sido niña y que está bien.

—Es una niña preciosa, Rigel.

Ambos sostenían con dificultad un habla trémula.

—¿Cómo vais a llamarla?

Respondió Toliman, al que se le notaba también muy turbado.

—Sirio, la estrella más brillante de nuestra noche.

—Sirio… Cercana en el firmamento a Betelgeuse, la gigante roja de Orión: mi nebulosa. Me gusta… Vela por ella, Toliman.

—No la hemos traído con nosotros —sollozó Carina—. Se ha quedado al cuidado de Enir, Helios y Bel. Pero volveremos pronto. Tuvimos que marcharnos y dejarla; no había otra opción.

—No llores. Estoy seguro de que no os quedó más remedio.

—Pronto comprenderás el motivo de nuestro abandono —añadió Toliman—. Mientras tanto, nuestros compañeros sabrán protegerla.

—¿Pueden oírme sus padrinos?

—Al habla Bel. Aquí nos tienes. No vas a estar solo en la Tierra. Te ayudaremos, y todo esto acabará siendo una pesadilla lejana.

Mi amigo se aproximó al micro con aire compungido.

—Aquí Helios. Rigel, yo… quise ponerte a salvo, pero…

—Nada pudiste hacer; no es posible dominar a un diablo.

Bel y Helios se apartaron y me dejaron paso; pero no pude pronunciar ninguna palabra; aún estaba muy dolido. Rigel me llamó:

—Enir, dime algo, amigo. Luché contra ti y lo lamento. Cuando Unfield disparó contra el módulo donde te hallabas y te vi salir despedido hacia el espacio, me ardió el alma. Si te hubiera pasado algo, te habría acompañado en tu viaje eterno. Luego divisé el rescate de Leila y me di cuenta de que tenías razón: es más que un robot.

Inspiré profundamente.

—Aquí Enir. Conozco una cala de arena gruesa sombreada por pinos retorcidos. Un camino de tablones de madera conduce desde su mar esmeralda hasta un chiringuito sencillo techado con cañas…

—Allí te invitaré a un gin-tonic servido en un vaso de boca ancha, en proporción de 1:3 y aromatizado con dos gotas de aceite de limón.

—Aceptaré con gusto tu invitación —susurré.

Las intervenciones del resto de los cleaners fueron sucediéndose cargadas de viveza: "Volamos hacia la Luna, Rigel". "Y de allí, a Marte". "Luego atravesaremos el cinturón de asteroides y llegaremos a Júpiter". "Filmaremos la Gran Mancha Roja". "Haremos parada en alguno de sus satélites: en el volcánico Io, en el acuoso

Ganimedes". "Sobrevolaremos el acribillado Calisto y la arañada superficie de hielo de Europa". "Seguiremos hacia Saturno, el planeta anillado". "Nos pasearemos por las riberas de los mares de metano de Titán".

—Urano coloreará de azul vuestros ojos —respondió Rigel—. Neptuno balanceará Ciudad con sus huracanadas tormentas. Deberéis sortear las rocas y el hielo del cinturón de Kuiper hasta llegar a la Nube de Oort, donde nacen los cometas. Más allá del Sistema Solar, os sumergiréis en nebulosas llenas de luz, forjadoras de estrellas, y visitaréis cúmulos estelares y púlsares. Las estrellas masivas se autodestruirán ante vuestros ojos y, al estallar, colocarán una supernova inesperada en el cielo...

Unfield cortó la conexión y las palabras de Rigel se perdieron en el universo. Los cleaners enmudecieron. La radio se silenció.

Ni Cleanspace ni el coronel podrían impedir la fuga de Ciudad; nadie hubiese podido frenar a esos hombres y mujeres. Carentes del miedo que acerca los horizontes, los confines se desplegaban ante sus ojos con un brillo seductor e hipnótico, porque allá, en la lejanía, existían maravillas inimaginables, bellezas que robaban el aliento y paisajes grandiosos que compartían su imponente eternidad.

Dleif se dio la vuelta al cabo de diez minutos. Aquella retirada alivió tanto a Bel que me imitó y versionó un pasaje de Cervantes:

—Don Quijotes son. Sus leyes son prodigar el bien y evitar el mal. Huyen de la vida regalada, de la ambición y la hipocresía, y buscan para su propia gloria la senda más angosta y difícil.

Las voces vehementes de los cleaners surgieron de nuevo: "¡Terrícolas, abrid vuestras mentes; os mostraremos milagros!". "Escuchad nuestra radio, que vuestros telescopios apunten a Ciudad". "Subid a una colina y buscadnos en el firmamento". "¡Viajáis con nosotros! ¡Os llevamos en nuestros corazones!". "Ved cómo atravesamos los ríos del cosmos". "¡Seguiremos los senderos de los páramos celestiales!". "Ciudad, primera nave interestelar del planeta Tierra, empieza a surcar el universo".

FIN

NOTA DE LA AUTORA

Esta novela forma parte de la serie protagonizada por Josep Fuentes. Es la continuación de «Cero», el segundo libro. Como habéis podido comprobar, puede leerse de manera independiente; pero, si acudís al inicio de esta odisea, podréis averiguar cómo se conocen algunos de los personajes principales de esta historia y las causas reales por las que el protagonista acabó dentro de un cohete rumbo a la Estación Espacial Internacional.

Este libro ha supuesto un gran reto para mí. Mis conocimientos de física son básicos, y los de ingeniería, prácticamente nulos. Tuve que documentarme mucho para intentar no cometer ningún error garrafal. Aunque es un libro de ciencia ficción, no está ambientado en una galaxia lejana, como Star Wars, donde todo es posible y casi todo vale. Uso escenarios reales, como la Estación Espacial Internacional y el espacio orbital terrestre. Leí todo lo que cayó en mis manos sobre estaciones espaciales, exploración del universo, sondas, basura espacial, efectos de la microgravedad en el cuerpo humano; también sobre implantes cerebrales. Deseo mencionar que me fue de inestimable ayuda el libro de Robert Zimmerman: «Adiós a la Tierra».

Si me he equivocado en algún asunto importante, pese a mis esfuerzos, pido disculpas. Estoy, como siempre, abierta y deseosa de recibir vuestros comentarios o críticas cariñosas que, imagino, pudieran empezar de este modo: «¡Ostras, Sara! ¿Cómo has podido meter la pata hasta el corvejón en...?»

Cargada con el lastre de mi ignorancia en estos aspectos, empecé a articular la historia. Confieso que necesité escribir bastantes borradores antes de conseguirla. Guardo una libreta muy graciosa cuyas páginas se van sucediendo con estos títulos: «Ideas. Más ideas. Argumento. Segundo argumento. Argumento definitivo. Nueva trama. Trama definitiva. Modificación de la trama definitiva...». Se termina la libreta sin haber alcanzado mi objetivo. No sé dónde están los folios que plasman mi iluminación, porque la siguiente libreta ya está llena de esquemas que organizan la historia que seleccioné. También confeccioné un calendario en el que fui marcando los acontecimientos más importantes que transcurren durante la aventura. Dibujé esbozos toscos de las naves y de la estación espacial de los cleaners. Tengo apuntes adjuntos acerca de mitos relacionados con las estrellas.

A este cóctel con el que trabajé, hay que añadir que las noticias preocupantes que estén sucediendo en el mundo pueden influir en el escrito. La privatización del sector público y el maltrato a los funcionarios que se estaba produciendo, y que por desgracia continua, quedó reflejado en el expolio de Ciudad y sus naves; unos bienes que, como señalo en la novela, fueron construidos con el dinero del contribuyente y luego malvendidos a manos privadas. Reflejo también las consecuencias que sufren sus trabajadores a raíz de ello: el ninguneo y las presiones de sus nuevos y codiciosos dirigentes.

Por supuesto, en este libro, como en todos los otros, atiendo al trato que la sociedad otorga a la mujer. No me supone ningún esfuerzo adicional; me sale solo.

El escenario cambia, pero los abusos permanecen. En el futuro, la ambición de las personas dominantes seguirá careciendo de límite. Los métodos autoritarios y represivos atravesarán la atmósfera y, allí donde vayamos, se repetirán. En este augurio, ansío equivocarme.

En esta novela, me atrevo a indicar una fecha más concreta del inicio de esta historia, a sabiendas de que siempre se corre un riesgo al vaticinar un futuro del que, espero, formaré parte. Me he basado en el avance de los últimos treinta y cinco años para suponer que la exploración espacial seguirá siendo una asignatura pendiente, un sueño aparcado. Y aunque también estoy segura de que la tecnología continuará su rumbo ascendente y se construirán naves espaciales ágiles y rápidas, es probable que su primer uso sea el de limpiar la acumulación de basura en el entorno del planeta. Me gustaría equivocarme y, antes de desaparecer, poder emocionarme con la llegada del ser humano a Marte.

Podréis encontrar a personajes que salieron en «Cero»: Helios, Leila y Bel. Intentaré no volver a servirme de ellos, pero no prometo nada, porque tienen cualidades para dar más juego. La interacción entre Josep y Leila, siempre tan azarosa, me divierte mucho. Hay escenas de este libro protagonizadas por ambos que tenía escritas antes de empezarlo.

Fue muy divertido escoger los nombres estelares de los cleaners y de Josep. Hice que los basureros espaciales se bautizaran con nombres de estrellas para incidir en el alejamiento que sienten del planeta Tierra. Al principio del libro, los cleaners ya están invadidos por un sentimiento de pertenencia al universo. No concreto, por este motivo, sus países de procedencia, pues carecen de importancia en esta narración; si bien la cultura en la que han crecido podría influir en el nombre que escogiera cada cual y dejo en manos del lector asumir que así sea. El nombre de Nunki, por ejemplo, podría gustarle a una mujer nacida en Japón o China, y Mizar sugiere que su portadora podría tener un origen árabe. Enir, la estrella que da el apodo al protagonista, posee vínculos con la mayoría de las otras estrellas seleccionadas. La escogí por ese motivo y, también, por su bonita sonoridad.

Mover muchos personajes es complicado y puede conducir a confusiones, así que introduje el número mínimo de trabajadores espaciales para que el relato fuese creíble. Además, como había ideado una pareja de amigos que siempre irían juntos, escogí para ellos dos nombres de estrellas parecidas: Sadalsuud y Sadalmelik. Esa treta facilitaba su identificación y me permitía englobarlos con un solo nombre: los Sadal, lo cual hacía más llevaderas las escenas corales y agilizaba las escenas de acción.

En cuanto a los nombres de los perversos, hay un momento en que el protagonista comenta que Unfield y Dleif son dos caras de la misma moneda de la barbarie, y no sé si habréis advertido que el nombre de Unfield, leído al revés, resulta ser Dleif sin las dos primeras letras.

Puesto que la acción se desarrolla en el cielo y los personajes viven un infierno, era pertinente que introdujese ángeles y demonios, y también dioses y mitos acerca de los planetas y las estrellas.

Siempre me gusta hacer un guiño a alguna película o serie que valore. Aquí nombro la nave Enterprise y los Klingon de la serie Star Trek.

No podía faltar una poesía de Bécquer, pues siento debilidad por ese poeta.

Era inevitable que saliera un robot humanoide en el futuro que describo, y Leila es mi preferido. Robot es un término masculino y, por tanto, no admite determinantes femeninos; pero imagino que, si se nos presentara un androide con una apariencia de mujer tan perfecta como la que muestra Leila, nos dirigiríamos a ese ser distinguiendo su sexo. Así actúan los personajes. Helios es el único que le da el trato adecuado a su condición, y solo se aviene a modificarlo cuando Josep le ruega que humanice a su creación.

En la actualidad, existen robots de compañía que pueden comunicarse. Reconocen la voz de su dueño y hasta adivinan, por su expresión, de qué humor se encuentra. Sin embargo, no creo que debamos temer la llegada de androides competitivos a nivel afectivo. Para construir un duplicado cibernético humano, deberíamos adquirir un conocimiento profundo de nuestro cerebro más allá de nuestras propias limitaciones, y eso es un pez que se muerde la cola. Eso sí, en la mayoría de las casas, habrá algún día un pequeño robot que nos dará los buenos días y nos preguntará cómo estamos; una máquina simpática, pero sin la verosimilitud necesaria para llegar a suplir la compañía humana, ni siquiera el amor de una mascota. Quizá me esté equivocando también en este tema y un genio —seguramente un japonés o un chino— idee una máquina tan amable que induzca al autoengaño, de modo que las personas deseen la compañía de ese ser antes que la de un humano imprevisible; al menos, durante un rato cada día. De lo que estoy segura es que la calidad del mayordomo robótico constituirá un signo del nivel de poder económico, como lo son ahora los coches o las joyas, y que la presencia de esos procesadores móviles en el interior de los hogares provocará obsesiones, apegos desequilibrados y fobias que abrirán nuevas ramas en la psicología y psiquiatría.

Pero Leila, mi robot, es un ser noble, similar a los que mi adorado Isaac Asimov ingeniaba. Cuando tenía quince años y leía sus novelas, y las de otros autores como Arthur C. Clarke o Stanislaw Lem, deseaba ser una escritora de ciencia ficción. Nunca creí que pudiese llegar a escribir una novela de este género, y ahora que lo he hecho, me siento en paz con la adolescente que fui.

Estimados lectores, podéis contactar conmigo a través de mi Instagram: @saraferro679, donde también tengo colgados los booktrailers. El flujo de impresiones de los que me leen y aprecian mi forma de afrontar la literatura impulsa mi crecimiento como novelista.

Como siempre, espero que hayáis disfrutado de esta aventura. Me esfuerzo por devolver un poco de la felicidad que los libros me proporcionan. Albergo la esperanza de estar consiguiéndolo.

Agradecimientos

Doy las gracias a mis hermanos Isabel y Toni, a mi amigo Joan González y a mi hija Anna por haber revisado el manuscrito de esta novela. Sus comentarios y correcciones elevaron la calidad de este libro. El apoyo de Joan me resultó especialmente valioso y me animó a perseverar en este oficio.

Agradezco también el apoyo de mi hermano José Manuel, escritor apasionado.

Aprecio, como un tesoro, la fe que mi hijo Álex posa en mí.

Gracias también a todos los amables lectores que dejaron comentarios de mis anteriores novelas en Amazon. Vuestras palabras son más estimulantes de lo que os podáis imaginar.